Le Second Violon

Yves Beauchemin

Le Second Violon

© Éditions du Club Québec Loisirs Inc., 1996
Avec l'autorisation des Éditions Québec/Amérique

© Éditions Québec/Amérique, 1996

Dépôt légal, Bibliothèque nationale du Québec, 1996

ISBN Q.L. 2-89430-229-0
ISBN Québec/Amérique 2-89037-868-3

Aux docteurs Michel Bojanowski
et François Lavigne

Je tiens à remercier pour leur aide généreuse et leurs précieux conseils ma femme Viviane, Pierre Cayouette, Claude Désaulniers, Bernard de Fallois, Jacques Fortin, Diane Martin, Sylvain Meunier, Liliane Michaud, Luc Perreault, Hélène Pichette, Aubay Poloness, Phyllis Préfontaine, Claudio Ricignuolo et Henri Tranquille.

Je n'avais rien à offrir à personne que ma propre confusion.

Jack Kerouac, *Sur la route*

— Expliquez-moi, je vous prie. L'homme doit-il poursuivre un but ou au contraire ne se soucier de rien ? Mais alors, comment vivre sur terre ? Il faut avoir un plan, n'est-il pas vrai ?

Ivan Chmeliov, *Garçon !*

— À bien y penser, dit-elle en déposant sa tasse sur un guéridon, la médiocrité n'est qu'une façon de vivre un peu plus reposante que les autres. Une sorte d'équilibre dans la platitude, qui convient naturellement aux paresseux.

— Je vous remercie de votre franchise, répondit sèchement l'officier.

Il s'inclina devant elle et quitta la pièce.

Sigurd Nordraak, *Le Postillon*

1

À L'AUBE, un rayon de soleil toucha la pointe du clocher de l'église Saint-Antoine, ricocha sur une fenêtre de la rue Grant, puis atteignit une canette de bière gisant au milieu de la chaussée. Une pointe de feu s'y alluma. Cela attira l'attention d'un chien ; il alla la renifler, puis, sans trop savoir pourquoi, poussa un long hurlement. Nicolas Rivard se réveilla en sursaut, l'esprit tout englué d'un rêve confus et harassant. Au même instant, le téléphone sonna. Il allongea le bras, saisit le récepteur. C'était la voix de Dorothée. Elle pleurait.

— Il est au plus mal, annonça-t-elle. On ne lui donne pas la journée. Il veut te voir.

— Je pars tout de suite... Je t'en prie, calme-toi. Ce n'est peut-être qu'une fausse alerte. Voilà trois fois qu'on annonce sa mort et il tient toujours le coup... Ah bon, ajouta-t-il au bout d'un moment.

Il se mordit la lèvre, consulta sa montre :

— Je serai là vers neuf heures.

Géraldine s'était soulevée sur un coude et l'observait, le visage tout amolli par le sommeil, mais l'œil vif et inquiet :

— François ?

Il s'était laissé retomber sur l'oreiller et fixait le plafond, comme pour y repérer de minuscules défauts. Il fit signe que oui.

— C'est la fin ?

Il fit signe que oui de nouveau. Elle lui mit la main sur le ventre.

— Veux-tu que j'avertisse Morency ? Je dirai que tu es malade.

— C'est pas la peine. Il est au courant de tout. Je lui téléphonerai moi-même en arrivant à Québec.

Le moulin à café se mit à rugir en bas dans la cuisine. Jérôme préparait le déjeuner, comme d'habitude.

— Eh bien, allons-y, fit-il en se jetant hors du lit. Je te laisse l'auto. Je vais prendre l'autobus. Je n'ai pas le cœur de me taper Montréal-Québec ce matin.

Il était debout au milieu de la chambre, complètement nu, l'air désemparé. Géraldine l'observait toujours. Elle faillit lui dire qu'il avait toujours de belles fesses pour un homme de quarante-cinq ans, mais jugea le moment inopportun.

De petits pas étouffés se firent entendre. Sophie apparut dans la porte en dormeuse rose, tenant par la queue son chat en peluche à moustaches de nylon, et se glissa silencieusement sous les couvertures près de sa mère avec un sourire satisfait et rusé.

— Qui a téléphoné, maman ? demanda-t-elle de sa voix fluette et chantante. Ma garderie ?

— Non, Loulou, c'est une madame de Québec. Papa s'en va la trouver.

— J'y vais avec toi, lança-t-elle d'une voix impérieuse en se redressant.

Nicolas venait d'enfiler son pantalon et boutonnait sa chemise. Il contourna le lit et s'accroupit devant sa fille :

— Je ne peux pas t'emmener, Sophie. Je vais voir un de mes amis qui est très malade. Il va peut-être mourir.

Elle le fixa une seconde d'un air grave, puis se retournant vers sa mère :

— Ce matin, je veux de la confiture de framboises sur mes rôties. Beaucoup.

Nicolas allait descendre l'escalier lorsque la voix de Frédéric retentit dans la chambre voisine :

— Papa ?

— Oui ? fit-il, connaissant déjà la suite.

— Viens me frotter le dos.

Masser le dos de son fils de dix ans faisait partie des rites immuables du matin. Il étouffa un soupir, pénétra dans la chambre et s'agenouilla sur le bord du lit. Frédéric s'était vivement retourné sur le ventre et attendait, la tête de côté, un sourire d'aise déjà sur les lèvres.

— Je ne pourrai pas te frotter longtemps ce matin, Freddy. Il faut que je parte en vitesse pour Québec. François est en train de mourir.

L'enfant souleva brusquement la tête et réussit à se tordre suffisamment le cou pour lui lancer un regard aigu :

— François Beaucage ?

— Durivage.

— L'écrivain ? Celui qui nous avait apporté la grosse poule en chocolat à Pâques ?

— Celui-là.

— Il a un cancer ?

— Oui.

— Gratte-moi doucement les omoplates, papa, et tu pourras t'en aller après.

Nicolas s'exécuta, puis jeta un coup d'œil à sa montre et se dirigea vers la porte.

— Salut, Fred, fit-il sur le seuil. Je reviens ce soir.

— Papa ?

Nicolas se retourna. Frédéric était assis dans son lit, les genoux repliés, et le fixait d'un air étrange :

— Bon voyage, hein ? Passe une bonne journée.

Nicolas eut l'impression que son fils voulait plutôt dire : « Ne meurs pas toi aussi, papa. J'ai besoin de toi. »

Il lui fit un clin d'œil et descendit l'escalier. Jérôme était accroupi dans le hall en train de charger son sac de toile des quarante-deux exemplaires de *L'Instant* qu'il devait livrer chaque matin avant sept heures.

— Déjà debout ? lança-t-il de sa voix rauque, travaillée par la mue.

— Il faut que je parte en vitesse pour Québec. François ne passera pas la journée.

Jérôme se dressa, saisi :

— Ah non ?

Il fallait que l'émotion soit profonde pour qu'elle affleure au visage de ce garçon impénétrable et taciturne, qui n'interrompait ses interminables cogitations que par de rares explosions de joie, semant alors la pagaille dans toute la maison.

— J'ai lu un de ses livres la semaine passée.

— *La Nuée de moucherons* ?

— Oui. J'ai beaucoup aimé ça. C'est dommage qu'il meure.

Il s'agenouilla et se remit à glisser les journaux dans son sac.

Nicolas pénétra dans la cuisine. La cafetière poussait de bruyants hoquets, indiquant que son travail achevait ; le soleil d'avril faisait doucement vibrer les assiettes et les ustensiles soigneusement disposés sur la table. Traversé par un jet de lumière, le pot de confiture de framboises ressemblait à un petit vitrail.

Nicolas finissait son déjeuner lorsque Géraldine descendit l'escalier avec Sophie et Frédéric. Comme ses cours ne débutaient qu'à dix heures, elle s'offrit à le reconduire au métro, qui l'amènerait directement au terminus.

— J'ai peur d'aller le voir, lui avoua-t-il en sortant de l'auto. J'ai peur de ne pas contrôler mes émotions, de dire des conneries.

— Il a bien plus peur que toi, lui répondit-elle avec une moue pensive. Téléphone-moi ce midi. Tu pourras me joindre à la salle des professeurs.

———

François Durivage émergea tout à coup d'une profondeur étouffante et ouvrit les yeux. Sa douleur l'attendait ; elle s'était un peu assoupie, mais voilà qu'elle se remettait peu à peu au travail ; dans quelques minutes, elle lui dévorerait impitoyablement le côté. Il avait peine à respirer, mais ça pouvait encore aller ; il échappait pour l'instant à l'angoisse insoutenable qui le saisissait lors de ces accès de suffocation.

Dorothée se tenait debout près du lit ; il lui sembla qu'elle lui tenait la main, mais il n'en était pas sûr, car l'extrémité de ses membres était engourdie. Elle serra les lèvres et ferma lentement les yeux d'un air épuisé. Son visage lisse et blanc, encadré par des cheveux noirs doucement ondulés, lui parut curieusement déformé, ainsi que celui de l'infirmière qui se tenait derrière elle. Il aurait voulu le lui dire ; il aurait voulu lui dire aussi combien il l'aimait, malgré cette histoire d'Ogunquit et les terribles discussions qui avaient suivi, mais aucun son ne pouvait plus sortir de sa bouche à présent, cette bouche si horriblement sèche et amère qui refusait maintenant les quelques gouttes d'eau dont on essayait de l'humecter.

Les deux femmes le fixaient comme s'il était devenu un objet. Le visage de l'infirmière s'était déformé encore un peu plus ; il reporta son regard sur celui de Dorothée. Une telle désolation y régnait qu'il comprit que la mort était venue. Il s'étonna de considérer la chose aussi froidement. La morphine, sans doute. Lui qui l'abhorrait et l'avait repoussée jusqu'à l'extrême limite de ses forces pour tenter de conserver un semblant de dignité, il l'accueillait désormais avec une sorte de plaisir honteux.

La chambre commença à s'obscurcir ; un étourdissement profond l'envahissait et empâtait ses idées. L'infirmière se releva au-dessus du lit et il s'aperçut qu'elle venait de lui faire une injection. Il eut le temps de voir en esprit son manuscrit inachevé posé devant la fenêtre sur le coin de son bureau à la maison ; il l'avait longuement caressé avant de partir pour l'hôpital, dans le fol et vain espoir que cela lui porterait chance. Mais soudain la douleur prit toute la place et une peur affreuse le saisit de nouveau de ne plus pouvoir respirer. Il posa sur sa femme un regard affolé, vit avec horreur qu'elle pleurait à présent sans aucune retenue et se rendit compte que durant toutes ces minutes il n'avait cessé de gémir.

Comme d'habitude, le terminus était rempli de cette agitation vide et sans but née d'une foule qui semblait y déambuler l'esprit ailleurs, impatiente de le quitter. L'express de Québec, déjà au quai, ne partait que dans dix minutes. Nicolas acheta son billet, puis quelques journaux, grimpa dans l'autocar et se laissa tomber dans un siège près d'un gros monsieur en train de se curer les ongles d'un air très concentré. Il enleva le couvercle de son verre à café et trempa les lèvres dedans, mais la mixture se révéla si infecte qu'il déposa le verre à ses pieds. Jetant un coup d'œil en diagonale sur le siège, il aperçut sous la cuisse gauche de son voisin les poils pubiens d'une pin up qui s'étalait dans une revue porno. Quand il releva son regard, l'homme le fixait d'un air désapprobateur. Puis changeant brusquement d'attitude, il lui adressa un sourire de connivence :

— Faut bien se divertir de temps à autre, hein ? Sinon, on finirait par se jeter en bas d'un pont.

Nicolas émit un vague marmonnement et se plongea dans la lecture de *L'Instant*. Il alla tout droit à sa chronique des affaires municipales et constata avec satisfaction qu'elle ne contenait ce matin-là aucune coquille. L'autocar démarra. Il ferma les yeux et se laissa pénétrer par le sourd grondement qui faisait vibrer la carcasse du véhicule, remplissant le silence, évitant à des inconnus assis côte à côte d'avoir à se parler. Le car fila bientôt sur l'autoroute. Le printemps achevait d'avaler les dernières plaques de neige dans les champs. La tête penchée en avant, le gros monsieur somnolait, un air d'extrême importance répandu sur son visage.

Nicolas déposa son journal sur ses genoux et se mit à fixer ses mains croisées. Et soudain il se rappela avec une acuité stupéfiante une conversation qu'il avait eue trente ans plus tôt avec François Durivage. Ils se promenaient dans la cour du collège pendant une récréation, longeant la rangée de peupliers de Lombardie sur le bord de la rivière. Ils avaient quinze ans et terminaient leur versification. On était à la fin de juin et le collège vibrait de l'euphorie inquiète née de l'approche des vacances et de l'avalanche d'examens qui venait de se déclencher. Ils parlaient de leurs projets d'avenir avec la gravité et l'enthousiasme que donne le sentiment de posséder des forces inépuisables.

— Moi, Rivard, je rêve à de grandes choses, déclara François Durivage d'une voix passionnée en secouant sa chevelure châtaine, qu'il avait alors si abondante. Je sens que je peux les faire, ajouta-t-il en se tournant vers son compagnon, les yeux humides d'émotion, je le sens avec tellement de force, mon vieux, que j'en ai presque mal. Je vais faire une découverte majeure en médecine ou écrire des romans extraordinaires ou composer de la musique, oui, des tas de symphonies, c'est ce qui me tente le plus.

Et ses yeux se plissaient en un curieux tic qu'il avait conservé toute sa vie.

— Faudrait choisir, mon vieux, avait ironisé Nicolas, tu ne pourras pas tout faire.

Ils arrivaient au fond de la cour dans le petit bois traversé par la brise ; on apercevait au fond le monument à la Vierge sur son immense socle de granit ; de grandes taches vertes bougeaient et chatoyaient sur la pierre au gré du mouvement des feuilles.

Nicolas, lui, avait déclaré que son choix était fixé : il deviendrait romancier, rien de moins. La semaine d'avant, une de ses nouvelles parue dans le journal de fin d'année ne lui avait-elle pas attiré les éloges de plusieurs professeurs, alors que le texte de François, pourtant si furieusement travaillé, ne lui avait valu que des commentaires polis ?

Les années avaient passé et leurs destins s'étaient lentement déployés. Après de brillantes études en Lettres, Nicolas s'était retrouvé à vingt-trois ans journaliste à *L'Instant*, d'abord affecté aux chiens écrasés, puis deux ans plus tard aux affaires municipales.

Durivage avait abandonné ses études de médecine en troisième année, complètement dégoûté, et s'était lancé dans un voyage autour du monde sur le pouce. Il en était revenu avec des carnets bourrés de notes et une hépatite virale qui l'avait forcé à six mois de convalescence. Ensuite il avait essayé toutes sortes de métiers, d'une façon désordonnée, comme si le plan de sa vie lui échappait : professeur de français (les emplois abondaient alors, on engageait quasiment n'importe qui), garçon de café, agent de voyages (il avait un succès fou, particulièrement auprès des femmes), traducteur, journaliste à la pige.

Nicolas s'était marié alors que son ami menait joyeuse vie, malgré une santé fragile. La dissemblance de leurs situations ne les avait pas complètement éloignés l'un de l'autre ; une ou deux fois par mois, ils se voyaient dans des cafés, leur camaraderie apparemment intacte, amateurs tous deux de facéties, de bière et de longues discussions ; Nicolas se faisait un point d'honneur de montrer que le mariage ne l'avait pas complètement éteint. Aucun des deux n'avait tout à fait abandonné ses projets littéraires ; ils y consacraient une part de leurs loisirs, en parlaient à l'occasion, mais avec retenue, inspirés par une sorte de pudeur et peut-être un peu de méfiance. C'est pourtant ce qui devait contribuer à maintenir leur amitié. Trois ans après son entrée à *L'Instant*, Nicolas publia chez Tisseyre un recueil de nouvelles qui obtint un succès modeste mais prometteur. Entre-temps, son ami s'était lancé dans une impossible aventure avec l'ex-femme d'un riche quincaillier, de vingt ans son aînée, qui l'avait amené en République Dominicaine. Il en était revenu deux ans plus tard avec le manuscrit d'un premier roman et l'avait fait lire à Nicolas. Ce dernier avait été stupéfait par la maîtrise de l'écriture – obtenue manifestement au prix d'un travail opiniâtre – mais l'histoire lui avait médiocrement plu. Six mois plus tard, le livre paraissait chez Leméac. C'était la maintenant fameuse *Nuée de moucherons.* Du jour au lendemain, Durivage était devenu quelqu'un. Cette notoriété subite et inattendue pouvait constituer un piège. Durivage l'avait à l'œil. L'année 1968 marqua un tournant dans sa carrière ; son éditeur l'engagea comme correcteur d'épreuves, puis comme directeur littéraire. Il rompit d'une façon plutôt inélégante avec sa maîtresse, devenue trop vieille, et se maria bientôt avec une femme médecin qui allait partager sa vie pendant dix ans. Mais, surtout, il se mit à écrire avec un acharnement et une passion qui modifièrent complètement sa vie ; les livres se succédèrent, à la cadence d'environ un aux deux ans, et connurent pour la plupart un succès remarquable. Il était devenu le célèbre François Durivage, effaçant complètement les traces du premier, comme si celui-ci n'avait jamais existé ; il se retrouvait membre de la très sélecte poignée d'écrivains que même les incultes reconnaissent dans la rue et dont l'arrivée dans un restaurant fait naître des chuchotements.

Conquérir la renommée en dehors du Québec avait été plus long et plus ardu, et il n'avait jamais réussi au fond à dépasser les frontières de la francophonie. Mais il jouissait d'une grande liberté, possédait une influence redoutable (dont il ne se rendait pas toujours compte) et avait atteint ce qu'on appelle le bonheur.

Peu de temps après son divorce, il se lia avec Dorothée Arnaud, fille d'un riche constructeur de Québec ; c'est cette année-là qu'il s'était tourné vers le théâtre, écrivant coup sur coup trois pièces ; les deux dernières avaient connu un succès retentissant. C'est en supervisant la traduction de la troisième, qu'on allait monter à Londres, qu'il ressentit les premiers symptômes du mal qui allait l'emporter.

Pendant ce temps, Nicolas Rivard avait poursuivi sa très honorable carrière de journaliste, mais pour des raisons difficiles à cerner celle-ci s'était mise à plafonner au bout de quelques années. Son talent, pourtant réel, manquait-il du panache et du brio qu'on demande aux journalistes vedettes ? Est-ce que sa nomination comme vice-président du syndicat avait indisposé la direction du journal à son égard ? Toujours est-il que, malgré bien des promesses, on ne l'avait jamais fait accéder au statut glorieux de chroniqueur, d'éditorialiste ou de journaliste enquêteur. Voilà vingt ans qu'il s'occupait avec compétence d'affaires municipales, mais le cœur n'y était plus depuis longtemps et son chef de division le lui faisait remarquer de temps à autre avec une ironie parfois méchante. Et puis, pour empirer les choses, le journaliste avait presque entièrement dévoré l'écrivain. En dix ans il n'avait publié que deux autres recueils de nouvelles, dont le dernier, malgré la bienveillance de certains confrères, était aussitôt passé de l'inconnu à l'oubli.

Son voisin se réveilla en sursaut et se mit à fixer le dossier devant lui, l'œil hagard. Il avait l'air maintenant d'un pauvre type, vieillissant et bedonnant, et sa pin up de papier glissée sous sa cuisse ressemblait à une étrange et honteuse prothèse.

Nicolas déplia *The Gazette*. En première page, le célèbre écrivain Mordecai Richler, lunettes en demi-lune sur le bout du nez, regard furibond, lançait une autre de ses déclarations fracassantes, affirmant cette fois-ci que les Québécois descendaient de prostituées envoyées par l'intendant Talon en Nouvelle-France pour satisfaire les besoins primaires de soldats illettrés. Un immense bâillement distendit les mâchoires du journaliste, remplissant ses oreilles de craquements. Il déchira lentement l'article, en fit une petite boule, la laissa tomber dans son verre de carton et s'amusa à la regarder s'imbiber peu à peu de café refroidi.

2

Une violente secousse immobilisa l'autocar. Ses journaux glissèrent à ses pieds. Il ouvrit brusquement les yeux, se pencha pour les ramasser et son front frappa le dossier.

— Ouille ! lui adressa avec compassion son voisin déjà debout, glissant prestement son magazine dans la poche intérieure de son manteau.

L'autocar se vidait dans un bruit de piétinements et de frottements de bagages. Ils venaient d'arriver à Québec. À la pensée qu'il serait dans quelques minutes devant son ami mourant, Nicolas fut saisi d'effroi et un coup de nausée barbouilla son estomac.

Il s'engagea dans l'allée, descendit les marches abruptes, pénétra dans le terminus et se mêla à la foule, sa nausée aggravée par un vague relent de friture et de fumée de mazout. Une rangée de téléphones publics lui rappela qu'il devait avertir Albert Morency de son absence.

— Je me doutais bien que tu filerais à Québec, lui dit ce dernier de sa voix invariablement joviale (il fallait s'en méfier, car elle pouvait cacher de terribles colères). Alors, c'est la fin ?

— Je crois bien que oui, murmura Nicolas, la gorge serrée.

— Écoute, je sais que tu vas me trouver odieux, mais métier oblige : j'aimerais que tu nous fasses un papier sur lui, qu'on publierait en collaboration spéciale. Tu es son meilleur ami, il n'y a que toi pour dire des choses vraiment convenables à son sujet. Est-ce que je peux compter sur toi ?

— J'essaierai, répondit Nicolas après une hésitation.

Il sortit sur le boulevard Charest, prit place dans un taxi et demanda de se faire conduire à l'Hôtel-Dieu.

— Vous allez visiter un parent ? s'informa le chauffeur avec une curiosité bienveillante.

— Un ami.

— Maladie grave ?

— Cancer.

— Tsss... Il en a pour longtemps ?

— J'ai pas tellement envie d'en parler, monsieur.

Loin de s'offusquer de cette réponse abrupte, le chauffeur redoubla de pétulance et se lança dans un long exposé sur l'affreuse maladie, dont il avait lu quelque part qu'elle pouvait être causée par l'habitation d'immeubles en béton.

« Qu'est-ce que je vais lui dire ? Mais qu'est-ce que je vais lui dire ? se demandait Nicolas avec angoisse tandis que le véhicule entreprenait la montée de la Côte du Palais en haut de laquelle se dressait l'hôpital. Et lui ? qu'est-ce qu'il veut me laisser comme message ultime ? *Pourvu qu'il sache clairement qu'il est sur le point de mourir...* Je ne me sens pas la force de jouer la comédie, ah non ! »

Une pensée apparut dans son esprit, qu'il rejeta aussitôt avec dégoût : le destin faisait preuve d'une sorte de justice à leur égard ; ce que son ami avait eu en réussite et en bonheur lui était retranché en temps, alors que lui-même, traînant sa vie dans une douce médiocrité, se voyait peut-être accorder des années supplémentaires pour se rattraper.

— Mozart trente-cinq ans, Salieri soixante-quinze, ricana-t-il intérieurement. Je me contenterais bien d'être Salieri, même si sa musique n'arrive pas souvent à faire sourire les anges : c'est lui qu'on encensait et non pas l'autre, qui courait après les cachets avec sa maladie de reins.

— On est arrivés, patron ! Bonne journée.

Il paya, franchit l'entrée principale, s'avança dans un vaste hall garni d'imposants fauteuils de cuir et obliqua à droite vers les ascenseurs. Sa dernière visite remontait à deux semaines. Il avait alors trouvé le malade plein d'entrain. Celui-ci venait de terminer *La détresse et l'enchantement* de Gabrielle Roy, qui l'avait ravi, son médecin miséricordieux lui avait laissé entrevoir quelques heures plus tôt la possibilité d'une rémission d'un an ou deux et il parlait même avec assez de conviction d'écrire une quatrième pièce de théâtre (« Un roman, ça risquerait d'être trop long », précisait-il avec un curieux sourire).

L'ascenseur le déposa au sixième étage. Il resta un long moment devant une fenêtre, feignant d'observer la Côte du Palais, en réalité incapable de trouver le courage de pénétrer dans cette chambre 6575 où s'achevait misérablement un destin.

L'étage, habituellement si animé, semblait désert aujourd'hui. Il n'y avait qu'une infirmière au bloc, en train de téléphoner. Elle riait, lançait quelques mots à toute vitesse, puis riait de nouveau.

Il pivota sur lui-même et se mit en marche d'un pas décidé. La chambre de François se trouvait presque au bout, à l'intersection d'un corridor. Il respirait plus librement à présent. La force lui revenait – et avec elle la capacité de mentir sans trop de maladresse. À sa gauche, l'espace d'un instant, il entrevit, couché dans un lit, un homme d'une maigreur épouvantable, le crâne recouvert d'un vague duvet, et qui le fixa avec des yeux immenses.

La porte de la chambre était fermée. Il l'ouvrit doucement et se glissa à l'intérieur. On avait presque entièrement tiré le store, plongeant la pièce dans une douce pénombre. Mais malgré le manque de lumière il comprit aussitôt en voyant son ami qu'il arrivait trop tard. Une tête aux yeux fermés, sculptée par la cachexie, émergeait d'un drap blanc froissé. On avait roulé une serviette sous le menton pour empêcher la bouche de s'ouvrir. La peau jaunâtre et tendue avait acquis cette apparence d'inaltérabilité qui précède la décomposition. L'expression du visage était celle d'un repos durement gagné. Les protubérances des genoux, largement écartés, semblaient d'une grosseur anormale. Les mains osseuses et légèrement recroquevillées reposaient l'une sur l'autre au milieu du ventre affaissé.

Tout le corps avait été saisi par cette immobilité si pénible à regarder parce qu'on la sait définitive.

Il le contempla ainsi un long moment, les yeux secs, l'esprit paralysé, puis soudain une sensation d'enfermement insupportable s'empara de lui et il fit un pas en arrière.

— Ayoye ! lança une voix rauque.

Son talon venait de s'écraser sur l'orteil d'un employé de la morgue entré silencieusement derrière lui avec un brancard et qui l'avait laissé respectueusement à sa contemplation.

Il s'échappa de la chambre en bafouillant une excuse et s'éloigna rapidement dans le corridor. Une infirmière rondelette avait rejoint la première, toujours au téléphone, et classait des papiers.

Elle leva la tête, le reconnut et un air de compassion adoucit un instant son visage sévère et affairé :

— Est-ce qu'on vous avait averti ? Non ? M. Durivage est décédé il y a deux heures. Je suis désolée, croyez-moi... Il souffrait beaucoup depuis quelques jours, ajouta-t-elle comme si cela rendait sa mort plus acceptable.

— Où est sa femme ? demanda Nicolas d'une voix étouffée.

— Vous arrivez de la chambre ?

Il fit signe que oui.

— Mon Dieu, je ne sais pas... Elle s'y trouvait il y a trois minutes. Elle est sans doute partie régler des formalités au service de l'administration. Voulez-vous que j'appelle ?

Il secoua la tête et se dirigea vers les ascenseurs. Parvenu dans le hall d'entrée, il se promena un moment devant une grosse colonne à base de marbre qui s'élevait au centre, désemparé, chiffonnant machinalement dans sa poche une vieille correspondance de métro, puis avisa un agent de sécurité et se fit indiquer les bureaux de l'administration, qui se trouvaient à deux pas. On n'y avait pas vu Dorothée. Il descendit alors au petit casse-croûte qu'il avait un peu fréquenté ces dernières semaines, s'installa au comptoir et commanda un café. Le liquide âcre et brûlant avait un arrière-goût de chicorée. Le rebord de la grosse tasse de faïence sentait vaguement le savon à vaisselle. Il la repoussa et posa sa tête entre ses mains. Un sentiment de profonde inutilité commençait à l'envahir, émoussant sa peine.

— Mon Dieu, il voulait me parler, marmonna-t-il entre ses doigts, et moi, j'arrive stupidement trop tard.

Malgré la vague nausée qui l'incommodait toujours, il eut envie d'un bol de soupe, car son estomac vide s'était mis à gargouiller. Le bras levé, il pivota sur son tabouret pour attirer l'attention de la serveuse et aperçut une petite fille à nattes rousses assise sur une banquette et causant avec une femme en manteau de drap noir, qui devait être sa mère. Elle avait des yeux bleus extraordinairement pétillants et une voix douce et cristalline qu'on ne se lassait pas d'entendre. Il la contemplait, subjugué, s'étonnant de la force de son émotion lorsqu'elle lui adressa gentiment un sourire. Il détourna la tête, embarrassé mais rempli d'une joie étrange, et son regard rencontra celui de la serveuse, postée devant lui, les deux mains sur le comptoir et qui l'attendait, le menton dressé :

— Et alors ? qu'est-ce que je vous sers ?

La petite fille se pencha au-dessus de la table vers la femme et lui chuchota :

— Il a l'air triste, le monsieur assis au comptoir.

La femme répondit quelque chose, mais cela se perdit dans la rumeur du restaurant, puis elle saisit son sac à main, se leva et se dirigea vers la caisse.

La petite fille le regarda un moment, penché au-dessus du comptoir en train de manger sa soupe comme à contrecœur, puis se leva et suivit la femme.

3

Nicolas atteignit Dorothée chez elle vers cinq heures.

— Ah! c'est toi, enfin! s'écria-t-elle. Nicolas! oh Nicolas! Tout ça est tellement horrible.

Et elle se mit à pleurer. Il essaya de la calmer. Ses sanglots redoublèrent.

— Attends-moi, dit-il. Je saute dans un taxi. Je suis chez toi dans cinq minutes.

La belle maison bourgeoise qu'habitait Durivage, rue Bougainville, grouillait de gens très anxieux de se rendre utiles et déployant dans ce but des efforts désordonnés. À part Louis Arnaud, le taciturne frère de Dorothée, chargé de filtrer les appels téléphoniques, Nicolas ne connaissait à peu près personne. En l'apercevant, Dorothée se jeta dans ses bras et se mit à sangloter. Il lui caressait les épaules et le dos avec des gestes balourds, balbutiant des consolations insipides, les seules qui nous viennent invariablement aux lèvres en pareilles occasions. Puis elle se calma subitement et l'amena s'asseoir au salon. Sa journée n'avait été qu'un tournoiement d'actes étranges et de décisions subites. Qu'aurait-elle fait sans l'aide de son frère? François était mort brusquement à sept heures dix, pleinement conscient, après une semaine de souffrances à peu près continues.

— Je veux que ce soit toi qui prononces l'éloge funèbre, dit-elle à Nicolas en prenant sa main (il accepta aussitôt d'un signe de tête). Tu étais son meilleur ami. Comme il te demandait, la nuit passée!

— Pourquoi ne m'as-tu pas appelé plus tôt ? fit-il, navré.

— Ah ! je ne sais pas, je ne sais pas. Je ne sais plus où j'en suis.

Et ses larmes se remirent à ruisseler. Son visage bouffi par les émotions violentes avait un peu vieilli, mais dans deux ou trois jours il aurait retrouvé sa beauté.

Sept heures sonnèrent à la pendule de la cheminée. Un jeune homme, silencieux jusque-là, les cheveux lissés à la Rudolf Valentino, se plaignit que les sonneries continuelles du téléphone commençaient à lui porter sur les nerfs, puis annonça qu'il se sentait un creux à l'estomac. Quelqu'un appela un traiteur. Une heure plus tard, les invités, dispersés un peu partout dans la maison, dévoraient des sandwichs et des plats froids. Vers neuf heures, plusieurs étaient partis. Louis commença gentiment à mettre les autres à la porte, expliquant que sa sœur ne tenait plus sur ses jambes, qu'elle allait prendre un somnifère et se coucher sur-le-champ.

— Maman, fit Dorothée en s'adressant à une vieille femme voûtée, toute percluse d'arthrite, qui, assise dans un fauteuil, fixait le plancher, l'air épuisé, je t'en prie, va t'étendre, tu n'en peux plus. Louis et Nicolas vont s'occuper de moi.

— Non et non ! je veux rester avec toi, répondit-elle d'une voix extraordinairement éraillée.

Mais Louis la convainquit bientôt d'aller se reposer quelques instants dans la chambre d'invités à l'étage et l'aida à monter l'escalier.

— J'ai des choses à te dire, murmura Dorothée à Nicolas en lui pressant la main avec un soupir accablé.

— Je lui ai donné un somnifère, annonça Louis en redescendant. Elle va filer jusqu'au matin. Écoute, Dodo, il faut absolument que j'aille passer quelques heures au bureau. Je plaide à neuf heures demain et j'ai à peine ouvert le dossier. Mais je reviens coucher ici, promis.

Il se tourna vers Nicolas :

— Occupe-toi bien d'elle, hein ? Au lit dans une demi-heure : elle est à bout, elle aussi.

Nicolas aimait bien cet ancien joueur de football au corps épaissi, parfois bourru et pointilleux, mais capable de vider son portefeuille entre les mains du premier venu. L'avocat enfila son manteau et ses claques, prit Dorothée dans ses bras et l'embrassa avec une tendresse inaccoutumée. L'instant d'après son auto disparaissait au coin de la rue.

Brusquement, la maison parut lugubre.

Ils retournèrent dans le salon. Dorothée s'assit sur un canapé, il prit place dans un fauteuil et ils se regardèrent un moment, ne sachant que dire. Elle tournait machinalement un verre à porto vide entre ses doigts. Soudain, une expression d'effroi se répandit sur ses traits ; elle porta les mains à son visage et murmura d'une voix épuisée :

— Mon Dieu, Nicolas, il est mort. Qu'est-ce que je vais faire ?

Il l'observait, embarrassé.

— Écoute, répondit-il enfin, tout le monde réagit ainsi les premiers jours. C'est le vide après les émotions violentes. Tu en as tellement arraché depuis trois mois... et maintenant, te voilà face à la mort... c'est comme se trouver devant un mur aveugle...

— Je n'étais plus capable, se plaignit-elle, la tête penchée, de le voir s'agripper à tout, désespérément, comme un naufragé, alors que tout le laissait, morceau par morceau... Il m'a parlé de toi avanthier, entre deux injections... Il souhaitait que tu te remettes à écrire... Il croyait que tu n'avais pas donné toute ta mesure...

— Je n'ai pas le moindre talent, répondit sèchement le journaliste. Du moins en littérature. J'ai fini par me rendre à l'évidence. Il aurait dû en faire autant.

Elle secouait la tête avec un doux sourire de dénégation :

— On se connaît si mal... François se trompait rarement sur les gens... Ça lui a souvent causé des embêtements, d'ailleurs, car il parlait trop.

Nicolas se leva :

— Eh bien, moi, si tu le permets, je vais aller parler à ma femme. J'avais promis de l'appeler à midi et j'ai complètement oublié.

Il quitta la pièce, l'allure un peu raide. Elle le suivit des yeux un moment, puis, se levant à son tour avec effort, s'approcha du bar et le rejoignit avec deux verres et une bouteille de whisky :

— Accompagne-moi, s'il te plaît. L'idée de boire seule me donne des frissons.

— Dis donc ! fit-il en revenant dans le salon, le regard fixé sur son verre, tu n'y vas pas de main morte ! Il y en a assez là-dedans pour faire changer le pape de religion !

— Je ne bois jamais. Mais ce soir, j'en ai besoin.

Elle prit une longue gorgée. L'instant d'après, elle se remettait à pleurer :

— Je ne pensais plus à lui depuis une minute, geignit-elle d'une voix entrecoupée. C'est comme un spasme. À chaque coup, ça fait tellement mal...

Il s'assit à ses côtés, lui caressa la joue ; elle prit une autre gorgée, appuya sa tête contre son épaule, puis se laissa tomber sur lui et se mit à sangloter de plus belle. Le whisky semblait cogner dur. Il trouva sa posture inconvenante et ridicule, essaya de la soulever mais n'y réussit pas. Elle se releva lentement :

— Tu es gentil, murmura-t-elle au bout d'un moment. Merci d'être là. J'en ai tant besoin. Tous ces mois, tous ces mois que j'ai passés à retenir mes larmes, à faire bonne figure, à prendre les décisions pour deux.

Elle porta le verre à ses lèvres, fit une grimace, puis se leva :

— Viens avec moi, j'ai quelque chose à te montrer, dit-elle d'un ton presque enjoué.

Ils montèrent à l'étage et pénétrèrent dans le cabinet de travail de François Durivage ; la pièce, assez vaste, servait également de bibliothèque. Il s'arrêta sur le seuil, saisi : le bureau de chêne ouvragé avec son ordinateur et son imprimante avait pris une allure funéraire.

Elle lui saisit la main et l'amena devant un rayonnage :

— Il te donne tous ses Pléiade, dit-elle en faisant un large mouvement de la main, ... ainsi que tous ses livres d'histoire... C'est peut-être une des choses qu'il voulait te dire ce matin...

Une poussée d'émotion la saisit. Elle prit une grande inspiration, s'appuya d'une main au bureau, puis, pivotant sur elle-même, contourna le meuble et ouvrit un des tiroirs. Elle en sortit une grande enveloppe brune qu'elle pressa contre elle :

— Il m'a remis cette lettre il y a deux jours pour que je la joigne à son testament. Je... j'ai peut-être trop parlé. Descendons.

Elle referma brusquement le tiroir et se rendit à la porte d'un pas incertain.

— Ouf... la tête me tourne, chuchota-t-elle en agrippant la rampe de l'escalier. Je ne suis pas habituée à boire. Mais ça fait du bien, parfois... je te jure que ça fait du bien...

Nicolas, qui avait pourtant à peine touché son verre, se sentit emporté par une étourdissante euphorie, qui se mêlait étrangement à sa peine. C'était sans doute le plaisir animal de se voir vivant quand la mort a fauché un de ses semblables.

Ils retournèrent au salon.

— Il se fait tard, dit-il, je vais y aller. Ton frère revient bientôt ?

— Oui, oui, va-t'en, répondit-elle avec une curieuse fébrilité. Tu as une longue route à faire.

Elle le reconduisit au vestibule et se pressa soudainement contre lui, toute frémissante.

Il l'enserra de nouveau dans ses bras et lui caressa le dos et les épaules encore une fois. Elle s'amollissait contre lui, silencieuse, les yeux fermés. Il s'aperçut tout à coup qu'il l'embrassait et qu'elle répondait à ses baisers sans aucune retenue. Cela dura un moment.

— Quelle veuve je fais ! s'écria-t-elle en s'arrachant de ses bras.

Et elle se mit à rire nerveusement, d'un rire désagréable et forcé.

— Je m'excuse, bafouilla-t-il, le visage écarlate. Je ne sais pas ce qui m'a pris. C'est le whisky, sans doute.

En équilibre sur une jambe, il essayait d'enfiler une claque et faillit piquer du nez.

Elle rit de nouveau, encore plus fort. C'était insupportable. Il enfila son manteau avec tant de brusquerie que les coutures d'une manche craquèrent. Elle l'observait, les yeux à demi fermés, appuyée contre le chambranle. Jamais il n'avait eu si hâte de quitter un lieu.

— Bonne nuit. N'oublie pas tes somnifères.

— Oh! je tombe déjà de sommeil, répondit-elle d'une voix alanguie. Ce whisky fait des merveilles.

Il tourna le bouton de la porte. Elle lui mit la main sur l'épaule :

— Ton foulard. Tu oublies toujours tout, pauvre Nicolas.

Puis elle ajouta :

— Lui n'oubliait jamais rien. C'en était parfois agaçant.

Il le prit, le glissa dans sa poche.

Elle le regardait avec une condescendance amusée. Puis son expression changea brusquement. Ses traits s'affaissèrent de nouveau et elle redevint une pauvre femme assommée par la douleur.

Il s'éloignait dans l'allée à grandes enjambées furieuses :

— Je ne comprends pas ce qui s'est passé, disait-il à voix haute. Est-ce que tout le monde peut devenir une crapule ?

4

Il ATTRAPA DE JUSTESSE l'autocar de onze heures et arriva chez lui courbaturé, maussade, en proie à un vague mal de tête. Assise dans son lit, un livre à la main, Géraldine l'attendait pour qu'il lui raconte sa journée par le menu. Il expédia le récit en dix phrases et se coucha.

Le lendemain, à son arrivée à la salle de rédaction, Albert Morency le fit appeler à son bureau :

— Il me faut ton papier à quatre heures. Et pour une fois, tu pourras t'étendre. On publie une page complète sur lui demain. Tu es en vedette.

Il travailla comme un chien toute la journée, l'humeur noire, la tête remplie de bourdonnements. Les idées ne venaient pas. Ou les mots sonnaient faux. À la fin pourtant, il se sentit plutôt satisfait de son travail.

— C'est encore mieux que je ne pensais, déclara Morency en laissant tomber le dernier feuillet sur son bureau. Mais à ta place, je couperais l'avant-dernier paragraphe : il affaiblit la fin.

— Je ne couperai rien du tout. Tu m'as permis de m'étendre, je m'étends.

— Je ne reviens jamais sur une promesse, répondit l'autre, et il éclata de rire.

Le lendemain, jour de congé, se passa à écrire l'éloge funèbre. Il trouva quelques très belles phrases, les lut à Géraldine, puis à toute la famille au moment du souper. Les funérailles avaient lieu le samedi. À leur grande surprise, Jérôme voulut accompagner ses parents à Québec. Pendant le trajet, il se replongea dans *La Nuée de moucherons*. En pénétrant dans l'église archi-bondée, Nicolas eut un moment de faiblesse et faillit trébucher. Mais, malgré un trac qui le faisait un peu chevroter, il parla avec éloquence et le lendemain quelques extraits de son texte parurent dans *Le Soleil*. Cela le flatta. Mais il regrettait que son propre journal ne l'eût pas cité lui aussi.

Dorothée se montra tout à fait à la hauteur des circonstances : digne, réservée, émouvante comme peut l'être une femme brisée par la douleur, mais qui ne veut pas l'imposer aux autres. Nicolas l'observait, perplexe. La scène du vestibule devenait incompréhensible. Il en conclut que tout était né du whisky et de sa goujaterie de mâle qui l'avait fait profiter d'une femme à la dérive.

Dans les jours qui suivirent, il écrivit un papier sur la découverte dans un conteneur, au port de Montréal, de huit réfugiés en provenance de Roumanie, puis sur le bris d'une canalisation d'eau géante de la rue Saint-Paul qui avait causé l'inondation de plusieurs sous-sols ; enfin il assista à une conférence de presse plutôt soporifique convoquée par le ministre fédéral des Transports qui annonçait l'injection de dix millions de dollars pour la réfection du réseau autoroutier de la ville.

Dans l'après-midi du 15 avril, le directeur littéraire de chez Tisseyre l'appela pour lui demander de préfacer la réédition d'un recueil de nouvelles de François Durivage qui devait paraître à l'automne. Sans qu'il puisse se l'expliquer, cette demande lui déplut. Il n'osa pas la refuser sur-le-champ, mais, prétextant un emploi du temps chargé, demanda à y réfléchir.

Géraldine le trouvait maussade, fourbu. Elle attribuait son état aux récents événements et s'armait de patience, s'étonnant tout de même de l'ampleur de sa réaction, car depuis le déménagement de Durivage à Québec six ans plus tôt, leur amitié s'était un peu relâchée. Jérôme se montra moins tolérant. Un soir pendant le souper, il déclara à son père que si ce dernier ne prévoyait pas changer bientôt d'humeur, il ferait peut-être bien de s'installer à la Trappe d'Oka et de communiquer avec eux par télécopieur.

Le soir, après avoir fait réciter ses leçons à Frédéric (il s'acquittait toujours scrupuleusement de ses devoirs de père de famille), il descendait au sous-sol dans la salle qu'il avait fait insonoriser cinq ans plus tôt pour écouter à l'aise sa chère musique classique et n'en ressortait qu'à minuit, ravi mais fourbu. Il traversa ainsi en trois jours les quinze quatuors à cordes de Chostakovitch, qui aggravèrent sa mélancolie ; de petits spasmes se mirent à faire ciller ses paupières et il eut des brûlures d'estomac. Mais il se sentait comblé, comme quelqu'un à qui on aurait appris une vérité pénible mais essentielle, longtemps cachée.

— Maintenant, je comprends mieux la misère humaine, dit-il un soir à sa femme en remontant de l'audition du quinzième quatuor.

Elle le regarda un moment, perplexe.

— Qu'est-ce qui se passe, Nicolas ? Vraiment, tu commences à m'inquiéter. Tu n'es plus satisfait de ta vie ?

— Connais-tu quelqu'un qui le soit vraiment ?

— Ma foi, en vingt ans, je ne t'ai jamais entendu autant philosopher. Peut-être as-tu besoin de vacances ? Ou de faire l'amour un peu plus souvent ? ajouta-t-elle avec un sourire narquois.

Un jour, profitant d'un moment creux à la salle de rédaction, il se lança dans l'écriture d'une nouvelle (cela ne lui était pas arrivé depuis deux ans) et la termina d'un seul jet. Elle comptait six pages. Il se leva, tout enthousiasmé, et alla la faire lire à Robert Lupien, un camarade de travail. Ce dernier émit des commentaires polis, sans plus. Nicolas reprit le texte en essayant de tourner la chose en plaisanterie, le rangea dans le fond d'un tiroir et l'oublia.

Un mois environ après le décès de François Durivage, Dorothée lui téléphona au journal pour lui rappeler que les livres légués par son mari l'attendaient toujours à Québec.

— Je te les envoie ? demanda-t-elle.

Il hésita un instant, puis :

— Non. J'irai les chercher.

— Ne te sens pas obligé, tout de même.

— Du tout. J'en profiterai pour passer une ou deux journées à Québec. Je suis vanné depuis deux semaines. Et puis, on pourrait se voir, si ça te tente.

Une idée simple et grossière venait de s'imposer à son esprit avec une force massive. Elle susurrait effrontément :

« Si je n'ai pas sa gloire, j'aurai au moins sa femme. »

— Viens souper chez moi, alors, répondit-elle joyeusement. Je suis en train de mettre de l'ordre dans les papiers de François. J'ai trouvé des lettres que tu lui as écrites il y a vingt-cinq ans. Elles vont te faire rire.

— Justement, j'en ai besoin.

L'idée l'effrayait. Il en avait les mains moites et le cœur battant. Mais, en même temps, elle le remplissait d'une fureur joyeuse et enivrante.

Comme il avait accumulé plusieurs jours de congé en heures supplémentaires, l'affaire se régla facilement avec son chef de division. Restait à obtenir l'assentiment de Géraldine.

Après un long préambule consacré à la fatigue qui le minait depuis deux mois, il présenta son projet durant le souper : deux jours solitaires à Québec à faire la grasse matinée au vieil hôtel Clarendon, à flâner doucement dans les rues tortueuses du quartier latin en se laissant imprégner par la chaleur naissante du printemps. Contre toute attente, Géraldine, pourtant assez possessive, se montra favorable.

— Prends quatre jours, si tu veux. La bonne humeur n'a pas de prix. Surtout pour l'entourage.

— N'oublie pas de m'acheter des bandes dessinées, ordonna Frédéric.

— Et un coq en chocolat, ajouta Sophie.

Jérôme mâchouillait une feuille de salade en fixant son père du coin de l'œil, l'air vaguement désapprobateur, mais n'émit aucune remarque.

— Alors je vais partir demain, décida-t-il, sa joie déjà amoindrie par les élancements de sa mauvaise conscience.

Il régla son réveille-matin à six heures afin d'arriver tôt à Québec et de pouvoir se promener sur la terrasse Dufferin en regardant le fleuve fumer sous le soleil.

À six heures trente, il mettait ses souliers lorsqu'une violente douleur au talon gauche lui arracha un cri. Retirant précipitamment le pied, il vit une grosse araignée verte bondir de sa chaussure et disparaître sous une plinthe. Il sut alors que sa journée irait de travers.

La piqûre se transforma aussitôt en une grosse bosse brûlante qu'il traita au mercurochrome sans obtenir de soulagement.

— Bah! ne t'en fais pas, mon loup, lui dit Géraldine en l'embrassant, dans trois ou quatre heures, tout aura disparu. Tu me téléphones ce soir, hein?

Arrivé au terminus (car il avait tenu encore une fois à laisser l'auto à sa femme), il demanda des glaçons au restaurant et s'acheta un roman policier au kiosque à journaux. Mais ni la glace qu'il avait glissée discrètement dans son bas, enveloppée dans un sac de polythène, ni le récit haletant de James Hadley Chase ne purent atténuer ses élancements tout au long du voyage.

Il arriva à Québec d'assez mauvaise humeur et, au lieu de marcher jusqu'à l'hôtel comme il l'avait projeté, dut se faire conduire en taxi. Le soleil poursuivait son ascension dans un ciel bleu lavé de tout nuage, comme il l'avait souhaité. Le printemps éclatait dans la ville avec sa violence habituelle, qui avait annulé en quelques jours l'interminable grisaille de l'hiver. Les quelques amoncellements de neige qui avaient survécu paraissaient bizarres et incongrus et se liquéfiaient à vue d'œil, comme saisis par la honte.

Avec des attentions qu'on ne prodigue qu'aux infirmes ou aux très jolies femmes, le chauffeur de taxi transporta sa valise jusque dans le hall de l'hôtel; Nicolas dut lui remettre un pourboire plus gros que prévu.

— Votre chambre ne sera pas prête avant une heure, lui annonça le commis de la réception d'un air contrit en ramenant précipitamment une mèche de cheveux blonds derrière son oreille.

La douleur l'empêchait toujours d'aller se balader. Il se rendit en clopinant à la salle à manger, commanda un copieux déjeuner, puis décida de donner un coup de fil à Dorothée pour confirmer leur rencontre de la soirée.

— Déjà ici ? fit-elle, étonnée. T'es vite en affaire, ajouta-t-elle d'un ton étrange.

Et elle se mit à rire.

— Je suis crevé, j'avais besoin d'un congé, répondit-il, légèrement piqué. Autant le prendre tout de suite. Tu m'invites toujours à souper ?

— Oui, oui, bien sûr, fit-elle avec une légère hésitation. Je t'attends à six heures. Ciao !

— Décidément, grommela-t-il en retournant à table, je sens que cette journée ne me vaudra rien, ah non, vraiment rien. Je devrais retourner à Longueuil, tiens.

On venait de lui servir une omelette au fromage, énorme et toute luisante de beurre, accompagnée de pommes de terre rissolées, de rôties tièdes et moelleuses et d'une tasse de café extraordinairement odorant. Sa mauvaise humeur disparut. L'immense salle à manger aux boiseries sombres et aux piliers ornés de miroirs, presque déserte à cette heure, prit tout à coup une allure chaleureuse et invitante et il s'aperçut que les élancements de son pied diminuaient.

Il sauçait son assiette avec un morceau de pain lorsqu'une anecdote que lui avait racontée François plusieurs années auparavant lui revint tout à coup à l'esprit. L'écrivain avait été invité à présider une remise de prix littéraires dans un cégep de Hull. Arrivé longtemps à l'avance à l'auditorium où devait se dérouler la cérémonie, il errait dans les coulisses, observant d'un œil ennuyé le va-et-vient frénétique des machinistes, des techniciens et des membres d'une chorale qu'on rassemblait en hâte pour une ultime répétition lorsqu'une des organisatrices, gênée de le voir perdu dans toute cette bousculade, l'avait amené dans une sorte de réduit encombré de costumes et d'accessoires et l'avait fait asseoir dans un vieux fauteuil en s'excusant du lieu inapproprié : toutes les loges étaient prises. L'endroit sentait tellement la sueur et le renfermé qu'il s'était bientôt réfugié aux toilettes, qui avaient l'avantage au moins d'être aérées. Et c'est là, en attendant qu'on l'appelle pour s'adresser au public, qu'il avait sorti son calepin et trouvé le début de *Cœur de neige*, ce roman qui avait connu trois ans plus tard un si prodigieux succès.

« Un de ces jours, je devrais me placer dans des conditions bizarres comme celle-là, se dit Nicolas en quittant la table. Ça favorise peut-être l'inspiration. »

Il alla prendre sa clé à la réception et, valise en main, clopina vers l'ascenseur et monta au cinquième étage. Sa chambre lui plut aussitôt. Immense et toute bleue, elle avait deux fenêtres donnant sur une petite cour, un plafond cramoisi qui rougeoyait quatre mètres plus haut, un grand lit à tête de cuivre, une commode ventrue, un secrétaire, des lampes de porcelaine à motifs chinois, une épaisse moquette bleue. Il défit sa valise, rangea son lecteur laser dans la commode (il l'emportait toujours avec lui), puis, se déchaussant, examina la piqûre. La bosse, violacée, n'avait pas diminué. Il poussa un juron et décida de prendre un bain de pied glacé.

Une distributrice à glaçons ronronnait dans le corridor. Il vida cinq bacs dans la baignoire, fit couler de l'eau et s'assit sur le bord en soupirant, son James Hadley Chase à la main. Trois chapitres plus tard, il s'aperçut avec plaisir que le traitement agissait. Et quand l'inspecteur Hammerstock eut enfin résolu définitivement l'imbroglio de cet invraisemblable vol de diamants, Nicolas pouvait marcher pieds nus sans ressentir autre chose qu'un léger tiraillement.

Il décida de se rendre aussitôt sur la terrasse Dufferin. Les milliers de cartes postales qu'on avait tirées du Château Frontenac et de ses environs n'avaient pas réussi à dissiper totalement l'aura mystérieuse et un peu hautaine qui l'entourait.

Accoudé à la balustrade, il se mit à respirer avidement l'air du fleuve qui arrivait par petites bouffées tièdes. Le soleil se tenait droit au-dessus de sa tête maintenant. Sous l'effet de ses rayons, les promeneurs, la terrasse elle-même, les bancs vert sombre alignés devant le fleuve et jusqu'aux murailles du Château, tout avait pris un air de jeunesse inaltérable, comme si le temps et ses dégâts sournois avaient été abolis. Un enthousiasme naïf l'envahit.

— Je vais coucher avec elle – et ce soir même ! martela-t-il à voix basse en crispant ses mains sur le rebord de la balustrade.

Quelque chose en lui l'exigeait depuis très longtemps et pulvérisait tous ses remords, comme une revanche longtemps désirée et soudain accessible. Les lois de l'amitié avaient toujours entouré Dorothée d'un cordon infranchissable, mais la mort venait de le couper.

Une main s'abattit sur son épaule. Il tressaillit, se retourna.

— Rivard ? fit un homme trapu et bedonnant, ses cheveux gris lissés par en arrière, le nez proéminent et bosselé. Nicolas Rivard ? Me replaces-tu ?

— Euh... il me semble que oui, répondit-il en fouillant frénétiquement dans ses souvenirs.

— Non, tu ne me reconnais pas. J'ai trop changé. Vingt kilos de graisse, ça magane l'apparence. Douillette. Aimé Douillette. On a fait notre philo ensemble.

Malgré le nom, malgré l'avalanche de détails et de souvenirs que lui prodiguait l'homme en lui soufflant au visage une haleine lourde qui l'obligeait à rejeter un peu la tête vers l'arrière, il n'arrivait pas à se le rappeler. L'autre lui raconta avec des éclats de rire le tour sublime qu'ils avaient joué un jour à leur prof de physique en l'enfermant à clé dans sa chambre après avoir sectionné le fil de son téléphone, ce qui les avait libérés d'un très soporifique cours sur la volumétrie. Tour impuni, d'ailleurs, car les autorités, malgré leur acharnement, n'avaient jamais pu trouver les coupables. Ils étaient cinq. Rivard revoyait bien dans son esprit les autres complices. Mais de Douillette, il ne restait que du vide.

Ce dernier, par contre, pensait souvent à son ex-condisciple. Trois ou quatre fois par semaine, il lisait ses textes dans *L'Instant* et suivait sa carrière avec «un énorme intérêt». «Un rien l'excite», se dit Rivard, agacé. Douillette le prit par le bras, l'emmena prendre un café au Château et lui raconta sa vie : il était marié, père de trois filles (l'aînée étudiait en architecture), sa femme souffrait de la maladie de Parkinson, mais faisait preuve d'un merveilleux courage et menait une vie presque normale ; quant à lui, Dieu merci, il possédait une santé de fer et travaillait au ministère de l'Environnement à Québec, où il s'occupait présentement à constituer une banque de données sur les rejets industriels.

— J'avais toujours rêvé d'être journaliste comme toi, soupirat-il, mais tout le monde ne peut pas avoir ta chance.

Et il se relança dans les souvenirs de collège. Rivard ne put s'en débarrasser qu'au bout d'une demi-heure, épuisé par son bavardage.

Il traversa la place d'Armes, enfila la rue du Trésor, la Côte de la Fabrique, puis la rue Saint-Jean (son pied élançait à peine maintenant) et se rendit jusqu'à Musique d'Auteuil, le disquaire qu'il fréquentait à chacun de ses voyages à Québec. Il en ressortit une demi-heure plus tard avec la Cinquième de Nielsen dirigée par Bernstein et une *Symphonie dramatique* de Respighi ; il se disposait à retourner à l'hôtel pour se plonger dans la musique lorsqu'il s'arrêta tout à coup sur le trottoir, l'œil exorbité (un serveur étonné se mit à le fixer par une vitrine). Une superbe idée de nouvelle venait de surgir dans son esprit, inspirée par sa rencontre avec Douillette. C'était l'histoire de deux anciens camarades de collège se croisant par hasard dans un hôtel et décidant de renouer après vingt ans. Mais l'un d'eux se révélait bientôt une sordide crapule, partait avec la femme de l'autre après l'avoir escroqué et l'histoire se terminait d'une façon tragique.

Une seconde idée lui vint, absurde, celle-là, mais irrésistible : *pourquoi n'écrirait-il pas cette nouvelle dans les mêmes conditions bizarres qui avaient entouré la naissance du* Cœur de neige *de Durivage ?* Quelque chose de magique avait alors agi ; et il sentait que ce quelque chose jouerait également pour lui.

La vitrine d'un dépanneur montrait ses étalages cinq portes plus loin. Il s'y acheta un cahier d'écolier, puis héla un taxi et se fit conduire au Cégep de Sainte-Foy. Il était presque midi.

— Déposez-moi un peu avant le cégep, demanda-t-il au chauffeur. Voilà, ici, c'est parfait.

Il souhaitait une arrivée discrète. Les bâtiments se trouvaient en contrebas de la rue au bout d'un stationnement auquel on accédait par un escalier. Il descendit les marches et se dirigea vers le pavillon I. Des flots d'étudiants s'échappaient de la porte principale et circulaient sur le terrain, bavardant et riant. Il se fraya un chemin parmi eux, le regard au sol, son cahier d'écolier serré sous l'aisselle, franchit l'entrée et se retrouva devant un large escalier à rampes vernies en bas duquel s'allongeait un corridor, tout bourdonnant d'éclats de voix. Au-dessus de sa tête s'alignaient des affiches annonçant des élections, un kayaka de mer à l'île d'Orléans, des excursions en montagne, etc. Il s'agissait maintenant de trouver l'auditorium en souhaitant que les coulisses soient pourvues de toilettes. Soudain il vit toute l'idiotie de son projet. Mais cela ne dura qu'une seconde. Un élan irrésistible le poussait à se rendre jusqu'au bout.

Il descendit les marches, s'avança dans le corridor et avisa un homme maigrichon aux joues piquées de poils gris en train de réparer une fontaine.

— L'auditorium ? fit ce dernier. Il faut vous rendre au bout, là-bas, puis tourner à gauche et ensuite à droite après le deuxième corridor. Mais il est fermé à cette heure, ajouta-t-il en le fixant, étonné. Venez-vous pour la rampe d'éclairage ?

— Euh... non, pas tout à fait, répondit le journaliste en s'éloignant à grandes enjambées. Merci beaucoup.

Deux minutes plus tard, il secouait en vain la porte verrouillée.

Une femme de forte carrure s'approcha de lui, pressant une serviette contre sa poitrine plantureuse :

— Je peux vous aider ? fit-elle d'une voix un peu affectée.

— Non merci. J'ai dû arriver trop tôt.

Il s'éloigna à toute vitesse et se retrouva de nouveau dans le corridor menant à la sortie. À sa droite s'alignait une rangée de fauteuils de plastique vert sous une suite de babillards chargés d'affiches. Il aperçut un adolescent affalé dans un fauteuil, mâchant de la gomme d'un air morose, et se fit indiquer les toilettes. Quelques instants plus tard, il déambulait entre une série d'urinoirs et de cabinets. Un bruit de défécation éclata dans la salle, répercuté par les murs de carreaux de faïence. À sa droite, deux élèves, debout devant un urinoir, discutaient d'un examen de mathématiques.

Nicolas se glissa dans un cabinet, verrouilla la porte, prit place sur le siège, puis se demanda quelle diable d'impulsion l'avait amené dans un pareil endroit. Il ouvrit le cahier, prit son stylo, retira le capuchon et attendit que quelque chose se passe.

Comme de coutume, les cloisons étaient couvertes de graffiti.

Jim, je vous souhaite une longue journée plate !
Si f(x) = 1 (x+1), f1 (x) = ? Prouvez-moi votre intelligence.
Honorons l'impuissance de queue de granit.

Une vague odeur d'urine et d'eau de Javel flottait dans l'air. Un second bruit de défécation retentit. Une porte claqua et la voix d'un jeune homme en mue lança joyeusement :

— Hé ! Trudeau, t'as copié sur moi tout à l'heure, hostie ! Passe-moi une cigarette ou je te dénonce au prof !

— C'est ma dernière, câline, répondit une voix nasillarde. Va trouver quelqu'un d'autre.

Le vacarme d'une chasse d'eau noya leur discussion.

Nicolas écrivit en majuscules sur le haut de la première page : NOUVELLE, et sur la ligne d'en dessous : *premier jet.*

L'action devait débuter à l'hôtel Clarendon. Il voyait très bien le hall, les corridors, la salle à manger et se rappelait même la légère odeur d'huile qui régnait dans l'ascenseur. Mais les deux personnages principaux n'arrivaient pas à prendre vie ; ils restaient debout l'un en face de l'autre, inertes comme des momies.

Les deux élèves quittèrent les toilettes en se bousculant et pendant quelques minutes, le silence régna, interrompu de temps à autre par la chasse d'eau des urinoirs.

« Il faut d'abord trouver le nom de mes personnages », se dit le journaliste.

Il écrivit : *Robert Douillette,* puis *Julien Cormier* et considéra les deux noms avec une moue de satisfaction.

La porte claqua de nouveau, des pas se dirigèrent vers lui, puis obliquèrent vers le deuxième cabinet à sa gauche. Il entendit un léger déclic et une odeur de cigarette arriva bientôt à ses narines.

Est-ce que la magie était sur le point d'opérer ? Il écrivit :

Le 8 mai au matin, Robert Douillette descendit à l'hôtel Clarendon et téléphona aussitôt à Charles Tournemire, constructeur bien en vue qu'on lui avait décrit comme...

Il biffa la phrase, puis écrivit plutôt :

Le matin du 8 mai, l'hôtel Clarendon de Québec recevait un client du nom de Robert Douillette, homme d'affaires montréalais venu rencontrer un important constructeur en bâtiments du nom de Charles...

L'odeur de cigarette se faisait de plus en plus envahissante. Soudain, à des soupirs étouffés accompagnés de légers frottements, il devina que son voisin se prodiguait des marques d'un amour indicible. Il sourit, haussa les épaules, tendit l'oreille. La porte claqua encore et trois ou quatre étudiants firent irruption dans la pièce en criant.

— Trois mille piastres pour un kart ! lança une voix. Où vas-tu trouver l'argent ?

— J'ai cinq cents piastres à la banque. Mon père va m'avancer le reste.

— Son père ! fit une troisième voix, moqueuse. On sait bien ! il possède la moitié de la ville !

— Tu dis des conneries, Pierre, répliqua l'autre.

Nicolas fronça les sourcils : il était bien difficile de se concentrer dans un pareil brouhaha. Il raya la deuxième phrase, retranscrivit la première en la modifiant légèrement puis, mettant son esprit critique en veilleuse, il se laissa emporter par le déroulement des mots et rédigea d'un souffle quatre pages et demie.

Un immense gargouillis résonna dans son estomac et sa bouche s'emplit de salive : il fallait dîner. Impossible d'écrire le ventre creux.

Il se relut lentement avec une moue sceptique, referma le cahier, glissa le stylo dans sa poche et quitta les toilettes. La magie n'avait pas opéré.

Vers quatre heures, il prit une douche, se fit un shampoing, aspergea ses aisselles d'eau de Cologne, se brossa soigneusement les dents, puis arpenta sa chambre tout nu pendant quelques minutes, en proie à un profond sentiment de bien-être physique que grugeait sournoisement le trac. Il s'habilla, installa la Cinquième de Nielsen sur son lecteur laser, mit ses écouteurs, mais s'aperçut au bout d'un moment qu'il n'écoutait rien, toutes ses pensées tendues vers son rendez-vous.

Il descendit au bar, commanda une bière, lut un journal, puis alla se promener dans la rue Sainte-Anne. Après avoir flâné un moment dans une boutique d'art esquimau, il regarda sa montre, retourna à l'hôtel et fit appeler un taxi.

— Tu n'es pas venu en auto ? s'étonna Dorothée en ouvrant la porte.

— Ma femme en avait besoin.

— Bon mari ! lança-t-elle avec un clin d'œil moqueur en le faisant entrer. C'est que tu as trois *énormes* boîtes de livres à transporter.

— Ça me fera du muscle.

Il avait déjà les aisselles toutes mouillées.

« Pourvu que mon eau de Cologne tienne le coup », se dit-il.

Elle le précéda au salon, lui désigna un canapé, prit place dans un fauteuil et croisa la jambe, découvrant le début d'une cuisse superbe :

— Et alors ? Tu as l'air un peu fatigué. Je te préviens, ajouta-t-elle tout de suite, le souper sera immangeable. J'ai voulu préparer un filet en croûte, mais mon four s'est détraqué. Quand je m'en suis aperçue, j'étais devant quelque chose qui ressemblait à du béton brun pâle. Enfin, on pourra se réchapper avec les légumes... Whisky ?

— Je veux bien, oui.

Elle se leva avec un élan vif, presque juvénile, s'approcha du bar et commença à préparer les consommations. Sa robe de lainage vert lime, assez courte et serrée à la taille, la rajeunissait avec une sage modération. Seuls d'imperceptibles flétrissures autour des yeux et un très léger relâchement du cou trahissaient la quarantaine. Il en ressortait une beauté touchante qui troublait Rivard et lui remuait étrangement le bas-ventre. Il aurait voulu être drôle, pétillant, décontracté, la faire rire aux éclats, mais un trac stupide avait gelé ses idées et il se maudissait.

Elle se retourna :

— Un glaçon ?

— Deux.

La glace fit un petit flouc! dans le verre et un peu de liquide rejaillit sur sa main. Elle se lécha le pouce.

— Comment vas-tu ? demanda-t-il d'une voix qu'il s'efforça de rendre grave et moelleuse. Commences-tu à te remettre de... «Mauvais sujet, se dit-il aussitôt. Jamais parler d'un concurrent, même décédé.»

Elle lui tendit le verre :

— Oh! je pense à lui cent fois par jour. La nuit dernière, j'ai rêvé à lui. Il me tendait les bras et je courais vers lui sans avancer. Symbolisme assez transparent, n'est-ce pas ? Mais je m'habitue peu à peu à son absence. C'est ce qu'il y a de plus moche dans la vie : on s'habitue à n'importe quoi. C'en est déshonorant. Excuse-moi, il faut que j'aille à la cuisine.

À son retour, elle avait presque vidé son verre. Elle avala la dernière gorgée et se servit de nouveau.

— Tu en veux un autre ? lui demanda-t-elle avec un sourire qui lui parut équivoque.

— Pourquoi pas ?

Son trac le quittait. L'aventure s'annonçait plus facile que prévu. Il avait devant les yeux une très belle veuve dans la quarantaine en train de se mettre en état de trahir la mémoire de son mari.

Elle inclina prestement la bouteille, qui émit comme un petit rire sarcastique et huileux, puis se laissa tomber sur le canapé près de lui. Le whisky s'agita violemment dans son verre, sans déborder.

Il frotta discrètement sa main moite contre un coussin, puis murmura :

— Je t'ai toujours trouvée très belle, tu sais. Mais ce soir, vraiment, tu es plus ravissante que jamais. C'est à en perdre la tête.

— Ah ! non, s'objecta-t-elle en riant, ne commence pas à me draguer, toi. Il est encore trop tôt. Il faut respecter les convenances.

— Lesquelles ? demanda-t-il platement.

— Est-ce que je t'ai parlé de cette drôle de clause que François a insérée dans son testament trois jours avant de mourir ? fit-elle sans prendre la peine de répondre à sa question. Non ? Il demande qu'on organise une grande fête à sa mémoire au premier anniversaire de son décès. Sais-tu où ? Dans notre maison de Havre-Aubert aux Îles-de-la-Madeleine.

Nicolas la regardait, ahuri.

— Mais c'est au bout du monde ! s'écria-t-il enfin.

— Je paie tout, frais de déplacements compris.

— Et qui seront les invités ?

— Ses amis. Il en a dressé la liste : sept noms. Tu en fais partie, évidemment.

Nicolas eut une moue ironique :

— Je ne savais pas qu'il en avait tant.

— J'ai été surprise moi aussi. Je suppose que vers la fin, il avait assoupli ses critères.

Elle consulta sa montre :

— À table. Sinon, mes brocolis à la crème vont être foutus.

Ils s'installèrent dans l'immense salle à manger victorienne. Le fouillis de fleurs du papier tenture mangeait la lumière ; elle continua de parler du testament, allant dans les plus infimes détails. Il l'écoutait avec une résignation polie, feignant l'intérêt, essayant de faire de l'esprit le plus souvent possible sans manquer de respect à la mémoire de son ami, mais très ennuyé par cette conversation qui n'avançait pas du tout ses affaires. De temps à autre, il l'aidait dans le service et veillait à ce que son ballon de vin ne désemplisse pas. Malgré les prédictions pessimistes de son hôte, le filet en croûte s'avéra succulent. Il la couvrit de compliments. Elle riait, légèrement ivre, le regard tendre et chancelant. Il tint à servir lui-même la salade de cresson et, debout derrière elle, lui caressa furtivement la nuque.

— Ce soir, tu es venu pour coucher avec moi, murmura-t-elle, le regard droit devant elle, un étrange sourire aux lèvres. Tu te l'es fixé comme but, je ne sais trop pour quelles raisons. Le succès de François pesait beaucoup sur son entourage, et particulièrement sur toi. Il t'a peut-être un peu écrasé. Quand François entrait dans une pièce, il aspirait tout l'air, nous laissant juste ce qu'il fallait pour ne pas défaillir. Il ne s'en apercevait même pas, d'ailleurs, tant c'était naturel chez lui. Ses besoins égalaient ses capacités. Il avait bon cœur, mais il prenait tout. Pour être son ami, il fallait se vouer à lui sans restriction aucune. J'en sais quelque chose. Il t'aimait beaucoup, mais il t'a peut-être empêché, sans le savoir, d'occuper ta vraie place. Et maintenant qu'il est mort, tu veux montrer aux autres que ton seul mérite n'est pas d'avoir été l'ami de François Durivage. Une sorte de revanche, quoi. Voilà pourquoi tu es ici ce soir. Est-ce que je me trompe ?

Il avait reculé de quelques pas, atterré.

— Je crois qu'il vaut mieux que je m'en aille, répondit-il à voix basse.

Elle se retourna :

— T'en aller ? Pourquoi ?

Elle se leva et se pressa contre lui :

— Moi aussi, j'ai besoin de faire l'amour, figure-toi donc, grand bêta. J'en ai envie depuis des mois... Et puis, tu as une bonne gueule...

Ils s'embrassèrent de plus en plus fougueusement, puis elle l'entraîna vers la chambre d'amis (il remarqua la nuance) où ils firent l'amour très convenablement. Après avoir causé un moment étendus sur le lit en sirotant le reste du whisky, ils se rhabillèrent et descendirent à la cuisine pour manger un morceau de génoise au café, puis refirent l'amour.

Vers une heure du matin, au moment de la quitter, il lui demanda si elle ne regrettait pas un peu son geste.

— À cause de François ? Qu'a-t-il à voir là-dedans, le pauvre ? Il est aussi mort aujourd'hui qu'il le sera dans dix mille ans. Quand bien même je resterais chaste jusqu'à la fin de mes jours, ça ne le ferait pas ressusciter.

Sa réponse le soulagea.

— On peut se revoir demain ?

Elle hésita une seconde, puis :

— Non, demain, je ne peux pas. Je dois conduire maman chez le médecin et ensuite j'ai un rendez-vous à l'université.

Le taxi arrivait.

— Rappelle-moi à ton prochain séjour à Québec.

Elle l'aida à transporter les boîtes de livres, l'embrassa sur la joue, puis, toute frissonnante sous le vent frisquet, courut s'enfermer dans la maison.

Il regardait défiler les demeures cossues et les pelouses encore jaunâtres avec un vague sentiment de défaite. Son sexe pendait entre ses jambes comme un petit chiffon flasque, presque immatériel. Il avait peine à croire qu'il en avait tiré du plaisir quelques moments plus tôt. Avait-elle fait l'amour avec lui dans un geste de charité, pour le libérer de l'ombre de son mari ? L'idée de cet amour de bonne sœur lui amena une grimace écœurée.

En arrivant au Clarendon, il déposa les boîtes de livres à la consigne, appela l'ascenseur, attendit un moment sous le regard somnolent du préposé à la réception, puis, impatient, prit l'escalier. C'était un escalier étroit, tout en coudes, aux marches arrondies par l'usure, dont l'apparence modeste jurait avec le luxe délicieusement suranné de l'hôtel. Il montait avec effort, soupirant après son lit, lorsqu'une dégringolade de pas retentit au-dessus de sa tête et il se retrouva devant un jeune Américain (cela éclatait dans son visage) aux cheveux noirs et brillants, pieds nus, la chemise déboutonnée, une canette de bière à la main, qui poursuivit sa descente avec une souplesse animale – et sa propre jeunesse envolée le frappa tout à coup en pleine poitrine.

Il arriva à sa chambre dans un état d'abrutissement et de morosité proche du désespoir, se dirigea tout droit vers le bar et se versa une rasade de *dry gin*, qu'il avala d'un coup.

— Est-ce que je deviendrais alcoolique ? s'inquiéta-t-il à la pensée de toutes ces consommations ingurgitées depuis quelques heures.

Et il coula dans le sommeil.

5

Trois jours plus tard, Albert Morency fit une colère historique. Le journaliste Jérémie Fulvia avait obtenu une entrevue exclusive avec le président d'une papeterie au sujet d'un investissement majeur dans la région de Sept-Îles. L'entrevue devait se dérouler à huit heures trente au Ritz-Carlton. À huit heures moins dix, David, le petit garçon de Fulvia, s'étouffa avec un morceau de bacon pendant le déjeuner. Son visage vira au bleu et il se mit à émettre de curieux bruits d'accordéon. Son père lui mit la tête en bas, lui pressa le diaphragme, rien n'y fit. Sa mère lui donna de formidables tapes dans le dos, le secoua comme un tapis. Peine perdue. Les parents s'affolèrent, sautèrent dans leur automobile et filèrent avec le gamin à l'hôpital où on réussit à lui désobstruer la trachée et même à lui ramener le sourire. Mais il était dix heures quand tout fut réglé. Fulvia téléphona au président de la papetière. Furieux de faire le pied de grue, ce dernier avait décidé de convoquer une conférence de presse pour le lendemain.

Le journaliste se rendit à *L'Instant* et annonça la nouvelle à Morency.

Ce dernier le regarda un moment avec un sourire indécis, comme celui qui se dessine parfois sur le visage d'un épileptique juste avant sa crise, puis, lâchant un apocalyptique « Serpent d'égout ! », il asséna un si terrible coup de poing sur son bureau que le plateau de verre se fendit sur toute sa longueur. Pendant qu'il était allé se faire panser la main à l'infirmerie, les journalistes examinèrent les dégâts dans un silence respectueux.

Morency réapparut bientôt dans l'humeur qu'on peut deviner, passa près du bureau de Nicolas et jeta un regard sur l'écran de son ordinateur. Rivard était en train d'écrire un compte rendu assez quelconque sur l'explosion d'un transformateur près d'une école primaire dans l'est de la ville au moment de la récréation. Deux enfants avaient été blessés.

— Plutôt merdique comme amorce, grommela le chef de division en continuant son chemin.

Sur ces entrefaites, le téléphone sonna.

— Nicolas ? fit une voix anxieuse. C'est Aimé Douillette. Je te dérange ?

— Non, pas du tout, répondit le journaliste en essayant de cacher son agacement. Comment vas-tu ?

— Écoute, mon vieux, reprit le fonctionnaire à voix basse sans répondre à sa question, je ne peux pas te parler longtemps, on risquerait de m'entendre. Notre rencontre de l'autre jour à Québec m'a pas mal brassé la boîte à poux. Il faut se revoir. J'ai des choses à te dire.

— À quel sujet ? fit Nicolas, de plus en plus ennuyé.

Un claquement de porte se fit entendre au bout du fil, suivi d'un profond silence.

— Allô ? allô ? es-tu là, Douillette ? Qu'est-ce qui se passe ?

— Peux-tu m'appeler dans une heure ? répondit enfin un filet de voix terrifié.

Il lui souffla un numéro et raccrocha.

Le téléphone sonna de nouveau. Cette fois, c'était une responsable des relations publiques d'Hydro-Québec qui voulait apporter certaines précisions à propos de l'incident du transformateur. Cet appel fut suivi d'un autre, puis d'un troisième, l'avant-midi se transforma en tourbillon et Rivard oublia complètement son ancien camarade de collège.

À cinq heures il se retrouva, fourbu, dans la station de métro Berri-Uqam en route pour Longueuil, mais sans aucune envie de rentrer à la maison. Traînant les pieds, il se dirigea vers la librairie Le Parchemin. Monsieur Vega, le patron, lui adressa son habituel sourire radieux et prit aimablement de ses nouvelles.

— Vous êtes mélomane, je crois, n'est-ce pas ? Nous venons tout juste de recevoir le nouveau *Diapason*.

Le visage de Rivard s'illumina :

— Ah oui ? ça m'intéresse.

Le libraire se dirigea vers un présentoir et revint avec le catalogue :

— En deux jours, j'en ai vendu neuf.

Rivard l'acheta et sortit. Une odeur de pain grillé frappa ses narines. Elle provenait de la Petite Bouchée, dix mètres plus loin. Il eut envie de s'affaler devant une soupe et des rôties en feuilletant son livre. Il entra et prit place au comptoir. À ses côtés, un jeune homme au long toupet blond lisait avec ferveur une Bible minuscule. Les commentaires du *Diapason* parurent insipides et creux à Nicolas. Les caractères dansaient devant ses yeux fatigués. Une courbature lui traversait le dos en diagonale. Il referma le livre et attendit qu'on le serve.

Depuis son retour de Québec, il regardait avec mépris les hommes et leur petite vie routinière et bouchée. Il faisait partie lui aussi de cette cohorte de poissons rouges qui s'imaginent nager dans l'océan parce qu'ils oublient à mesure leurs évolutions dans le bocal. Comment se libérer ?

L'émotion retombée, sa soirée avec Dorothée lui apparaissait maintenant comme ce qu'elle était : une coucherie sans lendemain. Pour son plus grand malheur, la mort de François avait déclenché en lui une furieuse envie de crever le plafond, de s'échapper de son minable destin de journaliste de deuxième ordre. Mais comment l'assouvirait-il, grands dieux, comment ?

Le jeune homme à la Bible se tourna vers lui et demanda la salière d'une voix si onctueusement répugnante que Nicolas en demeura figé. Il avala sa crème de champignons et ses rôties, paya, sortit et franchit les tourniquets du métro. Il descendait l'escalier qui menait au deuxième niveau lorsqu'un remuement étrange se fit en lui, comme à l'annonce d'un événement important. Et soudain *cela* se produisit devant le kiosque à journaux. Une jeune fille de dix-sept ou dix-huit ans était appuyée nonchalamment à un mur avec l'air d'attendre quelqu'un. Elle portait une chemise de gros coton carreauté, un pantalon de flanelle mal coupé et des bottines d'ouvrier jaunasses toutes éraflées d'où s'échappaient de gros bas de laine gris. Mais cet habillement fruste ne faisait que mettre en valeur un corps menu et gracieux d'une beauté si parfaite, si dévastatrice que sa vue devenait presque insoutenable. Il se planta devant un étalage de journaux, feignant de lire les manchettes dans le fracas des rames de métro qui arrêtaient et repartaient, la reluquant du coin de l'œil, perdu dans une contemplation triste et amère, accablé par un sentiment de misère qui lui faisait monter les larmes aux yeux. Une soif cruelle et pressante le tourmentait de s'approcher d'elle, de la toucher, de trouver un moyen de s'unir à cette perfection scandaleuse et insolente, mais un obstacle insurmontable l'en empêchait, et cet obstacle c'était lui-même, ses quarante-cinq ans, ses traits un peu communs, son corps bedonnant et fatigué, sa chevelure amincie, une lourdeur incurable dans les gestes et la pensée. Dissimulés par les affreuses godasses, il *voyait* ses adorables pieds nus qui appelaient les caresses et les baisers les plus voluptueux. La jeune fille venait de croiser les bras et manifestait maintenant des signes d'impatience, aussi éloignée de lui que le sourire depuis longtemps éteint de la reine Nefertiti.

Un rire étouffé le fit sursauter. Derrière le comptoir du kiosque, deux jeunes commis venaient de surprendre son avide contemplation et chuchotaient en lui jetant des regards moqueurs.

Le visage tout rouge, il s'éloigna précipitamment. L'infirme du métro se tenait à sa place habituelle près de l'escalier mécanique. Recroquevillé dans sa chaise roulante, sa boîte de conserve fixée à un appuie-bras et prête à recevoir les aumônes, il leva les yeux vers lui avec un tremblotant rictus. Nicolas s'arrêtait toujours pour lui donner de la monnaie. Mais, cette fois-ci, le journaliste passa tout droit.

À son arrivée à la maison, tout le monde avait déjà soupé. Il s'attabla seul devant une assiette de pâté chinois réchauffée au micro-ondes. Géraldine aidait Frédéric à faire ses devoirs, Sophie barbotait dans son bain avec une énergie inquiétante et Jérôme bûchait ses leçons. Nicolas finissait de manger lorsque l'adolescent descendit à la cuisine prendre un verre d'eau.

— Mon oncle Télesphore t'a téléphoné tout à l'heure, dit-il entre deux gorgées.

— Ah bon. Qu'est-ce qu'il me veut ?

— Aucune idée, répondit Jérôme en quittant la pièce.

Il s'arrêta dans l'embrasure de la porte :

— Il était pas mal, l'autre jour, ton papier sur les réfugiés roumains, lança-t-il, un peu embarrassé, le regard fuyant. Par bouts, ça faisait penser à du roman policier.

Et il eut ce sourire délicieusement acide, d'une étrange séduction, née de la légère prolongation des commissures et qui rappelait à Nicolas le sourire des personnages de Botticelli. Jérôme en avait hérité un surnom.

— Eh bien, merci, Botticelli, répondit le journaliste, surpris, tandis que son fils grimpait l'escalier à toute vitesse.

L'adolescence n'avait pu encore entamer l'admiration sans bornes qu'il vouait à son père ; elle s'exprimait en de rares occasions par une allusion ou une brève remarque, lâchée avec une timidité rougissante. Pour Nicolas, elle était source à la fois de réconfort et d'inquiétude, car le jour approchait, hélas, où son fils le verrait tel qu'il était : un journaliste tout ce qu'il y avait d'ordinaire, englué dans la routine du métier.

Géraldine descendit à son tour et s'arrêta à mi-chemin dans l'escalier :

— Tu as fini de souper ? Viens donc t'occuper de Frédéric. Je donne un cours demain à neuf heures et je n'ai rien de prêt.

Il la trouva sèche, presque cassante.

« Est-ce qu'elle aurait deviné mon aventure de Québec ? se demanda-t-il avec appréhension en montant les marches. Les femmes sentent tout, c'est une véritable calamité. »

Et le remords se mélangea à sa peur. La soirée ne s'annonçait pas bonne.

Il questionna longuement Frédéric sur l'axe de rotation de la terre, les pôles et l'équateur, les neuf planètes du système solaire, l'origine de la pluie et des marées, puis se rendit à la salle de bains et fit un shampoing à Sophie sous une avalanche de remarques peu flatteuses sur son habileté de savonneur. Ensuite, ce fut l'heure du conte : elle lui tendit un album et se mit à l'écouter, assise en tailleur sur son lit, les yeux grands ouverts, subjuguée comme la première fois.

Vers neuf heures trente, la maison commença à se préparer doucement pour la nuit. Il redescendit au rez-de-chaussée, les jambes lourdes, la tête déjà un peu embrumée, et téléphona à son oncle Télesphore Pintal. Ce dernier voulait déjeuner avec lui à la première heure pour discuter « d'une affaire suprêmement importante ». Nicolas ne put en tirer un mot de plus. En déposant le récepteur, il se rappela tout à coup l'appel qu'il devait faire à Douillette.

— Bah ! demain, murmura-t-il. Je suis vanné.

Et il s'affala dans un fauteuil.

— Papa ! lança Frédéric de sa chambre, viens me souhaiter bonne nuit.

Il lui fallut quelques minutes pour trouver le courage de remonter l'escalier. Il trouva son fils couché dans l'obscurité, une jambe relevée, l'autre croisée, examinant son gros orteil à la lumière d'une lampe de poche.

— Frotte-moi le dos, veux-tu ? lui demanda ce dernier. Papa, poursuivit-il entre deux soupirs d'aise, tu ne trouves pas que maman a l'air drôle ce soir ?

— Un peu, oui. Il s'est passé quelque chose ?

— Je ne sais pas. C'est comme si elle était fâchée contre toi.

— Ah bon... Et pourquoi le serait-elle ? fit-il d'un ton faussement détaché.

— Comment veux-tu que je le sache, papa ? Demande-le-lui.

Géraldine ne sortit de son bureau que vers dix heures et alla directement se coucher sans passer par le salon où Nicolas écoutait le téléjournal en bâillant, le regard vitreux. Cela lui parut suspect.

Il la rejoignit bientôt au lit. Elle ne dormait pas (il le sentait bien au rythme de sa respiration), mais n'ouvrit pas la bouche.

« Maintenant, j'en suis sûr, elle se doute de quelque chose, soupira-t-il en allongeant ses jambes sous le drap. Ah ! on finit toujours par payer pour ses conneries ! »

Vers le milieu de la nuit, il se réveilla avec une vague douleur au côté droit. Cela lui arrivait de temps à autre depuis quelques mois. Il se mit à tourner dans le lit, de plus en plus nerveux, les extrémités glacées. Le silence et l'obscurité l'avaient toujours oppressé ; il se sentait alors comme une plume à la merci d'un coup de vent ; les idées noires se mettaient à grouiller dans sa tête, les soucis gonflaient, sa vie lui apparaissait comme une longue suite de gaffes. Il appelait cela « ses moments pathétiques ». Sa douleur au côté augmentait.

— Psychosomatisme, marmotta-t-il. Pur psychosomatisme...

Ses pensées se tournèrent vers François Durivage et le mal atroce qui l'avait emporté. Il sentait maintenant comme un lingot de plomb dans le bas de ses côtes. Au bout de quelques minutes, il se glissa doucement hors du lit, prenant soin de ne pas réveiller sa femme, enfila sa robe de chambre et descendit à la cuisine.

Un exemplaire de *Madame au foyer* traînait sur la table de la cuisine. Il fit de la lumière, le parcourut quelques minutes, puis se leva, s'approcha d'une armoire, attrapa un flacon de vitamine C et croqua deux comprimés. Il avait lu quelque part que cela pouvait prémunir contre le cancer. Puis il tendit de nouveau la main et avala un comprimé de magnésium, grand régulateur, lui avait-on dit, du système nerveux. Car il fallait vraiment avoir le système nerveux détraqué pour se lever ainsi la nuit et croquer de la vitamine C.

6

Géraldine se réveilla de fort bonne humeur, déjeuna en un tournemain, pressa le pantalon de Jérôme, servit des œufs brouillés à Sophie et discuta avec Frédéric de la possibilité d'acheter un chat tandis que Nicolas s'étirait en bâillant dans le lit, ravagé par son insomnie.

Elle avança la tête dans l'escalier :

— Nicolas ! tu n'oublies pas ton déjeuner avec Télesphore, hein ? Il t'attend au café à sept heures trente.

Nicolas se leva d'un bond, prit sa douche, s'habilla, descendit à la cuisine et observa un moment sa femme. Penchée au-dessus de la table, elle repassait des notes de cours en chantonnant.

« J'imaginais des choses », se dit-il.

Pendant ce temps, Télesphore Pintal gravissait pesamment le perron du Café Jacques-Cartier, ainsi nommé pour sa proximité du célèbre pont. Il entra, consulta sa montre et fronça les sourcils en ne voyant pas son neveu, puis commanda un café. À sept heures trente-trois, il saisit sa cuillère et se mit à frapper le bord de la table, les narines légèrement pincées. Son visage lourd et mou aux joues pendantes, aux yeux inexpressifs d'un gris délavé, fendu par une bouche trop large, prenait une expression hiératique et farouche. Dans quelques minutes, il serait délicat de lui adresser la parole.

— Je réchauffe votre café, monsieur ? s'enquit le patron, vaguement inquiet devant la mine de son client.

C'est à ce moment que Nicolas apparut dans la porte, hors d'haleine.

— Désolé, mon oncle, fit-il en s'assoyant devant le vieil homme. J'ai dû chercher ma serviette à travers toute la maison. Quelqu'un l'avait glissée sous un fauteuil.

Télesphore Pintal posa sur lui un regard glacial pour signifier que ce genre d'excuses ne pesait pas lourd à ses yeux. Les milliers de rendez-vous que lui avait valus sa longue carrière de promoteur immobilier avaient développé chez lui une horreur des retards.

— Temps moche, aujourd'hui, hein ? fit Rivard. Comment allez-vous ?

— Fatigué comme une mouche de cent ans, soupira l'autre. Je vieillis, je vieillis, je vais bientôt perdre mes dents. Que veux-tu manger ? Il faut que je sois au bureau dans une demi-heure.

Ils se firent apporter des crêpes et du café.

— Et toi ? demanda l'homme d'affaires. Comment ça va à *L'Instant* ? Est-ce que ton patron te tombe toujours sur la tête ?

Rivard grimaça :

— Hier matin, il a brisé d'un coup de poing le plateau de verre de son bureau. Si je pouvais ficher le camp de là, je me sentirais comme un petit moineau dans la verdure.

Pintal planta sa fourchette dans une crêpe préalablement roulée sur elle-même et l'ustensile resta debout comme une hampe, oscillant légèrement :

— Eh bien, mon garçon, je t'en offre l'occasion. C'est de cela que je veux te parler ce matin.

Rivard leva sur lui un regard étonné :

— Je ne comprends pas, mon oncle. Vous voulez que je travaille pour vous ?

— *Avec* moi. Je n'ai plus le choix, Nicolas. Mon asthme empire sans arrêt.

Télesphore Pintal souffrait depuis une dizaine d'années d'une curieuse maladie psychosomatique, qui en avait fait la risée de la famille. Au début des années quatre-vingt, sa femme et lui, au terme d'un long voyage en France, avaient passé deux semaines à Paris. Pendant des jours, Delphine l'avait traîné de musées en expositions en lieux historiques. Il maugréait, se plaignait de douleurs aux mollets, mais suivait, somme toute, assez docilement, ce pensum semblant être le prix à payer pour acquérir un vernis de culture.

Un matin, après avoir fait la grasse matinée pour se remettre de certains excès de champagne aux Folies Bergères, elle l'amena devant Notre-Dame de Paris, qu'ils n'avaient pas encore eu le temps de visiter ni même d'apercevoir. À la vue de l'auguste cathédrale, Télesphore Pintal fut pris d'une violente quinte de toux, puis d'un accès d'étouffement qui l'obligea à s'appuyer contre un mur. Les yeux exorbités, le visage écarlate, les veines des tempes gonflées comme des macaronis, il essayait désespérément de faire pénétrer un peu d'oxygène parisien dans ses poumons. Dix minutes plus tard, il se retrouvait à l'Hôtel-Dieu. On lui administra un broncho-dilatateur et de l'oxygène et il resta quelques heures en observation. Vers midi, il respirait normalement.

Le médecin attribua son malaise à la fatigue du voyage et à l'air pollué de la capitale et laissa entendre que les excès de champagne de la veille avaient peut-être agi comme déclencheur. Il lui conseilla d'abandonner sur-le-champ la cigarette.

Le lendemain, passant de nouveau à pied devant Notre-Dame pour se rendre sur le boulevard Saint-Germain, il eut une autre crise, presque aussi violente et se retrouva de nouveau à l'hôpital. Le médecin qu'il vit ce jour-là attribua, bien sûr, au hasard le fait que la crise ait éclaté au même endroit que la veille, lui prescrivit un antihistaminique et lui recommanda de s'adonner à la marche avec modération, cette dernière mettant, semblait-il, son système respiratoire à rude épreuve.

— Je suis sûr que c'est à cause de cette maudite église, déclarat-il à Delphine sur le chemin du retour à l'hôtel. Ne me demande pas pourquoi ni comment, mais c'est ainsi, je te le jure.

Elle le regardait, inquiète, apitoyée, comme on regarde quelqu'un qui a momentanément perdu la raison.

Le lendemain matin, pour en avoir le cœur net, il quitta l'hôtel pendant que sa femme était chez le coiffeur et se fit conduire aux abords de Notre-Dame. La vue des tours lui remplit les bronches de laine d'acier. Il s'engouffra dans le taxi, *Ventolin* à la bouche, et s'éloigna précipitamment. La preuve était faite : des forces obscures et maléfiques s'étaient emparées de Notre-Dame de Paris, qui ne semblait pas supporter sa vue et faisait en sorte qu'il ne puisse supporter la sienne. La lutte était inégale et d'ailleurs inutile et sans intérêt, car, heureusement, il vivait à des milliers de kilomètres de l'odieux monument.

Cette allergie à Notre-Dame de Paris fit rigoler toute la famille et permit à l'envie qu'avait éveillée sa réussite en affaires de s'exprimer en plaisanteries et jugements cruels. Quoi de plus normal, chuchota une vieille cousine, qu'un homme qui avait étranglé tant de malheureux débiteurs en vienne à éprouver des difficultés de respiration et que ce châtiment lui vienne par la *Maison de Dieu* ?

Un samedi d'avril 1983, il se rendit à Saint-Eustache assister au mariage de la fille d'un gros client. En arrivant devant la jolie petite église dont la façade avait été éraflée en 1837 par des boulets anglais, il porta tout à coup la main à la gorge.

— Qu'est-ce que tu as ? s'enquit Delphine.

— Mon *Ventolin* ! lança-t-il d'une voix étranglée. Où est mon *Ventolin* ?

Ils se précipitèrent à la pharmacie, mais, sans ordonnance, ne purent en obtenir et Télesphore Pintal dut sans doute la vie à l'humanité d'une cliente, elle-même asthmatique, qui lui prêta son appareil.

À partir de ce moment, le mal fit des progrès constants. Séances de relaxation, désensibilisation, homéopathie, ostéopathie, psychothérapie, acupuncture, rien n'y fit. Depuis six mois, *la vue de n'importe quelle église* lui bloquait la respiration. Il devait maintenant planifier soigneusement ses parcours dans la ville. L'impossibilité de se rendre à proximité d'un lieu saint lui avait fait rater de belles affaires.

Son indifférence religieuse avait tourné depuis belle lurette en impiété. Deux fois, dans la grande opération du massacre architectural de Montréal en cours depuis quarante ans, il avait réussi à mettre la main sur une église pour la démolir impitoyablement et construire sur son emplacement, dans le premier cas, un poste d'essence et, dans le second, un club qui s'était acquis une certaine réputation pour ses spectacles poivrés.

Et voici que la veille, une occasion fabuleuse s'était présentée de mettre la main sur les ruines de l'église de la Trinité, rue Sherbrooke près de Saint-Laurent, pour y construire un gratte-ciel. Pintal y voyait à la fois une bonne affaire, un geste de vengeance et une source de plaisir et de soulagement.

— J'aimerais que tu t'occupes de la transaction. Il faut se rendre sur place avec un architecte pour procéder à un examen des ruines, discuter avec la ville pour obtenir un permis de démolition, etc. Ce sera long et difficile, mais je te guiderai de loin, tu profiteras de mon expérience et de mes petits secrets. En un rien de temps, tu deviendras un second moi-même. Sans vouloir me vanter, ce n'est pas n'importe quoi.

Nicolas se mit à rire :

— Et la démolition faite, qu'est-ce que je deviens ? Bedeau ?

— Tu ne comprends rien, mon garçon. Cette histoire d'église, ce n'est qu'un début. Je t'offre de devenir mon bras droit, et plus tard mon associé si je vois que tu te débrouilles bien et que nous formons une bonne paire. Ne fais pas ces yeux-là. On dirait que tu viens d'avaler ta cuillère.

— Et vous pensez vraiment que j'aurais des dispositions pour...

— Je t'observe depuis des années. À douze ans, tu savais déjà que deux et deux ne font pas toujours quatre, qu'on peut parfois donner un petit coup de pouce pour qu'ils fassent trois ou cinq quand cela nous avantage. Je vieillis, je n'ai pas d'enfant, j'ai besoin d'un assistant à l'esprit souple et sans préjugés, qui me comprenne à demi-mot. Tu es cet homme. Je t'offre une chance. À toi de juger.

D'un signe de la main, il demanda qu'on apporte l'addition.

— Je... je vous avoue que je ne m'attendais pas à une offre pareille, mon oncle. Elle me flatte beaucoup. Je vais y réfléchir.

Il hésita une seconde, puis :

— Est-ce qu'on pourrait parler de... salaire ?

Le vieil homme regarda sa montre et se leva :

— Ne t'inquiète pas pour ça. J'ai l'habitude de bien payer mes gens. Tu as quarante-huit heures pour me donner ta réponse. Je t'attendrai ici même à sept heures trente. Salue Géraldine et les enfants. Bonne journée.

Il inclina la tête et sortit.

L'esprit tout secoué par cette histoire inattendue, Rivard se rendit à pied au métro de Longueuil (il marchait beaucoup afin d'entretenir sa précieuse santé) ; il avançait d'un pas rapide dans la rue Saint-Laurent, très large à cet endroit et bordée du côté sud par une série d'édifices disparates et sans intérêt qui accentuaient son insignifiance. Quitter *L'Instant*... cesser enfin de pisser de la copie dans la conscience dégoûtée de sa médiocrité... travailler très fort et s'enrichir, puis acheter une belle maison à la campagne et y écouter de la musique à longueur de journée, se refaire une âme et puis écrire, écrire, voir enfin sortir de soi ces belles choses sombres qui remuaient en vain dans sa tête depuis tant d'années...

Il promena son regard sur la longue file d'automobiles qui, chaque matin à pareille heure, avançait pouce par pouce vers le pont Jacques-Cartier. Cent mètres plus haut, ce dernier enjambait majestueusement le fleuve, tandis que s'allongeait entre ses poutres verdâtres une interminable procession dans la fumée des pots d'échappement. La mine placide et résignée des conducteurs amena sur ses lèvres un sourire méprisant, mais le mépris se tourna aussitôt contre lui-même : il avait beau, lui, écologiste averti, ne pas faire partie de ce bouchon qui se reformait stupidement matin après matin, il menait la même vie de protozoaire que tous ces pauvres diables, tandis que le temps sapait sournoisement ses forces, diminuant un peu plus chaque jour ses chances d'en sortir.

« Je vais demander un congé sans solde au directeur de l'information, décida-t-il tout à coup. J'espère que Géraldine ne gueulera pas trop. Si on me le refuse, je verrai. À quarante-cinq ans, il n'est pas trop tard pour faire le saut. »

Il pénétra dans la station, acheta un numéro de *L'Avenir* et descendit sur le quai. La rame attendait, bondée de voyageurs. Il fila vers l'avant, réussit à dénicher une place assise et déploya le journal avec un soupir de satisfaction. Les wagons s'ébranlèrent presque aussitôt. Il venait de se plonger dans un article sur la relocalisation de l'Hôtel-Dieu lorsqu'un mystérieux signal intérieur lui fit relever la tête.

Un homme assis en face de lui mangeait des croustilles en fixant le vide d'un air abruti. Son visage, terminé par un gros menton en éperon, était barré par une imposante moustache rousse qui masquait presque entièrement sa bouche, étroite et mince. Dès qu'il en approchait une croustille, les lèvres surgissaient de sous la moustache comme un petit animal prédateur, happaient leur proie et retournaient se cacher dans le poil.

Rivard, atterré par sa laideur, le fixait avec tant d'insistance que l'inconnu fronça les sourcils.

— T'en veux-tu ? demanda-t-il tout à coup d'une voix mauvaise. T'as l'air d'avoir faim à matin.

Le journaliste, écarlate, se replongea dans son journal, mais les lignes dansaient devant ses yeux. La vie venait de lui faire signe pour la deuxième fois ce matin. Son message était clair, impératif, presque menaçant : il devait s'extirper maintenant du troupeau ou accepter de s'y perdre à jamais.

« Je demande mon congé sans solde *tout de suite,* décida-t-il en quittant le wagon. Ça ne peut plus durer. Il faut que ma vie devienne extraordinaire ou... ou je me flambe la cervelle ! »

L'inconnu aux croustilles le dépassa en lui jetant un regard torve et laissa tomber son sac vide à ses pieds.

Rivard passait devant un kiosque à journaux de la station Berri-Uqam lorsqu'il s'arrêta pile, sidéré. Cette matinée virait au prodige !

La jeune fille en pantalon de flanelle et grosses bottines qui l'avait plongé dans l'extase la veille se trouvait de nouveau devant lui, en train de téléphoner cette fois, nonchalamment appuyée à l'accoudoir d'une mini-cabine ! Dans le pullulement fiévreux d'une ville d'un million d'habitants, cette deuxième rencontre à dix heures d'intervalle tenait de la magie. Nicolas tomba dans une sorte d'état second. La voix du destin, *de son vrai destin,* lui ordonnait d'agir, souveraine, irrésistible. Il s'avança vers la jeune fille sans savoir ce qu'il allait faire ou dire, effrayé de son audace et rempli en même temps d'une assurance aveugle. Elle raccrocha et se dirigea vers le kiosque. L'abordant avec un petit salut de la tête :

— Mademoiselle, fit-il à voix basse, parcouru de frissons, excusez-moi, mais je dois vous le dire, c'est plus fort que moi : je... je n'ai jamais vu une femme aussi belle que vous.

Il déglutit avec effort, puis :

— Oui, c'est vrai, vous êtes absolument extraordinaire. Croyez-moi, ce n'est pas mon habitude de parler ainsi aux jeunes filles, je suis un homme plutôt timide, et c'est la première fois qu'une pareille chose m'arrive. Est-ce que... je peux vous inviter à prendre un café ?

Il avait l'impression que ses lèvres, sa langue, les muscles de ses mâchoires étaient devenus des entités indépendantes et agissaient de leur propre chef. Il en éprouvait une stupéfaction pleine d'effroi et en même temps un plaisir indicible.

Elle le fixait, amusée, et resta quelques secondes sans dire un mot.

— Vous êtes qui, vous ? demanda-t-elle enfin avec une impertinence naïve.

— Nicolas Rivard. Je suis journaliste à *L'Instant.*

De nouveau, il eut l'impression que quelqu'un d'autre parlait par sa bouche, exprimant ce qu'il n'aurait jamais osé dire :

— Est-ce que vous voulez prendre un café avec moi ? Je voudrais simplement vous regarder. C'est ridicule, hein ? Mais votre vue me rend heureux, voilà, complètement heureux... De toute ma vie, je n'ai jamais ressenti une pareille chose, je vous le répète. Je passerais des heures à vous contempler, oui, des heures. Vous êtes aussi parfaite... qu'un... qu'un concerto de Mozart, voilà.

Il s'arrêta. Sa comparaison lui paraissait prétentieuse et forcée. La jeune fille se mit à rire :

— C'est l'ancien style de drague, ça ?

Manifestement, le style lui plaisait. Mais elle continuait de l'examiner, comme pour bien s'assurer qu'elle n'était pas tombée sur un casse-pied. À son expression, on devinait que les hommes lui semblaient davantage une source d'ennuis que de danger.

— C'est que j'ai rendez-vous dans dix minutes, répondit-elle gaiement. Dommage pour... votre contemplation.

— Est-ce que je peux vous inviter à dîner, alors ? poursuivit-il. Je vous en supplie, acceptez. Je me conduirai d'une façon tout à fait convenable, je vous assure. Vous verrez que je suis quelqu'un de très bien. Je vous en prie, acceptez. Faites-moi le plaisir d'accepter. Je ne vous demanderai rien de plus.

Elle continuait de l'observer, éberluée, hésitante.

Il s'enhardit :

— Je vous invite à La Sila, rue Saint-Denis. Un des meilleurs restaurants italiens en ville.

Les yeux de la jeune fille brillèrent :

— Oui, quelqu'un m'en a parlé l'autre jour. Hum... Vous êtes journaliste, dites-vous ?

— Oui, répondit-il avec modestie.

— Dans quel domaine ?

— Les affaires municipales.

— Vous me promettez de vous comporter comme il faut ?

— Comment faire autrement dans un restaurant ? répondit-il avec un grand sourire.

— Ah ! vous croyez ? Et les mains en dessous de la table, le pelotage de cuisses ? J'ai beau être jeune, j'ai vu des choses, tout de même.

— Je vous promets que mes mains ne quitteront pas la nappe.

— Alors, ça va. J'accepte, parce que votre visage me revient. Et que j'adore la cuisine italienne. À midi devant La Sila ?

— À midi. Merci beaucoup.

— Et il me remercie en plus, fit-elle en s'éloignant.

Elle pouffa de rire.

— Hé! lança-t-il, j'ai oublié de vous demander votre nom.

— Eh bien, je vous l'apprendrai tout à l'heure, répondit-elle avec un haussement d'épaules.

Il se dirigea vers le quai dans un état extatique. Le grand coup avait été donné : il venait de quitter la triste cohorte des amateurs d'embouteillages et des avaleurs de croustilles.

En arrivant à *L'Instant,* il se rendit au bureau du directeur de l'information pour lui présenter sa demande de congé sans solde.

— M. Fontaine ne sera pas de retour avant deux heures, lui dit la secrétaire. Je lui demande de vous appeler.

Et elle lui adressa un petit sourire sucré.

— Ce matin, je plais aux femmes, se dit-il avec une moue satisfaite. Le succès entraîne le succès. Voilà : il suffit de se lancer.

L'immense salle de rédaction, à demi déserte à cette heure, lui parut froide et scolaire avec ses longues rangées de bureaux encombrés de paperasse et surmontés d'ordinateurs – et toutes les années qu'il y avait passées lui semblèrent laborieuses et futiles.

— Monsieur Rivard, fit la réceptionniste en agitant une petite feuille rose au bout de sa main.

C'était un message téléphonique d'Aimé Douillette ; il avait appelé quelques instants plus tôt.

— Ah ! celui-là... soupira Rivard, j'ai l'impression qu'il a inventé le crampon...

Il s'assit à son bureau, alluma l'ordinateur, puis téléphona à l'hôpital Saint-Luc pour s'informer sur l'état des enfants blessés deux jours plus tôt par l'explosion du transformateur. Son ami Lupien, le visage un peu chiffonné, clopina silencieusement dans l'allée, lui fit un salut et prit place au bureau voisin, le dos droit, le regard fixe.

— T'as l'air crevé, observa Rivard en déposant le récepteur.

— Mauvaise soirée. D'abord mauvaise pièce. Puis mauvais repas dans une espèce de gargote tunisienne où on m'a servi des merguez de six mois. J'ai passé la nuit à roter.

Un toussotement familier résonna derrière eux. Albert Morency approchait.

— Ça va ? fit-il en s'arrêtant devant Rivard.

Et sans attendre sa réponse, il lui annonça que sa présence serait fort utile à onze heures au Ritz-Carlton : Lise Watier lançait son parfum *Nuits de Montréal* dans le cadre des fêtes du 350ᵉ anniversaire de la ville.

— Je sais que ce n'est pas tout à fait ton rayon. Mais Jocelyne est sur le dos avec une hernie discale.

Et il poursuivit son chemin.

Nicolas passa le reste de l'avant-midi à téléphoner, à rédiger des bouts d'articles et à regarder sa montre. De temps à autre, le visage de la jeune fille du métro apparaissait dans sa tête et il entendait sa voix rieuse qui disait : « Eh bien, je vous l'apprendrai tout à l'heure ! »

Son cœur se mettait alors à battre sourdement, son front se mouillait et une sorte de frétillement descendait de sa poitrine jusqu'à l'aine.

À dix heures, Robert Lupien, amateur de musique presque autant que Nicolas, l'invita à prendre un café à la cantine et se mit à lui vanter les disques *Naxos*, qui se vendaient trois fois rien ; il venait d'acheter une superbe intégrale des sonates de piano de Beethoven jouée par un certain Jenö Jando, totalement inconnu ici.

— *Naxos, Naxos*, répétait Nicolas en souriant.

Il voyait une multitude de disques argentés voleter autour de lui, et sur chacun le visage de la jeune fille du métro.

Un quart d'heure plus tard, en revenant à son bureau, il trouva un second message d'Aimé Douillette sur le clavier de son ordinateur. Poussant un soupir de résignation, il prit le téléphone.

— Enfin, c'est toi, chuchota le fonctionnaire d'une voix mystérieuse et oppressée. Écoute, je dois faire vite, on pourrait m'entendre. J'aimerais dîner avec toi demain. J'ai des choses étonnantes à te dire, c'est urgent. Je m'adresse au journaliste, précisa-t-il aussitôt.

71

— Tu peux m'expliquer un peu de quoi il s'agit ? demanda Rivard sur un ton quelque peu acide.

— Non, impossible, absolument impossible, répondit l'autre, de plus en plus énervé. D'ailleurs, j'ai l'impression d'avoir déjà trop parlé. Alors ? Est-ce qu'on dîne demain ?

L'image de la jeune fille apparut une autre fois dans la tête du journaliste, nue cette fois et chevauchant une bicyclette, et son cœur se remplit d'une mansuétude universelle.

— Bien sûr, ça me fait plaisir, Aimé. À La Vieille France, midi et demi ?

— Parfait. Merci. Salut.

Et il raccrocha.

— Ma foi du bon Dieu, murmura Rivard, pensif, on dirait que toute l'électricité du Québec lui passe dans le système nerveux. Qu'est-ce qu'il peut bien vouloir me dire ?

Il quitta *L'Instant* et se mit à la recherche d'un taxi qui le conduirait au Ritz. Un homme d'âge mûr passa près de lui en claudiquant et, sans doute en désaccord avec le dernier éditorial, asséna un violent coup de canne sur une distributrice à journaux de *The Gazette*.

Nicolas arriva à la conférence de presse en retard et s'assit près d'une petite femme grassouillette en chapeau à plumes qui sentait extraordinairement la sueur, tandis que le maire Doré, de sa belle voix grave et chantante, tenait des propos de circonstance devant un flacon de parfum géant. Il prit beaucoup de notes, consulta sa montre cinq fois et repartit avec un échantillon de *Nuits de Montréal*.

Dix minutes plus tard, il sautait d'un autre taxi et se dirigeait à pas pressés vers La Sila. Une grimace de dépit tordit sa bouche : la déesse en pantalon de flanelle l'attendait devant le restaurant, tel que promis, mais accompagnée d'un jeune homme vêtu d'une veste de cuir cloutée, le teint brun, le regard sombre et les deux mains couvertes de bandages. En voyant approcher le journaliste, il s'éloigna en grommelant et disparut au coin de la rue.

— Ton ami ? demanda Rivard en essayant de prendre un air dégagé.

— *Un* ami... Je l'ai rencontré il y a trois semaines au bureau d'assurance-chômage... Il file un mauvais coton, le pauvre... Dites donc, fit-elle en lui touchant le bras, il a l'air bien chic, votre restaurant. Vous êtes sûr qu'on va me laisser entrer là-dedans habillée comme je suis ?

— Je m'en charge.

Mais, malgré tous ses efforts, il ne put réussir à convaincre le patron, horrifié à la vue des bottines. Un peu penaud, il proposa le Bistro Saint-Denis. La jeune fille commanda un potage, des œufs mayonnaise, une choucroute garnie et demanda un deuxième dessert. Mais elle refusa net bière et vin. Nicolas la regardait en souriant dévorer son repas et essayait de donner à leur entretien un tour enjoué et familier. Sous l'effet sans doute de la nervosité, un tressaillement douloureux tenaillait son mollet gauche. Plus il la contemplait, plus sa beauté gracieuse et insouciante semblait augmenter, stimulant à la fois son trac et son désir. Il apprit qu'elle s'appelait Marie-Luce Brohovici, mais qu'on la surnommait Moineau. Son père possédait un cabinet de comptables à Laval ; elle touchait à ses dix-huit ans et venait d'abandonner à la fois ses études et la maison familiale à la suite d'une brouille avec ses parents. Elle habitait avec une amie, serveuse dans un restaurant de la rue Prince-Arthur, et cherchait fiévreusement un emploi, car ses économies fondaient. Tandis qu'elle racontait sa vie avec un abandon grandissant, une sorte de honte montait en lui, comme s'il était en train de draguer sa propre fille.

Elle accepta un cognac. Le bien-être de la satiété amollissait délicieusement ses traits. Affalée paresseusement sur sa chaise, elle jetait des regards satisfaits autour d'elle, ses tracas envolés, heureuse d'être là, dans ce restaurant tranquille et douillet, avec ce drôle de type un peu naïf qui commençait à lui plaire.

— Votre femme ne serait sans doute pas contente de vous savoir ici avec moi, lui dit-elle tout à coup, et elle se mit à rire, l'enveloppant d'un bon regard amical.

— Ma femme fait sa vie, je fais la mienne, bafouilla-t-il en rougissant.

— Et vos enfants ?

— Mes enfants ne se mêlent pas de ça.

— Oh la la! quel regard sévère! j'en ai le frisson!

Elle rit de nouveau, vida son ballon, puis :

— Il faut que je parte, maintenant. Merci pour tout.

« Roulé comme un niaiseux, se dit-il. Ça m'apprendra. »

— Est-ce que je peux me permettre de vous demander où vous allez?

— Je m'en vais dormir. Je me suis couchée aux petites heures hier. Et ce soir, je soupe chez une de mes tantes, qui est très chouette. Je ne voudrais pas lui ronfler au nez, tout de même.

— Je peux vous reconduire en taxi, si vous voulez. C'est *L'Instant* qui paye, crut-il bon d'ajouter.

Elle le regarda un instant, sembla soupeser les risques et les avantages de son offre, puis inclina la tête :

— C'est gentil, je veux bien. Mais je ne pourrai pas vous faire monter chez moi, le prévint-elle. Denise n'aimerait pas ça.

Il demanda l'addition, fit semblant de ne pas remarquer le regard narquois du serveur, sortit dans la rue et se mit à chercher un taxi. Son peu d'assurance l'abandonnait; il ne savait plus trop quel comportement adopter.

« Denise ne travaille pas? » s'étonna-t-il intérieurement.

Mais il n'osa pas formuler sa question.

Elle lui toucha le coude et leva vers lui un regard plein d'une moquerie affectueuse :

— C'est drôle, vous pourriez être mon père et en même temps vous avez des allures de petit garçon.

— Est-ce qu'on peut se tutoyer? répondit-il, légèrement agacé. Merci. Ça m'aiderait à oublier un peu mon âge.

Un taxi les aperçut et obliqua vers eux. Elle se laissa tomber sur la banquette :

— 3499, rue de Bullion, monsieur. Pfiou! soupira-t-elle, ma nuit blanche commence à me travailler. C'est comme si je pesais trois tonnes.

«Hé ben, poursuivit-il intérieurement, voilà le deuxième message qu'elle m'envoie pour m'inviter à ne pas l'achaler. Quelle stupidité de courir les fillettes quand on a le crâne dégarni et des poches sous les yeux. Dès que j'aurai le dos tourné, elle va se mettre à rire de moi, et le ventre rempli à mes frais en plus!»

Il se tenait silencieusement à ses côtés pendant que le taxi filait sur le boulevard de Maisonneuve. Que devait-il faire de son bras droit? Le laisser pendre le long de son corps ou l'allonger derrière les épaules de sa compagne, dans un timide geste de possession? Il opta pour la première solution.

Le silence se prolongeait. Rivard fixait le pli de graisse qui barrait la nuque du chauffeur haïtien. Moineau avait peine à étouffer ses bâillements.

— T'as l'air soucieux, remarqua-t-elle.

Son ton le fit sursauter. Il tourna la tête. Elle le regardait d'un œil plein d'une tendre ironie.

— Moi? Mais non, ça va, ça va.

Il hésita, puis :

— Je me demandais tout simplement si... si tu avais envie qu'on se revoie... Tu me plais beaucoup, tu sais. De plus en plus.

Elle sourit, mais ne répondit rien. La tête du chauffeur avait acquis la sorte d'immobilité qu'on remarque chez les auditeurs attentifs. Le taxi quitta la rue Sherbrooke et voulut enfiler de Bullion. Mais une femme en chaise roulante, chevelure au vent, son unique jambe enveloppée d'un bandage sali, surgit tout à coup entre deux automobiles et traversa la rue de reculons à grands coups de talon. Les pneus crissèrent, le taxi fit une légère embardée.

— Quelle connasse de conne! s'écria le chauffeur. Elle veut se faire écrabouiller l'autre jambe ou quoi?

— Et alors? fit Nicolas en se penchant vers Moineau, tu ne me réponds pas?

— Je... je ne sais pas, répondit-elle, le regard fuyant.

Elle réfléchit une seconde, puis sembla se raviser :

— Je vais revenir chez moi vers dix heures. On pourrait alors se rencontrer... disons, au Petit Extra ? À moins que ma tante me garde pour la nuit, ajouta-t-elle, soucieuse.

Il la fixait d'un œil perplexe :

— Mais comment je saurai si tu viens ou pas ?

— Hum... bonne question... Elle m'aime beaucoup, ma tante. Quand on se rencontre, on passe des heures à jaser. Voilà deux semaines que je dois y aller. Elle veut me faire essayer des robes. Je ne peux pas te donner son numéro de téléphone : elle n'aimerait pas ça.

Le taxi s'arrêta, parvenu à destination.

Nicolas se pencha de nouveau vers elle, sa joue frôlant la sienne :

— Je vais t'attendre au Petit Extra à dix heures. Promets-moi de venir.

Il posa ses lèvres sur les siennes. Elle eut un sourire, mais ne répondit pas à son baiser.

— Merci pour tout, lança-t-elle joyeusement en ouvrant la portière.

Elle sauta sur le trottoir et grimpa rapidement un escalier.

— Patron, lui recommanda l'Haïtien en remettant l'auto en marche, il ne faut pas laisser échapper cette petite poulette. Vous n'en reverrez jamais de pareille, ça, je peux vous le jurer sur l'âme de mes deux grand-mères !

———

Quelques minutes plus tard, Nicolas revenait à *L'Instant*; il fit quelques appels à l'hôtel de ville en prévision de la séance du conseil municipal qui devait se tenir dans la soirée, puis attaqua la rédaction de son papier sur le parfum *Nuits de Montréal*. Mais ses idées voletaient en tous sens. Son rendez-vous au Petit Extra le remplissait d'appréhension : il craignait de se faire berner comme un gogo. Assis devant un *Perrier* citron dans la fumée des cigarettes, il

l'attendrait jusqu'à minuit, ridicule et solitaire, tandis qu'elle batifole-
rait rue de Bullion avec sa prétendue tante, qui avait des pansements
aux mains et portait une veste de cuir garnie de clous d'argent.

Géraldine se montra un peu ennuyée quand il téléphona pour
lui annoncer qu'un surcroît de boulot l'empêcherait d'aller souper
(en fait, la seule pensée de se précipiter à un rendez-vous galant après
un repas familial le plongeait dans la gêne, dernier vestige de délicatesse conjugale).

— Jérôme comptait sur toi pour que tu l'aides avec son algèbre,
dit-elle un peu sèchement. Il ne sera pas content.

— Je travaillerai avec lui demain matin.

Sophie était revenue tout enrhumée de la garderie. Pourrait-
il s'arrêter à une pharmacie pour lui acheter un décongestionnant ?
Et puis il y avait Frédéric qui la harcelait depuis trois jours pour qu'on
lui achète un chat. Il écoutait sa voix un peu lasse, comme travaillée
par une secrète déception, et son estomac se serrait. Que s'était-il
donc passé en lui pour qu'il en arrive à ce point et pour que cette
femme, avec qui il avait mené jusque-là une vie plaisante et heureuse,
ne lui inspire plus qu'une vague affection où proliféraient les remords ?

La téléphoniste agita la main à l'autre bout de la salle pour lui
signifier qu'il avait un appel. Il raccrocha, puis reprit l'appareil. C'était
le chef de cabinet du maire qui voulait absolument le rencontrer avant
la séance du conseil : un document gouvernemental venait de couler sur le projet si controversé du déménagement de l'Hôtel-Dieu.
Ils convinrent de prendre une rapide bouchée ensemble à La Vieille
France, puis Rivard se dépêcha de finir son article. Son travail achevé
(et quelque peu bâclé), il se précipita au restaurant, avala une salade
mélangée en écoutant l'exposé du fonctionnaire, enfila un café et se
hâta vers l'hôtel de ville, l'estomac gargouillant et gonflé de gaz. Il
suivit la séance de son mieux, s'éclipsa avant la fin, revint à *L'Instant* et torchonna un court papier sur une démission possible au Ras-
semblement des citoyens de Montréal. À dix heures et quart, un taxi
le déposait devant le Petit Extra, rue Ontario.

Moineau n'y était pas. Après avoir échangé quelques blagues
avec le patron, il s'attabla en soupirant dans un coin et commanda

un chocolat chaud. Par bonheur, avant de partir il avait glissé dans la poche de son veston le *Varsovie* de Schlalom Asch. Dans l'état de fébrilité qui l'habitait, il était sûr de ne pas saisir une ligne du roman, mais au moins le livre lui servirait-il à garder contenance.

À sa grande surprise, il réembarqua sans trop de peine dans la vie héroïque de Mme Hurwitz et de son mari. Les paumes moites, le cœur battant, il parcourut une dizaine de pages, jetant de temps à autre un coup d'œil à la porte d'entrée, puis à sa montre. Quand elle indiqua onze heures, il se leva lentement avec un grand air de résignation et avala une dernière gorgée de chocolat.

C'est à ce moment que Moineau apparut dans la porte, inspecta la salle et l'aperçut. Elle avait troqué son pantalon de flanelle et sa chemise carreautée contre un corsage de percale rose et des jeans moulés qui pétrifièrent sur place un garçon de table, plateau dressé au-dessus de la tête. Le journaliste fit quelques pas vers elle, transporté de joie :

— Tu arrives à temps, je m'en allais.

— Excuse-moi. Ma tante ne voulait pas me laisser partir. J'ai dû inventer une histoire.

Nicolas sourit : l'aveu lui paraissait de bon augure. Elle prit place à table, il s'assit en face d'elle et de nouveau sa vue le remplit d'un ravissement si étrange et si profond qu'il en fut effrayé ; il avait l'impression que l'enveloppe qui avait enfermé jusque-là sa pensée comme dans un doux cocon se dilatait prodigieusement, qu'elle allait éclater, le projetant dans l'inconnu ; ses mains devinrent moites, ses joues se mirent à brûler et une sorte de tremblement s'empara de ses entrailles comme lorsqu'il se trouvait longtemps dehors par grand froid. « Ça y est, c'est l'amour fou, je connais l'amour fou. À quarante-cinq ans ? Mon Dieu ! qu'est-ce que je vais faire ? » se demanda-t-il avec une joie mêlée de désespoir.

Elle le regardait, un sourire intrigué aux lèvres.

— Excuse-moi, lui dit-il, mais... de te voir assise comme cela, devant moi... si... je ne sais comment dire... ça m'enlève tous mes moyens... Tu es si belle qu'on dirait... qu'on dirait que tu es en dehors de la vie. Est-ce que tu comprends cela ? Les hommes doivent s'agglutiner autour de toi comme des fourmis sur une goutte de miel, non ?

Elle secoua la tête avec une moue légèrement agacée et ne répondit rien. Il commanda des cafés, puis, cherchant un sujet de conversation, lui demanda de raconter sa soirée. L'idée était bonne. Elle se mit à babiller joyeusement, décrivant par le menu son repas avec cette dame de cinquante-sept ans qui conduisait des autobus scolaires d'une main infaillible, puis l'essayage de robes qui avait suivi, les modifications qu'il avait fallu faire (c'était une merveilleuse couturière), et termina son récit en annonçant que la soirée venait de lui rapporter un prêt sans intérêts de cinq cents dollars, qui lui permettrait de survivre pendant au moins deux mois. Il l'écoutait en feignant l'attention la plus vive, son esprit occupé à chercher le chemin qui mènerait le plus vite à son lit, tandis qu'une voix moqueuse lui murmurait : « Vieux cochon... Tu tombes dans les mêmes ridicules que tous les hommes de ton âge... Ce n'est pas d'un père de famille bedonnant qu'elle a besoin, cette enfant, mais d'un beau jeune homme qui pourrait lui offrir sa vie. »

Mais sa main gauche, toujours aussi lamentablement moite, n'écouta pas ces sages paroles, s'avança sur la table et saisit doucement celle de Moineau qui marqua un peu de surprise, mais n'en fut pas autrement effarouchée. Au bout d'un moment, elle répondit même à ses pressions, sans grand enthousiasme, semblait-il. Il sentit que le moment était venu de lui raconter sa vie à lui. Il avait pratiqué mentalement plusieurs fois ce numéro au cours de la journée et s'en tira avec brio. Le récit de son voyage de noces raté la fit rire aux éclats. Au premier jour, en pissant dans la forêt, il s'était fait piquer au gland par une abeille. Ce dernier avait pris la forme et la couleur d'une fraise et s'était mis à élancer jour et nuit, le condamnant à des bains de siège glacés et transformant leurs projets lascifs en longues séances de lecture dans une chambre d'hôtel, entrecoupées de chastes baisers.

Il approchait minuit.

« Maintenant, qu'est-ce que je fais ? » se demanda-t-il, perplexe.

Mais les choses s'arrangèrent d'elles-mêmes.

— Mon Dieu! il est tard, s'écria-t-elle tout à coup, comme si une journée de travail harassant l'attendait.

Il s'offrit d'aller la reconduire encore une fois en taxi. Elle accepta aussitôt. Tout se régla durant le trajet. Après une minute ou deux de mortelles hésitations, il se pencha vers elle et se mit à l'embrasser. Sa réponse dissipa toutes ses craintes.

— Ta copine est là ? lui souffla-t-il à l'oreille quand le taxi s'arrêta devant chez elle.

Elle eut un sourire un peu embarrassé, hésita, puis fit signe que non :

— Elle est allée passer la nuit chez son ami.

Ils se dirigèrent vers un vieil immeuble aux murs de brique peints en bleu et enfilèrent l'escalier intérieur qui menait au deuxième.

D'une main nerveuse, elle sortit un trousseau de clés de sa poche et ouvrit la porte tandis qu'il lui couvrait la nuque de baisers. Ils avancèrent dans un étroit corridor aux murs de plâtre fendillés et débouchèrent dans un salon meublé d'un joli bric-à-brac ; sur une tenture de coton, le dieu Vishnu agitait ses quatre bras avec un sourire énigmatique ; une jardinière suspendue devant la fenêtre laissait retomber son lierre jusqu'au sol. Des petits bibelots bon marché étaient disposés sur une table d'osier. Une odeur de sauce à spaghetti flottait dans l'appartement.

— Tu veux boire quelque chose ? lui demanda-t-elle d'une voix incertaine.

Pour toute réponse, il se remit à l'embrasser. Elle l'entraîna doucement vers une chambre et alluma une veilleuse. Un étroit matelas posé sur le plancher servait de lit. Sa timidité sembla s'envoler d'un coup : sans plus de façon, elle se mit à se déshabiller en lui adressant de temps à autre un léger sourire. Il enleva ses souliers, puis s'arrêta, éberlué, pour contempler son éblouissante nudité. Toute cette perfection et cette fraîcheur, en apparence inaltérables, s'offraient à lui avec insouciance, comme pour le récompenser d'un exploit fabuleux, alors qu'il s'était contenté d'agir comme des milliers d'hommes de son âge, qui débitaient les mêmes fadaises, offraient les mêmes faveurs, cherchant en dehors d'eux-mêmes une jeunesse qui fuyait leur corps.

— Vite, viens me rejoindre, souffla-t-elle en se glissant frileusement sous les couvertures.

Et elle continua de le regarder en souriant. Ses grands yeux bleus luisaient avec un extraordinaire velouté.

Il enleva gauchement ses vêtements, contractant les abdominaux pour cacher le relâchement de son ventre, puis se glissa près d'elle. Mais tout aussitôt, il repoussa les couvertures et se mit à genoux pour la contempler de nouveau. Son corps lui semblait une sorte de miracle. Et l'abandon avec lequel elle le lui offrait, de plus en plus inexplicable.

Elle souleva la main et lui caressa la joue.

— T'as l'air tout drôle, murmura-t-elle doucement.

— T'es si belle que... que je ne sais plus quoi faire, répondit-il d'une curieuse voix enrouée. Est-ce que je rêve ? Est-ce que je dois m'en aller ?

Elle posa sur lui un regard étonné. C'était sans doute la première fois qu'un homme lui tenait de tels propos. Il se mit à promener religieusement ses lèvres sur ses cuisses et son ventre, avec un ravissement inquiet, le sentiment étrange que quelque chose de plus grand que lui-même émanait de ce corps de femme tout juste sorti de l'enfance. Et le désir qui le bouleversait lui paraissait venu d'une autre partie de lui-même, étrangère à ses pensées et à ce qu'il y avait de meilleur en lui, et cela lui apportait comme une vague douleur. Des soupirs de plus en plus profonds lui apprirent que sa compagne ne partageait pas le cours de ses réflexions et réagissait tout simplement comme une fille dans les bras d'un garçon qu'elle désire. Puis une vague immense l'enveloppa d'un coup et il roula dedans avec une sorte de rage, sa pensée abolie.

Elle était pleine d'ardeur, de ruse et d'inexpérience, cette ravissante Moineau, inconsciente de la beauté redoutable qui lui était échue et qui allait peser si lourdement sur sa vie, excitant les passions de tant d'hommes assoiffés de cette chose si fragile et mystérieuse, que tout le monde cherche et que bien peu trouvent, qui inspire grandeur et bassesse et finit par échapper à tous. Puis un jour, sa beauté se fanerait elle aussi. Et alors connaîtrait-elle enfin un peu de paix.

Vers une heure du matin, elle se leva, enfila une robe de chambre et prépara du chocolat chaud qu'ils burent en croquant des biscuits. Elle lui racontait joyeusement ses petites mésaventures de chômeuse. L'avant-veille, le patron d'un Croissant Plus, dix minutes après l'avoir engagée, s'était mis à la peloter avec tant d'ardeur dans la cuisine qu'elle l'avait giflé à toute volée et s'était enfuie du restaurant, poursuivie par ses insultes. Il la questionnait sur sa vie, étonné de sa naïveté, de sa débrouillardise et de sa détermination, et s'offrit à lui chercher un boulot convenable, sans la moindre idée de ce qu'il pourrait lui trouver. Mais la nuit avançait : il devait rentrer au plus vite à la maison.

Il alla se rhabiller, puis revint à la cuisine, où elle continuait de croquer des biscuits en feuilletant un magazine. La prenant dans ses bras, il lui caressa les cheveux, qu'elle avait noirs et soyeux, imprégnés d'une délicieuse odeur de vanille.

— Quand se revoit-on ? lui demanda-t-il avec une légère appréhension.

— Quand tu voudras, lui répondit-elle avec insouciance. Appelle-moi après six heures, je suis rarement ici durant la journée.

Et elle lui donna son numéro de téléphone.

Dans le taxi qui le ramenait chez lui, une pensée horrible traversa tout à coup son esprit :

« Si elle a couché avec moi, c'est qu'elle couche avec tout le monde. »

Or il avait oublié de se munir de préservatifs. Une angoisse incontrôlable le saisit brusquement à la gorge. Il pensa de nouveau à l'inquiétant jeune homme aux mains bandées qui, à sa vue, s'était enfui en grommelant, rue Saint-Denis. Il pensa à l'étrange odeur de sa vulve. Puis il se rappela un petit point d'inflammation sous l'arrêt de son pénis. Et si, dans cinq ou six mois, on lui apprenait qu'il était atteint du sida ? Il se vit squelettique et livide, un masque à oxygène sur le visage, en train d'agoniser interminablement sur un lit d'hôpital. Que faire ? Il n'y avait rien à faire. Et soudain une idée jaillit dans son esprit. C'était une idée bizarre et même franchement idiote, mais elle s'imposa aussitôt avec une force souveraine. Il mit la main dans la poche de son veston, puis demanda au chauffeur de s'arrêter devant une beignerie, rue Papineau.

— Attendez-moi, j'en ai pour deux minutes.

Il pénétra dans le restaurant tout assoupi, se dirigea vers les toilettes et s'enferma dans un cabinet. Débouchant le flacon de *Nuits de Montréal*, il en imprégna généreusement un morceau de papier hygiénique et se mit à badigeonner son membre. Une sensation de brûlure atroce le saisit, comme s'il venait de déposer ses attributs virils dans une poêle à frire. Plié en deux contre un mur, il haletait, les larmes aux yeux, en s'agonissant d'injures. Il aurait fallu se rincer immédiatement à grande eau, mais cela était impensable dans des toilettes publiques.

Il retourna au taxi d'un pas chancelant et passa le reste du trajet à se tortiller en soupirant dans les effluves capiteux du parfum (car il n'avait pas pris la peine de se rincer les doigts), sous les regards intrigués puis méfiants du chauffeur.

— Encore une tapette qui vient de se piquer à l'héroïne, marmonna ce dernier en appuyant sur l'accélérateur pour larguer au plus vite son odieuse cargaison.

Aussitôt chez lui, Nicolas courut s'enfermer dans la salle de bains et passa une dizaine de minutes agenouillé sous le robinet de la baignoire. Quand il vint rejoindre sa femme au lit, la sensation de brûlure s'était atténuée, mais l'odeur du parfum persistait. Géraldine se réveilla à demi et la perçut vaguement. Le cours de ses rêves changea et devint triste et angoissé. Elle se retrouva toute seule sur un piton rocheux battu par les vents au milieu d'une mer déchaînée. Les rafales lui avaient arraché tous ses vêtements, ne lui laissant qu'une vieille pantoufle rose au pied droit. Elle fixait d'un œil désespéré la pantoufle, recroquevillant les orteils pour l'empêcher de s'envoler, car elle avait le sentiment inexplicable que son salut en dépendait. Mais le vent redoublait, les vagues commençaient à l'assaillir. Plusieurs fois elle se retourna dans le lit en gémissant. Nicolas ouvrait un œil inquiet, l'observait un moment, puis se replongeait tant bien que mal dans son mauvais sommeil.

7

À SIX HEURES, Jérôme s'éveilla de lui-même comme à l'accoutumée, s'étira dans son lit en bâillant, puis s'habilla et quitta sa chambre. En passant devant celle de ses parents, il fut frappé par le visage pâle et tendu de sa mère endormie ; un pli barrait son front à la naissance du nez et ses lèvres serrées exprimaient une profonde amertume.

Il descendit silencieusement au rez-de-chaussée, alla boire un grand verre d'eau à la cuisine, puis, muni de ciseaux, sortit dehors et se mit à couper les cordes du ballot de *L'Instant* qu'un livreur avait déposé sur la galerie durant la nuit. Il glissa les journaux dans un grand sac à bandoulière, l'accrocha à son épaule et commença sa tournée.

Malgré l'heure matinale, la douce tiédeur de juin enveloppait la ville. Deux semaines plus tôt, un soleil intense avait fait exploser les bourgeons des arbres, couverts à présent de feuilles tendres et bruissantes. Jérôme prit une profonde aspiration ; à cette heure, c'était un plaisir de se remplir les poumons, car les voitures commençaient à peine à sillonner la ville et l'air sentait encore bon.

Une bouffée de joie l'envahit, celle d'avancer d'un pas souple et rapide dans la rue silencieuse, l'esprit vif, le corps débordant d'énergie, portant à l'épaule ses quarante-deux exemplaires de *L'Instant,* qui contenaient peut-être un article de son père. Son visage se rembrunit soudain : il aurait bien aimé l'avoir sous la main hier soir, celui-là, pour l'aider à résoudre une série de problèmes d'algèbre qui l'avaient fait suer en pure perte jusqu'au coucher. Depuis quelque temps, il le sentait bizarre. Survolté, insatisfait, grincheux, distrait... et souvent absent. Sa mère tentait de le calmer, d'arrondir les coins, cherchait à lui montrer « le côté positif des choses », comme disent les psychologues, mais rien n'y faisait. Peu à peu, l'humeur de son père déteignait sur elle-même, on ne l'entendait presque plus chantonner en circulant dans la maison ; finies les plaisanteries : elle se réfugiait dans ses préparations de cours et dans la lecture, quand ce n'était pas dans le sommeil.

Quelque chose ne tournait pas rond chez lui sans qu'il puisse mettre le doigt dessus. Il se sentit inquiet tout à coup, puis décida que cette histoire ne le concernait pas – et même qu'il s'en fichait éperdument. Replaçant d'un coup d'épaule la bandoulière de son sac gonflé de journaux, il se lança dans sa livraison avec une détermination farouche, car la faim avait commencé à le tenailler.

Quand il revint à la maison, tout en sueur, sa mère déjeunait avec Frédéric et Sophie. Joël Le Bigot taquinait Francine Grimaldi à la radio sous les éclats de rire de toute l'équipe, mais Géraldine continuait de manger sa rôtie comme si de rien n'était, l'esprit ailleurs.

Nicolas apparut dans l'embrasure ; son visage jaune et chiffonné frappa Jérôme.

— Salut ! tout le monde, lança-t-il d'une voix joyeuse mais un peu éraillée en promenant un regard hésitant autour de lui. Salut, Botticelli. Ça va ?

— P'pa, fit l'adolescent, il faut absolument que tu me donnes un coup de main pour mon algèbre. Je suis complètement fourré. Il me reste six problèmes à faire, et c'est comme du goudron, je te jure.

— Pfiou, soupira Nicolas en se laissant tomber sur une chaise, la journée commence raide.

Géraldine posa un long regard sur lui, mais garda le silence. Frédéric avala une énorme cuillerée de céréales, puis se mit à rire, la bouche pleine :

— Qu'est-ce qui t'arrive, papa ? T'as le visage comme une vieille guenille. Es-tu malade ?

— Pas du tout. J'ai dû travailler tard hier soir. Trop tard.

Géraldine se leva et commença à desservir la table, toujours silencieuse. La veille, vers onze heures, elle avait tenté en vain de joindre son mari au journal. Nicolas feignait de ne pas remarquer son mutisme et simulait l'entrain. Il enleva un pot de confitures à Sophie qui était en train de le vider sur sa rôtie, pela une orange pour Frédéric, avala deux cafés, puis remonta prendre sa douche.

— Je suis à toi dans deux minutes, lança-t-il à l'intention de Jérôme.

Géraldine le rejoignit dans la chambre à coucher. Ils n'y échangèrent que quelques mots à voix basse, mais quand Nicolas en ressortit, son visage tendu paraissait encore plus fatigué.

Vingt minutes plus tard, assis au côté de son fils devant le devoir d'algèbre, il s'avouait vaincu :

— Scuse-moi, Botticelli. J'ai la tête tout embrouillée ce matin, mes idées ne s'emboîtent pas. Désolé.

Jérôme se dressa debout, referma violemment son manuel et Nicolas retourna s'habiller dans sa chambre. Le sentiment d'une catastrophe imminente s'était mis à le hanter. Il fallait quitter la maison au plus vite et laisser le mauvais sort passer son chemin.

À huit heures, il filait à pied vers le métro, prenant de grandes aspirations pour tenter de faire fondre un petit spasme dans la nuque, annonciateur habituel de la migraine. En arrivant à *L'Instant,* il trouva un message sur son bureau : le directeur de l'information était disposé à le recevoir à la première heure. Il se rendit aussitôt le trouver. C'était un grand homme massif aux traits inertes mais aux yeux vifs et fouineurs, qui éclatait de rire aux moments les plus inattendus. On redoutait son sens de la repartie, mais on appréciait son esprit pratique et ses méthodes expéditives. Nicolas présenta sa demande de congé en expliquant qu'il sentait depuis longtemps le besoin de se ressourcer (le mot lui semblait prétentieux, mais il n'en trouva aucun autre) et qu'après toutes ces années aux affaires municipales, un changement d'air et d'occupation lui rafraîchirait grandement l'esprit.

— Comment ? il vous en reste encore ? demanda l'autre.

Il éclata d'un rire moqueur, puis se remit à l'écouter, l'œil froid et attentif, tripotant son verre de styromousse rempli de café. Rivard, froissé mais imperturbable, poursuivit en disant qu'il voulait suivre des cours en urbanisme et subvenir à ses besoins en travaillant à temps partiel pour un de ses oncles, promoteur immobilier.

Le directeur se pencha en arrière dans son fauteuil à bascule, émit une série de grognements, puis répondit que sa demande méritait réflexion, qu'elle semblait s'appuyer sur des raisons valables et qu'il donnerait sa réponse le lendemain.

— Entre-temps... essayez de faire de l'esprit, ça finira par venir !

Et il éclata de rire à nouveau.

Rivard sortit du bureau avec un pénible sentiment d'humiliation, mais confiant dans le succès de sa démarche. Cet espoir et les images de sa bonne fortune de la veille allégèrent sa fatigue et sa mauvaise conscience tout au long de l'avant-midi et l'amenèrent à La Vieille France sur le coup de midi, assez bien disposé envers son ancien camarade de collège. Douillette, le visage crispé, la main moite, sirotait un café dans un coin, essayant en vain de se concentrer sur la lecture de *L'Instant* dans la rumeur qui emplissait la salle au décor chaleureux et vieillot.

À la vue du journaliste, il bondit sur ses pieds et lui tendit la main :

— Je te suis *très très* reconnaissant de m'accorder cet entretien, Nicolas, oui, vraiment très très.

Au contact de sa paume humide, Nicolas faillit grimacer, mais réussit à sourire et s'assit devant l'homme en essuyant discrètement sa main sur son pantalon.

— Et alors, monsieur Rivard, fit la serveuse en s'approchant, maternelle et chaleureuse, une *Blanche de Chambly,* comme d'habitude ?

La bière servie, ils commandèrent du foie de veau et une escalope de saumon sauce hollandaise, et la conversation commença par un échange de petites nouvelles familiales. Douillette lui parla de sa maison de campagne aux Éboulements qu'il retapait patiemment depuis sept ans, du courage de sa femme aux prises avec le Parkinson (la veille, elle avait passé toute l'après-midi à faire un gâteau, mais quel gâteau!), de sa fille cadette qui manifestait de grands talents de gymnaste, etc. Rivard eut soudain envie de poser la main sur le crâne à demi dégarni de son interlocuteur et de caresser cette peau tiède sous laquelle semblaient s'agiter tant d'idées modestes et sans conséquence. Il lui parla de ses enfants qui grandissaient (l'aîné déjà presque un homme), de *L'Instant* qui courait après ses lecteurs, du succès de Géraldine dans l'enseignement. Mais comme si leurs propos anodins ne servaient que de prélude à une discussion capitale, son compagnon agitait les jambes sous la table, se tripotait nerveusement le menton, reniflait à tout moment.

Rivard leva la main et commanda d'autre bière.

— Et alors? fit-il enfin, quelque peu impatient, de quoi voulais-tu donc me parler, mon vieux? Je suis tout oreilles.

L'autre porta la main à sa bouche pour étouffer un rot, puis, penchant un peu la tête, le regard à ras de sourcils, chuchota :

— T'as entendu les dernières nouvelles du bunker à Québec?

Nicolas haussa les épaules en signe d'ignorance.

— Il paraît, souffla Douillette d'une voix presque inaudible, que le premier ministre... est en train de perdre la boule!

Rivard le regardait, sidéré.

— J'ai appris de bonne source, poursuivit l'autre, qu'avant-hier soir... il a fait remplir sa baignoire de jus de tomate... et qu'il a tenté d'y noyer son chien!

« Il dérape, fulmina Rivard intérieurement. Il dérape et me fait perdre mon temps! »

— Surpris? demanda Douillette.

— Sceptique, sourit le journaliste. Ça ne tient pas debout, voyons. On l'aurait su avant et, de toute façon...

— On dit que ça remonte à quelques mois et que des membres de son entourage, tous ultra-fédéralistes, tiennent l'affaire secrète; ils font l'impossible pour le maintenir à son poste afin que les négociations se poursuivent entre Québec et Ottawa... hein, hein... on devine à l'avantage de qui... Nous sommes peut-être gouvernés par un fou, Nicolas, et la population l'ignore totalement. Évidemment, il jouit de moments de lucidité merveilleuse, paraît-il. On en profite alors pour le montrer.

— Et c'est pour me raconter ces fariboles que tu voulais me rencontrer ? demanda Rivard, acide.

— Non, pas vraiment.

— Tant mieux. Car je me serais demandé ce que je fais ici.

— J'ai pourtant de bonnes sources, se défendit l'autre.

— Laisse.

Douillette saisit son verre, en cala la moitié, s'essuya lentement les lèvres sur sa serviette, puis les traits de son visage s'affaissèrent :

— Je vois que je viens de perdre toute crédibilité à tes yeux, soupira-t-il.

Rivard répondit par un vague mouvement d'épaules.

— Tu as peut-être raison... À bien y penser, cette histoire ressemble à une chaise à trois pattes... Il faudrait que je vérifie tout ça d'un peu plus près... et je le ferai ! Mais si tu avais entendu mon informateur... sa voix, ses yeux, ses gestes, tous ces détails... il aurait convaincu un radiateur !

— Aimé, coupa Rivard, de quoi veux-tu me parler ? J'ai du boulot qui m'attend au journal.

La serveuse s'approcha de nouveau et leur proposa desserts et café. Douillette attendit qu'elle s'éloigne, puis, se penchant au-dessus de la table :

— Alors là, mon vieux, le problème des sources ne se pose plus, car tu parles au témoin oculaire... ou plutôt : *auditif.*

« Qu'est-ce que je fais ici ? soupira Nicolas intérieurement. Il me donne envie d'être mort il y a mille ans, ce pauvre type. »

— Écoute-moi bien, poursuivit gravement Douillette. J'ai surpris malgré moi une discussion entre Robidoux, le ministre de l'Environnement, et un homme d'affaires important. Je ne possède aucune preuve de ce que je vais te raconter. Tout ce que je t'offre, c'est un filon. Mais, crois-moi, c'en est tout un !

Rivard l'arrêta d'un geste :

— Tu peux me résumer ça en cinq minutes ?

— En trois, si tu veux. Je dois d'abord t'apprendre, commença-t-il, tandis que le journaliste attaquait sa mousse au chocolat d'un air résigné, que depuis une vingtaine d'années je souffre de migraines terribles. Du genre marteau-pilon, avec nausées, vertiges et vomissements. Quand une crise s'annonce, la peur me prend, mon vieux. Et, curieusement, les crises s'annoncent souvent au début de la fin de semaine, et particulièrement le vendredi soir, quand je dépose le collier. Vendredi dernier, vers cinq heures, je rangeais mon bureau avant de partir pour la maison et, de là, vers notre petit coin de paradis aux Éboulements, lorsqu'un léger spasme m'a saisi à la nuque. Ça commence toujours ainsi.

— Je le sais, j'ai parfois moi aussi des migraines. Continue.

— Or, au cours des ans, j'ai développé une recette pour faire avorter les crises. Et souvent ça marche. J'arrête tout sur-le-champ, urgence ou pas, et j'essaie de me détendre. C'est ce que j'ai fait ce soir-là. J'ai fermé la porte de mon bureau, éteint la lumière et je me suis étendu sur le plancher.

Rivard posait maintenant sur lui un regard attentif.

— L'étage était désert. Je me suis endormi. Soudain, un bruit m'a réveillé. Quelqu'un venait d'entrer dans la pièce voisine, où se trouve la photocopieuse. J'ai pensé que c'était la femme de ménage qui commençait sa tournée et j'ai voulu me lever. Mais j'ai entendu des voix d'hommes. Deux hommes. J'ai reconnu tout de suite la première : c'était celle du ministre.

— Robidoux ?

— Robidoux.

Aimé Douillette saisit une cuillère et voulut la plonger lui aussi dans sa mousse au chocolat. Mais sa main tremblait tellement que l'ustensile dévia et tinta contre le bord de la coupe.

— Pendant que l'appareil fonctionnait, ils se sont mis à discuter. Ils n'avaient pas l'air de très bonne humeur ni l'un ni l'autre. Et j'ai vite compris que leur humeur aurait empiré s'ils s'étaient aperçus de ma présence. Il était question d'une transaction avec la compagnie Kronoxyde de Berthier...

— Kronoxyde... c'est le fabricant de pigments de titane qui a eu des problèmes il y a deux ans avec le ministère de l'Environnement, non?

— Justement.

— Et que disait le ministre? Comment s'appelait son compagnon?

— Harvie. Je n'ai jamais pu savoir son nom de famille. «Harvie, disait Robidoux, écoute-moi un peu, bon sang... Harvie, ne fais pas la tête de cochon, je t'en supplie... je risque gros, là-dedans, moi...»

« Je suis tombé sur un os», pensa Rivard.

Ses orteils se crispèrent dans ses souliers et il se mit lui aussi à bouger nerveusement les jambes sous la table.

— Mais viens-en au fait, reprit-il, pressant, l'œil dilaté de curiosité. De quoi discutaient-ils? Quel était le problème?

— Je n'ai pas trop bien compris. Il était question d'une lettre que le nommé Harvie ne voulait pas signer.

— Une lettre que lui réclamait le ministre?

— C'est ça. Ils se sont engueulés ainsi pendant deux ou trois minutes, et puis ils sont partis. Et moi, je suis resté jusqu'à huit heures dans mon bureau, mort de peur. L'idée de les rencontrer dans un corridor me coupait le souffle. Et je me suis tapé une de ces migraines, mon vieux, comme je n'en avais jamais eue. J'ai vomi dans la corbeille à papiers.

— Ça va, ça va, fit Rivard avec une grimace dégoûtée, épargne-moi les détails. Je suis moi-même migraineux, je te répète. Et alors, que s'est-il passé?

L'autre ouvrit des yeux étonnés:

— Eh bien, rien... Que voulais-tu qu'il se passe? Que j'aille trouver le ministre dans son bureau pour le confesser? L'affaire m'a mijoté dans la tête pendant une semaine et j'ai finalement décidé de t'appeler – parce que je suis sûr qu'il y a quelque chose de pourri dans cette histoire et qu'un journaliste de ton calibre...

Rivard l'arrêta d'un geste.

— Le problème, c'est que ce n'est pas mon rayon... Je fais dans le municipal, vois-tu, pas dans l'environnement.

— Mais Nicolas, murmura l'autre en lui saisissant la main, je t'apporte une bombe qui pourrait faire sauter tout le ministère – et peut-être même le gouvernement.

— Ouais... si on déniche des preuves...

— Mais un journaliste de ton calibre...

— Laisse mon calibre, veux-tu ? coupa l'autre, agacé. Et laisse ma main. Je trouve comme toi que cette histoire sent drôle. Mais pour en avoir le cœur net, il faudrait se lancer dans une enquête à tout casser, fouiller jour et nuit, fourrer son nez partout. Et je ne peux pas. D'abord, mon journal refuserait. Et puis je viens de présenter une demande de congé sans solde à la direction et j'ai de bonnes chances de l'obtenir.

Un air de profonde déception s'étendit sur le visage bonasse et rondouillard de Douillette ; il passa lentement sa serviette sur son front luisant, puis sur ses oreilles devenues écarlates :

— Ah bon... une demande de congé sans solde... je vois... Évidemment, ça change tout... en ce sens que maintenant... Et alors, qu'est-ce que je fais, moi ?

— Tu continues d'élever ta famille et de bricoler ta maison de campagne.

— Non. Il n'en est pas question. Il faut que la lumière soit faite sur cette histoire. La justice, mon vieux, doit être respectée.

— Alors, mène ta petite enquête et si tu trouves quelque chose d'intéressant, fais-moi signe. Je te présenterai à Parisien, le chroniqueur responsable des questions d'environnement.

— Je suis très mal placé pour fouiner au ministère, soupira l'autre. Il y a des gens là-bas qui ne m'aiment pas trop.

Rivard leva la main et demanda l'addition. Ils se retrouvèrent bientôt dans la rue ; une brise tiède et la lumière vive d'un ciel sans nuage transformaient le tapage de la circulation en une sorte de joyeuse fanfare.

— T'es stationné loin d'ici ? demanda Rivard, cherchant une phrase de sortie.

— Non, je suis venu en bus. J'ai laissé l'auto à ma femme.

— À ta femme ? s'étonna le journaliste. Elle conduit l'auto... malgré son état ?

Douillette eut un sourire mystérieux et posa le doigt sur ses lèvres :

— Chut... gardons ça entre nous... C'est un être extraordinaire, que je te dis... Si tu pouvais goûter à ses babas au rhum... Un délice pour le palais, une joie pour les yeux... Il faut absolument que je te la présente... À ton prochain voyage à Québec, passe à la maison... Tu vas te régaler, mon vieux.

— Je n'y manquerai pas, promit Rivard, bien décidé à n'en rien faire.

Ils se serrèrent la main et le journaliste retourna à la salle de rédaction. Un message l'attendait de la part de Bernard Defoy, porte-parole de la Coalition pour le maintien de l'Hôtel-Dieu au centre-ville. Pendant un quart d'heure, ils discutèrent au téléphone de bilans-lits, d'études d'impact, de masses critiques et de frais de rénovation ; Rivard, de sa petite écriture tourmentée, noircissait fiévreusement son calepin et faisait constamment répéter son interlocuteur, car il avait la tête tout embrouillée.

— C'est la bière, pensa-t-il, la maudite bière. Il ne faut jamais boire à midi.

En raccrochant, il constata que son humeur, pour une raison inexplicable, virait au sombre. Il eut soudain envie d'entendre la voix de Moineau, hésita un moment, l'index au-dessus du téléphone, puis composa son numéro. Personne ne répondit. Il allait se mettre à son article lorsqu'un collègue lui toucha l'épaule :

— Morency veut te voir à son bureau.

Il se leva, de plus en plus maussade, puis réalisa avec horreur qu'il avait totalement oublié d'informer son chef de division de sa demande de congé sans solde.

— Et alors, fit ce dernier en relevant la tête avec une sorte de lourdeur bovine, on a besoin de petites vacances ?

— Oh! ce n'est qu'un vague projet, bafouilla l'autre en rougissant. Je n'ai pas encore pris de décision. Sinon, je t'en aurais parlé.

Mais, au grand étonnement de son subordonné, Morency ne se montra nullement offusqué d'avoir été court-circuité, trouva l'idée du congé excellente et promit son appui avec un enthousiasme que Rivard trouva suspect et presque blessant. Puis, de but en blanc, il lui annonça que la Société de transport de la Communauté urbaine de Montréal allait adopter un nouveau système de perception électronique et qu'un responsable du projet attendait son appel.

Rivard le joignit, prit rendez-vous sur-le-champ et quitta *L'Instant* dans un état de frustration grandissant, qu'il n'arrivait toujours pas à s'expliquer. Il était dévoré par l'envie folle de faire l'amour avec Moineau. Son dessert de midi avait déclenché en lui une fringale de chocolat. Il s'arrêta dans un dépanneur et acheta trois *Mirage*. L'entrevue à la STCUM fut courte et productive. Il quitta les lieux son article presque fait, mais de plus en plus malheureux, et téléphona de nouveau chez Moineau, en vain.

De nouveau l'image du jeune homme aux mains pansées apparut dans sa tête. Il se vit avec délectation en train de lui postillonner des injures au visage, terminant sa diatribe par un coup de pied au cul qui l'envoyait trottiner à dix mètres.

À six heures, il avait achevé ses deux articles, mais n'avait plus à présent qu'un seul désir : rentrer chez lui au plus vite pour se laisser fondre dans un bain chaud et passer ensuite le reste de la soirée à se gaver de musique. Son trou dans l'âme était devenu béant. Toute la ville aurait pu s'y engouffrer. Il se rendit chez le disquaire Archambault et tenta de le colmater avec des disques : une symphonie de Gorecki, des sonates pour piano de Brahms et une troisième version du *Roméo et Juliette* de Prokofiev (c'était pour lui une œuvre fétiche). Il y avait foule dans l'immense local nouvellement aménagé au premier étage, où on avait peint au plafond et dans le haut des piliers des nuages vaporeux sur fond bleu ciel pour tenter de faire oublier les misères du béton. Une longue file de clients attendait à la caisse. Il se plaça au bout et se mit à jeter des coups d'œil autour de lui. D'immenses vitrines donnaient une vue magnifique sur la rue Sainte-Catherine et le square Berri ; l'établissement en prenait comme une allure parisienne. Une scène attira alors son attention.

À quelques mètres de lui, un jeune homme parlait à une dame très pomponnée qui essayait férocement d'échapper à la cinquantaine. Le jeune homme, âgé d'au plus dix-huit ans, était remarquable par un long nez fin, une chevelure platine soigneusement lissée, ornée d'une longue mèche mauve, et des yeux bleus d'une extraordinaire intelligence. Il portait un veston croisé en velours côtelé vert bouteille de très bonne coupe, mais le bord effrangé de son pantalon et ses espadrilles en loques trahissaient son état de clochard. La dame l'aurait sans doute éconduit depuis longtemps, mais elle était manifestement tombée sous le charme de son regard et de sa voix, belle et grave, qui se détachait nettement de la rumeur du magasin. Elle allait même ouvrir son sac à main pour lui donner un peu d'argent lorsqu'un petit homme nerveux et moustachu, au crâne luisant, apparut entre deux étalages et se dirigea vers eux, le bras tendu, l'œil furibond. Le jeune homme l'aperçut, s'inclina gracieusement et décampa dans l'escalier.

— Qu'il aille quêter dans la rue, grommela le patron en retournant au comptoir, c'est là sa place.

La scène avait frappé Rivard et il la rejoua deux ou trois fois dans sa tête pendant son trajet en métro.

— Pourvu que mes enfants n'en arrivent pas là, se dit-il à voix basse en sortant de la station Longueuil.

Assis dans l'autobus qui le déposerait non loin de chez lui, il tripotait amoureusement les boîtiers de ses disques laser, vérifiant le minutage des pièces, les dates d'enregistrement, examinant l'illustration des pochettes. Les petits disques miroitants, qu'on disait « éternels », l'assuraient d'un bonheur stable, facile d'accès, d'une richesse et d'une variété incomparables. À côté d'eux, les relations humaines exigeaient tant d'efforts et donnaient si peu qu'on se demandait parfois s'il ne valait pas mieux se faire anachorète. Et puis soudain, assis près d'un petit homme sec et jaune qui sentait le tabac et fixait son journal d'un œil furieux, il eut l'impression d'avoir entre les mains de petits objets dérisoires et factices et que la passion qui le poussait à les accumuler (sans avoir toujours le temps de les écouter) n'était qu'une manie ridicule, une fuite dans l'enfantillage pour éviter de voir sa vie telle qu'elle était : une pitoyable farce. Et le sentiment de frustration qui s'était emparé de lui à sa sortie de La Vieille France pour s'assoupir chez Archambault se réveilla tout à coup, frétillant, les dents pointues, et se remit à le gruger.

— Tu arrives tard, remarqua sa femme d'une voix un peu aigre quand il pénétra dans la cuisine.

— Prends pas de soupe, l'avertit Sophie, elle goûte les pieds. Pouah !

— Petite conne, grogna Frédéric, tu connais rien en soupe.

— Maman ! maman ! il m'a traitée de conne !

Jérôme les toisa d'un air de souverain mépris, puis leva les yeux au plafond.

— Les enfants, les enfants ! tonna Nicolas en donnant à sa voix une ampleur impériale, calmez-vous, bonyeu ! Si on prend la peine de manger ensemble à heures fixes, c'est pour se parler et se détendre, pas pour se lancer des insultes.

— Impossible de se détendre avec une petite conne, remarqua sombrement Frédéric.

Sur ce, il dut interrompre son repas par une méditation solitaire dans sa chambre.

La soirée de Nicolas ne se déroula pas comme il l'avait souhaité. Avant de se plonger dans un bain chaud, puis dans la musique, il dut : a) nettoyer la cuisine, car Géraldine devait aller chercher des antibiotiques à la pharmacie pour soigner le début de bronchite de Frédéric qui résistait au sirop ; b) aider ce dernier dans une recherche sur les hélicoptères ; c) donner son bain et raconter une histoire à Sophie qui lui en demanda une deuxième, et plus longue ; d) entreprendre une longue discussion avec Jérôme pour le convaincre de ramasser le linge sale qui traînait dans sa chambre depuis une semaine, puis faire avec lui une petite demi-heure d'algèbre.

De sorte que lorsqu'il put se plonger dans l'eau chaude, la maison enfin assoupie, il se trouvait dans un tel état d'épuisement qu'il craignit de n'avoir plus la force d'écouter cette symphonie de Gorecki, censée lui ouvrir un monde nouveau.

Il enfila bientôt sa robe de chambre et descendit à la salle de musique. Géraldine cousait au rez-de-chaussée. Il déployait des efforts héroïques pour suivre la symphonie en gardant les yeux ouverts lorsqu'elle apparut dans la porte :

— Excuse-moi, j'ai oublié de te faire un message : ton ami Douillette a téléphoné juste avant le souper. Il voulait te parler de toute urgence.

— Bah! soupira-t-il, je l'appellerai demain. Il va me tenir au téléphone pendant une heure.

Et il lui raconta sa conversation du midi avec le fonctionnaire. Géraldine l'écoutait, la mine grave et attentive. Son regard rempli de tristesse et de désarroi brûlait du profond désir de comprendre ce qui se passait chez l'homme qui partageait sa vie depuis tant d'années et qui lui était devenu tout à coup étranger.

— Et alors? qu'est-ce que tu comptes faire? demanda-t-elle lorsqu'il eut terminé son récit.

— Mais... rien, répondit-il, étonné. Que veux-tu que je fasse?

— Tu n'as pas envie de te lancer dans une enquête? Depuis le temps que tu te plains de végéter dans les affaires municipales... Il te fournit peut-être une occasion extraordinaire, ton Douillette. Imagine-toi le nom que tu te ferais si tu débusquais un scandale. Est-ce que ce n'est pas ce qui te ronge les tripes depuis des années : te faire un nom?

— Mais où veux-tu que je trouve le temps de...

Elle se passa brusquement la main dans les cheveux; l'irritation la gagnait :

— Est-ce que tu ne viens pas de demander un congé sans solde? Est-ce que ton oncle ne vient pas de t'offrir un emploi? Ne me fais pas croire que tu ne pourrais pas trouver le temps, entre deux dossiers, de la pousser, ton enquête. Ou alors, va-t'en, Nicolas, quitte la maison, poursuivit-elle avec des larmes dans la voix. Parce que je ne suis plus capable de vivre avec un homme malheureux comme toi. Depuis trois mois, je ne te reconnais plus, tu vis à mille kilomètres de nous, un rien te fait japper et puis... tu me caches des tas de choses... oui, oui, n'essaye pas de le nier, je ne suis pas idiote, tout de même – et je ne veux surtout pas les connaître, ah non, surtout pas ! Tout ce que je sais, c'est que tu bous dans ta peau, tu étouffes à la maison, tu crèves d'ennui au journal. Alors, fais quelque chose, bon sang, sinon... sinon...

Elle se retourna, incapable de poursuivre et, d'une main tremblante, redressa machinalement un tableau accroché au mur et qui représentait une petite fille à cheveux roux dans une balançoire, jupe ouverte au vent.

Il l'écoutait en silence, les yeux baissés, honteux, ravi, inquiet. En quelques phrases, elle venait de dissiper l'obscurité qui enveloppait son malaise depuis le début de l'après-midi. Elle lui montrait le remède, d'une simplicité aberrante. Mais elle lui montrait aussi qu'elle le tenait à l'œil et que tout pouvait arriver si ses frasques étaient mises au jour.

— Je... je pense, Géraldine, bafouilla-t-il, que tu as raison... Je suis comme un enfant qui... qui..

Il eut un sourire un peu simplet :

— Je suis en pleine crise, je crois.

Elle haussa les épaules, la tête toujours tournée :

— Si tu crois être le seul... Même les enfants commencent à souffrir de ton humeur...

— Et si je n'obtiens pas mon congé sans solde ? reprit-il.

— Alors jette-toi en bas d'un pont ou avale du verre pilé.

Il sourit de nouveau, s'avança vers elle :

— Non, je n'en ferai rien... Morency m'a parlé cette après-midi : il appuiera ma demande... Bien trop content de pouvoir se débarrasser de moi, le salaud... Je vais me lancer dans cette enquête, j'irai jusqu'au bout et la vérité éclatera, et que le diable emporte le reste... Merci de m'avoir engueulé, Géraldine. J'allais rater le bateau.

Elle se tourna soudain vers lui et, à sa grande surprise, se mit à l'embrasser dans le cou. Puis elle dénoua le ceinturon de sa robe de chambre et souleva sa robe de nuit. Quelques instants plus tard, ils faisaient l'amour sur le plancher. Leur plaisir fut modéré. Mais c'était plus qu'ils n'en espéraient après tous ces mois de grisaille amoureuse.

Géraldine se releva dans un état d'euphorie qu'il ne lui avait pas vu depuis longtemps. Elle fit quelques pas incertains dans la pièce, remettant de l'ordre dans sa chevelure, puis, se plantant devant lui :

— J'ai envie d'aller prendre un verre au Café Idéal. Qu'en dis-tu ?

Il la regardait, ébahi. Géraldine, toujours couchée à dix heures (travail oblige), voulait aller prendre un coup aux approches de minuit !

— Allons, viens, Nicolas, supplia-t-elle. Ça me ferait tant plaisir... Jérôme a quinze ans, après tout, les enfants ne courent aucun danger. Viens, je t'en prie.

Alors, malgré sa fatigue de plus en plus pesante, il s'habilla, se peigna et se dirigea avec elle vers le café. Pierre, le patron, se garda bien de manifester la moindre surprise de voir ce couple casanier se joindre à sa clientèle nocturne, en général beaucoup plus jeune ou plus dissipée, et les accueillit avec sa cordialité habituelle. La cuisine venait de fermer, mais Linda voulut bien leur préparer des croque-monsieur, qu'elle leur servit avec de la bière. À son deuxième verre, Géraldine se pencha vers son mari et lui dit à voix basse qu'elle l'aimait et que ce serait chouette d'aller passer quelques jours seuls à la campagne dans une auberge, comme ils l'avaient fait trois ans plus tôt – mais jamais plus par la suite, hélas !

« Ma foi, c'est le grand feu d'artifice, pensa Nicolas. Elle a tout deviné, mais ferme les yeux et fait l'impossible pour me retenir. »

Une grande vague d'affection monta en lui, mais mêlée à une si profonde affliction, à un sentiment si poignant de l'inutilité des efforts qu'elle déployait avec la générosité naïve d'une jeune amoureuse qu'il fut incapable d'avaler une autre bouchée.

Ils retournèrent lentement à la maison. La bière, ajoutée à la fatigue, ouatait ses perceptions. Gauchement, il prit la main de sa femme et lui jeta un regard en coin. Elle souriait vaguement, mais l'inquiétude avait reparu sur son visage.

Ils filèrent au lit. Elle se pelotonna contre lui, posa la main sur son ventre et poussa un profond soupir. Le sommeil la gagnait rapidement.

— N'oublie pas ton rendez-vous demain matin avec ton oncle, murmura-t-elle dans un souffle.

La tête tournée vers la fenêtre, il fixa longuement la nuit d'où parvenait la musique lointaine d'un bar-terrasse, à demi couverte par la rumeur de l'autoroute, puis s'endormit dans un état de profonde perplexité.

8

— Et alors ? as-tu réfléchi à ma proposition ? demanda Télesphore Pintal de sa voix étouffée et chuintante des jours d'asthme.

Et, tenant délicatement sa cuillère à café entre le pouce et l'index, il l'agita doucement dans la tasse en fixant Nicolas.

— Si on m'accorde un congé sans solde, j'accepte avec plaisir, mon oncle.

— Quand auras-tu ta réponse ?

— Ces jours-ci. Peut-être ce matin.

— Le plus tôt sera le mieux. Cette affaire d'église grecque presse un peu pas mal beaucoup. Je ne suis pas le seul à la zyeuter.

Il sourit pour lui-même, avala une gorgée de café, puis, se penchant vers Nicolas :

— Tu ne regretteras pas ta décision. Pour réussir dans la vie, mon garçon, il faut deux choses : beaucoup de travail... et un peu de chance. Je t'offre la chance. Veux-tu que je te raconte la mienne ?

Cette histoire était célèbre dans toute la parenté. Pintal ne pouvait assister à une réunion de famille sans la ressasser à quelqu'un. Elle semblait posséder pour lui une signification mystique. Nicolas ne voulut pas le priver de son plaisir et fit signe que oui.

— J'avais dix-neuf ans. Je me trouvais dans un hôtel minable à Victoriaville et il me restait quatorze dollars en poche. Je ne voyais plus rien devant moi. Je m'étais rendu là-bas pour rencontrer un homme qui m'avait convaincu d'investir cinq cents dollars dans une affaire de vente d'encyclopédies, mais quand je m'étais présenté à son magasin, les vitrines étaient tapissées de journaux et lui-même avait quitté la ville deux jours plus tôt sans laisser d'adresse. Je me cherchais du travail depuis cinq mois. Mon loyer à Montréal n'était pas payé depuis quatre mois. L'année précédente, mon père m'avait mis à la porte et virait écarlate quand on prononçait mon nom devant lui.

Il versa un filet de sirop d'érable sur sa crêpe et en porta un morceau à sa bouche.

— J'étais assis sur le bord de mon lit et j'avais faim. Mais je savais que si j'allais au restaurant, il ne me resterait plus assez d'argent pour payer mon retour en autobus à Montréal. J'avais vraiment le goût de me jeter du haut d'un toit et de passer dans l'autre monde.

Il prit une seconde bouchée. Nicolas faisait de son mieux pour simuler l'intérêt le plus vif. Il avait entendu le numéro de son oncle au moins deux fois, sans compter les récits qu'on lui en avait faits.

— Alors j'ai regardé un moment la pile de prospectus posée sur le bord de la fenêtre (c'est tout ce que mes cinq cents dollars m'avaient rapporté), puis j'ai ouvert le tiroir de ma table de nuit et j'ai pris la Bible. C'était un de ces exemplaires que la Société Gideons distribue dans les hôtels à l'intention sans doute des désespérés qui se retrouvent un soir entre quatre murs avec l'envie, comme moi, de se jeter du haut d'un toit parce que la vie leur apparaît comme un tuyau d'égout sans fin. Jamais je ne lisais la Bible. Ce soir-là, je me suis mis à la feuilleter. Je ne trouvais aucun réconfort dans les versets que je lisais ici et là, l'esprit ailleurs. Et puis tout à coup je suis tombé sur un beau billet de cent dollars tout neuf glissé entre deux pages par un pauvre illuminé, Dieu sait pourquoi. J'ai pris le billet, je l'ai mis dans mon portefeuille, je suis descendu à la salle à manger, j'ai commandé une omelette au fromage et un morceau de gâteau au chocolat, puis je suis allé faire une promenade pour réfléchir à ce qui m'arrivait. En revenant à l'hôtel, j'avais une idée. J'ai téléphoné à un vieil éditeur de manuels scolaires que mon filou m'avait présenté la semaine d'avant, je l'ai baratiné de mon mieux, puis je l'ai invité à manger le lendemain dans un des meilleurs restaurants de Montréal. À cette époque-là, avec cent dollars, tu pouvais faire un sacré bout de chemin ! Alors je l'ai gavé de fruits de mer, de caviar et de vin blanc jusqu'à ce qu'il ait les deux yeux dans le même trou. Au dessert, nous avons signé un contrat où je le roulais abominablement, le pauvre. C'est avec sa mise de fonds que j'ai pu lancer une petite maison d'édition spécialisée en livres de cuisine. Trois ans plus tard, je la revendais en mettant une belle motte de beurre dans mon assiette. J'ai alors fondé Donégis, qui a grossi, grossi et a fini par faire de moi l'homme que tu connais.

Il posa les deux mains sur le rebord de la table, prit une longue inspiration (Nicolas entendit le sifflement), puis :

— Ce billet de cent dollars, c'était ma chance. Aujourd'hui, je t'offre la tienne. Mais tu es beaucoup plus vieux que je ne l'étais à l'époque. Et c'est peut-être la dernière qui te passe sous le nez.

Nicolas eut un sourire malicieux :

— À moins que vous n'essayiez de me rouler comme ce pauvre éditeur.

Télesphore Pintal prit un air offensé :

— Ta remarque me surprend, mon garçon. Tu sais pourtant que la famille a toujours été pour moi une chose sacrée. Choisis tes mots d'esprit.

———————

Sans que Nicolas s'en rendît compte, un épisode de sa vie venait de commencer qu'il considéra toujours par la suite avec une sorte de stupeur. La frénésie qui s'empara de lui à partir de ce moment multiplia ses forces d'une façon incroyable tout en laissant régner dans son âme un calme étrange, comme si une partie de lui-même observait l'autre avec une froide ironie.

En arrivant à *L'Instant*, il trouva sur son bureau un message de Douillette et une lettre de la direction où on lui annonçait que sa demande de congé sans solde était agréée pour une durée d'un an, sous réserve d'en fixer les modalités avec son chef de division.

Il alla aussitôt trouver Albert Morency.

— Bah! pars demain si tu veux, lui répondit l'autre avec un sourire impitoyable.

Nicolas ne put soutenir son regard et s'éloigna, rouge de honte et la rage au cœur.

— Je te revaudrai ça, chien sale, ronchonna-t-il en composant le numéro de son oncle pour lui annoncer la nouvelle.

— J'ai besoin de quelques jours pour régler certaines affaires, ensuite je suis à vous.

— Je t'en donne un, pas une minute de plus, répondit Pintal, contrarié. Si on tarde trop, mon église risque de me filer entre les pattes.

« J'ai l'impression d'avoir changé un mal de pied pour un mal de jambe », se dit Nicolas en téléphonant à Douillette.

— Ah! bonjour, Nicolas, fit ce dernier dans un murmure presque inaudible. Écoute, je vais te rappeler du restaurant d'en face. La ligne n'est pas sûre ici. À tout de suite.

Rivard, pensif, se rejeta dans son fauteuil :

— Est-ce que par hasard il serait craqué de la citrouille, mon bon Douillette ? Je me lance peut-être à l'aventure sur les révélations d'un fou.

Il venait de se mettre à la correction de son dernier papier lorsque le téléphone sonna.

— Monsieur... Nicolas Rivard ? fit une voix hésitante qui le plongea dans le ravissement.

— Moineau! Comment vas-tu ? J'allais justement t'appeler. J'ai téléphoné deux fois chez toi hier, mais tu étais absente.

— Recherche d'emploi, soupira l'autre.

Et elle lui demanda de but en blanc s'il avait pu faire quelques petites démarches pour elle comme il l'avait promis. Rivard, un peu confus, lui répondit que le temps lui avait manqué, mais qu'il allait s'y mettre tout de suite. Et il en profita pour l'inviter à dîner. Elle accepta après une légère hésitation et ils convinrent de se rencontrer Chez Delmo.

Aussi, quand Aimé Douillette rappliqua quelques instants plus tard, trouva-t-il un interlocuteur aimable et onctueux.

— Nicolas, annonça le fonctionnaire, tragique, je suis sûr qu'on se doute de quelque chose.

— Et comment ça ?

— Hier, le sous-ministre adjoint m'a annoncé que j'étais tabletté. Oh ! le mot n'a pas été prononcé, bien sûr ; ils sont trop malins pour ça. Officiellement, il s'agit d'une promotion comme conseiller spécial au comité consultatif des prévisions environnementales. Mais, en pratique, je pourrais aller collectionner les papillons en Australie... Je travaillais depuis six mois à mettre sur pied une banque de données sur la circulation, l'entreposage et l'élimination des déchets dangereux. Mais on va dissoudre mon équipe et détruire la banque. Pfuit ! Fini ! Me voilà rangé dans la garde-robe.

Rivard lui répondit qu'il ne voyait aucun lien entre son histoire de l'autre jour et cette rétrogradation, rien n'y fit.

— Ta ta ta. Mon petit doigt me dit *qu'on sait que je sais*. Et mon petit doigt pourrait être le pape. Et alors ? poursuivit-il d'une voix pressante et angoissée, as-tu glissé un mot de l'affaire à ton responsable de l'environnement ? Il faut que ça bouge, Nicolas ! *Je ne veux pas attendre de voir ma tête rouler sur le parquet.*

— J'ai fait mieux, mon cher. Je quitte *L'Instant* pour me lancer moi-même dans l'enquête.

Après un moment de stupéfaction ravie, Douillette se mit à le couvrir d'éloges et de remerciements et lui proposa son aide, *dans la mesure où sa vie ne serait pas en danger.* Rivard lui posa quelques questions, puis, un peu lassé par son ton exalté, coupa court à l'entretien et promit de le rappeler bientôt. Il termina en hâte son papier, fit quelques appels pour Moineau, commença à rassembler ses effets personnels en vue de son départ, puis se rendit Chez Delmo, en prenant soin de s'arrêter en chemin pour se munir de préservatifs.

Moineau l'attendait déjà, assise dans la salle aux murs de lattes beiges. Ses cheveux relevés en queue de cheval dégageaient gracieusement ses tempes, laissant la lumière nimber délicatement l'ovale ravissant de son visage. Elle mordillait distraitement le bâtonnet de plastique qui accompagnait son *Perrier* citron, plongée dans de tristes pensées. Son expression grave et soucieuse donnait à sa beauté juvénile un air de noblesse et de dignité. Elle semblait porter cette beauté comme on assume une responsabilité honorable mais quelque peu éprouvante.

En l'apercevant, le journaliste s'arrêta devant la porte et sourit. « Te rends-tu compte de ta chance, Nicolas Rivard ? se dit-il. La plus belle fille de Montréal te laisse monter dans son lit. Ton ange gardien doit en avoir les yeux croches. »

Elle l'aperçut à son tour et eut un mouvement d'épaules comme pour dire : « Allons, approche, je ne te mangerai pas ! »

— Tu me cherchais ? lui demanda-t-elle, tandis qu'il s'avançait.

— Non. Je te contemplais, répondit-il en prenant place.

Elle se mit à rire :

— Est-ce que tous les hommes de ton âge sont aussi sentimentaux ?

Malgré l'affluence du midi, un garçon se trouva instantanément à leur table et présenta les menus. Le charme de Moineau produisait des effets magiques, dont elle ne s'apercevait même plus.

— Tu as l'air soucieuse, remarqua Nicolas.

— Je viens de me chicaner avec Denise, ma copine d'appartement. Un problème d'argent.

Sa réponse, il le sentit, comportait une question.

— J'ai fait quelques appels pour toi ce matin, répondit-il. Un de mes ex-collègues au journal possède un café Van Houtte rue Notre-Dame, à deux pas d'ici. Je n'ai pas pu le joindre, mais son gérant, que je connais un peu, m'a laissé entendre qu'il pourrait peut-être t'engager.

— Merci, fit-elle. Tu es gentil.

— Oh ! il n'y a rien de fait encore. Si ça ne marche pas, je regarderai ailleurs. Tu as besoin d'argent ? demanda-t-il après une légère hésitation. Je peux t'en prêter, si tu veux.

Elle secoua la tête :

— Je préfère que non. On se connaît à peine. Qu'est-ce que tu penserais de moi ?

— Je penserais que tu as besoin d'argent et que tu vas me le rendre un jour quand ton portefeuille sera mieux garni. Quoi d'autre ?

Elle continuait de secouer la tête, les lèvres serrées dans un pli obstiné. Le garçon prit leurs commandes. Il semblait tombé lui aussi sous l'emprise de Moineau et la contemplait de ses yeux globuleux et un peu tristes comme ces chiens en cage qu'on voit dans les animaleries en train de regarder circuler les passants.

Nicolas s'extasia encore une fois devant l'appétit de Moineau. Elle aurait pu, semblait-il, dévorer tout le restaurant. Elle commanda une douzaine d'huîtres de Caraquet, puis une soupe aux huîtres et finalement un pâté aux pétoncles et aux huîtres.

— J'aime les huîtres, reconnut-elle avec un sourire confus.

Nicolas cligna de l'œil :

— Si elles ont l'effet qu'on dit, ton lit va prendre feu.

En sortant du restaurant, délesté d'une jolie somme, il lui avoua que son envie de lui faire l'amour avait transformé son pantalon en fourneau.

— On ne peut pas aller chez moi, le frère de Denise peinture la cuisine.

Nicolas n'ayant plus beaucoup d'argent en poche, ils se retrouvèrent dans l'est de la ville, rue Sainte-Catherine, devant une maison de chambres un peu miteuse près de Radio-Québec. Ils allaient y pénétrer lorsqu'une petite fille à nattes rousses lui envoya la main de l'autre côté de la rue avec un grand sourire. Nicolas s'arrêta, interloqué. Il venait de reconnaître l'enfant qu'il avait vue au cassecroûte de l'Hôtel-Dieu à Québec lorsqu'il s'était rendu au chevet de François Durivage. Elle se souvenait donc de lui ? Pourquoi ces marques d'amitié envers un inconnu ? La petite continuait de le fixer en marchant. Son sourire avait quelque chose de tendre et d'impitoyable. Elle se retourna une dernière fois, puis disparut au coin d'une rue.

— Dis donc, c'est ta fille ? demanda Moineau, amusée, en pénétrant dans un petit hall jaune et crasseux.

— Non, non, pas du tout, bafouilla le journaliste, de plus en plus troublé. Je la connais à peine. Je ne lui ai même jamais parlé.

Un gros homme renfrogné à lippe pendante leur tendit une clé en échange de deux billets de vingt dollars, puis se replongea dans la lecture de *Photo-Police*.

« Hum... tout ça coûte cher, il faudra que je fasse des économies », se dit Nicolas en grimpant l'escalier étroit qui sentait l'eau de Javel et la bière éventée.

Ils poussèrent la porte d'une petite chambre minable peinte d'un vert cafardeux. Une fenêtre à carreaux permettait d'admirer en gros plan l'enseigne au néon tout écaillée de l'établissement. Comme ses aisselles répandaient une odeur un peu lourde, il décida de prendre une douche.

— Attention aux rats, l'avertit Moineau avec un clin d'œil.

Les robinets dépareillés étaient rouillés et une débarbouillette crasseuse moisissait sur le porte-savon.

Deux minutes plus tard, il sortait de la salle de bains, chassé par l'apparition d'une coquerelle, et finissait de s'essuyer devant sa petite amie, n'oubliant pas de contracter les muscles de l'abdomen.

Pelotonnée sous les draps, elle l'observait avec une attention ingénue.

Il laissa tomber sa serviette sur le plancher poussiéreux et s'avança vers elle en souriant. Et soudain, la laideur des lieux et le souvenir de sa soirée avec Géraldine (ah! ce regard éperdu qu'elle lui avait lancé pendant leur discussion!) lui firent perdre tous ses moyens et un sentiment de malheur accablant l'envahit. Il s'allongea près de Moineau, mais resta immobile, respirant par saccades. Elle lui fit quelques caresses, puis, voyant son malaise sans oser lui en demander la cause, éclata de rire :

— Quelle idée nous a pris de venir ici ? C'est infect ! J'en ai l'inspiration coupée. Est-ce qu'on s'en va ?

Ils se rhabillèrent en échangeant des plaisanteries et se retrouvèrent bientôt dans la rue.

— Il faut que tu ailles maintenant au journal, je suppose ? Je vais être chez moi ce soir. Viens me voir, si tu veux.

Il la laissa en taxi devant la station de métro Berri, puis se fit conduire à *L'Instant*. Le regard insoutenable de Géraldine commençait à s'estomper.

« Comme c'est curieux, ces histoires d'humeur, se dit-il. Maintenant, j'ai de nouveau envie de faire l'amour. Merde ! »

Il se fit déposer rue Sainte-Catherine devant l'Université du Québec. La journée était chaude et belle. Une bonne marche lui ferait du bien. Et, de toute façon, son papier terminé, on n'avait plus besoin de lui au journal.

En passant devant une fruiterie, il aperçut un étalage de clémentines et les tâta. La peau molle et un peu spongieuse, détachée de la pulpe, montrait que le fruit était mûr. Il en acheta trois douzaines. « Les enfants vont être contents », se dit-il en poursuivant sa route. Il arriva bientôt devant le petit parc qui bordait les bureaux du journal ; l'envie le prit de s'y asseoir un moment pour manger quelques clémentines et sentir leur jus délicatement parfumé couler dans sa bouche tout en rêvant à Moineau. Il prit place sur un banc, allongea les jambes et plongea la main dans le sac. Un tas de pelures s'accumula bientôt près de lui, répandant une légère odeur acidulée. Mais plutôt qu'à Moineau, ses pensées allaient à la petite fille aux cheveux roux. N'était-ce pas plutôt son sourire qui l'avait mis à mal tout à l'heure à l'hôtel ?

— Tu dérailles, mon vieux, dit-il à voix haute en se levant.

Il jeta les pelures dans une poubelle et s'éloigna. Une curieuse tristesse l'habitait.

Une fois à *L'Instant*, il finit de rassembler ses effets personnels dans une boîte, interrompu à tout moment par les questions de ses collègues qui venaient le trouver, surpris de le voir partir, heureux de la faveur qu'on lui faisait, puis s'affala dans son fauteuil, réfléchit un instant et se lança enfin dans son enquête.

Son premier appel téléphonique fut pour l'Inspecteur général des institutions financières. On lui apprit que Kronoxyde appartenait à la société Invesco et que le président et administrateur de cette dernière se nommait Harvie Scotchfort.

— Harvie ? Tiens tiens… quel joli nom, marmonna-t-il en raccrochant avec un sourire. Si j'avais un chien, je l'appellerais Harvie…

Il s'accouda sur son bureau et se mit à tripoter une rognure de papier.

« Maintenant, à partir de là, qu'est-ce que je fais ? » se demanda-t-il, perplexe.

Il leva les yeux au plafond mais, chemin faisant, son regard accrocha celui d'Albert Morency debout dans l'allée à deux mètres de lui et qui le fixait avec un sourire persifleur :

— Et alors ? on prépare un petit article pour l'année prochaine ? demanda le chef de division, doucereusement méprisant.

— On se prépare plutôt à sacrer le camp, riposta-t-il d'un ton rageur. On se prépare à sacrer le camp pour faire plaisir à certains.

— Quel mauvais caractère, soupira l'autre avec une emphase bouffonne en s'éloignant.

Robert Lupien apparut dans la salle et se dirigea en clopinant vers son bureau. Nicolas agita la main dans sa direction :

— Tu viens prendre un café ? J'ai des choses à te raconter.

— Comme tu veux, répondit l'autre. Mais je dois partir dans quinze minutes pour une interview.

Et il se dirigea vers la cantine en poussant un énorme bâillement.

Robert Lupien était un homme taciturne et plutôt grognon, mais doué d'un remarquable sens de l'amitié. Depuis son divorce, il vivait seul dans un petit appartement non loin de *L'Instant* (où il tenait une chronique sur les arts plastiques avec des sautes d'humeur fort redoutées) ; il cherchait d'une façon un peu obsessive à se remarier mais n'accumulait qu'aventures sans lendemain. Une jambe légèrement atrophiée par la polio le faisait un peu boiter et l'avait rendu timide et compliqué avec les femmes. Chaque dimanche, il recevait sa fille à dîner (cuisinier hors pair, il excellait dans les sauces), puis l'amenait au cinéma. C'était un homme serviable, conservateur, passionné de littérature comme Rivard l'était de musique, doué d'un solide jugement et supportant avec une extrême difficulté la bêtise, les contretemps et, en général, tout ce qui contrecarrait ses volontés.

— Bravo, tu en avais besoin, se réjouit-il quand son ami lui annonça qu'il avait obtenu son congé. Ah bon... Curieux, ça, s'étonna-t-il en apprenant que ce dernier se lançait dans l'immobilier avec un vieil oncle bourré de fric. Eh ben... ça va peut-être te changer les idées.

Nicolas lui rapporta alors les révélations d'Aimé Douillette.

— Ne t'embarque pas dans cette affaire puante, tu n'auras que des ennuis.

Mais il n'eut qu'un sourire compatissant et désabusé lorsque le journaliste, lancé dans la voie des confidences, lui révéla son aventure avec Moineau.

— Tu trouves que je dérape, hein ? fit le journaliste en rougissant, un peu piqué. Que le démon du midi me tourne la tête ?

Lupien haussa les épaules et prit une gorgée de café, l'œil plissé, la lèvre subtilement moqueuse, comme s'il contemplait toute l'étendue de la bêtise humaine.

— Dans ce domaine, répondit-il enfin, je ne donne pas de conseils. Cul en feu rend sourd. J'ai vécu plusieurs fois l'expérience.

Nicolas voulut se justifier, décrire sa misère conjugale (fort relative, il est vrai), mais la mine de plus en plus renfrognée de son ami le fit bientôt battre en retraite.

Ils retournèrent à la salle de rédaction. Lupien regrettait déjà son attitude glaciale. Il posa sa main sur l'épaule de son compagnon :

— On ne se verra donc plus ? Finies les discussions à La Vieille France ?

— Mais non, mais non... Mes affaires vont m'amener souvent au centre-ville, on pourra casser la croûte ensemble. Et puis, tu vas continuer de m'inviter aux vernissages, j'espère ? Et moi, quand j'entendrai parler d'une vente de disques, je te ferai signe.

Chacun retourna à son bureau. Rivard inspecta le sien une dernière fois, puis promena longuement son regard dans cette salle où s'étaient écoulées dix-neuf années de sa vie et ne ressentit aucune émotion ; ses yeux tombèrent sur un bout de papier qui traînait près du téléphone ; il y avait griffonné le nom de Harvie Scotchfort, une adresse et un numéro de téléphone ; la question qu'il s'était posée un peu plus tôt revint à son esprit :

« À partir de là, qu'est-ce que je fais ? »

Harvie Scotchfort était président et administrateur d'Invesco, société propriétaire de Kronoxyde. Le ministre de l'Environnement, Antoine Robidoux, avait eu quelques jours auparavant avec ce monsieur une conversation où il apparaissait que les deux hommes ne partageaient pas les mêmes vues sur toutes choses. Voilà à quoi se résumaient ses connaissances sur l'affaire. C'était maigre.

Rivard composa le numéro d'Aimé Douillette. Une secrétaire lui apprit que ce dernier était en congé pour deux semaines et refusa de lui donner son numéro personnel.

« Triple idiot ! t'aurais dû le lui demander hier », grogna intérieurement le journaliste.

Une minute plus tard, une préposée aux renseignements lui fournissait les numéros de trois Aimé Douillette vivant tous à Québec. Mais il ne se sentit pas le courage d'entreprendre cette recherche.

— Je vais plutôt... je vais plutôt, reprit-il dans une illumination soudaine, essayer de glaner ici même de l'information sur Invesco et Kronoxyde.

Il se tourna vers le fond de la salle, où travaillaient les journalistes affectés aux pages financières, et aperçut Bernard Lavery en train de prendre des notes, le récepteur coincé entre l'épaule et l'oreille. Son appel terminé, Nicolas alla le trouver. C'était un bon garçon, un peu porté sur la bière, mais qui travaillait comme un bœuf, par amour du métier et aussi pour soutenir un train de vie princier (chalet cossu, yacht géant, vacances à l'étranger, etc.), car il avait épousé la fille d'un richissime pharmacien et ne voulait pas la faire déchoir.

— Quand a été fondé Invesco ? fit-il en repoussant une grande mèche de cheveux noirs qui retombait constamment sur son front huileux parsemé de minuscules boutons roses. Tu veux faire des placements, mon Nicolas ?

— Oui, justement. On m'a dit beaucoup de bien de cette société, mais je voulais me renseigner avant de prendre une décision. J'ai appris que Kronoxyde lui appartenait. Ça fait longtemps ?

— Bah... deux ou trois ans, répondit l'autre, étonné par la question. Tu cherches quelque chose ?

— Non, rien de particulier, je demandais ça comme ça.

Lavery ouvrit un tiroir et se mit à y fourrager :

— Tiens, voici leur dernier rapport annuel. Tu y trouveras l'essentiel. Si tu veux en savoir un peu plus, viens me voir en fin d'après-midi. J'aurai eu le temps de glaner autre chose. À propos, félicitations pour ton congé. Tu te lances dans les affaires ?

Rivard crut déceler une lueur d'ironie dans les yeux du journaliste, mais son sourire restait amical.

— Ouais, répondit-il en détournant le regard. Mais en même temps, je vais suivre des cours en urbanisme.

— C'est bien, c'est bien, il faut se tenir à la page, l'époque le veut, sinon les jeunes vont finir par nous mettre au placard.

Cette fois, la moquerie affleurait presque ouvertement.

« Ris de moi tout ton soûl, gros dindon, grommela Rivard en retournant à son bureau, pourvu que tu me trouves ce que je cherche. Ah ! que j'ai hâte de sacrer le camp de ce trou infect. Ils verront bien ce que je vaux, tous ces gros pleins de soupe. »

Il retourna à son bureau et se mit à feuilleter la brochure. La photo de Harvie Scotchfort s'étalait en première page. Il scrutait sa figure grave et rondouillarde lorsqu'une main le toucha à l'épaule :

— Besoin d'aide ? s'offrit Lupien en montrant une pile de boîtes débordantes de paperasses qui s'élevait près du bureau.

Il allait lui répondre lorsque son téléphone sonna.

— Tu viens souper ? fit Géraldine, enjouée.

Nicolas grimaça :

— Non, malheureusement je ne peux pas, chérie. J'ai... des affaires à régler au journal.

— Des affaires à régler ? s'étonna l'autre. Lesquelles ?

— Je... j'attends des renseignements au sujet de mon enquête. Il faut que je reste sur place.

Un pincement le saisit au creux du ventre. Ses paroles l'écœuraient.

— Tu... tu n'as donc pas changé d'idée ? s'écria-t-elle joyeusement.

— Non, pas du tout, l'assura-t-il sans entrain. Je tiens parole.

— Nicolas, poursuivit-elle de but en blanc, Frédéric m'a ramené un superbe bulletin tout à l'heure : quatre-vingt-deux pour cent en mathématiques ! Du jamais vu. C'est son anniversaire la semaine prochaine. Je connais ton aversion pour les chats, mais il serait tellement ravi si on lui en offrait un en cadeau...

— D'accord, fit-il. Je finirai bien par m'habituer.

— Nicolas, reprit-elle d'une voix changée, pressante, je t'aime, tu sais.

— Moi aussi, répondit-il, dégoûté. « Je ne mérite pas la femme que j'ai, marmonna-t-il en raccrochant. D'ailleurs, je ne mérite rien du tout. S'il y avait une justice, je me ferais écraser par un autobus en mettant le pied dans la rue. »

Il n'y en avait pas, apparemment. Il se rendit sans encombre chez Moineau, qu'il avait réussi à joindre plus tôt que prévu, et prit une magnifique revanche sur son fiasco de l'après-midi. Mais, auparavant, il dut faire la causette une petite demi-heure à sa compagne Denise, une grosse fille rieuse et bavarde qui, avant de s'en aller, le convainquit de nettoyer les moulures des armoires de la cuisine, que son frère avait salopées en peinturant.

Elle n'avait pas plus tôt fermé la porte qu'il se mettait à caresser Moineau ; ses mains sentaient la térébenthine. Il s'en excusa.

— C'est pas grave, répondit-elle. Quand je fais l'amour, je ne sens rien.

« Que veut-elle dire ? » se demanda-t-il anxieusement.

Elle l'amena à sa chambre et se déshabilla devant lui en riant. L'effet de sa nudité fut encore plus puissant que la première fois. Sa peau était d'un grain si lisse et si fin qu'on aurait dit qu'un halo rosé l'entourait ; jamais Nicolas n'avait ressenti cette impression devant une femme nue, sauf une fois, plusieurs années auparavant, après avoir fumé de la mari. Ses jambes se couvrirent de sueur.

« Que va-t-il arriver de Géraldine ? Est-ce que c'est la fin de mon mariage ? »

Moineau s'approcha de lui :

— Allons, lambin, qu'est-ce que tu as à me regarder ainsi, les yeux ronds, comme si t'avais manqué l'autobus ?

Et elle détacha sa ceinture. Il tomba à genoux et se mit à lui lécher les cuisses.

— Qu'est-ce qui te prend ? s'étonna-t-elle, amusée.

— Je suis ton chien, murmura-t-il en levant la tête. Tu fais de moi ce que tu veux.

— Alors, vite, viens dans ta niche, beau chienchien, répondit-elle en le prenant par les épaules, et elle acheva de le déshabiller.

Quelques minutes plus tard, elle avait perdu toute capacité de plaisanter.

— C'est mieux que cette après-midi, non ? lui demandait-il de temps à autre, haletant, dans l'emmêlement des draps et des couvertures.

— Oh oui, gémissait-elle, beaucoup beaucoup mieux !

Il était près de six heures quand ils pénétrèrent dans la cuisine avec cet air un peu assommé qu'ont les amants après les violents plaisirs de l'amour.

— Mon Dieu ! se rappela soudain Nicolas. Il fallait que je téléphone au journal en fin d'après-midi !

— Tu m'attrapes par la pointe des cheveux, répondit Bernard Lavery au bout du fil. Trente secondes plus tard et tu parlais à du vent. J'ai les renseignements que tu voulais. Invesco a acquis Kronoxyde il y a un peu plus de deux ans, quand la société se trouvait en très mauvaise posture financière.

— Ah bon.

— Tu me caches quelque chose, toi. Que cherches-tu ?

— Moi ? À faire un peu d'argent, comme je te l'ai dit tout à l'heure.

— En tout cas, tiens-moi au courant si tu apprends quelque chose d'intéressant. Entre collègues, faut s'aider, non ?

— Bien sûr. « Je lui ai mis la puce à l'oreille, grommela Nicolas en raccrochant. Pourvu qu'il ne se mette pas le nez dans ma talle. »

Moineau s'approcha et lui entoura la taille :

— Qu'est-ce que tu mijotes ? Tu te prépares à voler le pont Jacques-Cartier ou quoi ?

— Quelque chose comme ça. Je t'expliquerai plus tard, c'est très compliqué. Et maintenant, il faut que je file. On m'attend à la maison.

Moineau eut un de ces regards que les maîtresses n'adressent qu'aux hommes mariés, rempli de cet acquiescement blasé devant les trivialités incontournables de la vie.

Il le vit, s'en émut et l'invita au restaurant. Dix minutes plus tard, ils arrivaient à la Mazurka, réputée pour sa cuisine slave parfois un peu lourde mais ses additions légères. Ils prirent de la vodka avec des blinis et des pirojkis et Nicolas passa près de retourner faire l'amour chez son amie, mais un sursaut de vertu et la présence probable de Denise lui permirent au dernier moment de s'arracher à Moineau dans le taxi et de poursuivre son trajet jusqu'à Longueuil.

Il arriva chez lui vers neuf heures. Des collègues avaient voulu fêter son départ, expliqua-t-il à Géraldine, renfrognée. Ils étaient allés à la Bouche de velours et avaient un peu bu.

— Tu aurais dû m'avertir, répondit-elle sèchement. Parfois, j'ai l'impression de vivre avec un célibataire.

Sa journée avait été longue et mouvementée, et l'alcool avait fait de sa tête une boule de plomb. Il décida d'aller se coucher. En arrivant au haut de l'escalier, il s'arrêta, tendit l'oreille.

— Papa, chuchota Frédéric.

— Comment ? tu ne dors pas encore, toi ? fit-il en pénétrant dans la chambre de son fils.

— Viens ici, répliqua le garçon, nullement impressionné par la rigueur du ton paternel. Penche-toi.

— Que veux-tu, l'insomniaque ?

— Merci de vouloir m'acheter un chat, papa. C'est très chic de ta part.

Et il jeta ses bras autour du cou de Nicolas qui l'embrassa, puis se dirigea vers la porte.

— Tu n'oublieras pas demain de jeter un coup d'œil sur mon bulletin, papa. Je pense que tu vas être content.

Et, tout frétillant de joie, il s'entortilla dans ses couvertures.

9

Lᴇ ʟᴇɴᴅᴇᴍᴀɪɴ, comme cela avait été convenu, Nicolas se présenta à huit heures à la Société immobilière Donégis (anagramme de Gideons), propriété de son oncle, dont les bureaux se trouvaient à Longueuil sur le chemin de Chambly, à deux pas du magasin de peinture *Color Your World*, dont l'enseigne venait d'être souillée pour la troisième fois par des œufs remplis de leur excellente peinture à l'huile. La secrétaire le pria d'attendre quelques minutes, car M. Pintal se trouvait en conversation avec nulle autre que son épouse. Nicolas prit place sur une chaise et s'empara d'une revue. Il commençait à peine sa lecture lorsque sa tante sortit précipitamment du bureau, le sac à main à l'horizontale, avec l'air d'avoir évité de justesse un bolide. C'était une femme costaude et bien en chair, avec une grande abondance de cheveux bouclés blondis au peroxyde et une expression étrange, à la fois larmoyante et moqueuse.

À sa vue, Nicolas se leva et lui tendit la main.

— Bonne chance avec ton oncle, bougonna-t-elle en s'arrêtant à peine. Ce matin, on dirait qu'il a mangé du requin.

— C'est ton café, que je te dis, lança une voix au fond du bureau. Depuis une semaine, tu me sers de l'infusion de dynamite.

Mais elle avait déjà refermé la porte.

— Entre, Nicolas, entre, poursuivit-il du même ton impatient. Tu es un peu en retard.

La secrétaire lui sourit en clignant lentement des yeux comme pour le réconforter.

Les locaux de Télesphore Pintal occupaient le rez-de-chaussée d'un grand immeuble plutôt hideux en forme de boîte, recouvert de feuilles de tôle ondulée brun foncé, mais son bureau était meublé avec un luxe de nabab. Une reproduction en marbre du *David* de Michel-Ange trônait devant une fontaine au fond de la pièce ; Pintal l'avait achetée plusieurs années auparavant lors de la faillite du restaurant Da Paesano à Montréal. Une moquette café au lait, épaisse comme une tourbière, donnait aux visiteurs l'impression qu'ils perdaient la faculté de locomotion. («Ça les déstabilise, ricanait l'oncle. Rien de mieux pour commencer une discussion.») Affalé derrière un bureau de chêne Louis XV où six personnes auraient pu s'allonger, il semblait jauger Nicolas. Un lampadaire de bronze à vasque de marbre dispensait un éclairage rosé. Les fauteuils aux appuie-bras rembourrés étaient également sculptés, mais sournoisement inconfortables.

— Assieds-toi, assieds-toi, fit Pintal, le geste brusque. Je suis content de te voir ce matin, car il faut faire vite avec cette église grecque. Héritage Montréal commence à s'énerver et j'ai des problèmes avec la commission Viger. Au début, ils n'avaient pas l'air de trop tenir à ces ruines qui embêtent la ville depuis dix ans. Mais le petit Bumbaru a fait passer un papier dans *La Presse* il y a trois jours et les commissaires se sont mis à faire les difficiles et à prendre des airs de pape... Ce qu'il me faut, c'est un bon rapport d'architecte pour clouer le bec à tout ce beau monde. Il faut leur prouver que restaurer ce restant d'église, c'est comme remettre les pyramides à neuf et que ce genre d'entreprise, en pleine récession, risque de coûter la peau des fesses à notre maire aux prochaines élections.

— Et vous avez trouvé un architecte qui...

— Je l'ai trouvé. Bernard Castonguay. Il vient de gagner un prix pour la rénovation du marché Atwater. Il sera sur place à dix heures. Ne le fais pas poireauter.

— Et vous pensez qu'il va vous pondre un rapport qui vous permettra...

— Écoute, la ville l'a fait niaiser pendant trois ans avec un projet de restauration de cette fameuse église, pour finalement se retirer, faute d'argent. J'ai l'impression qu'il en a gros sur le cœur et qu'il n'en faudrait pas beaucoup pour le faire changer d'idée sur ce tas de pierres branlantes. C'est ta mission.

— Ma mission ? fit Nicolas, un peu effrayé.

— Ce n'est pas difficile, voyons. Il suffit d'être un peu ratoureux et tu l'es. D'ailleurs, j'ai déjà préparé le terrain. Laisse-lui entendre que chaque remarque négative sur l'avenir des ruines pourrait se traduire pour lui en beaux dollars tout neufs et tout craquants. Il y a des façons de dire qui ne laissent aucune trace dans une conversation et ne malmènent ni la politesse ni les beaux sentiments. La règle d'or, c'est de ne jamais donner l'impression qu'on prend le type pour un homme vénal – et, encore mieux, de s'arranger pour qu'il n'en ait jamais l'impression lui-même. Dans ce genre d'affaires, les meilleurs marchés se concluent à demi-mots, comme tu sais. Ainsi, on ménage les restants de conscience tout en protégeant ses arrières. Mais, allons, après vingt ans à patauger dans les affaires municipales, tu connais le tabac mieux que moi, mon neveu. Je ne m'inquiète pas. Rends-toi là-bas tout de suite, on peut y entrer comme dans un moulin, et promène-toi partout en détestant ces maudites ruines : t'as beau ne pas être architecte, mille détails vont te sauter aux yeux. Une demi-heure plus tard, tu seras prêt à rencontrer notre bonhomme.

— Mais les fonctionnaires ?

— Je m'en occupe. Quand j'en aurai fini, mon garçon, ils seront aussi inoffensifs que des mouches à fruits.

Nicolas se leva.

— Il reste un petit point à régler, fit-il en souriant.

— Ah oui ? lequel ?

— Mon salaire.

— Combien gagnais-tu à *L'Instant* ?

— Cinquante-cinq mille dollars.

— Je t'offre soixante mille et, si tu travailles à mon goût, encore plus dans six mois. Ça te va ?

Nicolas se dirigea vers la porte, puis, se retournant :

— Ah oui, une dernière chose, mon oncle...

Il sentit la rougeur envahir son visage. Le vieil homme leva vers lui un regard interrogatif.

— Je... j'ai une petite affaire en cours, voyez-vous... une sorte d'enquête que je mène pour des raisons personnelles... Il se pourrait que je sois amené à m'absenter de temps à autre... mais pas longtemps à la fois, se hâta-t-il d'ajouter en voyant une expression de contrariété se répandre sur le visage de Pintal. C'est pour moi une question extrêmement importante.

— De quoi s'agit-il ?

— Pour l'instant, je préfère ne rien dire.

— Comme tu veux, répliqua Pintal d'un air pincé.

Il poussa un soupir :

— J'espère que tu ne perds pas ton temps à des niaiseries. Il y a tellement de gens qui se tuent à organiser des expositions de grains de sable dans le désert... Allons, tant que mes affaires n'en souffriront pas, je me fiche pas mal de tes loisirs. Mais je te préviens : ce n'est pas une œuvre de bienfaisance, ici.

— Oui, bien sûr, mon oncle. Soyez tranquille. Je vais travailler comme un bœuf. «Drôle de situation quand même, se dit Nicolas en montant dans son auto. J'essaye de mettre au jour une friponnerie et je travaille à en monter une autre. Il faudra être prudent.»

Sans qu'il sache pourquoi, la petite fille aux nattes rousses apparut dans son esprit et lui sourit. Il secoua la tête pour la chasser.

Il se rendit à Montréal, au coin des rues Saint-Laurent et Sherbrooke, et s'arrêta devant l'église. Privée de toit, elle n'était plus qu'une carcasse de pierre avec un clocher. Le socle de la flèche commençait à s'effriter. Il y avait belle lurette que le vent avait mis en lambeaux ou arraché les feuilles de polythène installées sur le haut des murailles pour empêcher les infiltrations d'eau. Il enjamba la grille de fonte à demi effondrée, écarta de la main un panneau de contreplaqué qui avait barricadé autrefois une fenêtre et se promena parmi les gravats, les pierres tombées et les poutres carbonisées, sous le regard narquois de deux jeunes hommes venus boire de la bière dans la paix des ruines. Malgré tout, les murs, épais d'un mètre, semblaient tenir bon, sauf à leur crête, où des pierres commençaient à se disjoindre. Il chercha des fissures, n'en trouva pas.

La décision de son oncle de lui confier une mission si délicate l'étonnait de plus en plus. Il n'avait aucune expérience en la matière, se reconnaissait une fourberie très ordinaire et n'avait encore aucune idée de la marche à suivre. Son seul avantage sur Pintal, c'était de ne pas être allergique aux églises, avantage partagé par plus d'un. Le bonhomme le surestimait et allait peut-être s'en mordre les doigts.

L'architecte ne devant pas se pointer avant une bonne demi-heure, Rivard se rendit à un petit restaurant grec non loin de là et essaya de joindre Aimé Douillette. La chance lui sourit : il tomba sur le bon Douillette du premier coup. Le fonctionnaire se confondit en excuses pour avoir oublié de lui donner son numéro de téléphone.

— Officiellement, je suis en vacances pendant qu'on est en train de me «structurer de nouvelles fonctions», expliqua-t-il. En pratique, je crois que mes vacances vont durer jusqu'à ma retraite. Je sentais venir ça depuis un mois. Ça secoue le bonhomme, ce genre d'affaires : on n'a plus tout à fait la tête à soi.

Rivard lui fit un compte rendu de son enquête : le Harvie auquel s'était adressé le ministre s'appelait Harvie Scotchfort. Il était président et administrateur d'Invesco, cette société qui avait acheté Kronoxyde deux ans plus tôt quand cette dernière tirait de la patte. C'est tout ce qu'il savait. Et il ne voyait pas comment pousser sa recherche plus loin. Est-ce que Douillette avait un autre filon à lui proposer ?

Le fonctionnaire s'extasia devant son adresse et sa célérité, puis ajouta qu'il devrait y réfléchir. L'affaire s'annonçait bien, mais ils n'étaient pas au bout de leurs peines. Rivard devrait venir plusieurs fois à Québec.

— Je ne pourrai pas me permettre beaucoup de voyages, répondit ce dernier. Je travaille, vois-tu.

— Ah bon, s'étonna l'autre. Tu ne viens pas de prendre un congé ?

— Oui... pour travailler ailleurs. Figure-toi donc que je ne fais pas partie de la famille Bronfman.

— Oui, oui, je comprends, c'est tout à fait normal.

Mais il ne réussissait pas à cacher sa déception. L'affaire était d'une telle importance, exigerait tellement de temps et d'efforts. Comment réussir sans y consacrer toutes ses énergies ? Rivard, crispé, se frottait les pieds l'un contre l'autre.

— Écoute, coupa-t-il, je dois te quitter, on m'attend. Si tu trouves quelque chose, appelle-moi. Salut.

En revenant à l'église, il aperçut un homme de taille moyenne, vêtu d'un pantalon en velours côtelé mauve et d'une chemise à manches courtes, qui se promenait parmi les ruines en prenant des notes. Son cœur se mit à battre très fort et il se demanda encore une fois comment il allait s'en tirer. Puis il se rappela que Leonard Bernstein avait commencé à vingt-six ans sa fulgurante carrière de chef d'orchestre en remplaçant au pied levé Bruno Walter tombé malade.

« Ce soir-là, il devait suer bien plus que moi dans sa chemise », se dit-il en franchissant le portail, et il se présenta à l'architecte.

Ce dernier lui serra la main avec une cordialité un peu mécanique et poursuivit son examen. Nicolas se mit à le questionner. Il constata tout de suite que son compagnon ressentait toujours une profonde amertume d'avoir vu son projet de restauration rejeté par la ville après d'interminables atermoiements. Le journaliste se fit raconter l'histoire en détail, puis compléta par quelques anecdotes de son cru illustrant l'incurie municipale. Castonguay secouait la tête, désabusé :

— Des farceurs. Ils mériteraient tous un coup de pied au cul.

— Et un article de Foglia en pleine gueule tous les jours pendant un an.

Il désigna les murailles d'un geste circulaire :

— Est-ce que c'est récupérable ?

L'autre eut une moue ambiguë et poursuivit son examen. Puis il lui posa quelques questions sur la nature du projet de son oncle et les échéances que ce dernier s'était fixées. Nicolas comprit qu'à la condition de ne pas manifester ses désirs d'une façon trop explicite, l'architecte rédigerait le rapport voulu. Il collaborerait à la démolition de l'église pour se venger de n'avoir pu la restaurer selon ses souhaits – et sa vengeance, en plus, lui rapporterait gros.

— On pourrait peut-être intégrer le clocher à la nouvelle construction, proposa timidement Nicolas, comme a fait l'Université du Québec avec l'église Saint-Jacques.

— Justement, ç'a déjà été fait, répliqua Castonguay avec un sourire dédaigneux.

Ils se quittèrent sans avoir conclu d'entente, mais Nicolas savait que Télesphore Pintal venait de gagner un précieux appui.

Il retourna au restaurant et téléphona à son oncle pour lui communiquer ses impressions. Pintal se montra enchanté :

— Je pense que tu as la tête qu'il faut. J'aurais été surpris de me tromper.

— Mais je n'ai rien fait... à part l'écouter et répondre à ses questions... et en poser quelques-unes, très innocentes, je vous assure.

— Eh bien, justement, c'est ce qu'il fallait faire. Ton instinct t'a servi. Tu es un fricoteur né. Sauf que tu l'ignorais. Non seulement tu vas me servir de bronches et de poumons, mais peut-être aussi un jour de bras droit.

Nicolas se mit à rire, extraordinairement flatté.

— Attention, mon garçon ! Ne te gonfle pas la fale trop vite : tu débutes à peine dans le métier. Amène-toi ici. J'ai demandé à mon comptable de venir dîner avec nous pour te mettre au courant de la marche de certaines de mes affaires.

Curieusement, à son arrivée à Longueuil, Nicolas avait complètement changé d'humeur; les compliments de son oncle l'inquiétaient à présent. Il avait l'impression que son prétendu succès allait l'éloigner de son enquête, car Pintal l'accablerait de travail. Il se remettrait à dériver, comme il l'avait fait toute sa vie. Il rappela

Douillette, sans trop savoir que lui dire, pour le simple plaisir de s'activer.

— Tu as bien fait de me téléphoner, se réjouit le fonctionnaire. Tout à l'heure, en raccrochant, j'ai eu une idée.

Le ministre Robidoux, disait-on, courait le jupon même en dormant. Le mois d'avant, Douillette avait appris par une secrétaire qu'il venait de rompre avec une agente d'information de son ministère. Douillette la connaissait vaguement pour l'avoir rencontrée dans quelques réceptions. Le bruit courait que cette rupture avait rendu la jeune femme malade de rage. Elle avait tenté de lui faire une scène dans un corridor du ministère, mais il s'était esquivé et un agent de sécurité avait rapidement calmé la bruyante amoureuse. Peut-être savait-elle quelque chose des affaires du ministre et accepterait-elle de les aider dans un but de vengeance ?

— Téléphone-lui, demanda Rivard. Dis-lui que je suis en train d'écrire un reportage sur Robidoux – et que j'aimerais la rencontrer.

———

Deux jours plus tard arriva le rapport de l'architecte. Il contenait tout ce que désirait Télesphore Pintal.

— Voilà ma hache de guerre, annonça-t-il à son neveu en brandissant le document. Et je te la dois. J'en envoie tout de suite une copie au service d'urbanisme et à la commission Viger et, la semaine prochaine, je téléphone à mes merles pour leur siffler ma plus belle chanson.

— Et vous donnez combien à l'architecte ?

L'autre eut un sourire en coin :

— Ça, mon garçon, c'est le genre de questions qu'il faut me poser quand je suis absent depuis une demi-heure. Gagne d'abord tes galons, et je te ferai connaître mes petits secrets.

Nicolas profita de sa bonne humeur pour lui demander la permission de s'absenter une journée : il devait se rendre à Québec pour une rencontre importante.

— Un petit rendez-vous doux ? gouailla l'homme d'affaires. Ta femme ne serait pas contente si je le lui apprenais.

— Aussi, je compte sur votre discrétion, plaisanta Nicolas, furieux de sentir la rougeur lui monter au visage alors qu'il n'y avait aucune raison.

— Quand veux-tu partir ? demanda Pintal, ravi de voir sa plaisanterie tomber pile.

— Demain matin.

— Alors, vas-y. Et amuse-toi bien. Mais ne t'épuise pas trop. J'ai du gros boulot pour toi.

Rivard s'enferma dans le bureau que Pintal avait fait installer près du sien et se plongea dans le rapport de l'architecte. Mais il fut bientôt tiré de sa lecture par la voix de son oncle qui criaillait au téléphone après un fournisseur de tuyaux. Au bout de quelques minutes, excédé, il décida d'aller poursuivre son travail dans une beignerie au coin de la rue. Il passait la porte lorsque son téléphone sonna. C'était Robert Lépine, l'ex-collègue de *L'Instant* recyclé dans la restauration. Il avait acheté trois ans auparavant la franchise d'un café Van Houtte dans le Vieux-Montréal et Rivard lui avait téléphoné quelques jours plus tôt dans l'espoir d'obtenir un emploi pour Moineau. Une place s'était libérée le matin même, lui annonça le restaurateur. Il était prêt à voir la jeune fille en entrevue sur-le-champ et, si tout allait bien, elle pourrait commencer à travailler le lendemain. Nicolas le remercia vivement et essaya aussitôt de joindre sa petite amie, mais sans succès. Télesphore Pintal continuait ses criailleries au téléphone. Sa voix lui était devenue insupportable.

— Est-ce que j'annonce à M. Pintal que vous partez pour la journée ? lui demanda faiblement la secrétaire lorsqu'il passa devant elle.

Elle avait un visage fade aux traits fins et comme fondus dans la pâleur de la peau, une bouche presque sans lèvres, un sourire incertain, des yeux remplis d'une vague appréhension.

— Oui, répondit Rivard. Je m'en vais prendre une bouchée au restaurant du coin et j'en profiterai pour terminer la lecture de ce rapport.

Il s'en allait sur le trottoir, ruminant la pertinence de son changement d'emploi, lorsqu'il buta contre un brancardier. Une civière passa devant lui. Un homme y était allongé, les pieds à l'air, couvert d'un simple drap, le teint cadavérique, l'œil fixe, la bouche figée dans un rictus. Le soleil alluma une de ses dents et il disparut dans une ambulance. On n'aurait pu dire s'il était mort ou vivant.

Nicolas arriva à la beignerie tout remué et commanda un café. Le rapport était d'une lecture plus difficile qu'il ne l'avait prévu. Le sens de plusieurs termes techniques lui échappait. À cinq heures, il n'en avait lu que les deux tiers. Et soudain, il se rappela qu'il avait promis à Frédéric de se rendre avec lui à l'animalerie pour choisir un chat.

À son arrivée, il trouva la maison en émoi.

— Papa ! papa ! s'écria Frédéric en accourant, ce sera pas nécessaire d'acheter un chat... On vient d'en trouver un !

Il lui prit la main et l'amena dans la cuisine.

Un petit chat efflanqué à poil noir, crotté du sommet de la tête au bout de la queue, achevait dans un coin sa troisième portion de *Premier Choix* ; c'est Jérôme qui s'était précipité à l'épicerie pour en acheter un énorme sac en épuisant tout son argent de poche. On avait installé près de l'animal une litière improvisée, composée d'un petit coffre à outils, préalablement vidé de son contenu, qui gisait au milieu de la cuisine, puis rempli avec la terre d'un pot de fleurs. Géraldine venait d'arriver. Attablée devant une tasse de café, elle contemplait la scène avec un sourire indulgent. Nicolas se pencha pour caresser l'animal ; ce dernier garda la tête plongée dans son plat, mais se mit à ronronner.

— C'est le plus beau cadeau de leur vie, constata Géraldine, et il n'a pas coûté un sou.

— Mais il appartient sûrement à quelqu'un.

— Tu ne l'as pas regardé ? On dirait qu'il n'a pas mangé depuis deux semaines. Et il pue à faire lever le cœur. C'est un chat perdu ou abandonné.

— Aussitôt qu'il aura fini de manger, on le lave dans la baignoire, annonça Jérôme.

— Tu serais gentil, Nicolas, pendant que je prépare le souper, d'aller acheter de la litière et un bac. Ma plante a besoin de sa terre.

Nicolas s'approcha de Frédéric :

— Tu viens avec moi ?

— Jamais de la vie, répliqua l'autre, indigné. Il faut que je m'occupe de mon chat !

« Alors, je vais en profiter pour téléphoner à Moineau », se dit Nicolas.

Il la joignit en arrivant au centre commercial. Elle accueillit la nouvelle de son entrevue avec une explosion de joie et lui demanda s'ils pourraient se voir dans la soirée, « pour te remercier à ma façon », précisa-t-elle.

— Malheureusement, je ne peux pas, soupira-t-il. Et demain non plus sans doute : je passe la journée à Québec.

— Pour affaires ?

— C'est ça.

— Tu es mystérieux tout à coup.

Il se mit à rire :

— J'essaye de me donner un genre. À bientôt. Et bonne chance pour demain.

En arrivant à l'animalerie, il faillit se buter à une porte fermée. Un jeune vendeur le servit avec cet air glacé qu'ont parfois les gens de commerce vers l'heure de la fermeture.

Le chat noir avait subi avec résignation un vigoureux shampoing qui l'avait presque entièrement libéré de ses émanations malodorantes. Pendant le souper, au terme d'une discussion fort agitée, il reçut le nom de Florimond, que Frédéric avait lu quelque part dans une bande dessinée. Sa tête triangulaire et son pelage mi-ras donnaient à penser qu'il possédait une goutte de sang de siamois. Il se montrait doux et patient, manifestement habitué aux enfants, mais il passa une partie de la nuit à se promener dans la maison en miaulant ; Nicolas, dont l'âge avait rendu le sommeil léger, se retrouva le lendemain avec une mine délabrée et bien peu de goût pour aller à Québec tirer les vers du nez à l'ancienne maîtresse d'un ministre.

La veille, Douillette, après une discussion longue et ardue, avait réussi à lui obtenir un rendez-vous en début d'après-midi avec l'inconsolable dans un restaurant de la haute-ville. Nicolas avait décidé de profiter de son séjour pour revoir Dorothée, de façon à garder les braises chaudes.

Il finissait de déjeuner lorsque le téléphone sonna.

— Déjà debout, Robert ? s'étonna-t-il en reconnaissant la voix de Lupien. Que se passe-t-il ? D'habitude, à cette heure tu ronfles encore.

— Eh bien, parfois je me lève et je travaille, répondit l'autre, un peu pincé, car il détestait qu'on le taquine sur sa vieille habitude de faire la grasse matinée. Figure-toi donc que ce matin, en prenant mon café, j'ai pensé à toi.

— Très honoré.

— Têtu comme tu es, je sais que tu vas te lancer dans ton enquête malgré tous mes conseils. Alors, autant t'aider. Je viens d'avoir une idée.

— J'écoute.

— Pourquoi n'essayerais-tu pas de rencontrer le grand manitou des potins, Maurice Leblanc ? Il n'y a pas un chien qui pète de travers sans qu'il le sache. Mine de rien, tu pourrais le faire parler du ministre et peut-être trouver un filon.

— Avec Leblanc, tu le sais bien, on ne peut jamais avoir l'air mine de rien. Il a un pif du maudit. Une heure après notre rencontre, tout Montréal saura que j'enquête sur le ministre et...

— Mais non, coupa Lupien, impatient. Dis-lui que tu es devenu pigiste et que tu prépares un grand dossier sur l'environnement. T'aimerais savoir ce qui mijote au ministère, c'est tout. N'insiste pas sur Robidoux. S'il sait quelque chose, il va t'en parler de lui-même. Je le connais bien, Maurice. Il peut se montrer parfois enrageant, mais, au fond, c'est un homme très gentil qui ne refuse jamais un service à un collègue. Ses vacheries, il les garde pour d'autres.

Lupien réussit à convaincre Nicolas, qui appela aussitôt l'échotier à la salle de rédaction de *Dernière Heure*. Leblanc accepta avec gentillesse de le rencontrer sur-le-champ au restaurant Da Giovanni, voisin de son journal.

Nicolas sauta dans son pantalon, puis dans le métro, et se retrouva une demi-heure plus tard au célèbre restaurant. Leblanc se distinguait autant par sa gentillesse que par son manque de ponctualité. Cela permit à Nicolas d'avoir un contact privilégié avec la Nouvelle Culture.

Un numéro du *Dernière Heure* déployé devant lui, il essayait de s'intéresser à un très oubliable article sur les Bénévoles de la Balle Molle, organisme humanitaire voué aux loisirs de jeunes banlieusards désœuvrés, lorsque son attention fut attirée par une conversation. Trois adolescents occupaient une banquette voisine de la sienne, séparée de celle-ci par une demi-cloison qui permettait de les voir à partir des épaules. L'un d'eux, élancé, le cheveu noir, l'air déluré, discourait, enveloppé des regards admiratifs de ses compagnons :

— ... alors quand le bedeau m'a jeté son regard perçant *Black & Decker*, ma disquette d'excuses s'est vidée d'un coup. J'arrivais pas à la mettre à *Re-Set*. J'avais l'impression d'être devant Dracula. J'ai empaqueté mon matériel aussi vite qu'un *wrapper*°de chez Provigo et je suis parti comme si Madonna m'avait donné trente secondes pour me rendre chez elle la sauter.

Nicolas posa sur lui un regard étonné. L'autre poursuivit son récit, manifestement enchanté de l'élargissement de son auditoire, puis l'attention médusée du journaliste l'agaça tout à coup :

— Tu me trouves beau, son père ? fit-il en se tournant vers Nicolas. Toi aussi, tu devais être pas pire avant que le vice te poche la face.

Nicolas, écarlate, balbutia quelque chose, mais déjà les jeunes gens quittaient leur place en riant, lui adressant des saluts moqueurs ; il venait à peine de se remettre de ses émotions que Maurice Leblanc s'assoyait devant lui, affable et souriant, ses yeux profonds et inquisiteurs surmontés d'épais sourcils broussailleux qui juraient curieusement avec sa chevelure lisse et brillante.

° Commis emballeur.

Malgré l'appréhension de Nicolas, Leblanc sembla croire sans difficulté son histoire et vida aimablement son sac de racontars sur le ministère de l'Environnement et son titulaire.

C'est ainsi que Rivard apprit qu'Antoine Robidoux avait un caractère fantasque et imprévisible. Travailleur acharné, vaniteux et plutôt pingre, grand amateur de femmes, il assouvissait néanmoins sa passion de la façon la plus discrète (l'incident du ministère échappait à la règle). Il nourrissait une admiration presque maladive pour les grosses fortunes, mais la sienne semblait très ordinaire. On ne pouvait relier son nom à aucun scandale ou à aucune affaire louche… ce qui ne prouvait rien, ricana Leblanc; le premier ministre avait la plus grande estime pour son flair politique et une confiance aveugle en sa loyauté. Ses problèmes conjugaux étaient connus, mais qui n'en avait pas? demanda l'échotier avec un sourire indulgent et désabusé. Sa femme déclarait à qui voulait l'entendre qu'elle souhaitait ardemment son retrait de la vie politique. On disait qu'il souffrait depuis un an de cauchemars à répétition et qu'il voyait un psychiatre à ce sujet.

« Eh bien, se dit Rivard en se dirigeant à pas pressés vers le terminus pour attraper l'autocar de dix heures, la prise est plutôt médiocre. Mais enfin… plus on en sait, moins on ignore…»

Il dormit pendant tout le voyage et fit un rêve ridicule et très désagréable, qui le laissa maussade.

Il se trouvait aux toilettes en proie à d'horribles crampes intestinales. Des haut-parleurs annoncèrent son nom. Il venait de gagner quatre millions de dollars dans un tirage (parfois on disait quatre-vingts) et devait se présenter immédiatement pour réclamer son prix. Mais des trombes d'excréments s'échappaient avec fracas de ses entrailles apparemment inépuisables et l'empêchaient de se lever. On répéta son nom une dernière fois. Dans trente secondes, son prix serait adjugé à quelqu'un d'autre. Soudain, les murs du cabinet s'écroulèrent. Un immense éclat de rire l'enveloppa sans qu'il puisse en distinguer la provenance. Et il continuait d'excréter de plus belle, honteux et désespéré.

Sa voisine le poussa du coude :

— Terminus, monsieur…

— Terminus ? répéta-t-il, hagard. Ah oui... c'est vrai... merci.

Il lui restait une bonne heure avant son rendez-vous au Continental. Mais il n'avait plus envie à présent de téléphoner à Dorothée. En fait, il n'avait plus envie de voir personne. Cette enquête idiote commençait à l'assommer. Il entra dans le casse-croûte du terminus, s'installa au comptoir et but deux cafés.

— La tourtière est superbe aujourd'hui, lui recommanda une serveuse au visage rose et bien en chair.

Il en commanda, puis songea que, son entrevue faite, il pourrait se rendre à Musique d'Auteuil acheter quelques disques, et son humeur s'éclaircit un peu.

Un taxi l'amena quelques minutes plus tard au Continental. Il aimait ce restaurant pour son atmosphère bourgeoise et feutrée, sa cuisine subtile et prudente et regretta de ne pouvoir y manger ce jour-là. On disait en plaisanterie que le véritable Parlement se trouvait ici : dans le premier, on parlait ; dans le deuxième, on décidait.

Assise dans un coin discret, une jeune femme jeta un regard inquiet vers l'entrée, l'aperçut, détourna la tête, approcha un verre de ses lèvres et le regarda de nouveau, qui avançait.

Un long foulard coloré, noué élégamment à sa queue de cheval, lui donnait un air de classe et de jeunesse. La minceur de sa taille et son maquillage soigné créaient pendant plusieurs secondes l'illusion qu'elle n'avait pas dépassé la trentaine.

Il vit tout de suite, à son air souffreteux et maussade qui ternissait la beauté exceptionnelle de son visage, que leur entretien n'irait pas loin. Elle portait le nom un peu campagnard de Martine Painchaud et se présenta avec une fugitive expression de gêne. Dès les premiers mots, elle se montra méfiante, presque hargneuse, et lui déclara de but en blanc qu'elle redoutait les journalistes : la plupart d'entre eux, pour le privilège d'une primeur, étaient capables d'écrabouiller femme et enfants avec la plus souveraine indifférence.

— Ouf ! ça commence raide ! s'écria-t-il en riant. J'en connais plusieurs, pourtant, qui ne sont pas aussi terribles. Certains voient même leur métier comme... euh... une sorte de mission... euh... sociale, quoi. Sans vouloir me vanter, c'est un peu mon cas... ce qui, bien sûr, ne fait pas de moi un héros ni un saint, s'empressa-t-il d'ajouter.

Elle sourit faiblement et ne répondit rien. Il comprit tout de suite que s'il ne voulait pas revenir bredouille, il devait jouer franc-jeu et lui dévoiler le véritable but de son enquête.

Ce qu'il fit, plein d'appréhension. Elle se montra insensible et l'écouta à peine, buvant son Perrier à petites gorgées nerveuses, jetant un coup d'œil de temps à autre à sa montre, puis soupirant, le front plissé, en proie, semblait-il, à d'amers soucis.

— Je ne sais rien, je ne peux rien vous dire, lui déclara-t-elle finalement. J'ai toujours détesté la politique et je m'en tiens loin. De toute façon, il ne me parlait jamais de ses affaires.

Elle se leva et lui tendit la main en souriant (c'était un sourire artificiel et presque grimaçant, qui l'enlaidissait) :

— Il faut que je m'en aille maintenant. Bonne chance. Désolée de n'avoir pu vous être utile.

— Écoutez, lui répondit-il en sortant précipitamment une carte de sa poche, je vous laisse quand même mes numéros de téléphone. Si jamais il vous revenait à l'esprit quelque...

— Il ne me reviendra rien, répondit-elle sèchement.

Il lui tendit quand même le bout de carton, qu'elle glissa négligemment dans son sac à main sans le regarder. Ils se quittèrent devant le restaurant. Elle se dirigea du côté du parlement et lui vers le Château Frontenac. Le sentiment d'humiliation qu'il avait ressenti dans son rêve le submergea de nouveau.

— Petite garce, grogna-t-il. Parce que ça couche avec un ministre, ça se prend pour une déesse, et quand le ministre s'en tanne, il faudrait que toute la terre sanglote.

Il eut envie de revoir Dorothée. Passant sous l'arcade voûtée du Château, il traversa la cour intérieure, pénétra dans l'immense hall de l'hôtel et se dirigea vers les téléphones. Comme d'habitude, l'atmosphère solennelle et légèrement compassée de l'établissement le plongea dans un état d'euphorie.

— Tu es à Québec ? s'écria joyeusement Dorothée. Comme c'est drôle ! Je pensais justement à toi ce matin.

— Pensées douces ou amères ? demanda Nicolas avec une in-flexion de *crooner*.

— Douces, douces. Je pense toujours à toi avec douceur, voyons.

— Est-ce qu'on peut se voir ?

Le silence se fit pendant quelques secondes.

— Euh... oui, peut-être. Pourquoi pas ?

Son ton avait changé, devenait évasif :

— Tu... tu es à l'hôtel ?

— Je vais retenir une chambre au Clarendon. Tu peux venir m'y rejoindre, si tu veux.

Malheureusement, un rendez-vous l'en empêchait. Depuis trois semaines, elle faisait de la révision de textes pour un éditeur de ma-nuels scolaires. Cette semaine était particulièrement chargée. Son travail, ajouté aux soins constants qu'elle devait apporter à sa mère, lui prenait beaucoup de temps. Mais c'était mieux ainsi. Le mois qui avait suivi le décès de François l'avait amenée au bord du désespoir. Maintenant tout allait mieux. Elle lui téléphonerait à l'hôtel vers neuf heures.

Il raccrocha, se frotta les mains, puis composa le numéro du Clarendon pour réserver une chambre :

— Est-ce que la 516 est libre ? demanda-t-il. Vous savez, la chambre bleue ?

On venait de la louer à l'instant. Mais celle de l'étage au-dessus était presque identique, avec un lit plus grand et très confortable.

— Parfait, je la prends.

Puis il téléphona chez lui. Géraldine se trouvant au collège, c'est au répondeur qu'il apprit la prolongation de son séjour jusqu'au len-demain.

Quittant le Château, il descendit vers la rue Saint-Jean. À Mu-sique d'Auteuil, on offrait pour quatre-vingt-neuf dollars l'intégrale des quatuors à cordes de Mozart par l'Italiano. Il hésita longtemps devant l'étalage, tournant et retournant dans ses mains devenues toutes moites l'énorme boîtier, poussé par le désir, retenu par le prix, puis, brusquement, il enfila l'escalier métallique qui menait au rez-de-chaussée et déposa les disques sur le comptoir, ravi et bourrelé de remords. Le commis vit son trouble et lui adressa un sourire complice :

— C'est la meilleure version... à ce prix-là, faut sauter dessus ! fit-il d'une voix nasillarde, et ses doigts boudinés s'activèrent sur les touches de la caisse avec une élégance maniérée.

En sortant, Nicolas se rappela tout à coup la promesse qu'il avait faite à Douillette d'aller le voir lors de son prochain voyage dans la capitale. Il n'en avait pas la moindre envie. Il se retrouva quand même dans une cabine téléphonique en train de composer son numéro, peut-être pour essayer d'atténuer par un sacrifice le sentiment de culpabilité qui l'habitait depuis sa folie à Musique d'Auteuil.

— Ah ! formidable ! s'écria le fonctionnaire quand Rivard annonça sa visite. Tu viens souper à la maison. C'est un ordre !

Puis il se mit à le questionner sur sa rencontre avec Martine Painchaud.

— Dommage, soupira-t-il. J'aurais cru que c'était une bonne piste. Les maîtresses plaquées sont habituellement féroces.

— Elle l'était, répondit Rivard, mais elle n'avait rien à me dire.

Une demi-heure plus tard, Nicolas se retrouvait dans le salon d'un bungalow cossu de Charlesbourg, un martini à la main, en train d'écouter son ancien camarade de collège faire l'historique de sa passion pour le jardinage, sous le regard instable d'une grande femme aux épaules carrées, prématurément vieillie, assise dans un fauteuil en face de lui et qui l'observait silencieusement, la tête agitée d'un perpétuel tremblement. Le repas fut interminable, occupé par un monologue de Douillette qui s'était lancé dans la description exhaustive de ses tracas de fonctionnaire, et se termina par un morceau de gâteau aux carottes dont la glace au beurre présentait un curieux arrière-goût de vernis à ongles. De temps à autre, Mme Douillette souriait à Nicolas en portant d'une main hésitante la nourriture à sa bouche. Soudain, déployant un effort immense, elle lui demanda d'une voix lente et appliquée combien il avait d'enfants.

— Trois, répondit-il.

Elle le regarda longuement, comme si elle soupesait toutes les implications possibles de sa réponse.

— Bravo, articula-t-elle enfin.

Son café avalé, Rivard prétexta un rendez-vous pour les quitter aussitôt.

— Comment l'as-tu trouvée ? lui chuchota Douillette dans le vestibule.

— Qui ?

— Ma femme... Courageuse, hein ?

— Très, répondit le journaliste en pensant au monologue de son compagnon. Félicite-la de ma part.

— Je n'y manquerai pas, vieux.

Et il le reconduisit à son taxi en lui donnant de petites tapes amicales dans le dos.

Rivard se fit déposer au Clarendon, monta à sa chambre et, assis sur le bord de son lit, se demanda comment tuer le temps jusqu'à son rendez-vous. Il était près de huit heures. Il décida d'aller se promener en ville.

Il sortait de l'ascenseur lorsqu'une femme en manteau noir passa devant lui, tenant une petite fille par la main, et quitta l'hôtel. Dans la seconde où elle franchit la porte, la petite fille tourna la tête et le regarda. Il crut reconnaître l'enfant aux cheveux roux qu'il avait vue à l'Hôtel-Dieu en avril, puis la semaine précédente à Montréal ; estomaqué, il s'arrêta au milieu du hall.

« Est-ce que j'ai des visions ? murmura-t-il. Je la vois partout. Et toujours ce même sourire, si doux et plein de reproches. Foutaise ! décida-t-il aussitôt. Il y a au moins dix mille petites rousses au Québec et deux mille chiens qui s'appellent Prince. Alors cesse de paniquer et va faire ta promenade. »

Une demi-heure plus tard, il revenait à l'hôtel. Son gâteau parfumé au vernis à ongles l'avait laissé insatisfait. Il se rendit à la salle à manger et commanda un pavé royal au chocolat, puis remonta à sa chambre et resta de longues minutes devant son miroir, essayant de replacer une mèche de cheveux pour masquer un début de tonsure.

À neuf heures trente, il faisait les cent pas devant le téléphone, pestant contre le manque de ponctualité des femmes. À dix heures, contrarié au plus haut point, il téléphona chez Dorothée. Personne ne répondit. Il téléphona plusieurs fois de suite jusqu'à dix heures vingt, puis dut se rendre à l'évidence : elle l'avait laissé tomber. Et avec la plus vile grossièreté. Alors, la rage au cœur, il descendit au bar et avala un double cognac. Affalé dans un coin sombre, le visage lugubre, il fit mentalement le compte de toutes les dépenses qu'entraînait son aventure avortée. Impossible de se faire rembourser le prix de sa chambre et de retourner à Longueuil, il l'avait occupée trop longtemps.

« Alors si je dois la payer, je coucherai dedans », décida-t-il, les mâchoires si contractées qu'il en avait les muscles des joues endoloris jusqu'aux oreilles.

À onze heures, il donna un dernier coup de fil, décidé à engueuler cette Dorothée comme du poisson pourri si jamais elle commettait l'imprudence de répondre.

« Peut-être a-t-elle eu un accident ? » susurrait timidement une petite voix intérieure qui essayait de se porter à sa défense.

« Foutaise ! répondait-il. Quand on a un accident, on téléphone pour annoncer qu'on a eu un accident. »

« Peut-être n'est-elle plus en état de téléphoner ? » reprenait faiblement la petite voix.

« Double foutaise ! fiche-moi la paix ! Ces choses-là n'arrivent pas une fois en dix ans. La vérité, c'est qu'aujourd'hui deux garces ont complètement pourri ma journée. La première, je ne lui en tiens pas trop rancune. Si elle ne voulait pas s'ouvrir le bec, ça la regarde, elle ne me devait rien. Mais la deuxième, oh ! la deuxième ! elle va entendre parler de moi, je t'en passe un hostie de papier ! »

Des lambeaux du rêve qu'il avait eu dans l'autocar lui traversaient l'esprit. Conjugués à l'effet du cognac, ils le mirent dans un tel état de rage humiliée que la simple idée d'aller dormir le révulsait. Comme il n'avait aucune envie de noyer son chagrin dans l'alcool, il décida d'aller prendre une bouchée en ville (c'était un vieux réflexe chez lui d'enterrer ses frustrations sous la nourriture).

En cette fin de soirée du milieu de la semaine, les rues de Québec étaient fraîches et désertes comme les corridors d'un collège pendant les grandes vacances. Les gens restaient chez eux, les restaurants fermaient tôt, une mystérieuse torpeur s'emparait de la capitale, vieille dame aux lèvres pincées, enfoncée dans sa bergère de velours, qui tenait les destinées du pays entre ses doigts gantés de noir. Rue Saint-Jean, quelques bars demeuraient ouverts, remplis de jeunes gens qui tentaient de chasser l'ennui dans le bruit et la fumée ; place d'Youville, des odeurs de fromage fondu et de tomates cuites flottaient autour d'une pizzeria aux vitrines brillamment illuminées mais presque vide. Après avoir arpenté les rues pendant une heure en assénant des coups de pied sur tout ce qui traînait devant lui, il échoua rue Sainte-Anne dans une grande salle vide du Café suisse, commanda une bière, un émincé de bœuf et des frites et se plongea mélancoliquement dans la lecture du *Soleil*. Des rires bruyants éclataient à tout moment dans la pièce voisine. En tendant le cou, il aperçut quelques personnes installées au bar, la masse sombre de leurs dos et de leurs épaules se découpant sur les rangées de bouteilles qui brillaient doucement dans l'éclairage tamisé. Un des clients tenait son verre levé au-dessus de sa tête et pérorait confusément sur l'économie mondiale sous l'œil stoïque du barman maigrelet qui le regardait sans l'écouter. Rivard tenta quelques instants de suivre ses propos, puis haussa les épaules et se replongea dans son journal. Soudain, une porte claqua et le ministre Robidoux passa devant lui, accompagné de deux femmes élégantes aux jambes fines et nerveuses, et se rendit au bar où on l'accueillit avec de joyeuses exclamations.

Rivard, médusé, fixa un instant la porte où le trio s'était engouffré, puis fit signe à la serveuse qui traversait la salle :

— Il vient souvent ici, le ministre ?

— Oh ! c'est un habitué.

Et elle se mit à rire, sans plus d'explications. Il fixa le journal un moment, puis ses mains devinrent toutes moites. « Je vais aller jeter un coup d'œil. Qui sait ? J'apprendrai peut-être quelque chose d'intéressant. »

Il traversa la salle et s'arrêta sur le seuil. Dans la pièce minuscule, toutes les places étaient prises. Trois têtes se retournèrent.

— Monsieur ? fit le barman.

Il fit un vague signe de la main et tourna les talons. Il avait eu le temps d'apercevoir Robidoux attablé dans la pénombre en train de souffler quelque chose à l'oreille d'une femme. « Trop risqué, se dit-il pour se consoler de sa couardise. On m'aurait remarqué. »

Il régla son addition et quitta le restaurant. La surprise de cette rencontre avait éteint sa rage et le sommeil commençait à le gagner. Il se dirigea lentement vers l'hôtel, les jambes lourdes, essayant de revoir dans son esprit le regard distrait que le ministre avait promené sur lui en entrant. Le feuillage d'un jeune érable bruissait doucement au-dessus d'une grille dans la fraîcheur de la nuit. Appuyé contre un lampadaire, il observa un moment les ondulations des feuilles, qui brillaient et s'éteignaient sous les souffles de la brise. Il se prit à regretter tout à coup de ne pas être cet arbre, qui subissait imperturbablement son destin, indifférent à l'agitation humaine.

Aucun message ne l'attendait au Clarendon. Il se coucha. Presque aussitôt l'oreille gauche se mit à le démanger furieusement. Il se leva, se rendit à la salle de bains et, à l'aide d'un cure-oreille, retira une quantité surprenante de cérumen. Il examinait d'un œil songeur le bouchon de cire, se demandant s'il n'annonçait pas un trouble organique, lorsque le téléphone sonna.

— Oh ! la garce ! qu'elle va y goûter ! qu'elle va donc y goûter ! s'écria-t-il en se précipitant vers l'appareil.

— Monsieur Rivard ? fit une voix de femme sourde et oppressée, qu'il ne reconnut pas.

— Oui, c'est moi.

— Ici Martine Painchaud. Je m'excuse de vous téléphoner si tard. Je...

— Vous ne me dérangez absolument pas, mademoiselle Painchaud, coupa le journaliste, tremblant de joie. Je ne dormais pas. Je me couche toujours très tard, voyez-vous. Mais comment avez-vous pu me joindre ? demanda-t-il subitement.

142

— J'ai téléphoné chez vous à Longueuil. C'est votre femme qui m'a donné le nom de votre hôtel.

— Ah bon, fit Rivard, de plus en plus transporté. «Pourvu que Géraldine n'aille pas s'imaginer des choses», se dit-il aussitôt.

— Monsieur Rivard, poursuivit la jeune femme dans un souffle, j'ai repensé à la conversation que nous avons eue aujourd'hui... Certains détails me sont revenus qui... qui pourraient peut-être vous intéresser.

— Mademoiselle Painchaud, fit Rivard de sa voix la plus séduisante, que diriez-vous de venir me rejoindre au Clarendon pour que nous puissions causer tranquillement de toutes ces choses devant un verre?

— Oh non! répondit-elle, effrayée, ce serait beaucoup trop risqué. Déjà que je regrette notre rencontre au restaurant...

Il se mit à rire :

— Trou de lunette! il est dangereux à ce point-là, le ministre?

Elle garda silence un moment :

— Je n'en sais rien, monsieur, répondit-elle enfin, je n'en sais vraiment rien... mais je ne veux pas m'exposer.

— Alors que vouliez-vous me dire, mademoiselle?

— Contrairement à ce que je vous ai affirmé, je connais Harvie Scotchfort. Enfin, je l'ai rencontré deux ou trois fois. Ce n'est pas quelqu'un de très agréable. Antoine Robidoux le fréquente depuis quelques années. J'ai cru deviner qu'ils sont associés en affaires.

— Ah oui? Intéressant. Et quelles affaires?

— Je n'en ai pas la moindre idée, monsieur. Je vous répète qu'Antoine ne me disait jamais rien.

— Mais encore? Vous avez bien dû noter quelques détails?

— Je... Bien peu de choses, à vrai dire. Le vendredi soir, ils se rencontrent souvent pour travailler à la demeure de M. Scotchfort à Montréal.

— Pour travailler... ou peut-être tout simplement pour jouer au poker, non?

— Je ne crois pas.

— Ils se voient même durant les sessions parlementaires ?

— L'assemblée siège rarement le samedi.

— C'est vrai. Que savez-vous d'autre ?

— C'est à peu près tout.

— Ah bon.

— Ça vous paraît mince, n'est-ce pas ?

— Non, non, au contraire. Il y a là des éléments très intéressants. Je vous remercie d'avoir pris la peine de me téléphoner, mademoiselle. Bonne nuit.

Il raccrocha.

« Et qu'est-ce qu'elle pense que je vais faire de ses fameuses révélations ? M'introduire par effraction chez Scotchfort et me cacher sous une table pour surprendre leur conversation ? »

Il se recoucha. Et pendant un long moment, il tourna dans son lit, plaça et déplaça ses oreillers trop mous, luttant contre une crampe dans la nuque et se demandant avec qui Dorothée passait la nuit.

À sept heures, le téléphone le réveilla. C'était Géraldine.

— Alors ? Comment va ton enquête ?

— Bah... la pêche n'a pas été fameuse. Je reviens à Longueuil ce matin.

— Ta bonne femme ne voulait pas parler ?

— Elle le voulait. Mais elle ne savait rien.

— Minute. Sophie veut te dire un mot.

Une petite voix chantante résonna dans le récepteur, amenant un sourire d'aise aux lèvres de Rivard.

— Papa ?

— Oui, mon lutin ?

— Où tu es ?

— À Québec.

— C'est où, ça ?

— Tu te rappelles la ville où demeure ton oncle Rémi ?

— Celui qui m'a donné un orignal en peluche ?

— Justement.

— Papa ?

— Oui, lutin.

— Achète-moi un toutou. Un gros chien blanc avec une langue rose. Tu sais, comme celui que j'ai vu l'autre jour avec toi dans la vitrine du magasin de la rue Saint-Charles.

— J'essayerai. Mais je ne te promets rien. On ne rencontre pas des gros chiens blancs avec une langue rose à tous les coins de rue, tu sais.

— Il y en a à Québec, j'en suis sûre. Papa ?

Mais la conversation fut interrompue soudain par des bruits de bousculades et des cris perçants. Nicolas poussa un soupir :

— Allons, qu'est-ce qui se passe ? Sophie ? Ah bon, Frédéric. Qu'est-ce qui se passe, Frédéric ? Tu as arraché le téléphone à ta sœur ? C'est gentil, ça !

— Elle voulait pas me le passer. Ça faisait trois fois que je le lui demandais. Maman dit que les interurbains coûtent cher.

— Je veux bien. Mais ce n'est pas une raison pour décapiter ta sœur.

— J'ai pas pu la décapiter : elle a pas de tête !

Et il éclata de rire.

— Que d'esprit, que d'esprit... N'oublie pas de lui redonner le combiné quand tu auras fini de me parler. Comment va notre ami Florimond ?

— Bien. Mais il n'arrête pas de manger des mouches. Penses-tu que ça peut le rendre malade ?

— Du tout. Les chats ont un système immunitaire plus puissant que l'armée américaine.

— Papa ?

— Oui, cher.

— Tu fais une enquête ?

Nicolas fronça les sourcils :

— Qui t'a raconté ça ?

— Ben quoi, maman vient de le dire !

— C'est une façon de parler, répondit-il, ennuyé. Je suis venu recueillir des renseignements pour un article sur... sur la ville de Québec.

— Mais tu ne travailles plus à *L'Instant* !

— Ça ne m'empêche pas de pouvoir leur présenter des articles comme pigiste, rétorqua-t-il, de plus en plus impatient. Tu veux me passer maman ?

— Tout de suite. Est-ce que tu reviens aujourd'hui, papa ?

— Ce matin.

— Alors, on va dîner ensemble ? C'est chouette. Salut !

Géraldine ne semblait pas avoir nourri de soupçons au sujet de sa nuit au Clarendon. Elle ne prit aucune nouvelle de Dorothée, ce que son mari trouva étrange, mais dont il lui sut fort gré. Elle paraissait joyeuse et affairée, très modérément peinée par le cul-de-sac où venaient de buter les efforts de son mari, et lui demanda de se charger du dîner, car ses cours la retiendraient au cégep jusqu'au milieu de l'après-midi.

Il parla encore quelques instants avec Sophie, puis raccrocha, l'esprit tout allégé par ce petit intermède familial. Au moment de quitter sa chambre, il fut à deux doigts de téléphoner encore à Dorothée, mais le sentiment de son honneur outragé le retint.

En montant dans l'autocar qui le ramènerait à Longueuil, il eut un sursaut à la vue du chauffeur ; l'homme portait une prothèse de plastique en guise de nez ; il parlait aux passagers avec une jovialité excessive et pathétique, comme pour montrer que, malgré son horrible mutilation, la vie valait la peine d'être vécue.

« Cancer, sans doute, se dit Nicolas. Pauvre diable. À sa place, je me serais fait un coquetel au cyanure. »

Il se laissa tomber sur son siège et se plongea dans une lugubre méditation sur la condition humaine.

« Nous baignons tous dans la douleur », philosophait-il sombrement, tandis qu'assise près de lui une jeune femme au teint jaune, sourcils froncés, une pointe de langue sortie entre les lèvres, s'adonnait avec un plaisir manifeste à des mots croisés. « Nous baignons jour et nuit dans une douleur diffuse, éparpillée, une douleur discrète et rusée, souvent presque imperceptible, mais qui ne nous lâche pas une seconde. »

Puis, avec une morbide délectation, il ferma les yeux et entreprit de chercher l'illustration de ses paroles dans son propre corps. Un minuscule point élançait à droite dans le bas de sa cage thoracique ; il ressentait un léger pincement dans la pointe de son coude gauche, un autre à la base d'une molaire, accompagné celui-là d'une sensation de brûlure ; sa mâchoire était raide, il avait une impression d'enflure aux chevilles, son talon droit le démangeait, son urètre également ; les deux cafés qu'il avait avalés en hâte à l'hôtel commençaient à gonfler sa vessie ; une crampe pulsative venait de se réveiller dans sa cuisse droite près du genou ; sa mauvaise nuit lui avait laissé les yeux échauffés.

Il s'arrêta, presque effrayé, sourit à la jeune femme qui l'observait, intriguée, puis se plongea dans la lecture d'un magazine. Il ne releva les yeux qu'au moment où l'autocar pénétrait dans la cour du terminus avec des grondements colériques.

Il se leva, glissa le magazine dans sa poche et se rendit à la hâte dans un grand magasin acheter le toutou qu'il avait oublié de se procurer à Québec. C'est en pénétrant dans le métro, son colis au bras, qu'il réalisa tout à coup que son enquête tournait en rond depuis le début et que le bon sens lui dictait de l'abandonner.

10

— Bonne nouvelle, fiston, s'écria Télesphore Pintal en voyant apparaître son neveu au bureau deux heures plus tard. Le conseiller Jardinet accepte de m'aider à obtenir un changement de zonage pour notre église de la Trinité. Tu as fait de l'excellent boulot. Je te revaudrai ça. Mais qu'est-ce que t'as ? s'interrompit-il brusquement. On vient d'enlever ta femme, ou quoi ?

— Fatigué, fit Nicolas en détournant le regard.

Les yeux du vieil homme s'écarquillèrent avec une expression lubrique :

— Tu t'es trop amusé, hein ?

— Pas du tout.

— Ou alors, tu ne t'es pas *assez* amusé : ça produit exactement le même effet. Crois-en un vieux cochon. De toute façon, poursuivit-il en voyant la mine de plus en plus ennuyée de Nicolas, ton fond de culotte ne regarde que toi. Viens dans mon bureau. J'ai une affaire à te confier qui attend depuis deux jours.

Nicolas dut se rendre sur le Plateau Mont-Royal visiter une école désaffectée que la proximité d'une église rendait dangereuse pour l'homme d'affaires. Il l'arpenta pendant deux heures avec un représentant de la Commission scolaire, puis revint sur les lieux le lendemain accompagné d'un architecte.

Au cours de la même semaine, il assista son oncle dans l'examen d'un devis pour des travaux de réparation d'une conciergerie que ce dernier avait achetée quelques années auparavant, boulevard Roland-Therrien à Longueuil, et se rendit visiter avec lui des terrains à Brossard, à Carignan et à Sainte-Julie. Puis ils dînèrent au Tournant de la Rivière avec un conseiller municipal de Saint-Hubert, qui faillit se soûler. En les quittant, l'homme promit de leur arranger une partie de golf avec le maire une semaine ou deux plus tard.

Télesphore Pintal s'était pris d'une amitié sincère pour son neveu, dont il semblait estimer au plus haut point les capacités. Il s'employait avec beaucoup d'énergie à l'initier à tous les aspects de son nouveau métier afin de s'en faire un associé au plein sens du mot et – qui sait ? (il n'avait pas d'enfants) – peut-être même un successeur. Nicolas essayait de se passionner pour son travail, mais, hélas, n'y arrivait pas vraiment et, malgré tous les soins qu'il prenait pour le dissimuler, son oncle commençait à s'en rendre compte.

Moineau travaillait à son café six jours par semaine et parfois aussi le soir. Et lorsqu'elle était libre, souvent Nicolas ne l'était pas : Télesphore Pintal payait bien, mais demandait beaucoup ; il aurait trouvé étrange que son neveu ne soit pas à sa disposition le soir comme le jour, du lundi au dimanche. De plus, la liberté de mouvement dont jouissait auparavant le journaliste avait bien diminué depuis qu'il travaillait près de chez lui, Géraldine comptant davantage sur sa présence.

Aussi, ses rendez-vous avec la jeune fille étaient irréguliers, de plus en plus espacés et marqués par la frénésie amoureuse.

— Je compense par l'intensité, répondait-il en riant à Moineau quand elle se plaignait de ses trop longues absences.

Mais, en son for intérieur, il continuait de redouter le jeune homme aux mains pansées dont son amie refusait de parler, l'assurant que ce n'était qu'une vague connaissance, « un pauvre p'tit gars en déroute » qui n'aurait jamais dû quitter sa Gaspésie natale ; il redoutait également les nombreux clients du café Van Houtte – et, en général, tous les hommes quels qu'ils fussent.

— Tu dois te faire joliment draguer à ton travail, lui dit-il un jour.

Elle lui posa un doigt sur le bout du nez :

— Oui, mais je ne pense qu'à toi.

Il n'était pas peu fier de la dépendance physique qu'il avait développée chez elle et qui contrebalançait un peu, espérait-il, la passion ardente qu'elle avait provoquée chez lui. Parfois il lui demandait de se déshabiller et de se promener toute nue dans la chambre. Assis dans un coin, il la contemplait gravement.

— La Beauté me transforme en philosophe, constatait-il, tout étonné.

Mais l'homme ordinaire finissait par se réveiller en lui. Il se levait, retirait précipitamment ses vêtements et l'amenait au lit.

Un jour, il lui demanda de se dévêtir et frotta son corps avec de la pulpe d'orange. Puis il la renifla et la lécha avec une application passionnée, qu'il ne s'était jamais connue.

— C'est terrible, murmura-t-il, tu m'as fait sauter la cervelle.

Elle riait, trouvant sa fantaisie biscornue mais amusante. Quand il recommença quelques jours plus tard, elle songea qu'il était peut-être temps de se trouver un amant moins bizarre. Mais cette après-midi-là, elle eut un orgasme si violent – un de ces orgasmes à répétition, comme un feu d'artifice qu'on croit avalé par la nuit, mais qui rejaillit tout à coup, plus éblouissant que jamais – qu'elle vit tout un monde s'ouvrir en elle. Une partie inconnue de son être venait de se dévoiler à ses yeux, pleine d'ombres, presque effrayante, et elle comprit que cet homme enfantin et un peu loufoque venait de la changer à tout jamais, augmentant à la fois sa capacité d'être heureuse et celle d'être malheureuse. À une remarque qui lui échappa alors, son compagnon crut deviner que les amants qui l'avaient précédé avaient les doigts plutôt gourds et la langue dans leur poche. Il se prit à espérer que le plaisir qu'elle tirait de leurs ébats lui fasse oublier son âge et le peu qu'il avait, au fond, à lui offrir.

⸺

Juin touchait à sa fin ; les vacances d'été approchaient. Géraldine avait trouvé un joli chalet à louer pour le mois de juillet à Mont-

Laurier sur les bords du lac des Écorces. À grand-peine, Nicolas obtint de son oncle quatre semaines de vacances à demi-salaire. Quand Moineau apprit la nouvelle, elle devint toute pensive :

— Un mois sans se voir, ça va être long... Comment vais-je faire ?

Il la regarda, flatté, un peu inquiet, puis se mit à ricaner :

— Bah... tu n'as qu'à lever le petit doigt si tu veux des consolations. On va se précipiter pour te faire plaisir.

Elle lui fit remarquer sèchement qu'il avait autant de délicatesse qu'une râpe à fromage, l'assura encore une fois de son attachement, mais il était évident que l'idée de son absence la laissait désemparée. La jalousie de Rivard en fut attisée. Il plaisanta de nouveau sur son amoureux aux mains pansées, ajoutant que celles-ci avaient bien dû guérir depuis le temps et qu'il saurait sûrement les employer avec bonheur si elle le lui demandait. Alors elle éclata. Ce fut sa première vraie colère.

— Arrête donc de niaiser, tes farces plates ne me font pas rire. Vous êtes tous pareils. Vous mesurez tout par le cul. Ce qui s'est passé entre moi et lui, ça ne te regarde pas et d'ailleurs tu n'y comprendrais rien.

Et elle s'enferma dans sa chambre. Il s'excusa, lui demanda d'ouvrir, mais rien n'y fit. Après avoir poireauté quelque temps derrière la porte, il s'en alla, fort soucieux, et travailla comme un pied tout le reste de la journée.

Ils se réconcilièrent le lendemain devant une bouteille de beaujolais, mais, trois jours plus tard, Nicolas lui faisait ses adieux en promettant de téléphoner souvent et de trouver un prétexte pour faire un saut chez elle au milieu de juillet.

Pendant quelques jours, l'installation dans le chalet, l'exploration des environs, les parties de baignade, la lecture et la lutte contre les maringouins le tinrent fort occupé, l'empêchant de trop penser à son enquête en panne. Mais peu à peu un abattement fait de résignation et de mépris pour lui-même l'envahit. Géraldine s'en aperçut et en devina aussitôt la cause. Un soir qu'ils étaient assis sur la grève devant un feu de camp et que les enfants étaient partis à la recherche de Florimond disparu dans la forêt depuis le souper, elle aborda le sujet avec précaution :

— T'as l'air morose depuis quelque temps. Qu'est-ce qui te chicote ? Déjà tanné d'être en vacances ou... tanné de la vie ?

Il fit signe que non de la tête, se pencha vers le feu et, avec le bout d'une branche, poussa dans la braise une bûche à demi consumée ; la bûche montra ses entrailles orange et translucides, animées comme d'une lente pulsation, et laissa échapper un craquement sonore ; des étincelles volèrent jusque sur son pantalon.

— Déçu de tes recherches ? reprit Géraldine.

— Qui ne le serait pas ?

— Tu devrais quand même les poursuivre.

Il tourna vers elle un œil courroucé.

— Oui ? et de quelle façon ? En m'engageant chez Robidoux comme bonne d'enfants ?

— Je suis sûre qu'il y a moyen de le coincer. Pourquoi ne te planques-tu pas quelque part pour le surveiller quand il se rendra chez son ami ?

— Aussi efficace que faire des grimaces à un aveugle.

— Bon, fais comme tu veux, soupira-t-elle avec un haussement d'épaules. Si tu préfères te ronger les ongles en ressassant les déceptions de ta vie, bon appétit !

Jérôme apparut au fond du jardin, tenant à bout de bras Florimond qui jetait de tous côtés des regards mécontents et effarés.

— Passe-le-moi, c'est mon tour, ordonna Frédéric en surgissant derrière lui.

— Non, c'est le mien, lança Sophie en levant ses bras désespérément trop courts vers le chat qui commençait à se débattre.

Nicolas posa la main sur la cuisse de sa femme :

— On en reparlera tout à l'heure. Excuse-moi. Je m'emporte pour des riens.

Mais les jours passèrent sans qu'ils reviennent sur le sujet. Nicolas s'enfonça dans la lecture et le farniente et prit l'habitude de boire sa demi-douzaine de bières chaque jour, ce qui lui valut bientôt d'être traité de biberon par ses enfants. Ses rapports avec sa femme se détendirent. Ils faisaient de longues promenades quand Frédéric et Sophie étaient couchés et que Jérôme était plongé dans son Tolstoï, dont il avait décidé de traverser l'œuvre durant l'été. Le soir, il aidait Géraldine à préparer le souper ou bien, l'expulsant de la cuisine avec des airs mystérieux, se lançait dans la préparation d'un plat extraordinairement compliqué qui repoussait le repas au milieu de la soirée et plongeait les enfants dans une sorte de rage affamée. Une nuit, un raton laveur renversa une poubelle dans la cour, les réveillant tous deux, et ils firent l'amour avec une fougue qui les avait abandonnés depuis longtemps. Le lendemain matin, Géraldine, se levant avant son mari, lui apporta le déjeuner au lit, puis, tandis que ce dernier, surpris et touché, mordait dans une rôtie, elle glissa la main sous les draps et il faillit s'étouffer. Ce matin-là, ils restèrent seuls dans la chambre jusqu'au milieu de la matinée.

Pourtant, quelques heures plus tard, Nicolas se rendait au magasin général d'une sorte de hameau à quelques kilomètres du chalet pour téléphoner à Moineau, comme ils avaient convenu l'avant-veille. Personne ne répondit. Il revint au milieu de l'après-midi, sans plus de succès. Intrigué, presque inquiet, il se présenta une troisième fois au magasin à la tombée du jour, accompagné cette fois de Frédéric, qui voulait acheter des bandes dessinées, et la joignit enfin au café Van Houtte. Elle lui expliqua d'une voix insouciante que sa tante l'avait invitée à faire de la couture chez elle durant l'après-midi et s'excusa à peine de son oubli. Quelque chose dans son ton l'intrigua : il avait l'impression qu'elle s'adressait à lui comme à une personne devenue un peu lointaine et secondaire, appartenant à un épisode de sa vie presque révolu. Pourtant, l'instant d'après, sa voix tendre et chaleureuse et ses éclats de rire pleins d'abandon lui disaient tout le contraire. Il ne savait plus que penser. On était à la mi-juillet. Il décida que le moment était venu de remplir sa promesse et d'aller la voir à Montréal.

— Quand viendrais-tu ? demanda-t-elle.

— Quand veux-tu que je vienne ?

Elle garda le silence un moment.

— Dans trois jours, est-ce que ça te va ? Je crois pouvoir me faire remplacer au café à ce moment-là.

Il crut sentir chez elle une hésitation, un secret mouvement de contrariété.

— Je ne voudrais pas m'imposer, répondit-il, le ton sec. Peut-être préfères-tu qu'on ne se voie qu'à la fin des vacances ?

Elle se mit à rire :

— Idiot ! hier, en plein milieu de la nuit, je me faisais plaisir en pensant à toi.

Frédéric, excédé, frappa dans la porte de la cabine.

— Alors, à jeudi, fit précipitamment Nicolas. Salut.

— À qui donc parlais-tu ? demanda Frédéric en montant dans l'automobile.

— À qui je parlais ? Je parlais... je parlais à Robert Lupien.

Et il démarra. Le regard songeur, son fils restait silencieux. Nicolas se tourna vers lui et crut lire du scepticisme et même un peu de moquerie dans le sourire oblique que ce dernier lui adressa.

« Le petit vlimeux... est-ce qu'il m'aurait entendu ? se demanda-t-il. Pourvu qu'il n'aille pas bavasser à Géraldine, maintenant. »

11

Robert Lupien trouvait le mois de juillet interminable. Assis au milieu du salon de son petit appartement de la rue Saint-Paul, il termina la dernière page de *L'insoutenable légèreté de l'être* de Kundera, déposa le roman à côté d'un cendrier rempli de mégots, ferma ses yeux fatigués par cinq heures de lecture et se laissa bercer par le bourdonnement du climatiseur. De la rue, on entendait de temps à autre la voix étouffée des touristes qui passaient en traînant les pieds, liquéfiés par la canicule.

Son estomac gargouillait depuis une heure, mais l'ennui écrasant qui venait de s'abattre sur lui comme un chargement de briques lui sciait les jambes. Les trois derniers jours avaient été pénibles. Tous ses amis, toutes ses connaissances avaient fui la ville comme unis dans une sorte de complot pour le rendre gaga de solitude. Un mois plus tôt, son projet de vacances en Corse avec une relationniste au Théâtre du Nouveau Monde avait misérablement avorté, faute de fric. Les versements de sa pension alimentaire et ses dépenses désordonnées (il était grand amateur de vêtements, de vins et de restaurants), ajoutés aux paiements de son hypothèque, le plongeaient régulièrement dans des périodes de vaches maigres dont se gaussaient ses amis.

Il ouvrit les yeux, fixa un moment le plafond, souhaitant quasiment que ce dernier lui tombe sur la tête pour meubler le vide de ce début de soirée, puis les referma et attendit d'amasser suffisamment de courage pour se lever et préparer un spaghetti sauce tomate (son quatrième de la semaine). Mais à l'idée de manger seul encore une fois, puis de laver sa vaisselle seul pour enfin, seul, aller prendre l'air sur la place Jacques-Cartier dans le brouhaha des bars et des cafés, il sentit son estomac se contracter douloureusement et les gargouillis arrêtèrent sec.

« Mieux vaut peut-être me coucher sans manger », soupira-t-il, désespéré.

Mais les phrases du roman bourdonnaient dans sa tête comme des frelons et, malgré sa lassitude, bloquaient le chemin au sommeil. Son regard tomba sur l'aquarium où tournait interminablement son poisson rouge Archibald ; ce dernier s'arrêta brusquement et se mit à le fixer de ses yeux stupides et comme remplis d'une détresse sans fond ; il agitait doucement la queue et les nageoires, semblant le fouiller jusqu'au tréfonds de son être. Soudain Lupien eut l'impression que c'était ses propres yeux qu'il voyait, remplis d'une angoisse mortelle, et qu'il allait bientôt se transformer lui-même en poisson, prisonnier de quelques seaux d'eau, jusqu'au jour où on le retrouverait flottant à la surface, légèrement ballonné.

— Spaghetti ! spaghetti ! lança-t-il en bondissant de son fauteuil, vite, au spaghetti !

La sauce lui parut acide et sans goût, les pâtes massives et trop cuites et, dès la dernière bouchée, il eut un rot et comprit que sa digestion allait être laborieuse.

Il lava la vaisselle. L'odeur douceâtre du savon parfumé à la rose l'écœurait ; la radio qu'il venait d'allumer grésillait et crachotait avec un entrain sadique. Il rangea les ustensiles, éteignit l'appareil d'un coup de pouce rageur et alla s'étendre sur son lit ; une vague torpeur l'envahit, déchirée de temps à autre par des bouffées de gaz acides qui lui remontaient dans la gorge.

Une voix dans la rue perça le ronronnement du climatiseur :

— Denise ! Denise ! monte pas ! il va te faire mal !

Il s'assit dans son lit et consulta le réveille-matin ; il était près de minuit. Sa fatigue envolée, son estomac débarbouillé, il fixait la porte de sa chambre, qui découpait la lumière du salon ; l'idée de se replonger dans la lecture lui parut insupportable.

Il se leva et resta un moment au milieu de la pièce, les bras ballants, l'œil égaré ; il sentait distinctement des gouttes de sueur poindre entre ses orteils :

— Bon sang, murmura-t-il, est-ce que je vais me taper une crise d'angoisse ?

Il décida d'aller prendre l'air. Qui sait ? peut-être ferait-il la rencontre d'une bonne âme avec qui il pourrait causer de plomberie, de lévitation, de hernies abdominales, de n'importe quoi, pourvu que cela l'aide à sortir de la prison vivante qu'il était en train de devenir pour lui-même. En passant près du téléphone, il s'arrêta ; une impulsion le saisit et il composa le numéro de Nicolas.

La sonnerie retentit une fois, deux fois, trois fois, puis un déclic se fit entendre et – ô miracle ! – au lieu de la voix métallique et embrouillée du répondeur, ce fut celle de Nicolas lui-même, intriguée, un peu ennuyée, qui parvint à ses oreilles :

— Allô ? Allô, j'écoute.

— Nicolas ? Nicolas, c'est bien toi ? s'écria-t-il, submergé de joie.

— Eh oui, c'est moi. Qu'est-ce qui se passe, Robert ? Ça ne va pas ?

— Oui, oui, tout va, mon vieux, tout va, je te jure que tout va.

— Tu n'as vraiment pas l'air dans ton assiette. Qu'est-ce qui se passe ?

— Comment se fait-il que tu sois chez toi ? répondit l'autre en éludant la question. Vous êtes revenus de vacances ?

Nicolas eut une petite toux embarrassée :

— Non. Je suis venu pour affaires.

— Je devine lesquelles, ricana Lupien. J'espère que je ne viens pas de tomber au milieu de vos ébats.

— Allons donc, espèce de con, je suis seul. Penses-tu que j'amènerais des filles à la maison ? Il me reste quelques principes, tout de même.

— Dis donc, fit Lupien, saisi d'une idée subite, t'aurais pas envie de venir prendre une bière en ville ? La soirée est superbe et je connais un bar où...

— Désolé, mon vieux, mais je suis claqué. Pour tout dire, j'allais me mettre au lit.

— Ah! viens donc, Nicolas, on est en vacances, après tout. Tu coucheras chez moi si tu te sens trop fatigué pour retourner à Longueuil.

Une telle détresse transparaissait dans sa voix, qu'il s'efforçait vainement de rendre légère et enjouée, que Nicolas en fut saisi. Mais, expliqua-t-il à son ami, il avait les jambes en guenille et la tête comme une boule de plomb. Pourquoi ne pas plutôt déjeuner ensemble le lendemain?

— C'est comme tu veux, répondit Lupien d'un ton sec et froissé. Quoique demain matin... je ne sois pas tout à fait sûr d'être libre... Enfin, appelle-moi vers neuf heures, je verrai...

Alors Nicolas, craignant de le vexer (comme cela risquait de se produire chaque fois qu'on résistait à ses volontés), décida lâchement de marcher sur sa fatigue et d'aller le retrouver dans le Vieux-Montréal.

Il prit sa douche, appela un taxi, puis se prépara en vitesse un café instantané bien fort; sa soirée avec Moineau l'avait lessivé et seule la crainte d'un appel téléphonique de Géraldine pour s'assurer qu'il passait bien la nuit à la maison l'avait tiré du lit de la jeune fille vers onze heures.

Affalé dans le taxi qui le menait à la station de métro Longueuil, il allongea les jambes, ferma les yeux et essaya de somnoler pour refaire un peu ses forces.

— Drôle de soirée, fit le chauffeur. Voilà six fois en deux heures que je viens chercher des clients rue Saint-Alexandre. Est-ce qu'il se passe quelque chose dans le coin?

Personne ne répondit. Il jeta un coup d'œil par le rétroviseur sur son client somnolent, poussa un soupir et se replongea dans ses réflexions quelque peu moroses où les problèmes de son radiateur et la spectaculaire ménopause de sa femme tenaient pour l'instant la plus grande place.

Assis devant sa porte sur un minuscule perron de pierre, Lupien attendait son ami dans la moiteur étouffante de la nuit, jetant à tout moment un regard fébrile au coin de la rue.

— Ah! te voilà, enfin, fit-il en se levant d'un bond. Encore un peu et j'allais penser que t'avais changé d'idée. Comment vas-tu?

— Comme je peux, grogna l'autre.

Ils se dirigèrent d'un pas rapide vers la place Jacques-Cartier.

— Je connais un endroit, poursuivit Lupien, où on sert une bière formidable : la *Renard bleu*, brassée à Sorel. Tu veux essayer?

— J'aurais plutôt besoin d'un café, soupira Nicolas.

— On y sert du café aussi, bien sûr.

Nicolas prit une grande inspiration et il eut l'impression que l'air humide et chaud passait directement de ses poumons dans sa tête, la remplissant d'une brume opaque. Ses yeux se fermèrent à demi. Il essaya de sommeiller un peu tout en marchant, puis secoua les épaules et, se tournant vers son ami :

— Alors, qu'est-ce qui se passe? T'as des problèmes?

— Non, j'en manque plutôt, répondit Lupien en riant.

Il désigna une porte cochère :

— C'est ici.

Ils s'enfoncèrent dans un étroit passage ; les murailles de pierre couvertes de feuillage baignaient dans la lumière rose d'un néon qui courait au-dessus des têtes. On apercevait au fond une cour intérieure brillamment illuminée, des tables à parasols, des arbustes en pot.

Lupien se laissa tomber sur une chaise :

— Déjà venu ici?

— Jamais, répondit Nicolas. «Je me demande si Moineau y vient, elle, poursuivit-il intérieurement. Et avec qui.»

Lupien commanda une *Renard bleu*, Rivard un espresso et, pendant un moment, ils promenèrent leur regard à la ronde. Penché au-dessus d'une facture, un couple d'Américains quinquagénaires discutait avec âpreté. Tout au fond, près d'un arbuste, des adolescents se passaient un mégot de mari tout ratatiné. Lupien s'alluma une cigarette, inhala avec une ferveur gourmande, puis, l'œil brillant de convoitise :

— T'arrives de chez ta poule ?

Rivard opina lentement de la tête, puis crut bon d'ajouter :

— Un peu de respect, tout de même. C'est quelqu'un de bien.

— Et alors ? poursuivit l'autre. Elle s'était ennuyée de toi ?

— Ah ça, mon vieux, c'est le moins qu'on puisse dire ! Je frappe à sa porte. Elle m'ouvre, elle se coule dans mes bras et se met à me caresser, sans dire un mot. On joue de la langue sur le palier pendant une minute ou deux, et puis soudain, elle fond en larmes et commence à me mitrailler de coups de poing en criant : « Pourquoi es-tu parti si longtemps, espèce de sans cœur ? Pourquoi ? Je n'existe plus ? C'est ça ? Je n'existe plus ? Je me mourais, moi, pendant que t'étais allongé auprès de ta femme. » La cage d'escalier résonnait comme une salle de concerts. Alors, je l'ai poussée à l'intérieur, j'ai refermé la porte et on a fait l'amour sur le plancher, à moitié déshabillés. Les coutures craquaient, les boutons sautaient ! C'est qu'elle me fait perdre la tête, la petite gueuse. Elle réveille en moi des choses que je ne connaissais pas.

— C'est une hystérique, laissa tomber Lupien du bout des lèvres, le regard plein d'envie.

— Et en même temps, vois-tu, je crois que je l'ai un peu débauchée.

— À moins que ce ne soit quelqu'un d'autre, ricana son compagnon.

D'une pichenotte, Rivard l'envoya promener imaginairement au fond de la cour.

— En tout cas, ce soir, poursuivit-il, le feu était dans les rideaux, mon vieux ! On s'amusait comme des petits fous sur le paillasson lorsqu'elle s'est arrêtée tout à coup, m'a entraîné dans le salon et... s'est assise sur une Bible ouverte déjà posée sur une table... et m'a demandé de continuer à lui faire l'amour. Inutile de te dire qu'au bout de dix minutes, la Bible ne valait plus grand-chose, et mes reins non plus !

Lupien eut un sourire dédaigneux :

— Sexe et Bible... une vieille pratique de messes noires. Les jeunes deviennent de plus en plus démodés, ma foi...

Mais une sourde amertume l'envahissait à la pensée des mornes journées de solitude qu'il venait de traverser, la tête vide, le souffle court, avec l'impression de perdre son sang goutte à goutte, alors que cet homme plutôt ordinaire, en somme, menait joyeusement une double vie sans paraître se rendre compte des faveurs somptueuses que le destin lui faisait.

— Et je ne te raconte que le début, poursuivit Rivard avec un sourire un peu fat. La pudeur m'empêche de continuer. Il lui vient plein d'idées étranges, à cette petite bonne femme, je ne la reconnais plus. Dont une qu'elle n'a pas voulu me dévoiler, parce que la gêne la retient, dit-elle. Dieu sait ce qui m'attend !

Lupien enfila une rasade de bière, s'essuya les lèvres, puis :

— Alors, tu l'aimes ? Tu vas quitter Géraldine ?

Nicolas secoua la tête avec une grimace douloureuse :

— Je ne sais plus du tout où j'en suis, mon vieux. J'ai la tête pleine de purée de navets. Je vis une aventure qui me dépasse. Jamais je ne me suis senti si ordinaire. Je ne mérite ni ma femme ni ma maîtresse. Je suis une épave, une véritable épave. Je ballotte ici et là, en attendant de couler.

— Cesse de t'apitoyer ainsi sur toi-même, c'est dégoûtant. Et ta fameuse enquête, comment va-t-elle ?

Nicolas posa sur lui un regard dépité :

— Mal. En fait, je l'ai abandonnée. J'avais l'impression d'essayer de percer le barrage de LG 2 avec une cuillère à soupe.

Il lui raconta son voyage à Québec et le maigre butin qu'il en avait rapporté. Robert Lupien l'écoutait sans dire un mot. Le sentiment de délaissement et de frustration qui l'avait habité durant ces derniers jours le travaillait comme un puissant ferment, fouettant son désir d'affirmer sa force et sa valeur et de se lancer de nouveau dans le tourbillon de la vie qui l'avait rejeté comme un vieux morceau de bois sur une rive vaseuse. Il pousserait ce pauvre homme indécis et faiblard, son ami, à reprendre la lutte, il s'y lancerait lui-même et le forcerait à remporter la victoire, montrant à tout le monde qu'un

Robert Lupien pouvait faire autre chose que de moisir dans l'angoisse devant son téléphone.

— Je trouve que tu jettes l'éponge un peu vite. Est-ce que je t'ai déjà parlé de l'emploi que j'ai eu comme étudiant durant l'été soixante-deux au laboratoire de physique moléculaire de l'Université de Montréal ? Je travaillais sous les ordres d'une espèce de décroché de la réalité qui s'appelait Coppens T. Coppy. Le bonhomme faisait des études sur la rupture de la matière sous impact de chute. Mon travail consistait à laisser tomber d'une certaine hauteur et sur un certain endroit des assiettes d'une porcelaine spéciale, particulièrement homogène, toutes identiques. On rassemblait ensuite les morceaux et on étudiait les réseaux de cassures pour essayer de dégager des similitudes, puis un assistant les photographiait tandis que le professeur prenait des notes. Jamais de toute ma vie je n'ai fait un travail aussi abrutissant. Je cassais des assiettes de huit heures du matin à six heures du soir avec une pause d'une demi-heure pour le dîner. Cet été-là, j'ai dû en casser puis en réassembler huit mille neuf cent soixante-quinze avant que le prof dégage les grandes lignes de sa loi sur les impacts pour la matière friable homogène. J'en ai eu des bourdonnements dans les oreilles durant six mois et longtemps la simple vue d'une assiette me causait des contractions d'estomac. Voilà ce qu'on appelle mettre sa patience à l'épreuve. Penses-tu avoir accompli quelque chose d'approchant ?

— Je ne vois pas pourquoi je devrais.

— Tu n'auras pas à le faire. Tu sous-estimes les indices que tu as rapportés de Québec. Il y a une mine là-dedans. Il suffit de prendre un pic et de creuser. La paresse t'émousse les quenœils, mon cher.

Et il lui proposa d'aller, séance tenante, jeter un coup d'œil sur la maison de Harvie Scotchfort – et même sur celle de Robidoux, dont il se rappelait qu'il habitait Outremont. Rivard protesta que sa fatigue frisait le coma et suggéra de remettre la visite au lendemain. Mais il vit aussitôt que son refus contrariait énormément Lupien ; les sautes d'humeur de ce dernier l'avaient toujours intimidé. Avec désespoir, il se sentit de nouveau fléchir.

— Allons, un double espresso, et tu vas te sentir aussi en forme que pendant ta séance biblique.

Tandis que Nicolas enfilait son café, Lupien s'enfermait dans une cabine téléphonique pour chercher les adresses du ministre et de son ami.

— Scotchfort demeure rue Sherbrooke dans le quartier Notre-Dame-de-Grâce et notre petit ministre à Outremont, rue Davaar.

— Et tu crois vraiment qu'on doit y aller, soupira Rivard, même si je suis en train de rendre l'âme ?

— Il faut profiter de la nuit, mon vieux. Allons, grouille ta carcasse, ma bagnole nous attend à deux coins de rue. Dans dix minutes, on sera à Notre-Dame-de-Grâce et, dans une heure, tu pourras t'étendre sur ta paillasse.

Comme l'avait craint Nicolas, leur visite nocturne ne leur apprit pas grand-chose. Scotchfort habitait le *Beaverbrook Castle*, une luxueuse conciergerie de la rue Sherbrooke. Un couple un peu pompette qui rentrait chez lui les babines soudées par de furieux baisers leur permit de pénétrer dans le hall d'entrée et d'apprendre que Scotchfort logeait à l'appartement 502. Quant au ministre Robidoux, il habitait une grande maison de pierre du début du siècle, à fenêtres en ogives et toit à quatre versants ; une vaste pelouse l'entourait, bordée par une imposante haie de spirées Van Houtte. Mais quand ils voulurent écarter discrètement le feuillage pour jeter un coup d'œil sur les lieux, un doberman se mit à pousser des aboiements féroces, tirant avec une rage si démentielle sur sa chaîne qu'on aurait cru qu'il allait entraîner sa niche avec lui.

— Et alors ? content ? bougonna Nicolas en se laissant tomber sur la banquette, tandis que son compagnon fouillait nerveusement dans ses poches à la recherche de la clé d'allumage. Vite, avant que la police se pointe !

Puis il sombra dans le silence. La moiteur écrasante de la nuit, achevant le travail de la fatigue, l'avait totalement annihilé. Il avait l'impression d'être agglutiné à la cuirette du siège. Le simple fait de bouger la langue et les mâchoires lui demandait à présent un effort inouï. L'auto enfila l'avenue Rockland, bordée de grosses maisons cossues plongées dans un sommeil hautain, et prit la Côte-Sainte-Catherine.

— Je te reconduis chez toi ou tu viens coucher à l'appartement ? demanda Lupien.

— L'appartement, articula péniblement Rivard, la tête inclinée sur la poitrine.

La seule idée d'avoir à franchir de nouveau le pont Jacques-Cartier lui paraissait aussi impensable que d'avaler un sac de billes.

Pourtant, quelques secondes plus tard, au moment où l'auto traversait la rue Sherbrooke, une impulsion le saisit, balayant la fatigue et toute prudence :

— Conduis-moi plutôt chez Moineau, rue de Bullion. Sinon, je ne fermerai pas l'œil de la nuit.

Lupien tourna vers lui un visage dépité :

— Vieux cochon, tu perds la tête.

— Je le sais, grogna l'autre. Que veux-tu que j'y fasse ? C'est plus fort que moi.

Mais avant de le quitter, il promit à son ami de déjeuner avec lui vers dix heures.

Lupien se trouvait devant l'autel de l'église Notre-Dame, somptueusement illuminée pour l'occasion et remplie d'une foule brillante et distinguée. Debout au premier rang, Pierre Elliott Trudeau, en habit mauve et nœud papillon rose, un verre de jus d'orange à la main et accompagné de deux starlettes frétillantes, ne cessait de lui faire des clins d'œil ; Lupien allait se marier avec Claudette Ginguereau, la secrétaire du rédacteur en chef, célèbre au journal pour la fétidité de son haleine comme de ses manières. Chose inexplicable, alors qu'en temps normal sa seule vue lui crispait les mains, il défaillait d'amour en lui glissant l'anneau nuptial. Soudain une sonnerie retentit ; l'anneau se transforma en assiette et une portion de pâté chinois apparut dedans. Claudette Ginguereau fit alors un bond immense et disparut dans la foule en criant : « Bas les fesses ! »

Le journaliste ouvrit les yeux, quitta son lit et se traîna vers le téléphone ; sa montre indiquait huit heures. Il prit le récepteur en bâillant. La voix de Géraldine le commotionna.

— Oui, oui, bafouilla-t-il, il est ici, bien sûr. C'est-à-dire que... il vient... il vient tout juste de partir pour aller acheter de la confiture chez le dépanneur... Mais oui, mais oui, il a bien passé la nuit chez moi... Pourquoi me demandes-tu ça ? Oui, oui, je lui dis de te rappeler dès son retour, c'est ça, au revoir.

Il raccrocha, tout tremblant. Un point de douleur venait d'apparaître en haut de sa nuque et irradiait peu à peu dans tout son crâne.

— Maudite cervelle d'éponge ! hurla-t-il en levant le poing en l'air (une jeune femme en train d'allaiter son bébé sursauta à l'étage au-dessus). Je l'avais pourtant averti ! Alors, qu'est-ce que je vais faire, moi ? Je ne connais même pas le nom de sa blonde ! Impossible de l'avertir !

Il fit les cent pas dans le salon en se passant la main dans le visage, puis alla dans sa chambre à coucher éteindre le ventilateur, dont le ronronnement lui portait sur les nerfs.

À dix heures, Rivard se pointa, le teint frais, la mine avantageuse, l'humeur enjouée.

— Eh bien, voilà ! Je t'avais pourtant prévenu, lui annonça Lupien avec un sourire vengeur : Géraldine a appelé à huit heures.

Rivard pâlit et se dirigea vers le téléphone :

— Que lui as-tu répondu ?

— Que tu étais allé chercher de la confiture chez le dépanneur. Tu n'auras qu'à lui expliquer que tu t'es foulé une cheville en route, ricana-t-il. Ou qu'un météore vient de détruire le quartier...

— Garde ton esprit pour une autre fois, grogna l'autre en fermant derrière lui la porte de la cuisine.

Assis dans un fauteuil, jambes étendues, Lupien suivit les évolutions incompréhensibles d'une mouche devant la bibliothèque tout en fourrageant sa chevelure mouillée de sueur ; de temps à autre, il tendait l'oreille.

— C'est arrangé, fit Nicolas en réapparaissant dans la pièce. Je lui ai raconté qu'en me rendant chez le dépanneur, j'avais rencontré le rédacteur en chef sur la place Jacques-Cartier et qu'il m'avait invité à prendre un café. Jamais elle n'osera lui téléphoner pour vérifier mon histoire.

— Qui ne tient pas debout.

— Au contraire, elle tient tout à fait debout, rétorqua Nicolas, piqué. J'ai discuté avec lui d'un changement d'affectation à mon retour de congé, puis il a essayé de me tirer les vers du nez au sujet de notre nouveau président de syndicat.

— Foutaise, foutaise...

Il le fixa avec un air de profonde gravité :

— Je pense qu'elle t'a à l'œil, mon vieux. T'aurais avantage à garder les tiens grands ouverts si tu ne veux pas te retrouver en plein divorce. D'ailleurs, je me demande pourquoi tu cours la galipote. Elle est bien, Géraldine. Que veux-tu de plus ?

Rivard lui répliqua que ses affaires ne regardaient que lui, puis alla prendre sa douche.

« Je m'en contenterais bien, de sa femme, moi, pensait Lupien en se promenant dans le salon où la mouche, apparemment insensible à la chaleur torride, zigzaguait à une allure insensée. Elle est encore fraîche pour ses quarante ans. Intelligente, à part ça, et le caractère plutôt facile (contrairement au mien, Christ !). Sa voix m'a toujours remué. Il fait la fine gueule sur un beau morceau, le crétin. »

Mais il rejeta bientôt ces pensées, difficilement conciliables avec la loyauté due à un ami. Quelques minutes plus tard, assis en face de Nicolas, il attaquait un demi-pamplemousse lorsque sa cuillère dentelée s'immobilisa dans les airs :

— Je pense que je viens de trouver quelque chose.

— Trouver quoi ? demanda Nicolas d'une voix aigre.

Lupien fronça les sourcils :

— Écoute, vieux, permets-moi de te faire remarquer que je suis en train de me casser la tête *pour ton propre bien*, et non pour celui de Jos Bleau; je me demande même si j'ai jamais mis autant d'énergie à régler mes problèmes *à moi*.

— Bon, ça va, n'en fais pas un infarctus. De quoi voulais-tu parler?

— Tu me disais hier que notre ministre se rend chaque vendredi chez Harvie Scotchfort?

— C'est ça.

— Et que leurs réunions se terminent tard?

— Très tard.

— Sûrement qu'il traîne toujours avec lui une mallette, un porte-documents?

— Je te vois venir. Ridicule.

— Ta ta ta. Écoute-moi un peu. Il suffirait donc de poster quelqu'un près de chez Scotchfort avec la mission de sauter sur le porte-documents quand Robidoux quittera son ami. Avec un peu de chance, on pourrait mettre ainsi la main sur des preuves. S'il fricote ce que tu penses, je te parie ma vésicule biliaire qu'il n'osera pas porter plainte et tiendra l'affaire aussi morte que sa dernière constipation.

— Tu oublies le chauffeur. Les ministres ont l'habitude de se promener en limousine avec chauffeur.

— S'il fricote ce que tu penses, je parie mon foie que ces soirs-là il donne congé à son chauffeur.

— Admettons. Mais qui va lui sauter dessus?

— Ni toi ni moi : on est trop connus. On n'a qu'à engager quelqu'un. Avec la récession, il y a des tas de petits caves qui seraient prêts à lui péter la gueule pour dix cartouches de cigarettes.

— Tu veux mon avis?

Le visage de Lupien s'assombrit et il fit un signe du menton.

— Tu rêves. Ton plan ne tient pas debout. Il a autant de chances de fonctionner qu'un sous-marin dans un ruisseau. C'est du roman policier de série D. L'affaire va déraper dans les dix premières secondes.

— Très bien. Alors je n'ai rien dit. Je vais continuer à étudier le fonctionnement des sous-marins et à cultiver le silence. Merci de tes commentaires.

Et il plongea sa lippe boudeuse dans sa tasse de café.

Nicolas essaya de le dérider, mais sans succès. Le déjeuner se termina dans une conversation languissante et forcée. Lupien en voulait à la fois à la cruelle franchise de son ami et à sa propre mauvaise humeur, qu'il n'arrivait pas à brider, comme de coutume, et qui était en train de gâcher leur rencontre. Finalement, pour tenter de ramener les choses, il lui proposa d'aller au cinéma.

Nicolas eut un sourire embarrassé :

— Désolé, mais j'ai rendez-vous avec Moineau. Je veux profiter au maximum de mon séjour à Montréal, vois-tu.

Ils convinrent de se donner un coup de fil deux semaines plus tard, au retour de Rivard et de sa famille à Longueuil, et se séparèrent, mécontents l'un de l'autre, mais surtout d'eux-mêmes.

Nicolas fit quelques courses ; Géraldine lui avait demandé d'acheter la dernière biographie de Marie Curie et Frédéric, une brosse pour Florimond. À midi vingt, il arrivait rue de Bullion. Il grimpa à toute vitesse jusqu'à l'appartement de Moineau.

— Maudite quarantaine ! je perds le souffle, haleta-t-il en posant le pied sur la dernière marche.

Une feuille de papier pliée en deux l'attendait, fixée à la porte par un morceau d'adhésif.

Mon petit Nico,

Ma tante vient de m'appeler. De retour à trois heures. Je t'embrasse partout.

Moineau

P.-S. : J'ai laissé la porte débarrée. Mange, lis, regarde la télé, je te permets n'importe quoi.

Il entra, dépité, erra d'une pièce à l'autre, cherchant malgré lui quelque indice pour démentir la véracité du billet, puis soudain, n'en pouvant plus, il sortit de l'appartement et s'assit dans le corridor sur une vieille chaise oubliée dans un coin, en proie à des pensées funestes.

« Elle me trompe, la petite garce, marmonna-t-il, elle saute nos rendez-vous pour se faire sauter par ce petit trou de cul. »

Des pas montaient dans l'escalier. Il espéra que ce fût elle. Une jeune fille apparut, fort laide et apparemment quelque peu niaise, qui lui jeta un long regard avant de disparaître dans son appartement. Et même une fois qu'elle fut disparue, il continua de sentir sur lui son œil sottement méfiant. Il se leva, dévala l'escalier et se retrouva dans la rue.

— Encore deux heures à attendre, pesta-t-il en consultant sa montre. La garce ! la maudite garce ! Et moi qui ai promis à Géraldine de revenir en début de soirée ! Ma journée est quasiment foutue ! Qu'est-ce que je vais faire, maintenant ?

Sa gorge asséchée le poussa dans un dépanneur où il avala coup sur coup deux bouteilles d'eau minérale. Puis il décida, vieux réflexe déclenché par les tracas de la vie, de se consoler en achetant quelques disques et se retrouva vers une heure devant le disquaire Archambault, rue Sainte-Catherine. Il n'y resta qu'un quart d'heure, car, malgré sa colère, la faim commençait à le tenailler. De nouveau dans la rue, il s'adossa à une vitrine, fouilla dans son sac et se mit à examiner sa nouvelle acquisition ; il s'agissait d'un enregistrement de la troisième symphonie de Rachmaninov par Charles Dutoit et l'orchestre de Philadelphie. Le livret s'ornait d'une photo du célèbre maestro. Il fut frappé par son sourire radieux, débordant de joie. « C'est ainsi que je devrais sourire, se dit-il. C'est irrésistible. Je suis sûr que ma vie en serait changée. »

Et il chercha à l'imiter, insouciant du lieu où il se trouvait. Son expression attira le regard d'un jeune clochard qui s'approcha, la main tendue :

— Vous auriez pas un p'tit vingt-cinq sous de trop, m'sieur ? demanda-t-il, fort poliment, d'une belle voix grave, un peu éraillée.

Repoussant d'une main négligente la mèche mauve de sa longue chevelure platine soigneusement lissée, il inclina un peu la tête, fixant Nicolas de ses yeux bleus extraordinairement vifs et intelligents.

Le journaliste l'examinait, interdit. Son regard allait des yeux magnifiques, subtilement flétris, à la chemise sport, qui, elle, l'était tout à fait, jusqu'aux espadrilles en lambeaux dont la pointe déchirée s'ouvrait comme une gueule, laissant voir des orteils de couleur indéfinissable. Et il se rappela tout à coup avoir aperçu le jeune homme, quelques semaines plus tôt, chez le disquaire Archambault, en train de demander l'aumône à une dame très pomponnée.

— Eh ben! fit le journaliste en fouillant dans sa poche, t'as des problèmes, mon vieux?

— Que voulez-vous? les temps sont durs, fit l'autre avec un large sourire.

Nicolas lui tendit une pièce de monnaie – et soudain un éclair lui traversa l'esprit:

— Écoute, fit-il en le prenant par le bras, je te donnerai dix dollars si tu veux, ou même plus, mais viens d'abord manger avec moi. J'ai à te parler.

— Je regrette, monsieur, répondit l'autre d'un ton sec en se dégageant, mais je ne fais pas la passe avec les hommes, moi.

Nicolas, rougissant, se mit à rire:

— Il ne s'agit pas de ça, voyons. Tes fesses ne m'intéressent pas, j'ai tout ce qu'il me faut, je t'assure. Alors, tu viens? Je t'invite en tout bien tout honneur.

———

Pendant que Nicolas, accompagné du jeune homme, se dirigeait vers Le Père du Spaghetti, boulevard de Maisonneuve, les deux femmes qui partageaient pour l'instant sa vie broyaient du noir chacune dans leur coin et mûrissaient des décisions qui allaient influencer profondément son destin.

Dans son chalet de Mont-Laurier, Géraldine achevait de préparer un pâté au poulet au son du *Requiem* de Mozart, que venaient percer de temps à autre les cris affamés de Sophie et de Frédéric. Elle les entendait à peine, perdue dans de sombres ruminations, rendues encore plus lugubres par la musique de la radio.

Elle aurait eu toutes les raisons du monde de se réjouir du voyage de son mari, qui semblait marquer la fin d'une longue léthargie et la réapparition d'un goût de vivre que son emploi chez Télesphore Pintal n'avait guère stimulé. « Je veux aller vérifier deux ou trois petites choses à Montréal sur Robidoux, lui avait-il dit la veille durant le déjeuner. Lupien est en vacances ; il pourra me donner un coup de main. » Mais son ton faussement désinvolte, son regard fuyant et la précipitation qu'il avait mise à faire ses bagages avaient avivé les doutes qu'elle entretenait à son sujet depuis quelque temps. Un tel désarroi l'avait alors envahie qu'elle l'avait laissé partir sans poser de questions, feignant même une sorte d'indifférence. De toute façon, la présence continuelle des enfants et l'exiguïté des lieux empêchaient toute explication ouverte.

Mais vers deux heures, la nuit précédente, elle s'était réveillée en sursaut, saisie d'une angoisse mortelle ; en vain avait-elle cherché à se rendormir, le sentiment ne cessait de grandir en elle que sa vie allait se briser irrémédiablement. L'homme qu'elle avait d'abord aimé avec une passion si juvénile et sans calcul, puis, les années passant, avec un attachement plein d'indulgence et de tendresse, cet homme s'apprêtait à la repousser loin de lui sans un mot d'éclaircissement. D'où venait ce changement ? Pendant longtemps, sa vie de père de famille et de journaliste avait semblé le satisfaire. Il avait des ambitions modestes, faciles à combler. Tout avait peut-être commencé lors de cette troisième grossesse, interminablement pénible, qui avait failli tourner à la catastrophe ; elle avait mis des mois à se remettre de son accouchement ; Nicolas avait respecté son état, enduré patiemment sa dépression, ses larmes et ses sautes d'humeur ; il s'était chargé de son mieux du roulement de la maison et avait mis une longue parenthèse à ses pulsions physiques (en ce qui la concernait, du moins). Pour tout dire, il était devenu parfaitement correct et irréprochable, mais un peu froid, d'une gentillesse prévisible et un tantinet distraite. Le désert franchi, ils avaient fini par se retrouver, pareils en apparence mais un peu différents, mettant la différence sur le compte de l'habitude et des années, et acceptant le tout avec une résignation amusée. L'attention qu'ils ne se portaient plus allait à leurs enfants, à leur travail. Elle s'était passionnée pour son métier d'enseignante, qui lui donnait davantage de satisfaction. Ce nouvel équilibre était le fruit d'un amour conjugal mûri et plus solide, qui demandait moins de soins, croyait-elle. Et, à ses yeux, Nicolas avait subi la même évolution.

Puis il y avait eu l'échec de son premier recueil de nouvelles, qui avait cruellement juré avec le succès d'un roman de François Durivage. Deux ans plus tard, le second recueil avait connu un succès d'estime, mais les coups de pouce, il est vrai, y avaient joué pour beaucoup. Alors, sans dire un mot, il avait décidé d'abandonner la littérature. Pourtant, la vie continuait comme avant, somme toute agréable, même si elle avait perdu un peu de piquant.

Soudain, il y avait trois ans, l'usure était apparue, comme ces taches de rouille qui crèvent la peinture d'une auto. L'attrait physique qu'elle lui inspirait s'était mis à décliner ; il aimait toujours aussi tendrement ses enfants, mais avait du mal à présent à entrer dans leur monde, s'occupant d'eux de plus en plus par devoir et de moins en moins par plaisir ; c'est à cette époque qu'il avait commencé à rouspéter contre son métier de « spécialiste en médiocrités municipales » ; il avait maintenant l'impression d'écrire toujours les mêmes papiers, de rapporter toujours les mêmes sottises et de baigner dans une mesquinerie et un à-plat-ventrisme qui n'arrivaient même pas à se renouveler ; on lui avait alors fait miroiter une promotion de chef de section, qui n'était jamais venue. L'élan qui l'avait poussé jusque-là, malgré les tracas du métier, à donner le meilleur de lui-même au journal avait commencé à fléchir ; il s'était mis à bâcler son travail, s'attirant peu à peu la condescendance amusée de certains confrères et supérieurs, puis leur mépris à peine voilé. Son départ de *L'Instant* n'aurait pu être longtemps retardé.

Maintenant, rien n'allait plus. Quelque chose était sur le point de casser. La trompait-il ? La trompait-il *en ce moment* ? Il y avait une façon bien simple de s'en assurer : téléphoner sur-le-champ à Longueuil. Il n'aurait sûrement pas poussé le cynisme jusqu'à inviter une femme dans leur lit. Mais s'il se trouvait à la maison, comment expliquer son appel en pleine nuit ? Elle risquait de passer non seulement pour odieuse mais pour un peu timbrée. Le corps parcouru de frissons, les jambes douloureusement tendues, elle se cherchait un prétexte plausible. De la chambre voisine lui parvint alors une légère plainte de sa fille endormie.

Elle se dressa dans son lit :

— Je vais lui dire que Sophie vient de faire un cauchemar et qu'elle veut parler à son père. S'il est là (mon Dieu! pourvu qu'il y soit!), je lui raconterai qu'elle s'est rendormie.

Elle posa les pieds sur le plancher tiède et se dirigea dans l'obscurité vers le salon. Pendant plusieurs minutes, assise près de l'appareil, elle hésita, répétant à voix basse sa petite histoire, modifiant les mots, les intonations, s'efforçant au naturel.

Enfin, la gorge serrée, le cœur battant, elle composa le numéro. La sonnerie résonna une dizaine de fois au bout du fil. Il n'y avait personne à la maison. Elle se leva, retourna à son lit et essaya de se rendormir, se disant qu'il avait peut-être débranché l'appareil. Mais elle n'arrivait pas à se duper. Le désespoir et la rage s'abattirent sur elle; le souffle lui manquait. Elle s'assoyait dans son lit, le visage tordu, les joues ruisselantes, maudissant le jour où elle avait rencontré cet homme qui la traitait aussi cruellement, puis se recouchait, tremblante, anéantie.

À six heures, elle s'habilla et partit sur la route. La nuit n'avait pas réussi à mater la chaleur de la veille. Un ciel gris et lourd fonçait les feuilles des arbres, dont les branches demeuraient immobiles dans l'air inerte, comme épuisées.

Soudain une idée fulgura dans sa tête : et s'il avait passé la nuit chez Lupien ? Il leur arrivait encore parfois de jouer aux adolescents, discutant ou écoutant de la musique jusqu'aux petites heures du matin.

Elle revint au chalet presque à la course et téléphona au journaliste. Le mensonge embarrassé de ce dernier réduisit en miettes ses derniers espoirs. Et, deux heures plus tard, les explications trop élaborées de son mari – elle l'écouta froidement, le questionnant à peine – ne firent qu'enfoncer le clou davantage.

Le reste de l'avant-midi se déroula dans une sorte de brume. Elle allait d'une pièce à l'autre, hagarde, silencieuse, perdue dans ses réflexions, vaquant aux soins du ménage avec des gestes mécaniques, puis s'affalant tout à coup dans un fauteuil, les yeux fermés ; elle respirait avec peine, une douleur intolérable au ventre. Les enfants, retenus au chalet par la pluie qui tombait avec violence, l'observaient sans dire un mot, inquiets.

— Ça va pas, maman ? s'enquit enfin Jérôme. Es-tu malade ?

Elle secoua la tête, essaya de sourire, lui prit la main :

— Ne t'occupe pas de moi. Ça va passer.

« Je suis sûr que papa est au fond de tout ça », se dit l'adolescent en quittant la pièce.

Géraldine sentait que la colère allait bientôt chasser l'angoisse et le désarroi. Et elle avait peur de cette colère, autant pour son feu atroce que pour les actes irréparables qu'elle risquait d'entraîner. Et, tout en préparant le dîner avec des gestes incertains, elle cherchait, désespérée, un moyen d'échapper au remous qui l'attirait sournoisement pour l'avaler.

« Je vais rappeler Lupien, décida-t-elle. Il le connaît depuis si longtemps. Je lui raconterai tout. Il saura peut-être m'aider. Ou au moins m'aider à comprendre. »

Elle fit dîner les enfants en vitesse et, la pluie ayant cessé, envoya Frédéric et Sophie jouer sur la grève, tandis que Jérôme, devenu sombre et grognon, enfourchait sa bicyclette et disparaissait sur la route.

Robert Lupien allait sortir pour acheter de la crème à café (il aimait son café onctueux et très sucré et en buvait beaucoup) lorsque le téléphone sonna. En reconnaissant de nouveau la voix de Géraldine, il comprit aussitôt qu'un moment délicat s'annonçait ; ses joues se creusèrent d'appréhension, son esprit devint frémissant comme de l'eau sur le point de bouillir et ses orteils s'humectèrent encore une fois de sueur.

— Salut, Géraldine ! fit-il en feignant un étonnement joyeux. Cherches-tu encore Nicolas ?

— Non, pas vraiment. Mais c'est à son sujet que je veux te parler.

La tristesse et la gravité de la voix le glacèrent.

— Ah bon... Et de quoi s'agit-il ? Tu as l'air très soucieuse, Géraldine, ajouta-t-il pour gagner du temps et se préparer des mensonges. Qu'est-ce qui ne va pas ?

Il l'entendit prendre une grande aspiration.

« Elle lutte contre les larmes, se dit-il, en proie à un début d'affolement. Mon Dieu, qu'est-ce que je vais dire ? qu'est-ce que je vais faire ? Elle va sentir que je mens. »

— Voilà deux heures que je tourne autour du téléphone en essayant de trouver le courage de t'appeler, Robert, reprit-elle d'une voix tremblante. Au début, je ne pouvais pas supporter l'idée de te mêler à cette histoire. Mais il n'y a personne d'autre que toi, vois-tu, à qui je peux m'adresser, personne.

Lupien sentit ses jambes flageoler. Il se laissa tomber sur une chaise. Son dos et son front ruisselaient de sueur. Ses pieds nus avaient laissé une empreinte humide sur le plancher. Qui devait-il trahir ? Elle ou Nicolas ? Aucun des deux ? Quelque chose poussait derrière son front ; il avait l'impression que son cerveau cherchait à lui sortir par les yeux ; et, en même temps, un vide terrifiant régnait dans sa tête, comme si des radiations mortelles avaient volatilisé ses neurones. Il se sentit soudain complètement dépourvu devant la douleur de cette femme qui s'adressait à lui en piétinant son orgueil. Une sorte de vertige le saisit.

— Géraldine, excuse-moi, mais on vient de sonner à la porte. Donne-moi ton numéro, je te rappelle tout de suite. Une douche, dit-il à haute voix après avoir raccroché, je vais prendre une bonne douche, cela va me remettre les idées en place. Elle veut que je fasse le panier percé, la pauvre. Ah ! quelle histoire, mon Dieu, quelle épouvantable histoire ! Est-ce que je méritais ça ?

Debout dans la douche, la tête inclinée, il regardait les bulles de mousse crever sur sa poitrine noire et velue et l'eau savonneuse filer sur son abdomen puis entre ses cuisses. Il prit une profonde inspiration et la vapeur chargée de parfums d'herbes gonfla ses poumons et lui apporta une sensation de bien-être. Il appuya le front contre la paroi de la douche, ferma les yeux et s'abandonna au déluge d'eau chaude qui l'enveloppait.

Et soudain, le problème se présenta à son esprit avec une clarté saisissante. En couvrant son ami, il lui permettrait sans doute de sauver les apparences et de calmer les doutes de sa femme pour un temps. L'orage passerait. Avec un peu plus de prudence, Nicolas pourrait faire encore un bout de chemin. Mais son mariage apparaissait à Lupien comme irrémédiablement pourri et la rupture, inévitable. Si, par pitié pour Géraldine, il le dénonçait, c'est aux deux conjoints qu'il rendrait service en abrégeant l'agonie d'une union déjà perdue : Géraldine redeviendrait libre et, alors, il pourrait peut-être...

Il s'arrêta, saisi, et se passa la main sur le front pendant qu'une légère sensation de nausée montait dans sa gorge. Non. Jamais il ne ferait ça. D'abord, c'était trop dégueulasse. Et puis, à bien y penser, agir ainsi ne lui attirerait que le mépris de Géraldine le jour où il se pointerait à sa porte comme prétendant. S'il voulait conserver la moindre chance de la conquérir (et cette possibilité lui semblait tout à fait plausible et extrêmement attirante), il devait éviter la délation. Il satisferait ainsi aux exigences de l'amitié tout en servant à long terme ses propres intérêts.

Il sortit de la douche, s'essuya en chantant à tue-tête des airs de *Carmen*, s'inonda les aisselles d'eau de Cologne, peigna soigneusement sa chevelure amincie, choisit sa plus belle chemise, s'habilla et téléphona à Géraldine.

Après quelques détours hésitants, elle lui dévoila les soupçons qu'elle entretenait sur son mari depuis quelques semaines et l'angoisse qui la torturait ; puis, prenant son courage à deux mains, elle lui parla de son appel nocturne et lui affirma son intime conviction que Nicolas n'avait couché ni chez lui ni chez Lupien cette nuit-là, malgré tout ce que ce dernier avait pu lui raconter quelques heures plus tôt :

— Où a-t-il passé la nuit, Robert ? Je t'en supplie, réponds-moi. Quelle femme voit-il ? Depuis combien de temps ? Si tu éprouves un peu d'amitié pour moi, ne me laisse pas ainsi dans le noir, je t'en supplie. Il faut que j'en aie le cœur net, vois-tu... Depuis deux jours, je ne dors plus, je vais et viens comme une automate, les enfants me regardent comme si j'étais devenue folle. Et juste à penser que cela pourrait...

Les larmes l'empêchèrent de poursuivre.

Lupien l'écoutait, profondément ému. Mais, curieusement, sa résolution de garder le secret se renforça et une sorte d'enthousiasme dans le mensonge s'empara de lui, faisant affluer les idées avec une abondance inhabituelle :

— Ma pauvre Géraldine, j'ai l'impression que tu te tortures bien inutilement. Enfin, je ne suis pas son ange gardien, bien sûr, et aucun homme n'est parfait, comme chacun sait, mais je connais tout de même Nicolas depuis quatorze ans, et ce n'est pas le genre d'homme, il me semble, à courir la galipote.

Et il s'employa à la rassurer en lui brossant l'emploi du temps de Nicolas depuis la veille avec force détails, qu'il s'efforçait de mémoriser à mesure afin de pouvoir les transmettre fidèlement à son ami.

Sur le coup, Géraldine se sentit rassurée (elle en avait un tel besoin !). Mais la loquacité inhabituelle de Lupien, d'ordinaire plutôt taciturne et d'élocution lente et malaisée, lui parut bientôt suspecte, comme celle de son mari ; il décrivait l'emploi du temps de ce dernier avec tant de verve et de brio, multipliant les détails et les petites anecdotes, qu'elle devina qu'il mentait — par amitié et solidarité masculine. Elle en fut atterrée, mais essaya de le cacher, le remercia de sa patience et raccrocha.

Et tandis que, debout devant l'appareil, il se frottait les mains en souriant avec le sentiment d'une mission bien remplie, Géraldine, la rage au cœur, pleurait silencieusement dans la cuisine pleine de vaisselle sale, en proie à un sentiment de solitude si absolu et si glacial que les voix de Frédéric et de Sophie, qui revenaient au chalet en se chamaillant, lui apportèrent un soulagement.

— Maman ! maman ! criait Sophie, Frédéric a essayé de me pousser dans le lac !

Elle s'épongea rapidement les yeux avec un linge à vaisselle :

« Et si je téléphonais à ma tante Pintal ? Elle saura peut-être me conseiller. »

Debout dans l'embrasure, ses enfants l'observaient, intrigués.

Depuis une heure, Moineau était assise, silencieuse, dans une chambre remplie de pénombre à l'hôpital Notre-Dame. Elle écoutait la respiration d'un jeune homme endormi, qu'on avait hospitalisé d'urgence dans l'avant-midi après qu'il eut tenté une seconde fois en six mois de s'ouvrir les veines avec un couteau à pain. Cette fois-ci, il avait bien failli réussir. C'est à sa vieille voisine de l'appartement d'en dessous qu'il devait la vie. Un être doux et inoffensif, mais affligé d'une curiosité maladive qui la poussait à espionner ses voisins pour meubler ses journées vides. Passant de pièce en pièce et de fenêtre en fenêtre, collant son oreille aux murs et parfois même aux plafonds, notant minutieusement les visites, les sorties, les coups de téléphone, l'heure du courrier et l'arrivée des livreurs, elle pouvait suivre à la minute l'évolution de leurs différents destins. Si la bonne dame ne s'était trouvée la tête à demi engagée dans le puits d'aération qui faisait communiquer entre elles les trois salles de bains de l'immeuble, personne n'aurait entendu les phrases incohérentes, les soupirs, puis les râles du jeune homme de l'appartement 204, qui avait décidé encore une fois que les minables allocations de l'assistance sociale ne constituaient pas une raison suffisante pour continuer à traîner ses bottines sur cette chienne de planète qui n'avait rien d'autre à offrir que de la pollution et le mépris des fonctionnaires, chargés de vous rappeler à tout moment que vous n'étiez qu'un flanc-mou, un crosseur et sans doute un drogué (ce qu'il était, en effet).

À présent, un goutte-à-goutte accroché au-dessus de sa tête lui fournissait la paix et le sommeil dont il avait un si pressant besoin.

À son arrivée, Moineau avait demandé à voir le psychologue chargé de son ami, mais une rencontre n'avait pu être fixée que trois jours plus tard. Alors, elle s'était assise près du lit dans un immense fauteuil de cuir vert et attendait que José se réveille, tout en redoutant ce moment, car elle ne savait que lui dire.

Il venait de bouger la tête avec un faible gémissement, les yeux fermés, dormant toujours. Dans la pénombre, Moineau observait son visage aux traits tirés, son petit nez aux lignes délicates et enfantines, que contredisaient une bouche large et ferme et un menton carré, un peu massif. Elle se rappela les trois mois de leur vie commune, puis leur rupture à la suite d'une scène terrible où José, bourré de cocaïne (et de Dieu sait quoi encore) l'avait sauvagement battue, puis s'était jeté à ses pieds en pleurant pour lui demander pardon.

Ce soir-là, elle s'était réfugiée auprès de Denise, la copine chez qui elle habitait encore. Dans les jours qui avaient suivi, il l'avait harcelée au téléphone, la suppliant de revenir, lui assurant qu'il avait abandonné à tout jamais la coke et toutes ces cochonneries. Mais elle avait peur de lui désormais et ne pouvait supporter l'idée de se trouver endormie à ses côtés. Pourtant, un mois plus tard, ils s'étaient revus. Entre-temps, le jeune homme s'était trouvé du travail comme manutentionnaire chez un fabricant d'appareils électriques et avait cessé, semblait-il, de boire et de se droguer. Elle l'avait trouvé plus calme, et même affectueux, mais toujours avec ce vacillement angoissé au fond des yeux qui montrait qu'au fond rien n'était réglé. Il s'était réconcilié avec son vieux père, venu de Gaspésie jusqu'à Montréal pour tenter en vain de le ramener à la maison. Elle avait passé la soirée chez lui, ils avaient fait l'amour et cela avait été agréable comme autrefois, mais elle avait refusé de dormir à l'appartement et l'avait quitté sur la promesse de revenir, ce qu'elle avait fait de temps à autre pendant quelques semaines. Il travaillait toujours à son entrepôt et faisait des efforts héroïques pour «se tenir debout sur ses deux jambes», comme il disait. Elle ne l'avait vu éméché qu'une seule fois et il jurait n'avoir jamais retouché à la drogue, malgré toutes les pressions qui s'exerçaient sur lui – et le dur sevrage qu'il traversait, de toute évidence. Leurs rencontres s'étaient rapprochées.

Puis elle avait connu Nicolas et tout s'était compliqué. En apprenant sa liaison avec un homme de quarante ans, il l'avait calmement traitée de putain. Une colère l'aurait moins blessée.

— Eh ben, je pense que nos chemins se quittent, avait-il ajouté. Bonne chance avec ton vieux. Fais-le dépenser le plus possible. Ça te consolera du reste.

Et il s'était éloigné, la tête haute, le pas nonchalant, les mains dans les poches.

Ils avaient été longtemps sans se revoir. Elle pensait parfois à lui. L'attirance que lui inspirait ce beau garçon avait survécu aux coups, aux insultes et à la peur.

Puis, quelque temps après le départ de Nicolas et de sa famille pour Mont-Laurier, Moineau l'avait croisé un soir dans un café où elle était allée prendre un verre avec une copine de travail. Il était un peu ivre, et quelque chose de fiévreux et de fixe dans son regard indiquait qu'il n'avait pas fait que boire. Il s'était approché, avait demandé la permission de s'asseoir à leur table, puis lui avait demandé de but en blanc si elle voyait toujours son vieux. À sa réponse affirmative, il s'était contenté de sourire, puis avait changé de sujet. Après avoir bavardé quelques minutes de choses et d'autres, il s'était levé et avait quitté l'établissement.

Le lendemain, en revenant de son travail, elle trouvait un billet devant la porte de son appartement. Il s'excusait pour les dures paroles qu'il avait eues à son égard, lui demandait la faveur d'un rendez-vous et laissait un numéro de téléphone. Après trois jours d'hésitation, elle l'avait finalement appelé et avait accepté d'aller le retrouver chez lui, à son nouvel appartement. L'endroit était sale, pauvrement meublé, et lui, plus pitoyable que jamais, en proie à une écrasante tristesse. Elle n'avait pu résister à ses avances, puis l'avait amené manger dans un restaurant du coin, car il était affamé et sans travail depuis plusieurs semaines. Chose courante chez bien des femmes, la pitié qu'il lui inspirait renforçait son attachement. Mais elle avait refusé encore une fois de passer la nuit avec lui et, malgré ses supplications, l'avait quitté vers minuit, fort soucieuse de son état. Elle ne voulait plus le voir, le considérant comme un homme perdu, mais son cœur, semblait-il, en jugeait autrement.

Le lendemain, il lui avait téléphoné au travail pour emprunter de l'argent. Elle lui avait demandé sèchement s'il la prenait pour une gourde.

— Si tu veux absolument continuer à te détruire, au moins paye de ta poche.

Il avait protesté qu'elle se trompait, que s'il avait pris un peu de coke la veille, c'était tout à fait accidentel, qu'il avait besoin d'argent pour s'acheter des vêtements en prévision d'une entrevue avec un éventuel employeur, que les choses s'annonçaient bien et qu'il avait hâte de se remettre au travail. Sa vie avait changé pour le mieux, lui assurait-il.

Elle ne le crut pas et refusa de lui avancer le moindre sou. Il raccrocha et ne donna plus de ses nouvelles. Jusqu'à ce matin-là.

À sept heures, Moineau s'étirait dans son lit, toute somnolente et alourdie de chaleur, en pensant à sa soirée de la veille avec Nicolas et à la belle journée qui s'annonçait (il l'amènerait sûrement au restaurant et commanderait une bonne bouteille de vin et ensuite, ensuite, on retournerait à l'appartement et... wow!) – lorsque l'hôpital Notre-Dame téléphona. On venait d'hospitaliser d'urgence un certain José Turcot, qui la réclamait instamment. Grave? Oui, très grave.

Et elle se retrouvait dans cette chambre pleine de pénombre, face à ce jeune homme aux allures à la fois rudes et curieusement aristocratiques, et qu'elle aurait aimé avec tant de passion s'il avait eu un peu plus de talent pour le bonheur.

Soudain, elle s'aperçut qu'il avait ouvert les yeux. Son regard embrumé flottait sur elle, indécis, cherchant à se fixer et n'y arrivant pas. Ses lèvres bougèrent.

Elle se leva d'un bond et se pencha sur lui.

— Je savais que tu viendrais, murmura-t-il dans un souffle. C'est gentil.

Elle posa la main sur sa joue, les yeux pleins de picotements.

— J'suis un con, ajouta-t-il au bout d'un moment. Un pauvre p'tit con.

Elle porta un doigt à ses lèvres :

— Tss tss... Il faut te reposer à présent. T'auras tout le temps de te lancer des bêtises plus tard...

Il ferma les yeux et parut s'endormir. Mais, tout à coup, il eut un sursaut et, de sa main libre, lui saisit le bras :

— Moineau, haleta-t-il, faut que tu viennes avec moi en Gaspésie... J'ai besoin de toi... Non, ne refuse pas tout de suite, laisse-moi t'expliquer... Tu resterais seulement quelques semaines, le temps que je me réhabitue… Montréal est en train de me tuer, Moineau, comprends-tu ? Est-ce que tu veux venir ?

Elle le fixait, interdite, tandis que deux larmes s'allongeaient sur sa joue.

———————

Après avoir englouti deux bols de soupe minestrone et une énorme portion de lasagne accompagnée de poivrons et de champignons frits, le jeune robineux s'affala sur sa chaise, porta la main à sa bouche pour masquer un rot, puis sourit à Nicolas :

— Ouf… ça fait du bien… Je n'avais pas mangé à ma faim depuis une semaine… C'est le ciel qui vous a envoyé, comme on dit dans les grands livres.

— Tu peux aller te resservir, si tu veux. C'est à volonté.

— À volonté ? Alors, je veux bien, moi.

Il revint avec deux assiettes, l'une débordante de fettuccine aux fruits de mer, l'autre, plus petite, remplie d'olives noires et de bâtonnets de carottes.

— Celle-ci pour le ventre, celle-là pour la santé, fit-il en les déposant sur la table. Je me magane un peu depuis quelque temps.

Nicolas commanda du café, puis, se penchant vers son compagnon :

— Comment t'appelles-tu ?

— Chien Chaud.

— Chien Chaud ?

— Eh oui, c'est le surnom qu'on me donne. Sans doute parce que je peux me montrer pas mal chien – avec ceux que je n'aime pas, j'entends – et que je suis pas mal chaud, dit-on – avec les femmes, bien sûr, se hâta-t-il d'ajouter dans une deuxième mise au point dictée par la prudence. Et vous, c'est quoi, votre nom ?

— Nicolas Rivard. Je suis journaliste.

— Journaliste ? Beau métier, ça.

Et il s'absorba dans la dégustation de ses fettuccine.

— Quel âge as-tu ? reprit Nicolas.

— Ah bon. Vous voulez mon curriculum vitæ? Allons-y.

Il avait dix-sept ans, était né à Montréal d'un père neurologue et d'une mère gynécologue qui travaillaient dans la métropole et avaient acheté cinq ans plus tôt une superbe gentilhommière dans le sud de la France, près de Manosque. Il avait quitté la maison familiale avec l'accord forcé (en quelque sorte) de ses parents et vivait une vie d'aventures et de mésaventures, subvenant du mieux qu'il le pouvait à ses besoins. Il téléphonait à ses parents une fois par semaine (promesse oblige), mais ne les avait pas vus depuis deux mois. Il avait un frère et une sœur aînés, aussi yé-yé que des sénateurs impotents.

— Et pourquoi as-tu quitté ta famille et choisi de vivre ainsi ?

— Parce que, répondit-il en haussant les épaules avec un air de profonde insouciance.

Puis il se mit à rire et ajouta :

— Je ne fais pas de confidences aux étrangers.

Nicolas retint une grimace :

— J'en prends note. Veux-tu un autre café ? Ou un verre de lait, peut-être ?

— Je prendrais bien un dessert, répondit l'autre en sauçant son plat de fettuccine avec un morceau de pain.

Puis il se leva et revint avec une énorme portion de pouding chômeur.

— À ce que je vois, il était temps que tu me rencontres ! s'exclama Nicolas en riant.

— Ouais, c'est vrai... j'en arrachais un peu depuis une semaine... Mais là, je me suis remplumé pour trois jours. Vous êtes marié, vous ? Vous avez des enfants ?

— Oui, répondit Nicolas, un peu attristé par ce vouvoiement qui ne cessait de lui rappeler sa jeunesse partie en fumée, une fille et deux garçons, dont un qui a presque ton âge. Mais je pense que le moment est venu de t'expliquer pourquoi je voulais te parler.

L'autre s'arrêta de manger et posa sur lui un regard attentif.

Nicolas lui annonça qu'il menait une enquête dans le domaine de l'environnement. En fait, il essayait de mettre au jour un scandale. Mais les escrocs avaient l'œil vif et la main leste, et les preuves étaient difficiles à trouver. Pour y arriver, il fallait utiliser des procédés... inusités. Le ministre – car il s'agissait d'un ministre – se rendait chaque vendredi chez un acolyte à Notre-Dame-de-Grâce, sans doute pour y discuter de ses affaires. Il en ressortait habituellement tard dans la soirée. Il fallait lui tendre un petit guet-apens et s'emparer de sa mallette, où se trouveraient sûrement des documents fort intéressants. Étant donné les circonstances, l'homme n'oserait jamais porter plainte. L'opération ne comportait aucun risque, se ferait sans violence (ou si peu!) et rapporterait une bonne somme à qui s'en chargerait.

Nicolas avala une gorgée de café, puis :

— Comme tu m'as l'air déluré, j'ai pensé à toi. Qu'en dis-tu ?

— En somme, conclut Chien Chaud en repoussant son assiette, vous cherchez un jeune cave pour faire un sale coup ?

— Pas tout à fait, protesta Nicolas qui craignait déjà d'avoir trop parlé. Je serai moi aussi sur les lieux pour t'aider ; mais je ne peux pas me charger moi-même de l'opération : je suis trop connu, vois-tu. Il faudrait me masquer, ça mettrait l'autre en alerte et tout se compliquerait.

— Combien offrez-vous ?

— Beaucoup d'argent, répondit Nicolas, déconcerté (il n'avait pas réfléchi à la chose).

— C'est-à-dire ?

— Je ne sais pas, moi... Tout se discute. Mais auparavant, je veux savoir si ça t'intéresse...

Chien Chaud promena méticuleusement sa cuillère dans le bol pour recueillir les dernières gouttes de sauce au caramel, se lécha lentement les lèvres, puis, d'un air de profonde gravité qui fit sourire Nicolas :

— Hum... il faudrait que j'y réfléchisse. J'ai peur de me faire avoir.

Il sentit alors le besoin d'atténuer l'effet de ses paroles :

— En tout cas... vous ne m'avez pas l'air d'un crosseur...

— Il n'y a pas d'attrape. La chose est telle que je te l'ai décrite. On sera dans le même bateau, mon vieux. Si jamais t'accroches un récif, je coulerai avec toi. Mais il n'y aura pas de récifs, se hâta-t-il d'ajouter.

L'autre haussa les épaules :

— On dit ça... Combien offrez-vous ? insista-t-il.

— Je ne sais pas, moi... Mille dollars... peut-être un peu plus.

Chien Chaud en parut tout saisi.

La serveuse s'approcha avec l'addition et demanda si le repas avait été au goût de ces messieurs. Nicolas paya, laissa un pourboire qui amena un sourire extasié aux lèvres de la brave femme (c'était dans le but d'impressionner son compagnon, car il était plutôt pingre sur ce chapitre), et ils sortirent.

Pendant un moment, le tapage de la rue et la violence du soleil les étourdirent. Ils se regardaient en silence, comme écrasés par la masse énorme de la Place Dupuis qui irradiait une lumière blanche et dure.

— Et alors ? Ça marche ? fit Nicolas en donnant une petite tape sur l'épaule de son compagnon. On procéderait au cours de l'été. Je t'avertirais quelques jours à l'avance.

Chien Chaud lissait machinalement ses longs cheveux, l'œil songeur. Dans la lumière implacable qui le baignait, son visage ne donnait pas tout à fait l'impression de jeunesse invulnérable qui éclatait, par exemple, dans celui de Moineau. Était-ce son regard un peu las ? De subtiles bouffissures autour de la bouche et du menton ? L'imperceptible apparition d'une ride près des ailes du nez ? On avait le sentiment que le temps s'était trouvé des alliés puissants dans son sournois travail de destruction.

— Ça m'intéresse, dit-il enfin. Mais il faudrait quand même que j'y pense encore un peu.

— Quand peut-on se voir ? Où habites-tu ?

Un sourire malicieux souleva les commissures de Chien Chaud :

— Ça, c'est mon secret. Si vous voulez, on pourrait se rencontrer demain à...

— Impossible, coupa Nicolas, je quitte Montréal ce soir pour deux semaines. J'aimerais une réponse bien avant ça.

Il sortit un calepin, déchira une feuille, griffonna dessus un numéro de téléphone et la lui tendit :

— Laisse un message sur mon répondeur à Longueuil. Je peux l'écouter à distance.

Ils se tendirent la main et Nicolas s'éloigna vers la station de métro, repris tout à coup par sa colère contre Moineau.

— Hé! cria Chien Chaud en s'arrêtant au milieu de la rue.

Nicolas se retourna.

— Je suis quasiment d'accord!

«Ce qui veut dire que tu l'es», pensa le journaliste, un sourire aux lèvres, en poursuivant sa marche.

Il allait pénétrer dans la station lorsque son regard tomba sur une rangée de téléphones publics au coin de la rue. Il se dirigea vers l'un d'eux :

— Robert? J'ai mal réagi tout à l'heure, excuse-moi. À bien y penser, ton idée pourrait marcher. Je viens de rencontrer un jeune homme qui ferait l'affaire, je crois. C'est une sorte de robineux, mais déluré comme dix et qui se fiche de tout, sauf de l'argent, bien sûr. J'ai presque son accord. J'aimerais que tu le rencontres, pour avoir ton impression.

Lupien ne manifesta qu'une satisfaction mitigée et, sur un petit ton détaché, conseilla à son ami de s'occuper plutôt de sa femme :

— Elle vient de me rappeler. Ton escapade est découverte, mon vieux, et c'est au Vésuve en éruption que tu vas parler ce soir. J'ai eu beau...

— Comment sait-elle? Que lui as-tu dit? coupa Nicolas d'une voix étranglée.

— J'ai menti tant que j'ai pu – et plutôt bien, je crois – mais ce n'est pas une gourde, comme chacun sait. Tu aurais intérêt à repasser derrière moi pour achever mon travail – et surtout à remonter au plus sacrant à Mont-Laurier.

Et, pour que leurs deux versions concordent, il lui raconta en détail sa conversation avec Géraldine. Nicolas le remercia et descendit dans le métro comme s'il descendait dans sa tombe.

— Qu'est-ce que je vais faire ? Qu'est-ce que je vais dire ? marmonnait-il en se tripotant fiévreusement le nez. Ah ! tu ne changeras jamais, pauvre imbécile... dès qu'il y a un tas de crottes aux alentours, tu te plantes les pieds dedans...

Ses aisselles brûlantes lui envoyaient des bouffées acides. Le long de ses jambes, des milliers de picotements venaient de s'éveiller et allaient s'épanouir dans l'aine. Il jeta un regard circulaire pour voir si on l'observait et se gratta longuement. L'infirme du métro se trouvait à son poste habituel. Nicolas fouilla péniblement dans sa poche humide de sueur et déposa un billet de cinq dollars tout chiffonné dans la boîte de conserve, animé par l'espoir enfantin que son geste amadouerait le ciel, ou ce qui en faisait office. L'homme releva la tête avec un spasme et lui envoya un sourire tordu, le regard rempli d'une insoutenable expression d'enfermement. Dans son visage anormalement rose et luisant, la moustache finement taillée se détachait avec une élégance grotesque.

Le journaliste se hâta de poursuivre son chemin :

— Qu'est-ce que je vais dire à Géraldine ? grommelait-il. Comment ne pas me trahir ? Dieu ! que je suis écœuré ! Maudite queue ! Quelle idée de nous avoir mis ça entre les jambes... J'envie les amibes.

Il passa devant une seconde rangée de téléphones, mais ne se sentit pas le courage d'appeler sa femme. Malgré l'angoisse et le dégoût de lui-même qui l'habitaient, il n'avait qu'un désir : se retrouver avec Moineau pour recevoir ses explications et calmer ainsi l'inquiétude et la colère qu'avait fait naître son absence.

———•———

Ce fut une dure fin de journée. Quand Moineau arriva chez elle avec une heure de retard, toute bouleversée encore par sa visite à l'hôpital et anxieuse de l'accueil qui l'attendait, Nicolas avait réussi, après une longue recherche, à trouver les coordonnées de sa tante dans un carnet téléphonique et la bonne dame, tout étonnée, lui avait appris qu'elle n'avait pas vu sa nièce depuis une semaine.

— Et alors, éclata-t-il en la voyant apparaître, t'es-tu bien amusée ? Il a un beau cul, ton ami ? Oh ! pendant que j'y pense : ta tante te fait dire bonjour. Elle s'ennuie de toi, figure-toi donc.

Moineau ramena les bras derrière elle, s'adossa contre la porte et leva le menton :

— Est-ce que je te dois des comptes ? Tu n'es pas mon père, que je sache... même si t'en as l'âge, ajouta-t-elle perfidement.

Il la regarda en silence, puis se dirigea droit sur elle et la poussa de côté pour ouvrir la porte.

Elle s'accrocha à lui :

— Non ! non ! excuse-moi ! Laisse-moi t'expliquer.

Puis elle fondit en larmes, lui raconta la tentative de suicide de son ami, sa visite à l'hôpital et la liaison intermittente et tumultueuse qu'elle avait eue avec lui durant quelques mois. Mais elle se garda bien de lui parler de la demande qu'il lui avait faite de l'accompagner en Gaspésie.

— Je le savais, je le savais, ne cessait de répéter Nicolas, sombre et triomphant. Pour qui me prends-tu ? Un cave ? J'avais tout deviné.

— Oui, mais c'est toi que je préfère, répondit-elle en se jetant dans ses bras, ce qui amena un sourire ému aux lèvres d'un vieil électricien appelé pour réparer un plafonnier dans le corridor et qui écoutait la scène, immobile de l'autre côté de la porte, ravi d'entendre une scène de ces romans Harlequin qu'il dévorait en cachette.

Ils se réconcilièrent, passèrent à la cuisine, piquèrent une nouvelle querelle, se réconcilièrent de nouveau, mais quand Nicolas, ayant tout oublié, tout pardonné, lui proposa tendrement d'aller sceller leur raccommodement dans la chambre à coucher, elle refusa avec douceur mais fermeté, brisée d'émotion, n'aspirant plus qu'au sommeil pour oublier cette journée terrible et la réponse qu'elle devait donner le lendemain à José.

Il la quitta, frustré mais rasséréné, et fort inquiet de l'humeur de Géraldine. En route vers le terminus Voyageur, d'où un autocar partait pour Mont-Laurier en début de soirée, il songea que le récit de sa rencontre avec Chien Chaud lui permettrait sans doute de calmer pour un temps les suspicions de sa femme, car la vérité dite avec candeur convainc mille fois plus que les mensonges les mieux ficelés et permet, en outre, d'en refiler quelques-uns. En attendant le départ, il soupa sur place d'un sandwich à la viande fumée et d'un muffin, puis se plongea dans la lecture d'un roman policier, qu'il ne referma qu'à la fin du voyage.

Frédéric tournait à bicyclette devant le chalet quand il descendit du taxi.

— Maman est couchée, lui annonça l'enfant. Elle ne file pas bien.

— Où est Sophie ?

— Couchée avec maman.

Assis sur la véranda, ses *Contes de Sébastopol* à la main, Jérôme lui jeta un curieux regard et répondit à peine à son salut.

Nicolas pénétra dans la cuisine et sursauta. Le comptoir jonché d'ustensiles et d'assiettes sales, la table couverte de miettes, les tiroirs entrouverts et le plancher parsemé de taches parlaient avec éloquence du désarroi de Géraldine, habituellement si méticuleuse et ordonnée. Il demeurait immobile sur le seuil, son anxiété décuplée, indécis sur ce qu'il allait faire. L'annonce de sa rencontre avec le jeune clochard lui paraissait à présent futile et insignifiante.

Au bout d'un moment, il se dirigea vers la chambre et resta de nouveau sur le seuil, essayant de percer l'obscurité où il apercevait confusément des formes étendues sur le lit.

Un soupir lui parvint.

— Géraldine ? murmura-t-il d'une voix hésitante. Ça ne va pas ?

Elle se dressa brusquement et alluma la lampe de chevet. Son visage bouffi, ses yeux rougis, la dureté de son expression lui apprirent immédiatement que toutes les explications du monde ne lui feraient pas éviter la scène, qui s'annonçait terrible. Il porta son regard sur Sophie endormie, le visage à demi enfoncé dans un oreiller, et un sentiment de désespoir l'envahit, lui faisant perdre ses moyens.

— Je sais tout, lui dit-elle en le fixant d'un œil impitoyable. La nuit passée, tu n'as pas couché à Longueuil – ni chez ton ami Lupien. Tu me trompes. Tu me trompes depuis longtemps. Je l'avais deviné. Ce soir, j'ai le courage de te le dire.

— Qu'est-ce que tu vas chercher là ? balbutia-t-il. Je ne comprends pas ce que tu dis. Robert t'a pourtant...

— Ton ami Robert ne sait pas mentir. Il fait de son mieux, mais il n'y arrive pas. Tu devrais lui donner des leçons. Non, fit-elle en l'interrompant d'un geste, laisse-moi parler. *Je sais* que tu me trompes. Je ne sais pas encore avec qui, mais ça n'a plus vraiment d'importance. Que tu aies une, deux ou cinq cents maîtresses, pour moi, c'est du pareil au même.

— Géraldine, supplia-t-il en montrant Sophie qui s'agitait en soupirant.

— Qu'est-ce que ça peut bien te faire ? Tu te fiches d'elle comme tu te fiches de moi et de nous tous, espèce de salaud !

Il contourna le lit, se pencha au-dessus de sa fille, qui venait d'ouvrir les yeux, et l'emporta tandis que sa femme plongeait son visage dans l'oreiller, les épaules agitées de secousses.

— Maman est fâchée ? demanda Sophie d'une voix éraillée par le sommeil.

— Elle a de la peine.

— Elle a de la peine à cause de toi ?

— Non. Je ne sais pas. Il faut que j'aille lui parler. Fais un beau dodo, ajouta-t-il en soulevant les couvertures et la glissant dans son lit.

— Pourquoi elle a de la peine ? insista l'enfant.

Il l'embrassa sur une joue et s'éloigna :

— Je ne sais pas. On en reparlera demain. Ne t'inquiète pas, ce n'est pas grave. Fais de beaux rêves.

Il alla retrouver Géraldine, referma soigneusement la porte et se mit à l'inonder de paroles. Jamais il n'avait déployé autant d'éloquence. Une sorte de griserie s'était emparée de lui. Elle l'écoutait en silence, le visage défait, l'expression méchante et butée, ripostant soudain avec férocité. La scène dura longtemps. Malgré l'heure tardive et sa fatigue, Frédéric continuait de tourner inlassablement à bicyclette sur la pelouse. Une sorte d'instinct l'empêchait de pénétrer dans le chalet, d'où lui parvenaient de temps à autre des éclats de voix assourdis. Jérôme ne s'occupait aucunement de lui. Toujours assis sur la véranda, les sourcils légèrement froncés, il s'enfonçait avec obstination dans le siège de Sébastopol, bien décidé à ne pas se laisser atteindre par ces choses confuses qui se déroulaient à deux pas de lui et dont il devinait la tristesse et la grande laideur.

Vers minuit, Nicolas sortit de la chambre, les traits pâles et tirés, alla à la salle de bains, puis revint se coucher près de sa femme. Immobile et crispée à l'autre extrémité du matelas, elle fixait le plafond d'un regard vide, complètement retirée au fond d'elle-même, essayant de se rapetisser le plus possible pour atteindre l'oubli et l'anéantissement.

Pendant longtemps Nicolas avait souhaité un changement dans sa vie, qu'il trouvait morne et sans avenir. Cela venait de se produire.

12

À LA FIN DE JUILLET, les météorologues annoncèrent que la canicule qui avait transformé le Québec en fourneau allait lâcher prise, chassée par un courant d'air froid en provenance de l'Arctique ; mais il n'en fut rien. Sur son île chauffée à blanc, Montréal cuisait, résignée. On se demandait où ses gratte-ciel trouvaient encore l'énergie de dresser leurs formes dures et brillantes à travers la vapeur blanchâtre qui flottait sur la ville comme une âme en train de la quitter. Malgré le retour de vacances de milliers de citadins, les rues n'avaient pas retrouvé leur animation coutumière. Elles s'allongeaient, presque vides, exhalant une puissante odeur de bitume sous l'impitoyable soleil. Les autos semblaient rouler plus lentement, comme atteintes, elles aussi, par la lassitude générale. Le feuillage des arbres avait pris une coloration vert poudre inquiétante et, au toucher, les feuilles se montraient molles et sans vie. Le long des trottoirs, entourés de béton et d'asphalte, leur pied encerclé par une grille de fonte, les jeunes arbres agonisaient, leurs branches chaque jour un peu plus dénudées, car les préposés à l'entretien n'arrivaient pas à les abreuver suffisamment. Les restaurants végétaient, délaissés par les employés de bureau qui, plutôt que de se plonger dans l'air surchauffé, préféraient manger un sandwich sur les lieux de leur travail en profitant de la climatisation. À plusieurs endroits, on retira la soupe du menu, car presque personne n'en demandait. Les cinémas, par contre, transformés en frigidaires, faisaient des affaires d'or – et les pharmacies également, où se pressaient de plus en plus de clients atteints de grippe ou de maux de gorge à cause d'un chaud et froid.

Au service psychiatrique de l'hôpital Notre-Dame, José Turcot, dont l'état avait été jugé grave et nécessitant des soins prolongés, suait comme un galérien et sacrait comme trois charretiers, soupirant après son congé. Depuis qu'on le soignait aux antidépresseurs, la vie lui apparaissait dans un magnifique chatoiement de couleurs et il mourait d'envie de s'y replonger. Mais la vie se trouvait de l'autre côté de ces maudits murs blancs entre lesquels on le tenait enfermé depuis trois semaines afin qu'il ait le privilège, une fois tous les quatre jours, de s'entretenir de son «vécu» avec un homme barbu en chienne blanche et portant cravate qui, assis derrière son bureau, la parole et le geste rares, le fixait avec un sourire fade durant d'interminables minutes et essayait de lui tirer les vers du nez en le forçant à meubler le silence.

Jérôme, lui, avait eu la chance inouïe, la saison pourtant si avancée, de se trouver un emploi à L'Incrédule, un petit bar laitier à deux rues de chez lui, où il travaillait quelques soirs par semaine. Cela lui permettait de gagner un peu d'argent de poche et surtout de quitter la maison, où l'atmosphère était devenue franchement irrespirable.

Deux jours après le retour de son père, la famille avait quitté le chalet avant même la fin de la location. Selon la version officielle, «Géraldine avait des cours à préparer pour la rentrée». Mais il suffisait d'ouvrir les yeux pour connaître la vraie raison : ses parents avaient peine à rester plus de cinq minutes ensemble dans la même pièce.

Jérôme trouvait un autre avantage à son nouvel emploi : la présence de Marie-Christine, sa camarade de classe qui avait commencé à travailler à L'Incrédule au début de l'été. Il la connaissait depuis deux ans, mais sa beauté l'avait toujours effarouché – sa beauté et la demi-douzaine de garçons qui lui tournaient autour, rivalisant d'esprit et de gentillesse (ou parfois de grossièreté) pour attirer son attention. Marie-Christine n'avait pas de «régulier», mais appréciait la compagnie des garçons et sortait parfois avec l'un ou l'autre.

Dans le local exigu où ils travaillaient, trempés de sueur au bout de quelques minutes, Jérôme ne pouvait, bien sûr, l'éviter et ne cherchait pas à le faire, car il avait été aussitôt conquis par sa douceur et les sourires qu'elle lui adressait quand leurs regards se croisaient. Alors il s'était mis lui aussi à faire de l'esprit.

Moineau, elle, croyait être sur le point de perdre le sien. Tout allait mal – et de pire en pire, semblait-il. Au café où elle travaillait, le patron venait d'engager son neveu comme assistant ; c'était un obèse arrogant aux avant-bras couverts de psoriasis qui lui faisait une cour impitoyable, et dont elle ne savait comment se dépêtrer. Elle aurait bien aimé lui répondre par une rebuffade, mais il fallait être prudent, car, pour des raisons obscures, le patron éprouvait envers l'individu une estime incommensurable. Et quand elle quittait le travail, accablée de chaleur et de fatigue, c'était pour se rendre en secret à l'hôpital Notre-Dame où José la réclamait tous les jours et lui faisait des scènes de jalousie, car il refusait de croire (et avec raison) qu'elle avait rompu avec son « p'tit vieux ». Puis, après sa visite, il fallait le plus souvent remonter le moral à ce pauvre Nicolas venu (en secret lui aussi) à son appartement pour épancher ses peines en buvant de grandes quantités de limonade glacée. Alors, parfois, le soir, quand elle se retrouvait dans un bain, essayant de se rafraîchir, et qu'elle pensait à sa vie des derniers mois, l'idée même d'une présence masculine prenait dans son esprit une allure de catastrophe.

Enfin, pour couronner le tout, Denise, lassée à la fin de passer d'interminables soirées dans sa chambre devant la télé pendant que Moineau recevait son amant, lui avait annoncé l'avant-veille qu'elle déménageait chez une amie, lui laissant du coup toute la charge du loyer.

— Je m'enfonce dans le noir, avait constaté ce soir-là une Moineau découragée en se couchant toute seule dans son lit.

C'était aussi le sentiment qui habitait Nicolas depuis son escapade à Montréal. Chaque fois qu'il se retrouvait avec sa femme, loin des oreilles des enfants, il s'attendait à l'annonce d'un divorce. Aussi faisait-il l'impossible pour éviter tout tête-à-tête, partant tôt le matin et ne se mettant au lit qu'une fois Géraldine endormie. Il ne pouvait se résoudre à une rupture définitive, et cela pour bien des raisons : l'amour affaibli mais toujours tenace qu'il portait encore à sa femme, le traumatisme qu'auraient à supporter les enfants, le sentiment de la fragilité de ses liens avec Moineau – et surtout la peur de l'inconnu. Mais, en même temps, la force lui manquait pour changer de conduite.

Et c'est ainsi qu'il avait invité Lupien un soir à Longueuil pour lui faire part de ses tourments dans un coin retiré de la terrasse du Toulouse.

— Mon cher, branche-toi ou pends-toi, lui avait répondu son ami, excédé par ses états d'âme. On ne peut pas être à la fois à Paris et à Rio, courir la galipote et avoir des visions de la Sainte Vierge, travailler pour la Croix-Rouge et vendre des canons. Pour dire la vérité, tu te couvres de ridicule et tu es en train d'épuiser ma patience.

Mais l'agacement de Lupien venait surtout du fait que Nicolas, accablé par ses problèmes matrimoniaux, avait perdu tout intérêt pour son enquête et parlait même encore une fois de l'abandonner. Il n'avait pas revu Chien Chaud malgré les deux messages que ce dernier lui avait laissés sur son répondeur et dans lesquels il annonçait « qu'on pouvait toujours le rencontrer vers la fin de l'après-midi, rue Sainte-Catherine, en face du restaurant Da Giovanni, sauf le dimanche ».

— De toute façon, se défendait Nicolas, même si je voulais poursuivre, je me demande où j'en trouverais la force : depuis mon retour de vacances, je travaille à me crever le cerveau. Je ne sais pas si c'est l'effet de ses nouveaux médicaments contre l'asthme, mais mon oncle est parti à la conquête de l'Univers. Si je l'écoutais, je coucherais au bureau et je traînerais un téléphone jusque dans les toilettes.

Était-ce la progression lente mais inexorable de son mal ? Au début d'août, Télesphore Pintal avait été saisi d'une étrange frénésie. Un matin, il avait appelé Nicolas dans son bureau afin de lui annoncer qu'il voulait donner une nouvelle envergure à ses affaires, pour des raisons de dignité personnelle et en guise d'hommage posthume à son père qui avait fondé autrefois de grands espoirs sur lui :

— Je veux ramasser cinq millions avant soixante-cinq ans, mon garçon. Ça nous donne trois ans. C'est amplement suffisant si on se grouille un peu le cul.

Il tendit alors une photo à son neveu. Nicolas se pencha et vit un arbrisseau au milieu d'une pelouse, devant une modeste maison recouverte de bardeaux grisâtres.

— Tu sais ce que c'est ? demanda l'homme d'affaires.

— Un petit érable, je crois, mon oncle, répondit Nicolas en retenant un sourire.

— C'est un érable que mon père a planté un dimanche d'octobre en 1937 devant notre maison de Magog. Il avait sept branches et vingt et une feuilles. Compte-les, si tu veux. Aujourd'hui, ajouta-t-il en lui braquant une deuxième photo sous le nez, le petit arbre est devenu... un empire.

Nicolas examina poliment la photo.

— « Fais comme lui, m'a dit mon père ce jour-là. Prends ta place. Grandis à tout prix. » Cette histoire m'est revenue en tête l'autre jour pendant que je regardais une partie de baseball à la télévision et j'ai réalisé que je n'avais pas complètement mis en pratique son conseil. Le temps presse, je vieillis, mais tu es là, fit-il en lui donnant une petite tape sur l'épaule, et on peut faire du bon boulot ensemble.

Le rythme de travail, qui avait toujours été fort soutenu chez Donégis, avait alors pris une allure infernale. Télesphore Pintal avait insufflé un nouvel élan à son projet de l'église de la Trinité, rue Sherbrooke. Il cherchait maintenant à mettre la main sur l'édifice voisin – un des derniers spécimens montréalais d'art déco en béton moulé – afin de le raser et de donner plus d'ampleur à sa Place Trinité, qui pourrait ainsi compter trois parties, comme l'exigeait son nom.

Puis, profitant de la faillite d'une société de placements victime comme tant d'autres de la récession, il avait acquis à bon prix, dans l'ouest de Montréal, plusieurs maisons de rapport qu'il s'occupait à rénover très parcimonieusement afin de hausser les loyers.

Mais un projet bizarre lui tenait à cœur plus que tout. Deux faits avaient attiré depuis quelque temps son attention : le chômage chez les jeunes et l'incroyable gaspillage auquel se livrait notre société nord-américaine, que l'on pouvait constater chaque jour en jetant un coup d'œil dans les poubelles. Après de longues réflexions, il avait ébauché un projet de récupération des déchets qui le remplissait d'orgueil. Il suffisait de conclure une entente avec des municipalités (on pouvait commencer avec une ville moyenne comme Longueuil), puis de former de jeunes chômeurs (payés au salaire minimum auquel s'ajouterait un bonus selon la qualité des prises) pour créer des patrouilles de récupération qui sillonneraient les rues la veille des collectes d'ordures ménagères. Les objets recueillis seraient acheminés dans un entrepôt (Pintal lorgnait un immense hangar désaffecté à l'aéroport de Saint-Hubert) pour être nettoyés, classés, puis revendus par un réseau de magasins d'occasion (trois au début, dont deux à Montréal). Nicolas avait été chargé de coordonner le projet, qu'il jugeait démentiel. Pintal avait dû bientôt lui fournir un assistant. Il s'agissait d'un anthropologue de vingt-sept ans, diplômé de l'Université de Montréal et à la recherche d'un emploi depuis deux ans. L'homme s'était pris pour son travail d'une passion qui stupéfiait Nicolas.

— J'abats mes cinquante heures par semaine, conclut-il en posant un regard accablé sur Lupien, et quand j'arrive à la maison, j'ai la tête pleine de papier mâché et très peu envie de faire la chasse aux ministres, crois-moi.

Lupien eut un sourire malicieux :

— Dommage. Car si tu l'attrapais, tu retrouverais peut-être en même temps l'estime de ta femme. Mais je ne dis ça qu'en passant, bien sûr, car tes problèmes conjugaux ne regardent que toi et si j'en avais moi-même, je n'aimerais pas qu'on se mette le nez dedans.

Nicolas le regarda sans dire un mot et la conversation bifurqua. Durant la nuit, il rêva qu'il surprenait Robidoux dans un Provigo en train de voler du foie de bœuf (le foie, immense, saignait sur son pantalon). Il saisissait le ministre à la gorge et le traînait jusqu'à l'hôtel de ville où on l'emprisonnait dans une cage minuscule (Robidoux s'y tenait tout recroquevillé, la bouche entrouverte, atteint de strabisme), tandis que le maire, au son de la fanfare, remettait au héros d'immenses pantoufles roses bourrées de papier vierge.

— Pour ton prochain roman, lui soufflait-il avec un sourire entendu.

Puis le matin, pendant le déjeuner, Géraldine, dans une rare marque d'intérêt à son égard, lui demanda tout à coup, le visage impassible, où en était son enquête.

Il rougit :

— Je vais peut-être la laisser tomber. Mon travail prend tout mon temps.

Elle posa alors sur lui un regard dans lequel il crut lire un tranquille mépris.

Trois jours plus tard, par une après-midi étouffante où menaçait l'orage, il s'échappa du bureau, fila à Montréal et s'amena rue Sainte-Catherine devant Da Giovanni. Appuyé contre un lampadaire, Chien Chaud jasait avec un vieil homme en pantalon rose, aux traits défaits par l'alcool.

En apercevant Nicolas, il quitta son compagnon et s'avança vers lui :

— Vous en avez mis du temps ! Je ne comptais plus sur vous, moi...

— J'ai eu des problèmes. Maintenant, c'est réglé.

— Ah bon ! Tant mieux.

Il leva les yeux au ciel, tendit la main :

— Il va tomber des gouttes. On serait mieux d'aller prendre un café.

C'était là la très subtile expression de son désir de se faire sustenter.

Nicolas sourit :

— Veux-tu manger ? Ou prendre une bière ?

— L'un n'empêche pas l'autre, répondit Chien Chaud avec un clin d'œil.

Il se tourna vers le restaurant :

— Da Giovanni possède maintenant un permis d'alcool. Le saviez-vous ?

Après que le jeune homme eut avalé deux bières et un spaghetti jumbo trois boulettes, Nicolas pensa que le moment était venu de le présenter à Robert Lupien. Il téléphona à la salle de rédaction de *L'Instant*.

— Je peux me libérer vers huit heures, répondit le journaliste, tout amabilité. Et alors ? Tu as décidé de reprendre ton enquête ?

— Je ne l'avais jamais abandonnée, fit sèchement Nicolas.

Ils se donnèrent rendez-vous chez Lupien. Puis Nicolas téléphona à sa femme pour lui annoncer qu'il rentrerait tard :

— J'ai repris contact avec mon jeune vagabond, expliqua-t-il. Je veux que Lupien le rencontre avant de le lancer dans l'action. Il faut s'assurer, comprends-tu, qu'il n'a pas les deux pieds dans la même bottine, et surtout qu'il est fiable, car si les choses tournaient mal, on risquerait de se retrouver à sa merci. Ensuite, on va peut-être l'amener voir l'immeuble où demeure Scotchfort. Est-ce que tu me crois ? demanda-t-il avec un léger tremblement dans la voix.

Le silence régna un instant au bout du fil.

— Essaye de ne pas faire trop de bruit en rentrant à la maison, répondit-elle enfin d'un ton froid et distant. Ça me réveille et je n'arrive plus à me rendormir.

— Et alors ? fit Chien Chaud quand Nicolas vint se rasseoir. Est-ce que votre ami est prêt à me faire passer son examen ?

Nicolas rougit :

— Il ne s'agit pas de ça. Tu dois le rencontrer de toute façon : on va travailler ensemble.

Le jeune homme eut un sourire suave :

— Allons, il ne faut pas vous sentir mal à l'aise, je ferais exactement comme vous. Après tout, on ne se connaît pas. Et puis, on joue gros jeu.

La serveuse se planta près d'eux, son calepin à la main :

— Est-ce que ces messieurs vont prendre un dessert ? Toi, ce sera un parfait au chocolat, je suppose ? fit-elle en s'adressant à Chien Chaud.

Le jeune homme leva vers elle un regard tendre et moqueur :

— Oui, madame. De toute façon, c'est le seul bon dessert ici.

— J'aimerais bien que le patron t'entende, grommela-t-elle en s'éloignant. Il y penserait peut-être à deux fois avant de te laisser entrer.

Chien Chaud se pencha vers son compagnon :

— Je la connais bien. Elle s'appelle Clarisse Pouliotte. Son mari travaille aux cuisines. Elle me donnerait la lune, si elle le pouvait. De temps à autre, elle me refile un repas en cachette du patron.

— Tu es un séducteur-né, ma foi.

— Et je prends avec les deux sexes, répondit l'autre en riant. À la station Beaudry, je suis devenu copain avec un guichetier. Je me tiens près du guichet et quand un client oublie de la monnaie, il le laisse filer, me fait un clin d'œil et j'empoche le fric.

— Eh bien, fit Nicolas étonné, malin comme tu es, t'en as peut-être plus que moi !

Un air de gravité se répandit sur le visage de son compagnon :

— Non, quand même, pas à ce point, murmura-t-il.

Comme ils avaient une heure à perdre, le jeune homme proposa d'aller flâner à la Maison de la presse internationale, qui se trouvait à deux pas.

— Bonne idée, répondit Nicolas. Je pourrai m'acheter le dernier *Fanfare*.

Mais l'accueil qu'on leur fit là-bas manqua de chaleur. Le caissier jeta un long regard soupçonneux sur Chien Chaud et sur ses godasses en lambeaux, puis reporta ce même regard sur Nicolas, qui rougit de nouveau à l'idée de passer pour un amateur de jeunes hommes. Pendant ce temps, son compagnon déambulait dans la boutique, aussi à l'aise que s'il en avait été le propriétaire. Il s'arrêta devant un étalage, promena son regard sur les titres, puis se plongea dans un magazine de course automobile.

Nicolas se pencha à son oreille :

— Tu veux que je te l'achète ?

— Moi ? pourquoi ? fit l'autre avec un sursaut, presque offensé. Si j'en ai envie, je peux me le payer.

Et c'est ce qu'il fit en gratifiant le caissier de son plus cordial sourire.

Nicolas l'observait, de plus en plus perplexe.

« Drôle de bonhomme... Il accepte les aumônes... mais à condition de les avoir demandées. »

Ils se rendirent bientôt chez Lupien, que Chien Chaud impressionna fortement par sa vivacité d'esprit, son entregent et ses bonnes manières. Le journaliste s'étonnait qu'un jeune homme aussi doué eût choisi les bas-fonds de la société ; il ne vit là qu'une passade romantique dont l'autre se lasserait bientôt pour réintégrer sa position sociale naturelle. Mais un sourd malaise se répandait en lui devant l'entrain curieusement fébrile du jeune homme et l'insouciance profonde – et en quelque sorte terminale – qu'il semblait manifester vis-à-vis de toutes choses.

Lupien apporta des verres et une bouteille de bordeaux, mais Chien Chaud – comme pour se bâtir une respectabilité aux yeux de ses nouveaux amis – demanda du thé glacé :

— Ça va me rappeler ma mère, dit-il en riant. Elle en boit au gallon.

Nicolas et son ami se mirent à causer avec circonspection de leur projet et convinrent qu'avant de le réaliser ils devraient soumettre le ministre à une longue surveillance afin de connaître parfaitement ses habitudes. De toute façon, l'opération ne se ferait probablement qu'au mois de septembre, Robidoux se trouvant sans doute en vacances. Chien Chaud gardait un silence poli et buvait son thé.

Lupien remplit de nouveau sa tasse :

— J'espère que tu te rends compte de la délicatesse de l'affaire. Le type est un filou et c'est ce qui me rassure le plus, car il n'osera jamais porter plainte, mais les filous ont l'œil vif et le coup de patte rapide : il faudra agir vite.

— Bah ! ne vous inquiétez pas. J'ai un peu d'expérience dans le domaine, même si je n'en fais pas une profession. À Montréal, détrousser les gens, c'est encore facile, car la ville est plutôt paisible et les passants ne se méfient pas. Et puis, supposons le pire et qu'on m'arrête. Qu'auront-ils entre les mains ? Un p'tit robineux. Ça sera la réponse à toutes leurs questions ; même le ministre y mordra ; vous ne pouvez pas avoir meilleure police d'assurance. Et quant à moi, j'aurai mon père. Il sera en Christ, bien sûr, mais, de toute façon, il l'est déjà depuis six mois. Pour sauver l'honneur de la famille, il va engager le meilleur avocat de la ville et l'affaire sera étouffée en dix minutes.

Il sourit à Nicolas :

— Je vous jure que vous êtes bien tombés en me choisissant. Vous avez du flair. Je vous félicite.

Ils continuèrent à causer de choses et d'autres, puis Lupien poussa un long bâillement et se plaignit d'avoir eu une journée particulièrement harassante ; il fut convenu de remettre au lendemain la visite des abords de l'immeuble où demeurait le sieur Scotchfort.

Au moment du départ, Lupien retint un moment son ami dans le vestibule, tandis que Chien Chaud attendait poliment sur le trottoir :

— Bravo, mon vieux. C'est le bonhomme qu'il nous fallait. Quel numéro ! Parfois, dans un dépotoir, on trouve une belle porcelaine. Décidément, la vie ne tient pas debout.

Nicolas et son jeune compagnon se dirigeaient vers l'auto lorsque la pluie, qui avait menacé toute la journée, se mit à tomber avec violence.

— Où est-ce que je te dépose ? demanda le journaliste en s'engouffrant dans l'auto.

Chien Chaud, qui venait de prendre place à ses côtés, le regarda une seconde, hésitant. La lumière d'un lampadaire éclairait son visage ruisselant, qui semblait avoir été lavé de toutes ses flétrissures. Il ressemblait à un jeune dieu scandinave surgi dans un bouillonnement d'écume des eaux d'un fjord.

— Chez moi, dit-il enfin.

— Chez toi. Et c'est où, ça ?

— Au terminus Voyageur.

L'autre le regardait, interloqué.

— Allez, allez, fit le jeune homme en riant. Je vais vous montrer mes appartements. Il n'y a pas trois personnes à Montréal qui les connaissent. Je vous donne là une maudite belle preuve de confiance ! J'espère que vous en êtes flatté.

Ils filèrent bientôt sur le boulevard de Maisonneuve à travers les trombes d'eau qui noyaient la ville surchauffée. Des senteurs d'herbe, d'asphalte chaud, de terre mouillée et de gaz d'échappement pénétraient dans l'auto. Par les vitres ruisselantes, on ne distinguait que de grandes masses sombres dans un chatoiement de lueurs jaunes, rouges et vertes qui se démultipliaient sur la chaussée luisante.

— Je ne comprends pas la vie que tu mènes, dit tout à coup Nicolas. Tu pourrais faire beaucoup mieux.

Chien Chaud se mit à rire :

— Je fais *déjà* beaucoup mieux qu'il y a trois mois, vous savez. Et puis, j'ai l'air démuni, comme ça, mais je me débrouille pas si mal, vous allez voir. Quelle heure est-il ?

— Onze heures vingt-cinq.

— Il faudra attendre une petite demi-heure alors, c'est plus prudent. Le vieux gardien que je paye au Royal-Roussillon ne commence qu'à minuit. C'est grâce à lui que je peux me rendre chez moi sans problème. Si on allait prendre un verre ? Stationnez-vous derrière le Palais du Commerce. On sera à deux pas de la rue Saint-Denis.

Nicolas souriait, médusé par le tranquille sans-gêne de son compagnon. Il enfila la ruelle qui longeait l'arrière de l'édifice, dont la vaste platitude jurait comiquement avec le nom pompeux, et trouva facilement à se garer. La pluie commençait à se calmer. Ils coururent jusqu'à la rue Saint-Denis et s'engouffrèrent au Faubourg.

— Et ainsi, tu graisses les pattes d'un gardien de nuit, fit Nicolas après avoir sifflé son verre de bière.

— Eh oui, répondit l'autre en riant. Pour qu'il ferme les yeux quand je traverse le stationnement de l'hôtel et que je me rends à ma cachette. Il voudrait bien que je le paye autrement... Je me contente de lui donner des espoirs et je le laisse se consumer jusqu'à l'extrême limite.

— Et après ? ne put s'empêcher de demander le journaliste.

Chien Chaud haussa les épaules :

— Après, on verra. Lui, ça le ferait monter au quatorzième ciel. Moi, ça ne me dérange pas trop. Dans la vie, il faut bien faire des concessions de temps à autre, pas vrai ?

Nicolas promena son regard dans la salle enfumée mais à moitié vide. Il songea que Géraldine devait sûrement croire qu'il était en train de la tromper. Chien Chaud se leva et se rendit aux toilettes. Quelques minutes passèrent.

— Ça vous dégoûte, ce que je vous ai dit ? demanda-t-il en venant se rasseoir, les yeux curieusement brillants.

Nicolas sourit, puis détourna le regard :

— Non, pas vraiment. Je suis surpris, plutôt. N'oublie pas que j'appartiens à la vieille école. J'ai communié tous les dimanches jusqu'à l'âge de vingt-trois ans, moi.

— Pas vrai ! fit l'autre, incrédule. Eh bien ! vous battez mon père. Il s'est rendu jusqu'à vingt, lui.

Chien Chaud fixa son verre, comme si ce dernier était sur le point de lui lancer une blague irrésistible. Ses yeux, légèrement dilatés, brillaient plus que jamais. La pluie avait presque cessé. Il vida sa consommation en trois gorgées, puis tourna la tête, cherchant le serveur.

— On y va ? fit Nicolas, que le comportement de son compagnon commençait à inquiéter.

— On y va ! répondit joyeusement Chien Chaud.

L'orage avait cassé la chaleur, répandant sur toute la ville une fraîcheur humide qui procurait un sentiment de libération et donnait envie de respirer à pleins poumons. Ils marchèrent sur le boulevard de Maisonneuve jusqu'à la rue Saint-Hubert, puis tournèrent à droite et s'arrêtèrent devant l'hôtel Royal-Roussillon, qu'on avait rénové quelques années plus tôt. Une partie du rez-de-chaussée avait été dévorée par un stationnement qui s'étendait parmi un réseau de piliers de béton soutenant les étages supérieurs. Chien Chaud fit signe à Nicolas de le suivre et se glissa doucement parmi les automobiles.

— Où m'amènes-tu? demanda ce dernier, un peu sur ses gardes.

L'autre se retourna, un doigt sur les lèvres, et poursuivit sa marche; ils allèrent jusqu'au fond du stationnement; au-delà s'étendait la cour du terminus avec ses quais, presque déserts à cette heure.

— Plus vite, souffla Chien Chaud, on pourrait nous voir et je n'aime pas ça.

Il obliqua à droite et longea l'arrière de l'hôtel. Les grappes de projecteurs du terminus, fixées au bout de longs poteaux métalliques, jetaient sur les lieux une lumière jaunâtre qui se reflétait dans les flaques d'eau et sur l'asphalte luisant et crevassé.

Coincée entre l'arrière de l'hôtel et une sorte de garage se dressait une curieuse construction sans étage, à pignon et à lucarne aveugle, complètement enveloppée de feuilles de tôle grises, minuscule maison villageoise d'un autre siècle, défigurée, puis oubliée dans le développement sauvage qui sévissait à travers la ville depuis quarante ans. Sa vue avait toujours intrigué Nicolas. Elle présentait sur un de ses côtés un enfoncement inquiétant, causé sans doute par la fausse manœuvre d'un autobus.

Un bout de palissade séparait la maisonnette du garage adjacent; on devinait, derrière, un petit passage menant à une cour intérieure. La palissade était munie d'une porte pleine et verrouillée. Chien Chaud sortit une clé de sa poche.

— Vite! fit-il en se glissant dans le passage.

Il referma la porte derrière Nicolas :

— Voilà. Je respire enfin. J'ai toujours peur de me faire remarquer et qu'un grand finfin vienne foutre son nez dans mes affaires et m'oblige à sacrer le camp.

— Tu demeures... dans cette cabane?

— Oui.

— Depuis longtemps?

— Six mois.

— À qui appartient-elle ?

— On ne sait pas trop. Personne ne s'en sert depuis trente ans. On l'a oubliée.

— Et tu as réussi pendant tout ce temps à rester ici sans que...

— Allez, suivez-moi, coupa le jeune homme d'une curieuse voix exaltée, on sera mieux dedans pour causer. J'ai hâte de vous montrer mes appartements !

Il s'enfonça dans la pénombre et atteignit une minuscule cour de terre battue, jonchée de débris et toute boueuse, cernée par les ailes du Royal-Roussillon ; au centre poussait un arbre chétif et tordu. On apercevait une porte étroite et basse entre deux fenêtres aveugles, toutes trois bardées de tôle. Un trousseau de clés tinta et la porte s'ouvrit.

— Allez, allez, souffla Chien Chaud de l'intérieur, dépêchez-vous !

Il referma la porte et la verrouilla. Un frisson traversa Nicolas. Il regrettait de s'être laissé entraîner dans un endroit pareil. Qu'est-ce qui lui prouvait qu'ils étaient seuls ?

— Ne bougez pas, dit Chien Chaud, je fais de la lumière.

On entendit un léger chuintement, puis un craquement d'allumette, et l'adolescent apparut au milieu de la place derrière un fanal accroché à une poutre, le visage si violemment éclairé qu'il avait l'air de grimacer. Il étendit les mains autour de lui avec fierté :

— Pas mal, hein ?

Le rez-de-chaussée était constitué d'une seule pièce ; on distinguait sur le plancher de bois grisâtre et rugueux, soigneusement balayé, les traces d'anciennes divisions. Le plafond, assez bas, recouvert d'un plâtre parvenu à l'extrême limite de son âge, présentait de nombreux affaissements. Les murs, de plâtre également, montraient ici et là des fissures et des ballonnements. Celui du fond, contigu à la cour du terminus et qui avait subi un lourd impact, avait perdu une grande partie de son recouvrement et laissait voir son squelette de lattes, derrière lesquelles on distinguait des poutres fendues. Chien Chaud avait tenté d'en masquer partiellement les misères en y étendant une de ces grandes tapisseries fleuries bon marché importées de l'Inde. Un lit aux couvertures bien lissées se dressait dans un coin près d'une vieille commode. Contre le mur opposé se trouvait une table supportant un poêle à naphte à deux ronds. Au-dessus, quelques conserves et autres victuailles s'alignaient sur des tablettes. On avait fixé un peu partout de grandes affiches de groupes rock ou de films américains. Mais c'est à une immense photo du coureur automobile Gilles Villeneuve que Chien Chaud avait réservé la place d'honneur à la tête du lit. À gauche de l'entrée s'élevait dans un coin une cheminée plutôt mal en point, décapitée à l'extérieur de sa couronne, sur laquelle on voyait encore accrochée une antique image du Sacré-Cœur, l'œil doux et larmoyant, son viscère en flammes dans les mains. Nicolas s'approcha pour l'examiner.

— N'y touchez pas, recommanda Chien Chaud, elle risque de s'émietter. Je la garde comme document historique. Derrière, on a écrit : « De sœur Angèle de la Crucifixion, mars 1847. » C'est flyé, hein ?

Il se promena dans la pièce, jetant partout des regards satisfaits :

— Il ne manque qu'un tapis. Ça m'éviterait de me planter des échardes dans les pieds.

— Et tu as passé l'hiver ici ? s'étonna Nicolas.

L'autre fit signe que oui et lui montra une grosse chaufferette au pétrole, dite *boule de feu*, à demi dissimulée par la commode.

— Tu rentres chez toi à la tombée de la nuit. Mais comment fais-tu pour sortir le jour sans qu'on te voie ?

— Jusqu'ici j'ai été chanceux. Dans le va-et-vient des autobus, personne ne me remarque. Il faut dire que je ne niaise pas devant la porte. Discret comme une souris !

Il se laissa tomber sur une chaise, étendit les jambes :

— L'avantage de l'endroit, fit-il avec un air de grand contentement, c'est que, toutes les ouvertures étant condamnées, de six heures à minuit je peux hurler à pleins poumons si ça me chante, le grondement des autobus couvre tout.

— Le bruit ne te fatigue pas ?

— Du tout. Est-ce que je peux vous offrir quelque chose ? Il me reste un vieux fond de sherry.

— Non merci, je dois m'en aller, l'heure avance. Je n'ai plus dix-sept ans, moi. La fatigue me prend tôt.

Chien Chaud éclata de rire, puis mit la main devant la bouche, penaud ; Nicolas eut l'impression que le jeune homme n'était plus tout à fait dans son état normal.

Il lui tendit la main :

— Salut. À bientôt.

— Je vais vous reconduire. De toute façon, il faut que je vous ouvre.

— À propos, fit Nicolas en sortant dans la cour, qui t'a donné les clés ?

— Je me suis fait fabriquer un passe-partout.

— Débrouillard, mon vieux !

— C'est ce que tout le monde dit. Et c'est ce que vous allez voir.

Ils s'engagèrent de nouveau dans le passage. Il y faisait tellement noir qu'on voyait à peine ses pieds. Cette étrange misère supportée avec tant de bonne humeur avait ému Nicolas. Un mouvement d'affection paternelle le saisit, amenant avec lui inquiétude et colère devant l'insouciance que son jeune compagnon mettait à gâcher sa vie. L'obscurité aidant, il trouva le courage de lui demander :

— Et tu comptes vivre longtemps ainsi ?

— Pourquoi pas ? répondit l'autre à voix basse en sortant son trousseau de clés.

La serrure grinça doucement.

— Je vais la huiler tout de suite, décida Chien Chaud. Ce bruit m'achale.

Il entrebâilla la porte.

— Dis donc, reprit soudain Nicolas, n'as-tu pas une petite amie ?

— J'en ai par-ci par-là, quand il m'en faut, répondit l'autre après un instant de silence. Ah bon ! je viens de saisir, reprit-il, moqueur.

Vous avez peur de me voir virer tapette, hein ? Mon histoire de gardien vous a traumatisé ?

— Il ne s'agit pas de ça, se défendit le journaliste.

— Mais oui, mais oui, il s'agit de ça, j'ai tout compris. Écoutez, ne commencez pas à vous faire du souci pour moi, vous allez devenir aussi emmerdant que mes parents, et pfuit ! je vais filer. Alors, c'est entendu ? Demain soir à neuf heures chez M. Lupien ?

— C'est ça, chuchota le journaliste en passant la porte.

Il longea les murs d'un pas rapide, l'œil aux aguets, tellement soucieux de ne pas se faire voir qu'il ne remarqua pas la flaque d'eau près d'une poubelle et y plongea le pied droit jusqu'à la cheville.

13

Le lendemain matin, au déjeuner, on annonça pendant le bulletin de nouvelles que la vague de chaleur avait provoqué un accroissement sans précédent des mouches domestiques dans la région de Montréal (au même moment, Florimond, grimpé sur le radiateur devant la fenêtre de la cuisine, en croquait une avec de grands mouvements de mâchoires). Et tandis qu'on interviewait un illustre entomologiste pour obtenir son point de vue sur la question, Géraldine, avec un air de tranquille défi, demanda à son mari de lui présenter ce jeune robineux du nom de Chien Chaud.

Il la regarda, interloqué :

— Et... pourquoi ?

— Comme ça.

— Pourquoi pas, papa ? intervint Frédéric. T'as dit qu'il était gentil.

Jérôme, qui se tartinait une rôtie avec de la confiture de framboises, se mit à observer son père du coin de l'œil.

— Florimond vient d'attraper une deuxième mouche ! s'exclama Sophie.

— C'est que je ne sais pas, moi, s'il va vouloir te rencontrer, répondit Nicolas en essayant de cacher son humeur.

— Demande-le-lui. Il m'intéresse, ce type.

— Quand veux-tu le voir ?

— Aujourd'hui, si possible.

— Et s'il refuse, tu vas me traiter de menteur, c'est ça ?

— En tout cas, si je le vois, je vais bien être obligée de te croire.

Jérôme et Frédéric portèrent sur elle, puis sur Nicolas, un regard anxieux et continuèrent de manger en silence. Ces moments de tension devenaient de plus en plus fréquents à la maison et de moins en moins faciles à supporter.

— Bon, grommela Nicolas, je vais voir ce que je peux faire. Il faudra que je me rende à Montréal et que je le cherche dans la rue. Tu t'imagines bien qu'il n'a pas le téléphone.

Il termina son café avec une grimace (depuis trois jours, il le prenait sans sucre, dans un nouvel effort de lutte contre le bedon), puis consulta sa montre et monta s'habiller en vitesse : l'aversion de Télesphore Pintal pour les retards avait pris depuis quelque temps des proportions alarmantes.

En sortant de la salle de bains, il arriva face à face avec Jérôme.

Ce dernier se planta devant lui, rougissant :

— Tu sais, papa, je suis sûr que tu vas la réussir, ton enquête. Un bon journaliste comme toi, rien ne l'arrête. Je peux même te donner un coup de main, si ça te tente...

Et il eut ce sourire, si rare, qui allait toujours droit au cœur de Nicolas.

— Sacré Botticelli, va, fit Nicolas en lui ébouriffant les cheveux. Tu remonterais le moral à une vache crevée. Ouais... c'est une idée, ça. Tu pourrais m'être utile un de ces jours. Mais auparavant, une chose.

— Quoi ?

— Jure-moi de ne parler à personne de mon projet – à personne, tu entends ? même pas à ton meilleur ami.

— Ben quoi, lança l'autre, indigné, me prends-tu pour un panier percé ? De toute façon, pour ce que j'en sais...

— Eh bien, tu risques d'en savoir davantage d'ici peu.

Et il regarda son fils qui descendait l'escalier, ivre de fierté mais déployant d'immenses efforts pour le cacher.

Nicolas ne comprenait pas comment ce jeune homme, né d'un spasme de plaisir plutôt égoïste, qui faisait partie d'une longue série de coïts orientés sans grande conviction vers la procréation, avait acquis une telle importance dans sa vie. L'amour instinctif qu'il ressentait à son égard, et que l'atmosphère d'amertume régnant ces derniers temps à la maison avait paradoxalement affermi, était sans doute une des meilleures choses qu'il portait en lui, et cette chose n'aurait jamais vu le jour sans le désir obstiné de sa femme d'avoir des enfants.

Quand il arriva aux bureaux de Donégis, Télesphore Pintal, en grande forme ce matin-là (il avait les matins plutôt imprévisibles), lui annonça qu'il se faisait construire un chalet à Sutton et l'amena voir les plans étalés sur une table près de son bureau.

— Ça... ça ressemble passablement à votre maison, remarqua Nicolas au bout d'un moment.

— Passablement ? fit l'oncle dans une sorte de chuintement. C'est *identique*. Tout sera identique. La couleur des tapis, celle des murs, les meubles, les bibelots, mon tube de dentifrice, tout !

Nicolas le regardait, éberlué.

— Tu... tu es comme ma femme et tu me prends pour un fou, hein ? reprit l'oncle après avoir aspiré un peu d'air. Eh bien ! détrompe-toi, j'ai... toute ma tête. Tu sais combien je suis débordé de travail. Si je veux atteindre le but que je me suis fixé, il faut prendre tous les moyens pour économiser temps et énergie. En voilà un, mon vieux, quoi qu'on dise. Que je sois à la maison ou... à la campagne, je pourrai tendre... la main, les yeux fermés... et toujours trouver ce que je cherche. Ma femme tempête, je la laisse... tempêter. La raison doit primer tout. Je dois dire, concéda-t-il, que plus je vieillis, moins je supporte le changement. Et toi, est-ce que tu te ranges dans le camp de ma femme... ou dans le mien ?

La secrétaire appela Nicolas, lui évitant une réponse tordue. Robert Lupien l'attendait au bout du fil. Il venait d'apprendre que le ministre Robidoux allait partir en vacances aux États-Unis où il séjournerait jusqu'à la mi-août.

— Ça nous donnera le temps de nous préparer, ajouta-t-il.

Nicolas, un peu mal à l'aise, lui annonça l'intention de sa femme de rencontrer Chien Chaud.

— Ah bon ? fit l'autre, ennuyé. Qu'est-ce qu'il lui prend ?

— Ne fais pas semblant de ne pas comprendre. Elle veut vérifier mon emploi du temps, quoi.

Lupien se racla longuement la gorge :

— Je n'aime pas beaucoup que tes problèmes de ménage viennent barboter dans notre affaire. Ça complique une chose déjà compliquée.

Rivard lui répondit avec un peu d'aigreur qu'il n'avait pas la chance inouïe de vivre comme lui en célibataire.

— Célibataire ? Tu parles à travers ton chapeau, mon vieux. Je ne te l'avais pas dit, mais ma vie a changé il y a cinq jours. Mercredi passé, j'ai rencontré une femme extraordinaire dans un vernissage. Elle enseigne la biochimie à l'Université de Montréal, mais sa vraie passion, c'est la peinture. Hier, nous sommes allés visiter une demi-douzaine de galeries et demain elle vient souper chez moi. Je crois que nous allons faire pas mal de biochimie ensemble : elle m'a l'air d'avoir du tempérament.

— Belle ?

— À faire bander un boyau d'arrosage. Trente-deux ans. Un peu dans le genre de ta femme.

Rivard le félicita du bout des lèvres (son ami tombait amoureux tous les deux ou trois mois, puis se lassait ou se faisait virer) et ils convinrent de se rappeler en début de soirée, après la rencontre de Géraldine et de Chien Chaud. Lupien allait se relancer dans le panégyrique de sa nouvelle quasi-conquête lorsque Télesphore Pintal apparut dans la porte du bureau de Nicolas et se mit à le fixer avec cette expression bourrue qu'il prenait en voyant un employé perdre son temps.

— Je te laisse, vieux, coupa Nicolas, le boulot m'appelle.

Son avant-midi lui porta sur les nerfs. Les négociations que Pintal l'avait chargé d'entamer avec la ville de Longueuil pour son projet de récupération sélective des ordures ménagères (baptisé RÉSOM) tournaient en rond ; le bureau d'assurance-chômage se faisait tirer l'oreille pour fournir la liste des jeunes prestataires dont on espérait former des équipes. Rémi Marouette, l'anthropologue qu'on lui avait assigné comme assistant, était un homme intelligent, mais possédé d'un tel désir de se mettre en valeur qu'il piétinait les plates-bandes de tout le monde. Un directeur de service venait de répondre sèchement à Nicolas qu'on lui avait parlé cinq minutes plus tôt du sujet dont il voulait l'entretenir et que leur rendez-vous était déjà fixé.

Bref, vers midi, quand il quitta les bureaux de Donégis pour dîner, il avait envie d'aller s'établir sur la lune. En arrivant chez lui, il trouva la maison déserte. Un mot de sa femme l'attendait dans la cuisine, près d'une assiette contenant un sandwich au jambon un peu rassis et des bâtonnets de carotte; elle était partie magasiner avec les enfants. Il alluma la radio et s'attabla; Yegor Dyachkov, un jeune violoncelliste qui faisait parler tout Montréal depuis quelque temps, jouait la sonate de Chostakovitch. La musique se mit à remuer tant de choses tristes en lui qu'il s'affaissa sur sa chaise, la bouche pleine, n'ayant même plus la force de mâcher. Il avait l'impression d'être ligoté dans un placard obscur, oublié de tous. Soudain, il se leva d'un coup de reins et décida de se préparer un espresso.

Il attendait, hébété, que son café se fasse, lorsqu'au sommet du tube de la cafetière apparurent lentement quelques gouttes du précieux liquide, puis une petite cascade, qui s'épanouit tout à coup en un jaillissement d'écume noisette avec un chuintement de vapeur à la fois agressif et joyeux – et il eut une envie si violente de faire l'amour qu'il en resta désemparé, tournant les yeux de tous côtés, la tête remplie d'images lascives.

— Ah! Moineau, Moineau, soupirait-il tandis que la cafetière poussait un sifflement aigu, je donnerais n'importe quoi pour t'avoir devant moi...

Mais Moineau travaillait loin de lui dans un café bondé de clients pressés, et lui-même devait se remettre au boulot comme tout le monde. Il retourna donc à pied chez Donégis (la marche quotidienne étant son arme principale contre cet odieux renflement au-dessus de sa ceinture) et passa l'après-midi à s'agiter derrière son bureau, le récepteur contre l'oreille, poussant sur une roue qui semblait devenir un peu plus pesante à chaque minute.

À cinq heures, il téléphona chez lui pour confirmer leur rencontre avec Chien Chaud, mais personne ne répondit.

— Où est-elle allée se foutre ? grommela-t-il en quittant le bureau. Elle aurait pu au moins me téléphoner, graisse à bottes ! Est-ce que je peux deviner, moi, si elle a changé d'idée ? Je ne lis pas les pensées à distance.

Il se rendit quand même à pied jusqu'au métro, s'arrêtant à mi-chemin au Toulouse pour enfiler, malgré la chaleur, un allongé brûlant qui lui raccourcit le souffle et empira son humeur.

— T'as donc l'air bête, aujourd'hui, l'apostropha joyeusement Richard en lui rendant la monnaie.

— Y a des journées comme ça, répondit sèchement Nicolas, et il quitta les lieux sans autre commentaire.

— Hum, fit le cafetier en le regardant s'éloigner sur le trottoir, Pintal a dû lui demander de travailler en fin de semaine. J'aimerais mieux vendre des capotes dans une toilette publique, moi, que de me retrouver avec ce gros soufflé.

Puis il s'accroupit en soupirant derrière le comptoir pour ausculter une de ses pompes à bière malade.

Nicolas sortit du métro vers six heures et se dirigea vers Da Giovanni, situé à deux pas. Appuyés contre un mur, deux clochards mijotaient doucement dans leur sueur, la main mollement tendue vers le flot des passants, mais Chien Chaud n'y était pas. Après avoir tourné un peu sur place, Nicolas traversa la rue et alla s'asseoir au square Berri, d'où il pouvait surveiller l'arrivée de son jeune ami. Vingt minutes plus tard, il alla trouver un des clochards. L'homme connaissait Chien Chaud, mais ne l'avait pas vu de la journée.

— Y est peut-être en voyage, ajouta-t-il d'un air plein de sous-entendus.

Il toisa Nicolas des pieds à la tête, puis :

— Je savais pas qu'il venait de s'ouvrir un nouveau commerce, ricana-t-il. Chef ! chef ! corrigea-t-il aussitôt, tandis que le journaliste, écarlate, lui tournait le dos, faut pas prendre ça en mauvaise part, je... je disais ça juste en farce. D'ailleurs, on est dans un pays libre, pas vrai ? Chacun ses envies, non ? Reviens, chef. Un petit trente sous ferait mon affaire. T'as vraiment pas un petit trente-sous pour moi, chef ? Va chier, alors, suceur de batte, grommela-t-il en voyant Nicolas s'éloigner, insensible à ses supplications.

À six heures trente, le journaliste, excédé, se rendit au terminus, mais dans l'affluence des voyageurs et le va-et-vient des autobus, il n'eut pas le courage d'aller frapper à la petite maison enveloppée de tôle.

Alors il se dirigea vers un téléphone public pour annoncer à sa femme que la rencontre devait être reportée ; mais, à sa profonde stupéfaction, encore une fois personne ne répondit.

— Qu'est-ce qui se passe ? s'écria-t-il, furieux, faisant sursauter au téléphone voisin une dame dont la luxuriante chevelure blonde jurait péniblement avec un visage flétri.

Il s'éloigna d'un pas traînant vers la sortie, tout songeur. Qui sait ? Géraldine était peut-être allée consulter un avocat. Réfugiée avec les enfants chez ses parents, elle allait se lancer dans une guerre de tranchée pour le jeter à la rue. Un mouvement de haine se leva en lui et il serra à la fois les poings, les dents et les orteils :

— Qu'elle fonde dans l'eau de sa baignoire et que l'égout l'emporte !

Et, pour se venger de cette hypothétique machination, il résolut de passer la soirée avec Moineau.

Tandis qu'il se dirigeait vers le métro, un vent frais et léger se mit à faire des spirales au-dessus de la ville, descendant peu à peu pour l'envelopper doucement et, à l'insu de ses habitants, un déclic se produisit dans la grande machine des saisons et l'été entra sans bruit dans sa phase finale.

— Nicolas ? fit Moineau au bout du fil. Où es-tu ?

Elle fut ravie de le savoir libre et l'invita chez elle d'une voix pressante. Le journaliste retrouva sur-le-champ sa bonne humeur et envoya au diable femme, enfants, chat et maison, redevenu célibataire et insouciant. Assis dans le métro, un journal déplié devant lui, il constata avec étonnement pour la troisième ou quatrième fois que l'excitation sexuelle avait fait disparaître sa presbytie et qu'il pouvait de nouveau lire sans lunettes pour quelques instants.

— C'est donc vrai que l'amour est le secret de la jeunesse ? murmura-t-il, songeur.

Et, du coup, ses infidélités prirent l'allure d'une sorte de traitement médical, allégeant sa conscience de quelques grammes.

Moineau avait plusieurs raisons de se réjouir de la visite de Nicolas. En quittant son travail, elle était allée voir José Turcot, toujours hospitalisé, et venait de lui promettre formellement d'aller passer une semaine avec lui en Gaspésie pour l'aider à se réacclimater à son village (ses parents acceptaient tout et s'étaient engagés à une tolérance infinie). Or, elle savait que la meilleure façon de faire avaler cette énorme pilule à Nicolas était de lui procurer auparavant ces sublimes satisfactions qui, pendant quelques heures, rendent l'homme doux et libéral.

En remontant à la surface, rue Mont-Royal, Nicolas s'aperçut que la température tiédissait et poussa un soupir de soulagement.

— On sera plus à l'aise pour faire l'amour, dit-il à voix basse.

Il se dirigeait vers la rue de Bullion lorsqu'en longeant la vitrine poussiéreuse d'un antiquaire il aperçut une petite affiche, placée devant un flacon de verre à couvercle d'argent.

**Véritables rognures
des ongles d'orteils
du premier ministre canadien Sir Wilfrid Laurier
(1841 –1919)
prélevées sur son lit de mort
– avec certificat d'authenticité**

Il contempla le tout un moment, puis s'éloigna en sifflotant, mis en joie par cette pittoresque supercherie.

Moineau l'attendait avec un immense pichet rempli d'un mélange de bière glacée et de soda au gingembre. Ils en burent un peu en se faisant des caresses, assis sur le balcon, puis se retirèrent dans la chambre à coucher. Une demi-heure plus tard, ils émergeaient du lit, ruisselant de sueurs, repus et somnolents ; ils enfilèrent quelques vêtements et retournèrent dehors.

La nuit venait de tomber ; c'était une nuit tiède et venteuse, une nuit grisante où les chats deviennent comme fous et se pourchassent jusqu'à l'épuisement, une de ces nuits où le destin vire parfois de bout en bout, pour le meilleur ou pour le pire. Assis devant le seuil de leur porte ou sur leur balcon, ou même carrément installés sur des chaises au milieu du trottoir, les gens profitaient de cette rare munificence de la nature ; un léger murmure courait le long de la rue, ponctué de temps à autre d'un éclat de rire ; des confidences inattendues se murmuraient, parfois entre personnes qui ne s'étaient pas dit trois mots de toute leur vie ; la bière et la limonade coulaient, de tendres attouchements s'échangeaient dans les coins d'ombre, les enfants couraient partout, enchantés par cette levée officieuse de toute consigne et le report indéfini de l'heure du coucher.

Sentant que le moment était venu, Moineau appuya doucement sa tête contre l'épaule du journaliste et, après un moment d'hésitation, lui fit part de la demande de José Turcot et de la promesse qu'elle avait faite au pauvre garçon de l'accompagner en Gaspésie.

— Bah ! je fais porter des cornes à ma femme, répondit Nicolas avec un rire sarcastique, il est bien normal que j'en porte aussi.

Mais, ainsi qu'elle l'espérait, après quelques récriminations, il finit par se résigner sans trop de mal au voyage de son amie, alléguant qu'après tout il ne pouvait l'enchaîner et que tôt ou tard, de toute façon, leur différence d'âge finirait par les séparer ; ce contre quoi Moineau s'objecta avec la plus grande force.

Quoi qu'il en fût, vingt minutes ne s'étaient pas écoulées que Nicolas, après avoir rempli plusieurs fois son verre, lui coulait de nouveau un regard brûlant sur les cuisses.

— Pas ici, souffla Moineau, comme sous l'effet d'une idée subite.

— Qui parle d'ici ? Je n'ai pas l'habitude de montrer mes fesses en public.

— En fait, précisa Moineau d'un air étrangement grisé, j'aimerais aller ailleurs, Nicolas.

— Ah oui ? Où ? Un mot et j'y vais.

— Tu te rappelles ce... fantasme dont je t'ai parlé l'autre fois ?

— Ah bon ! On y arrive. Il était temps. Ouvre-moi ton âme, chère enfant. J'y plongerai mon œil compatissant.

— Je sais que tu vas me traiter de folle, reprit Moineau en riant de confusion, mais je me lance à l'eau quand même. Je veux... je veux faire l'amour au monument de George-Étienne Cartier au parc du mont Royal... et j'ai besoin de ton aide.

— Tu veux faire l'amour au monument... et tu as besoin de mon aide... De toute façon, je te verrais mal faire l'amour avec moi sans un peu d'aide de ma part, non ?

— Tu ne saisis pas. Je ne veux pas faire l'amour *au* monument, mais *avec* le monument.

— *Avec le monument*, répéta lentement Nicolas. Avec le monument à George-Étienne Cartier. Ah bon ! Moineau, je pense que la soirée avance et que tu as un peu trop bu. Il faudrait peut-être te coucher.

— Je savais que tu réagirais ainsi, pouffa l'autre, de plus en plus confuse. Je perdrais mon temps à t'expliquer. Il faut aller sur les lieux, décida-t-elle en se levant. Cette envie me torture depuis deux ans, et c'est cette nuit que je vais l'assouvir. Viens-t'en.

Nicolas la suivit dans l'appartement, amusé par la tournure des événements, mais un peu inquiet tout de même des propos de sa compagne.

Elle se dirigea vers la salle de bains :

— Appelle un taxi, veux-tu, pendant que je rapaille deux ou trois choses.

Elle ressortit avec une boîte de tampons, un pot de vaseline et un flacon d'alcool à friction.

Nicolas s'avança vers elle :

— Aurais-tu enfin la gentillesse de m'expliquer...

— Ta ta ta ta, fit-elle en lui posant la main sur la bouche. Seulement là-bas.

Elle glissa les objets dans un petit sac à main, puis, enlaçant Nicolas, se mit à l'embrasser :

— Tu promets de m'aider ? J'ai absolument besoin de toi.

— Je veux bien, mais... as-tu pensé qu'avec une nuit pareille le parc doit regorger de promeneurs ?

— On attendra. Allons, viens, le taxi doit être arrivé.

Normalement, Nicolas aurait objecté qu'il avait femme et enfants et ne pouvait découcher ainsi comme s'ils s'étaient évaporés. Mais la nuit d'août qui faisait sentir sa douce emprise sur Montréal et toute cette bière qu'il avait bue l'avaient comme étourdi, et l'équipée que lui proposait sa jeune amie lui parut tout à coup amusante et anodine.

Ils descendirent l'étroit escalier intérieur, dont l'air confiné gardait encore la chaleur de la journée, et arrivèrent dans la rue au moment où le taxi s'arrêtait devant l'immeuble.

— Au parc du mont Royal ? fit le jeune chauffeur haïtien avec un sourire complice. La nuit est chaude, hein ? Moi-même, monsieur, je lâcherais le volant dret là... mais il faut gagner sa croûte, soupira-t-il.

Nicolas, affalé contre sa jeune amie, lui caressait les cuisses tout en laissant son regard flotter sur les vitrines de la rue Mont-Royal lorsqu'un embouteillage força le taxi à ralentir, puis à s'arrêter. Il pencha la tête par la portière pour voir ce qui se passait lorsqu'une exclamation lui échappa.

— Qu'est-ce qu'il y a ? fit Moineau.

— Rien, rien... j'avais cru... non, ce n'est rien.

Il s'enfonça dans la banquette, livide, tandis que sa compagne, après avoir jeté un coup d'œil dans la rue, l'observait, étonnée.

L'affaire prenait une allure étrange, inquiétante. Il venait d'apercevoir encore une fois la petite fille aux cheveux roux accompagnée de la même grosse dame. Surgissant entre deux autos immobilisées, elle avait traversé la rue, portant cette fois une robe bain-de-soleil bleu pâle, très courte, qui laissait voir d'adorables cuisses et, juste au moment de mettre le pied sur le trottoir, elle s'était retournée brusquement vers lui, plongeant son regard dans le sien, et lui avait adressé un radieux sourire. L'instant d'après, elle avait disparu.

— Tu me caches quelque chose, insista Moineau. Qu'est-ce qui s'est passé ?

— Rien, je te dis. Parfois, j'ai des idées saugrenues. Je t'en parlerai un de ces jours. Ça n'a aucune importance, je t'assure.

Le sourire de la petite fille lui cuisait les entrailles comme un remords, *sans qu'il eût la moindre idée de la véritable cause de sa souffrance.*

— Allons, ça suffit comme ça, s'écria le chauffeur en donnant un coup de volant.

Le taxi recula, opéra un demi-tour qui l'obligea à monter sur le trottoir, puis fila par une rue latérale.

— Ça suffit comme ça, répéta-t-il, apparemment fort satisfait de sa manœuvre. Si on avait attendu que la rue se débloque, toutes vos économies y auraient passé, monsieur.

Cinq minutes plus tard, ils débouchaient sur l'avenue du Parc et arrivaient en vue du monument.

Nicolas, un peu remis de sa commotion, laissa à l'homme un plantureux pourboire.

— Un gros merci, patron, et bonne nuit. Profitez de la fraîcheur du parc, ajouta-t-il avec un clin d'œil.

Contrairement à ce qu'avait craint Nicolas, les abords du monument étaient déserts.

— Et alors ? fit-il en gravissant les marches, un bras sur l'épaule de Moineau, qu'est-ce que tu lui veux, à ce vieux George-Étienne ?

On avait érigé en 1919 à l'illustre Père de la Confédération un monument d'une dimension surprenante, constitué d'un immense socle de granit orné d'imposantes figures de bronze ; une haute colonne s'élançait du socle, portant à son sommet l'Ange de la Renommée, les ailes déployées, qui tenait une couronne de laurier au-dessus de l'homme d'État. De taille bien plus modeste que l'ange, sir George-Étienne en prenait une allure quelconque et semblait un prétexte à cette mise en scène surannée. Vêtu d'une redingote aux plis épais, le crâne dégarni, levant un bras, les doigts écartés, il adressait à des auditeurs fantômes un petit sourire froid et satisfait, insensible aux coulures de vert-de-gris et aux fientes de pigeon qui le défiguraient d'une façon loufoque.

À ses pieds, incrustée en lettres de bronze dans la pierre, se lisait la phrase suivante :

We are of different races not for strife
but to work together for the common welfare.
Cartier, 1865°

Moineau était montée jusqu'au pied du socle et en avait fait gravement le tour, fouillant l'obscurité pour déceler des regards indiscrets.

— Et alors ? fit Nicolas en la rejoignant. Est-ce que je peux le connaître enfin, ce honteux fantasme ?

— Viens. Tu vas rire de moi, mais tant pis : à la fin, il faut que je voie le bout de mon obsession.

Elle l'amena vers le côté nord du monument. Le groupe de bronze qui l'ornait représentait une femme assise entre ses deux enfants : une jeune fille et un petit garçon ; ils étaient tous pieds nus. Les gros orteils de chacun des personnages avaient attiré l'attention de bien des visiteurs, car ils reluisaient de l'attouchement de milliers de doigts et de paumes. Moineau posa son index sur le pied gauche du petit garçon, au gros orteil gentiment retroussé en l'air :

— Il me hante, ce joli petit pied, depuis que je l'ai vu en faisant une promenade il y a deux ans.

Elle se retourna vers Nicolas, le sourire impertinent :

— Je veux lui faire l'amour.

Nicolas la regardait, ébahi.

— Tu me crois folle, hein ? reprit-elle avec une trace d'inquiétude dans la voix.

— Voilà sûrement l'idée la plus bizarre dont j'ai eu connaissance depuis longtemps... On a tous des envies cachées bien au fond de soi... Mais je t'avoue que celle-là...

— Il n'y a qu'à toi, Nicolas, que j'ai eu le courage de la dévoiler.

Elle se pressa contre lui et se mit à l'embrasser.

° Malgré nos différences d'origine, fuyons les querelles et travaillons ensemble pour le bien commun.

— Voyons, voyons, disait-il, il y a certains petits problèmes techniques à surmonter... Tu veux vraiment t'enfiler cet orteil et...

— Après l'avoir désinfecté et huilé, coupa vivement Moineau, de plus en plus fébrile. Je n'ai tout de même pas envie d'attraper une sale maladie... Il faudra que tu me tiennes par la taille. Le pied de mon petit garçon chéri se trouve bien trop haut pour moi.

Nicolas jeta un regard inquiet autour de lui. Il sentait des accusations de grossière indécence voleter au-dessus de sa tête comme de grands oiseaux noirs. Pourtant, à cette heure tardive, les passants se faisaient rares. Sur l'avenue du Parc, cependant, la circulation avait à peine diminué, mais comme la voie à cette hauteur était large et dépourvue de feux de circulation, les autos filaient à bonne vitesse, leurs conducteurs plus occupés à s'orienter dans les méandres de l'échangeur qui s'annonçait qu'à examiner le paysage urbain. Du reste, Nicolas soustrairait Moineau à leurs regards tandis qu'il la tiendrait par la taille. Si elle ne lambinait pas trop dans ses ébats statuairo-érotiques, ceux-ci avaient toutes les chances de passer inaperçus.

— Et alors ? fit Moineau. Est-ce que j'enlève ma petite culotte ?

— Minute. Je vais d'abord inspecter les alentours.

Il descendit les marches et s'avança lentement dans l'allée, scrutant du regard les buissons et les zones d'ombre. Il revenait sur ses pas lorsqu'un léger bruit lui fit tourner la tête. Cela semblait provenir d'une poubelle posée le long d'une allée à une dizaine de mètres à sa droite. Nicolas s'approcha, le cœur battant, et découvrit, accroupi derrière, un homme minuscule, vêtu d'un gros manteau d'hiver en loques, la barbe hirsute, diffusant autour de lui une fade odeur de bière et d'urine. L'inconnu leva la tête, l'œil hagard et brillant, le sourire édenté.

— Belle soirée, hein ?

Il tremblait de tout son corps.

— Qu'est-ce que tu fiches ici ? demanda Nicolas durement.

— Ben quoi, je prends la fraîche, comme un honnête citoyen. J'ai pas le droit ?

Nicolas porta la main à sa poche, sortit son portefeuille et lui tendit un billet de cinq dollars.

— Allez, fous le camp. Va boire à ma santé.

L'autre se redressa d'un coup de reins, lui arracha le billet et, faisant un pas vers lui (Nicolas fronça le nez et se recula) :

— Tu veux fourrer ta blonde en paix, chef ? Ça doit bien valoir dix piastres, ça, non ? L'intimité, ç'a pas de prix.

— Va-t'en, c'est tout ce que j'ai.

Le robineux haussa les épaules, bredouilla quelques mots confus, puis s'éloigna en clopinant vers l'avenue.

— Bonne nuit, hein, lança-t-il en se retournant. Moi aussi, dans le temps, les écornifleux m'empêchaient de bander.

Il traversa bientôt l'avenue, indifférent aux autos qui le frôlaient, puis se perdit dans le parc Jeanne-Mance.

Pendant ce temps, Nicolas était allé rejoindre son amie qui n'avait pas perdu son temps et rangeait le pot de vaseline dans son sac après avoir soigneusement désinfecté et lubrifié l'appendice de bronze.

— Allez, vite, Moineau, on y va. Quelqu'un pourrait arriver n'importe quand.

— Je n'oublierai jamais le service que tu me rends, murmura-t-elle à son oreille en l'enlaçant.

Et elle se mit à l'embrasser de nouveau.

Il la saisit par la taille et la souleva.

— Ça va ?

— Oui... avance-toi encore... c'est ça... soulève-moi juste un... oui, oui ! Brrr... c'est glacé...

Elle ferma les yeux, puis grimaça.

— Bouge-moi un peu, Nicolas, demanda-t-elle au bout d'un instant, haletante. Je dépends entièrement de toi, tu sais.

Il fit de son mieux, mais malgré la légèreté de son corps, des crampes se mirent bientôt à lui vriller les biceps et les épaules.

— Comment trouves-tu ça ? demanda-t-il, hors d'haleine.

— Curieux... Non non! encore un peu, s'il te plaît.

Il se tordait le cou dans tous les sens, cherchant à voir si quelqu'un les observait, mais n'aperçut personne. Un sentiment de honte le remplissait, comme une nausée, tandis qu'il continuait de se prêter à cet accouplement grotesque. Quel mépris glacial raidirait Géraldine si elle les surprenait! Et quel étonnement apeuré saisirait ce pauvre Jérôme, qui n'avait sans doute jamais vu d'autres coïts que ceux du cinéma et de la télé! Mais, en même temps, une sorte de joie faite de revanche dilatait l'âme du journaliste, comme si la satisfaction de ce désir bizarre et longtemps refoulé chez sa jeune maîtresse compensait toutes les occasions manquées et les rêves irréalisés de sa propre vie.

— Moineau, je n'en peux plus, lança-t-il, à bout de souffle. Il faut que je te pose à terre... sinon tu vas t'empaler.

— Jaloux!

Elle poussa un petit cri, mais il ne savait pas si c'était de plaisir ou de douleur.

— Moineau, je t'en prie. Si on se fait prendre, c'est le poste de police et la cour municipale demain matin, le sais-tu?

Il déploya un suprême effort pour la soulever un peu plus haut, puis la déposa à terre et se frotta les bras et les épaules, les yeux brûlés par la sueur.

— Et alors? fit-il, une fois un peu remis.

Elle le regardait, toute sérieuse, les bras pendants, les mains jointes et ramenées sur le ventre.

— Décevant, répondit-elle froidement. Mais au moins je n'y penserai plus. Et puis je vais l'aimer encore davantage, ajouta-t-elle en se tournant vers le petit garçon, mais autrement. Comme on aime un très très vieux mari qui n'est plus bon qu'à donner des petits becs.

Ils descendirent bientôt les marches et s'avancèrent sur le trottoir, cherchant du regard un taxi. La jeune fille semblait rassérénée, un peu pensive et tout à fait étrangère au sentiment de honte qui avait submergé Nicolas.

— Et maintenant que tu t'es envoyé ton petit garçon, lui demanda Nicolas avec une pointe de sarcasme, es-tu prête à dormir?

— Pas le moins du monde. J'ai envie au contraire de m'envoyer quelqu'un d'autre. À vrai dire, Nicolas, c'est comme si le petit garçon me poussait dans tes bras. Jamais je n'ai autant eu envie de toi. Les monuments ne me valent rien, il faut que je te fasse l'amour, Nicolas. Et tout de suite.

— Décidément, tu es frénétique, ce soir, soupira le journaliste.

Ils s'avancèrent dans le parc, cherchant un endroit discret, et se mirent à gravir lentement la pente du mont Royal.

— Qui est George-Étienne Cartier ? demanda Moineau.

— Un ancien patriote de 1837 qui nous a vendus pour faire carrière.

— Alors, il ne mérite pas ce petit garçon. Ni le monument. Il faudra faire sauter ce monument.

— Oui, mais une autre fois, veux-tu ?

Elle s'arrêta et se mit à humer l'air :

— Ça sent bon. Arrêtons-nous ici, Nicolas. C'est ici que je veux t'aimer.

Ils se trouvaient au pied d'un grand pin, en contrebas d'un sentier. La lueur d'un lampadaire se réfléchissait doucement sur une grosse roche à leur droite. Le sol était plat, couvert d'un épais tapis d'aiguilles sèches. Ils se dévêtirent et se glissèrent sous les branches. Vingt minutes plus tard, Nicolas en ressortait le corps couvert d'aiguilles, les fesses et les genoux meurtris, épuisé, haletant, étourdi, mais rempli d'une euphorie qui l'avait détaché de la condition humaine ; il s'assit devant Moineau assoupie et se perdit dans la contemplation de son corps menu et gracieux, à demi noyé dans la pénombre. Sous une apparence d'exquise fragilité, une vie féroce l'habitait. Ne risquait-elle pas un jour de le briser ?

Soudain, un léger chatouillement fit sursauter le journaliste : un insecte avait choisi son pubis comme site d'exploration. Il se releva vivement et envoya promener l'importun.

— Tu viens, Moineau ? C'est plein de fourmis ici. Nos vêtements vont être envahis.

Ils se rhabillèrent et redescendirent vers l'avenue du Parc. Moineau prit le bras de son compagnon :

— Nicolas...

— Oui ?

— Je viens d'avoir une idée.

— Je commence à me méfier.

— Je veux voir la maison de ton ministre. J'en rêve depuis le jour où tu m'en as parlé. Je suis sûre que nous allons apprendre des chose intéressantes là-bas. Absolument sûre.

— C'est imprudent à mort, Moineau. Il n'y a pas de meilleure façon de se faire remarquer. J'ai besoin de tout sauf de ça.

Mais la nuit tiède et folle qui enveloppait voluptueusement la ville l'avait enivré lui aussi. L'idée de son arrivée tardive à la maison et des ennuis que cela risquait de lui apporter effleura à peine son esprit. Ils discutèrent un moment assis dans le gazon et arrivèrent à un compromis : plutôt que de se rendre à la résidence du ministre Robidoux, située dans un quartier paisible où leur présence risquait d'attirer l'attention, ils iraient jeter un coup d'œil sur la conciergerie qu'habitait Scotchfort, rue Sherbrooke, un coin encore animé à cette heure et donc plus propice au vagabondage nocturne.

Moineau bondit sur ses pieds en agitant vivement la main et un taxi freina devant eux si violemment qu'il fit une légère embardée. Nicolas donna l'adresse. Appuyée contre son épaule, la jeune fille avait fermé les yeux, une main posée négligemment entre les cuisses de son compagnon.

« Bah ! se dit celui-ci en massant doucement ses yeux fatigués, je dirai à Géraldine que Chien Chaud m'a tenu dans un bar jusqu'aux petites heures et qu'il fallait bien que je boive un peu avec lui pour rester dans ses bonnes grâces. »

« Pourquoi toutes ces folies ? demanda une autre partie de lui-même avec laquelle il n'aimait pas beaucoup converser. Quitte-la donc si tu ne peux t'empêcher de la tromper. Ça devient ridicule à la fin. »

Il ouvrit les yeux et se vit dans la glace. Une mèche de cheveux, soulevée par un courant d'air, dévoilait les secrets ravages de la calvitie sur sa tempe gauche. Il la replaça de son mieux, s'examina encore un instant et conclut qu'il ne faisait pas si dur après tout pour un quadragénaire aux petites heures du matin.

— Arrêtez-vous ici, demanda-t-il soudain au chauffeur.

— Mais, mon ami, vous allez avoir deux *blocs* à marcher, observa ce dernier d'une voix plaignarde et caoutchouteuse, avec un fort accent anglais.

Nicolas le paya et s'aperçut que le vieil homme, tout cassé sur son siège et mâchant comme un brontosaure, avait la jambe gauche serrée dans une prothèse.

L'infirme les regarda s'éloigner, l'œil fixé sur les cuisses de Moineau. Ses mâchoires s'activaient maintenant avec une sorte de fureur, faisant des embardées à droite et à gauche comme si elles allaient se décrocher. Il poussa à fond l'accélérateur et se perdit dans la nuit.

Malgré l'heure tardive, la rue Sherbrooke, comme l'avait prévu Nicolas, n'arrivait pas à s'endormir. Debout devant une vitrine violemment illuminée, un groupe d'adolescents, la casquette vissée à l'envers sur le crâne, discutaient avec animation. L'un deux aperçut Moineau et marmotta quelque chose à l'intention de ses compagnons. Un silence profond tomba tandis que Nicolas et son amie arrivaient à leur hauteur.

— *What a gorgeous fuck!*° lança quelqu'un quand ils eurent franchi une dizaine de mètres.

Des éclats de rire et des sifflements soulignèrent cette délicate observation.

Moineau, habituée sans doute à ce genre de réactions, demeura impassible, mais Nicolas ne put s'empêcher de sourire, envahi par un sentiment de fierté qui se transforma aussitôt en désir. Il lui serra doucement le bras.

— Notre ami Scotchfort demeure au *Beaverbrook Castle*, fit-il en montrant du menton l'édifice de l'autre côté de la rue.

Une haute façade de brique relevée d'ornements de granit néo-gothiques se dressait dans la nuit tiède et venteuse ; l'imposant hall d'entrée, baigné d'une lumière tamisée, laissait voir une fontaine

---

° — Quelle bonne baise !

ruisselante, des plantes vertes et une armure de chevalier du Moyen Âge dressée dans un coin, étendard au poing, doucement ridicule.

Moineau observa l'édifice un moment d'un air grave et concentré, puis, levant la tête vers Nicolas :

— Il faudrait entrer chez lui en son absence pour fouiner un peu dans ses affaires. Je suis sûre que tu apprendrais des tas de choses.

Le journaliste eut un sourire condescendant :

— On ne fait ça que dans les films policiers. Ou quand on est membre de la GRC.

Elle se retourna et continua de fixer l'édifice, les sourcils froncés, un curieux sourire aux lèvres. Soudain, un homme apparut dans le hall, poussa la porte et s'avança dans l'allée en s'éventant avec un journal. Nicolas lui jeta un regard distrait et continua d'examiner la façade. L'inconnu s'arrêta un moment sur le trottoir, indécis, puis mit le pied dans la rue et se dirigea vers eux.

— Merde ! fit Nicolas d'une voix étouffée. C'est Robidoux ! Viens-t'en !

— Hep ! hep ! mademoiselle, lança ce dernier en allongeant le pas. Un moment, s'il vous plaît !

Moineau s'arrêta net, forçant Nicolas à l'imiter. Il darda sur elle un œil furieux tandis que le ministre les rejoignait.

— Excusez-moi, mademoiselle, fit Robidoux d'une voix curieusement chevrotante en saluant la jeune fille, je n'aurais jamais osé vous interpeller en pleine rue si je ne vous avais vue accompagnée.

Et, souriant, il tourna un regard instable vers Nicolas.

«Tiens, il a bu», observa le journaliste, pâle et frissonnant.

— J'ai stupidement brisé ma montre-bracelet tout à l'heure, expliqua le ministre à Moineau, et je n'ai pas la moindre idée de l'heure qu'il est. Pourriez-vous...

— Il est une heure du matin, monsieur, répondit-elle avec un sourire impertinent. Il est temps d'aller se coucher.

Pour se donner contenance, Nicolas fixait le journal que tenait Robidoux. Une énorme manchette annonçait :

Formation de la main-d'œuvre :
QUÉBEC RECULE DEVANT OTTAWA

— Vous avez tout à fait raison, répondit l'autre en la dévorant des yeux. Un peu de sommeil me fera du bien. Merci. Et bonne nuit. Bonne nuit, monsieur, ajouta-t-il en se tournant de nouveau vers Nicolas.

— Bonne nuit, marmonna ce dernier, l'œil rivé au trottoir.

Le ministre retraversa la rue, le pas précautionneux, puis, apercevant un taxi, agita la main. Quelques secondes plus tard, il s'éloignait.

— Ah ça ! elle est bien bonne ! fit Moineau en éclatant de rire. T'as vu ? Il me draguait ! Devant toi !

— Si tu t'étais servi de ta tête, grommela Nicolas, il n'en aurait pas eu l'occasion... et mon enquête ne serait pas foutue. À présent, il va me reconnaître. Je suis brûlé.

— Allons donc ! Il était complètement soûl. En se réveillant demain matin, il ne se souviendra même pas de nous avoir parlé.

Ils reprirent leur marche. De temps à autre, Nicolas, les lèvres serrées, l'œil furibond, inspectait la rue Sherbrooke à la recherche d'un taxi. Mais Antoine Robidoux semblait avoir pris le dernier.

Loin d'être attristée par la mauvaise humeur de son compagnon, Moineau débordait d'entrain, flattée sans doute d'avoir attisé la convoitise d'un homme aussi important que le ministre de l'Environnement.

— J'ai faim, déclara-t-elle tout à coup en apercevant une beignerie. Nicolas, je t'en prie, fit-elle en lui saisissant la main, quitte cet air d'enterrement, château... Je te jure qu'il nous a déjà oubliés.

— Que Dieu t'entende, répondit l'autre d'une voix morne.

— Nicolas, tu veux m'offrir un beigne et un verre de lait au chocolat ?

— Pourquoi pas ?

Ils entrèrent dans le restaurant et prirent place au comptoir. Une odeur de cigarette, de graisse chaude et de café bon marché emplissait les lieux.

— Oui, disait un vieux monsieur guilleret et tout ridé à la jeune serveuse aux traits tirés qui s'avançait avec un plateau chargé de vaisselle, mon neveu Jean-Louis possède mille sept cent cinquante-neuf casquettes ! C'est la plus grosse collection de casquettes d'Amérique du Nord, paraît-il. Il en a même une, ma tite fille... en forme de hot dog !

Nicolas donna sa commande, puis attrapa un journal qui traînait près de lui et se plongea dans la lecture, insouciant de la présence de sa compagne, qui n'en semblait aucunement offusquée et mangeait avec un bel appétit.

— Vous avez déjà vu ça, vous, une collection de mille sept cent cinquante-neuf casquettes ? demanda le vieux monsieur au journaliste en se penchant au-dessus du comptoir.

— Jamais, répondit Nicolas.

Et la conversation en resta là.

Le journaliste vida sa tasse de café en grimaçant, puis fit signe à Moineau et se leva.

— Il y a des gens qui supportent mal la conversation, expliqua le vieux monsieur, débonnaire, quand ils furent partis. Il faut les laisser tranquilles. Le bon Dieu les a faits comme ça.

La serveuse sourit, puis regarda sa montre en se frottant discrètement le bas-ventre : ses règles venaient de commencer.

14

Géraldine accepta avec une sorte d'indifférence les explications de son mari le lendemain matin. Elle semblait avoir pris son parti de l'échec de leur mariage, ce dernier n'ayant désormais plus d'autre raison que le bien-être de leurs enfants. Son absence de la veille, qui avait tant inquiété Nicolas, s'expliqua fort simplement : voyant venir la fin des vacances, elle avait décidé d'aller visiter son père à Berthier avec les enfants. Nicolas supportait difficilement la présence de l'ancien professeur de latin, veuf depuis cinq ans, qu'il avait toujours trouvé suffisant et mesquin et que l'arthrite avait rendu grincheux. N'arrivant pas à joindre son mari au bureau, elle lui avait laissé une note, qu'on retrouva sous le radiateur de la cuisine.

« Voilà bien des insultes lancées en pure perte », se dit le journaliste, piteux, en pensant à la fureur qui l'avait saisi la veille contre sa femme.

Mais, curieusement, cette dernière tenait toujours à rencontrer Chien Chaud. Il convint avec elle de tenter un nouvel essai le soir même. À sept heures, ils se retrouvaient à Montréal. Cette fois, la chance se montra favorable. Debout devant Da Giovanni, le jeune homme causait, cigarette au bec, avec une vieille dame en chapeau cloche violet qui s'éclipsa à leur arrivée.

— Reste ici une seconde, je vais d'abord l'avertir, dit Nicolas à Géraldine, et il traversa la rue.

— Écoute, ma femme tient absolument à faire ta connaissance... Curiosité féminine, tu comprends... Ça va ? Oh ! dis donc : si jamais elle abordait le sujet, toi et moi, hier, on a passé la soirée ensemble, hein ? Tu n'oublies pas ?

Il se retourna, fit signe à Géraldine d'approcher et la présenta. Chien Chaud l'observa une seconde avec un curieux sourire (on s'aperçut plus tard qu'il avait bu) et proposa d'aller s'asseoir dans le parc de l'autre côté de la rue. Géraldine, frappée par le curieux contraste de ses bonnes manières avec l'état de ses vêtements, lui demanda s'il avait soupé.

— Très bien, madame, je vous remercie.

Professeure depuis quinze ans, elle avait davantage l'habitude des adolescents que son mari et se lança dans une longue conversation avec lui, sur tout et sur rien, essayant parfois discrètement de savoir quelle suite d'événements avaient réduit le jeune homme à un tel état. Il lui parlait avec plaisir et d'abondance, mais ne se livrait guère. Nicolas essaya à quelques reprises de se joindre à eux, mais ses remarques tombaient à plat ; les deux interlocuteurs s'étaient visiblement pris d'une sympathie mutuelle et ne s'occupaient guère de lui. Un peu vexé, il se mit à jeter des coups d'œil dans la rue.

— Excusez-moi, fit-il au bout d'un moment, je reviens dans une minute.

Et il se rendit à la Maison de la presse internationale.

Quand il revint, Chien Chaud était parti et sa femme l'attendait, toujours assise sur le même banc.

— Un drôle de bonhomme est venu le chercher. Ça avait l'air urgent... et pas très catholique.

— Tu n'as pas réussi à le convertir ? fit son mari, goguenard.

— C'est un garçon charmant, et très intelligent, comme tu as pu le constater, poursuivit sa femme. J'ai essayé de le faire parler ; mais il pourrait en remontrer aux politiciens sur l'art de ne pas répondre aux questions.

Elle eut un sourire acide :

— Tu es tombé sur un bon sujet, mon cher. Utilise-le tant que tu peux... pendant qu'il est encore utilisable.

À partir de ce soir-là, elle ne posa plus de questions à son mari sur ses allées et venues à Montréal.

Nicolas, Chien Chaud et Robert Lupien se rencontrèrent à quelques reprises pour mettre au point leur guet-apens. Le détroussage du ministre Robidoux, simple à première vue, devenait une chose fort compliquée lorsqu'on se mettait à réfléchir à sa réalisation. Prenant des précautions inimaginables, ils allèrent se promener aux abords du *Beaverbrook Castle* pour bien se familiariser avec les lieux. Chien Chaud ne pouvait flâner aux alentours de la conciergerie sans attirer l'attention. Mais où se cacher ? L'édifice n'était séparé de la rue que par une étroite pelouse agrémentée de trois vinaigriers rachitiques. On pensa louer une chambre en face du *Castle*, mais on n'en trouva pas.

Un soir, Robert Lupien, découragé, essaya de convaincre ses compagnons d'abandonner le projet – ou, à tout le moins, d'attendre une occasion plus propice pour le mettre à exécution. On échangea des mots acides et, n'eût été la présence de Chien Chaud, qui suivait la discussion avec un sourire narquois, une engueulade aurait éclaté. Nicolas et son ami se quittèrent, la mine sombre et le geste raide, après avoir décidé de réfléchir chacun de leur côté. Et puis, deux jours plus tard, par un admirable concours de circonstances, tout s'arrangea.

Quelques semaines auparavant, Kevin Edward Costello, l'administrateur en chef du *Beaverbrook Castle*, petit homme malingre et surmené, fiable mais tâtillon, s'était mis à prendre chaque jour neuf comprimés de spiruline, une algue riche en bêta-carotène et acides aminés qu'un biochimiste de ses amis lui avait décrite comme un puissant régénérateur biologique. Un mardi matin, il se réveilla une heure plus tard que d'habitude et se promena quelques moments tout nu dans sa chambre, étonné de se sentir aussi frais et dispos, lui qui commençait toujours ses journées dans une sorte d'accablement que seules plusieurs tasses de café arrivaient à dissiper. Il prit une douche, embrassa sa femme sur les lèvres (elle écarquilla légèrement les yeux), sauta dans son auto et se dirigea vers le *Beaverbrook* pour surveiller des travaux de plomberie commencés la veille. Il stationna devant l'édifice et le contempla d'un œil pensif tout en se tirant les poils du nez.

— *Much too plain,* murmura-t-il au bout d'un moment. *Looks like a shrunken baseball field*°.

Et, plutôt que de s'adonner, comme il le faisait habituellement, à une longue et méticuleuse réflexion avant de prendre toute décision entraînant une dépense de plus de dix dollars, il décida d'agir tout de suite sur l'objet de son mécontentement.

Vers la fin de l'après-midi, Nicolas reçut un appel de Lupien chez Donégis.

— Mon vieux, le petit Jésus travaille pour nous, annonça le journaliste d'une voix frémissante. Je viens de passer par hasard devant le *Beaverbrook*. Il faut que tu viennes voir ça. Non, non, je ne t'en dis pas plus. Amène-toi. Je t'attends au Café du Pigeon vert, juste en face.

Une heure plus tard, Nicolas arrivait sur les lieux. Devant le *Beaverbrook*, des ouvriers finissaient de planter une immense haie de cèdres matures qui longeait de part et d'autre le trottoir et la courte allée menant à l'entrée principale et formait comme deux L inversés.

— Et alors ? fit Lupien.

— On croit rêver. Ce soir, je fais brûler vingt cierges à l'église Saint-Antoine.

Leur plan fut aussitôt monté. Le vendredi soir où on choisirait de détrousser Robidoux, Chien Chaud, vers onze heures, se glisserait discrètement derrière la haie. Comme, de l'endroit où il se trouverait, l'entrée lui serait cachée, on posterait quelqu'un au Café du Pigeon vert pour annoncer l'apparition du ministre ; la vitrine donnait une excellente vue sur l'édifice. Il suffirait de convenir d'un signal : un journal grand ouvert tenu à bout de bras, des bras croisés der-

---

° — Ouais, plutôt quelconque... Ça ressemble à un terrain de baseball qui aurait rétréci.

rière la tête, etc. Dès qu'il aurait piqué la précieuse mallette, Chien Chaud courrait se réfugier dans une cachette (qu'il restait à choisir) où Nicolas, une dizaine de minutes plus tard, irait le trouver.

Les deux amis quittèrent le café, tout excités. Ils se mirent à parcourir les rues du quartier à la recherche de la cachette. Nicolas avait le sentiment de se diriger vers le plus grand triomphe de sa vie : dans quelques semaines, quelques mois tout au plus, il démasquerait un ministre véreux dans une série d'articles retentissants qui ferait de lui, après des années de chiens écrasés, une vedette du journalisme.

« Dommage que François ne soit plus là. Il changerait peut-être d'idée sur moi. »

Il se rappelait avec rancœur cette soirée qu'ils avaient passée ensemble au Petit Extra à boire de la bière en discutant littérature. Ils étaient tous deux dans la trentaine. Durivage venait de publier son deuxième roman, qui l'avait consacré comme un des écrivains les plus prometteurs de sa génération. Nicolas, lui, bûchait comme un damné sur un recueil de nouvelles. La semaine d'avant, il l'avait soumis à son ami ; ce dernier lui avait donné rendez-vous au restaurant pour en discuter. Nicolas revoyait avec une sorte de dégoût le manuscrit ouvert sur la table entre les verres et les bouteilles, ses pages abominablement couvertes de ratures, de flèches et de gribouillages à l'encre violette, tous issus de la main de François, sa grosse écriture appuyée couvrant avec insolence le texte dactylographié, dont chaque ligne avait coûté tant de peine à Nicolas.

— Mais quoi ? s'était-il écrié avec désespoir, il faut tout refaire ? C'est pourtant la quatrième version !

— Dommage, mon vieux, mais tu n'es pas encore parvenu au naturel. Les idées sont bonnes, mais à tout moment, ça sonne faux.

— Je n'y arriverai jamais, alors !

Durivage avait éclaté de rire :

— Peut-être qu'après tout tu n'as pas de talent, avait-il lancé, à la blague.

Mais, dans son regard durci, il y avait un jugement.

Lupien s'arrêta au milieu du trottoir et saisit le bras de Nicolas :

— Regarde.

À leur droite, au fond d'un terrain de stationnement, se dressait un poste d'essence délabré, sa vitrine et toutes ses ouvertures placardées de panneaux de contreplaqué grisâtres. Juste à côté on apercevait des amoncellements de planches, de madriers, de briques et de tuyaux de béton, déposés là en prévision de travaux qui semblaient tarder.

— Il pourrait se cacher dans ce fouillis. On ne peut trouver mieux. Je stationnerais dans la rue voisine, tu viendrais me rejoindre à pied et on irait le cueillir après s'être assurés que le coin est tranquille.

Nicolas opinait de la tête, transporté d'enthousiasme.

Ils se dirigèrent aussitôt vers Da Giovanni pour annoncer à Chien Chaud la bonne nouvelle, mais ne le trouvèrent pas devant le restaurant. Après avoir arpenté un moment les rues avoisinantes, ils l'aperçurent, assis sur un banc au milieu du square Berri, et s'approchèrent en agitant la main. Il ne broncha pas ; leur vue ne semblait pas lui procurer un grand plaisir.

— Comment va ? fit Nicolas en s'assoyant près de lui.

L'autre, sans le regarder, tendit la main en avant, les doigts écartés, et la fit pivoter d'un côté et de l'autre :

— Comme ci comme ça.

La voix était morne, le teint grisâtre, le visage un peu flasque.

Lupien prit place à son tour sur le banc :

— Des problèmes ?

Puis il pensa aussitôt :

« Il va nous lâcher, le petit tabarnac. »

Chien Chaud garda le silence un moment, bâilla, étendit les jambes, poussa un profond soupir, puis, malgré l'agréable chaleur de ce début de soirée, serra frileusement les bras autour de son corps.

— Café ? offrit Nicolas, de plus en plus inquiet. On a des bonnes nouvelles à t'annoncer.

— Moi aussi, j'en ai, des nouvelles, répondit l'autre en se redressant brusquement. Mais vous allez grimacer en les apprenant.

Je ne marche plus dans votre projet. Trop risqué. J'ai pas envie de moisir en tôle pendant vingt ans. Trouvez-vous un autre innocent. Non, non, ça ne donne rien de discuter.

Il se leva, souriant :

— Quant au café, je vais aller en prendre un à mes frais. Salut. À une prochaine fois, peut-être.

Écrasés sur leur banc, ils le regardèrent s'éloigner, tout déconfits, puis se tournèrent l'un vers l'autre.

— Que dirais-tu, ricana Lupien, d'utiliser ton garçon ?

———

Chose incroyable, le premier ministre du Québec semblait, pour une fois, avoir réussi à se fâcher.

— Ce refus d'Ottawa, affirmait-il en forçant à peine le ton, d'accorder sa juste part au Québec dans l'administration d'une compétence aussi essentielle pour notre économie que la formation de la main-d'œuvre est inadmissible, et nous demandons instamment aux autorités fédérales de revoir leur décision.

Malgré la longueur et la relative complexité de la phrase, la voix d'ordinaire un peu faiblarde était restée ferme jusqu'à la fin. Jérôme, nu-pieds devant la radio au milieu de la cuisine, une espadrille à la main, se demanda, comme sans doute des milliers d'auditeurs, si le premier ministre, au terme de sa longue carrière, allait enfin se métamorphoser en homme d'État.

Ce dernier continua sur sa lancée, mais la voix commençait à donner des signes de lassitude et une succession de données statistiques amortit bientôt l'effet de ses propos. L'adolescent s'accroupit devant le comptoir et saupoudra l'intérieur de sa deuxième espadrille de poudre désodorisante, ses pensées tournées de nouveau vers la jeune fille qui, depuis maintenant trois semaines, le remplissait de rêves insensés.

Il se préparait à la rejoindre au bar laitier, où ils travailleraient tous deux jusqu'à dix heures. Après quoi – sa décision était irrévocable – il vaincrait la mortelle timidité qui le paralysait chaque soir au moment de leur retour à la maison... et lui prendrait la main. Qu'importait sa réaction ? Il aurait toujours la ressource de tourner la chose en plaisanterie.

De se sentir aussi ferme dans sa résolution le soulagea un peu. Il enfila ses bas, puis ses souliers, et un petit nuage blanchâtre s'éleva autour de ses chevilles, laissant un halo poudreux sur les carreaux du plancher.

Quelques jours plus tôt, Frédéric s'était moqué de l'odeur prenante qui s'élevait parfois de ses souliers, lui demandant s'il y faisait vieillir du fromage. Cela avait confirmé ses propres observations ; l'idée que Marie-Christine pût être incommodée par de pareils effluves l'avait horrifié.

Il ferma la radio.

— Je m'en vais à L'Incrédule ! lança-t-il à sa mère en train de coudre dans la pièce voisine.

Marie-Christine s'affairait déjà au comptoir. Un sourire radieux éclata dans son visage quand elle l'aperçut, un sourire qui disait : « Jusqu'ici je travaillais, mais maintenant que tu es là, tout ne sera plus que plaisir. » Il ressemblait à ces fleurs qu'on voit éclore en accéléré au cinéma. Debout dans la porte, Jérôme lui envoya gauchement la main. Que sa simple présence puisse procurer autant de joie à une fille aussi merveilleuse lui apparaissait comme une sorte de supercherie, mais le remplissait en même temps de béatitude.

Il y avait affluence ce soir-là à L'Incrédule, comme si la belle saison déjà si avancée avait poussé tout le monde à profiter, pendant qu'il en était encore temps, du plaisir tout simple de déguster un cornet de crème glacée dans l'air tiède de la nuit tombante. La file de clients au guichet s'allongeait sans cesse et ils couraient tous deux comme des lièvres affolés. À deux ou trois reprises, Marie-Christine le frôla alors que rien ne l'y obligeait, accompagnant chaque fois son geste d'un sourire caressant et comme interrogatif. À la fin, n'y tenant plus, il posa fugitivement la main sur son épaule tandis que, debout devant le distributeur, elle faisait monter une spirale de crème glacée dans un cornet ; penchant aussitôt la tête de côté, elle emprisonna un court instant ses doigts.

Ils durent prolonger leur travail d'une demi-heure. En enlevant son tablier, le dernier client parti, Jérôme, consterné, s'aperçut que ses aisselles envoyaient des bouffées acides quelque peu désagréables.

« Bah ! se rassura-t-il aussitôt, elle doit sentir autant que moi. »

Quelques minutes plus tard, ils déambulaient côte à côte dans la rue Saint-Thomas.

— Quelle soirée de fou ! lança Jérôme. J'ai dû servir deux cents cornets. Il va y avoir des crises de diabète cette nuit...

Marie-Christine éclata de rire, mais ne trouva rien à répondre. Lui-même, la gorge serrée, le cœur battant, cherchait à poursuivre la conversation, mais les idées le fuyaient. Il mourait d'envie de l'embrasser et cette pensée le terrifiait. Il savait – pour l'avoir vu tant de fois à la télé – qu'on arrivait à cet instant extraordinaire au moyen de certaines phrases et gestes précis ; les phrases et gestes ressemblaient dans son esprit à un pont de lianes jeté au-dessus d'un précipice et donnant accès à une forêt mystérieuse, pleine de doux bruissements. Mais il les avait tous oubliés. En fait, il ne les avait jamais sus. Debout au bord du précipice béant et insondable, il balançait les bras, regardant désespérément de l'autre côté.

— C'est drôle, je suis fatiguée mais je n'ai pas envie de dormir, fit Marie-Christine au bout d'un moment, se demandant avec angoisse si son compagnon se déciderait jamais à profiter des ouvertures qu'elle multipliait à son intention.

— Je sens la sueur, répondit-il comme malgré lui, consterné par l'idiotie de sa remarque.

Elle s'arrêta sur le trottoir et se tourna vers lui avec une expression étrange. Et tout le reste se produisit alors d'une façon très simple et ordonnée, comme s'il s'agissait d'un rite. Leurs mains se glissèrent l'une dans l'autre, puis remontèrent brusquement vers les épaules tandis qu'ils s'enlaçaient. Marie-Christine entrouvrit légèrement la bouche, il posa ses lèvres dessus, les yeux grands ouverts, puis les ferma aussitôt. Ces lèvres, tour à tour moelleuses et chaudes, puis raidies et impérieuses, sentaient la framboise et accaparèrent bientôt son attention ravie. Il ne se lassait pas de les goûter. Un délicieux étourdissement s'était emparé de lui ; il eut d'abord l'impression de monter doucement dans les airs, puis de flotter dans un ciel calme et limpide. Marie-Christine poussait de profonds soupirs à présent, tournant la tête de côté et d'autre, et il s'aperçut avec une sorte d'effarement joyeux que sa verge durcie se pressait contre le ventre de sa compagne – et que ce ventre ondulait de façon exquise et rassurante. Elle écarta alors un peu les dents et il glissa timidement la langue dans sa bouche, ainsi qu'il convenait de faire, tremblant d'émoi, rempli d'une joie qui le dilatait jusqu'à la douleur – et pendant un moment il perdit le sentiment d'exister.

Au bout d'un certain temps (il n'aurait pu en évaluer la durée), une auto s'arrêta près d'eux et quelqu'un mit brusquement la radio au maximum. Ils relâchèrent aussitôt leur étreinte tandis que le véhicule repartait en trombe et que ses occupants poussaient des couinements grotesques. Ils se regardaient, immobiles, indifférents à tout ce qui n'était pas eux-mêmes.

— T'es belle, murmura Jérôme avec un sourire extasié.

***

Dans un café du Vieux-Montréal, deux autres regards venaient de se ficher l'un dans l'autre, mais la peur et le désarroi y remplaçaient l'ivresse naïve des jeunes amoureux.

Moineau, les pieds douloureux, les mollets engourdis, rangeait des tasses brûlantes sorties du lave-vaisselle lorsque la porte du café claqua avec un bruit désagréable. Elle se retourna. À l'autre bout du local presque désert, José Turcot la fixait avec un sourire hargneux. Le patron, qui faisait sa caisse, posa un regard soupçonneux sur le jeune homme, puis le dirigea vers la serveuse.

— Excusez-moi, sentit le besoin de dire Turcot à l'homme bedonnant et costaud qui l'observait toujours, les sourcils froncés, j'avais mal calculé ma force. Je voudrais parler à mademoiselle. J'en ai pour une seconde.

Il s'avança vers le comptoir et fit signe à Moineau d'approcher :

— En as-tu pour longtemps ?

— Je pensais qu'on ne te donnait pas ton congé avant une semaine, souffla-t-elle, interdite.

— Bah ! le gouvernement a dû trouver qu'il avait dépensé assez d'argent pour moi. Le doc est venu me voir cette après-midi ; d'après leur dernière évaluation *pluridisciplinaire* (il arrondissait les lèvres en cul de poule), le moment est venu pour moi de continuer ma convalescence au grand large. Alors j'ai fait mes petits et j'ai sacré le camp. Et je suis content de te voir en Christ !

Il sourit, lui prit la main, et elle vit que la mort habitait toujours ses yeux.

Le patron interrompit de nouveau ses calculs derrière la caisse, poussa un soupir excédé, puis se racla la gorge.

Moineau retira doucement sa main :

— Va t'asseoir au fond. J'en ai pour dix minutes.

— Apporte-moi une *Brador.* Glacée.

Elle finit de ranger les tasses, les main tremblantes, puis alla lui servir sa bière.

— Est-ce que tu vois ton vieux ce soir ? demanda-t-il en approchant le bock de ses lèvres.

Elle rougit et fit signe que non.

— Parfait. Je m'ennuie de toi. Je m'ennuie de toi comme c'est pas possible.

Moineau remit l'addition aux deux derniers clients, des hommes sans âge portant, chose étrange, la même chemise sport à motifs d'éclaboussures sanglantes et de zébrures jaune vif, qui chuchotaient dans un coin depuis une heure. Ils payèrent et partirent aussitôt, penchés l'un vers l'autre dans un murmure affairé, et le patron commença à éteindre les lumières.

— À demain, mademoiselle Moineau, lança-t-il avec une intonation narquoise.

— À demain, Marcel, répondit-elle avec un joyeux sourire mais le cœur comme emprisonné dans une boîte de fer-blanc.

Ils marchèrent un moment dans la rue Notre-Dame sans dire un mot, puis, tournant le coin, débouchèrent sur la place Jacques-Cartier. Un groupe de touristes américains, parlant très fort, semblaient plongés dans une fiévreuse discussion sur la meilleure façon de terminer la soirée.

— Comment vas-tu, Moineau ? fit José en lui prenant le bras. Ça fait presque une semaine qu'on s'est pas vus.

— Je vais bien. Et toi aussi, je suppose, puisqu'on t'a donné ton congé ?

Il fit une vague grimace, sourit, sifflota un moment, puis :

— J'ai envie de faire l'amour, dit-il comme s'il n'avait pas exprimé son désir de façon suffisamment explicite. Je suis en manque, ajouta-t-il avec un rire sardonique. Je pense que je n'ai jamais été aussi en manque de toute ma vie. Les premières semaines, leurs maudites pilules m'assommaient tellement que ma queue était comme morte. Mais c'est revenu à présent, c'est très revenu.

— Eh bien, bravo ! lança Moineau, railleuse. Veux-tu de l'argent pour aller au bordel ?

Il la regarda, étonné :

— Pourquoi dis-tu ça ? C'est avec *toi* que j'ai envie de coucher. De toutes les filles que j'ai connues, c'est toi qui couches le mieux. Voilà. C'est mon premier compliment depuis longtemps. Es-tu contente ?

— Merci.

Et elle éclata d'un rire contraint.

Ils passèrent devant la colonne Nelson, traversèrent la rue Notre-Dame, puis la place Vauquelin avec sa fontaine aux jets lumineux et, contournant l'hôtel de ville, longèrent le fossé des anciennes fortifications, entrèrent dans le tunnel qui passait sous la brèche de l'autoroute Ville-Marie et pénétrèrent dans la station de métro. Vingt minutes plus tard, après une conversation morcelée, entrecoupée de longs silences, ils arrivaient à l'appartement de Moineau. José, l'air pensif et satisfait, se promena longuement d'une pièce à l'autre, une bière à la main, comme pour renouer avec sa vie, fit une remarque élogieuse sur le nouvel arrangement des meubles du salon, puis ils se couchèrent.

Le lendemain, vers sept heures, le téléphonne sonna. Moineau se glissa prestement hors du lit et, refermant la porte de la chambre derrière elle, courut à la cuisine.

— Je te réveille ? fit Nicolas. Excuse-moi. Je voulais t'attraper avant que tu partes au travail. Comment vas-tu ?

— Comme ça, répondit-elle, décidée tout à coup à ne rien lui cacher.

— Des problèmes ?

Elle tourna la tête vers la chambre, puis, baissant la voix :

— José.

Nicolas, à l'autre bout du fil, poussa un drôle de ricanement :

— Il est chez toi ?

— Oui. On lui a donné son congé hier. Je finissais de travailler quand il est venu me rejoindre au café vers onze heures. Il s'est invité chez moi et on a baisé. Deux fois, si le détail t'intéresse.

Nicolas poussa de nouveau son drôle de ricanement :

— Ç'a été bon, j'espère ?

— Pas tellement, pour être franche. Mais je n'avais pas vraiment le choix.

Il y eut un moment de silence.

— Comme la vie est bizarre parfois, reprit Nicolas d'un ton faussement léger. Si je te téléphone si tôt ce matin, c'était justement pour te parler de lui.

— Ah bon.

— Mon robineux nous a foiré dans les mains hier. Il ne veut plus marcher dans notre affaire. La chienne l'a pris. Alors je m'étais demandé si ton...

— Es-tu fou ? Il est très malade, Nicolas. Il me fait quasiment peur. Ne va surtout pas lui proposer une pareille chose. Ça pourrait être dangereux. Pour toi comme pour lui.

Elle se retourna de nouveau vers la chambre afin de s'assurer qu'on ne l'entendait pas.

— Bon. Très bien. Merci de tes bons conseils. Je vais m'arranger autrement. Montréal est une grande ville. On trouvera sûrement une main secourable quelque part. Je ne veux pas te retenir plus longtemps. Quand partez-vous pour la Gaspésie ?

— Je ne sais pas. Nicolas ?

— Quoi ?

— Je ne suis pas tout à fait maîtresse de la situation, comprends-tu ? Cette histoire m'embête beaucoup.

— Pas autant que moi.

— Écoute, je ne peux tout de même pas l'envoyer promener comme une vieille savate quand...

— Mais moi, tu peux.

— Si tu le voyais, Nicolas... Il est si démoli... Je...

— Mais il semble quand même avoir un morceau ou deux qui fonctionnent encore très bien, non ?

— Est-ce qu'on peut se parler plus tard cette avant-midi ? demanda-t-elle sans le moindre signe d'impatience.

— Je vais être au bureau jusqu'à onze heures. Salut.

Elle retourna à la chambre et se glissa dans le lit. Il dormait toujours. Penchée au-dessus de lui, elle l'examina. Ses traits énergiques et enfantins, d'une beauté un peu vulgaire, s'étaient subtilement relâchés dans le sommeil et la souffrance qui l'habitait, libérée du contrôle de la volonté, avait remonté à la surface, toute nue, et s'exprimait maintenant avec une terrible éloquence. Il avait l'air d'un enfant abandonné. Son visage légèrement asymétrique, au menton un peu fort, dépouillé d'une grande part de son expression d'assurance et de dureté factices, était devenu un visage de victime où s'étalait le désespoir. Quelque part, dans l'ombre, une main sadique armée d'un couteau s'acharnait férocement sur les liens fragiles qui le retenaient encore à la vie. Et il ne pouvait parer ses coups, n'ayant pas encore appris, semblait-il, d'où ces derniers provenaient.

Elle se recoucha à ses côtés, saisie d'un frisson. Ce voyage en Gaspésie l'effrayait à présent. Jamais rien ne l'avait autant effrayée.

15

Ce matin-là, en quittant la maison pour aller téléphoner à Moineau d'un restaurant voisin, Nicolas avait croisé sur le trottoir son fils Jérôme, qui revenait de sa tournée de camelot, et s'était arrêté pour échanger avec lui quelques mots. L'expression de bonheur et d'assurance qui rayonnait dans le visage du jeune homme l'avait frappé et il était passé à deux doigts de suivre le conseil moqueur de Lupien. Mais le bon sens et l'amour paternel l'avaient empêché de céder à pareille folie.

À présent, il se trouvait devant le vide, son projet tombé en panne, et le moral au plus bas. L'avant-midi se passa à discuter interminablement – et sans grand résultat – avec les interlocuteurs nommés par la ville de Longueuil pour faire avancer ce grandiose projet de collecte sélective des ordures ménagères, qui se traînait avec une lenteur tout administrative malgré les efforts frénétiques de Rémi Marouette ; puis il avait tenté de contacter le promoteur en difficulté d'un projet de tours à condos, rue Saint-Charles, près du pont Jacques-Cartier, car Télesphore Pintal, le nez au vent, flairait la possibilité du rachat à prix d'aubaine du chantier abandonné. Onze heures passèrent et Moineau n'avait toujours pas appelé. Nicolas aurait mordu un rat.

Et puis soudain, vers quatre heures, le vent tourna. Le promoteur des tours Lafeuillade appela Nicolas de La Havane, où il était allé noyer ses soucis dans le rhum bon marché, et déclara de but en blanc qu'il souhaitait se débarrasser au plus vite de ses condos de malheur et ferait tous les sacrifices nécessaires pour y parvenir. Quelques minutes plus tard, le directeur du service des travaux publics de Longueuil, ô grande surprise, lui télécopiait une esquisse de protocole d'entente pour le projet de collecte, premier véritable signe d'intérêt en plusieurs semaines. Et, enfin, Robert Lupien lui passa un coup de fil pour lui soumettre l'avis que l'abandon de Chien Chaud n'était peut-être qu'une tactique visant à faire augmenter son cachet.

— Mais pourquoi toute cette mise en scène ? Il n'avait qu'à parler clairement. On aurait discuté. Je n'en crois rien, vieux.

— Va le trouver et pose-lui la question. On en aura le cœur net. À moins que tu aies quelqu'un d'autre à proposer...

— Bon... Je vais souper en vitesse et j'essaierai de mettre la patte dessus.

Quand Nicolas arriva à la maison, Frédéric lui annonça que Grosse Douceur, la chatte obèse de la voisine, venait de se faire aplatir d'une façon irréversible par un camion de livraison (cela avait valu à Florimond un sermon-fleuve sur la prudence), puis, en proie, semblait-il, à un manque aigu d'attention paternelle, il lui récita plusieurs fois de suite *Les larmes du commissaire*, un «poème» qu'on apprenait à l'école dans un programme d'«initiation à la littérature» :

Couché par terre
Dans la poussière,
Le commissaire
Se désespère,
Car son seul frère
Dort au cimetière,
Mort à la guerre
Pour l'Angleterre
D'un éclat de verre
En plein derrière.

Cela déclencha une crise de jalousie chez Sophie ; sous le regard curieusement impassible de Géraldine, elle exigea de manger sur les genoux de son père. Le repas terminé, Nicolas se pensa enfin libre, mais Frédéric l'appela à l'étage «pour lui montrer un jeu» et Géraldine lui fit signe qu'il devait, en effet, y aller. Nicolas, un peu impatienté, monta. Son fils, toute pudeur envolée, l'attendait debout devant la cuvette des toilettes, culotte au plancher, une toupie à ses pieds.

— Regarde-moi bien, dit-il. C'est un concours de vitesse.

Il se pencha et, d'un coup de poignet, mit la toupie en mouvement.

— Combien tu gages, fit-il en se redressant, que je vais avoir fini de pisser avant qu'elle arrête ? J'ai pas pissé depuis deux heures.

Il se mit à l'œuvre et l'emporta sur la toupie, mais dans sa hâte, un jet de liquide éclaboussa le plancher et Nicolas dut apporter un torchon.

Quelques minutes plus tard, il réussissait enfin à passer la porte. Géraldine, assise dans un fauteuil de rotin, prenait l'air sur la galerie.

— Les enfants s'ennuient de toi, dit-elle à son passage. Ne serait-ce que pour eux, tu devrais rester un peu plus souvent à la maison.

— Je reviens dans une heure ou deux, répondit-il en évitant son regard.

Nicolas ne trouva Chien Chaud ni devant le restaurant ni au parc. Un vieil homme à casquette crasseuse qui exhalait une forte odeur d'urine s'approcha de lui, fit une curieuse révérence et lui annonça, le sourire narquois, que Chien Chaud était parti une heure plus tôt avec une «dame de la haute gomme» et qu'il ne serait sûrement pas de retour avant la fin de la soirée. Nicolas le remercia et s'éloigna. Comme on était mercredi, le disquaire Archambault était ouvert. Il décida d'aller y tuer le temps, mais ressortit au bout d'une demi-heure, les mains vides. C'était une de ces rares fois où rien ne le tentait, tout paraissant trop cher ou sans intérêt. La conversation qu'il avait eue avec Moineau dans l'avant-midi y était sans doute pour quelque chose. Alors il entra chez Harvey's dans l'espoir qu'un peu de caféine stimulerait son inspiration de collectionneur, habituellement illimitée. Il n'avait pas pris trois gorgées que Chien Chaud apparaissait devant lui, souriant, et se laissait tomber sur un siège.

Ce matin-là, en se réveillant, le jeune homme avait constaté que l'abominable cafard qui le vidait de son sang depuis trois jours s'était envolé pendant la nuit. Il s'étira un long moment dans son lit, soulagé, se promettant encore une fois de mener une vie plus «rangée», car il commençait à deviner la cause de ces périodes de profonde détresse, puis se leva, avec la certitude que la journée serait bonne.

À huit heures, il avait mis ses meilleurs vêtements et s'était rendu chez son copain Jack, rue Saint-Christophe, afin de prendre sa douche. Jack avait dix-neuf ans et travaillait comme aide-mécanicien à l'atelier d'entretien de camions Sears. À cette heure, il était déjà parti, mais laissait toujours une clé chez le dépanneur à son intention (depuis deux ans, le quartier s'était pas mal dégradé avec toutes ces piqueries, et laisser la clé sous le paillasson présentait désormais trop de risques). Jack était un chic type qui ne l'embêtait pas avec des questions indiscrètes ; il aimait la bière et les femmes lui aussi (strictement les femmes, cependant), et parfois il y en avait encore une à la maison quand Chien Chaud venait prendre sa douche, mais Jack l'avait avertie, et, comme il avait un bon pif pour détecter les emmerdeuses, Chien Chaud n'avait jamais eu de problèmes. Même qu'une fois, l'une d'elles lui avait fait des avances si pressantes qu'il était passé directement de la douche au lit. Mais, en général, il se faisait un point d'honneur de ne pas piger dans la talle de Jack, question de principe.

Il était donc entré dans l'appartement – vide, ce matin-là – et avait pris une longue douche. Puis, une fois rhabillé, il était passé à la cuisine et s'était fait rôtir presque un demi-pain, vidant pour l'occasion le pot de beurre d'arachide (il en piquerait un, et même deux, pour le remplacer). C'est en avalant ses rôties qu'il avait remarqué sur la table un petit roman à la couverture fatiguée, *L'Écume des jours*, d'un certain Boris Vian (Jack aimait beaucoup la lecture et lisait tout ce qui lui tombait sous la main). Le titre ne lui disait rien, mais il avait ouvert le livre et, happé par l'histoire, l'avait traversé en trois heures. Trois heures de lecture continue ! Voilà une mèche que ça ne lui était pas arrivé ! Il essayerait de chiper un livre de ce fameux Vian, qui, décidément, n'était pas un deux de pique.

Il était alors sorti pour s'aérer un peu les idées et, tout submergé encore par les amours de Colin et de Chloé, avait quasiment buté sur son vieux père qui rôdait dans le quartier à sa recherche. Mais cette fois-ci, le bonhomme, au lieu de prendre ce petit air réprobateur et pincé qui lui ajoutait au moins vingt années dans le portrait, avait tout bonnement tendu la main avec un grand sourire :

— Salut. Il est presque midi. As-tu mangé ?

Pour lui faire plaisir, Chien Chaud avait répondu que non et ils étaient descendus à l'entresol du Père du Spaghetti, tiens, au même endroit où l'avait amené Nicolas Rivard. Chose extraordinaire, il n'avait pas été question une seule fois de son avenir au cours du repas, ni de sa santé, ni de la peine immense qu'il causait à ses parents. D'ailleurs, c'était de la frime, tout ça : sa mère, malgré ses larmes d'opéra, ne pensait qu'à ses patients – c'était une gynécologue très à la mode, surchargée de rendez-vous, et tellement utile à la société qu'elle en avait oublié sa famille ; quant au bonhomme, il avait beau soupirer, prendre des airs tragiques et déclarer qu'il mourait à petit feu, toutes ses pensées continuaient d'aller à sa gentilhommière Louis XIII perdue dans un trou de Provence, qu'il s'occupait à restaurer depuis des années, qui lui avait coûté une montagne de fric et l'obligeait à des voyages continuels. La preuve qu'on se fichait de lui, on la lui avait fournie mille fois durant toutes ces années où il avait vécu quasiment seul à la maison, soupant seul quatre soirs sur sept, étudiant seul, regardant seul la télé, parlant seul à voix haute, traversant seul d'interminables fins de semaine, l'incurable platitude de sa vie à peine égayée par quelques copains guère mieux lotis que lui. À présent, le bonhomme, complètement paniqué, essayait de le restaurer comme il restaurait sa gentilhommière, mais il finirait bien par comprendre qu'on ne pouvait agir avec lui comme avec un tas de vieilles pierres.

Ce dîner-ci, donc – il y en avait comme ça un ou deux par mois, dont le but avoué était « de garder le contact » – s'était déroulé d'une façon inhabituelle. Son père – bon sang qu'il avait pris un coup de vieux depuis quelques mois ! – avait commandé de la bière (chose rare, surtout depuis les «problèmes» de son fils) et s'était montré joyeux tout au cours du repas, de cette joie non forcée qui met tout de suite à l'aise. Il l'avait félicité pour sa bonne mine, avait plaisanté sur les femmes (il savait pertinemment que son fils ne les détestait pas), agrémentant même sa conversation de quelques plaisanteries salées qui avaient semblé sortir assez naturellement de sa bouche, lui d'habitude plutôt guindé sur le chapitre. Et, à la fin du repas – il avait prévu une fin très précise au repas, comme il prévoyait une fin précise en toute chose – une proposition inusitée était tombée sur la table : Chien Chaud s'était fait offrir un appartement payé, meublé, fourni en nourriture et toutes commodités, dans le quartier de son choix et «sans fil à la patte» : pas de visites imprévues, pas de cours à temps partiel, pas de rencontres chez le psychologue. Rien de tout ça.

— Notre récompense, à ta mère et à moi, serait de te savoir en sécurité, voilà tout. Qu'est-ce que tu en dis ?

On essayait de lui mettre le grappin dessus. D'en faire un parasite honorable. De sauver l'honneur de la famille. Ou, peut-être, de préparer le terrain pour une autre opération, plus ambitieuse, celle-là.

— Je vais y penser, avait répondu Chien Chaud.

La ruse était grosse comme un autobus, mais débordait de générosité.

Ils s'étaient quittés aussitôt après – et sans convenir d'un rendez-vous. De toute façon, Chien Chaud ne les respectait jamais.

Durant l'après-midi, il était allé trouver le percepteur de la station de métro Beaudry ; il aimait causer avec lui de temps à autre, quand il n'y avait pas trop d'affluence (cela lui valait parfois un bon café chaud) ; le bonhomme n'avait pas l'air dans son assiette et lui avait annoncé tout à coup, dans un épais nuage de cigarette, son hospitalisation imminente à l'Institut de cardiologie pour une opération à cœur ouvert ; il en avait perdu le sommeil depuis trois jours. Chien Chaud avait tenté de le rassurer en lui expliquant que ce genre d'opération était devenu aussi banal que l'installation d'un robinet et que dans deux mois il se sentirait comme un jeune homme. Et il lui avait cité en exemple un de ses oncles, incapable avant l'opération de monter cinq marches et qui s'était ensuite remis au golf. Le percepteur avait opiné de la tête, mais gardait l'air abattu. Alors Chien Chaud, pris d'une soudaine inspiration, s'était rendu à la librairie du Parchemin, station Berri-Uqam, et – *sans éprouver la moindre tentation de la subtiliser* – avait acheté une petite monographie sur les opérations à cœur ouvert ; il l'avait apportée au percepteur, qui s'était montré très touché et avait promis d'en commencer la lecture le soir même.

Tout ragaillardi par sa générosité, Chien Chaud s'était alors promené quelque temps par les rues en sifflotant, avait fait la jasette à des robineux dans le square Berri, puis s'était rendu au Ritz pour tenter de lever une vieille et regarnir ainsi son portefeuille. Les choses avaient bien marché et il avait quitté l'hôtel une heure et demie plus tard, un peu ivre et avec une faim de loup.

Il pénétrait dans le restaurant Da Giovanni lorsqu'un vieux débris surnommé Sac-à-Pisse, arrivant à petits pas pressés, tout essoufflé, lui avait annoncé qu'un homme dans la quarantaine le cherchait, qui venait tout juste d'entrer chez Harvey's, puis il avait tendu la main, un service valant bien trente sous.

———

— Paraît que vous voulez me voir ? fit Chien Chaud

— Ouais. Prendrais-tu quelque chose ?

— Bonne idée. Les vieilles, ça creuse l'estomac.

Nicolas ne releva pas sa remarque et lui tendit un billet de cinq dollars. Il revint avec un hamburger, des frites et un Coke, et tout se déroula très vite.

— Si on t'offrait le double, fit Nicolas, est-ce que tu marcherais ?

L'autre s'arrêta de manger, ferma à demi les yeux, comme pour réfléchir, essayant en réalité de cacher sa surprise, puis, la bouche pleine, l'œil dilaté de plaisir :

— Jusqu'à la lune. Et même plus loin.

« Petit malin », pensa Nicolas.

— Eh bien, tant mieux. Car on va sans doute passer à l'action dans quelques jours, Robidoux revient bientôt de Floride. Mais j'espère que, cette fois-ci, tu ne nous lâcheras plus, hein ? C'est dur pour les nerfs. Et puis, de toute façon, mon vieux, je suis rendu au fond de mon portefeuille, moi. Si tu songes à augmenter encore tes tarifs, autant me le dire tout de suite, on va tout laisser tomber – et pas pires amis.

— Je n'y pense même pas. Ça me va tout à fait.

Nicolas lui expliqua le stratagème qu'il avait monté avec Robert Lupien, puis ils se rendirent de nouveau sur les lieux, jetèrent un coup d'œil à la haie, puis au garage désaffecté. Sur le chemin du retour, Chien Chaud laissa discrètement entendre que la chaleur, bien que fort modérée, n'en rendait pas moins éminemment souhaitable la consommation de quelques bouteilles de bière bien fraîche, mais Nicolas, un peu agacé par sa roublardise, fit mine de ne pas comprendre et le quitta devant la station de métro Berri-Uqam après lui avoir donné rendez-vous dans deux jours au square Berri afin de faire le point sur la situation. Il voulut téléphoner ensuite à Lupien pour lui annoncer la bonne nouvelle et le féliciter pour son flair, mais se rappela que le journaliste s'était rendu à un théâtre d'été près de Sherbrooke avec une jeune Japonaise qu'il avait dénichée la semaine d'avant dans un bar du Vieux-Montréal.

L'heureuse tournure des événements avait mis un peu de sucre dans la potion amère que Moineau lui avait fait avaler quelques heures plus tôt. L'envie le prit de se rendre chez elle à l'improviste, mais la lassitude et son amour-propre blessé le retinrent et il retourna sagement chez lui, où il passa le reste de la soirée devant la télévision, Sophie et Frédéric pelotonnés contre lui.

Le lendemain, Robert Lupien téléphona au bureau de comté du ministre Robidoux ; on lui apprit que ce dernier arrivait trois jours plus tard.

La nouvelle plongea les deux journalistes dans une grande excitation. Craignant que sa tenue misérable n'attire l'attention, ils amenèrent Chien Chaud dans un magasin à rayons et l'habillèrent des pieds à la tête. Ce dernier réussit même à les convaincre de lui acheter une douzaine de slips et des verres fumés, mais dut promettre de faire disparaître sa mèche mauve. Lupien, à qui revenait le rôle de faire le guet au Café du Pigeon vert pour signaler la sortie du ministre, fut pris de doutes mortels quant à sa capacité de le reconnaître la nuit ; il alla chercher le dossier de Robidoux à la photothèque du journal et passa des heures à l'examiner en se mordillant les ongles. Nicolas fut pris d'insomnie, coupa le café, se plongea dans la musique et trouva que la vie était une chose dangereuse et passionnante. Il en oublia même un peu Moineau. Un soir, après une rencontre avec Robert Lupien et Chien Chaud, il finit par lui téléphoner. Elle lui reprocha son long silence et l'invita chez elle. Lorsqu'il vit la jeune fille, à sa grande surprise sa rancœur fondit aussitôt et il passa une merveilleuse fin de soirée. Elle avait convaincu José Turcot de retourner vivre à son appartement, mais continuait quand même de le voir presque chaque jour et trouvait que son état s'améliorait peu à peu. Comme il devait poursuivre son traitement à la clinique externe de l'hôpital pour quelques semaines encore, le voyage en Gaspésie avait été reporté.

— Et comment va ton complot ? lui demanda-t-elle sur le palier au moment de son départ.

Horrifié, il porta précipitamment le doigt à ses lèvres et rentra dans l'appartement, fermant la porte derrière lui :

— Es-tu folle ? On aurait pu nous entendre. C'est une affaire très grave, ne t'en rends-tu pas compte ?

— Mange pas tes mitaines, Charlot, je parlais à voix basse. Il n'y a que le bon Dieu pour nous écouter – et je ne suis pas sûre que ça l'intéresse.

Nicolas se radoucit aussitôt :

— Je suis tellement nerveux, soupira-t-il. J'en ai quasiment perdu le sommeil.

— Tu dormirais peut-être mieux si tu te confiais un peu plus à tes amis. Mais, pour cela, il faudrait évidemment leur faire confiance...

— Les amis, en l'occurrence, c'est toi ?

— Entre autres. Du moins, je l'espère.

— Quel ton... Qu'est-ce qui te démange ?

— Rien de particulier, répondit-elle avec un petit air détaché. Je constate tout simplement que tu me tiens complètement en dehors de ton projet. Pourtant, j'aurais cru pouvoir être utile. Mais je dois me tromper. Il faut connaître ses limites, après tout. Mon domaine à moi, ça doit être le cul. C'est peu de chose, mais c'est mieux que rien.

— Cesse de dire des sottises, Moineau. Comment veux-tu que je t'emploie ? Tu t'es brûlée à tout jamais l'autre soir en te laissant aborder par Robidoux.

— Je pense que je me suis brûlée il y a bien plus longtemps que ça, mon cher, en faisant l'erreur de venir au monde fille.

— C'est une erreur que j'adore, fit-il en posant ses lèvres sur le bout de son nez.

Elle recula la tête :

— J'étais sûre que tu me répondrais une connerie dans ce genre-là.

———

Arriva enfin le vendredi, 14 août. Il avait été convenu que, dans un premier temps, c'est Nicolas qui ferait le guet au Café du Pigeon vert pour signaler l'arrivée du ministre, car Lupien craignait que sa présence tout au long de la soirée ne finisse par attirer l'attention. Aussitôt que Robidoux serait entré au *Beaverbrook Castle*, le journaliste téléphonerait à ses compagnons au Bistro Saint-Denis (c'était un autre choix de Lupien, qui connaissait bien le patron de l'établissement et pouvait recevoir tous ses appels là-bas) et quitterait le café. Lupien et Chien Chaud iraient aussitôt le rejoindre en taxi dans un parc situé non loin des lieux de l'opération et, une demi-heure plus tard, le jeune homme se glisserait discrètement derrière la haie de cèdres bien-aimée, tandis que Lupien prendrait la relève de Nicolas au Café du Pigeon vert.

À sept heures, donc, ce soir-là, Nicolas Rivard pénétra dans le café, l'air insouciant mais le mollet crispé, s'installa à une table près de la vitrine, commanda une *Maudite* et un sandwich à l'emmenthal.

Un gros homme costaud, le menton carré, l'air majestueux, vint s'asseoir à la table voisine, y posa lourdement ses coudes et jeta un regard impérieux sur le patron debout derrière le comptoir. Ce dernier s'approcha, souriant, obséquieux, son calepin à la main. Alors le gros homme posa un appareil sur un orifice pratiqué dans sa gorge et s'informa minutieusement sur les bières importées. Sa voix ridiculement fluette et métallique, rappelant un peu le son de la guimbarde, jurait de la façon la plus curieuse avec son corps massif et son visage plein d'une autorité souveraine.

«Cancer du larynx, se dit Nicolas en portant la main à sa gorge. Ne pas oublier ce soir de prendre de la vitamine C.»

Deux heures plus tard, les poumons cuits par la fumée de cigarette et l'estomac chargé de deux sandwichs et d'un gâteau moka plutôt graisseux, il téléphona à Lupien pour se faire relever.

— Je gage qu'il ne viendra pas, le cochon, murmura-t-il à son ami en le croisant dans l'entrée du café.

À onze heures, Lupien dut se rendre à l'évidence : c'était partie remise.

Le vendredi 21, tout le monde revint au poste – et avec les mêmes résultats. Le vendredi 28 se montra cruellement semblable aux précédents. La veille du vendredi 4 septembre, Nicolas, inquiet de la familiarité grandissante que lui témoignait le patron du café, alla trouver Moineau et lui demanda de le remplacer.

— Pourquoi pas ta femme? répondit la jeune fille en rougissant de plaisir.

— Je n'ose plus rien lui demander. Parfois, quand elle me regarde, j'ai l'impression de me trouver devant ma veuve. Que veux-tu? c'est ma faute... Je crois que j'ai foutu mon mariage en l'air.

Elle sourit, puis détourna la tête. À son insu, un sentiment de pitié commençait à se former en elle pour cet homme naïf et cynique.

— Je veux bien, répondit-elle enfin. Mais à deux conditions.

— Je les accepte d'avance.

— Que je n'entende pas de critiques – même gros comme le bout du petit doigt – si jamais je commets une erreur.

— Tu n'en commettras pas.

— Qu'on me fasse voir des photos de ce ministre pour que je sois sûre de bien le reconnaître.

— J'en ai apporté avec moi. Tu pourras lui examiner la fraise tout ton soûl.

Ce soir-là, en se couchant, il sentit un petit réchaud s'allumer dans son estomac ; dix minutes plus tard, les muscles de sa nuque étaient si tendus qu'un arc de feu s'allongea peu à peu au milieu de son crâne et plongea dans son œil gauche. Raide et immobile dans son lit, il fixait par la fenêtre un coin de ciel où flottait un nuage phosphorescent, mince comme un couperet, tandis qu'à ses côtés Géraldine feignait le sommeil.

De l'autre côté du fleuve, Robert Lupien, frappé d'insomnie lui aussi, regardait *Mademoiselle Julie* à la télé en buvant de la camomille, tandis que Chien Chaud, affalé au Rodéo devant une chanteuse western stridente et celluliteuse, se préparait à larguer un gros pharmacien fleurant la crème d'aloès qui lui avait payé six bières et entendait bien se faire payer en retour.

Vers une heure, Nicolas se leva, enfila sa robe de chambre (Géraldine l'observait dans le noir) et descendit à la cuisine où il avala :

un grand verre de lait (pour éteindre le réchaud),

deux comprimés d'aspirine (pour éteindre l'arc),

deux comprimés d'oxyde de magnésium (bénéfique, disait-on, au système nerveux),

trois capsules de sugayamaga (une plante de l'Amazonie, excellent reconstituant biologique, selon certains).

Puis il lut les six premiers chapitres d'*Homme invisible à la fenêtre* de Monique Proulx, qui lui laissèrent un profond sentiment de détresse.

Aussi arriva-t-il le lendemain chez Donégis le teint plâtreux et le regard vacillant. Assis derrière son bureau, son oncle le fixa un moment, fit une grimace difficile à décoder, puis, se renversant dans son fauteuil :

— Tu me permets une remarque, Nicolas ?

— Allez-y, répondit l'autre, soudain sur le qui-vive.

— Delphine m'a parlé de ta femme l'autre jour. Elle lui trouve une sale mine depuis quelque temps. Sais-tu ce qu'elle m'a dit ?

— Non, fit Nicolas, le cœur battant.

— Elle m'a dit : « De deux choses l'une : elle couve un cancer ou elle va divorcer. On le saura au plus tard dans six mois. » Qu'en penses-tu ?

— Rien.

— Oh ! oh ! J'ai froissé monsieur. J'ai plongé mon doigt dans son potage aux épinards. Bon bon. Toutes mes excuses. Je m'arrête là. J'essayais de t'aider. Je pensais que mon âge m'en donnait le droit. Juste un dernier mot, cependant.

— Allez-y, répéta Nicolas, de plus en plus acide.

— En affaires, nos pires ennemis, ce ne sont pas les concurrents – mais les ennuis conjugaux. Ça vide un homme comme un coup de marteau dans un pot de confitures. Si tu veux courir la poulette, cours-la, mon garçon... Mais respecte le foyer conjugal, conseilla-t-il, son gros index noueux dressé en l'air.

Nicolas regarda la porte :

— Excusez-moi, je dois aller au bureau de poste.

Et il s'éloigna, les lèvres pincées.

Vers onze heures, la secrétaire lui annonça l'appel d'un certain Aimé Douillette.

— Encore lui ? grogna le journaliste.

— Passé un bel été, Nicolas ? demanda joyeusement le fonctionnaire.

— Pas mal. On a loué un chalet près de Mont-Laurier. Et toi ?

— J'arrive des Îles-de-la-Madeleine, mon vieux. Un mois au grand vent et à l'air salin avec ma petite famille. T'es déjà allé là-bas ?

— Ouais, une fois, répondit l'autre en frappant nerveusement du bout du pied contre la patte de son bureau.

Il n'avait guère aimé son séjour. François Durivage, qui adorait l'endroit, l'avait invité à venir le rejoindre avec femme et enfants dans l'immense maison d'été qu'il avait achetée là-bas au début des années quatre-vingt. Depuis la parution de *Mirages*, un récit se déroulant aux îles, les Madelinots lui vouaient un véritable culte. Pendant un mois, il avait été le second violon dans les restaurants comme sur les plages, s'efforçant de masquer son agacement par des plaisanteries, mais son ami n'avait pas été dupe.

— J'y ai fait une véritable *cure de jouvence*, mon vieux, poursuivit Douillette. Depuis l'hiver dernier, je souffrais de constipation. Eh bien! c'est fini! J'élimine comme un bébé! Quant à ma femme, c'est encore plus extraordinaire : vers la fin du printemps, elle avait commencé à perdre l'usage de ses mains, la pauvre. Eh bien! crois-le, crois-le pas : elle vient tout juste de nous préparer une superbe omelette aux champignons – et rien sur le plancher! rien sur le comptoir!

— Merveilleux, répondit stoïquement Nicolas.

— Et comment va ton enquête? fit le fonctionnaire en réduisant soudain sa voix à un filet. C'est ma femme qui m'a littéralement forcé à te téléphoner. Depuis quelques jours, vois-tu, elle sent des choses. Elle est sûre que je pourrais t'être utile. Et comme à présent j'ai du temps libre à pouvoir en faire du beurre, de la crème et du fromage, j'ai pensé que... Est-ce qu'il y a du nouveau? Tu peux me parler en toute sécurité : je te téléphone d'un Croissant Plus.

— En fait, pas grand-chose, répondit l'autre, bien décidé à ne rien dire.

— Eh bien, moi, j'en ai.

Et il lui raconta qu'un certain Binette, responsable de l'application des contrôles sur les déchets dangereux, venait d'être nommé durant l'été (temps éminemment propice à ce genre de choses) conseiller spécial auprès du sous-ministre. C'est-à-dire tabletté lui aussi. Robidoux, avait-on dit en haut lieu, n'appréciait guère ses dons d'administrateur. Mais quelques personnes au ministère savaient de quoi au juste il retournait. Douillette en faisait partie.

— De quoi s'agit-il?

— Le principal défaut du bonhomme, c'est d'avoir pondu il y a six mois un rapport qui s'opposait à tout adoucissement de la réglementation. Hein, hein... Saisis-tu ? Ça confirme nos soupçons. Les morceaux du casse-tête tombent en place. Tu aurais peut-être intérêt à lui causer.

« C'est la dernière chose à faire pour l'instant, pensa Nicolas. Aller chatouiller la queue du lion avant de l'abattre, très peu pour moi. »

— Merci du tuyau, répondit-il à Douillette. Dommage que je sois si débordé. J'irais le voir tout de suite. Mais on s'arrache les cheveux ici. Il y a du travail pour vingt, on n'est que trois. Je rogne sur mes heures de sommeil.

— Ah ! quelle affaire, compatit Douillette. Attention à ta santé, tout de même. En tout cas, si jamais t'as besoin d'un coup de main pour ton enquête, pense à moi. Malheureusement, je ne peux pas aller trouver Binette. Trop risqué.

Nicolas le remercia, promit de penser à sa généreuse proposition, prit les coordonnées du nouveau « conseiller spécial » et se hâta de raccrocher.

———

— Tu retournes à ton café ? s'enquit Géraldine au souper quand elle le vit se lever de table, les traits tendus, tourmenté par les plus noirs pressentiments.

— Ouais, justement.

— Eh bien, bonne chance, dit-elle d'une voix un peu lasse, qui lui alla droit au cœur, et elle commença à desservir.

Sophie, intriguée, leva la tête vers lui :

— Pourquoi tu ne prends pas ton café ici, papa ?

— L'entends-tu ! ricana Frédéric. Il ne s'agit pas du café *qu'on boit*, nounoune, il s'agit du *café où on va boire du café*. C'est comme une sorte de restaurant. Papa fait un reportage sur un restaurant. Est-ce que c'est plus clair, à présent, dans ta petite tête ?

— Frédéric! intervint sa mère, tu pourrais renseigner ta sœur sans l'insulter.

Accoudé à la table, l'air repu, Jérôme suivait la scène avec un sourire vaguement moqueur, comme pour laisser entendre que, sans connaître le fin fond de l'affaire, il n'était pas dupe de cette histoire de reportage.

Nicolas se dépêcha de quitter la maison (par prudence, il avait décidé de laisser l'auto chez lui) et se rendit chez Moineau, qu'il devait accompagner jusqu'aux abords du Café du Pigeon vert.

— Pourvu qu'il ne prenne pas l'idée à Géraldine de me téléphoner au café, se dit-il en pénétrant dans le métro. Je ne sais trop ce que j'inventerais.

Vingt minutes plus tard, il frappait à la porte de son amie. Un bruit de chasse d'eau lui parvint, puis un pas légèrement sautillant, et elle ouvrit, le visage blême.

Robert Lupien, fraîchement sorti de la douche, s'examinait tout nu dans le miroir. Sa cuisse gauche, légèrement atrophiée, et son mollet curieusement difforme lui amenèrent, comme d'habitude, une moue de dépit. Pour se consoler il porta les yeux sur sa verge, dont il était assez fier, et qui lui avait valu, au cours des ans, quelques compliments de la part du beau sexe et même, six mois plus tôt, un curieux poème dithyrambique d'une journaliste brésilienne, par ailleurs disparue sans laisser de traces. Il tapota affectueusement son organe viril, finit de s'essuyer et passa dans sa chambre, repris par ses noires pensées.

L'homme est vraiment un être bizarre, se disait-il en enfilant ses vêtements. En effet, ce n'était que la veille au soir, au moment de se coucher, qu'il avait pris pleinement conscience des suites possibles de leur folle aventure. Si Chien Chaud échouait dans son arnaque (et pourquoi n'échouerait-il pas, jeune et inexpérimenté comme il était?), tout portait à croire que, pour sauver sa peau, il les donnerait à la police. Lupien serait alors accusé de complicité dans une tentative de vol avec violence et préméditation, sa réputation salie et sa carrière réduite en miettes. Il se sentit tout à coup comme un raton laveur sur une autoroute. Le bon sens lui ordonnait de tout arrêter là, de ramener Nicolas à la raison et de confier aux autorités compétentes cette enquête sur une affaire nébuleuse qui, à cause des hauts personnages qu'elle impliquait, avait toutes les chances de le demeurer à jamais.

Pourtant, le bas-ventre rempli d'inquiétants gargouillis, il s'habilla avec recherche (chemise lilas, cravate de soie verte, veste et pantalon de velours côtelé noir) et se dirigea à pied (le trajet ne prenait qu'un quart d'heure) vers le Bistro Saint-Denis, où il devait rejoindre Nicolas et Chien Chaud à huit heures.

Il arriva le premier. En l'apercevant, le patron vint le trouver :

— Pensez-vous que votre ami Rivard va nous honorer ce soir de sa présence ?

— Je l'attends d'une minute à l'autre. Pourquoi ?

Il exhiba un bout de papier :

— Je viens de recevoir un appel pour lui. Un petit oiseau à la voix charmante qui m'a plongé dans le ravissement.

— Donnez, je le lui remettrai.

— Attention, fit l'autre en agitant l'index, il ne faut pas jouer dans les plates-bandes des amis.

Le message se lisait ainsi :

Moineau. Urgent. 481-7337

Il tripotait le papier, alarmé, lorsque Nicolas, légèrement pâle, vint s'asseoir près de lui :

— Elle a failli craquer. J'ai eu toutes les misères du monde à la convaincre d'entrer au café. Mais ça va mieux, maintenant.

Lupien lui tendit le message :

— Tu viens de recevoir ceci.

— Trou de lunette ! s'écria Nicolas.

Il repoussa sa chaise si violemment qu'elle faillit tomber.

— Qu'est-ce que je te sers, Nicolas ? lança le patron en le voyant filer vers le sous-sol.

— N'importe quoi.

Et il disparut dans l'escalier.

Lupien, assis tout raide devant sa bière, s'aperçut que la pointe de ses coudes laissait des traces de transpiration sur la table.

— Robidoux vient d'arriver, annonça Nicolas à voix basse en venant se rasseoir. Elle commençait à peine son café qu'il est passé devant la vitrine, a traversé la rue et s'est dirigé vers le *Beaverbrook*.

— Quel air de conjuration, messieurs ! lança le patron, discret comme une fanfare, en déposant son plateau sur la table. Est-ce que mon humble établissement serait devenu un repaire de comploteurs ?

Nicolas lui adressa un sourire crispé, sortit son portefeuille, paya, attendit qu'il s'éloigne, puis :

— C'est parti, mon vieux. *Tonight or never...* Mais où est donc Chien Chaud ? J'espère qu'il va se pointer, celui-là. On a le gibier, il faut le fusil.

Il porta de nouveau le verre à ses lèvres.

— Tu bois trop, sourit Lupien. Cesse de jouer les Humphrey Bogart, ça ne te va pas. On est tous morts de trouille, faut l'accepter.

Mais Nicolas continua ses libations comme si son ventre contenait les sables du Sahara. Lupien avait sorti un journal de sa poche et le feuilletait en soupirant. Pour tuer le temps, son compagnon se mit à observer au-dessus de sa tête une mouche suicidaire qui se lançait frénétiquement contre l'ampoule d'une applique murale. Elle zigzaguait de plus en plus gauchement, puis, manifestement devenue aveugle, se frappa contre le mur et tomba dans l'abat-jour renversé, où se consumèrent ses jours.

Lupien consultait sa montre de plus en plus souvent et sursautait à l'apparition de chaque client.

Nicolas lui posa brusquement la main sur le bras :

— Penses-tu qu'il serait assez chien pour nous avoir laissé...

Mais il dut s'interrompre. Le patron s'amenait de nouveau, un autre bout de papier à la main.

Chien Chaud déambulait nonchalamment dans la rue Saint-Denis. La soirée risquait d'être exceptionnelle – et la journée l'avait été tout à fait. Malgré la mini-beuverie de la veille, il s'était levé tôt, l'esprit clair, rempli d'une merveilleuse énergie. Il avait déjeuné au Robi, un restaurant de la rue Saint-Laurent où il mettait rarement les pieds, et quand était venu le moment de régler l'addition, le patron s'était contenté de grogner :

— Bon, ça va, ça va, tu me payeras la prochaine fois.

Il avait flâné ensuite au terminus Voyageur, causant longuement avec les chauffeurs de taxi haïtiens, puis avec un vieux monsieur arrivé tout droit de New Carlisle, en Gaspésie, et qui était allé à la petite école avec René Lévesque. Soudain, il avait eu envie d'aller voir Catherine, sa blonde à temps partiel, qui demeurait à Boucherville ; il lui avait téléphoné et elle l'avait invité à passer la journée chez elle, ses parents étant partis en voyage ; ils s'étaient longuement baignés dans la piscine familiale, ils avaient fait l'amour (dans le lit des parents !), puis Catherine avait cuit des grillades sur la terrasse tandis qu'il dénichait dans la cave une excellente bouteille de *Pisse-Dru*, bref, c'était la belle vie ! À six heures, il l'avait quittée en lui promettant de revenir bientôt et s'était rendu à Longueuil sur le pouce, mais cela avait pris du temps et l'horloge du métro marquait sept heures et demie quand il avait pénétré dans la station. Il avait alors senti un petit creux à l'estomac, mais avait décidé de mettre la bride sur sa faim, dans l'espoir que Lupien et Rivard lui payeraient un repas en fin de soirée.

Il approchait donc lentement du bistro, avec l'assurance que ce soir était le bon et qu'un certain ministre irait bientôt se coucher la mine longue ; une allégresse piquée d'un soupçon d'angoisse (mélange délicieux) le remplissait jusqu'au bout des doigts ; voilà longtemps qu'il ne s'était senti aussi bien.

— Mais d'où sors-tu donc, toi ? chuchota Nicolas, furieux, quand il le vit apparaître. Une demi-heure de retard !

Il se pencha vers lui :

— Il est arrivé !

— Déjà ?

— Eh oui. Et deux fois plutôt qu'une ! Moineau l'a vu entrer au *Beaverbrook* et m'a laissé un message. Mais on vient d'en recevoir un autre : il est ressorti presque aussitôt avec son ami Scotchfort et les voilà qui soupent au café, presque sous son nez !

— C'est drôle, ça.

— Pas du tout, répondit Lupien.

— Ce n'est pas drôle ?

— Robidoux connaît Moineau, mon cher. Il s'est aussitôt mis à la draguer. Elle n'a eu que le temps de se sauver.

— Où l'a-t-il connue ?

Lupien leva la main :

— C'est une histoire trop compliquée.

— Oui, appuya Nicolas, trop compliquée. Il faut filer d'ici et aller la rejoindre. Elle m'a appelé d'une tabagie en face du café.

— C'est que je n'ai pas soupé, moi, se plaignit Chien Chaud.

— Ça, mon vieux... Que veux-tu que j'y fasse ? Tu souperas plus tard. Ventre creux, main agile.

Ils quittèrent le restaurant, sautèrent dans un taxi et se firent déposer non loin de la tabagie. Nicolas alla y chercher Moineau pendant que ses deux compagnons se dirigeaient vers le parc. Elle ne s'y trouvait pas. Il revenait sur ses pas, inquiet, lorsque la jeune fille surgit au coin d'une rue.

— Le commis n'arrêtait pas de me reluquer avec un sourire malade, expliqua-t-elle. J'ai eu peur et je suis sortie. Est-ce qu'*ils* se trouvent toujours au café ?

— J'avoue n'avoir pas regardé.

Nicolas décida d'aller relever son amie au Café du Pigeon vert tandis que celle-ci rejoindrait Chien Chaud et Lupien au parc. Si le ministre et son acolyte avaient quitté les lieux, il irait les retrouver et on aviserait.

— Eh bien, conclut Lupien après quelques minutes d'attente, assis sur un banc, les mains entre les jambes, on dirait que nos deux filous grignotent toujours. Pourvu qu'ils retournent au *Beaverbrook*, à présent...

La brunante tombait doucement sur le parc désert. Il se mit à fixer gravement un caillou à ses pieds, méditant sur l'injustice du destin qui avait permis à Nicolas de conquérir une maîtresse aussi ravissante alors qu'il avait été amené, lui, la semaine précédente, dans un paroxysme de faim sexuelle, à renouer avec une téléphoniste de Bell Canada bâtie comme un cosaque du Don et qui l'avait tenu toute une soirée dans un sous-sol d'église à jouer au bingo au milieu d'une bande de vieilles jacasseuses.

Assise à l'autre extrémité du banc, Moineau chantonnait, le regard perdu dans le ciel. Quelques mètres plus loin, debout sur la pointe des pieds, Chien Chaud scrutait un trou dans le tronc d'un arbre, essayant de vérifier s'il s'agissait d'un nid d'écureuils.

De temps à autre, Moineau lui jetait un coup d'œil.

— Et puis ? lança-t-elle enfin. Aperçois-tu quelque chose ?

Il se retourna, souriant, un peu intimidé :

— Pas vraiment. Je n'ose pas glisser mon doigt ; j'ai peur de me faire mordre.

Elle se leva et alla le rejoindre :

— Alors prends une branche.

Il eut un haussement d'épaules et s'appuya à croupetons contre l'arbre. Elle l'imita. Lupien leva la tête, les aperçut et son visage se rembrunit.

— As-tu peur ? demanda Moineau en pointant le menton vers le café.

— Du tout, répondit Chien Chaud avec un air de bravade. Au contraire, j'aime ça. On va démasquer un salaud. C'est tripant. Tu ne trouves pas ?

— Je serais incapable, moi. Je ferais une crise de nerfs ou je perdrais connaissance.

— Je ne crois pas. Je t'ai observée tout à l'heure. Tu n'as pas froid aux yeux, toi non plus. Tu t'en tirerais aussi bien que moi. À ta façon, mais aussi bien.

— Merci, merci ! s'esclaffa-t-elle. T'es du genre optimiste, à ce que je vois !

Il la regarda avec une expression d'effronterie naïve :

— Je suis du genre à me crisser de tout, parce que j'en ai trop vu.

Nicolas apparut au loin, s'efforçant de marcher avec nonchalance mais comiquement trahi par ses gestes raides et empruntés.

— Ça y est, annonça-t-il quand il fut à vingt pas, ils viennent de retourner au *Beaverbrook*.

Il consulta sa montre (sa main tremblait un peu) :

— Neuf heures vingt... On doit avoir deux bonnes heures devant nous.

— Donc j'ai le temps d'aller manger, conclut Chien Chaud avec un grand sourire.

Nicolas le regarda, hésita un instant, puis :

— Va au café. Mais ne traîne pas, quand même. Et surtout ne te fais pas remarquer.

— Je voudrais bien y aller, mentit calmement le jeune homme, mais je n'ai pas un sou.

Lupien lui tendit un billet de dix dollars et le regarda s'éloigner :

— J'aimerais bien fouiller ses poches, moi. J'ai l'impression qu'il nous siphonne comme un fonctionnaire soviétique.

« Et je ferais de même », pensa Moineau.

Chien Chaud, l'appétit aiguisé par le trac, commanda une crème de brocoli et des fettuccine Alfredo et avala le tout en parcourant d'un œil amusé une curieuse brochure oubliée sur sa chaise ; un zoophile passionné y faisait un vigoureux réquisitoire contre l'usage d'expressions telles que « haleine de cheval », « avoir d'autres chats à fouetter », etc., et l'utilisation d'épithètes péjoratives comme « bête », « cochon », « chameau », « vache », en soutenant qu'elles encourageaient le mépris et la cruauté envers les animaux et devaient être bannies par la loi.

— T'en as mis du temps! grogna Nicolas en le voyant revenir une demi-heure plus tard. Un peu plus, et j'allais te chercher!

— Scusez-moi, répondit Chien Chaud en étouffant discrètement un rot dans son poing fermé.

— Et le ministre? demanda Lupien. Il est toujours chez Scotchfort, au moins?

— Il n'a pas bougé d'un poil, assura Chien Chaud, et quand il va sortir de chez son petit copain, je vais lui arracher sa mallette avec une telle raideur qu'il va croire à une tornade.

Vingt minutes plus tard, Lupien pensa que le moment était venu pour lui de s'installer au café tandis que Chien Chaud irait se poster derrière la haie.

— Pars le premier, je te suivrai, ordonna-t-il au jeune homme. Et cache-toi de façon à bien me voir derrière la vitrine. Quand j'ouvrirai tout grand mon journal, c'est que Robidoux s'en vient.

Nicolas, les paumes moites, serra la main à Chien Chaud et Moineau l'embrassa sur les deux joues:

— Ne lui fais pas trop peur, hein? Il pourrait se taper une attaque.

Chien Chaud voulut répondre par un mot d'esprit, mais le trac, qui venait de l'envahir, lui avait coupé l'inspiration.

Il lui fit un clin d'œil, salua gauchement de la main et s'éloigna en balançant les bras d'une façon exagérée.

« Elle est jolie, la petite amie de Nicolas, se dit-il pour donner un cours joyeux à ses pensées. J'ai l'impression que je lui plais. »

Il avançait sur le trottoir, les mains dans les poches, tripotant nerveusement une poignée de monnaie. À sa gauche apparut au loin la vitrine illuminée du Pigeon vert, puis, du côté opposé, la haie de cèdres du *Beaverbrook*. La circulation avait beaucoup diminué. Un couple venait de s'arrêter devant le café et consultait le menu affiché dans la vitrine. Plus loin, une grosse dame s'avançait lourdement sur le trottoir. Elle s'arrêta, porta la main à sa nuque pour ajuster sa coiffure, tourna la tête vers le café, sembla hésiter et reprit sa marche. Chien Chaud ralentit le pas, espérant que le couple entre dans l'établissement et que la grosse dame oblique vers le *Beaverbrook*, puis lorgna vers l'arrière et aperçut Lupien qui s'en venait, son journal à la main. Quand il ramena son regard en avant, la rue était déserte. Il prit son élan, arriva devant la haie, jeta un rapide coup d'œil circulaire et se glissa parmi les cèdres, enfonçant le pied dans la terre fraîchement remuée.

— Bravo, murmura Lupien, soulagé, en le voyant disparaître. À mon tour, maintenant.

« Pourvu que personne ne le remarque de la conciergerie », se disait Nicolas, assis sur son banc et caressant machinalement les cuisses de Moineau, qui semblait dormir, la tête appuyée sur son épaule.

Chien Chaud rampa derrière les arbustes jusqu'à ce qu'il ait une bonne vue de la vitrine et vit Lupien entrer dans le café.

— Christ ! toutes les tables du côté de la rue sont occupées... Comment allons-nous faire ?

Son aventure lui apparut tout à coup stupide et dangereuse, lui-même jouant le rôle de l'idiot destiné à prendre tous les coups. Il sentit comme une subtile pression entre les deux épaules, tourna la tête, leva le regard et aperçut dans la façade une demi-douzaine de fenêtres illuminées, mais personne devant, semblait-il – pour l'instant du moins. Voilà un danger qu'on n'avait pas prévu. L'idée lui vint de s'esquiver par le côté en longeant l'édifice et de laisser ses deux chevaliers à petits risques se débrouiller tout seuls. Il était en train d'évaluer le pour et le contre de l'affaire lorsqu'une table se libéra et que Lupien y prit place.

— Bon, soupira Chien Chaud, les choses se tassent... Je vais attendre encore un peu.

Il eut envie d'une cigarette, mais la fumée risquait de le trahir. Alors il glissa la main dans la pochette de son veston, en sortit un tube et glissa un comprimé dans sa bouche. Un goût d'amande amère lui tira une grimace. La salive le chassa au fond de sa gorge. Bientôt le temps se cristallisa, devint un bel objet immobile et transparent, rempli d'un foisonnement de lueurs mystérieuses, et sa vie lui apparut limpide, enthousiasmante, strictement organisée, chaque minute s'insérant dans les autres comme une pièce parfaitement ciselée. Les passants qui déambulaient sur le trottoir allaient vers des destins grandioses, le trottoir et la rue donnaient une impression de solidité immuable et magnifique, les arbres apparaissaient enfin tels qu'ils étaient : des jaillissements de vie qui chantaient la joie et la sensualité ; la vitrine du Pigeon vert déversait une abondance inépuisable de bonne lumière chaude et généreuse et les clients qu'on y voyait boire et manger semblaient les acteurs d'un chef-d'œuvre en train de se créer. Il se laissait flotter, ravi, comblé, apaisé. La Perfection, encore une fois, l'enveloppait maternellement. Et puis, peu à peu, une légère grisaille éteignit les couleurs de toutes choses, une impression de banalité et de déjà vu commença sournoisement à corrompre sa joie, il s'aperçut que ses jambes repliées s'ankylosaient, des élancements partaient de ses genoux et de ses chevilles et montaient jusque dans ses cuisses – et c'est à ce moment que Lupien, après un sursaut, déploya son journal devant lui.

Chien Chaud se dressa debout, étourdi, en réprimant un gémissement de douleur, et entendit des pas sur le trottoir. Il retrouva instantanément sa lucidité et la peur l'envahit de nouveau, aiguë. Avançant la tête dans le feuillage, il aperçut un homme de taille moyenne qui s'approchait à pas lents, une mallette à la main, et se dirigeait, semblait-il, vers une automobile.

Il bondit sur le trottoir, la main tendue. L'homme s'arrêta en poussant un cri étouffé et leva le bras pour se protéger. Chien Chaud saisit la mallette et essaya de la lui arracher, mais l'autre ne lâchait pas prise. Une bousculade commença.

— Laisse-moi, imbécile, bafouilla le ministre d'une voix éteinte, y a pas d'argent là-dedans !

Alors la rage, exacerbée par la peur, s'empara de l'adolescent et il asséna un coup d'avant-bras si violent sur la joue de l'homme que ses lunettes volèrent sur le trottoir et la mallette se libéra enfin.

Il se mit à courir à perdre haleine tandis que Robidoux, sa voix retrouvée, hurlait des appels à l'aide, puis se lançait à sa poursuite.

« Christ de cave ! pensait Chien Chaud, étranglé de peur, tu l'as frappé ! Réalises-tu que tu l'as frappé ? Si on t'attrape, tu vas te ramasser en tôle pour un maudit bout de temps ! »

Il connaissait très bien le trajet qui menait au garage désaffecté pour l'avoir parcouru deux fois avec Nicolas. Il tourna un coin de rue, puis un autre, coupa par une pelouse, traversa un boulevard et constata qu'il venait de semer son poursuivant.

Dans la pénombre de la rue chichement éclairée par les lampadaires, un vieil homme l'observait sur son perron, interloqué. Chien Chaud se mit à marcher le plus posément qu'il put, déployant des efforts inouïs pour cacher son essoufflement ; il passa devant l'homme et lui fit par dérision un grand salut de la tête. La rue devenait maintenant une artère commerciale. Il hâta le pas ; le garage était presque en vue. Soudain, quelque part derrière lui, le hurlement d'une sirène perça la rumeur somnolente de la ville. Alors il se remit à courir, arriva au garage et alla se cacher, tout frissonnant, parmi les amoncellements de matériaux.

— Ah ! si j'avais su, râlait-il. Jamais plus ! jamais plus !

Et il se mit à vomir, à demi suffoqué, le corps tordu par des spasmes et des crampes d'une violence extrême.

Nicolas, toujours affalé sur le banc, continuait de promener sa main sur la cuisse de Moineau, mais, en fait, il se trouvait tantôt avec Chien Chaud derrière la haie, tantôt avec Lupien penché au-dessus de son journal dans la fumée du Pigeon vert, ou même, de temps à autre, dans l'appartement de Harvie Scotchfort, espionnant une conversation où on montait calmement une combine qui achevait de transformer en poubelle ce pauvre fleuve Saint-Laurent.

Au bout d'un moment, Moineau releva la tête, regarda autour d'elle pour s'assurer qu'ils étaient seuls, détacha le bouton de ses jeans, en descendit légèrement la fermeture éclair, puis, posant ses lèvres contre l'oreille de Nicolas :

— Caresse-moi, Nicolas... j'ai envie d'être caressée.

Un peu interloqué par une pareille demande dans de telles circonstances, il glissa la main dans sa petite culotte et ses doigts découvrirent une vulve déjà gonflée et toute mouillée. Au bout de quelques minutes, Moineau s'arc-bouta sur le banc et poussa un cri étouffé. Cela se produisit deux autres fois, puis le journaliste, affligé maintenant d'une protubérance de plus en plus inconfortable, demanda qu'on le soulage à son tour. Mais l'opération, un peu plus voyante, demandait des précautions. Moineau enleva son veston et l'étendit sur Nicolas après s'être munie préalablement de quelques mouchoirs de papier. Il jouit bientôt avec tant de force que, pendant un instant, le souffle lui manqua. Tandis que la jeune fille, ravie, s'occupait à faire disparaître les traces de son plaisir, Nicolas flottait dans le passé, se retrouvant vingt-cinq ans plus tôt dans la maison de son oncle horloger à Trois-Rivières où il avait pris pension un été alors qu'il travaillait comme débardeur. L'appartement donnait sur la boutique et tous deux étaient remplis d'une incroyable quantité d'horloges qui sonnaient à tout moment, le jour comme la nuit, et Nicolas entendait de nouveau leurs tintements profonds et harmonieux qui annonçaient toutes sortes d'heures contradictoires et abolissaient le temps pour le transformer en une sorte de musique suspendue.

Soudain, il sursauta. Une petite fille s'avançait à bicyclette dans leur direction. Malgré la pénombre, il la reconnut aussitôt par ses nattes rousses. En apercevant le journaliste, elle eut un sourire timide et indécis, comme celui qu'on adresse à un inconnu qu'on croise régulièrement sans oser encore lui parler ; sa main droite lâcha le guidon et esquissa un vague salut, puis, donnant force coups de pédales, l'enfant fila dans l'allée et se perdit dans l'obscurité.

Nicolas la fixait, éberlué, traversé par une douleur déchirante et incompréhensible, comme le sentiment d'une perte irrémédiable subie il y avait très longtemps et qu'il n'arrivait pas à identifier.

Il bondit sur ses pieds et se mit à courir. La petite fille traversait une rue, loin devant lui ; elle tourna un coin et disparut. Il s'arrêta, pantois, au milieu d'une allée, reprit son souffle et revint lentement sur ses pas.

« Est-ce que j'ai des visions ? » se demanda-t-il en passant la main sur son front.

Une angoisse insupportable l'envahissait.

Il hâta le pas pour rejoindre Moineau qui s'en venait à sa rencontre, inquiète.

— Qu'est-ce qui t'a pris ? Deviens-tu fou ?

— Tu l'as vue, hein ? Est-ce que tu l'as vue, dis-moi ?

— La petite fille ? Bien sûr. Pourquoi me poses-tu cette question ? Tu la connais ? Qu'est-ce qui se passe ?

— Elle me poursuit partout. Partout, je te dis. Je ne comprends rien à cette histoire.

Moineau voulut en savoir davantage, mais il secouait la tête d'un air buté.

— Je l'ai peut-être confondue avec une autre, ajouta-t-il au bout d'un moment. Il n'y a pas qu'une petite fille à tresses rousses à Montréal. Mais tout de même...

— En tout cas, c'est une drôle d'heure pour qu'une enfant de son âge fasse une promenade seule à bicyclette dans un parc.

« C'est peut-être Dieu qui me l'envoie », pensa-t-il.

Il rit en agitant la main devant lui comme pour chasser une mouche, mis en joie par cette idée insensée, tandis que Moineau l'observait, interloquée.

Ils arrivaient à leur banc lorsque Robert Lupien apparut au pas de course dans l'allée en faisant de grands signes. Son visage livide les figea sur place.

— Ça y est, lança-t-il dans un souffle. Il lui a sauté dessus et a piqué la mallette. J'ai tout vu. Ils ont failli se battre. Robidoux s'est mis à sa poursuite, mais l'autre a réussi à le semer. Alors le ministre a traversé la rue Sherbrooke en courant – passé à deux poils de se faire écraser, à deux poils, je vous dis ! – et il est entré au café pour appeler la police. J'ai tout vu, tout entendu ! Il était là et j'étais ici... Se frottait une joue sans arrêt, parlait fort, tout énervé. Alors, je me suis approché pour le questionner, mais le courage m'a manqué, j'avais peur de me trahir. Faut aller rejoindre Chien Chaud, maintenant.

— Pas tout de suite, coupa Nicolas. C'est trop risqué.

Et, comme pour appuyer ses propos, une sirène se mit à mugir derrière eux.

— Foutons le camp, reprit Lupien en s'éloignant à grands pas. Ils vont ratisser le coin, c'est sûr.

Il s'arrêta soudain et se tourna vers Nicolas :

— Eh bien, mon vieux, on est embarqués, embarqués jusqu'aux oreilles... Je ne pensais pas que ça me ferait cet effet-là.

Il y avait du désespoir dans sa voix.

Ils attendirent une heure dans une beignerie violemment éclairée, remplie d'une odeur de friture, de cigarette et de soupe aux tomates. Un employé se mit à nettoyer le plancher à la vadrouille et l'odeur de l'eau de Javel noya toutes les autres. Lupien commanda une soupe, mais ne put en avaler deux cuillerées. Dans un coin, un vieil homme à casquette grise, penché au-dessus de sa table, le regard vague, tourné vers l'intérieur, se consolait des déboires de la journée en avalant beigne sur beigne, qu'il arrosait de café avec un grand bruit de déglutition. Deux policiers apparurent dans la porte (Lupien porta la main à sa bouche, les orteils recroquevillés), jetèrent un long regard circulaire dans la place, puis s'assirent au comptoir et plaisantèrent avec la serveuse. Après avoir fumé une cigarette et bu leur café, ils repartirent. Nicolas se tourna vers ses compagnons :

— Faut y aller. Sinon, il va se poser des questions, le pauvre. J'ai hâte de voir cette mallette, moi.

Chien Chaud les attendait, assis sur un bloc de béton, frissonnant et hargneux.

— La v'là, ta mallette, fit-il en s'avançant vers Nicolas. Mon fric, maintenant.

— Les nerfs, Bérangère ! Je ne l'ai pas sur moi. Il faudra attendre à demain, mon vieux.

— Pas question. Il me le faut tout de suite. On va aller au guichet automatique, tu me payes et salut ! Je sens que pendant un bout de temps, il va falloir que je me fasse rare.

— Allons, dit Lupien, ne restons pas ici. On discutera de tout ça chez moi.

Il sortit d'un sac de plastique des vêtements et une casquette, qu'il remit au jeune homme, et glissa la mallette dedans. Avec des gestes fébriles, Chien Chaud enleva ses vêtements et les tendit à Lupien. Moineau détourna la tête, un petit sourire aux lèvres.

Ils quittèrent les lieux en silence, jetant autour d'eux des regards apeurés, puis, craignant d'attirer l'attention, décidèrent de se rendre séparément chez Lupien. Chien Chaud y arriva le dernier, le visage extraordinairement fripé. C'est un Nicolas fort dépité qui lui ouvrit la porte. Derrière lui, Lupien et Moineau sirotaient un cognac en silence.

— Et alors ? fit le jeune homme.

— Et alors la mallette ne contenait que des niaiseries, répondit Nicolas. On s'est échinés pour rien. Partie remise.

— Eh bien, moi, j'ai livré la marchandise et je veux qu'on me paye. Les risques, c'est moi qui les ai courus, personne d'autre. J'enfile un cognac et on va au guichet automatique, compris ?

— Cesse de gueuler, grogna Lupien, personne ne t'obstine.

Nicolas et Chien Chaud se rendirent à une caisse populaire ; le journaliste lui remit une avance de cinq cents dollars et promit le reste pour le surlendemain.

— T'aurais pu me payer comptant d'un coup, grogna Chien Chaud.

Il glissa l'argent dans sa poche, le salua du bout des lèvres et s'éloigna en toute hâte, l'air furieux.

« Quelle mouche le pique, ce petit trou de cul ? se demandait Nicolas en revenant sur ses pas. Il a eu son fric. Que veut-il de plus ? Les cloches de Rome ? »

À son retour chez Lupien, ce dernier lui annonça que Moineau venait de rentrer en taxi.

Ils se penchèrent de nouveau au-dessus de la mallette, posée sur une table basse. Les initiales du ministre brillaient dans un coin sur le cuir fin brun foncé – que déparait une longue éraflure, conséquence de la soirée mouvementée. La serrure leur avait donné bien du mal avant de céder sous la pression d'un tournevis.

Avec force soupirs, ils examinèrent encore une fois son contenu :

Un exemplaire de *Productivité industrielle et contraintes environnementales*, de Harold S. Di Croccia.

Une boîte (entamée) de tablettes *Nutribar* au chocolat.

Une grosse liasse de lettres adressées au ministre par des résidants de sa circonscription de Mortagne, sans intérêt.

Trois procès-verbaux (très schématiques) de réunions récentes du Conseil des ministres, qui n'apprenaient rien qui vaille.

Un rapport très technique sur l'usine des Papiers Scott à Crabtree, dont il ne semblait pas, à première vue, qu'on puisse tirer grand-chose.

Deux mini-slips vert amande, encore dans leur emballage.

Un flacon de vitamine C, presque vide.

Un nécessaire de toilette.

Les numéros du jour, passablement fripés, de *L'Instant*, de *L'Avenir* et du *Globe and Mail*.

— Eh bien, soupira Nicolas, elle aurait été pleine de fumier que nous serions aussi avancés.

Lupien lui tapota l'épaule avec un sourire consolateur :

— Je te sers un autre cognac ?

— Non merci. Je m'en vais me coucher. Je suis trop magané.

Durant la nuit, il rêva que le ministre Robidoux lui glissait de force la tête dans sa mallette, puis, s'asseyant dessus, essayait de le décapiter tandis que la petite fille aux cheveux roux (il ne la voyait pas mais savait qu'il s'agissait d'elle) s'amusait à lui couvrir les fesses de dentifrice, lui causant une sensation de brûlure terrible.

16

Le lendemain, Rivard et Lupien achetèrent tous les journaux pour voir si on faisait mention de l'incident. Personne n'en parlait. Le même silence persista les jours suivants.

— Voilà qui est extraordinaire, s'étonna Nicolas. Robidoux est un ministre-vedette et on traite l'affaire comme si c'était une vieille dame qui s'était fait faucher son sac à main par un voyou.

— Allons, tu ramollis du cerveau, s'esclaffa Lupien. Ne vois-tu pas que tout ce silence confirme nos soupçons? C'est Robidoux lui-même qui a réussi à étouffer l'affaire, car il ne tenait pas à expliquer aux journalistes ce qu'il fricotait ce soir-là chez son ami Harvie Scotchfort.

Nicolas haussa les épaules, se tripota le nez un moment, puis, l'air dépité :

— Ouais... je veux bien... Mais maintenant, qu'est-ce qu'on fait?

La vie, ce gros animal endormi par le train-train des petites journées sans histoires, se réveille parfois en sursaut, et personne alors ne peut prévoir son comportement. Depuis le début de l'avant-midi, le lave-vaisselle du café Van Houtte n'arrivait plus à enlever les traces de rouge à lèvres sur le bord des tasses et Moineau devait les nettoyer à la main. Le réparateur avait promis de venir au début de l'après-midi, mais à quatre heures et quart personne n'avait encore vu son illustre binette. Le midi avait été particulièrement tumultueux, avec une centaine de clients affamés et pressés ; l'un d'eux avait causé tout un esclandre, se plaignant que le jambon de son croque-monsieur était avarié, demandant à tue-tête le patron, qu'il avait copieusement engueulé debout au milieu de la salle, puis, sur son chemin vers la sortie, heurtant par mégarde une jeune secrétaire qui avait failli s'étaler sur une table où mangeaient une vieille dame et ses deux petits-fils. L'après-midi ne fut guère mieux, avec ces deux autobus bondés de touristes qui envahirent soudain le café et tinrent tout le monde en haleine pendant deux heures, demandant ceci, exigeant cela, puis quittèrent le restaurant dans un jacassement surexcité, en laissant le souvenir de mangeurs aux appétits démesurés – mais bien peu de pourboires.

De sorte qu'à sept heures, lorsque sa journée s'acheva, Moineau se demanda où trouver la force de se rendre à son appartement. Elle avala deux cafés, s'épongea le visage d'eau froide aux toilettes, puis, assise à une table, secoua discrètement ses pieds déchaussés pour tenter d'y ramener un peu de circulation, tandis que le patron lorgnait ses jambes d'un œil gourmand.

Elle arriva chez elle avec l'impression d'être devenue une ruine aztèque, soupa d'une grappe de raisins et d'un verre de lait au chocolat, puis s'allongea dans un bain chaud en poussant des soupirs de soulagement et se plongea dans la lecture de *La Sans-Pareille*, que sa tante, grande liseuse de romans, lui avait fortement recommandé.

Au bout d'une heure, la tête à demi enfoncée dans l'eau savonneuse, elle réalisa tout à coup que José Turcot ne lui avait pas téléphoné depuis deux jours. Elle ne l'avait pas vu depuis sa visite précipitée du début de la semaine, où leurs ébats avaient été interrompus par la visite imprévue de sa tante venue porter le roman et un pot de marinades maison.

Elle se savonna les jambes et les cuisses, lut encore une dizaine de pages, puis quitta le bain, enfila sa robe de chambre et téléphona chez José. Personne ne répondit.

«Doit être dans un bar en train de se soûler avec des amis», se dit-elle en se dirigeant vers la cuisine.

Sa fatigue l'avait quittée. Elle se prépara une omelette au jambon et une salade de tomates à l'estragon et dressa soigneusement le couvert, heureuse d'être enfin seule et tranquille et de ne plus sentir son corps comme un poids à traîner.

Peut-être José arriverait-il à l'improviste, comme il le faisait parfois, railleur, le sourire en coin, avec ce regard si triste qu'elle n'arrivait pas à soutenir? Cette pensée lui amena une grimace, puis elle se repentit aussitôt de son égoïsme. Qu'il vienne, bon sang! Elle le recevrait de son mieux, accéderait à tous ses désirs, qui étaient simples et qu'elle partageait assez souvent, maintenant que ses accès de violence semblaient jugulés. À sa façon un peu rustre, il savait se montrer gentil et, curieusement, la détresse sans fond qui l'habitait agissait sur elle comme un moyen supplémentaire de séduction.

Elle lava la vaisselle, passa dans la chambre, alluma la télévision et s'étendit sur le lit, décidée à se coucher tôt. Elle s'endormit presque tout de suite et se réveilla en sursaut, le cœur battant, toute en sueur, sans savoir ce qui l'avait tirée du sommeil et la remplissait ainsi d'angoisse. Une scène d'hôpital se déroulait en sourdine au petit écran. Un homme, sous les yeux apathiques d'une jolie patiente au visage un peu fade étendue dans un lit, s'engueulait avec un médecin. Les voix post-synchronisées, familières, indiquaient qu'il s'agissait encore une fois d'un film américain.

Elle se leva, ferma l'appareil, alla à la cuisine boire un verre d'eau, puis, ouvrant la porte qui donnait sur le balcon arrière, prit une grande goulée d'air frais. Son calme revint aussitôt.

Alors elle décida de s'habiller et de se rendre chez José. Il demeurait à une douzaine de rues, au coin de Labelle et de René-Lévesque, à deux pas du restaurant Chez Pierre, où il avait travaillé brièvement comme plongeur. La marche lui ferait du bien. Elle avait dormi presque deux heures et pouvait retarder son coucher de quelques autres sans être incommodée le lendemain.

Il était presque onze heures à présent. L'air avait fraîchi. Elle regretta de ne pas avoir passé un tricot sur sa robe. Filant dans la rue de Bullion, elle se rendit jusqu'à Sherbrooke et obliqua vers l'est. Au coin de Saint-Denis, un jeune homme d'affaires à fine moustache s'avançait, l'air important, balançant sa mallette imitation cuir. Il lui jeta un regard à la fois admiratif et prétentieux et faillit l'accoster, puis, se ravisant, poursuivit son chemin avec une petite grimace de dépit.

José occupait au deuxième étage un petit trois-pièces plutôt crasseux dont il avait décoré les murs, un soir de grande inspiration cocaïnique, avec des «abstractions» aux couleurs violentes étalées sur le plâtre à l'aide d'un large pinceau. Moineau poussa la porte d'entrée et grimpa le long escalier sans rampe, encaissé dans une cage étroite et sombre. Son cœur se remit à battre sauvagement et une bouffée de chaleur porta le feu à ses joues.

Elle arriva devant l'appartement, tendit l'oreille une seconde, puis frappa. Le bruit résonna avec quelque chose d'insolite. Elle frappa de nouveau, puis, posant la main sur la poignée, constata que la porte était déverrouillée.

— José! lança-t-elle, c'est moi!

Elle attendit encore un instant, de plus en plus frissonnante, sûre maintenant que le malheur l'avait précédée dans ces lieux, puis entra, aussitôt enveloppée par une chaleur étouffante; elle fit quelques pas dans le corridor. Une vive lumière inondait toutes les pièces dont, chose bizarre, les portes avaient été enlevées de leurs gonds et appuyées contre les murs.

— José, réponds-moi. Je sais que tu es là.

Elle continua d'avancer, mais une voix lui ordonnait de rebrousser chemin et d'aller chercher de l'aide. Elle n'écouta pas la voix. Promenant son regard, elle constata que la chambre à coucher, impeccable pour une fois, était éclairée par deux puissantes ampoules électriques fixées au plafonnier.

Le corridor se terminait sur une petite cuisine rectangulaire. De l'endroit où elle se trouvait, on apercevait, à gauche, un comptoir avec évier surmonté d'une rangée d'armoires, en face, une porte qui donnait sur un hangar et, à droite, le coin d'une table. Le comptoir, chose inhabituelle, rutilait de propreté, les pots contenant de la farine, du café, de la cassonade, des pois chiches, etc., soigneusement lavés et rangés contre le mur. Mais la plus grande partie de la pièce, située à droite, échappait encore à sa vue.

Elle fit trois pas, la tête pleine de bourdonnements, et s'immobilisa sur le seuil. Au-dessus d'une chaise renversée dans un coin, José, les yeux à demi fermés, pendu au compteur à gaz, lui tirait la langue, une langue énorme et violacée qui débordait de sa bouche entrouverte.

Un groupe de jeunes adolescents hilares qui passaient à ce moment devant l'édifice entendirent un cri et s'arrêtèrent, interdits.

— Tabarnac! fit l'un d'eux. Qu'est-ce qui se passe? C'est un viol ou un meurtre?

— Est-ce qu'on appelle la police?

— Allez, venez-vous-en, c'est pas de nos affaires. On va être en retard.

Ils s'éloignèrent en parlant à voix basse, jetant des regards derrière eux, puis tournèrent le coin et disparurent.

Moineau, terrifiée, avait dégringolé l'escalier et s'était butée à la voisine d'en dessous, alertée par son cri. C'est de chez la bonne dame qu'elle appela la police, secouée de tremblements et de sanglots, le regard vide, sachant à peine ce qu'elle faisait. En attendant l'arrivée des policiers, Mlle Csik la prit dans ses bras pour essayer de la calmer et voulut lui faire boire une infusion de fleurs d'oranger, mais la jeune fille refusa. L'interrogatoire dura une bonne demi-heure, car il fallait lui répéter plusieurs fois les mêmes questions. Finalement, on l'amena à l'hôpital Saint-Luc, tout proche.

Elle en sortit vers une heure du matin, chancelante, l'air égaré, ne sachant où aller, épouvantée à l'idée de se retrouver seule chez elle et ne se sentant pas le courage de retourner chez ses parents. Finalement, après s'être rendue à une pharmacie à quelques rues de là pour son ordonnance, elle héla un taxi et se fit conduire chez sa tante.

Et c'est durant le trajet que débuta dans son esprit l'épuisante et stérile reconstruction d'un déroulement fictif des événements qui aurait permis d'éviter l'irréparable. Pourquoi n'était-elle pas allée voir José une journée ou même quelques heures plus tôt? Elle aurait pu alors se rendre compte de la gravité de son état. Elle aurait sans doute décidé, surmontant ses craintes, de passer la nuit chez lui. Il lui aurait parlé, il se serait peut-être soulagé d'une partie de cette douleur qui l'étouffait – ou se serait enfermé dans un silence menaçant ; alors, pressentant la catastrophe, elle aurait téléphoné à l'hôpital et peut-être en ce moment serait-il en train de dormir à Notre-Dame, engagé enfin, sans qu'il le sache, sur la voie du bonheur raisonnable, celui qu'il n'avait jamais accepté et dont se contentent pourtant la plupart des gens.

Pourquoi, lors de sa visite chez elle trois jours plus tôt, n'avait-elle pas lu dans son curieux détachement, dans ces sourires pleins d'une si triste dérision, l'adieu qu'ils contenaient ? Pourquoi n'avait-elle pas décodé son orgueilleux dédain et laissé tomber ce vieux journaliste, qui lui faisait perdre son temps, pour aller vivre avec lui – car elle sentait, à présent, qu'elle aurait pu l'aimer, qu'elle ne pouvait aimer que lui. Pourquoi ne s'en apercevait-elle que maintenant ?

Et quand la répétition incessante de ces questions émoussait pour un temps leurs impitoyables aspérités, une autre série de pensées prenait la relève. Elle imaginait, avec une acuité épouvantable, les derniers jours que José avait passés dans la solitude, à la fois obsédé et horrifié par l'idée de la mort, sa peur et son désir se livrant une lutte continuelle et sans merci. C'est le besoin irrépressible de mourir qui lui avait fait dénicher ce bout de corde dans le hangar. C'est la peur de mourir qui lui avait fait décrocher ces portes pour inonder l'appartement de lumière dans l'espoir qu'elle endormirait son angoisse. Elle le voyait errer d'une pièce à l'autre, hagard, les traits tirés, l'estomac vide et pourtant secoué par la nausée, ne sachant comment aborder le moment qui allait trancher son destin, mais sentant son approche inéluctable, car sa volonté malade n'arrivait plus à le protéger contre lui-même. Il était passé et repassé des dizaines de fois devant le téléphone, pensant à elle. Pourquoi ne l'avait-il pas appelée ? Par quel geste inconscient lui avait-elle enlevé la force de crier à l'aide, le poussant vers ce coin de cuisine où il pendait, les mains bleuâtres et à demi repliées, la tête inclinée dans une posture étrange et horrible ?

Sa tante fut épouvantée par l'état de la jeune fille et plus encore par le récit que cette dernière lui fit du drame. Elle la mit au lit, se coucha à ses côtés et lui caressa le dos et les épaules jusqu'à ce que Moineau s'endorme enfin, terrassée par la fatigue, le corps traversé de soubresauts.

Elle se réveilla vers huit heures le lendemain matin, dimanche, dans un état d'angoisse insupportable et prise du besoin irrépressible de parler à Nicolas. Sa tante lui avait laissé une note sur sa table de chevet. Elle venait de partir à la messe et serait de retour dans quarante minutes.

Si la bonne dame avait été là, les choses se seraient sans doute passées autrement. Mais en arrivant dans la cuisine, les jambes flageolantes, tout étourdie, Moineau éprouva un sentiment de solitude encore plus terrible que la veille. Son regard tomba sur le téléphone mural. Des sanglots plein la gorge, elle fouilla dans son sac à main, consulta fébrilement un petit calepin et appela Nicolas à la maison, malgré son interdiction formelle. Ce fut Géraldine qui répondit. Nicolas venait de partir pour un rendez-vous et ne serait pas de retour avant la fin de la journée. Alors Moineau fondit en larmes et le peu de conscience qu'elle avait de la situation périlleuse où elle s'était placée l'abandonna tout à fait. Leur conversation dura environ cinq minutes.

———

Quand Nicolas revint chez lui vers six heures, il fut étonné de ne pas trouver les enfants à la maison. Attablée dans la cuisine, Géraldine l'attendait, pâle, le cou raide, les traits durcis.

— Je les ai envoyés au restaurant, dit-elle. On a à se parler.

Il ne s'était pas trompé. Son ton glacial au téléphone en fin d'après-midi annonçait bien une catastrophe.

Il eut la sensation que son visage devenait rigide et sec comme du carton et s'assit devant elle, prêt à tout :

— Qu'est-ce qui se passe, Géraldine ? demanda-t-il sur un ton de soumission dont il eut aussitôt honte.

— Ta petite amie a téléphoné ce matin. Elle ne va pas bien du tout.

— Ma... petite amie ? fit-il en essayant de sourire. «Trou de lunette ! fulmina-t-il intérieurement. Où avait-elle la tête ?»

— Pas la peine d'essayer de mentir, je sais tout. Elle était dans un tel état que je n'ai presque pas eu besoin de la cuisiner. Son *autre* petit ami s'est pendu hier soir chez lui. Elle l'a découvert en allant lui rendre visite. La tête lui tourne depuis ce moment. J'en ai profité. Ce n'est pas très correct, je le reconnais, mais au moins, à présent, je sais à quoi m'en tenir.

Elle voulut prendre une inspiration, n'y parvint qu'à moitié :

— On va divorcer, Nicolas.

— Divorcer ? répéta-t-il, stupéfait.

Un léger rictus déforma ses lèvres.

Elle l'observa un moment, puis haussa les épaules avec un sourire de pitié.

— Oui. Je l'ai décidé, puisque tu ne sembles pas avoir le courage de le faire. La farce a assez duré.

Il poussa un soupir en contemplant ses doigts qui tournaient et retournaient une fourchette :

— Et les enfants ?

— Les enfants feront comme nous, répondit-elle durement. Ils s'adapteront. Je les aime, mais pas assez pour leur sacrifier ma santé mentale.

— Bon, fit-il au bout d'un moment. Je suppose que je l'ai mérité.

Il continuait de contempler la fourchette qui tournait de plus en plus vite entre ses doigts. Le silence s'allongeait.

— C'est tout ce que tu trouves à dire ? s'écria-t-elle, les yeux inondés de larmes. C'est tout ce que tu trouves à dire après dix-huit ans de mariage ?

— Je... excuse-moi... ma tête est vide.

— Et moi, t'es-tu déjà demandé comment je me sens là-dedans ? Je n'étais donc bonne, pendant toutes ces années, qu'à remplir ton lit et tes chaudrons ? Est-ce que c'est ça ?

Il la regarda, fut sur le point de parler, puis baissa de nouveau le regard sur la fourchette.

— Réponds ! hurla Géraldine en lui arrachant l'ustensile, qui traversa la pièce et heurta un mur de la salle à manger avec un joyeux tintement.

— Je n'ai rien à répondre, répondit Nicolas au bout d'un moment. Je ne sais pas ce qui se passe en moi. J'ai beau y réfléchir, je ne comprends pas.

— Tu ne m'aimes plus. Depuis quand tu ne m'aimes plus ?

— Ce n'est pas ça. C'est plus compliqué. Je ne comprends pas.

Elle se leva, s'épongea les yeux avec un papier-mouchoir et revint s'asseoir en face de lui.

— Tu m'as pris les meilleures années de ma vie, poursuivit-elle à voix basse. Et ce qu'il en reste, tu viens stupidement de le gâcher. Et à présent que le pot aux roses est découvert, tout ce que tu as comme réaction, c'est cet air de petit chien qui vient de faire ses besoins sur le tapis. As-tu pensé à moi une seule minute ? As-tu pensé aux enfants ?

Il rougit violemment et, le regard suppliant, avança la main vers la sienne, sans oser la toucher :

— Donne-moi un peu de temps, Géraldine, pour que je puisse retrouver mon équilibre.

— C'est ça. Et je pourrais peut-être t'amener quelques petites poulettes pour t'aider à le retrouver plus vite ? Et puis, en attendant une autre « crise existentielle », je continuerais à écarter les cuisses pour satisfaire tes restants de désirs ?

— Tu deviens vulgaire, Géraldine.

— *Mais c'est notre situation qui est vulgaire*, tu ne t'en rends pas compte ? Je mange et je bois de la vulgarité du matin au soir depuis des mois ! Je me couche et je me réveille dedans ! Tout ce temps où j'ai essayé de fermer les yeux sur tes parties de fesses minables, sur tes mensonges de collégien, sur ta mine de don Juan fripé ! Tout ce temps où j'ai essayé de protéger les enfants pour leur conserver un peu de paix, pour qu'ils te conservent un peu de respect, même

si tu ne le mérites plus ! Mais ce temps-là est fini. Tu m'as usée, brûlée, anéantie.

— Bon. La cause est entendue, à ce que je vois.

— Eh oui !

Elle se mit à rire :

— Pauvre toi... ton refus de vieillir t'a transformé en vieux
cochon, comme tant d'autres. Et les vieux cochons me font horreur.
Je n'ai aucune envie de partager mon lit et ma maison avec eux.

Elle se leva, alla se verser un verre d'eau (sa main tremblait tellement que Nicolas fut saisi d'un mouvement de pitié), prit une gorgée, puis éclata en sanglots, debout devant lui. Il la regardait, atterré,
impuissant, avec une formidable envie de s'enfuir. Elle se laissa de
nouveau retomber sur sa chaise, le visage dans les mains :

— Qu'est-ce que tu as fait de notre vie, Nicolas ? murmura-
t-elle d'une voix éteinte. Toutes ces années passées ensemble... C'est
avec toi que j'ai appris à faire l'amour... et à élever ces trois enfants...
As-tu tout oublié ? Ces soirées que je passais à réviser tes premiers
articles au journal ? Et le soir à Paris où je t'ai annoncé dans ce petit
café d'ouvriers que j'étais enceinte de Jérôme – et la promenade
qu'on a faite ensuite ? Et le trac qu'on avait en achetant notre première maison ? Les mois de poussière et de tapage quand on l'a
rénovée, avec deux enfants encore aux couches ? Et ton père qu'on
a soigné chez nous jusqu'à sa mort ?

— Je n'ai rien oublié, répondit-il d'un ton sec. La question n'est
pas là.

Elle s'essuya les yeux avec la paume des mains et leva la tête.
Il fut renversé par la haine qui se lisait dans son regard.

— Tu as trois jours pour te trouver un appartement. Tu em-
porteras ton linge, tes disques et tes livres, un lit, une chaise, la table
qu'on a rangée dans la remise, une lampe, n'importe laquelle, ton
ordinateur. Quant au reste, le partage se fera par l'entremise de nos
avocats. Trouve-t'en un bon. Je ne te ferai pas de faveurs.

Ses jambes pesaient comme des billots. Il se demanda où il trouverait la force de se lever.

— C'est donc fini ? constata-t-il après un moment.

— Oui, Nicolas, c'est fini. Tu viens d'obtenir le fruit de tes longs efforts. Je n'ai plus confiance en toi. Je n'aurai plus jamais confiance en toi. Et même – je regrette de te le dire – je crois que je te méprise un peu.

— Alors je ferais mieux d'aller souper au restaurant moi aussi, fit-il en se redressant péniblement.

Tandis qu'il se dirigeait vers la sortie, il l'entendit monter précipitamment l'escalier et se jeter sur son lit.

17

Le lendemain matin, il arriva au bureau complètement vanné. Afin de ménager les enfants, il avait convenu avec Géraldine de partager la chambre conjugale pour les jours qui restaient. Mais, vers deux heures du matin, incapable de supporter plus longtemps les reniflements de sa femme, il était descendu se coucher au salon. C'est là que Jérôme, étonné, l'avait trouvé les yeux grands ouverts à six heures du matin au moment de partir pour la distribution de ses journaux. Ils avaient eu une courte conversation. Nicolas lui avait annoncé que Géraldine et lui, éprouvant depuis quelques mois de graves problèmes, avaient décidé de se séparer pour un temps.

— Ça ne me surprend pas, répondit l'autre en pâlissant.

— Mais je vais continuer de vous voir très souvent, Botticelli, avait aussitôt ajouté Nicolas. Je me cherche un appartement dans le quartier. Si tu aperçois quelque chose, fais-moi signe.

L'adolescent l'avait regardé avec une moue hargneuse. Ses lèvres tremblaient.

— En tout cas, p'pa, c'est une bien mauvaise nouvelle, avait-il enfin bafouillé, et il avait quitté la pièce en coup de vent.

Un message de Moineau attendait Nicolas sur son bureau. Il le roula en boule et le jeta à la poubelle, puis, se ravisant, décrocha le combiné et composa son numéro. Personne ne répondit.

Alors il se mit à faire les cent pas dans la pièce, les mains derrière le dos, le souffle court, la tête bourdonnante, sous les regards intrigués de Rémi Marouette qui passait et repassait devant la porte, puis, s'approchant de nouveau du téléphone, il chercha à joindre Lupien, sans plus de succès. N'en pouvant plus, il se dirigea vers le bureau de son oncle et le surprit, un atomiseur devant la bouche.

— Mon oncle, ça ne file pas ce matin. Je ne pourrai pas travailler.

— Qu'est-ce qui se passe ? fit Pintal d'une voix enrouée en fronçant les sourcils.

Il l'observa un moment :

— T'as l'air gai comme un mur d'hôpital.

— Géraldine et moi, on se sépare.

Les bajoues du vieil homme prirent une lourdeur de plomb tandis qu'il examinait son neveu, puis une lueur moqueuse s'alluma dans ses petits yeux surmontés d'une touffe de poils gris.

— Bon bon. Ma femme et moi, on s'est séparés bien des fois, tu sais. Ça dure environ une heure, au pire une avant-midi.

— C'est sérieux, mon oncle. Elle est allée voir un avocat.

Télesphore Pintal glissa l'atomiseur dans la poche de son veston, puis :

— Depuis quand la trompes-tu ?

— Je préfère ne pas en parler, mon oncle, répondit Nicolas en rougissant.

— Alors pourquoi viens-tu me trouver ? Pour m'annoncer que tu ne travailles pas ce matin ? Eh bien, va-t'en. Je travaillerai, moi.

— Je... je vois une jeune fille depuis trois mois, répondit alors Nicolas en maudissant sa faiblesse.

— Les femmes sont toutes les mêmes. La mienne ressemble aux autres. Elles s'imaginent toutes, à un moment de leur vie, que leur mari est un saint. Je n'ai jamais trouvé de saints ailleurs que dans les missels, moi. Les raisonner à ce sujet, c'est un peu comme vouloir faire évaporer un lac avec un séchoir à cheveux. Il faut y mettre le temps. Tu as commencé trop tard, à ce que je vois. À son âge, elle aurait dû normalement fermer les yeux – à condition, bien sûr, qu'on ne lui ait pas fait perdre la face. Lui as-tu fait perdre la face ?

— Je... en fait, ce n'est pas moi... Je vous raconterai plus tard. C'est très compliqué. Mon oncle, elle me donne trois jours pour vider la place. Je dois me chercher un appartement.

— Quelle mine de chien battu tu as ! Cesse ton théâtre, varlope ! L'orage finira par passer, tu verras. Allez, va prendre l'air. Ça va te replacer les idées. Tiens, je te donne la journée. Fous le camp. Tu ne feras rien de bon aujourd'hui. Je risque de perdre de l'argent à cause de toi.

Nicolas passa dans son bureau pour annuler un rendez-vous. Le téléphone sonna.

— Ah ! Nicolas, c'est toi enfin, soupira Moineau d'une voix tremblante. Nicolas, je crois que j'ai commis une gaffe énorme.

— Ah ça, tu peux le dire ! Ma femme demande le divorce. Je dois quitter la maison dans trois jours.

— Oh non non non ! s'écria-t-elle, horrifiée.

Et elle fut saisie de sanglots hystériques. Il l'écouta un moment, prodigieusement agacé, puis :

— Allons, Moineau, tu auras beau pleurer tout le fleuve Saint-Laurent, ça ne changera rien à l'affaire. Où es-tu ?

— Chez ma tante. Ta femme t'a raconté ?

— En deux mots.

— Nicolas, c'est horrible ! José s'est pendu dans son appartement... C'est moi qui l'ai trouvé avant-hier soir... Tu ne peux pas savoir... Je n'arrête pas de le voir dans ma tête... Dire que j'aurais pu... Et maintenant, à cause de moi, ta femme...

Elle se remit à sangloter de plus belle.

— Donne-moi l'adresse de ta tante, j'arrive.

— Non, je pars, elle m'emmène chez le médecin... Et à midi, mon père vient me chercher... Je crois que je vais devenir folle, Nicolas, vraiment folle...

Il essaya de la calmer, soulagé de ne pas avoir à la prendre en charge tout de suite, nota le numéro de téléphone de ses parents et promit de la rappeler le lendemain.

Il quitta le bureau et se mit à arpenter le Vieux-Longueuil à la recherche d'un appartement pas trop éloigné de sa maison. Vers deux heures, il dénicha un six-pièces, rue Grant, près de la piste cyclable. Les propriétaires demeuraient au rez-de-chaussée et l'appartement occupait le premier étage. Il se trouverait à cinq minutes de son ancien domicile. Le banal duplex en briques, construit dans les années cinquante, était ombragé à l'avant par deux immenses peupliers ; une allée le longeait à droite pour aboutir à un garage un peu décrépit.

— Félicien, lança la propriétaire à son mari, où as-tu mis les clés, que je montre l'appartement à monsieur ? Laisse, laisse, je les avais dans ma poche.

Pendant qu'il visitait les pièces vides et sonores, fraîchement peinturées, une telle tristesse le saisit que ses yeux se remplirent de larmes.

— Et alors ? ça vous va ? lui demanda la petite dame jambonnée en levant vers lui sa tête ronde et frisée comme pour l'arracher aux deux plis de graisse qui lui servaient de cou. Ah oui, j'oubliais : vous avez également droit à la moitié du garage, mais il n'est pas chauffé et nous aimons qu'il soit tenu propre.

— Oui, oui, ça me va, balbutia-t-il en tournant la tête pour s'éponger un œil. Je peux emménager tout de suite ?

— L'appartement vous attend, monsieur. Le loyer comprend le chauffage, mais non la taxe d'eau. Nous apprécions *beaucoup* la tranquillité, mon mari et moi. Vous allez habiter seul, m'avez-vous dit ?

— J'aurai mes deux garçons et ma petite fille de temps à autre.

— Alors n'oubliez pas de leur dire que nous apprécions *beaucoup* la tranquillité, mon mari et moi. Venez en bas : nous allons signer le bail et je vous remettrai vos clés. Encore un couple qui a explosé, ronchonna-t-elle vingt minutes plus tard en le regardant s'éloigner sur le trottoir. Quand donc les gens retrouveront-ils leur bon sens ?

— Il a l'air sérieux et à son affaire, observa un grand homme voûté en s'arrêtant près d'elle devant la fenêtre.

— En tout cas, s'il manque de sérieux, je lui en donnerai, prends ma parole, répondit-elle avec une implacable fermeté. Il faut les dresser dès le début. Je ne répéterai pas mon erreur de l'autre fois.

En revenant chez lui, Nicolas s'arrêta au Café Idéal et réussit à joindre Robert Lupien au téléphone.

— Veux-tu qu'on soupe ensemble ? lui offrit ce dernier en apprenant la catastrophe.

Ils convinrent de se rencontrer au Piémontais à sept heures. De savoir qu'une oreille compatissante saurait l'écouter au-dessus d'une succulente assiette de ris de veau à la crème allégea un peu sa tristesse.

— Comment va madame ? lui demanda Pierre en lui servant son allongé.

— Bien. Et toi ?

— La terre tourne, je tourne avec, répondit l'autre, et il haussa les épaules avec un sourire un peu las.

« Et maintenant, qu'est-ce que je fais ? se demanda Nicolas en sortant du café. Je magasine des meubles ? »

Il décida plutôt d'aller à la maison emballer ses effets personnels. En longeant le Centre Véronneau, il entra dans l'épicerie et en ressortit avec trois boîtes de carton.

Il n'y avait personne à la maison. Un énorme amoncellement de boîtes vides l'attendait dans le salon. Il resta les bras ballants sur le seuil de la porte, consterné par cette cruelle marque de serviabilité.

— Elle m'a vraiment pris en horreur, murmura-t-il. Et c'est la faute à qui ? hurla-t-il en s'assénant un formidable coup de poing sur la cuisse, qui l'obligea, livide, à s'appuyer contre un mur.

Il reprit son souffle, puis se dirigea vers la bibliothèque, les mains tendues :

— Allons, vite, vite, qu'on en finisse ! Crisse le camp, crétin, on t'a assez vu ici !

Deux heures plus tard, tous ses livres, disques et autres effets étaient rangés dans les boîtes. Comme Géraldine était partie avec l'auto, il dut remettre le déménagement au lendemain. L'absence de ses enfants lui pesait. Géraldine les avait emmenés pour leur épargner des scènes pénibles, mais aussi, il le savait bien, pour le punir.

Il quitta la maison en sueur et les vêtements fripés, sans prendre le temps de se changer, saisi par une sorte de dégoût pour ces lieux qu'il s'apprêtait à quitter. À son arrivée au Piémontais, le restaurant était presque vide. Comme il avait une demi-heure d'avance, il tua le temps en avalant des martini. Le barman servait généreusement. La tête se mit à lui tourner et sa douleur devint comme abstraite – mais toujours précise, conservant pour plus tard, il le sentait bien, toute sa force d'attaque. Le patron s'approcha, cordial, souriant, la parole fleurie, et lui offrit un journal, « au cas où vous auriez à meubler quelques minutes. Mais, ajouta-t-il aussitôt, si vous aimez mieux profiter du calme – temporaire – de notre établissement pour méditer ou réfléchir, je serai, bien sûr, absolument ravi. »

— J'ai assez médité pour aujourd'hui, répondit Nicolas en saisissant *L'Avenir*.

Il tomba sur un fait divers macabre survenu dans une petite ville de France :

Un mort devant sa télé
depuis 10 mois

Le cadavre d'un homme de 55 ans, décédé de mort naturelle il y a 10 mois, a été découvert mardi assis dans un canapé devant un poste de télévision encore allumé.

Les services d'hygiène départementaux avaient été alertés par des voisins qui se plaignaient de l'odeur pestilentielle s'échappant de la maison.

Élie Dervaux, divorcé et père de deux enfants, vivait seul depuis 15 ans et n'entretenait aucun contact avec ses voisins.

— Ha! c'est le sort qui m'attend sans doute, ricana-t-il tout bas.

Il leva la tête. Robert Lupien, les traits un peu tirés, lui tendait la main.

— Et alors? Tu n'as pas si mauvaise mine, constata ce dernier.

— Je suis soûl. Et je n'ai jamais été aussi content de l'être.

— Eh bien, dans les circonstances, c'est peut-être ce qu'il te fallait, répondit l'autre avec compassion.

— Et tu vas te soûler avec moi, poursuivit Nicolas en faisant signe au garçon.

— Non, quand même... il en faut au moins un qui sache où poser le pied.

— Le pied! le pied! Qu'est-ce que le pied vient faire là-dedans? Je viens de gâcher ma vie. Et j'ai gâché celle de ma femme et de mes trois enfants. Tiens! si j'essayais de gâcher la tienne? Je suis très doué, tu sais.

Lupien, malgré les protestations indignées de son ami, commanda une eau minérale, puis, prétextant une grande faim, demanda le menu. Nicolas n'accepta de le consulter qu'à la condition de pouvoir arroser le repas d'une bouteille de vin et que son compagnon s'engage à en boire au moins la moitié :

— Il faut se mettre au diapason, mon vieux... sinon autant aller manger dans deux restaurants différents!

— Comment est-ce arrivé? demanda Lupien, anxieux de voir leur entretien prendre une tournure plus grave et moins sonore.

— Je n'en sais pas grand-chose. C'est Moineau qui a tout déclenché. Mais elle n'a pas pu me dire trois mots de suite. La tête lui a sauté, oui, sauté.

En apprenant la pendaison de José Turcot, Lupien sentit son dos se couvrir de sueur et un souvenir d'enfance lui revint : il se promenait dans le petit bois derrière chez lui quand il était arrivé face à face avec le cadavre de son chien Flèche, pendu à l'aide d'un bout de corde à linge à la branche d'un peuplier. Malgré toutes les recherches de son père, on n'avait jamais pu découvrir le coupable et, quelques jours plus tard, Lupien avait abattu l'arbre avec son frère.

Lupien ne parvint pas à terminer son assiette. Il regarda son ami avaler ses ris de veau en soupirant, veilla à ce qu'il ne boive pas trop, puis l'amena à son appartement de la rue Saint-Paul afin de pouvoir discuter plus à l'aise. Y avait-il une réconciliation possible ? Non, répondait Nicolas en secouant la tête, accablé. Géraldine était une femme réfléchie. Elle prenait lentement ses décisions, mais, une fois fixée, mieux valait essayer de faire danser l'île d'Anticosti que de la faire changer d'idée.

Il voulut terminer la soirée au cognac. Lupien lui permit deux verres. Finalement, il en but quatre, puis, malgré l'heure tardive, décida de téléphoner à Moineau chez ses parents. Après beaucoup d'efforts, son ami réussit à l'en dissuader. Nicolas se mit à pleurer. Fourbu, Lupien le reconduisit chez lui en promettant de l'aider à déménager le lendemain.

***

À sept heures, Nicolas se réveilla avec un mal de tête fort raisonnable compte tenu des abus de la veille, descendit à la cuisine et trouva ses enfants en train de déjeuner ; Géraldine préparait un cours dans son bureau (la rentrée venait d'avoir lieu). Le moment était propice pour leur annoncer lui-même son départ de la maison et corriger peut-être certaines outrances qui auraient échappé à sa femme. Il prit place à table et se servit des céréales. Un silence inhabituel régnait dans la cuisine. Tous mangeaient, le regard rivé sur leur assiette.

— Est-ce que tu veux du miel, papa ? demanda tout à coup Sophie et, sans attendre sa réponse, elle lui tendit le pot avec un sourire qui lui chavira le cœur.

Il laissa couler un filet de miel dans son bol, puis, d'une voix mal assurée :

— Les enfants, maman vous a sans doute annoncé qu'on se séparait, non ?

— On a vu les boîtes dans le salon, répondit laconiquement Frédéric.

— Tu pars aujourd'hui ? demanda Jérôme de sa voix fraîchement muée en plongeant un regard accusateur dans ses yeux.

— Oui. En fin d'après-midi.

— Et tu ne reviendras plus jamais ? demanda Sophie avec un trémolo inquiétant.

— Voyons, voyons ! Vous allez me voir souvent. Presque aussi souvent qu'auparavant.

Et il leur annonça que la veille il avait loué un appartement à quelques rues de la maison. Deux chambres à coucher avaient été prévues pour eux. Aussitôt installé, il leur ferait visiter les lieux. Ils pourraient venir tant que ça leur chanterait.

— C'est exactement ce qui est arrivé au père de David, et à celui de Jonathan, et aussi à celui de Paul-André, remarqua Frédéric avec une sorte d'accablement.

Il leva la tête vers Nicolas, sarcastique :

— C'est ta faute, hein, si tout va mal ?

— P'tit con, souffla Jérôme, la main devant la bouche.

— J'ai eu mes torts, convint Nicolas, embarrassé, mais la vérité, c'est que ta mère et moi, on avait des problèmes depuis longtemps. Je ne crois pas que ce soit le moment de discuter de cela ici. Ce que vous devez retenir pour l'instant, c'est que, maman et moi, on va s'occuper de vous comme avant, qu'on vous aime autant qu'avant et que, pour le fond, rien ne va changer.

— Sauf qu'on ne te verra presque plus, compléta Frédéric d'un ton sec.

— Et qui va me raconter des histoires avant de me coucher ? poussa Sophie d'une voix aiguë.

— Et mes devoirs de maths ? poursuivit Frédéric. Maman n'a jamais rien compris aux chiffres ! Pas gros comme ça ! fit-il en arrondissant le pouce et l'index dans un geste impétueux.

Son coude heurta un verre de jus d'orange qui roula sur la table, puis tomba sur le plancher, inondant le pyjama de Sophie. L'enfant se mit à pousser des hurlements d'ébouillantée.

Nicolas se leva, furieux, tandis que Jérôme, la main toujours devant la bouche, posait sur lui des yeux effarés :

— Allez! ordonna Nicolas à Frédéric, va me chercher un torchon! Et toi, va te changer!

— C'est sa faute! c'est pas la mienne! glapit Sophie. Il va falloir que je prenne mon bain, maintenant!

Elle lui appliqua un coup de poing dans le dos. Il lui tira une couette.

Nicolas les sépara, puis tourna la tête vers la porte de la cuisine. Géraldine, immobile dans l'escalier, observait la scène, impassible. Alors, un tel sentiment de confusion et de gâchis s'empara de lui que les larmes lui montèrent aux yeux. Il se réfugia dans le salon encombré de boîtes et se laissa tomber sur le canapé. Les mains entre les jambes, le souffle saccadé, il sentit que son mal de tête, jusqu'ici miséricordieusement modéré, venait de s'emballer; dans cinq minutes, il aurait l'impression que la cervelle lui sortirait par les oreilles. Soudain, une phrase que lui avait lancée Géraldine des mois auparavant lui revint avec tant de clarté qu'il sursauta, croyant trouver sa femme devant lui :

— Pauvre Nicolas... tu refuses tellement d'être un homme ordinaire que tu en fais pitié!

Bien que la remarque ne semblât avoir aucun rapport avec la situation présente – ou peut-être, justement, parce qu'elle n'en présentait aucun et s'attaquait à lui dans ce qu'il avait de plus profond –, il ressentit une douleur cuisante, et un mouvement de haine contre sa femme s'éleva en lui.

L'instant d'après, elle apparaissait dans la porte :

— Vaut peut-être mieux remettre tes explications à plus tard. Ils sont trop bouleversés. De toute façon, je leur ai déjà parlé.

— Ah bon. Alors, je n'ai plus rien à faire ici.

— En effet.

Ils se regardèrent en silence.

— À propos... t'es-tu choisi un avocat? Je veux régler cette affaire au plus vite.

— Eh bien, tu devras attendre encore un peu, je n'ai pas eu le temps de m'en occuper. Je te ferai savoir son nom au début de la semaine.

Il monta s'habiller dans sa chambre et alla terminer son déjeuner Au Fin Goûter, un petit restaurant du quartier qu'il aimait fréquenter de temps à autre.

La journée lui parut interminable. Il commettait erreur sur erreur, oubliait les numéros de téléphone, rata un rendez-vous avec un entrepreneur parce qu'il avait mal compris le nom d'une rue et consomma plus d'aspirines dans l'après-midi qu'au cours des deux mois précédents. À cinq heures, Robert Lupien vint le rejoindre pour l'aider au déménagement.

L'opération dura une heure et fut d'une tristesse mortuaire. Géraldine s'était retirée dans son bureau. Assis l'un près de l'autre sur le canapé du salon, Frédéric et Sophie les regardaient aller et venir, le visage empreint d'une détresse silencieuse, tandis que Jérôme s'affairait auprès des deux hommes avec un zèle pathétique. Voulant alléger l'atmosphère, Lupien plaisantait sans arrêt sur tout et sur rien, mais son inspiration défaillante ne réussit qu'à tirer quelques sourires condescendants de Frédéric.

Jérôme accompagna les deux hommes à l'appartement. Quand la dernière caisse fut déchargée, il parcourut lentement les pièces vides.

— C'est pas mal, murmura-t-il avec un sourire désolé.

Puis, tendant la main à son père :

— Tu vas m'excuser, p'pa, j'ai beaucoup de devoirs et j'ai pas encore soupé. À bientôt.

Et il se dirigea vers la sortie, les épaules basses. Nicolas le regardait avec une moue attristée.

— Dis donc, fit-il, pris d'une idée subite, je ne te laisserai pas partir sans salaire, tu viens de travailler comme trois hommes.

Il saisit son lecteur laser portatif posé sur une caisse et le lui tendit :

— Tiens, je te le donne. Depuis le temps que tu en rêves...

— Mais non, papa, balbutia l'adolescent, embarrassé. Ça n'a pas de bon sens. J'ai travaillé à peine une heure. Et puis, comment écouteras-tu ta musique ?

— Allez, allez, pas de commentaires. Prends-le et file.

Jérôme eut un sourire contraint, jeta un regard en biais à Robert Lupien qui observait la scène en silence, puis s'avançant :

— Bon... si tu insistes... Merci. Merci beaucoup. Salut.

— Tu perds la tête, mon vieux, fit Lupien quand le jeune homme fut parti. C'est un appareil qui vaut trois cents dollars. On cherche à se déculpabiliser ?

— Va au diable, psychologue de mes deux fesses ! De toute façon, j'allais lui en acheter un à Noël. Tu viens prendre une bouchée ? Je meurs de faim.

Ils se rendirent à la Pizza Royale, chemin de Chambly. C'était le restaurant préféré des enfants, qui pouvaient s'y empiffrer de pâtes à volonté. Avec la fin du jour, une pluie fine et froide s'était mise à tomber.

— Je dois te quitter bientôt, l'avertit Lupien, il faut que je sois à huit heures au théâtre Jean-Duceppe pour *Ivanov*. T'as envie de venir ?

— Ouf... Tchékhov, ce soir... je produis déjà assez bien mes propres vapeurs mélancoliques, merci.

Ils mangèrent en silence. Nicolas fixait une banquette vide en face de lui. Le mois d'avant, il s'y trouvait avec Géraldine et les enfants ; Frédéric s'était servi quatre fois de lasagne, à la grande indignation de Jérôme qui l'avait traité de « sac à pâtes », puis de « dépotoir italien ».

— Coup dur, hein ? fit Lupien en posant la main sur son bras.

— Coups durs et coups bas. J'en ai donné, j'en reçois. Tant pis. C'est la vie.

— Ça va passer, vieux. Tout passe. Même Trudeau a passé.

Vingt minutes plus tard, Lupien filait sur le pont Jacques-Cartier vers la Place des Arts. En empruntant la courbe redoutable où tant d'automobilistes avaient vu des ailes d'ange se poser sur leurs épaules, il aperçut une espadrille crasseuse sur la chaussée luisante, frôlée à tout moment par les autos et les camions. Il y vit un présage sinistre :

— Pauvre Nicolas... On dirait qu'un tourbillon va l'avaler. En tout cas, adieu, enquête : Robidoux peut dormir sur ses deux oreilles...

Il ne pouvait davantage se tromper.

———

En quittant le restaurant, Nicolas se rendit chez un marchand de meubles acheter un lit, une lampe torchère et des rayonnages. On lui promit la livraison pour le lendemain. Lupien lui donnait une table et deux chaises qui s'empoussiéraient dans sa cave depuis des années. Puis il retourna à son appartement déballer ses effets. Les planchers fraîchement vernis et les murs peints à neuf lui donnaient l'impression de se trouver dans une boîte de plastique. De l'étage du dessous parvenait la voix douceâtre de Fernand Gignac en train de chanter *Donnez-moi des roses*. Il rangea dans les armoires le peu de vaisselle que Géraldine lui avait laissé, étendit un sac de couchage au milieu de la pièce qu'il avait choisie comme chambre, suspendit ses chemises et ses habits dans la garde-robe, empila le long d'un mur livres et disques (le procès déciderait du sort de la chaîne stéréo), puis se rendit compte qu'il ne pourrait rester une minute de plus dans ces lieux.

Il enfila un imperméable, se rendit à une cabine téléphonique angle Guillaume et Saint-Alexandre et, malgré l'heure quelque peu tardive, téléphona chez les parents de Moineau.

— Elle est sortie, répondit une voix d'homme maussade et pleine de méfiance. Qui parle ?

— Un ami, je rappellerai, répondit-il précipitamment, et il raccrocha. « Sortie ? s'étonna-t-il. Elle est donc en état de sortir ? Et sortie avec qui ? Je deviens jaloux. C'est idiot. Et alors, qu'est-ce que je fais du reste de ma soirée ? Je le consacre aux quilles ? au bingo ? à compter des cure-dents ? »

À cette heure, les restaurants du Vieux-Longueuil étaient bruyants et enfumés. Et il n'avait aucune envie de rencontrer des connaissances et de faire comme si... Enfonçant les mains dans les poches de son manteau, il s'éloigna à grands pas sous la pluie. Une sensation de froid envahit bientôt la plante de son pied gauche. La semelle de son soulier prenait l'eau. Vingt minutes plus tard, il arrivait à la station de métro, le bas imbibé jusqu'à la cheville et dans un état de misère morale si visible qu'un vieux retraité assis, canne à la main, en train de fumer près du kiosque à journaux, lui jeta un regard compatissant.

Parvenu à la station Berri-Uqam, il comprit que ce n'était pas l'envie de bouquiner au Palais du livre qui l'avait amené à Montréal, mais celle de rencontrer Chien Chaud, qu'il n'avait pas vu depuis plusieurs jours. Il arpenta un moment la rue Sainte-Catherine à sa recherche, puis décida d'aller jeter un coup d'œil au restaurant Da Giovanni, son principal port d'attache. Il l'aperçut en y posant le pied. L'adolescent était assis au fond, dans la grande salle de gauche, parlant et souriant à une jeune fille qu'il ne voyait qu'à moitié, cachée qu'elle était par un amoncellement de manteaux accrochés à une patère. Il distinguait un bout de sa chevelure. Elle était de la même couleur que celle de Moineau. Il la contemplait, éberlué, inquiet, ne sachant que faire.

— Et alors, monsieur ? s'impatienta l'hôtesse. Section fumeurs ou non-fumeurs ?

Il pivota sur ses talons et sortit, essayant de bloquer le flux d'émotions qui cherchait à l'envahir. Il marcha longtemps ainsi vers l'est, le pied gauche de plus en plus mouillé et flacotant, traversant les rues sans regarder, respirant à pleins poumons l'air humide et chargé de gaz d'échappement et se demandant avec angoisse combien de temps il pourrait encore se maintenir dans cette espèce d'état hypnotique qui lui engourdissait le cerveau et l'empêchait de trop souffrir.

— Mais ce n'est peut-être pas elle ! lança-t-il à voix haute en s'arrêtant brusquement.

Un vieil homme couvert d'un étrange amas de guenilles et de couvertures surgit de l'ombre, se planta devant lui et souleva un pan de tissu, lui montrant une grosse bouteille remplie d'un liquide ambré :

— Mon bon monsieur, voulez-vous m'acheter de la bonne flacatoune faite à la maison par un homme aussi propre de sa personne que toute une communauté religieuse ? Dix dollars pour un litre de quatre-vingt-dix degrés. C'est un cadeau !

Nicolas le repoussa d'un geste distrait et reprit sa marche. La façade chromée du Club Sandwich, avec son étroite et longue vitrine qui rappelait vaguement le flanc d'un autobus, attira son attention. Il entra. Près de la porte, une famille complète de Chinois, du bambin jusqu'aux grands-parents, dégustaient de la crème glacée en poussant des éclats de rire. Pris d'une fringale, il s'assit au comptoir, commanda une poutine avec un supplément de sauce et de fromage et dévora le tout en l'arrosant de thé brûlant. Alors une telle fatigue s'abattit sur lui qu'il dut rentrer en taxi, incapable de mettre un pied devant l'autre.

— Je suis libre ! c'est incroyable ! je suis libre ! murmurait-il en pleurant, affalé sur le siège, sa tête ballottant au gré des mouvements du véhicule.

Les larmes coulaient sur ses joues et allaient se perdre dans son col de chemise.

18

Le lendemain, Moineau lui assura qu'elle avait passé la soirée avec une ancienne camarade de classe. Par souci d'éviter des complications, il décida de la croire. La jeune fille ne se sentait pas la
force de réintégrer tout de suite son appartement ; ses parents, morts
d'inquiétude, faisaient l'impossible pour la retenir à la maison. Aussi,
dans les semaines qui suivirent, ne purent-ils se voir qu'à deux
reprises, et au restaurant. Il la trouva pâle, nerveuse, un peu amaigrie, avec dans les yeux une expression de tristesse qui ne la quittait
pas, même quand elle souriait. Elle ne cessait de s'excuser, des larmes
dans la voix, pour la catastrophe qu'avait causée son appel téléphonique.

— Bah ! ça n'a fait que couper le dernier fil, répondit Nicolas,
essayant de contenir sa rancune.

Pressée de questions, elle lui raconta sa découverte du cadavre
de José en deux mots, mais refusa de poursuivre, trop bouleversée.

— Il faut que j'oublie, vois-tu ? Sinon, je n'arriverai pas à vivre.

Il crut sentir, au cours de ces deux rencontres, un vague malaise chez elle, une sorte de détachement à son égard dont il n'arrivait pas à déceler la cause ; puis il pensa s'être trompé, attribuant son
changement d'attitude au traumatisme qu'elle venait de subir.

— Aussitôt que mes parents seront un peu calmés, promit-elle,
je retournerai chez moi et nous nous préparerons un de ces petits

soupers que tu ne seras pas près d'oublier. Ah! Nicolas, j'ai tellement hâte de me remettre à vivre comme avant... Est-ce que tu penses que j'y parviendrai un jour?

La privation de sa maîtresse ne le fit pas trop souffrir, car, contrairement aux sombres prévisions de Robert Lupien, l'enquête sur le ministre, plutôt que de se dissiper en pâles vapeurs dans son esprit, s'était mise à l'occuper tout entier, devenant presque une obsession, comme pour combler le vide immense de sa vie.

«Mais comment la poursuivre, cette enquête?» se demandait-il cent fois par jour. Il n'était évidemment pas question de refaire le coup du *Beaverbrook*. Robidoux avait dû prendre ses précautions.

Alors, un matin, il se résigna à rappeler Aimé Douillette dans le vague espoir de découvrir une nouvelle piste. Le fonctionnaire se trouvait chez lui.

— Tiens, salut! J'avais justement besoin d'une pause. Figure-toi donc que j'utilise mes loisirs forcés à aménager une salle de jeux dans ma cave. J'en suis à la finition. Quel travail de bénédictin, mon vieux! Mais il faudrait que tu voies les feuilles de revêtement simili sapin russe que je viens d'acheter chez Rona! C'est de toute beauté! On se croirait dans une isba!

— J'ai hâte de voir ça, répondit froidement Rivard.

— Ça ne dépend que de toi, reprit le fonctionnaire, dont l'euphorie, inexplicablement, semblait augmenter de seconde en seconde. Comment va ta femme?

— Bien. Et la tienne? «Oh merde!» s'exclama-t-il intérieurement, réalisant qu'il venait de provoquer un déluge verbal.

Douillette se lança dans une description minutieuse de l'état de santé de sa femme, mettant en parallèle les progrès et les reculs simultanés qui se manifestaient chez elle depuis quelque temps, au grand désarroi de ses médecins:

— Un autre exemple: depuis deux semaines, elle peut de nouveau se servir de ses couverts pour manger, mais, pendant ce temps, son sens de l'équilibre s'en va, ce qui l'oblige à marcher avec une canne ou à s'appuyer sur les murs. Et quand elle va aux toilettes, ses sphincters...

— Je t'en prie... J'ai beaucoup de misère à supporter ce genre de récits... ça me fait défaillir.

— Ah, j'étais comme ça, moi aussi. Mais je me suis endurci, mon vieux. Dans ma situation, il le fallait bien ! À propos, comment va ton enquête ?

— Mal. C'est à ce sujet que je te téléphone.

— J'ai entendu à travers les branches, poursuivit Douillette en prenant un ton ironique, que Robidoux avait subi une petite mésaventure un soir, au début de septembre. Et, je ne sais pourquoi, je n'ai pu m'empêcher de penser à toi...

— Une mésaventure ? Laquelle ? fit Nicolas, alarmé, feignant l'innocence.

— Un voyou l'aurait attaqué dans la rue au sortir d'une réunion. Mais je n'en sais pas plus.

— Ah ça, tu me l'apprends, s'exclama le journaliste. Et tu as pensé à moi ? Je serais le fils spirituel d'Al Capone, peut-être ?

Il plaisanta encore un moment et Douillette, au grand soulagement de son compagnon, finit par rire lui-même de ses soupçons, les attribuant à la vie oisive qu'il menait depuis qu'on l'avait tabletté.

La conversation reprit sur l'enquête. En fait, il cherchait un nouveau filon. Est-ce que Douillette pouvait lui en suggérer un ?

— Et pourquoi ne rappliquerais-tu pas auprès de Martine Painchaud ? fit ce dernier.

— Pour lui demander quoi ? Robidoux a rompu avec elle il y a longtemps.

— Oh ! pas tout à fait... Il a rompu... sans rompre complètement, si tu me comprends... Alors, quand la fringale le prend... Le goût de la luxure est la plus grande source de confusion sur terre, me disait mon vieil oncle, curé à Batiscan, qui ne détestait pas un peu de confusion de temps à autre, paraît-il.

— Mais si elle a repris avec lui, s'exclama Rivard, de nouveau alarmé, il faut être fou pour aller la relancer ! Encore chanceux si elle ne lui a pas raconté la conversation que j'ai eue avec elle.

— Il n'y a pas grand danger que cela arrive ! Elle est vraiment tannée, la pauvre, de se trouver... comment dire ? entre deux lits – ou trois ou quatre, je ne sais plus trop, car il couraille à se décrocher les boules, ce cher Robidoux, tout le monde sait ça. Elle le voit, elle l'adore, elle le tuerait ; les années ont passé, vois-tu, leurs parties de fesses ont tourné en cul-de-sac, le temps des rides approche, elle devra bientôt se rabattre sur quelqu'un de beaucoup moins bien... Surpris que je sache tout ça ? C'est qu'elle est très amie avec mon ancienne secrétaire. Les deux font partie d'une équipe de bénévoles à l'Hôtel-Dieu. Et puis l'an dernier, elles sont allées passer des vacances dans un Club Med en Martinique. Soleil, rhum et confidences, t'sais je veux dire ? Sans compter qu'elles sont parentes par alliance avec un coiffeur de la Grande Allée qui...

— Tu peux me redonner son numéro de téléphone ? coupa Nicolas. Je l'ai perdu, je crois.

— Oui, bien sûr, répondit l'autre, un peu vexé du peu d'intérêt de son interlocuteur.

Nicolas remercia le fonctionnaire et promit de le tenir au courant de ses recherches, bien décidé à n'en rien faire. Puis il téléphona à Lupien et lui raconta leur conversation.

Ce dernier le supplia de ne pas tenter de joindre Martine Painchaud. C'était d'une imprudence insensée. Il fallait remercier le ciel qu'elle ne l'ait pas déjà dénoncé au ministre – quoique, à bien y penser, rien ne leur permettait d'être absolument sûrs d'une pareille chose. Robidoux attendait peut-être le moment de sa revanche. Elle serait terrible.

Nicolas, ébranlé par ces paroles, voulut s'attaquer au ministre par un autre biais. Mais il avait beau se creuser la tête, il n'en trouvait aucun ! Finalement, il mit le problème de côté et passa les cinq jours suivants à rattraper le temps perdu chez Donégis et à s'installer dans son nouvel appartement.

Mais le 22 septembre, un événement sans aucun lien avec l'affaire changea complètement son attitude. Ce jour-là, il reçut un appel téléphonique d'un certain Léon Blondon, de la Maison internationale de la Montérégie. On l'invitait à donner une conférence le 30 du même mois sur son œuvre littéraire et, en particulier, sur son dernier recueil de nouvelles, *L'Illusion géographique* !

Le souffle faillit lui manquer. Il avait encore des lecteurs ? Et on s'intéressait encore à son *Illusion* malgré les commentaires si peu bienveillants qu'elle avait récoltés (un important critique de Montréal l'avait comparée à « un déluge d'eau de vaisselle ») ? Il accepta tout de suite, sans se demander ce qu'était cette fameuse Maison internationale ni s'étonner du court délai entre l'invitation et la conférence, qui aurait amené un esprit chagrin à soupçonner qu'on l'utilisait comme bouche-trou.

Il remit à la semaine suivante le souper qu'il avait projeté de faire chez lui avec ses enfants (il les voyait très peu depuis son départ de la maison) et consacra ses soirées à prendre des notes et à relire son œuvre : *L'Ilusion géographique*, *Anatomie d'une dent creuse* et *Schubert sous les applaudissements*.

À sept heures le 30, après s'être douché, peigné, parfumé et avoir enfilé son plus bel habit, il monta dans son auto, le cœur battant.

Vingt minutes plus tard, il s'arrêtait devant une curieuse maison à un étage, d'aspect disparate, dans un quartier désolé, mirésidentiel mi-industriel, à quelques rues au sud du boulevard Taschereau.

« C'est ici qu'on va parler de littérature ? » s'étonna-t-il.

Il poussa la porte. Un gros homme chauve, la face ornée d'immenses favoris roux, s'occupait, dans un grand désordre de pièces et d'outils, à démonter une photocopieuse, tandis qu'un percolateur gargotait bruyamment sur un comptoir graisseux.

— C'est en haut, fit l'homme en lui désignant un petit escalier recouvert d'un tapis brun à longs poils qui, en de meilleurs jours, avait été orange. On vous attend.

Il monta lentement l'escalier, un grand vide tout à coup dans l'estomac. On entendait un murmure de voix quelque part. Parvenu à l'étage, il se retrouva dans une sorte de passage de forme irrégulière où donnaient trois portes. Les voix provenaient de la pièce à sa gauche. Il s'approcha et frappa.

— Entrez ! lança un homme.

Cinq personnes étaient assises autour d'une table couverte de paperasses et de cendriers. Un grand homme barbu se leva et lui tendit la main (il n'eut pas à s'avancer, tant la pièce était petite) :

— Monsieur Rivard? Léon Blondon. Enchanté de vous connaître. Et nous tous aussi, ajouta-t-il curieusement. Nous sommes très heureux que vous nous fassiez l'honneur de votre conférence.

« Dans quelle langue parle-t-il ? » se demanda Nicolas, essayant de cacher sa perplexité sous un sourire qui se voulait chaleureux mais tourna en grimace.

— Permettez-moi de vous présenter les autres membres de notre groupe littéraire. Plusieurs absences nous affectent, hélas. C'est à cause de la soirée de hockey : les *Canadiens* contre les *Bruins* de Boston. Mais la qualité compensera la quantité, hein ? ajouta-t-il en faisant un grand geste circulaire.

Léon Blondon lui présenta Rita Blondon, sa femme, quinquagénaire à l'immense coiffure afro gris-blond et à l'œil quelque peu ahuri. Puis Nicolas serra la main d'un jeune étudiant à fine moustache, mortellement timide, d'un mécanicien rougeaud au souffle bruyant qui plongea son regard dans le fond de son âme, puis d'un Péruvien dans la trentaine, fraîchement arrivé au Québec et qui suivait des cours intensifs de français.

— Asseyez-vous, fit Léon Blondon. Avant de prendre la parole, permettez-moi de vous décrire notre association en très peu de mots. Notre but dit tout : favoriser les rencontres des différents courants de la société par le moyen de la littérature. Le ministère des Affaires extérieures d'Ottawa nous aide en ce sens par une petite subvention annuelle depuis maintenant un an. Présentement, nous avons entrepris les mêmes pourparlers avec le ministère de la Culture.

— Du Québec, compléta Mme Blondon.

— Du Québec, acquiesça son mari. Et maintenant, si je puis me permettre, quel est votre plan de la soirée?

Nicolas répondit qu'il avait pensé leur présenter un court aperçu biographique, puis une rapide analyse de chacun de ses trois livres; il se ferait ensuite un plaisir de répondre à leurs questions.

— Voilà, répondit inexplicablement Léon Blondon.

Et il lui fit signe de commencer.

Au bout de dix minutes, Mme Blondon déployait des efforts si intenses pour garder les yeux ouverts qu'elle en avait la bouche de travers. Sa tête dodelinait, imprimant de légers frémissements à son immense chevelure. Le mécanicien, assis en face de lui, continuait de le fixer impitoyablement, puis, de temps à autre, griffonnait fiévreusement dans un calepin. Le jeune Péruvien souriait doucement, l'œil dans le vague, bercé par la musique de cette belle langue inconnue. Le jeune étudiant, assis près de Nicolas et apparemment terrifié par ce redoutable honneur, croisait et décroisait ses mains moites sur la table, essayant désespérément de mater une petite toux sèche qui secouait ses maigres épaules. Léon Blondon, paternel, imposant, trônait au bout de la table, une main repliée devant la bouche, se curant discrètement les dents.

Nicolas se rendit de peine et de misère au bout de son exposé, terminant par une analyse assez fouillée de *L'Illusion géographique*.

— Mais de quelle illusion s'agit-il? demanda Mme Blondon quand il eut fini.

— Il vient de l'expliquer, rétorqua sèchement le mécanicien.

Et, à la grande surprise de Nicolas, il reprit presque mot pour mot son analyse.

— Qui a fait l'illustration de votre couverture? demanda Mme Blondon, nullement décontenancée. On dirait du Marc-Aurin Fortrel.

— Marc-Aurèle Fortin, Rita, corrigea son mari.

— Pourriez-vous m'indiquer les toilettes? demanda l'étudiant d'une voix à peine audible.

Il quitta la pièce avec un sourire confus, tandis que le mécanicien se lançait dans une question fort longue et compliquée sur les mécanismes de la création littéraire. Nicolas essaya d'y répondre de son mieux, un peu décontenancé toutefois par les hochements de tête réprobateurs de son vis-à-vis; Léon Blondon, sans doute pour le calmer, agitait mollement la main devant lui comme pour disperser de la fumée. Puis le jeune Péruvien amassa assez de courage pour émettre une série de sons syncopés, entrecoupés de longs silences et ponctués de nombreux gestes qui, après plusieurs demandes d'éclaircissement, fut finalement ramenée à une formulation limpide : est-ce que Nicolas Rivard avait l'intention d'écrire un autre livre, et pourquoi ?

— Oui, répondit-il. Mais je ne sais pas pourquoi.

Et il regarda discrètement sa montre. La soirée s'essoufflait. Il y eut quelques questions de Léon Blondon sur l'*Anatomie d'une dent creuse* (manifestement, il était le seul à avoir parcouru les œuvres de Rivard), dont une sur son style, que certains critiques – il les désapprouvait, bien sûr – avaient accusé d'être un peu filandreux ; puis ce que Nicolas redoutait le plus se produisit. Le jeune étudiant, qui était revenu des toilettes avec un grand air de soulagement, leva la main et, d'une voix légèrement raffermie :

— Est-il vrai que vous étiez l'ami de François Durivage ?

— Si on veut, répondit-il à contrecœur.

— *Ah oui ?* s'écrièrent les autres, étonnés, en montrant les signes du plus vif intérêt.

Un déluge de questions s'abattit alors sur le pauvre Nicolas, qui dut décrire en long et en large ses rapports avec le célèbre écrivain, le caractère de ce dernier, sa vie, ses goûts, ses habitudes de travail, son comportement dans l'intimité, le déroulement de sa maladie et ses derniers moments.

Un enthousiasme fébrile avait remplacé l'espèce de torpeur qui régnait dans la pièce.

— J'ai lu tous ses livres, déclara fièrement le mécanicien, et certains, deux ou trois fois !

— C'était un bel homme, ajouta Mme Blondon, et qui écrivait comme... comme...

— Un dieu ! compléta son mari.

Une demi-heure passa ainsi. Soudain, Nicolas se dressa debout, excédé :

— Excusez-moi. Je dois m'en aller. Il se fait tard. Merci de votre attention.

— Mais vous allez prendre un café avec nous ! s'écria Blondon, désolé.

— *Un caffecito*? susurra le jeune Péruvien, ravi.

— Non, je ne peux pas, répondit-il en serrant des mains. Je dois me lever tôt demain. Désolé.

— Nous voulons vous retenir, mais sans plus, répondit Blondon avec un soupir.

Nicolas arriva chez lui tremblant de fureur. Il prit un bain chaud, une tisane calmante, puis deux verres de rhum, mais les heures passaient et, couché dans son lit, il voyait toujours le visage de François Durivage qui le fixait avec un sourire condescendant, insupportable.

— Il ne sera pas dit, câlisse, qu'il va toujours l'emporter ! s'écriat-il tout à coup en assénant un formidable coup de poing dans son oreiller. Je vais leur montrer que, moi aussi, je peux être quelqu'un !

———

Le lendemain matin, vers huit heures, il rejoignait chez elle Martine Painchaud. Son appel la surprit, mais la froideur qu'elle avait manifestée lors de leur rencontre avait fondu.

— Je n'aime pas beaucoup parler de ces choses au téléphone, lui dit-elle aussitôt. Mais je me rends à Montréal dans deux jours. Si vous voulez, nous pourrions dîner ensemble.

Ils se donnèrent rendez-vous au Piémontais.

« Qu'est-ce qui s'est passé ? se demanda-t-il en se rendant au bureau. Ce n'est plus la même femme. Piège ou coup de chance ?»

Mais l'avant-midi ne lui donna guère le temps d'y réfléchir. À son arrivée au bureau, un message l'attendait de la part du directeur de l'école de Normandie. Frédéric avait été pris de vomissements et on n'avait pu joindre sa mère, qui donnait un cours. Comme l'enfant faisait de la fièvre, il fallait le ramener à la maison.

— Son professeur m'a fait remarquer qu'il est nerveux et agité depuis quelque temps, lui dit le directeur avec un regard indéfinissable lorsque Nicolas se présenta. Attendez-moi ici, je vais aller le chercher.

Quelques instants plus tard, l'enfant apparaissait dans l'embrasure. Nicolas eut un serrement de cœur en voyant son visage jaunâtre aux traits tirés qu'un sourire penaud rendait pathétique.

— J'sais pas ce que j'ai eu, p'pa. Je pense que mes céréales étaient pas bonnes à matin.

— Allez, fit le directeur avec un soupir. Un peu de repos va te faire du bien.

Il se tourna vers Nicolas :

— Si la fièvre ne baisse pas, je vous suggérerais de voir un médecin. Toutes choses que vous savez mieux que moi, bien sûr, se reprit-il aussitôt en voyant l'expression offusquée de Nicolas.

— Et alors ? ça ne va pas, mon vieux ? fit ce dernier avec un entrain forcé en faisant monter son fils dans l'auto.

— Ça allait, p'pa, jusqu'à ce matin. C'est peut-être parce que j'ai trop rêvé cette nuit. Ou peut-être à cause d'un virus.

— Et à quoi as-tu rêvé ?

— Oh ! à des folies. Rien d'intéressant.

Et il détourna la tête, bien décidé à clore le sujet.

— Mon problème, poursuivit Nicolas après un moment de silence, c'est que j'ai plein de travail et que je ne pourrai pas passer l'avant-midi auprès de toi, Frédéric. Mais tu es assez grand pour rester deux ou trois heures tout seul, non ?

— Ben oui, p'pa, voyons !

— Où préfères-tu aller ? Chez toi ou... chez moi... enfin, c'est chez toi aussi, bien sûr... Mon appartement est plus près du bureau. Je pourrais faire un saut de temps à autre pour voir comment tu vas.

— On va à l'appartement, décida Frédéric après avoir réfléchi.

Il le coucha dans son lit. Du rez-de-chaussée montait la sirupeuse *Chanson de Lara* jouée à l'accordéon. La chambre, un peu vide et sans tapis, n'avait pour toute décoration qu'une immense affiche du chef d'orchestre Jascha Horenstein, les bras levés, la baguette tendue, en pleine extase musicale. Nicolas déposa près du lit des serviettes et un plat à vaisselle au cas où les vomissements reprendraient, puis amena le téléphone jusqu'au milieu de la pièce :

— Si tu te sens mal, donne-moi un coup de fil. Je serai ici en deux minutes. Pas trop dépaysé ?

Frédéric promena lentement son regard autour de lui :

— Non, ça va... Après tout, ajouta-t-il gravement, il faut bien que je commence à m'habituer à avoir deux maisons maintenant.

Nicolas venait à peine de se rasseoir à son bureau que le téléphone sonnait :

— Monsieur Rivard ? fit une voix sonore mais totalement inexpressive. Maître Courtemanche. Vous allez bien ? J'ai été mandaté par votre épouse pour m'occuper des procédures de votre divorce. Et à ce sujet, j'aimerais vous rencontrer... vous-même ou votre avocat.

— Je... je n'ai pas encore d'avocat... Je... je n'ai pas encore eu le temps de m'occuper de cette affaire.

— Ah bon. Et quand comptez-vous le faire ?

— Dès aujourd'hui. Il vous téléphonera.

Nicolas reposa lentement le récepteur et essuya sa main sur son pantalon. Il avait l'impression qu'une machine monstrueuse s'était mise en branle quelque part et se dirigeait vers lui pour le broyer tout doucement. Une vague nausée monta en lui.

« Est-ce que j'aurais attrapé le mal de Frédéric ? » se demanda-t-il avec inquiétude.

Télesphore Pintal, appuyé contre le chambranle, l'observait depuis un moment :

— Juste à ton air, je pourrais jurer que tu viens de parler à un avocat... Ça donne au visage un teint spécial.

— Est-ce que vous pourriez m'en conseiller un, mon oncle ? balbutia Nicolas en se passant la main sur le front. L'affaire est enclenchée, rien ne pourra l'arrêter.

Pintal partit d'un formidable éclat de rire et s'éloigna.

— Viens me voir au début de l'après-midi, lança-t-il de la pièce voisine. J'aurai peut-être un nom à te proposer.

— Moi, j'en connais un, et génial! annonça Rémi Marouette en surgissant dans la porte.

———

— Ne vous attendez pas à des révélations fracassantes, le prévint-elle en s'assoyant devant lui avec un gracieux mouvement des hanches. Je n'ai pas grand-chose de nouveau à vous apprendre, mais enfin... le peu que je sais vous sera peut-être utile.

Il trouva Martine Painchaud un peu fanée, les traits subtilement ternis par la fatigue, mais son allure générale, son maquillage soigné et une splendide robe de soie grise moulante continuaient de la maintenir dans cette catégorie convoitée des femmes qui font tourner les têtes sur leur passage.

Debout près de la table, le garçon attendait, calepin à la main. Elle commanda un *Campari* soda, replaça une mèche de cheveux d'un geste coquet, puis lui sourit :

— J'ai décidé il y a une semaine de rompre une fois pour toutes avec Antoine. Par souci d'hygiène mentale. Cette fois, c'est moi qui prends l'initiative. Vous ne pouvez pas savoir comme cela fait du bien.

— C'est un homme difficile.

— C'est un fou. Enfin, une sorte de fou. Je pourrais vous raconter des histoires pendant des heures, mais... cela ne vous servirait à rien. Et puis, en même temps, c'est un homme extrêmement séduisant. Et qui le sait. Il utilise d'ailleurs son charme comme un outil, de la même façon qu'un mécanicien utilise une clé anglaise. Et il s'en sert aussi comme d'un instrument de torture, sans vraie raison, pour le plaisir. Méfiez-vous-en. Il est très habile. Mais il est fou. Ça le perdra.

— Et vous voulez travailler à sa perte.

— Je veux faire tout ce que je peux pour l'empêcher de nuire. Je le déteste. Avez-vous déjà entendu une femme dire calmement d'un homme qu'elle le déteste ? lui demanda-t-elle en se penchant au-dessus de la table avec un grand sourire.

Il se rembrunit :

— Je pense qu'à un moment ou à un autre, tous les hommes entendent ce genre de choses.

Elle prit une gorgée de *Campari*, puis suggéra à Rivard de commander leur repas tout de suite, car elle mourait de faim. Il sentit que ces manières décidées ne lui étaient pas habituelles, qu'elle vivait des heures décisives, étourdissantes, que sa vie tournait lentement sur son pivot pour changer d'orientation.

« Elle est en crise. Il faut en profiter. »

Le garçon prit leur commande et, au souhait qu'elle exprima d'être servie rapidement, revint presque aussitôt avec leurs assiettes, le sourire affable et tendu, le front légèrement luisant. Elle mangea sans presque dire un mot, savourant de toute évidence son filet de saumon au fenouil, puis déposa sa fourchette et se cala dans son fauteuil avec un soupir d'aise :

— C'était délicieux. Très bon restaurant. Il faudra que je m'en souvienne. Merci de me l'avoir fait connaître.

Il restait médusé par le changement de ses manières et sa méfiance s'éveilla.

Elle déchira un morceau de pain et se mit à le mordiller :

— Évidemment, j'ai tout de suite deviné qui avait machiné le détroussage de ce pauvre Antoine au début de septembre. Il m'a raconté l'affaire. C'était très drôle. Dommage que ça ne vous ait rien donné.

Nicolas eut beaucoup de misère à faire suivre son chemin normal à une bouchée de cannellonis :

— Je... de quoi parlez-vous ? On a volé le ministre Robidoux ?

— Bon, je vois que je n'ai pas encore toute votre confiance... Ce n'est pas grave... Je ne suis pas venue ici pour vous soutirer des confidences, mais pour vous en faire. Alors, allons droit au but. Voici le peu que je sais.

Les rapports entre Robidoux et Harvie Scotchfort s'étaient quelque peu détériorés ces derniers temps, annonça Martine Painchaud. Il semblait que leur différend avait pour origine une usine du nom de Kronoxyde, établie près de Berthier sur les rives du Saint-Laurent. Mais elle ne savait de quoi il retournait au juste. Robidoux paraissait très inquiet. Lui qui ne se confiait presque jamais, il lui avait vaguement laissé entendre, un soir de cafard, qu'on voulait porter atteinte à ses intérêts. Est-ce que Kronoxyde était en cause ? Elle ne pouvait le jurer.

— Avez-vous un document, une note, un bout de papier pour appuyer vos propos ?

— Je n'ai rien du tout.

— Pouvez-vous au moins m'indiquer une source de renseignements ?

Elle prit un air pincé et un peu hautain où il retrouva ses manières de Québec :

— Je vous ai dit tout ce que je savais. Je vous avais prévenu que ça n'avait rien de fracassant.

— C'est ce que je constate, répliqua-t-il en riant. Je suis désolé, mademoiselle, mais je ne peux travailler uniquement sur des suppositions. Il me faut aussi du solide ! Allons, creusez-vous un peu la tête, je vous en supplie, reprit-il en posant ses coudes sur la table et heurtant un verre d'eau qu'elle rattrapa de justesse.

— Que voulez-vous que je vous dise ? Je n'en sais pas plus. Pour lui, je n'ai jamais été qu'une... compagne de lit. Il ne devait pas avoir une très haute opinion de ma discrétion... ou de mon intelligence.

Nicolas poussa un soupir, puis sourit :

— Et si nous nous remontions un peu le moral avec une de ces glaces italiennes ?

Le garçon s'approcha. Nicolas aperçut une tache rouge sur le devant de sa veste. L'homme surprit son regard, cligna précipitamment des yeux et posa l'avant-bras dessus tout en prenant leur commande.

Ils expédièrent glaces et café. Nicolas avait peine à cacher sa déception. La conversation languissait. Il ramena nerveusement les jambes sous sa chaise et se mit à chercher la phrase qui permettrait de clore élégamment leur entretien. Elle ne vint pas de lui :

— Déjà deux heures ? s'étonna Martine Painchaud en regardant sa montre. J'ai juste le temps d'aller rejoindre ma sœur avant le début de ses cours. Il faut que je vous quitte.

— Non, laissez, laissez, fit Nicolas en s'emparant de l'addition, vous êtes mon invitée.

Elle inclina la tête avec un sourire un peu gêné et se leva :

— Désolée encore une fois de vous avoir fait perdre votre temps.

Ils se retrouvèrent bientôt dans la rue.

— Savez-vous si Robidoux doit revoir Scotchfort bientôt ? demanda Nicolas pour dire quelque chose.

— Oui, jeudi prochain, à Montréal.

— Chez Scotchfort, comme d'habitude ?

— Non, au restaurant, je crois.

— Ah bon. Et... comment le savez-vous ?

— Il a fait la réservation depuis mon appartement, répondit-elle avec un brin d'agacement.

Le taxi qu'on venait d'appeler vint se ranger près du trottoir.

« Belle femme, se dit-il en la regardant s'éloigner. Mais, dans cinq ans, elle sera entrée dans la catégorie des fruits mûrs. »

Lupien piqua une colère quand Nicolas lui annonça, en début de soirée, sa rencontre avec l'ex-petite amie du ministre :

— T'as perdu la boule ou quoi ? Faut avoir les yeux bouchés à l'étoupe pour ne pas voir qu'elle allait à la pêche aux renseignements ! T'es foutu, mon vieux, et moi aussi, car j'ai commis la bêtise de me faire ton complice ! Ah ! je me botterais le cul jusqu'aux os ! Non, mais réalises-tu que si tu te casses la gueule, je me la casse avec toi ? Eh bien ! je t'avertis : ce sera alors chacun pour soi !

Il se calma un peu quand Nicolas lui rapporta le détail de leur conversation : il ne s'était pas du tout compromis. Si elle était venue à la pêche, elle repartait bredouille. D'ailleurs, il n'en croyait rien.

Qu'elle ait deviné leur rôle dans le détroussage du ministre sans vendre la mèche devait suffire à le rassurer.

— Et qui te dit qu'elle ne l'a pas fait ? lança l'autre, un peu radouci.

— Regarde autour de toi. Vois-tu des barreaux ?

— Ha ! belle réponse ! On est sans doute sous surveillance ! Qui dit que notre conversation n'est pas enregistrée ?

— Alors, bonne raison pour la fermer, répondit sèchement Nicolas.

Et il raccrocha.

Lupien dormit comme sur un lit de clous cette nuit-là. Deux jours passèrent. Ce furent ceux où il pondit ses plus mauvais papiers. Mais les arguments de Nicolas faisaient tranquillement leur chemin. Que Robidoux n'ait pas encore réagi à leur arnaque donnait quand même à réfléchir. Ou bien il ignorait ses auteurs (thèse de Nicolas). Ou alors il craignait de brasser la vase. Dans les deux cas, la meilleure défense était l'attaque. C'est en obtenant les preuves de la canaillerie du ministre qu'ils préviendraient le mieux ses coups. De toute façon, la partie étant déjà engagée, ils devaient la jouer jusqu'au bout. Il agitait ces pensées lorsqu'un éclair illumina son esprit ; il s'immobilisa, stupéfait par son ingéniosité.

— Il faut que j'en parle tout de suite à Nicolas, marmonna-t-il.

Et il saisit le téléphone.

———

Perdu dans ses réflexions, Jérôme essayait de trouver la solution d'un problème bien différent et flottait à des kilomètres au-dessus d'un cours de trigonométrie sous l'œil de plus en plus agacé de son professeur, dont la voix nasillarde et sèche était devenue hachée et sautillante, signe d'un imminent rappel à l'ordre. L'avant-veille, il était allé au cinéma avec Marie-Christine et là, presque seuls dans la salle obscure où l'on projetait un film américain de troisième ordre, après une multitude de baisers et de mots tendres entrecoupés de soupirs, ils s'étaient fait des caresses inoubliables. La fin du film les avait trouvés pleins d'une délicieuse ivresse et à tel point affamés l'un de l'autre qu'ils en étaient comme désemparés. Ils s'étaient alors promenés dans la rue Sainte-Catherine, tendrement enlacés, se jetant des sourires extasiés, insoucieux des regards gentiment moqueurs des passants. Puis ils s'étaient attablés dans une charcuterie qui embaumait l'oignon frit et le bœuf fumé et, tout en buvant à petites gorgées un café exécrable, ils avaient décidé gravement que le temps était venu pour eux de faire l'amour. Restait à trouver l'endroit, ce qui soulevait bien des problèmes pratiques. Ils avaient convenu tous deux d'éviter l'accouplement à la va-vite acccompli dans la crainte d'un coup de sonnette.

Aucun de leurs amis ne vivait en appartement et n'aurait pu les accommoder pour quelques heures. Et l'idée de louer une chambre dans un hôtel à rendez-vous ne leur serait jamais passée par la tête. Que fallait-il donc faire ?

Le soir, couché dans son lit, Jérôme, qui avait pris bien soin de ne pas se laver les mains depuis sa séance de cinéma, avait humé avec délices le bout de ses doigts encore faiblement imprégnés de cette odeur féminine si étrange et troublante, et il avait fait longuement l'amour avec son amie, malgré la cruelle absence de cette dernière.

— Rivard, lança tout à coup le professeur de sa voix devenue toute pointue, venez donc au tableau nous expliquer la relation entre les cosinus a et b. Je suis sûr que vous allez nous éblouir.

Jérôme sursauta si vivement que la classe éclata de rire. Il s'avança vers l'estrade, le sang aux joues, et, après quelques efforts, réussit à sauver la face. Lorsqu'il revint à sa place, un grand sourire illuminait son visage. C'était la satisfaction de s'être tiré sans encombre d'une situation délicate, et celle aussi d'avoir peut-être découvert une solution pour ses rendez-vous avec Marie-Christine.

À la récréation, il amena son amie dans un coin et lui fit part de sa trouvaille. Elle se montra d'abord scandalisée, puis, après avoir écouté les explications qu'il lui donnait avec une éloquence fiévreuse, se rallia d'assez bon cœur à son idée.

Vers quatre heures, il téléphona à son père – ce soir-là, Nicolas recevait ses enfants pour souper – et, la gorge serrée, lui demanda

la permission d'y amener sa petite amie, «parce qu'il tenait beaucoup à la lui présenter ».

— Mais bien sûr, ça me fait plaisir, répondit Nicolas, étonné,
en retenant une envie de rire. Comment s'appelle-t-elle?

Le souper se déroula fort agréablement, la présence de Marie-
Christine éloignant les pensées tristes et mettant de l'huile dans des
engrenages qui avaient parfois tendance à grincer. Dix minutes après
son arrivée, Sophie s'était assise sur ses genoux; Frédéric tint absolument à l'aider à servir le potage; Nicolas, frappé par la beauté de
la jeune fille, son calme et sa spontanéité pleine d'entrain, tapa un
clin d'œil approbateur à Jérôme au moment du dessert.

Ce dernier jubilait: la graine était semée; il suffisait maintenant de lui donner un peu de temps pour germer.

———

— Perds-tu la tête? s'écria Nicolas lorsque Lupien, vers la fin
de la soirée, lui eut fait part de son projet au téléphone. D'abord, je
ne connais même pas le nom du restaurant où il va rencontrer
Scotchfort.

— Informe-toi auprès de Martine Painchaud.

— Et puis, il risque de me reconnaître.

— Pas si tu rases ta moustache et fonces un peu ton teint avec
du maquillage.

— Et que je me coiffe d'une perruque orange à boudins, un
coup parti? Tu lis trop de romans policiers, mon Robert! Il y a trois
jours, tu m'engueulais comme du poisson pourri pour avoir rencontré
la Painchaud, et aujourd'hui tu veux me précipiter dans un souper
en tête à tête avec Robidoux. Les bras m'en tombent.

— *Primo*, on est trop enfoncés dans cette affaire pour s'en retirer. *Secundo*, je ne te demande pas d'aller renifler leurs assiettes.

— Mais tout cet appareillage d'écoute à distance, où veux-tu
qu'on trouve ça?

— Je m'en occupe. Garde ton calme.

— Encore faut-il que j'apprenne à m'en servir. On n'a que trois jours devant nous.

— Je me fie à ton immense talent.

— Cesse de plaisanter, sac à bottes ! C'est moi qui me ferai pincer si l'affaire tourne mal.

— Je ne serais pas long à te suivre. Mais tu ne te feras pas pincer. C'est Robidoux qui sera pris. On va le traîner par la peau du cou jusqu'au tribunal et il crachera chaque sou qu'il a volé. Pendant ce temps, nous accorderons, nous, des entrevues aux médias et, deux jours plus tard, le grand patron t'invitera à prendre un verre dans son bureau et te demandera, mine de rien, ce que tu as envie de faire à ton retour au journal.

— Rêve, rêve, pauvre naïf, ça ne coûte pas cher, rétorqua Nicolas, un peu ennuyé par l'idée d'avoir à partager sa gloire.

Il téléphona néanmoins à Martine Painchaud. Elle ignorait où devait avoir lieu la rencontre et n'osait questionner le ministre, par crainte d'éveiller ses soupçons. Mais il fréquentait ordinairement des restaurants français, particulièrement Le Toqué, rue Saint-Denis, et Laloux, avenue des Pins. Nicolas téléphona aux deux endroits, se faisant passer pour un membre du cabinet chargé de confirmer la réservation du ministre. On ne l'attendait pas ce jeudi-là. Alors, se saisissant du *Gourmandise chronique* de Josée Blanchette, Rivard et Lupien se partagèrent les quarante-trois restaurants français décrits dans le livre. Robidoux n'y avait fait aucune réservation. Avec force soupirs et quelques jurons, ils s'emparèrent des *Pages jaunes*. C'est Lupien qui tomba pile en téléphonant au Caveau.

Mais il fut moins heureux dans sa recherche d'équipement pour l'écoute à distance. Ce qu'on lui proposait était aussi discret que trompes d'éléphant et cous de girafe.

— Et si je pénétrais dans le restaurant la nuit pour me glisser sous leur table ? proposa Nicolas, sarcastique.

Suivit une petite discussion aigre-douce au terme de laquelle il fut convenu que le journaliste se contenterait d'observer les deux compères, en espérant qu'on lui assigne une table assez proche pour qu'il puisse entendre des bribes de conversation ; pendant ce temps,

Robert Lupien, lui, attendrait à l'extérieur pour les prendre en filature (en bon amateur de films policiers, il aurait soigneusement maculé de boue sa plaque d'immatriculation).

— C'est peu, mais c'est mieux que rien, soupira ce dernier.

Nicolas lui tapota le dos :

— Ça nous fera de beaux souvenirs en prison.

Dans les jours qui suivirent, Nicolas souffrit d'insomnie et dut abandonner le café, qui s'était mis à lui causer des spasmes d'estomac. Mais le surlendemain de sa rencontre avec Lupien, un heureux événement survint qui le rasséréna un peu : Moineau lui téléphona pour lui annoncer qu'elle venait de réintégrer son appartement et qu'elle l'attendait ce soir-là pour un souper intime.

Il se présenta avec deux bouteilles d'*Asti Spumante*. Moineau avait préparé un bortsch et une mousse pralinée ; en partant pour son travail le matin, elle avait remis une clé à sa voisine de palier en lui demandant de mettre au four vers deux heures une casserole de bœuf bourguignon dont le fumet emplissait maintenant tout l'appartement. Ils vidèrent la moitié d'une bouteille en se reluquant et se retrouvèrent bientôt au lit.

— Que dirais-tu d'essayer une petite nouveauté ? fit-elle en sortant de sous l'oreiller un tube de crème de marron vanillée.

Un délicat arome se répandit bientôt dans la chambre, où les gémissements d'aise alternaient avec les éclats de rire.

Le repas fut tendre, joyeux et abondamment arrosé. Au dessert, on décida d'entamer la deuxième bouteille. Nicolas ne s'était pas senti aussi jeune et détendu depuis très longtemps. Même l'opération du Caveau (dont il avait cru bon de ne pas parler à sa petite amie) lui apparaissait sous des couleurs riantes. Mais quelque chose dans l'attitude de Moineau le chicotait, qu'il arrivait mal à préciser. Dans son doux abandon, il sentait comme une pointe d'indifférence ou d'ironie ou de subtil quant-à-soi, il n'aurait su dire.

— Est-ce que tu as vu Chien Chaud dernièrement ? demanda-t-il, le nez dans son verre.

— Ne m'en parle pas. La semaine passée, il a téléphoné cinq fois chez mes parents pour m'inviter au restaurant.

— Chez Da Giovanni, peut-être ?

— La conversation n'est pas allée jusque-là. J'ai déjà fait l'expérience d'un drogué. Une fois suffit, crois-moi.

— Il y a deux semaines, poursuivit négligemment Nicolas, l'œil fixé sur son amie, je passais un soir devant le restaurant et je l'ai aperçu par la vitrine en compagnie d'une jeune fille, que je n'ai pu reconnaître, cependant.

Moineau parut étonnée, mais ne se troubla aucunement :

— J'en connais bien comme lui qui courent plusieurs lièvres à la fois. Ils reviennent souvent bredouilles.

Puis elle sourit :

— Maintenant, creuse-toi les méninges et essaye de m'étonner.

Et elle l'amena à sa chambre.

L'amour rend naïf, mais on sait également qu'il peut inspirer l'astuce. Jérôme s'était livré à de profonds calculs depuis quelques jours. Il s'était dit que la complicité masculine, l'affection que lui portait son père et le sentiment de culpabilité qui habitait ce dernier depuis son départ de la maison risquaient de le rendre favorable à une demande qu'il avait courageusement décidé de lui faire.

Le lendemain soir, vers six heures, Nicolas, transi d'angoisse, était en train de se raser la moustache avant de se rendre au Caveau lorsqu'on sonna à sa porte.

Étonné, un peu inquiet, il alla ouvrir.

— P'pa! s'écria Jérôme à la vue de sa moustache mutilée. Qu'est-ce qui se passe ?

— Bah... j'en étais tanné, répondit Nicolas, ennuyé. Qu'est-ce qui me vaut le plaisir de ta visite, mon garçon ?

Jérôme s'avança dans la cuisine, le regarda de nouveau et prit place à la table :

— T'es sûr que je te fais plaisir, p'pa ? J'ai l'impression de te déranger.

Il paraissait nerveux, hésitant, et une rougeur inhabituelle allumait ses joues.

— Je sors avec des amis ce soir. Mais j'ai quelques minutes. Comment vas-tu ?

— Ça va, ça va.

Et il se troubla davantage.

Soulevant les rabats d'une boîte de carton posée devant lui, il jeta un coup d'œil à l'intérieur :

— Tu t'es acheté de la vaisselle ?

— Ouais... j'adore la vaisselle fleurie.

Jérôme reporta encore une fois son regard sur Nicolas et lui sourit ; il avait l'air indiciblement embarrassé :

— P'pa... j'ai un service à te demander.

Il se racla la gorge, ses longs doigts s'agitèrent nerveusement sur la table et, finalement, la phrase si laborieusement préparée réussit à sortir :

— P'pa... pourrais-tu me prêter ton appartement la semaine prochaine pour quelques heures ? « Ce que j'ai l'air tarlais ! » pesta-t-il intérieurement tandis que son visage cuisait de honte.

Nicolas regardait son fils, abasourdi. Le trac de sa mission au Caveau venait de s'envoler. « Mon exemple l'a corrompu, se dit-il en s'assoyant à son tour. Il va se lancer dans la débauche, comme moi. » Son vice lui échappait comme un déversement d'huile dans une rivière.

— Tu... cherches un endroit pour... pour étudier ? balbutia-t-il avec la conscience de prononcer une idiotie et de rendre la partie encore plus difficile à Jérôme.

— P'pa, ne sois pas niaiseux... Marie-Christine et moi, on se cherche un endroit pour... pour se retrouver ensemble, quoi.

— Ah bon ! Oui, bien sûr... rien de plus normal... À la maison, c'est impossible, je le vois bien...

Il eut soudain l'impression qu'une distance infinie se déployait entre lui et son fils ; le temps où Jérôme était son petit garçon venait de s'anéantir ; il se trouvait à présent devant un homme, semblable aux autres hommes – et bientôt aussi moche que lui, sans doute. Mais il sentait également qu'il était de son devoir de ne pas considérer les choses tout à fait comme ça et de continuer à jouer son rôle de père, même s'il ne comprenait plus très bien en quoi cela consistait.

— Est-ce que.. euh... vous avez déjà eu, euh... des... relations ?

— Mais oui, mentit Jérôme avec un début d'humeur. Et alors, c'est oui ou c'est non ?

— Ah bon... Je... c'est bien normal aussi, évidemment... quoique lorsque j'avais ton âge... mais, bien sûr, les temps ont changé, comme on dit... il faut être prudent, tout de même... et aussi... excuse-moi, mais... est-ce que tu l'aimes ?

— P'pa, si on s'aimait pas, crois-tu que...

— Non, bien sûr. Bien sûr. Ce n'est pas ce que je voulais dire. Mais il faut la respecter, comprends-tu ? respecter ses... sentiments, en quelque sorte...

Il se mit à fixer la table tandis que Jérôme se levait et allait se planter devant une fenêtre, honteux de son embarras, de celui de son père et de toute cette scène qu'il jugeait ridicule, regrettant maintenant de l'avoir provoquée.

— Utilisez-vous des préservatifs, au moins ? poursuivit faiblement Nicolas.

— P'pa, je ne suis plus un bébé, répondit l'autre en notant qu'il devrait en acheter et se familiariser d'abord tout seul avec leur usage.

— Quand voulez-vous l'appartement ?

Jérôme se retourna, profondément soulagé :

— Mercredi ou jeudi... ou n'importe quel jour qui te conviendra...

— Alors, je te ferai faire une clé.

— Merci, p'pa, fit l'autre en se dirigeant vers la porte, impatient de mettre fin à l'entretien.

— Hé ! hé ! pas si vite ! lança Nicolas avec un entrain de commande. J'ai oublié de te dire une chose.

Jérôme s'arrêta sur le seuil et tourna vers lui un œil vaguement inquiet. Nicolas lui ébouriffa rudement les cheveux :

— Elle est jolie en diable, ton amie, Botticelli. T'as bon goût.

Pendant une seconde, le sourire de l'adolescent exprima un ravissement enfantin. Puis il haussa les épaules, sortit et dévala l'escalier.

———

Le Caveau logeait dans une petite maison victorienne à un étage entourée d'immeubles géants, rare vestige du temps révolu où le centre-ville de Montréal était bâti à l'échelle humaine. Nicolas avait fréquenté autrefois le restaurant, puis l'avait oublié. C'est pourtant là que Géraldine et lui avaient sablé le champagne lors de son engagement à *L'Instant*.

Il arriva au restaurant à huit heures vingt. Robidoux avait réservé une table pour huit heures. Avec un peu de chance, le ministre aurait été ponctuel et Nicolas trouverait une place non loin de la sienne.

Il l'aperçut aussitôt dans un coin un peu à l'écart, en conversation avec un homme grassouillet qu'il voyait de dos. Mais la chance ne lui sourit qu'à moitié. Il y avait affluence et toutes les tables proches du ministre étaient occupées. Le maître d'hôtel, un petit homme affable et courbé, au visage rose et plein de rides, les dents jaunies par le tabac et la tête couronnée par une calvitie blonde en demi-cercle, voulut le diriger vers l'étage inférieur, mais Nicolas, fouillant nerveusement dans son portefeuille, lui glissa dans la main un billet de cinq dollars, en prétextant «qu'il trouvait l'autre salle trop sombre», et se retrouva assis près d'une porte battante, et assez loin du ministre, mais au moins il le voyait de face.

Il commanda un kir, se passa la main sur le front (son maquillage huileux le dégoûtait légèrement), puis, dressant le cou, essaya de voir où en étaient rendus les deux acolytes dans leur repas, mais la distance l'en empêchait.

Soudain une table en avant de lui se libéra, qui donnait une bien meilleure vue. Il fit aussitôt signe au maître d'hôtel. Ce dernier s'approcha, un pli de contrariété à la racine du nez mais le sourire toujours aussi suave.

— Est-ce que... est-ce que... la table que viennent de quitter ces deux vieilles dames a été réservée ? demanda Nicolas en sortant de nouveau son portefeuille. C'est que... cette porte battante m'ennuie un peu, voyez-vous.

— Je vais voir, monsieur, répondit l'autre en s'éloignant.

Il revint presque aussitôt :

— Si monsieur veut me suivre... on avait réservé, mais j'ai pu m'arranger... Non, monsieur, je vous remercie... Faites plutôt un petit cadeau à votre femme ou à vos enfants – si vous en avez, bien sûr.

Rivard voulut emporter son kir, mais un garçon le lui prit des mains et alla le déposer sur l'autre table, où on venait de mettre un nouveau couvert.

Il s'était rapproché de quelques mètres et, dans la rumeur générale, entendait maintenant un bruissement de voix, sans pouvoir percevoir clairement ce qu'on disait. Le ministre, l'air grave et concentré, écoutait son interlocuteur (il s'agissait bien de Harvie Scotchfort) en fumant une cigarette à petites bouffées nerveuses tandis que son potage refroidissait. C'était la première fois qu'il pouvait l'observer de si près. Les cheveux poivre et sel plantés dru et bas, il avait des traits réguliers, vigoureux et agréables qui lui donnaient une tête d'ancien jeune premier doucement sur le déclin, dans le style Warren Beatty. Sous des airs importants et quelque peu guindés, l'homme à femmes se devinait facilement. Mais quelque chose de fébrile et de profondément insatisfait dans la mobilité du regard et les mouvements de la bouche ajoutait une note vaguement inquiétante à cette physionomie de viveur ; Nicolas sentit qu'il s'était attaqué à un adversaire étrange et imprévisible, plein de curieuses ressources. Il commanda rapidement son souper et déplia un journal qu'il fit mine de lire avec attention.

Pendant les deux heures que dura son observation, il ne se produisit que trois incidents dignes d'intérêt. Nicolas terminait sa quenelle de brochet lorsque la rumeur du restaurant s'assourdit tout à coup pendant quelques secondes et il entendit clairement

Scotchfort dire, avec son léger accent anglais qui huilait toutes les consonnes :

— Si je comprends bien, Antoine, tu me pousses au pied du mur.

L'autre hocha la tête avec un sourire en coin.

Puis, une demi-heure plus tard, un serveur échappa une pile d'assiettes dans le fond de la salle et Scotchfort sembla profiter de la commotion pour glisser la main dans la poche de son veston et tendre à Robidoux une enveloppe que ce dernier fit disparaître aussitôt dans une serviette à ses pieds.

Vers dix heures trente, les deux hommes se levèrent de table. Nicolas venait de recevoir son addition. Robidoux se dirigeait vers la sortie lorsqu'un client l'arrêta au passage et il dut serrer des mains en échangeant des plaisanteries. Chose curieuse, Scotchfort ne se joignit pas à eux et quitta tranquillement le restaurant. Nicolas le remarqua à peine, car il attendait fébrilement qu'on lui rende la monnaie. Soudain, voyant le ministre sur le point de quitter les lieux, il se leva à son tour et alla rejoindre Lupien. Ce dernier, après avoir longuement fait le tour du quadrilatère, avait réussi à se garer juste en face du restaurant.

— Je viens de voir sortir Scotchfort ! lança-t-il d'une voix désagréablement aiguë. Il était seul. Qu'est-ce qui se passe ?

— Je n'en sais rien. Prépare-toi, Robidoux me suit. Il ne faut pas le louper, celui-là.

Le ministre apparut presque aussitôt, traversa la rue et se dirigea vers eux.

Nicolas poussa un cri étouffé.

— Trou de lunette ! il vient vers nous !

Robidoux passa près d'eux sans les voir, fit quelques mètres, se glissa dans une imposante Buick gris argent stationnée en avant d'eux et démarra.

— Ouf ! le sang me bouillait dans les veines, murmura Nicolas tandis que Robert Lupien mettait le moteur en marche. Décidément, il n'abuse pas de la limousine, notre ministre. Je me demande d'où lui vient cet admirable souci d'économie. Ne le suis pas de trop près, hein ? Il risquerait de me reconnaître.

Robidoux enfila la rue Guy vers le nord.

— Hum! fit Lupien en le voyant traverser la rue Sherbrooke, j'ai l'impression qu'on va en être pour nos peines, il a l'air de s'en aller chez lui. Et alors? As-tu pu grappiller quelque chose?

Nicolas lui livra le fruit de ses observations : selon lui, les deux hommes s'étaient rencontrés pour régler un différend, le règlement se trouvait dans l'enveloppe et le départ précipité de Scotchfort semblait démontrer qu'il n'en était guère satisfait.

Lupien donna un coup de poing sur le volant :

— Eh bien... notre chien est mort! Le voilà qui prend Côte-Sainte-Catherine... Il s'en va faire dodo, notre petit ami. Tiens, on devrait aller le border. Ça terminerait la soirée sur une note de tendresse.

— Allons, continue de le suivre. Je veux le voir entrer chez lui de mes propres yeux.

La Buick tourna dans la rue Davaar. La filature finissait en queue de poisson. Mais Nicolas, têtu, demanda à Lupien de stationner dans la Côte-Sainte-Catherine : il voulait poursuivre à pied pour jeter un nouveau coup d'œil sur les lieux. Son compagnon, de plus en plus dépité, s'y opposa, déclarant qu'ils avaient perdu assez de temps comme ça et que, de toute façon, les aboiements du chien, qui était sûrement en faction devant sa niche, trahiraient tout de suite leur présence. Mais Nicolas insista et finit par l'emporter.

Ils quittèrent l'auto et se dirigèrent vers la maison. Lupien, les lèvres serrées et bien décidé à filer au premier aboiement, pestait intérieurement contre les lubies de son compagnon. Mais quand ils se mirent à longer la haie de spirée Van Houtte qui cachait la résidence du ministre à la vue des passants, c'est le silence le plus profond qui les accueillit.

Ils s'arrêtèrent et se consultèrent du regard. Un ciel sans nuages et l'éclairage abondant de la rue permettaient de voir presque aussi bien qu'en plein jour. C'est alors qu'un tintement métallique résonna de l'autre côté de la haie. Il semblait provenir d'une chaîne. Nicolas fit un signe à son compagnon, puis, écartant les branches avec des précautions infinies, avança sa tête parmi les feuilles.

Antoine Robidoux, accroupi sur le gazon, sa serviette déposée dans l'herbe, caressait son doberman en lui parlant doucement. L'animal, la tête posée sur l'épaule de son maître, semblait en pleine extase. Quelques moments passèrent.

— Mais qu'est-ce qu'il fout ? marmotta Nicolas dans un souffle.

Et ses yeux s'écarquillèrent d'étonnement.

———

Il les aurait écarquillés bien plus s'il avait pu se trouver au même moment avec Moineau et Chien Chaud ; ce dernier était en train de lui faire visiter son abri à côté du terminus Voyageur et la jeune fille, l'œil plein d'admiration, l'écoutait raconter l'histoire de son installation au cours d'une vague de froid polaire où il avait dû, pendant deux jours, se contenter pour toute nourriture de sachets de thé mouillés.

— Des sachets de thé mouillés ? s'écria-t-elle, horrifiée. Moi, je serais retournée chez mes parents.

— Il n'en était pas question. Je venais de me sauver de la maison.

Au bout de quelques minutes, ils sortirent discrètement et se rendirent au restaurant Da Giovanni ; en chemin, Chien Chaud tint à préciser que c'était lui qui s'occuperait de l'addition.

Ils formaient un couple bien étrange sous les mosaïques du célèbre restaurant qui mariaient avec une naïve impudence le style mexicain et celui de la Rome impériale et avaient vu engloutir des tonnes de spaghetti.

———

Il les aurait également écarquillés si, au même moment, il avait pu voir son fils Frédéric debout devant le lavabo de la salle de bains. Ce dernier, réveillé par le bruit d'une discussion, avait quitté sa chambre et s'était avancé doucement jusqu'à la tête de l'escalier ; il avait aussitôt reconnu son oncle Télesphore et sa tante Delphine, venus pour tenter une réconciliation entre sa mère et son père.

— Au fond, je viens ici par pur égoïsme, Géraldine, avait déclaré l'oncle de sa voix de plus en plus haletante, accompagnée maintenant d'un graillement qui lui donnait un accent pathétique. Depuis trois semaines, Nicolas n'a tout simplement plus sa tête. Il travaille comme une pioche sans manche – et je ne vois pas combien de temps je vais pouvoir encore le garder.

— Et alors, soupira Delphine, Dieu sait ce qui arrivera à ce pauvre garçon.

Sa mère avait murmuré quelques mots à voix basse.

— Mais tout est une question de point de vue, ma pauvre Géraldine! s'était écrié l'oncle. Il faut... euh... relativiser, comme disent les *spécialisses*! Quand une puce entend un chien péter, elle pense que c'est un ouragan.

Sa mère avait ri à cette drôle de comparaison, mais Frédéric n'avait pas aimé son rire. Et soudain, cette discussion l'avait tellement attristé qu'il était retourné à sa chambre. Dans une ancienne boîte de café, sur sa commode, il amassait de la monnaie pour acheter un jeu de *Nintendo*. Prenant la boîte, il s'était rendu sans bruit à la salle de bains. La semaine d'avant à la télé, il avait vu un film où un jeune homme qui venait de perdre son emploi avait jeté de la monnaie dans une fontaine en faisant le souhait de trouver du travail. Et, effectivement, quelques jours plus tard, il s'était présenté dans un théâtre où on l'avait engagé comme apprenti machiniste.

Il ne connaissait aucune fontaine, mais avait pensé qu'un lavabo ferait aussi bien l'affaire. Alors il avait laissé tomber dix-sept sous dans le renvoi en souhaitant de tout son cœur que ses parents se réconcilient, que Nicolas rentre à la maison et que les choses redeviennent comme avant.

— Cette histoire va mal finir, avait soupiré l'oncle une heure plus tard en quittant la maison.

— Mon pauvre Télesse, avait répliqué Delphine, *elle est déjà finie!*

Télesphore Pintal s'était arrêté et lui avait jeté un regard hautain :

— Tu ne me comprends pas. Je ne parlais pas de leur mariage. Je pensais à Nicolas. Je le regarde aller depuis quelque temps. Il mijote une folie.

19

Nicolas et Robert Lupien, assis dans la cuisine de ce dernier devant une tasse de verveine, se perdaient en conjectures : qu'avait donc pu faire le ministre pendant les deux minutes où il était resté à demi engagé dans la niche de son doberman ?

— Il se masturbait, plaisanta Nicolas. Zoophilie indirecte.

Lupien fronça les sourcils :

— Cesse tes niaiseries. Il faut réfléchir. Je suis sûr qu'il s'est passé tout à l'heure quelque chose de capital.

Un prodigieux brassement intérieur s'opérait en lui. Ses souvenirs de Sherlock Holmes, tirés du sommeil où ils étaient plongés depuis l'adolescence, tourbillonnaient dans sa tête en le remplissant d'une euphorie inquiète.

— Il faut réfléchir, répéta-t-il. Un homme de cinquante ans, ministre de surcroît, et débordé de travail, est habituellement crevé aux approches de minuit, non ? Il pense davantage à couler sa carcasse entre deux draps qu'à humer la niche de son chien.

— La vérité, c'est qu'il est fou. Martine Painchaud m'a dit l'autre jour que c'était un fou. Voilà. On l'a vu.

— Je n'en crois rien. Je ne connais pas de fou qui soit devenu ministre, qui ait réussi à se faire élire quatre fois et qui habite une maison dont la salle de bains vaut plus cher que tout mon appartement.

— Alors que faisait-il dans la niche, ô redoutable dépisteur des secrets de l'âme humaine ?

Robert Lupien saisit la théière et se versa gravement de la tisane, puis, relevant la tête :

— Il y cachait quelque chose.

Un frémissement le parcourut et son visage s'épanouit dans un sourire victorieux qui sembla le rajeunir de dix ans :

— *Il y cachait l'enveloppe que Scotchfort lui a remise au res-taurant !* La preuve que tu cherches depuis si longtemps, son chien dort dessus ! Voilà la vérité !

Nicolas pouffa de rire :

— Quel esprit éblouissant ! Le soleil à côté de toi a l'air de la lune ! Une niche-coffre-fort... On croirait que tu fais dans la bande dessinée !

— Cesse de te moquer. Je suis sûr d'avoir raison. Peux-tu proposer une autre explication ?

— Pas pour l'instant. Sauf que je sais une chose : si j'avais des papiers importants à cacher, ce n'est sûrement pas dans une niche que je les placerais, mais plutôt quelque part chez...

— Chez toi ? Pauvre enfant ! Avec un petit mandat de perquisition de rien du tout, on peut aller déclouer chaque planche de ta maison pour mettre la main sur tes papiers ; et tu sais fort bien que le titre de ministre ne met pas à l'abri de ce genre de choses. Ou, alors, tu penses à un coffret de sûreté, peut-être ? La belle affaire ! une ordonnance de cour fait ouvrir tous les coffrets du monde comme on ouvre une boîte de conserve.

— Très intéressant. Mais moi, je reste plutôt d'avis que notre bonhomme est tout simplement un peu...

— Tu me casses les pieds avec cette histoire de folie ! C'est son ancienne maîtresse qui le traite de fou. Toutes les maîtresses larguées parlent ainsi : c'est leur façon de surmonter la honte.

Le silence tomba. Nicolas prit une gorgée de verveine et pensa que c'était une bien triste chose que d'être devenu trop vieux pour boire du café avant de se coucher.

— Supposons que tu as raison, dit-il enfin. Encore faut-il s'approcher de la niche. Je ne suis pas prêt à me faire égorger pour savoir qui se trompe.

— Moi non plus. Nous devons trouver un moyen de neutraliser cette sale bête.

— J'ai vu une boîte aux lettres près de sa maison. Tu pourrais peut-être rendre hommage au FLQ et la faire sauter. Au moment de l'explosion, j'en profiterais pour descendre le chien.

Lupien se leva, massa d'un geste machinal sa cuisse atrophiée, puis poussa un énorme bâillement :

— Je pense qu'il est temps d'aller se coucher, petit rigolo. Ton esprit rouille. J'essayerai de penser à une solution. Fais de même, si tu le peux.

En arrivant chez lui, Nicolas trouva son appartement si froid et si triste qu'il alluma la radio et tomba sur une de ces tribunes téléphoniques qui jouent le rôle d'agences de rencontres bénévoles. Un homme à la voix cassée était en train de décrire l'objet de ses désirs : « ... je la voudrais sérieuse, douce et gentille, propre de sa personne, et qui peut endurer la cigarette. L'âge m'importe peu, pourvu qu'elle soit jeune. »

Des coups discrets dans le plancher lui indiquèrent que l'utilisation nocturne de son appareil déplaisait. Il grimaça de dépit, haussa les épaules et mit son casque d'écoute. Après avoir un peu cherché, il tomba sur un quintette à cordes de Mozart. Mais Mozart lui-même n'arrivait pas à lutter contre la tristesse qui l'envahissait. Alors il décida de la fuir dans le sommeil.

Le lendemain, Lupien, tout excité, lui téléphona au milieu de l'après-midi. Il venait de se rappeler une anecdote que lui avait racontée un de ses cousins, policier à Longueuil. Quelques années plus tôt, on avait procédé au déboisement d'une section de forêt pour faire place à un ensemble d'habitations haut de gamme. Un chevreuil affolé avait cherché refuge dans la ville. Pendant quelque temps, il avait galopé dans les rues du Vieux-Longueuil, terrifié, l'écume à la gueule. Des policiers et un agent du service de conservation de la faune avaient réussi à le maîtriser en lui injectant à distance un anesthésiant à l'aide d'un pistolet.

— Je vais lui demander, mine de rien, où on se procure ce genre de truc – et on endormira notre chien, voilà tout.

— Demande-le-lui *très* mine de rien. Dans les circonstances, ce n'est pas sur l'épaule d'un policier que j'aurais pensé aller poser ma tête.

— T'inquiète pas. C'est un bon gros gars paisible qui a de la misère à faire la différence entre la crème glacée et le fromage à la crème.

Nicolas déposa le combiné et sentit au même instant les yeux de son oncle, appuyé au chambranle, qui lui vrillait le dos.

— Je déteste... mettre mon gros nez dans les affaires qui... ne me regardent pas, dit-il en tentant de ménager dans son discours les pauses nécessaires à sa respiration, mais je serais curieux de connaître le... rôle de la police dans le travail que je t'ai demandé de faire cette après-midi.

— C'était un appel personnel, mon oncle, répondit Nicolas en rougissant.

— Sans vouloir te... blesser, je trouve que tes... appels personnels ont tendance à prendre depuis quelque... temps le dessus sur ton travail. Je m'exprime, évidemment, avec beaucoup de grossièreté.

— Non, mon oncle. C'est plutôt moi qui vous manque d'égards.

— Est-ce que tu as pu régler avec... l'inspecteur ces... problèmes qu'on avait avec notre entrepôt pour le plastique recyclé ?

— Je n'ai pas encore eu le temps, mon oncle, répondit Nicolas en fixant le plancher.

— J'aimerais bien que ça soit fait avant cinq heures.

Il fit mine de s'en aller, puis, se retournant brusquement, avec ce sourire qu'il savait rendre irrésistible :

— Pour continuer dans la veine... des indiscrétions, est-ce qu'un vieil écornifleur sur le... bord de la retraite pourrait savoir ce que son jeune neveu fricote avec tant... de passion depuis quelques semaines ?

Nicolas pâlit :

— Je... je ne peux pas vous le dire, mon oncle. C'est une affaire extrêmement importante. Elle... elle risque de me rendre célèbre.

— Célèbre, célèbre, grommela l'autre en reculant vers la porte, voilà un de ces grands... mots qui m'ont toujours fait suer dans le pli des fesses. Tu ferais mieux d'essayer de... te réconcilier avec ta femme... que de perdre ton temps à ces folleries. Et puis, soit dit en... passant, fais-toi donc repousser la moustache. Depuis que tu... l'as rasée, ça te fait une tête de mort. Un entrepreneur, l'autre jour, m'a demandé si... t'avais des problèmes de santé. Mauvais pour les affaires, ça.

Il passa dans son bureau, mis hors d'haleine par sa tirade, s'envoya un jet de *Ventolin* dans le fond de la gorge, puis, assis dans son fauteuil, fixa le plafond en jouant distraitement avec une règle.

———

Durant la semaine qui suivit, Nicolas travailla comme un nègre, essayant de rattraper le temps perdu et de regagner la faveur de son oncle. Ce jeudi ayant été décrété – pour le perfectionnement des professeurs et le divertissement de leurs élèves – journée pédagogique par les autorités scolaires, la veille il avait amené Frédéric et Sophie voir *Matusalem* au cinéma après les avoir régalés d'une poutine au restaurant du coin. Il téléphonait à Moineau chaque jour, mais ne la voyait guère : depuis quelque temps, disait-elle, son travail l'exténuait et elle avait besoin de longues nuits. La désaffection qu'il croyait déceler chez elle depuis le suicide de José commençait à l'inquiéter, mais il s'efforçait de penser à autre chose, effrayé sans doute de s'être amouraché d'une femme qui aurait pu être sa fille.

Jérôme n'avait pas encore donné suite à la permission que lui avait accordée son père d'utiliser l'appartement. Avait-il trouvé un endroit plus propice ? S'était-il brouillé avec Marie-Christine ? Nicolas n'osait le lui demander. Sans se faire d'illusions, il espérait que son fils reporte son projet à plus tard. Sa vie dissipée ne se mariait guère avec ces préoccupations de bon père de famille et il se moquait de lui-même avec un cynisme un peu triste.

Deux jours après la scène de la niche, Robert Lupien rencontra une secrétaire du consulat tchèque lors d'une rétrospective Cosgrove à la galerie Événement et l'invita à souper. Ils se revirent deux ou trois fois dans les jours qui suivirent et vers la fin de la semaine Lupien songeait sérieusement à la demander en mariage. Nicolas crut que son intérêt pour l'affaire Robidoux subirait une éclipse d'une dizaine de jours, le temps que sa nouvelle aventure tourne, comme d'habitude, en queue de poisson. Le romantisme tentaculaire du journaliste effraya bientôt la petite Stojna ; un fiancé apparut dans ses conversations ; il l'attendait à Prague, économisant sur son salaire d'apprenti bijoutier pour se monter un ménage ; elle manifesta le désir de transformer une très courte série de couchettes, qui l'avait d'ailleurs remplie de remords, en amitié fraternelle. Robert Lupien décida de rompre.

Le 9 octobre au soir, il téléphona chez Nicolas pour lui annoncer qu'en soupant la veille chez son cousin policier il avait réalisé un coup fumant. Pendant l'apéro, il avait doucement orienté la conversation sur ce fameux incident du chevreuil et avait manifesté son étonnement qu'on puisse anesthésier ainsi des bêtes à distance. « C'est facile comme de se fouiller dans le nez, avait répondu Gaston, mis en verve par un double martini. J'étais là quand on l'a tiré. Trente secondes plus tard, il rêvait à sa maman. On n'a eu qu'à lui attacher les pattes et à l'expédier dans une cage au parc de la Petite Nation. » « J'aimerais bien voir de près une de ces armes », avait alors ajouté Lupien. Gaston s'était penché en avant dans son fauteuil (ils étaient seuls au salon) et, dans un souffle : « Ne va pas le dire à ma femme, mais j'en ai emprunté une au service de la faune il y a deux semaines (j'ai un bon chum là-bas). » « Ah oui ? » « Mon p'tit gars est malade d'apprivoiser un raton laveur. Il y en a toute une tribu à notre chalet de Rawdon. Pas facile de les attraper ! Ils se méfient des pièges ! Mais avec mon pistolet-endormitoire... je n'aurai qu'à me cacher un soir derrière une poubelle, et toc! j'aurai mon raton!» «Je peux le voir, ce pistolet?» Gaston avait vidé son verre d'une rasade et ses yeux étaient devenus légèrement protubérants : «Viens avec moi. Je l'ai caché dans le garage. Mais pas un mot, hein?» Il avait déplacé quelques boîtes sur une tablette, s'était emparé d'un étui de plastique et lui avait montré l'arme à air comprimé avec ses projectiles à seringue garnis d'une aiguille et d'un capuchon à ailerons. Sur les entrefaites, sa femme l'avait appelé d'une voix de stentor pour qu'il découpe la dinde.

C'était là que Lupien avait eu son idée. «Vas-y, avait-il proposé, je vais tout replacer.» Il avait glissé le pistolet et trois projectiles dans la poche de son veston, avait rangé les boîtes, puis s'était rendu vitement au vestibule cacher l'arme dans sa mallette.

— T'appelles ça un coup fumant? s'écria Nicolas, furieux. À qui pensera-t-il, ton cher Gaston, quand il s'apercevra qu'on lui a piqué son pistolet?

— Justement, il ne faut pas lui laisser le temps de penser. Il faut agir vite. De toute façon, il ne va pas renifler son pistolet toutes les cinq minutes.

— Et comment le lui remettras-tu?

— Je trouverai bien un moyen. Tiens, je me rendrai chez lui pendant qu'il est au travail et je dirai à sa femme que je suis venu chercher un outil, n'importe quoi. T'inquiète pas. Qu'est-ce que tu penses que j'ai dans le crâne? Du blanc-manger, peut-être?

— À ta place, ricana Nicolas, je ne risquerais pas ce genre de questions.

Finalement, il fut convenu d'agir le plus vite possible. Ils se donnèrent rendez-vous le lendemain à Montréal.

Nicolas allait se coucher lorsqu'on frappa à la porte. C'était la propriétaire, ficelée dans une robe de chambre, et le fixant avec un sourire qui ressemblait à une écorchure :

— Auriez-vous l'obligeance, mon bon monsieur, de faire un peu moins de bruit?

— Du bruit? s'étonna-t-il.

— La sonnerie du téléphone. Elle vient de me réveiller. J'ai le sommeil très fragile. Et quand je ne dors pas assez, j'ai la migraine.

— Mais, madame, je ne peux tout de même pas empêcher les gens de me téléphoner ! J'ai réglé la sonnerie au plus faible. Que voulez-vous de plus ?

— On peut avertir les gens. Les gens téléphonent trop tard.

— Je verrai ce que je peux faire, marmonna-t-il en fixant la porte pour indiquer que l'entretien avait assez duré.

— Bonne nuit, monsieur, laissa-t-elle tomber, les lèvres pincées.

— Je vis au-dessus d'une folle, bougonnait-il en se brossant les dents. Je vis au-dessus d'une folle qui ne me laissera pas de répit tant que je n'aurai pas fait comme tous les locataires qui m'ont précédé : sacré le camp. Ah ! je comprends maintenant le prix du loyer ! Il faut bien attirer les proies avec un appât !

Étendu dans son lit, il s'assoupissait en songeant que ce stupide vol de pistolet, s'ajoutant à ses confidences à Martine Painchaud, l'enfonçait inexorablement dans une aventure de plus en plus incertaine – lorsque le téléphone sonna !

Horrifié, il sauta en bas de son lit et bondit vers l'appareil – tandis qu'au rez-de- chaussée, la propriétaire allumait sa lampe de chevet, réveillant en sursaut son vieux mari, et fixait le plafond d'un œil meurtrier.

— Salut, p'pa, fit Jérôme d'une voix curieusement fluette. Comment vas-tu ? Est-ce que notre arrangement tient toujours ?

— Tu me téléphones un peu tard, mon garçon. À cette heure, tu devrais être couché.

— P'pa, soupira Jérôme, atterré par tant de pépérisme, de grâce...

— Où es-tu ?

— À la maison. Où pensais-tu ? Je te téléphone de la salle de jeux.

— Ah bon. Dis donc, est-ce que ta mère est au courant de ton... projet ?

— Non, répondit sèchement l'autre. Est-ce qu'il faut qu'elle le soit ?

Un mouvement de joie souleva Nicolas. Cette complicité le réconfortait et satisfaisait un besoin de revanche à l'égard de Géraldine, qui cherchait de plus en plus à l'éloigner des enfants.

— J'attends toujours ta réponse, reprit Jérôme au bout d'un moment.

— Eh bien... puisque je t'ai déjà dit oui, tu me trouverais plutôt odieux, je suppose, si je revenais sur ma parole. Quel jour ?

— Vendredi.

— Ça va. Quelle heure ?

— En début de soirée.

— Est-ce qu'il faut que je couche à l'hôtel ? ricana Nicolas.

— Tes farces sont plates, p'pa. À onze heures on sera partis.

— Est-ce que je dois fournir des draps neufs ? poursuivit-il avec la même lourdeur.

— Je te répète que tes farces sont plates, p'pa. Bonne nuit. Et puis, merci, hein.

Nicolas alla se recoucher, de plus en plus troublé, et essaya machinalement d'extirper du bout de la langue un fragment de viande pris entre ses dents. Soudain, l'idée que sa jeunesse envolée s'épanouissait à nouveau dans ce jeune homme secret et un peu bougon qui avait hérité de son balancement d'épaules et de ses intonations lui tira un grand sourire.

Deux mètres plus bas, le vieil homme n'avait pas encore réussi à se rendormir. Couché sur le côté, il cherchait une position pour calmer un élancement dans sa jambe gauche. Il ramena le genou vers son ventre et cela le soulagea. Il s'abandonnait au flux de plus en plus désordonné de ses pensées, signe annonciateur du sommeil, lorsqu'une scène de jeunesse apparut vivement dans son esprit et le ramena à la conscience.

C'était l'été. Il avait vingt-deux ans et se berçait sur la galerie du presbytère de Berthier avec son vieil oncle curé. Les autos passaient lentement dans la rue et à chacune l'oncle adressait un salut bienveillant. « À mon humble avis, disait-il, tu devrais bien y penser avant de l'épouser. J'ai beau être un vieux garçon encroûté dans ses manies, l'habitude d'observer les gens et les secrets du confessionnal m'en ont quand même appris un peu sur la vie. Dans un couple, mon garçon, l'homme et la femme doivent apprendre à plier tour à tour, selon les circonstances. Eh bien! si tu l'épouses, il n'y a que toi qui plieras. Ça ne peut être autrement. » Ces paroles avaient troublé le jeune homme, mais il avait tellement hâte de serrer contre lui ce corps svelte et gracieux et de caresser cette poitrine superbe – et il s'ennuyait tellement sur cette maudite ferme au bout du monde – que l'oncle avait béni leur mariage à la fin de l'été.

Maintenant il était couché près de cette vieille femme épaissie et maussade qui toussotait à intervalles réguliers, signe chez elle d'insomnie – et il savait que ses nuits s'écouleraient sans doute ainsi jusqu'à la dernière. L'oncle avait eu raison.

— Y a un robinet qui dégoutte dans la salle de bains, dit-elle tout à coup. Va donc le fermer. Il m'empêche de dormir.

20

Robert Lupien ouvrit la porte et resta debout dans l'embrasure ; il rayonnait d'une satisfaction si complète que Nicolas posa sur lui un regard étonné.

— Mon vieux, dit-il enfin, la chance se décide à nous donner un coup de main. Lis-moi ça.

Et il lui tendit un exemplaire du *Journal d'Outremont* :

— Ici, page 3, dans le coin droit.

On y annonçait que le docteur Francine Lalancette-Robidoux, femme du ministre de l'Environnement, s'envolait le lendemain pour Stockholm afin d'assister à un congrès international d'hématologie.

— Comme Robidoux siège présentement à Québec, fit Lupien en reculant pour laisser entrer son ami, la place est libre. On ne peut trouver de meilleures conditions pour notre petite visite.

— Ouais, se contenta de répondre Nicolas.

Il se laissa tomber dans le canapé :

— Mais la police surveille peut-être leur maison...

Lupien secoua la tête :

— Seulement celle du premier ministre... ou alors en temps de crise. Normalement, la surveillance est assurée par les rondes de la police municipale.

Nicolas pointa le journal :

— Qui t'a refilé ça ?

— Je lis religieusement le *Journal d'Outremont* depuis trois mois, répondit l'autre avec un sourire un peu fat. Le chasseur de baleines doit tout connaître sur la baleine.

— Gare aux coups de queue.

Nicolas se tripota le nez un moment, songeur, puis :

— Apporte-moi donc ce pistolet, que je l'examine un peu.

Il sortit l'arme de son étui, la palpa longuement, les sourcils froncés, introduisit une capsule-projectile dans la culasse et, le doigt sur la détente, visa *L'Homme au casque d'or* de Rembrandt qui les observait d'un œil un peu las et désabusé. Puis, posant le pistolet à ses côtés :

— Dis donc, t'aurais pas un peu de cognac ?

Lupien se dirigea vers une armoire et revint avec deux ballons :

— Alors, c'est demain ?

— Ouais, répondit Nicolas avec un soupir.

Et il saisit le ballon comme si sa vie en dépendait.

Le lendemain, 12 octobre, vers la fin de l'après-midi, Nicolas commençait à sentir des serrements d'estomac et des bouffées de chaleur à la pensée de sa mission nocturne, lorsque la secrétaire lui transmit un appel de Québec :

— Une madame Durivage. Je n'ai pas compris le prénom.

Nicolas grimaça :

« Dorothée ? Qu'est-ce qu'elle me veut ? J'aurais plutôt envie de l'envoyer cultiver les gadelles au Groenland. »

— Nicolas, roucoula Dorothée au bout du fil, peux-tu me pardonner de t'avoir tant négligé ? Je mériterais que tu ne me parles plus jamais de ta vie.

— D'où sors-tu ? grogna le journaliste. Je croyais que t'avais pris le voile.

— Nicolas, supplia l'autre d'une voix alanguie, ne sois pas trop fâché contre moi. J'ai eu tellement de soucis ! J'ai dû voir à tant de choses ! J'ai dû me débarrasser de tant d'importuns ! T'es-tu déjà occupé d'une succession ? C'est à devenir fou ! J'en ai attrapé des cheveux blancs.

— C'est l'inconvénient d'être riche.

— Tu m'en veux beaucoup, n'est-ce pas, de ne pas t'avoir rappelé l'autre fois à Québec ?

Le ton était devenu grave, anxieux.

— Pour ne rien te cacher, je me suis un peu senti comme un objet jetable.

— Je t'expliquerai tout, Nicolas. Tout, y compris ces trois mois de silence qui ont suivi. Est-ce que tu me permettras de t'expliquer ?

Il ne l'avait jamais vue aussi servile. Sa vanité enfla, sa hargne fondit, mais la méfiance prit sa place. Pourquoi s'humiliait-elle ainsi ?

— Bien sûr. J'adore écouter des explications. Après tout, je suis journaliste.

Elle se mit à rire et lui annonça qu'elle venait à Montréal quelques jours plus tard. Pourraient-ils se voir ? Elle logerait au Château Versailles. Dans la vieille partie, bien sûr, du côté nord de la rue Sherbrooke. Elle avait des choses importantes à lui annoncer. Et – même s'il en doutait peut-être – elle avait hâte de le voir. Nicolas s'efforça de cacher du mieux qu'il put le plaisir que lui procuraient ces avances à peine déguisées et prit rendez-vous avec elle pour le 14 au soir.

Deux heures plus tard, à mille lieues de toutes ces pensées, il se rendait, tout frissonnant, à l'appartement de Robert Lupien, rue Saint-Paul, où ils devaient souper et repasser soigneusement chaque étape de leur équipée. Auparavant, il s'était arrêté chez Géraldine pour remettre une clé à son fils. C'est elle-même qui lui avait ouvert la porte. Son regard étonné avait fixé sa lèvre sans moustache, puis, après un bonsoir glacial, elle était allée chercher Jérôme, tandis que Sophie courait se jeter dans les bras de son père :

— Papa ! t'as coupé ta moustache ? T'es donc laid ! Est-ce que tu viens souper avec nous ?

— Non, ma petite choune, je dois aller travailler à Montréal.

Elle avait fait la moue, pelotonnée dans ses bras, puis avait demandé à voix basse :

— Est-ce que tu vas toujours être fâché avec maman ?

Il n'avait su que répondre et s'était contenté de lui caresser les cheveux en chantonnant un air qui ressemblait vaguement à *Cadet Roussel*. L'arrivée de Jérôme avait fourni une heureuse diversion. Ce dernier, impassible, avait pris la clé et l'avait laissée tomber dans la poche de sa chemise avec un petit signe de tête de connivence. Après une remarque élogieuse sur le fumet qui régnait dans la maison («C'est du poulet», avait répondu Sophie), Nicolas avait déposé la petite par terre, l'avait embrassée sur les deux joues et s'en était allé. Mais, en descendant les marches de la galerie, il s'était retourné et l'avait aperçue, le visage appuyé contre la vitre, qui agitait la main avec un sourire pitoyable.

— Pauvre tarlais, avait-il grommelé en s'éloignant à pas pressés sur le trottoir. Pauvre tarlais de gnochon à la bouse de vache... Dire que j'ai causé tout ce gâchis pour une paire de fesses que je suis à la veille de...

Il n'acheva pas sa phrase.

———————

— Quel air tu fais ! s'écria Lupien en lui ouvrant la porte.

— Je fais l'air que je peux, grommela l'autre en se dirigeant vers la cuisine.

— Est-ce que tu viens de t'engueuler avec...

Nicolas mit un doigt sur ses lèvres :

— Chut ! Plus un mot. Occupons-nous de choses sérieuses. Qu'est-ce qu'on mange ? Les tripes me chantent depuis une heure.

Ils s'attablèrent devant un médiocre bouilli aux légumes et se mirent à discuter stratégie. À neuf heures, ils avaient fait le tour de la question trois fois, avec la seule conséquence d'augmenter considérablement leur nervosité. Une odeur de sueur rance se mit à flotter dans la pièce. Ils passèrent au salon; Lupien apporta de la bière et alluma la télévision. L'air stoïque, un fiscaliste décrivait les efforts soutenus de l'ancien gouvernement Trudeau pour transformer la dette canadienne en une montagne farouche et grandiose dont le sommet se perdait dans les nuées.

— Si on allait prendre l'air? proposa Lupien.

Parvenu sur la promenade qui longeait le fleuve, Nicolas se tourna vers le large et respira profondément, puis avança de quelques pas et se laissa tomber sur un banc :

— Ah! ça fait du bien, mon vieux! Il n'y a rien comme l'oxygène pour nettoyer le cerveau! Depuis quelques heures, j'avais l'impression de me diriger tout droit vers la catastrophe. Trop de toxines, je suppose...

— Je te jure, Nicolas, que tout va aller comme sur des roulettes, répondit l'autre, effrayé par les remarques de son compagnon.

Ils écoutèrent distraitement les bouffées de jazz qui leur parvenaient d'un café de la rue de la Commune, puis se rendirent lentement jusqu'au musée de la Pointe-à-Callière dont la tour bizarre, et comme inachevée, prenait dans la nuit un aspect vaguement maléfique.

Le temps s'écoulait à une allure désespérante. À dix heures, Nicolas demanda à son ami la permission d'aller prendre une douche chez lui, car la fatigue le gagnait; après l'oxygène, il ne connaissait que l'eau chaude capable de le ranimer. Il passa une dizaine de minutes courbé sous les jets brûlants, les poumons gorgés de vapeur, l'esprit anéanti, puis se rhabilla et retourna au salon. Assis dans un fauteuil, un journal sur les genoux, Lupien fixait gravement *L'Homme au casque d'or* en sirotant un whisky. Alors Nicolas s'allongea sur le canapé et, contre toute attente, sombra dans un profond sommeil.

Il fit une variante du rêve qui l'avait tant indisposé lors de son dernier voyage à Québec. Il se trouvait dans le même cabinet de toilette exigu, les boyaux tordus par une horrible colique. Mais, cette fois-ci, le ministre Robidoux se trouvait agenouillé à ses côtés, vêtu d'un immense kimono vert jade et lui présentant un rouleau de papier hygiénique. «Soulagez-vous autant que vous voulez», disait le ministre avec un sourire servile. Le visage écarlate, Nicolas faisait des efforts désespérés pour en finir. La porte s'ouvrit alors avec fracas et un énorme barbu se planta devant eux : « COMMENT ? DEUX DANS UN CABINET ? EN PRISON, LES AMIS ! »

Il ouvrit les yeux. Lupien le secouait en souriant :

— Qu'est-ce que c'est que cette histoire de cabinet ?

Nicolas s'assit et se frotta les cheveux en bâillant :

— C'est le moment ?

Son compagnon fit signe que oui.

Il se rendit à la salle de bains prendre de l'aspirine, car un léger mal de tête lui serrait les tempes, puis rejoignit Lupien dehors. Ce dernier, accroupi devant sa plaque d'immatriculation, s'occupait à l'enduire généreusement de boue. Il en enduisit également le pare-chocs et les ailes arrière. Le calme nocturne qui régnait dans ce quartier d'ordinaire si animé était saisissant.

Ils arrivèrent dans la rue Davaar à trois heures dix et stationnèrent l'auto près de la Côte-Sainte-Catherine. Il fallait agir vite, car Outremont était renommé pour la fréquence de ses patrouilles nocturnes. Lupien inspecta la rue du regard, puis, la gorge serrée, sortit le pistolet et les seringues d'aluminium de la boîte à gants et glissa le tout dans la poche de son veston.

— Allons-y.

— Alonzo, ajouta Nicolas avec un sourire maladif.

La trouille lui avait tellement amolli les membres qu'il faillit se tourner une cheville en posant le pied sur le trottoir.

Ils franchirent rapidement une vingtaine de mètres, puis, ralentissant le pas, longèrent avec d'infinies précautions la haie qui bordait la propriété du ministre. C'est Lupien qui devait tirer sur le doberman ; Nicolas irait ensuite fouiller la niche, son compagnon montant la garde.

Soudain Lupien s'arrêta, la main levée. Une chaîne venait de tinter ; malgré leurs précautions, le doberman s'était réveillé. Lupien se mordit les lèvres, furieux : l'air frisquet de cette nuit d'octobre s'ajoutant à l'effet de la peur, sa main s'était mise à trembler. La sûreté de son tir, déjà bien problématique, risquait d'en être affectée.

Ils avancèrent encore un peu, retenant leur souffle. Le doberman poussa un sourd grognement et secoua vivement sa chaîne.

Alors, pendant quelques secondes, la chance leur fit de nouveau un clin d'œil : une sirène d'ambulance se mit à mugir quelques rues plus bas. Le véhicule déboucha sur la Côte-Sainte-Catherine, passa devant la rue Davaar et poursuivit sa course vers l'hôpital Sainte-Justine. Lupien avait eu le temps de sortir son pistolet, de se glisser dans la haie (ce qui lui valut une longue écorchure au nez) et d'apercevoir le chien, debout tout frémissant au milieu de la pelouse et scrutant la pénombre dans sa direction. Il tira et le projectile laboura la pelouse avec un bruit mat. Pendant que la bête jappait à se fendre le gosier, il rechargea précipitamment son arme et tira une seconde fois. Le doberman poussa un gémissement et se lécha vivement une cuisse. Lupien l'observait, haletant, la gorge sèche. Il se retourna pour vérifier si Nicolas faisait bien le guet. Quand il ramena son regard, la bête s'était affalée sur le sol et poussait de longs soupirs. Bientôt on ne l'entendit plus.

— Et alors ? souffla Nicolas en passant la tête.

D'un geste impatient, l'autre lui indiqua de se taire. Une minute s'écoula. Aucun signe de vie ne parvenait de la maison. La bête paraissait profondément endormie.

— Vas-y, ordonna Lupien en saisissant son compagnon par le bras.

Et comme ce dernier semblait hésiter, il lui donna une violente bourrade qui l'envoya à quatre pattes sur le gazon, tout près du chien. Celui-ci, l'œil entrouvert, la gueule baveuse, agita faiblement la tête, puis sombra pour de bon dans le sommeil.

Nicolas, terrifié, avait levé le regard vers les deux fenêtres qui donnaient sur la cour. Elles demeuraient obscures, réfléchissant la vague lueur d'un lampadaire.

Alors il rampa à toute vitesse vers la niche, le cœur dans la gorge, en proie à une curieuse envie de pleurer. Glissant la tête dans l'ouverture, il promena fébrilement ses doigts écartés sur le plancher, cherchant un compartiment, une boîte, une cachette. Il ne trouva rien. L'affolement le gagnait. L'espace d'un éclair, il vit en esprit le visage furieux de Lupien en train de fulminer contre sa lenteur. Un léger sifflement retentit quelque part. Il recula sur ses genoux, heurtant violemment sa tête contre un mur, tendit l'oreille. Un avion grondait au loin. Le doberman respirait avec bruit.

Et soudain il comprit. Glissant les doigts sous le bord inférieur de l'ouverture, il souleva le plancher d'une pièce. Une masse sombre reposait sur du polythène. Il posa la main dessus. C'était un sac de cuir, assez plat. Il l'empoigna, rabattit le plancher, ramassa les seringues et courut jusqu'à la haie.

Quelques instants plus tard, ils s'engouffraient dans l'auto et filaient vers l'avenue du Parc en poussant des cris de triomphe. Prenant l'avenue vers le sud, ils passèrent devant le monument de sir George-Étienne Cartier et, à sa vue, Nicolas sentit un pincement au cœur.

— Allons, dégèle-toi, grommela Lupien bloqué devant un feu rouge. J'ai hâte de fouiller ce sac. Tu ne peux vraiment pas faire sauter cette maudite serrure?

— Avec mes dents, peut-être?

Leur arrivée à l'appartement de Lupien fut plutôt bruyante et réveilla un robineux couché dans une encoignure près d'une poubelle et qui avait réussi, après bien des essais, à trouver une position pour engourdir son mal de dos.

— *What the hell are these bloody assholes waking everybody for?* grogna-t-il en exhalant une haleine qui n'atteignit heureusement personne. *Shut up, or I'm gonna put a pail o' shit in your beds*°!

En pénétrant chez lui, Lupien se précipita vers la cave et revint avec un tournevis. Quelques manipulations énergiques réussirent à venir à bout de la serrure et Nicolas ouvrit enfin le sac qui contenait :

1 - Un certificat de cent mille actions ordinaires de Bahamas Finadev Inc. endossé en blanc par John Dougherty, président et administrateur.

° — Qu'est-ce qu'ils ont, ces trous de cul, à réveiller tout le monde en pleine nuit ? Fermez-la, bon sang, ou j'vas aller remplir votre lit de merde !

2 - Un contrat de vente de Bahamas Finadev Inc. signé par Dougherty, à l'intention d'un acheteur inconnu.

3 - Une lettre de démission (non datée) du même Dougherty.

4 - Un contrat d'achat de Kronoxyde Inc. par Bahamas Finadev Inc. signé au nom de cette dernière par Dougherty, le nom du vendeur ne figurant pas.

5 - Un certificat de cent mille actions ordinaires de Kronoxyde Inc. endossé en blanc par Dougherty, président et administrateur de Bahamas Finadev Inc.

6 - Une reconnaissance de dette de cent mille dollars signé par Harvie Scotchfort en faveur d'Antoine Robidoux.

Ils parcoururent les documents en silence, puis échangèrent un long regard.

— Je suis loin de tout comprendre, dit enfin Nicolas, mais je pense que tu avais vu juste : ce chien dormait sur une bombe ! Merci, mon vieux.

— Oh ! tu sais, fit le journaliste avec un sourire modeste, j'ai eu un coup de chance, c'est tout.

— Une intuition, mon vieux, une intuition : la crème de la pensée !

— Il nous manque beaucoup de renseignements. Il faudrait peut-être que tu téléphones à ton ami Douillette pour tout mettre en place. Ce que je comprends, c'est que Robidoux a acheté Kronoxyde en sous-main par l'entremise d'une autre compagnie ; la lettre de démission non datée et la reconnaissance de dette servaient à le mettre à l'abri du chantage – ou, au moins, à lui donner des armes. Et chacun sait que les Bahamas sont un paradis fiscal, de sorte que...

— ... lorsqu'il va revendre Kronoxyde, les profits ne seront pas imposés.

— Quelque chose comme ça... Ce Robidoux, c'est vraiment une remarquable ordure. On va avoir beaucoup de plaisir à jaser avec lui.

— Mais avant, fit Nicolas, il faut faire nos classes. Je veux comprendre sa combine de *a* à *z*. Et avant de la comprendre, je veux aller me coucher.

Lupien se leva :

— Je te ramène chez toi.

— Pas question. Je vais prendre un taxi. T'as les yeux tellement pochés que je pourrais y installer des dés à coudre.

Nicolas pressa le sac contre sa poitrine et un frisson le parcourut :

— Demain matin, à la première heure, je me dépêche de photocopier tout ça et je mets les originaux en lieu sûr. Pfiou... la tête me tourne... Je n'avais encore jamais réalisé combien c'est dangereux parfois de devenir important.

Ils se serrèrent gravement la main.

— On va causer de nous dans les chaumières, murmura Lupien avec un sourire enfantin.

Quelques minutes plus tard, Nicolas, son sac sur les genoux, roulait rue Notre-Dame, enveloppé dans l'arôme d'une énorme chique de gomme à la cannelle que malaxait nerveusement un chauffeur thaïlandais en train de réfléchir à son compte de taxes municipales. Soudain, une envie irrésistible de fêter sa victoire si durement gagnée s'empara du journaliste :

— Monsieur! monsieur! lança-t-il. J'ai changé d'idée. Rue de Bullion, plutôt.

C'est dans les bras de Moineau qu'il finirait sa nuit. Et que le diable emporte l'oncle Télesphore s'il arrivait en retard au travail le lendemain matin.

Il grimpa sans bruit l'escalier, serrant contre sa poitrine le précieux sac et cherchant une façon d'annoncer sa victoire qui n'outrepasserait pas les bornes de la prudence. Arrivé à l'étage, il s'accorda un moment pour reprendre haleine, puis, souriant à l'avance de la frayeur de son amie, frappa doucement à la porte. Au bout d'une vingtaine de secondes, intrigué par le silence, il frappa de nouveau, se demandant si son arrivée à l'improviste était une si bonne idée. C'est alors qu'il perçut comme des chuchotements.

— Qu'est-ce qui se passe ? s'étonna-t-il. Elle est avec quelqu'un ?

Le visage empourpré et bouffi, il restait devant la porte, paralysé par la rage et la peur du ridicule. Pendant une seconde, il eut envie de s'enfuir et de sauver ainsi les apparences.

— Moineau ! cria-t-il tout à coup.

Il saisit la poignée de la porte et, contre toute attente, cette dernière s'ouvrit.

Debout devant lui, Chien Chaud, en petite tenue, le fixait avec un sourire effrayé où perçait une subtile expression de moquerie.

21

Le lendemain matin, vers six heures, Nicolas téléphona à Aimé Douillette, le tirant du lit, et lui demanda de s'amener à toute vitesse à Montréal.

— Eh ben quoi ? Ça y est ? bégaya le fonctionnaire.

— Viens-t'en, que je te dis. Je pense l'avoir enfin trouvé, le fameux tableau que tu cherchais pour ta salle à manger. C'est un Le Sauteur, et superbe ! Mais il faudra sortir tes sous. On essayera de négocier. La récession nous aide. Si tu permets, j'amènerai un ami.

— Quel cerveau ! s'extasia le fonctionnaire en raccrochant. Il pense à tout ! C'est vrai que ma ligne pourrait être surveillée ! Voilà ce qu'on appelle *un esprit qui vit dans les hauteurs...*

Il prit une bouchée en vitesse, embrassa sa femme et sauta dans son auto. Durant le voyage, il dut utiliser une boîte complète de papiers-mouchoirs pour éponger ses mains devenues si moites qu'elles glissaient sur le volant. La perspective de faire tomber un ministre – ou du moins de le placer dans une situation extrêmement embarrassante – l'enthousiasmait et le terrifiait à la fois. Il se sentait comme un verre de polystyrène emporté par un ouragan, regrettant le fond de poubelle où il aurait normalement dû finir ses jours.

Il arriva à Montréal vers onze heures. Son éternelle bonne humeur venait en partie de modestes satisfactions qu'il s'accordait tout au long de la journée. Une de celles-là l'attendait à la sortie de l'autoroute Métropolitaine. Il adorait circuler dans la ville en auto, étant passé virtuose dans l'art d'ajuster sa vitesse aux changements des feux de circulation de façon à ne jamais s'arrêter.

C'est ainsi qu'il parvint dans le Vieux-Montréal. Nicolas lui avait donné rendez-vous à midi à l'Auberge de la belle poule, rue Saint-Paul, pour accommoder Robert Lupien qui passait généralement les avant-midi chez lui.

Comme il avait une bonne demi-heure d'avance, il en profita pour aller aux toilettes s'asperger les aisselles d'eau de Cologne (il en gardait toujours un flacon dans sa serviette), rajuster son nœud de cravate, mettre de l'ordre dans sa chevelure et rafraîchir son visage, qui avait tendance à devenir luisant et graisseux sous l'effet des grandes émotions.

Il achevait son deuxième verre de *Dubleuet* lorsque Nicolas et Robert apparurent dans le restaurant. Il vint à leur rencontre, quelque peu émoustillé, et pâlit légèrement quand Nicolas lui présenta son ami :

— Très honoré de faire la connaissance du célèbre journaliste, bafouilla-t-il en serrant longuement la main de Lupien, qui retint avec peine une petite grimace au contact de sa paume moite et brûlante. Je lis religieusement tous vos articles, qui me guident depuis long-temps dans mes choix esthétiques.

Lupien adressa un regard étonné à son compagnon, comme pour lui demander d'où sortait cette grosse plorine parfumée. Mais celui-ci, le dos tourné, discutait avec un garçon pour qu'on leur donne une table plus à l'écart.

— Et alors ? comment vous est venu cet amour pour les arts ? poursuivit Douillette en s'assoyant.

— En faisant des petits dessins, grommela Lupien, le regard planté dans la nappe.

Nicolas vint à son secours :

— Robert est un grand timide. Il n'aime pas beaucoup parler de lui-même. Ta femme continue toujours de récupérer, mon cher Aimé ? Eh bien, bravo ! Je ne te cacherai pas que nous sommes un peu pressés ce midi. Mais nous tenions absolument à profiter de tes lumières pour l'affaire que tu sais. Est-ce que je peux suggérer que nous commandions tout de suite ? J'ai horreur de discuter le ventre creux.

Aimé Douillette, qui mangeait rarement au restaurant et que ses deux apéros et la présence des journalistes avaient quelque peu exalté, voulut marquer le moment unique qu'il vivait par un geste exceptionnel et commanda une bouteille de champagne et des hors-d'œuvre.

— Non non non ! j'y tiens absolument ! se défendit-il devant les protestations de ses compagnons. Après tout, ce n'est pas tous les jours que je peux fréquenter de beaux esprits. Il faut être à la hauteur ! D'ailleurs, j'ai lu dans un livre que le champagne, bu en quantité raisonnable, facilite la pensée – or, je suis sûr que vous allez apporter beaucoup de choses à mon petit moulin.

L'air condescendant de Lupien s'accentuait de seconde en seconde, à la grande inquiétude de Nicolas qui redoutait le caractère bourru de son ami. Aussi décida-t-il sans plus tarder de plonger dans le vif du sujet.

— Aimé, lui demanda-t-il gravement, est-ce que je peux compter sur ta discrétion ?

Douillette posa la main sur son bras :

— Tu me connais, Nicolas : je m'arracherais la langue plutôt que de bavasser contre un ami.

Le journaliste se pencha et sortit une grande enveloppe d'une serviette posée à ses pieds. Il attendit que le garçon, les gestes obséquieux, eût déposé un plat de canapés et servi le champagne, puis :

— Je m'apprête, mon vieux, à déposer entre tes mains ma carrière et ma réputation – et peut-être ma vie, ajouta-t-il avec une emphase mélodramatique. Sans compter, bien sûr, celles de Robert...

Il lui tendit l'enveloppe :

— Jette un coup d'œil sur ces documents. Ils concernent ton patron. Mais, de grâce, ne me demande pas comment nous nous les sommes procurés.

— Auparavant, si vous le permettez, j'aimerais boire à votre santé, n'est-ce pas, et au succès de vos deux belles carrières, en espérant que les années à venir vont...

— Santé, coupa Rivard en levant son verre.

Ils trinquèrent, puis le fonctionnaire sortit cérémonieusement une paire de lunettes de la poche de son veston et se mit à parcourir les documents. Son teint devint peu à peu cendreux, les poches de ses yeux semblèrent grossir, ses bajoues s'affaisser légèrement et l'expression de son visage, jusque-là joyeuse et bon enfant, refléta tour à tour l'étonnement, l'indignation et la peur.

— Mon Dieu, balbutia-t-il au bout d'un moment, je n'aurais jamais cru qu'une personne pouvait... Quelle histoire, mon Dieu, quelle histoire... et avec un tel manque de...

— Est-ce que tu peux nous éclairer, Aimé ? Il y a des choses qui nous échappent.

— C'est un scandale, déclara gravement le fonctionnaire. Un scandale épouvantable.

— Voici comment nous voyons les choses, poursuivit Rivard. Arrête-moi si je me trompe : Robidoux s'est porté acquéreur de Kronoxyde par l'entremise d'une société qu'il a créée à cet effet, la Bahamas Finadev. Dougherty, le président de Finadev, n'est qu'une marionnette. Pour le tenir bien en laisse, Robidoux lui a fait signer, *primo*: une lettre de démission non datée ; *secundo*: un contrat de vente de Finadev à un acheteur inconnu et, dernière précaution, il lui a fait endosser un certificat en blanc de cent mille actions ordinaires de la compagnie. Le nom de Robidoux n'apparaît nulle part et il se trouve à l'abri du chantage et de l'insoumission. Lupien croit même que Dougherty ne connaît pas le véritable propriétaire de Finadev et de Kronoxyde ; l'acquisition a pu se faire par un intermédiaire, Harvie Scotchfort, par exemple. Scotchfort sait tout, lui. Aussi, pour s'assurer de sa loyauté, Robidoux lui a fait signer une reconnaissance de dette de cent mille dollars. C'est probablement ce dernier bout de papier qu'il a eu de la misère à lui arracher. Quand tu les as entendus dans ton bureau, Aimé, c'était peut-être à ce sujet qu'ils s'engueulaient.

— Sans doute, sans doute... Quelle histoire !

Lupien s'éclaircit la voix, puis :

— Ce que nous aimerions connaître maintenant, c'est la suite de son stratagème.

— Eh bien, répondit doctement Douillette, il va revendre Kronoxyde par l'intermédiaire de sa... Bahamas Finadev et... empocher les profits, tout simplement.

— Cela, nous l'avions deviné, répondit le critique avec une moue ironique.

— Oh ! mais, sauf votre respect, monsieur Lupien, le plus terrible vous avait échappé.

Le fonctionnaire compulsait fiévreusement la liasse de documents :

— Laissez-moi voir... Le certificat de cent mille actions ordinaires de Kronoxyde a été endossé le... 4 mars 1992, voilà, c'est indiqué ici... Or, si ma mémoire est bonne, les affaires de Kronoxyde n'allaient pas très bien à ce moment-là... La compagnie, comme vous le savez sans doute, fabrique des pigments de titane destinés à la peinture. Elle est installée à Berthier sur le bord du fleuve. C'était un épouvantable pollueur et les groupes écologistes faisaient un tel tapage autour d'elle depuis un an que le gouvernement avait fini par instaurer une réglementation qui l'obligeait à investir plusieurs dizaines de millions pour nettoyer ses rejets. Or les propriétaires, par dépit sans doute, ont plutôt décidé de la mettre en vente.

— Et alors le ministre l'a achetée, fit Lupien, un peu amolli par le champagne.

— La date du certificat semble indiquer cela, répondit Douillette. Mais il y a pire. Peu de temps après la vente – je pourrais facilement vous fournir les dates – Kronoxyde a réussi à obtenir un délai de deux ans pour installer son système d'épuration.

— Elle avait alors un excellent avocat, ricana Lupien.

— À qui le dites-vous, mon cher monsieur, à qui le dites-vous... Mais ce que vous ne savez pas et que je vais vous apprendre – et cela va vous scandaliser plus que tout le reste – c'est que le gouvernement, sous prétexte – car je vois bien maintenant qu'il ne s'agit que d'un prétexte – sous prétexte donc de sauver des emplois menacés par la récession, se propose maintenant *d'alléger la réglementation sur les rejets d'usine !*

Rivard et Lupien se tournèrent l'un vers l'autre et poussèrent un petit rire sardonique.

— Il n'y a pas de quoi rire, messieurs ! C'est une crapulerie terrible, oui, une crapulerie destinée à faire augmenter la valeur des actions de la compagnie et à permettre ainsi au ministre de la revendre avec un gros profit. Le projet est apparu au ministère il y a environ trois mois. Il venait, disait-on, du bureau même du ministre. Or, je vous prie de le noter, c'est moi qui étais chargé de ce dossier. J'ai un peu rouspété, vous pensez bien : nous nous apprêtions à signer un protocole d'entente avec Kronoxyde pour son système d'épuration ! Je me suis même permis, messieurs, de demander une entrevue au ministre. Je l'ai aussitôt obtenue. Il m'a reçu très cordialement, m'a écouté avec beaucoup d'attention, puis m'a répondu que ma démonstration l'avait fortement impressionné et qu'il allait réfléchir à toute cette affaire. Quelques semaines plus tard, hé hé ! on m'accusait de mauvaise administration et j'étais tabletté. Ne souris pas, Nicolas. Ma carrière est brisée, voilà la vérité. Je me trouve devant rien à l'âge de quarante-cinq ans. Et chaque jour, à cause de cela, ma femme pleure, étendue sur son lit.

— Si on réussit à mettre le nez du ministre dans son caca, tout le monde va rire, mon cher Aimé, et toi plus que les autres. Qui sait ? Tu vas peut-être obtenir une promotion.

— Je l'aurai bien méritée, soupira Douillette.

Il but une longue gorgée de champagne, sourit :

— C'est délicieux, hein ?

— Pouvez-vous, monsieur Douillette, mettre la main sur ce projet d'allégement de la réglementation ? demanda Lupien, qui semblait depuis quelques minutes dans de meilleures dispositions à l'égard du fonctionnaire. Ça nous aiderait beaucoup.

— Je vais essayer. Mais ça ne sera pas facile.

— Tu parles, ricana Rivard. Il doit présentement ratisser tout le ministère pour en faire disparaître la plus petite trace. Mais on a déjà de quoi le faire pendre trois fois.

Il fit signe au garçon de servir. On leur apporta une crème de panais-poire, des endives à la paysanne, des médaillons de veau sauce roquefort, une escalope de saumon (le mets préféré de Lupien) et une salade verte. Le fonctionnaire commençait à être éméché. Il parla de commander une deuxième bouteille de champagne pour fêter leur future victoire, mais Nicolas s'y opposa et lui demanda de parler moins fort.

— Pardon, fit Douillette, tout confus, je n'ai pas l'habitude de l'alcool, ça me monte à la tête.

Et jusqu'à la fin du repas, il montra une retenue de capucin.

— Et alors ? on peut compter sur toi ? fit Nicolas en le quittant sur le trottoir. Tu me téléphones dès que tu mets la patte sur ces documents ?

Douillette lui serra la main avec une vigueur extraordinaire :

— Je vais secouer le ciel et brasser l'enfer, mes amis. Et dès que j'aurai trouvé, je te téléphone en langage codé, comme tu as fait !

Il eut un rire enfantin, s'éloigna en leur envoyant la main et buta violemment contre un jeune commis au teint hâve qui s'en venait avec une grosse boîte de carton. La boîte glissa de ses mains, tomba sur le trottoir et une avalanche de sacs de croustilles se répandit sur le sol.

Douillette se confondit en excuses et l'aida à ramasser les sacs, aussitôt rejoint par ses deux compagnons, puis glissa une pièce d'un dollar dans la main du jeune homme.

— Salut, le cul, on t'a assez vu, murmura Lupien en le voyant s'éloigner en auto. Il est un peu moins idiot qu'on ne croirait au premier abord, mais quelle punition que ce vieux scout à bedaine ! On a envie de lui donner des coups de pied.

— Tatata. C'est lui qui nous a mis sur la piste, mon vieux, et puis tout à l'heure, il nous a été diablement utile... Sans compter... que tu as bu son champagne !

Lupien haussa les épaules :

— Je m'en serais bien passé. Je m'en vais au journal pondre un papier et j'ai les yeux qui me flottent dans le crâne.

Il s'adossa contre la vitrine d'un restaurant pour reposer sa jambe droite qui s'était mise à élancer. Son derrière arrivait à la hauteur du visage d'un vieux couple en train de manger, une trentaine de centimètres de l'autre côté de la vitre. L'homme et la femme jetèrent un regard offusqué.

— Et maintenant, qu'est-ce qu'on fait ?

— Je vais aller à *L'Instant* raconter toute l'histoire au directeur de l'information et proposer de lui montrer les documents... s'il me confie un reportage sur Robidoux.

Lupien demeura pensif, promenant la pointe de son pied sur le trottoir :

— À ta place, je tâterais d'abord le terrain, dit-il enfin. Tu connais comme moi les liens du journal avec le gouvernement... Pourquoi n'en parlerais-tu pas d'abord au président du syndicat ?

— Gascon ? Tu veux rire. Il m'a toujours pris pour une nouille.

— Alors il verra bien qu'il s'est trompé. Va le voir, je te dis. Il est peut-être au courant de choses qu'on ignore. Il faut être prudent, Nicolas. Québec a peut-être déjà alerté le patron. Après tout le mal qu'on s'est donné, ça serait lamentable de se faire harponner un morceau aussi juteux. On n'en retrouvera jamais plus.

Mais il était déjà deux heures et Nicolas aurait dû être au bureau depuis longtemps. Il quitta son ami en vitesse.

———

Lorsqu'il arriva chez Donégis, la secrétaire lui jeta un regard terrifié et, bougeant à peine ses lèvres minces et exsangues dans un bredouillage presque inaudible :

— Monsieur Rivard, vous aviez rendez-vous avec l'architecte Thuong Phang. Votre oncle a dû interrompre son dîner pour s'y rendre à votre place. Il était furieux, monsieur Rivard !

Nicolas figea sur place :

— Sac à bottes ! j'ai oublié de reporter mon rendez-vous ! Qu'est-ce qu'il a dit, Jeannine ?

— C'est ce qui est le plus terrible, monsieur Rivard : il n'a rien dit du tout !

Et son visage fade aux traits comme effacés se tordit dans une grimace de compassion, prenant, pour quelques secondes, un peu de caractère.

Nicolas se précipita dans son bureau pour téléphoner à l'architecte. On lui répondit qu'il venait de partir et ne serait pas de retour avant la fin de l'après-midi.

— Trou de lunette ! je vais me faire passer tout un savon... La broue va monter jusqu'au plafond !

Il s'avisa tout à coup qu'il avait oublié sur le bureau de la secrétaire la serviette contenant les précieux documents. Il alla la chercher, la rangea dans son classeur et ferma ce dernier à clé. Puis il se mit fiévreusement à l'ouvrage. En vingt minutes, il organisa tous ses rendez-vous du lendemain, puis téléphona à un entrepreneur de plomberie et réussit à obtenir un escompte de cinq pour cent sur la soumission que ce dernier venait de proposer pour la réfection d'une vingtaine de salles de bains dans un immeuble que Donégis avait acquis dans l'ouest de Montréal. Il eut ensuite une longue discussion avec Rémi Marouette sur les difficultés qu'ils éprouvaient depuis quelque temps à respecter leur contrat d'approvisionnement avec un fabricant de plastisol. De temps à autre, il regardait sa montre et sa bouche s'emplissait d'une salive acide.

À quatre heures trente, la porte claqua et un pas lourd et familier se fit entendre.

— Est-ce qu'il est là ? demanda la voix sifflante. Bon. Dis-lui de venir.

Nicolas fit signe à Marouette que leur entretien était terminé, se leva, traversa la réception sans oser regarder Jeannine, figée dans une attitude tragique, et frappa chez son oncle.

— Entre, grogna Pintal. Ferme la porte. Assieds-toi.

Il le fixa un instant. Nicolas voulut parler. Il le fit taire d'un geste :

— C'est la dernière... fois que tu t'assois dans ce fauteuil, Nicolas. Je te fous à la porte. T'iras voir la comptable. Elle te donnera tes quinze... jours. Quand je paye quelqu'un, c'est pour qu'il travaille. S'il ne veut pas, qu'il aille voir quelqu'un d'autre qui acceptera de le payer à ne rien faire.

— Mon oncle, est-ce que je peux...

— Il n'y a pas de... mon oncle qui tienne. Je ne t'ai pas engagé parce que tu étais mon neveu, mais parce que je te croyais efficace. Tu l'as été. Tu ne l'es plus. Je t'ai averti à plusieurs reprises. Va courir ta chance ailleurs. Peut-être que... les manigances auxquelles tu t'adonnes depuis trois mois vont t'enrichir... un jour. Pour l'instant, elles m'appauvrissent. La vie m'a appris à fuir les bons-à-rien ; ils portent malheur. T'es sur le chemin d'en devenir un. Salut.

Nicolas devint écarlate. La condescendance amusée qu'on lui avait témoignée durant tant d'années au journal, le rôle de second violon que lui avait imposé si longtemps son amitié avec Durivage, les reproches amers de sa femme lors de leur rupture, la trahison de Moineau et, plus que tout, cette ignoble rencontre littéraire qui n'avait eu d'autre effet que de lui faire prendre une conscience aiguë de son néant, tout cela s'agglutina en une énorme boule hérissée de pointes qui se mit à tourner lentement dans ses entrailles.

— Bon-à-rien mon œil ! lança-t-il. Vous ne savez pas de quoi vous parlez ! Je suis sur le point de faire tomber un ministre !

Pendant un instant, Pintal posa sur lui un regard étonné, puis :

— Comment peux-tu ? grogna-t-il avec un sourire sardonique. Ils sont tous tellement bas !

— Je regrette d'avoir oublié mon rendez-vous, poursuivit Nicolas, de plus en plus furieux, et je m'en excuse. Mais avant de me crisser à la porte comme un chien sans collier, vous pourriez au moins avoir la décence de me demander la raison de mon oubli.

— Je ne mets jamais le nez dans les affaires des autres, riposta l'oncle, les miennes me suffisent. Tu devrais m'imiter.

Puis, comme s'il avait oublié ses paroles :

— Qu'est-ce que c'est que cette affaire de ministre ? Deviens-tu fou ?

Nicolas hésita une seconde, craignant de commettre une imprudence, mais le désir l'emporta de retrouver sa dignité aux yeux de cet homme impitoyable et puissant qui lui avait laissé miroiter un jour sa succession, et il se mit à raconter son aventure, prenant soin, cependant, de ne pas y mêler Lupien. Télesphore Pintal l'écoutait, les lèvres serrées, la mâchoire légèrement pendante, avec une expression de profond scepticisme.

— Eh ben ! laissa-t-il enfin tomber, en v'là toute une histoire ! T'es doué pour le roman policier, toi !

Nicolas se dressa, piqué au vif :

— Vous ne me croyez pas ? Attendez que je vous montre quelque chose !

Il s'élança vers son bureau, à la grande frayeur de Jeannine, persuadée que l'affaire tournait au drame, revint avec sa serviette et en vida le contenu devant son oncle :

— Lisez-moi ça. On discutera ensuite.

Pintal ajusta ses lunettes sur son nez et s'empara d'un document. Son visage prit aussitôt un air de profonde gravité. Il leva les yeux sur son neveu, puis se remit à lire. De temps à autre une grimace ou un grognement de surprise lui échappaient. Quand il eut terminé, il rassembla lentement les feuilles, les tendit à Nicolas, joua un moment avec un porte-plume à base de marbre, hommage des Chevaliers de Colomb, puis, se calant dans son fauteuil :

— Tu me jures que tu n'es pas en train de te payer ma tête ? Ce ne sont que des photocopies, ça. On les a peut-être trafiquées.

— Je possède les originaux.

— Bien. Bien. Explique-moi un peu l'affaire. Je saisis mal.

Quand Nicolas eut terminé, Pintal se caressa le menton en chantonnant, puis :

— Que comptes-tu faire ?

— Je vous l'ai dit. Tout dévoiler. Faire tomber cette crapule. Je m'apprête à rencontrer la direction de mon journal pour leur proposer un reportage. Ils vont accepter.

— Bien sûr, bien sûr... ça fait de la saprée bonne... nouvelle... Et pour ta carrière, c'est très bien aussi... Oublie ce que je t'ai dit tout à l'heure... Je déteste les gens brouillons, mais je comprends... maintenant ton oubli. Après tout, ce n'est pas du bœuf aux carottes que j'ai entre les deux oreilles...

Nicolas eut un large sourire :

— Merci, mon oncle. Mais... je... je devrai m'absenter encore un peu dans les jours qui viennent... Cette histoire, vous comprenez, vient de prendre un tournant décisif.

— Ouais... tu ne me laisses guère le... choix. Allons, ça va. Je dirai à Marouette de mettre les bouchées... doubles. Mais tu m'accompagnes demain matin, n'est-ce pas ? reprit-il d'un ton inquiet. Il faut terminer cette affaire avec Thuong Phang.

— Oui, bien sûr, mon oncle. Je rencontrerai la direction du journal dans l'après-midi.

Nicolas remit lentement les documents dans sa serviette, se leva, ajusta son col de chemise. Il savourait son triomphe.

— Tu regagnes mon estime, fiston.

Pintal se leva, contourna le bureau et lui tapota longuement l'épaule. Sa respiration, depuis quelque temps, devenait de plus en plus bruyante.

— Allons, sauve-toi, Maigret. J'attends un appel de... Boston et je ne veux pas d'indiscret.

Nicolas sortit, radieux, et, arrondissant le pouce et l'index, agita la main vers Jeannine, qui béa de surprise. Cinq heures approchaient. Il appela Thuong Phang, s'excusa de son absence, rangea ses affaires et quitta le bureau. Depuis une dizaine de jours, par souci de bonne forme, il parcourait à pied le trajet entre Donégis et son appartement. C'était l'heure de pointe. Le chemin de Chambly bourdonnait d'effervescence. Il enfila la rue d'un pas alerte en sifflotant la marche d'*Aïda*, insouciant des gaz d'échappement qui d'ordinaire le faisaient pester. Mais bientôt son entrain tomba. Il cessa de siffler, ralentit le pas, puis s'arrêta au coin du boulevard Jacques-Cartier, songeur, se mordillant les lèvres. Une vague inquiétude avait commencé à le ronger. Quelque chose dans l'attitude de son oncle l'intriguait, sans qu'il puisse mettre le doigt dessus. Était-ce la rapidité de son changement d'humeur ? Un pétillement narquois dans ses yeux ? Sa chaleur inhabituelle, lui d'un naturel si goguenard et si froid ?

Alors il rebroussa chemin, revint au bureau, prit les documents dans son classeur et les apporta chez lui, honteux maintenant de s'être confié avec tant d'abandon à un homme qu'au fond il ne connaissait guère, et souhaitant de toutes ses forces qu'il n'en résulterait rien de fâcheux ; il décida de ne pas dire un mot de cette histoire à Lupien.

— Il me découperait en rondelles... Pourvu qu'il n'ait jamais raison de le faire...

Mais il se rappela tout à coup son rendez-vous avec Moineau quelques heures plus tard et ses remords furent balayés par la rancœur.

Moineau avait senti les larmes lui monter aux yeux en voyant l'expression désemparée de Nicolas, debout dans l'embrasure, face à Chien Chaud qui, par prudence, s'était un peu reculé. Sa moustache envolée lui faisait un visage un peu ridicule et enfantin. Le journaliste les avait regardés un moment avec un sourire hargneux, puis était parti sans dire un mot. Elle ne regrettait pas sa trahison, car l'amour fou qui s'était emparé d'elle pour le jeune homme avait chassé tous les autres sentiments. Voilà trois nuits qu'ils faisaient l'amour sans arrêt et l'éblouissement ne cessait d'augmenter. Au café, elle allait et venait comme une automate, dans un état d'accablement extasié, comptant les heures qui la séparaient de leur prochaine rencontre. Dès la première seconde où elle l'avait vu, sa beauté de voyou légèrement délabrée l'avait conquise. Et depuis, le charme, l'aisance, la gouaille pétillante d'esprit qui l'accompagnaient ne cessaient de lui donner des couleurs nouvelles.

Mais Nicolas avait toujours été pour elle un compagnon agréable, drôle et affectueux ; il l'avait comblée de gâteries, lui avait trouvé un emploi et c'est sans doute lui (mais à présent tout s'embrouillait dans son esprit) qui avait exacerbé en elle cet appétit sensuel, devenu presque insatiable. En guise de remerciements, elle venait de le trahir. Il ne pouvait en être autrement, cela sautait aux yeux, mais le vague remords qui s'agitait en elle lui avait fait trouver assez de courage le lendemain pour l'appeler et lui demander une rencontre afin de rompre avec lui «en toute amitié». À sa grande surprise, il ne l'avait pas trop mal reçue et avait accepté d'aller la trouver le soir même à son appartement.

———

La nuit précédente, après avoir longuement fureté dans son appartement, Nicolas avait fini par découvrir dans la cuisine une sorte de petit renfoncement sous l'évier; il s'était assuré que l'endroit était bien sec et y avait caché les originaux. En arrivant chez lui il alla vérifier s'ils s'y trouvaient toujours, puis joignit le président de son syndicat. Après avoir beaucoup insisté sur le caractère urgent de l'affaire qui l'amenait, il obtint un rendez-vous chez lui en fin de soirée. Il soupa d'un verre de jus de tomates et d'une omelette au fromage, écouta le téléjournal pour voir si leur expédition nocturne n'avait pas créé quelque remous; on n'en fit aucune mention et cela lui confirma encore une fois qu'ils avaient tapé dans le mille; puis il monta dans son auto et se rendit chez Moineau, qui l'attendait vers dix-neuf heures trente.

C'est le mélange habituel de curiosité masochiste et de besoin de vengeance affligeant les amoureux trompés qui le poussait à son rendez-vous et non une vraie grandeur d'âme, comme il le croyait. Le succès de son expédition nocturne avait un peu émoussé sa douleur, mais quand il vit apparaître Moineau dans la porte, si jeune et ravissante, avec ce regard vif et mobile qui donnait à son visage un piquant irrésistible, la perte qu'il venait de subir lui apparut dans toute sa cruauté; une grimace tordit son visage et il resta un moment à la fixer, incapable de dire un mot, l'estomac scié en deux.

Elle rougit :

— Entre, fit-elle doucement, ne reste pas là.

Il s'avança, jeta un regard autour de lui. Rien n'avait changé, mais chaque objet hurlait que désormais l'appartement lui était étranger.

Elle pénétra dans la cuisine, se retourna :

— Prendrais-tu un café ?

L'horloge murale à cadran de porcelaine bleu qu'il lui avait donnée au début de leur liaison tictaquait toujours à la même place, mais on aurait dit qu'elle marquait le temps sur une autre planète.

— Non merci, répondit-il en s'assoyant machinalement à sa place habituelle tandis qu'elle faisait de même.

« Ah ! pourquoi suis-je venu ? se lamenta-t-il à part soi. Christ d'épais ! je ne pourrai pas dormir de la nuit. »

Il passa la main dans ses cheveux, les ramena sur son front, puis :

— Que me veux-tu ?

Elle eut un timide sourire, se troubla, baissa le regard :

— Je ne sais pas. En fait, je ne sais pas quoi te dire.

— Ah bon. T'aurais dû prendre des notes.

Elle avança la main, sans oser toucher la sienne :

— Nicolas, je suis malheureuse... je n'aurais pas voulu... mais c'est arrivé si vite...

— Excuse-moi de te contredire, mais tu n'es pas malheureuse du tout. Au contraire, tu pisses le bonheur de partout. Mais tu voudrais te donner bonne conscience pour l'augmenter un peu plus, car on n'en a jamais assez, n'est-ce pas ? Alors tu t'es dit : « Je vais faire venir ce bon vieux Nicolas et lui demander qu'on reste amis. C'est un gentil garçon, il va sûrement accepter – et quand Chien Chaud viendra me retrouver dans la soirée, ça va être encore meilleur. » Voilà ce qu'il y a dans ta petite tête, mais tu n'as pas eu le courage d'y regarder.

Il s'arrêta, puis :

— Je regrette, mais je ne peux plus m'occuper de ton bonheur. Il faut que je m'occupe un peu du mien, à présent.

Elle l'écoutait, la tête penchée, l'air contrit, mais le visage rayonnant de félicité.

— Tu es sûr que tu ne veux pas de café ? demanda-t-elle de nouveau.

— Merci. J'ai eu tout le café qu'il me fallait. Y a longtemps que tu le vois ? demanda-t-il abruptement.

Elle fit signe que non.

— Depuis quand ?

— Une semaine. Nicolas, reprit-elle d'un air suppliant, essaye de comprendre. Il vient de lâcher la drogue et va se remettre aux études. Son père a accepté de lui payer une petite pension et nous allons vivre ensemble. Je l'aime, Nicolas, je l'aime à n'en plus voir clair, et je veux le sauver.

— Eh bien, bravo ! Voilà un projet noble et touchant ! Il faut dire que tu as développé toute une expertise dans la réhabilitation des drogués.

Le coup lui amena une grimace. Mais c'est calmement qu'elle répondit :

— Tu fais dur, Nicolas. Tu ne crois plus à rien.

Il éclata d'un rire forcé, tambourina un moment sur la table, le regard tourné vers la fenêtre, puis son visage s'assombrit :

— Excuse-moi. C'est vrai, je fais dur... Mais j'ai hâte de te voir à mon âge... Bon, amusez-vous bien, lança-t-il soudain en se levant. Si jamais vous vous mariez, n'oublie pas de m'avertir : je vous enverrai un cadeau.

— Nicolas, murmura-t-elle, les larmes aux yeux, ne parle pas ainsi... tu ne comprends pas...

Elle s'avança, se pressa contre lui, puis, surprise elle-même par son geste, se mit à lui caresser le sexe à travers son pantalon. Il se dégagea, outré, mais se ravisant aussitôt, une lueur cruelle dans les yeux, la couvrit de baisers. Quelques instants plus tard, ils faisaient l'amour sur le plancher.

Il se releva peu après, remonta sa braguette :

— Ça me fera un beau souvenir, dit-il avec un rire sardonique. Sois sans crainte, je vais tenir ma langue. Ton petit ami n'en saura rien.

Étendue à ses pieds, les genoux relevés, elle le fixait avec un visage sans expression, le regard absent. Puis elle se releva, ajusta ses vêtements et prépara du café ; ils le burent en silence, impatients de se quitter. Il avança la main, lui caressa la joue :

— Ne t'en fais pas... tu devais me lâcher un jour, c'était inévitable.

Elle soupira et, de nouveau, ses yeux s'emplirent de larmes :

— Nicolas... je t'aime bien, tu sais... je t'aime beaucoup... mais... mais...

— Mais je suis trop vieux.

Elle tressaillit, comme devant l'apparition inattendue d'une évidence, et une sorte de soulagement honteux apparut dans son visage.

— Trop vieux pour moi, peut-être, rectifia-t-elle avec un sourire confus.

Réjean Gascon était un homme court et costaud, avec une grosse barbe noire très fournie, des yeux brillants au regard assuré et de solides traits de paysan ; il portait à longueur d'année une paire de jeans aux genoux délavés, une chemise de coton grise ou bleue et des souliers de daim à semelles épaisses, de très bonne qualité. C'était un vétéran à la section des sports ; sa plume flamboyante et ses connaissances encyclopédiques lui avaient depuis longtemps acquis le prestige d'une vedette.

Il amena Nicolas au salon, puis quitta la pièce et revint avec des verres et des bouteilles de bière. La couture de son jeans avait lâché à la hauteur d'un genou. Nicolas s'étonna de sa négligence.

— Et alors ? fit Gascon sur un ton de subtile ironie en prenant place dans un fauteuil. Comment va ce congé sans solde ?

Quelque part dans la maison, on entendait une voix de femme en train de chanter une berceuse à un bébé.

— Très occupé, répondit Nicolas un peu sèchement. C'est à ce sujet que je suis venu te voir.

— Pour une prolongation ?

— Non. Pour un conseil.

Il se lança dans le récit de son enquête sur le ministre Robidoux et parla sans arrêt pendant un quart d'heure. L'autre l'écoutait attentivement, sans émotion apparente, prenant de temps à autre une gorgée de bière. Quand Nicolas eut terminé, il se rejeta dans son fauteuil en abattant les mains sur ses cuisses :

— En vingt ans de métier, je n'ai jamais rien entendu de pareil. Le poil des jambes m'en frise. Je ne te croyais pas fait de ce métal-là, toi.

— Je sais.

— Et tu m'assures qu'à part toi et Lupien, personne n'est au courant de cette histoire ?

— Personne, mentit Nicolas.

— Tu as les documents avec toi ?

Rouge de plaisir, Nicolas se pencha vers sa serviette et les lui tendit.

L'autre se mit à les parcourir, les sourcils froncés, poussant de temps à autre un grognement et arrosant sa lecture de bière tiédissante.

— Hum... une belle écœuranterie... Dans une niche... il ne manque pas d'imagination, le ministre ! Pourrait se recycler dans le cinéma... Et ce fonctionnaire de l'Environnement t'affirme que les changements de réglementation sur les déchets dangereux s'emboîtent parfaitement avec les dates des contrats ?

— Parfaitement.

— Incroyable... quelle ordure... Il ne manquait pourtant pas de mérite, ce Robidoux ! C'est toute une bolle, tu sais... L'an dernier, je l'ai vu discuter en commission parlementaire avec des représentants de l'industrie papetière... Il jouait avec eux comme avec des enfants.

— Eh bien, chacun son tour, répondit Nicolas, la voix frémissante.

Réjean Gascon saisit sa bouteille vide et, songeur, se mit à la faire tourner entre ses doigts.

— Ouais... tu as déniché là une vraie bombe... Il faut maintenant trouver un canon.

— Eh ben, pourquoi pas le journal ? répondit Nicolas, étonné de sa remarque.

— Peut-être, peut-être... je ne sais pas... En fait, reprit-il, je suis loin d'en être sûr...

— Et pourquoi ? demanda le journaliste, alarmé.

— Hum... pour plusieurs raisons... D'abord, le Vieux... Tout le monde connaît ses rapports privilégiés avec Québec, surtout depuis les dernières élections... Encore un peu, et ils vont installer nos rotatives dans le parlement... Et puis, il y a eu cette affaire d'encres usées. T'es au courant ?

— Vaguement.

— Il y a six mois, le journal s'est fait pincer par un inspecteur de l'Environnement à tourner les coins un peu trop rond dans sa façon de se débarrasser de ses vieilles encres d'imprimerie... Il y a eu des discussions, parfois très vives, paraît-il... Elles durent encore. On chercherait à trouver une sorte d'accommodement pour éviter les amendes et des frais d'élimination trop élevés... Bref, tout ça joue contre toi, mon vieux. Tu risques de te faire flouer. Le journal va s'emparer de ton dossier, te couper la langue et négocier son silence avec le ministère.

— J'aurais toujours la possibilité de refiler mon reportage ailleurs.

— Oui, en te mettant la direction à dos pour la vie. Abandonne alors l'idée de jamais revenir dans la salle de rédaction. Le syndicat peut forcer le journal à te reprendre, bien sûr, mais on va t'écœurer, mon Nicolas, t'écœurer tellement... Tes cheveux vont tomber en poussière... De toute façon, ajouta-t-il après un silence, tu seras sans doute forcé de t'adresser ailleurs...

Il se pencha en avant, lui mit la main sur un genou :

— Tu me donnes quelques jours ? Le temps de tâter discrètement le terrain ?

— Oui, bien sûr, balbutia l'autre, dépité.

— Les gens nous étonnent parfois. Jamais je ne t'aurais cru autant de chien… Qu'est-ce qui t'a poussé, Nicolas ?

— Bah ! je ne sais pas… l'approche de la cinquantaine, peut-être, lança-t-il en grimaçant un sourire. Il paraît qu'on est saisi alors d'une envie de crever le plafond, juste avant de devenir un p'tit vieux.

Dans la pièce voisine, le bébé se mit à pousser des cris si lamentables que Nicolas sentit ses entrailles se ratatiner frileusement ; la terre lui apparut tout à coup comme une boule de malheur projetée par on ne sait qui dans le froid intersidéral, lui-même dérisoire puceron se débattant vainement sur son écorce souillée. Il eut envie de se retrouver seul.

— Alors, j'attends de tes nouvelles ? fit-il en se levant.

Gascon hocha la tête, un sourire étonné encore aux lèvres.

22

En ouvrant l'œil au petit matin, il pensa à sa rupture avec Moineau ; un tel désespoir le remplit alors qu'il dut se lever sur-le-champ. Puis il se rappela son rendez-vous le soir même avec Dorothée, et cette diversion lui donna un peu de courage et le goût de noyer sa peine dans le travail. Vingt minutes plus tard, il s'asseyait à son bureau.

Son oncle arriva un quart d'heure après lui. Ravi de le voir si tôt à l'ouvrage, il lui demanda s'il avait déjeuné.

— Non, je n'ai pas faim, répondit Nicolas d'une voix morne.

— Estomac creux, tête vide, grommela Pintal.

Dix minutes plus tard, un livreur déposait sur le bureau de Nicolas un sac contenant des rôties, deux œufs au miroir, du bacon et des pommes de terre rissolées. Il avala le tout par politesse, mais se sentit mieux ensuite.

Vers onze heures, en revenant de son rendez-vous avec l'architecte Thuong Phang, il trouva deux messages sur son bureau : le premier de Douillette et le second de Lupien, qui bravait ainsi la consigne formelle de son ami. N'osant pas leur téléphoner sur place, il résolut de le faire au restaurant durant le dîner. Mais cela lui fut impossible. À midi et dix, il enfilait son paletot lorsque Télesphore Pintal fit irruption dans le bureau :

— Je t'emmène manger, mon gars. Aimes-tu la bière et la saucisse ? On s'en va au Toulouse.

Surpris par cette invitation – la pingrerie de son oncle étant notoire –, Nicolas crut que ce dernier voulait profiter du repas pour en savoir davantage sur l'affaire Robidoux, mais, à la grande surprise du journaliste, Pintal n'en glissa pas un mot de tout le dîner. L'humeur enjouée, presque tendre, il s'informa plutôt de la vie personnelle de Nicolas, s'inquiétant de la réaction de ses enfants à son départ de la maison, et l'enjoignant encore une fois de tenter une réconciliation avec sa femme, puis la conversation roula sur son projet controversé de construire un édifice sur le site de l'église de la Trinité, au coin de Sherbrooke et de Saint-Laurent ; les travaux devaient débuter incessamment ; l'oncle exprima son admiration pour Thuong Phang, qui avait su marier si ingénieusement, déclara-t-il, conservation du patrimoine et rentabilité.

— Cette idée, lança-t-il, haletant, d'enclaver les ruines de l'église dans le nouvel édifice, c'est un... coup de génie, mon cher ! J'aurai un hall d'entrée patrimonial pour satisfaire les lécheurs de vieilles pierres, et trois cents locataires au-dessus pour le... payer. Et les lieux sont aménagés de... façon à ce que je puisse circuler dans l'édifice sans jamais voir cette maudite... église. Mais je parle, je parle, s'interrompit-il soudain en consultant sa montre, et l'après-midi est en train de nous filer entre les doigts.

Il fit signe à la serveuse d'apporter l'addition, vérifia minutieusement celle-ci, taquina le patron sur sa nouvelle tentative d'arrêter la cigarette et quitta le restaurant aussi vite que le lui permettaient son souffle court et son embonpoint. Quelques minutes plus tard, ils stationnaient devant les bureaux de Donégis.

— Et alors ? demanda Pintal négligemment, est-ce que ton journal veut la tête de Robidoux ?

— J'attends des nouvelles, répondit prudemment Nicolas.

Son compagnon eut un curieux sourire :

— Difficile parfois de trouver un acheteur pour des Rembrandt volés. Ça s'accroche mal dans un salon.

« Je suis sûr que tout le repas n'a servi que de préambule à sa remarque, se dit Nicolas en prenant place à son bureau. Où veut-il en venir ? Ah ! que j'aurais donc dû me la fermer ! »

Vers trois heures, n'y tenant plus, il décida de téléphoner à Douillette et à Lupien.

— Impossible de rien trouver, lui annonça le fonctionnaire d'une voix dolente et aigrelette. Il a tout nettoyé. J'étais sûr d'avoir une esquisse de projet à mon bureau. Elle a disparu. Il doit s'attendre à tout. C'est la guerre. Sois prudent, Nicolas.

Lupien, rongé de curiosité, voulait quant à lui un compte rendu de la conversation de son ami avec Réjean Gascon et il lui reprocha de l'avoir fait poireauter.

Nicolas fixait le mur qui le séparait du bureau de son oncle. Il imaginait ce dernier l'oreille collée contre la paroi, essayant de grappiller des miettes de conversation ou, pire encore, le récepteur à la main, ayant fait trafiquer les lignes téléphoniques et ne ratant pas une syllabe. Sa gaffe lui apparaissait maintenant gigantesque. Et il se sentait de moins en moins capable de garder un secret qui l'étouffait.

— Écoute, souffla-t-il, je n'aime pas beaucoup te parler d'où je suis. Donne-moi une demi-heure, je te téléphonerai d'un restaurant.

Dix minutes plus tard, Jeannine se plaignit d'un début de mal de tête et fouilla en vain dans son sac à main pour trouver de l'aspirine.

— Ne bougez pas, je vais aller vous en acheter, offrit Nicolas avec un empressement qui étonna la vieille secrétaire (elle l'aurait été bien plus en voyant le flacon qu'il possédait dans un tiroir).

Et il se précipita dehors vers un téléphone public.

— Ça augure mal, grogna Lupien quand Nicolas lui eut rapporté les propos de Gascon. Ils ne voudront pas toucher à Robidoux. Le patron veille au grain. On était d'ailleurs bien naïfs de l'espérer. Il faut aller ailleurs.

— Alors, autant remettre notre démission, mon vieux. Tu t'imagines leur trogne si je vais porter notre butin à *L'Avenir*? Ils ne nous le pardonneront jamais. Je n'ai pas envie de finir au journal comme laveur de planchers, moi.

— Alors, qu'est-ce qu'on fait ? demanda Lupien, ébranlé. On abandonne ?

— Attendons que Gascon nous revienne. On avisera après.

Nicolas retourna au bureau et se lança fébrilement dans le travail, empilant les appels téléphoniques, dictant des lettres, faisant venir trois fois de suite dans son bureau Rémi Marouette qui, à la fin, commença à donner des signes d'impatience. Cette entreprise de récupération de déchets ressemblait chaque jour un peu plus à la domestication d'une famille de pieuvres. Depuis quelque temps, la collaboration de la ville – essentielle à la bonne marche de l'affaire – devenait de plus en plus verbeuse et théorique. Y avait-il un rapport entre cela et les intérêts froissés de certains souscripteurs à la caisse du parti ?

Et, planant au-dessus de tous ces tracas, était apparu depuis deux jours chez Nicolas le sentiment de jouer une partie trop difficile pour ses moyens, avec le risque de se retrouver écrabouillé sous le talon d'un Gros Monsieur ennuyé par ses manigances. De temps à autre, la pensée de son rendez-vous avec Dorothée mettait un point de lumière parmi toutes ces ombres grisâtres et changeantes, et il posait sur sa montre un regard suppliant.

Il devait la retrouver en début de soirée au Château Versailles, rue Sherbrooke ; tel que cela avait été entendu, Jérôme et sa petite amie prenaient possession de son appartement à six heures. Nicolas était en train de ranger ses papiers avant de partir lorsque Télesphore Pintal entra dans son bureau, débonnaire, paternel et souriant, et se mit à lui faire la jasette. Ce changement de manières intrigua le journaliste encore une fois. Le vieil homme donnait l'impression de tourner autour du pot. Où voulait-il en venir ?

— Tu es pressé, je pense, s'aperçut Pintal. Excuse-moi de te retenir. Bonne soirée et à demain, mon garçon.

Nicolas fila chez lui, fit sa toilettte, endossa son plus beau complet (le pantalon le serrait un peu), glissa dans sa poche quelques préservatifs et se retrouva dehors bien avant l'arrivée de son fils. Il avait tout le temps voulu de se rendre à pied au métro et de poursuivre ainsi sa modeste lutte contre l'embonpoint. Mais la fatigue le gagnait. Il hésitait, debout devant son auto. À quelques pas, des enfants simulaient un match de hockey dans la rue. Il les regarda un moment s'agiter dans un brouhaha de rires, de cris et de claquements de bâtons et un sourire un peu triste lui vint aux lèvres, comme si son âme d'enfant, toujours vivante mais prisonnière dans un corps d'adulte, avait voulu se joindre à eux.

La marche rapide qui l'amena au métro dissipa un peu ses pensées moroses ; il se dirigea vers le kiosque à journaux, acheta un numéro de *L'Avenir* et prit place dans un wagon, contemplant la photo du premier ministre en première page ; son visage glabre et curieusement juvénile, au sourire finement moqueur, s'étalait sous une manchette qui reprenait sa dernière déclaration-choc :

LE QUÉBEC IMPENSABLE SANS LE CANADA

Il se dirigeait vers la sortie de la station Guy, à deux rues du Château Versailles, lorsqu'un curieux incident se produisit. Debout près d'un mur, au pied de l'escalier mécanique, se tenait une vieille mendiante, la main tendue. Du plafond tombait de temps à autre sur sa tête une goutte blanchâtre et malodorante qui avait dessiné une tache sombre sur son fichu crasseux. Partagé entre le dégoût et la pitié, Rivard s'arrêta devant elle et fouilla dans sa poche à la recherche de quelques pièces de monnaie ; la vieille le saisit tout à coup par le bras :

— Une petite fille ! lança-t-elle avec force en souriant, l'œil un peu égaré.

— Pardon ?

— Une petite fille, je vous dis ! C'est pour vous. C'est pour vous, la petite fille. Merci, merci, mon bon monsieur, merci beaucoup... Faites-y attention, hein ?

« De quelle petite fille veut-elle parler ? se demanda-t-il en s'éloignant, troublé, en proie à une étrange colère. Ces christ de folles... on devrait toutes les enfermer. »

L'image de l'enfant aux cheveux roux avait surgi dans son esprit et le remplissait de frissons. Il regarda autour de lui, s'attendant à la voir apparaître, souriante et aussitôt disparue, mais ne vit que des adultes pressés, au visage vaguement renfrogné, un couple d'adolescents qui s'avançaient en riant et un petit garçon obèse, coiffé d'un béret, qui terminait l'ascension de l'escalier, tout essoufflé, en tenant sa mère par la main.

— Que je suis contente de te voir, s'écria Dorothée en ouvrant la porte de sa chambre. Où est passée ta moustache ?

— Je l'ai jetée. Elle me tannait.

— Ça te rajeunit.

Elle l'enlaça, l'embrassa sur les joues :

— Tu sens bon... Où m'amènes-tu manger ?

Il la regardait, essayant de déceler ce qu'il y avait de changé en elle, sans y parvenir.

— Au Lutétia, répondit-il enfin. Tu connais ?

— Pas du tout, répondit-elle avec une insouciance un peu affec-tée. Mais je me fie aveuglément à toi. Pourquoi me regardes-tu ainsi ? J'ai vieilli, n'est-ce pas ?

— Pas du tout. Tu es trop belle pour que le temps ose te toucher.

Elle éclata de rire :

— Oh la la ! Voilà longtemps que je n'avais pas entendu un compliment d'écrivain ! Allons, ne reste pas sur le seuil, entre ; il n'y a pas de scorpions dans la chambre. Que dirais-tu d'un apéro ? Mais je n'ai pas de glaçons. Tu veux aller en chercher ?

« Voilà, je viens de trouver, se dit-il en s'éloignant dans le cor-ridor. Son visage commence un peu à se dessécher. Ça doit être le début de la ménopause... Ce qu'elle est fébrile ! J'espère que l'alcool va la calmer. »

Le geste sec, elle déboucha deux mignonnettes de martini et remplit les verres. Les glaçons s'entrechoquèrent avec de légers cré-pitements.

Calé dans son fauteuil, il l'observait. Son corps pulpeux, légè-rement grassouillet, se pressait doucement contre la soie bleu nuit de sa robe ; l'odeur de ses cheveux, profonde et odorante, parvenait jusqu'à ses narines.

— Tu as un air que je ne te connaissais pas, dit-elle en choquant son verre contre le sien. Un air... aguerri. Je suis sûr qu'il vient de se passer des choses dans ta vie.

Il eut un rire embarrassé et se mit à faire tourner le verre entre ses doigts.

— Quelques-unes, oui. La première, c'est que nous divorçons, Géraldine et moi. J'étais un mauvais mari, paraît-il.

Elle le regarda en silence, les lèvres légèrement entrouvertes, avec un sourire ambigu.

— Vous étiez mariés depuis près de vingt ans, dit-elle enfin.

— Dix-huit. Le temps consolide parfois les choses. Mais, la plupart du temps, il les use.

Elle prit une gorgée et promena son regard dans la chambre. Il s'était trompé tout à l'heure. Son visage n'était pas en train de se dessécher, mais plutôt de se raffermir. L'intelligence et la détermination, qui le rendaient si attrayant, se marquaient, semblait-il, encore davantage. Sans le vouloir, François, par son énergie débordante, l'avait un peu écrasée, elle aussi, comme tout le monde. Voilà qu'elle reconquérait son espace. Les gens verraient combien c'était une femme remarquable, avec ce quelque chose d'odieux qui distingue les caractères affirmés.

— Eh bien, moi aussi, dit-elle en retrouvant brusquement tout son entrain, j'ai une surprise à t'apprendre – et qui te concerne ! Ta ta ta ! Pas de questions ! Tu languiras jusqu'au dessert.

———

Dès qu'il vit son père tourner le coin, Jérôme quitta le vestibule de l'immeuble où il se tenait caché depuis dix minutes derrière un casier à journaux, traversa la rue en interrompant sans vergogne le jeu des enfants et monta silencieusement l'escalier qui menait à l'appartement de son père. Il arrivait une bonne heure à l'avance. Pour se préparer. À quoi et comment ? Il ne le savait pas trop.

La clé refusa d'entrer dans la serrure et il lui fallut un bon moment pour constater qu'il la tenait à l'envers. Finalement la porte s'ouvrit. Une odeur de renfermé lui amena une grimace. Il traversa la cuisine et ouvrit une fenêtre. Les cris des enfants dans la rue doublèrent de volume, grinçants, effrontés.

« Je la refermerai tout à l'heure quand elle arrivera, se dit-il. La pièce aura eu le temps de s'aérer. »

Il se rendit ensuite dans la chambre à coucher de Frédéric et souleva les couvertures : les draps semblaient frais. Il les lissa soigneusement. La porte de la garde-robe entrouverte laissait voir un grand miroir. Il l'ouvrit, se planta devant, défit sa ceinture, baissa son jeans et observa longuement son slip neuf de couleur groseille. Alfred Niklauss, son ami et seul confident, lui avait conseillé fortement de s'acheter un très beau slip pour l'occasion.

— Les filles apprécient ce genre de choses, assurait-il. Elles ne sont pas comme nous. Si tu entendais ma sœur, parfois !

Même si Niklauss était plus vierge qu'un poupon, Jérôme avait suivi son conseil, car son jugement lui inspirait le plus grand respect.

Il remonta sa braguette, satisfait, et rattacha sa ceinture. Mais ses pieds transpiraient épouvantablement. C'était un problème qui le désolait depuis longtemps, mais aujourd'hui cela dépassait toute mesure. Il se déchaussa, mit ses bas à sécher sur le lit et passa à la salle de bains pour se laver. Il versa du rince-bouche dans un verre, se gargarisa longuement, prit le rasoir électrique et se fit encore une fois la barbe. Puis il retourna dans la cuisine. Ces bouts de cul faisaient vraiment un tapage à tout casser. Il les observa un instant et ne put s'empêcher de sourire quand l'un d'eux s'enfargea dans un bâton et s'étala dans la rue. Soudain, un frisson lui contracta douloureusement l'estomac. Il consulta sa montre. Marie-Christine devait se pointer aussitôt qu'elle en aurait fini avec les devoirs des petits (sa mère, agente d'immeubles, travaillait presque tous les soirs et son père se trouvait à la baie James jusqu'à Noël).

Il posa les mains sur ses joues. Elles étaient chaudes et moites, trahissant sa peur. Sa peur de quoi ? Marie-Christine l'aimait à la folie. Même s'il n'était pas « à la hauteur », elle continuerait de l'aimer, il en était sûr. Mais voilà : il souhaitait tellement l'être qu'il en avait des tremblements dans les jambes. Debout devant l'évier, il se mit à palper son sexe. C'était un petit appendice tout recroquevillé dans un sommeil glaciaire. Rien ne semblait pouvoir l'en tirer.

— Cesse de faire le cave, mon vieux! se morigéna-t-il à voix haute. On dirait que t'es chez le dentiste.

Il passa dans le salon à peine meublé, alluma le téléviseur, s'affala dans un fauteuil et essaya d'écouter le bulletin de nouvelles. Un chef mohawk affirmait dans un anglais somptueux que le trafic des cigarettes faisait partie de leur patrimoine national. Des cadavres d'enfants recouverts d'un drap s'alignaient le long d'un trottoir à Sarajevo. Le premier ministre Jean Chrétien qui, depuis son accession au pouvoir, soignait sa diction dans un effort d'élégance, déclarait que le mieux-être des Québécois commandait qu'ils se plient aux normes canadiennes en matière d'éducation et de santé : « Un corps ne peut pas avoir deux âmes. Un pays ne peut pas avoir deux façons de traiter ses citoyens. » Et il arrondissait les sourcils sous l'effet de l'évidence.

Jérôme consulta de nouveau sa montre : elle marquait sept heures vingt. Pourquoi ce retard? Un empêchement s'était-il produit? Avait-elle changé d'idée à la dernière minute?

Il se leva et se mit à faire les cent pas. Soudain il entendit un léger bruit à la porte arrière. Se précipitant dans la cuisine, il aperçut Marie-Christine sur la galerie. Elle lui adressa un sourire un peu tendu. Il ouvrit. Et de la voir debout devant lui, mince et droite dans le manteau bleu qui lui seyait si bien, les cheveux doucement agités par le vent, il fondit, et une douceur exquise l'envahit.

— J'ai failli ne pas venir, murmura-t-elle, encore essoufflée. Antoine ne voulait plus garder ma petite sœur. Il a fallu que je lui donne cinq dollars.

Elle se pressa contre lui :

— J'avais tellement peur que tu sois fâché.

Elle aperçut ses pieds nus et se mit à rire :

— Qu'est-ce qui se passe? On t'a volé tes souliers?

— J'avais chaud, répondit-il en rougissant.

Avec des gestes gourds, il l'aida à enlever son manteau, puis la regarda en souriant.

— Je suis contente d'être avec toi, dit-elle en se pressant de nouveau contre lui.

Il huma ses cheveux, puis se mit à l'embrasser, mais ce manteau plié sur son bras le gênait. Alors il le déposa sur une chaise.

— Il est vraiment gentil, ton père, de nous prêter son appartement, dit-elle en s'avançant dans la cuisine.

— Oh! ça n'a pas été facile, tu sais. Il a fallu que j'insiste. Est-ce que je peux t'offrir quelque chose à boire?

— Je prendrais un jus d'orange, s'il y en a.

Il se rendit au frigidaire.

— Il n'y a que de l'eau minérale.

— Ça me va.

Il remplit deux verres, les déposa sur la table et s'assit. Elle buvait à petites gorgées, promenant son regard dans la pièce avec un léger sourire. Il avait hâte de la tenir contre lui, mais en même temps son cœur battait si fort qu'il se mit à tousser.

— Qu'est-ce que tu as?

— Rien. Un chat dans la gorge.

Puis il ajouta, essayant de maîtriser les tremblements de sa voix :

— Est-ce qu'on va dans la chambre à coucher?

Elle fit signe que oui, se leva vivement, puis, debout devant la table :

— Elle te va bien, cette chemise verte.

Ils se rendirent à la chambre sans se regarder. Elle referma la porte et lui demanda de tirer le store. L'obscurité envahit la pièce et cela les soulagea un peu.

— Eh bien, il faut maintenant passer à l'action, dit-elle tout à coup avec un rire qui lui parut forcé.

Elle tira les draps et commença à se déshabiller devant lui. Il aurait préféré s'étendre d'abord tout habillé avec elle sur le lit pour des caresses préliminaires, comme il avait vu tellement de fois au cinéma – et comme ils l'avaient fait tellement de fois eux-mêmes. Mais l'affaire étant lancée, il l'imita.

— Comme tu es belle, s'extasia-t-il en apercevant son corps nu et gracile, aux jambes finement allongées, sa poitrine menue et sa toison noire et luxuriante qui jetait une étrange note de sauvagerie.

Et soudain, il pensa à la *Vénus* de Botticelli que son père lui avait montrée un jour en le taquinant. Debout dans sa conque, entre Zéphyr aux ailes sombres qui lui soufflait des roses et la Vertu au visage sévère qui lui tendait un manteau fleuri afin de cacher son adorable nudité, elle laissait flotter son regard plein d'une rêveuse candeur, le sexe pudiquement caché par une longue mèche de cheveux roux, ne sachant pas encore qu'elle était l'Amour. Oui, c'était Vénus qu'il avait devant lui, une petite Vénus de Longueuil qui n'avait pas encore obtenu son baccalauréat en amour et que le trac remplissait de frissons.

— J'ai froid, répondit-elle dans une sorte de roucoulement et elle courut se pelotonner sous les draps.

Il se glissa contre elle et ils recommencèrent à s'embrasser.

— Tu sais, dit-elle au bout d'un moment, même s'il ne se passait rien... je veux dire... enfin, tu me comprends, non ? Eh bien... je trouve ça formidable de me trouver ainsi avec toi.

Il la regarda, puis se mit à lui caresser doucement la joue, le regard chaviré d'amour.

Il se fichait maintenant de tout.

Nicolas Rivard quitta le Château Versailles vers deux heures du matin avec un sourire si satisfait que son visage en paraissait joufflu. Il avait passé une soirée fort agréable qui avait colmaté bien des brèches dans son amour-propre, mis à mal ces derniers temps.

À son arrivée au Lutétia, rue de la Montagne, un serveur l'avait reconnu (pourtant il ne pouvait se considérer comme un client très assidu) et s'était empressé autour d'eux, prenant de ses nouvelles, se chargeant de leurs manteaux et les amenant à une table près d'une balustrade rose d'où l'on avait vue sur une fontaine de marbre vert qui glougloutait avec beaucoup d'application. Dorothée avait commandé *l'entrecôte de boeuf sautée à la mignonnette comme d'antan* et lui *la palette du boucher aux trois poivres* ; elle avait trouvé la cuisine délicieuse. « Une révélation ! Je vais revenir », avait-elle répété à quelques reprises. Ils avaient bu passablement. Elle l'avait entretenu de François, mais avec modération. Le diable d'homme avait réussi à se singulariser même dans son testament. Cette fête commémorative qu'il avait demandé qu'on organise dans leur maison des Îles-de-la-Madeleine un an après sa mort la préoccupait beaucoup. C'était au bout du monde. Elle craignait le ratage.

— Il faut absolument que tu viennes, Nicolas, lui avait-elle dit en prenant sa main. C'est très important. Je ne peux t'en dire plus.

— J'essayerai, avait-il répondu sans enthousiasme. S'il avait au moins choisi l'été... on pourrait faire coïncider le voyage avec des vacances... Mais en plein milieu du printemps ! Quelle idée de choisir un endroit aussi éloigné !

Elle eut un sourire mystérieux :

— Je pourrais te révéler des choses, mais je n'en ai pas le droit.

Du reste, le motif de leur rencontre ne portait pas sur cela. Nicolas avait hâte de la voir venir au fait. Le chat était sorti du sac à la deuxième bouteille de *Mouton-Cadet*. La fameuse surprise consistait en une offre, selon elle, irrésistible : dix mille dollars pour la rédaction d'une biographie sur François.

— Il n'y a que toi qui puisses l'écrire, Nicolas. D'abord, tu as la plume qu'il faut. Et puis, c'est toi qui l'as connu le plus intimement. J'ai toute la documentation nécessaire. Je t'assisterai dans tes recherches, s'il le faut. Nous partagerons les droits. Je suis sûr que le livre va marcher. Les Français l'achèteront peut-être. Les deux derniers livres de François ont connu un beau succès là-bas. Et on monte *La Noyade* le printemps prochain au théâtre des Deux-Colombes.

Nicolas avait parfaitement bien caché le profond agacement que faisait naître en lui cette proposition. Il avait dit oui sans dire oui tout à fait, bien décidé à ne jamais écrire ce livre, avait reconduit sa compagne à l'hôtel et passé là-bas avec elle des moments fort agréables.

Maintenant il s'agissait de trouver un taxi et de filer chez soi prendre un peu de sommeil en espérant que Jérôme ait eu la bonne idée de décamper avec sa petite amie. Des masses d'air frais sifflaient à travers la ville, annonçant l'approche de l'hiver. Le trottoir résonnait sous les talons avec un bruit sec, très particulier. Montréal refroidissait. Il aperçut un taxi arrêté au coin d'une rue et se mit à courir en agitant la main. Quelques minutes plus tard, il filait sur le pont Jacques-Cartier. La tête un peu embrumée, ses jambes devenues comme des tuyaux de fonte, il essaya d'imaginer la soirée de Jérôme, mais s'arrêta tout de suite, pour s'éviter le malaise de la comparer à la sienne.

— Bonne nuit, fit sèchement le chauffeur devant la maigreur du pourboire.

Le vieil homme poussa rageusement deux jets de fumée par les narines et remit l'auto en branle. Cette mesquinerie lui rappelait celle de sa bru : elle venait de lui assigner une chambre exiguë, réservant la plus grande à son niaiseux de fils, arrivé sans un sou de Colombie-Britannique ; il se mit à jurer contre elle avec tant de férocité que l'auto faillit heurter une borne-fontaine trois coins de rue plus loin.

En gravissant l'escalier arrière, les genoux douloureux et pleins de craquements, Nicolas aperçut une grande enveloppe blanche fixée à la porte par un morceau de ruban adhésif. Il termina sa montée au pas de course, s'en empara et entra chez lui.

La porte entrouverte de la chambre de Frédéric montrait un lit vide et soigneusement refait.

Il extirpa fébrilement la lettre et se mit à lire.

Cher neveu et vil débauché, avait griffonné son oncle d'une écriture massive, j'ai téléphoné chez toi en pure perte toute la soirée. À onze heures, je m'y suis rendu, pour arriver face à face avec Jérôme et une jolie petite fille qui n'ont pas semblé prendre beaucoup de plaisir à ma rencontre. Il faut que je te voie le plus vite possible pour une affaire extrêmement importante. Viens chez moi aussitôt que tu auras lu ceci, peu importe l'heure. J'insiste : peu importe l'heure. Rassure-toi : je ne souffre pas de folie sénile.

Télesphore

— Qu'est-ce que c'est ça ? s'étonna le journaliste.

Ses mains se glacèrent, ses jambes, si lourdes quelques secondes auparavant, se remplirent de crispations et une angoisse horrible s'empara de lui. Il se précipita dehors, dévala l'escalier et sauta dans son auto, poursuivi par les regards malveillants de sa propriétaire, debout en peignoir devant une fenêtre.

Cette nuit, qui avait commencé dans les plaisirs de la galanterie, allait le laisser moulu, vanné, vidé.

Télesphore Pintal habitait, boulevard Quinn, une maison victorienne spacieuse et confortable, meublée avec une simplicité étonnante pour un homme de sa fortune.

En sortant de l'auto, Nicolas aperçut de la lumière aux fenêtres du salon.

— Qu'est-ce qu'il a bien pu fricoter ? marmonna-t-il en courant dans l'allée, travaillé par les plus noirs pressentiments.

Il n'eut pas le temps de sonner. La porte s'ouvrit et l'homme d'affaires apparut, encore habillé, le teint livide, les traits tirés, grimaçant un sourire.

— Ah ! enfin, te voilà, toi, murmura-t-il d'une voix rauque et sifflante. Viens, on va descendre à mon bureau. Delphine a le sommeil... léger.

Nicolas le suivit en silence, atterré sans savoir pourquoi, et se retrouva au sous-sol dans une grande pièce lambrissée de chêne, haute de plafond, occupée en son centre par un bureau qui semblait provenir d'un bazar.

— Veux-tu une bière ? offrit l'oncle d'une voix sucrée qui alarma Nicolas plus que tout le reste.

— J'ai plutôt envie de dormir, répondit-il sèchement. Qu'est-ce qui se passe, mon oncle ? Qu'est-ce que vous avez fait ? Je suis mort d'inquiétude. Vous allez m'annoncer une mauvaise nouvelle, j'en suis sûr.

L'autre lui désigna un fauteuil et alla s'appuyer contre le bureau :

— Non, au contraire, une bonne. Une excellente, même. Si tu sais profiter des circonstances.

Nicolas posa sur lui un regard perçant et, agrippant les bras du fauteuil :

— Est-ce que... est-ce que vous auriez parlé à Robidoux ? bégaya-t-il.

— Non. Pas... encore. Mais je crois qu'il faut le faire. Je t'en prie, je t'en prie, écoute-moi, j'en ai pour deux... minutes. Tu n'as aucune chance de passer ton papier à *L'Instant*. J'ai pris mes renseignements. Et si tu le passes à *L'Avenir*, qu'est-ce que tu... récolteras ? Deux mille dollars ? Trois mille ? Plus un mois de notoriété ? *L'Avenir* est pauvre comme Job et n'est lu que par... une poignée de gratte-papier. On pourrait t'y engager, crois-tu ? C'est loin d'être sûr. Quant à retourner à *L'Instant*, inutile d'y penser, syndicat ou pas, tu le sais mieux que... moi ; ils vont bétonner leur porte plutôt que de... te laisser y remettre les pieds. Avoir collaboré sans permission avec un rival !

Il chercha son souffle, puis :

— Tandis que... tandis que si tu négociais avec cette saleté de Robidoux la récupération de sa paperasse... laisse-moi parler, je t'en prie, laisse-moi parler... tu pourrais facilement te faire... cent mille dollars, je te le jure ! Et peut-être davantage ! Sans compter qu'avec la... leçon que tu lui aurais donnée, il y penserait à deux fois, le salaud, avant de recommencer. Et ton but serait atteint, non ?

Un sourire sarcastique étira lentement les lèvres du journaliste :

— Vous me prenez pour un idiot ou pour une ordure ?

— Je te prends pour un homme intelligent, éclata l'oncle, écarlate, un homme capable de...

Une quinte de toux l'arrêta.

— ... capable de comprendre que l'époque des moulins à vent est finie – si elle a jamais commencé – et qu'on perd son... temps, ses efforts et parfois même sa santé à vouloir changer le monde, armé d'un cure-dents. Le monde change tout seul. Il suffit de s'y adapter. Les gens qui n'ont pas compris ça ont des nuages dans la tête.

— Eh bien, c'est le genre de tête que j'ai.

Pintal le regarda un moment. L'épuisement le gagnait.

— Je vais publier mon papier, poursuivit Nicolas avec force, je vais le publier malgré tout ce que vous pourriez me dire et même si vous me mettez à la porte ; je vais le publier et le premier ministre n'aura d'autre choix que d'obliger ce bandit...

Pintal se mit à rire :

— Le premier ministre... un ver de terre qui fait de la politique... Tu n'arriveras jamais à le coincer... Il s'étire dans... tous les sens et trouve toujours un trou par où filer... Il va demander une enquête, suspendre Robidoux, laisser le temps passer, comme il fait toujours... Ce qui est clair comme de l'eau de... roche va se transformer peu à peu en mélasse, les gens vont finir par se désintéresser de l'affaire, puis l'oublier tout à fait, et pouf ! Robidoux va remonter en... selle et tu te retrouveras gros comme un noyau de pruneau à te promener les poches vides à... la recherche d'un emploi, en te mordant les doigts d'avoir gaspillé ton temps.

— C'est le mien. J'en fais ce que je veux.

Télesphore Pintal soupira en le regardant avec un air de profonde commisération.

— Ma foi du bon Dieu, murmura-t-il enfin, je pense que ta mère avait raison : tu n'as jamais tout à fait porté à terre... Je t'offre une occasion *facile* de... t'enrichir tout en punissant une crapule – et tu fais la gueule fine ! Es-tu conscient que des chances comme celle-là, on n'en rencontre pas... deux dans toute une vie ?

Nicolas se leva péniblement :

— Je suis plutôt conscient qu'il est quatre heures du matin et que si je ne vais pas me coucher tout de suite, les yeux vont me tomber dans le fond de la tête.

Une expression de frayeur traversa le visage du vieil homme, mais il se ressaisit aussitôt :

— Écoute, fit-il en lui appliquant les mains sur les épaules pour le forcer à se rasseoir, je ne t'ai pas tout dit... Je prévoyais ta réaction. Et je suis sûr que dans deux jours tu vas me donner raison. Alors, je me suis permis, pour ton bien...

Nicolas le fixait, livide :

— Vous avez téléphoné à Robidoux, articula-t-il d'une voix étranglée.

L'autre acquiesça de la tête.

— Et vous lui avez tout dit.

Il acquiesça de nouveau.

— Il veut te rencontrer demain matin, ajouta Pintal d'une voix tout à coup incertaine.

Le journaliste, sidéré, demeura un moment immobile dans son fauteuil, l'œil hagard, les bras allongés, les doigts pris d'un pianotement frénétique, tandis que son oncle épiait sa réaction. Soudain il bondit sur ses pieds, asséna un formidable coup de poing dans le visage de l'homme d'affaires, qui tomba à la renverse sur son bureau en poussant un grognement porcin, puis quitta la pièce au pas de course en secouant sa main avec une grimace de douleur.

Quelques minutes plus tard, il pénétrait chez lui en trombe et se précipitait vers l'évier.

— Dieu merci, tout est là, soupira-t-il en sentant sous ses doigts la liasse de documents, insouciant des coups furieux qui ébranlaient le plancher.

Il l'extirpa de sa cachette, examina les feuilles une à une, les remit dans leur enveloppe, puis s'approcha du téléphone. Sa main tremblait tellement qu'il eut peine à composer le numéro.

— Allons, réveille-toi, espèce de bûche, marmonna-t-il en se tortillant d'impatience. Pourvu qu'il n'ait pas découché... Où diable peut-il... Allô, Robert ? Oui, c'est moi... Quelle heure il est ? Cinq heures moins vingt, oui, cinq heures, c'est bien ça... Désolé, mon vieux, mais il faut que j'aille te voir tout de suite... Oui, tout de suite. C'est épouvantable ce qui m'est...

Sa voix se brisa ; il dut prendre une profonde inspiration :

— J'ai gaffé, Robert, poursuivit-il (sa gorge horriblement contractée produisait un curieux gazouillis suraigu), j'ai gaffé comme un enfant d'école. Je mériterais cent millions de coups de pied au cul.

Haletant, luttant contre les larmes, il lui résuma les derniers événements, raccrocha, saisit l'enveloppe, la glissa dans une serviette et quitta de nouveau l'appartement à toute vitesse.

— Mais qu'est-ce qu'il manigance ? s'écria la propriétaire, hors d'elle-même, en entendant le grondement de l'auto. Demain, oui, pas plus tard que demain, mon cher, lança-t-elle en se tournant vers son mari, frêle et courbé dans son pyjama trop grand, je téléphone à la Régie pour demander la résiliation du bail ! Il a fini de gâcher mes nuits !

Nicolas remonta la rue Saint-Alexandre jusqu'à la rue Saint-Charles et, ce faisant, passa devant son ancienne maison. Fut-ce l'effet du hasard ? C'est à ce moment précis que Sophie se réveilla avec un gémissement et s'assit droit dans son lit, l'air égaré, le regard tourné vers la fenêtre. Puis, après avoir fixé un moment la pénombre en se frottant le nez, elle se recoucha et s'endormit peu à peu.

Sa plainte avait réveillé Géraldine. Couchée sur le côté, les genoux ramenés vers le ventre, elle gardait les yeux ouverts, l'oreille tendue vers sa fille, prête à se lever au moindre bruit. Son regard tomba sur le coin de la commode, qu'un rayon de lune venait d'allumer. Elle se rappela le jour où Nicolas, quelques mois après leur mariage, avait déniché le meuble dans un marché aux puces et l'avait péniblement hissé jusqu'à leur appartement du deuxième étage, rue Beaudry. L'odeur d'eau de Cologne et de sueur qui émanait de lui lorsqu'il lui montra fièrement son acquisition revint flotter à ses narines. Et c'est en décapant cette même commode dans leur cour à Longueuil, bien des années plus tard, qu'ils avaient décidé de faire un troisième enfant.

« Il faut que je me débarrasse de cette vieillerie, se dit-elle en fermant les yeux. Je m'arrache les bras à ouvrir les tiroirs. »

Et, sans trop d'illusions, elle attendit le sommeil.

—•—

Robert Lupien ouvrit la porte, les cheveux ébouriffés, vêtu d'une superbe robe de chambre de velours mauve, et Nicolas, stupéfait, contempla ses yeux rougis et enflés, sa bouche tremblante : il avait pleuré !

— Qu'est-ce que tu as pensé, pauvre imbécile, murmura Lupien d'une voix saccadée. On est dans la soupe jusqu'aux oreilles, maintenant.

— Laisse-moi entrer, je te prie.

Lupien s'effaça, referma la porte et se dirigea vers la salle de bains. Nicolas remarqua qu'il boitillait un peu plus que d'habitude et que sa jambe gauche était blanchâtre avec de petites plaques rouges ici et là. Il revint avec un verre et un flacon rempli d'un liquide émeraude.

— Tu m'as bloqué la digestion avec tes conneries, lui lança-t-il sur un ton d'amer reproche.

Il fit signe à Rivard de le suivre, pénétra dans la cuisine, ouvrit le robinet, versa un doigt d'eau tiède dans son verre, puis un filet de liquide émeraude, et avala le tout en grimaçant. Il se laissa ensuite tomber sur une chaise. Nicolas l'imita.

— Pauvre con, fit Lupien après avoir contemplé son compagnon un moment avec un sourire de dérision. On avait une bombe assez forte pour faire sauter le gouvernement plus haut que la cathédrale, et tu viens tout bêtement de la jeter à l'eau.

— Je n'ai rien jeté du tout, riposta Nicolas en frappant sa serviette du plat de la main. À sept heures, je téléphone à Gascon et s'il ne peut me garantir que le journal va publier mon papier, je file à *L'Avenir* et je demande à voir le directeur !

— Pas la peine de tant t'agiter. Robidoux aura pris ses précautions. Tu vas te cogner à des portes fermées.

— Pas à *L'Avenir*, Robert ! Pas à *L'Avenir* ! Personne n'a jamais réussi à mettre le grappin sur ce journal.

Lupien eut un haussement d'épaules, se massa le ventre en soupirant, puis :

— Ç'aurait été plus simple si tu avais fermé ta grande gueule.

— Facile à dire ! siffla Nicolas. J'aurais bien aimé te voir à ma place !

Et il lui rapporta la scène où son oncle l'avait congédié et l'affolement qui l'avait saisi à la perspective de se retrouver sans emploi. Il poursuivit en décrivant l'intérêt paternel que Pintal lui avait toujours manifesté, son affection bourrue, sa franchise impitoyable, son sens du franc-jeu et de la parole donnée, qui lui avait acquis le respect général jusque chez ses concurrents les plus féroces. Comment se douter qu'un tel homme était capable d'une pareille fourberie ?

— Tu as oublié, mon cher, qu'il aime l'argent.

Lupien lui fit raconter les derniers événements. Le dénouement de la rencontre de Nicolas avec Pintal l'impressionna ; sa colère tomba un peu. Il accepta volontiers de cacher les documents chez lui et conseilla même à son ami de terminer la nuit sur le canapé du salon, car Pintal avait sans doute déjà prévenu le ministre et ce dernier pouvait être tenté d'organiser une petite visite chez Nicolas.

— Allons, allons, tu dérapes, mon vieux, protesta ce dernier en souriant. À t'entendre, la journée ne sera pas passée que je vais flotter au milieu du fleuve, un poignard planté dans le dos !

Mais la peur le gagnait et il finit par accepter l'invitation de son ami. Dix minutes plus tard, vaincu par l'épuisement, il ronflait, tandis que Lupien, assis sur le bord de son lit, la main devant la bouche, essayait laborieusement d'expulser les gaz qui l'oppressaient, maudissant le jour où il s'était embarqué dans cette histoire.

Une sorte de brûlure se répandit dans ses reins. Il se leva et se planta debout devant la fenêtre que venaient d'atteindre les premières lueurs de l'aube. Un robineux s'était introduit dans la cour arrière par un trou de la clôture ; recouvert de deux ou trois couvertures en lambeaux, la tête appuyée sur un bout de madrier, il essayait de dormir, le corps agité de soubresauts. Sa présence aurait dû choquer Lupien. Mais il eut plutôt un sourire de commisération.

— S'il est encore là à sept heures, se promit-il, je vais lui offrir un café.

Sans se le formuler clairement, il espérait que ce geste lui porte chance.

Assis sur son bout de madrier, le robineux buvait lentement son café ; les gorgées chassaient peu à peu le froid impitoyable qui s'était insinué en lui au coucher du soleil et avait fait de sa nuit un interminable grelottement. Jamais plus de nuit semblable ! Il sentait comme un énorme caillou à la place de ses reins et son genou gauche élançait comme si on y avait planté un clou.

Il se pencha et attrapa le chausson aux pommes un peu rassis que ce drôle de boiteux lui avait apporté avec le café.

— Tenez, ça va vous faire du bien, lui avait-il dit en le tirant de son sommeil, un timide sourire aux lèvres.

Il avait posé le chausson et le verre de polystyrène fumant sur le bout de madrier :

— J'ai mis beaucoup de sucre. J'espère que vous l'aimez comme ça ?

Tu parles ! il l'aurait bu, le café, même arrosé de pisse !

— Vous devriez vous présenter à un refuge la nuit prochaine, avait-il ajouté. Les nuits commencent à être vraiment froides.

Comme s'il n'avait pas fait tous les refuges la veille ! À s'en user les talons !

Le bonhomme lui avait encore adressé un sourire niaiseux, puis s'était éloigné en boitillant. Peut-être qu'un coup de pied dans le cul lui replacerait la démarche ?

Le chausson s'avalait sans problème. Mais voilà : il lui en aurait fallu au moins trois autres. Le café, mélangé à cette pâte sucrée, venait de lui réveiller l'estomac et ce dernier gargouillait comme une chaudronnée de chaux vive.

Impossible de se rendormir maintenant. Il fouilla dans sa poche et compta sa monnaie : trente-sept sous. On va pas loin avec trente-sept sous ! Un bon déjeuner coûtait au moins six fois plus.

Il regarda le ciel : on n'était pas loin de huit heures. Il se leva péniblement, se frotta les reins, se massa longuement le genou, remit les couvertures dans son sac (des cochonneries aussi chaudes qu'un courant d'air, mais quand on n'a pas autre chose ?), passa par le trou de la clôture et s'éloigna lentement vers *L'Instant* : les employés de bureau allaient bientôt arriver et il y en avait trois ou quatre chaque matin pour lui refiler un trente sous. Dire qu'avant cette chute de l'échafaudage, c'était à pleines rivières que les trente sous entraient dans ses poches, assez de trente sous en six mois pour se tenir paf toute l'année !

Il se plaça près de la porte, s'appuya au mur (c'était bon pour ses reins) et tendit la main. Les employés affluaient depuis un moment déjà. Coup sur coup, trois d'entre eux lui firent l'aumône. L'avant-midi s'annonçait bien. Ensuite, ça se calma. Il aperçut alors un individu qui s'avançait à pas pressés, une serviette à la main, l'air d'avoir avalé un tampon de laine d'acier. Il le connaissait, lui, par sa photo. Le bonhomme tenait une chronique au journal. Voilà long-temps qu'il ne l'avait pas vu. D'habitude, il arrivait bien plus tard. Le robineux lui tendit la main, sûr de recevoir sa pièce, car le gars avait bon cœur. Le cochon ne le regarda même pas, grimpa les marches et disparut. Que le diable lui plante son tisonnier dans le cul !

Ensuite, les choses se renmieutèrent : vingt minutes plus tard, il était devenu l'heureux propriétaire de deux piastres et quarante. De quoi déjeuner au restaurant d'en face.

Comme il ne venait plus personne et que son estomac allait lui dévorer les boyaux, il traversa la rue, indécis entre deux œufs, rôties, bacon et une assiettée de crêpes arrosées de sirop. Il mettait le pied sur le trottoir opposé lorsque le chroniqueur à la serviette le dépassa par la gauche et poussa la porte du restaurant.

— Hé ! patron ! tu m'as oublié tout à l'heure ! Un petit trente sous ferait bien mon affaire.

L'autre se retourna avec une espèce de grimace, glissa la main dans sa poche et lui tendit quelques pièces.

— Un gros merci ! Que le bon Dieu te rende jusqu'à cent ans !

L'homme s'engouffra dans le restaurant sans dire un mot, ne prenant même pas la peine de lui tenir la porte. Enfin... bon cœur vaut mieux que bonnes manières.

Il entra à son tour et vit le chroniqueur s'installer au fond. Il décida d'aller s'asseoir à la table voisine, histoire d'écornifler un peu. Mais au moment où il passait devant la caisse, une main s'abattit sur son épaule :

— T'as de l'argent, ce matin ? demanda le gros patron graisseux qui régnait dans la place.

— Oui oui oui ! j'ai tout ce qu'il faut.

— OK, va t'asseoir.

Et le restaurateur, l'air chagrin, le regarda s'éloigner dans l'allée. Fallait vraiment être pris à la gorge par cette saloperie de récession pour se voir réduit à servir un pareil pouilleux !

— Où est la serveuse ? grogna le robineux, assis derrière Nicolas, en promenant un regard impatient autour de lui.

Elle sortit enfin de la cuisine, tenant un plateau chargé de bonnes choses, et fila devant lui dans l'allée.

— Psstt ! fit-il en levant la main.

La Noire le lorgna d'un œil méprisant et poursuivit son chemin. « Chienne ! Vache ! Que je te rencontre au fond d'une ruelle, tu vas savoir comment je m'appelle ! »

Presque aussitôt, un petit barbu entra dans le restaurant, parcourut les lieux du regard et se dirigea tout droit vers la table du chroniqueur.

— J'ai dix minutes, pas plus, dit Gascon en s'assoyant. On est dans le jus.

— Merci d'être venu, répondit Nicolas d'une voix éraillée par la fatigue. Il fallait absolument que je te parle. Hier, il s'est produit quelque chose de grave. On m'a couillonné. Le ministre sait tout. Il veut me rencontrer. Tu vois ça ?

Gascon poussa un long sifflement et, les mains appuyées sur la table, s'adossa en allongeant les bras.

— Rien n'est perdu, poursuivit Nicolas, j'ai encore les documents. Mais je dois agir vite. Si tu as pu piger des renseignements, c'est le temps de me les refiler.

— J'ai essayé de te joindre hier soir, mais je suis tombé sur un de tes garçons, je crois.

— Et alors ? fit Nicolas en jetant un coup d'œil vers la porte.

— J'ai piqué une jasette hier après-midi avec Mongrain, l'adjoint au directeur de l'information. Je me suis toujours bien entendu avec lui. C'est un bon gars, au fond. Il n'a jamais oublié ses années de journalisme. Malheureusement, on l'a tellement encarcané dans ses fonctions...

— Et alors ?

— Je lui ai glissé, juste pour voir sa réaction, que j'avais entendu dire qu'un dossier chaud allait faire surface à Québec et que le premier ministre se sentirait bien petit dans ses culottes.

— Qu'est-ce qu'il a dit ?

— Il m'a demandé pourquoi je l'honorais de cette confidence. Était-ce pour obtenir un tuyau ? J'ai répondu que le tuyau était plutôt de mon côté. « Est-ce que ça implique le premier ministre ou un membre du cabinet ? » « Un membre du cabinet, plutôt. » « Est-ce que je peux savoir lequel ? » J'ai hésité, puis j'ai répondu que, pour l'instant, ça m'était difficile d'aller plus loin. « Est-ce que c'est un ministre important ? » J'ai répondu que oui. « Est-ce que ta source travaillerait au journal ? » « Non. Si c'était le cas, tu connaîtrais l'affaire depuis longtemps. » Il avait l'air embarrassé et m'a demandé si on m'avait envoyé en éclaireur. « En quelque sorte », que je lui ai répondu. Puis j'ai ajouté que l'affaire était sérieuse et que ma source ne s'appuyait pas sur des commérages, mais sur des documents très compromettants. « Et tu ne veux vraiment pas me nommer le ministre ? J'ai l'air d'insister, mais tu sais comme moi que le premier ministre n'entretient pas la même relation avec chacun d'eux. Il y en a qu'il trouve un peu trop remuants depuis quelques mois. Ça ferait peut-être son affaire d'en voir sauter un. » Je lui ai répondu que je ne pouvais en dire davantage. Alors il m'a demandé de lui donner un jour ou deux. Et voilà.

— Quelle est ton impression ? fit Nicolas en jetant un nouveau coup d'œil vers la porte, puis sur l'homme sans âge et mal vêtu assis près d'eux, absorbé dans l'ingestion d'une pile de crêpes.

— Ça augure mal. Et d'autant plus que Robidoux, comme tu viens de me l'apprendre, est maintenant au courant de tout. D'après moi, il s'est déjà arrangé pour parer le coup. Il ne faut pas oublier qu'au dernier congrès d'investiture il a appuyé le premier ministre et qu'il ne fait pas partie de ces gens un peu trop remuants qui lui tombent sur les nerfs. Le premier ministre va sans doute chercher à le sauver... si ça ne lui coûte pas trop cher. Je suis sûr qu'il a déjà passé un coup de fil au patron. C'est une catastrophe, cette histoire de coulage... Ça nous enlève toute marge de manœuvre.

Il le regarda, consulta sa montre, puis :

— Va à *L'Avenir*, mon vieux. *L'Instant* ne voudra jamais toucher à cette histoire. Évidemment, tu vas les faire rager. Le Vieux va te tuer en effigie. Mais tu possèdes ta permanence, après tout, et le syndicat sera là pour t'appuyer si jamais tu choisis de revenir dans la boîte. Évidemment, ils vont invoquer l'argument qu'en allant à *L'Avenir* , tu as rompu sans autorisation l'engagement d'exclusivité qui te liait au journal et qu'ils se trouvent donc libérés par le fait même de l'obligation de te réembaucher. Mais dans un an ou deux, il y aura sans doute un autre parti au pouvoir et la direction verra peut-être les choses d'un autre œil... Va à *L'Avenir*. Mais vas-y vite, car j'ai l'impression qu'au moment où on se parle, nos amis sont en train de virer le monde à l'envers pour essayer de te mettre le grappin dessus.

Il se leva, lui tendit la main. La chaleur de son sourire réconforta Nicolas.

— Bonne chance. Tiens-moi au courant.

Nicolas le regarda partir, puis, par une sorte de bravade et pour se donner du courage, il décida, plutôt que de se précipiter à *L'Avenir*, de commander à déjeuner malgré son peu d'appétit.

Mais, à la deuxième bouchée, il eut un haut-le-cœur, repoussa son assiette et se rendit au téléphone public.

On ne pouvait déranger le directeur de *L'Avenir*, en conférence jusqu'au milieu de l'après-midi. Il eut beau se nommer, insister, élever la voix, rien n'y fit : M. Brisson avait donné des instructions formelles qu'il fallait respecter à la lettre.

Il retourna à sa table, dépité. La serveuse, une Haïtienne accorte au rire sonore et voluptueux, s'approcha, une cafetière à la main.

— Vous n'avez pas aimé ? s'inquiéta-t-elle en apercevant son assiette presque intacte.

— Non, c'est que je n'ai pas faim. Les soucis me coupent l'appétit, ajouta-t-il dans un mouvement d'abandon qui le fit aussitôt rougir.

— Les soucis, les soucis, mais il faut prendre un balai, mon bon monsieur, et les envoyer par la porte jusqu'au bout de la rue. Sinon ils vont vous manger l'intérieur depuis la pomme d'Adam jusqu'aux talons. Vous êtes en vie, non ? Vous avez vos deux bras, deux jambes, deux yeux ? Qu'est-ce qu'il vous faut de plus ? Il ne vous faut rien de plus, mon bon monsieur. Le reste finira bien par venir tout seul. Allez, prenez un peu de café, ça vous fera du bien. Oui, oui, prenez, prenez.

Il obéit, égayé par ce joyeux déluge de mots que la femme devait déverser sur chaque client un peu sombre, puis lorgna encore une fois la porte. À tout moment il s'attendait à voir apparaître un émissaire du ministre – ou peut-être la police, pourquoi pas ? l'outrecuidance des crapules étant par essence infinie. Comment réagirait-il alors ? Une de ses craintes les plus profondes était qu'un jour sa lâcheté se révèle publiquement, car il savait en son for intérieur qu'il était lâche, seules les circonstances lui ayant permis jusque-là de dissimuler cette tare honteuse. Il se rappelait la terreur qui s'emparait de lui, enfant, lorsqu'il devait en venir aux poings avec un camarade d'école. Il en perdait le souffle, ses tripes se liquéfiaient, son regard affolé provoquait des ricanements. C'était cette peur de l'affrontement physique qui faisait que, neuf fois sur dix, et malgré sa robustesse, la bataille se terminait pour lui par une humiliante défaite, qui accentuait un peu plus son aversion pour les bagarres.

Avec le temps, cette faiblesse honteuse mais indéracinable s'était étendue à tous les types d'affrontements et, sans la conscience d'être protégé par le journal, il n'aurait jamais osé attaquer qui que ce soit durant ses années de chronique municipale. Aussi, quand il y pensait froidement, sa stupéfaction était-elle sans bornes de se voir lancé dans cette aventure hasardeuse contre un personnage puissant et rusé qui avait sûrement une longue habitude des coups fourrés. La quarantaine l'avait sans doute rendu fou, la quarantaine et cette jalousie qu'il n'arrivait pas à éteindre à l'égard d'un mort.

Son voisin se leva, s'étira longuement, faisant craquer les coutures de son veston râpé, poussa un rot, puis se dirigea vers la caisse, la main fermée sur une poignée de monnaie. Nicolas vida sa tasse, puis se leva à son tour, saisi par une impulsion : il se rendrait à *L'Avenir* séance tenante et gueulerait tant et aussi longtemps qu'on ne l'amènerait pas devant le directeur.

Le journal se trouvait rue de Callières, à dix minutes de marche. Il avait garé son auto non loin de l'appartement de Lupien et jugea imprudent d'aller la chercher.

Il paya, adressa un grand sourire à la serveuse – « N'oubliez pas, lança-t-elle, un bon coup de balai ! » – sortit et remonta la rue Saint-Laurent vers le fleuve à la recherche d'un taxi, sa serviette serrée contre lui, le corps rempli de frissons, vérifiant à tout moment du coin de l'œil si on le suivait. Il arriva ainsi à la rue Saint-Paul et obliqua vers l'ouest. Mais, trouvant le lieu trop passant, il s'engagea bientôt dans le dédale de petites rues qui entoure la place Royale. Il longeait une sorte d'entrepôt sans étage, plutôt délabré, lorsqu'un curieux bruit de soufflet lui fit lever la tête.

Un berger allemand au museau couvert de poils blancs, retenu par une chaîne sur le bord du toit plat, dardait sur lui un œil meurtrier, essayant de lui exprimer sa haine par des jappements, mais ne parvenant à émettre qu'un ridicule sifflement : il avait sans doute eu les cordes vocales sectionnées.

Sans savoir pourquoi, la vue de l'animal le troubla ; il poursuivit sa route, jetant de plus en plus souvent autour de lui des regards inquiets, maudissant le sort de ne pas lui avoir fait trouver un taxi qui l'aurait déjà conduit au journal. Une odeur de fumée et de bois mouillé flottait dans l'air. Quelques pas plus loin, un édifice de pierre montrait ses fenêtres béantes et carbonisées. Sans doute un autre de ces incendies criminels qui ne serait jamais élucidé. Soudain il entendit une auto derrière lui ; le grondement du moteur enfla et devint un hurlement hystérique.

« Ça y est, se dit-il, on m'a repéré. Christ ! ils veulent m'écrabouiller contre un mur ? »

La peur le figea sur place. Cela dura deux secondes. Au prix d'un effort inouï, il réussit à se remettre en marche.

L'auto le dépassa, freina au coin de rue suivant, puis disparut. Il continuait d'avancer, le bout des doigts glacé, le trottoir devenu tout à coup spongieux. Quelques minutes plus tard il pénétrait, rue de Callières, dans le grand bâtiment un peu vétuste où logeait *L'Avenir*. Un énorme extincteur rouge vif, fixé au mur entre deux portes, jetait une note insolite et presque vulgaire dans le hall austère aux boiseries sombres, qui rappelait ces parloirs de couvent où on chuchotait dans une atmosphère empesée. Il s'arrêta au milieu de la place et tendit l'oreille, car il avait cru entendre un cri à l'extérieur, puis enfila le grand escalier aux marches usées qui menait à la salle de rédaction au premier étage.

— M. Brisson est en conférence jusqu'au milieu de l'après-midi, lui répéta placidement une secrétaire à l'entrée.

— Je sais. Mais il faut absolument que je le voie. C'est pour une affaire urgente, capitale.

Et il se nomma de nouveau.

La secrétaire eut un imperceptible haussement d'épaules, comme pour laisser entendre que ce genre d'affaires meublait l'ordinaire de ses journées.

— Un instant, s'il vous plaît, fit-elle en se levant.

Elle longea une rangée de bureaux recouverts d'un fouillis de journaux, de revues, de livres et de tasses vides, et disparut par une porte au fond de la salle ; deux hommes aux allures d'étudiants tapotaient nerveusement le clavier de leur ordinateur tandis qu'un peu plus loin une femme aux formes moelleusement arrondies, coiffée d'un turban violet et le lobe des oreilles étiré par d'énormes bananes en laiton rehaussées de verroterie, méditait devant son écran, un doigt posé sur les lèvres.

La secrétaire revint au bout d'un moment et lui demanda de la suivre. Il pénétra dans une pièce plutôt exiguë. Un homme assis derrière un bureau se leva et lui tendit la main, tandis que la jeune femme s'éclipsait.

— Bernard Castilloux. Je suis l'assistant du rédacteur. Que puis-je faire pour vous, monsieur Rivard?

Nicolas fut frappé par l'ampleur de ses narines et son expression de sévérité un peu sotte.

— Je... euh... je possède dans cette serviette des documents fort compromettants pour un politicien très connu au Québec. Je voulais les présenter au directeur.

— Je suppose... assoyez-vous, je vous prie, fit l'autre en reprenant place derrière son bureau. Je suppose, monsieur Rivard, que vous les avez d'abord présentés à *L'Instant*?

— *L'Instant* ne veut pas se mêler de cette histoire.

— De quoi s'agit-il?

Un début d'impatience durcit la voix de Nicolas:

— Sans vouloir vous offenser, je préférerais parler directement à M. Brisson.

Un léger plissement de nez indiqua à Nicolas qu'il venait de vexer son interlocuteur.

— Nous vous avons déjà expliqué, rétorqua-t-il avec une patience ennuyée, que M. Brisson ne pourra vous voir – s'il le peut – que vers le milieu de l'après-midi.

— Est-ce qu'il se trouve dans l'immeuble?

— Oui, répondit l'autre après un moment d'hésitation.

— Est-ce que vous pourriez lui demander de me consacrer *dix minutes* – pas une de plus – pour que je lui décrive une saloperie qui pourrait secouer tout le Québec?

L'assistant du rédacteur le regarda un moment, cligna lentement des yeux, puis répondit:

— Malheureusement, ce n'est pas possible. À mon grand regret.

Nicolas se pencha en avant et agrippa le rebord du bureau:

— Écoutez-moi bien, monsieur Castilloux, murmura-t-il d'une voix tremblante. Si je me permets d'insister à ce point, c'est que, voyez-vous, sans vouloir tomber dans le mélodrame, je ne serai peut-être pas en mesure de rencontrer M. Brisson vers le milieu de l'après-midi. Il y a des personnes qui pourraient m'en empêcher. Est-ce que vous comprenez cela ?

— Je regrette infiniment. Sans savoir ce dont il s'agit, je ne peux rien faire d'autre.

Nicolas hésita une seconde. Il n'avait pas confiance en cet homme au passé incertain qui déparait à ses yeux l'équipe de *L'Avenir*. À cela s'ajoutait maintenant de l'aversion.

— Si l'affaire vous échappe, dit-il en se levant, vous n'aurez qu'à vous mordre les doigts.

— Ce sont des choses qui arrivent parfois, répondit l'autre avec un sourire venimeux.

Il reconduisit Nicolas jusqu'à la sortie de la salle.

— Alors, vous ne changez vraiment pas d'idée ? demanda-t-il dans un dernier effort.

— J'essayerai de revenir cette après-midi, répondit sèchement Nicolas en se dirigeant vers l'escalier.

Au bout de dix marches, le sentiment d'avoir commis une gaffe irréparable le fit ralentir ; mais une telle rage bouillait en lui qu'il poursuivit sa descente. Il croisa dans le hall un quinquagénaire maigrichon au visage maussade qui avait connu quelques années plus tôt un moment de notoriété dans certains milieux pour une *Étude statistique sur la productivité des sénateurs*. En mettant le pied dehors, il aperçut en face de lui une auto rangée le long du trottoir et occupée par un homme et une femme. Une portière s'ouvrit et la femme, élégante et jolie, en sortit prestement :

— Monsieur Rivard, est-ce que je pourrais vous parler quelques instants ?

« Ça y est, se dit-il, me voilà coincé. J'ai couru après. C'est fait. »

Le dos à la porte, il posa prudemment la main sur le bouton :

— De quoi s'agit-il ?

— Vous ne vous en doutez pas ? demanda-t-elle avec un grand sourire.

Il l'examina, puis reporta son regard sur l'homme assis derrière le volant et qui observait la scène, souriant lui aussi.

— Bon, je veux bien. Ah ! mais... j'allais oublier... Vous voulez m'attendre une seconde ? J'ai laissé en haut quelque chose d'important. Je reviens tout de suite.

La jeune femme, décontenancée, se tourna vers son compagnon. Nicolas Rivard avait disparu dans l'édifice et grimpait l'escalier quatre à quatre.

— J'aurais besoin d'une grande enveloppe, demanda-t-il à la secrétaire, tout essoufflé.

Elle leva sur lui un regard étonné, fouilla dans un tiroir :

— Ça vous va ?

— Oui, oui. Merci.

Quelques pas en avant d'eux, le quinquagénaire maigrichon, penché au-dessus du bureau d'un journaliste, se plaignait d'une voix râpeuse :

— Voilà trois semaines que j'attends, mon cher monsieur. J'ai mis des mois de travail dans cet article. Votre attitude est inadmissible.

Nicolas ouvrit sa serviette, saisit les documents, les glissa dans l'enveloppe, la cacheta, écrivit dessus :

Aux bons soins de M. Lucien Brisson
Directeur
L'Avenir
IMPORTANT ET CONFIDENTIEL
Prière de n'ouvrir qu'en ma présence

puis nota ses nom, adresse et numéro de téléphone dans le coin supérieur gauche et tendit le tout à la jeune fille en lui demandant de déposer l'enveloppe sur le bureau du directeur. Puis il quitta la salle, un peu rasséréné, et enfila l'escalier. Mais, à mi-chemin, ses jambes bloquèrent. Il allait se jeter stupidement dans la gueule du loup. On l'attendait en bas pour le conduire devant le ministre. Quel intérêt y avait-il à rencontrer cette crapule ? Cela ne ferait que mettre son projet en péril. Offres, pressions, menaces, Robidoux essaierait n'importe quoi pour se tirer de sa mauvaise posture. Mieux valait l'éviter.

Il reprit sa descente, arriva dans le hall, aperçut une porte au fond, face à l'entrée, s'y rendit, la poussa. Il se trouvait dans une petite pièce poussiéreuse, encombrée de boîtes de carton. À gauche, une autre porte faisait office de sortie d'urgence, reliée sans doute à un système d'alarme. À droite s'allongeait une rangée de fenêtres à guillotine. Il s'en approcha, déverrouilla une fenêtre, la souleva, puis pensa trop tard au système d'alarme, mais rien ne se produisit. Il n'avait plus qu'à se glisser dans l'ouverture et à filer par la cour en riant des deux autres qui poireautaient dans leur voiture.

Mais, en agissant ainsi, il se privait d'une rencontre piquante – sans savoir si c'était par prudence ou par lâcheté. «Tous les lâches se disent prudents, pensa-t-il. C'est l'action qui départage.» Et puis, en se laissant conduire devant Robidoux, que risquait-il ? Rien – ou si peu ; les documents se trouvaient en sûreté, arme efficace contre tout abus. Et il aurait le rare plaisir de causer avec un ministre, le genou sur sa gorge.

Une sorte d'ivresse l'envahit. Il quitta la pièce, retraversa le hall et sortit. L'air courroucé, l'homme et la femme arpentaient le trottoir.

— Ah ! s'écrièrent-ils en même temps.

— Excusez-moi : j'avais égaré mon portefeuille, lança-t-il, insouciant d'être cru ou non.

La jeune femme ouvrit la portière avant :

— Je vous en prie, fit-elle en lui faisant signe de s'asseoir près du conducteur, puis elle se glissa sur la banquette arrière.

L'auto démarra doucement.

— Où est-ce qu'on va ?

— Au bureau de comté de M. Robidoux, rue Bernard, à Outremont, répondit le chauffeur.

— Vous travaillez pour lui ?

Après une seconde d'hésitation, l'homme fit signe que non. Il semblait vouloir réduire la conversation au strict minimum. Mais Nicolas poursuivit :

— Il vous a engagés ?

Son compagnon répondit par une sorte de grognement.

— Agence de détectives ?

L'autre lui jeta un bref regard et garda le silence.

— Elle, c'était l'appât, vous l'hameçon ?

Le visage de l'homme s'éclaira :

— Si on veut, fit-il avec un grand sourire.

— Et si j'avais refusé de vous suivre, qu'auriez-vous fait ?

— Puis-je vous suggérer de poser toutes ces questions à M. Robidoux ? demanda doucement la femme en s'approchant de son oreille.

Il se cala dans son siège, appuya les mains sur ses genoux et devint pensif. Elle avait raison. Il se comportait comme un collégien. Mieux valait se taire et rassembler ses idées. Robidoux ne l'accueillerait pas avec des choux à la crème. Qui sait ce qui allait se passer ?

Et une pointe de trac perça son euphorie.

Quelques minutes plus tard, l'auto s'arrêtait devant une maison de rapport à deux étages, construite dans le goût des années quarante, tout près de l'ancien Théâtre Outremont, désaffecté depuis quelques années, sa façade cachée par une longue palissade. Le rez-de-chaussée logeait une boutique de curiosités et une confiserie. Entre les deux vitrines, une porte surmontée du fleurdelisé, piteusement entortillé sur sa hampe, et une plaque de laiton soigneusement astiquée :

Antoine Robidoux
député

Le chauffeur sortit de l'auto et conduisit Nicolas jusque dans l'antichambre, tandis que la jeune femme prenait le volant et s'éloignait. La pièce était vide, la réceptionniste absente. Le chauffeur alla frapper deux coups à une porte, revint s'asseoir près de Nicolas et s'alluma une cigarette. Les yeux mi-clos fixés sur le tapis, il

ne semblait prêter aucune attention au journaliste. Ce dernier essaya de s'absorber dans la lecture d'une revue. Mais ses doigts col-
laient au papier glacé et toutes les pages lui parurent semblables.

Il promena son regard dans la pièce aux murs beiges, aux corniches concaves couleur miel. Un portemanteau, des rangées de
chaises, deux cendriers sur pied, un porte-journaux débordant et,
accrochées au-dessus du bureau de la réceptionniste, deux photo-
graphies, l'une de Robidoux, l'autre du premier ministre, placées côte
à côte, de format et d'encadrement identiques. La banalité la plus
correcte, la respectabilité la plus officielle démentaient silencieusement les secrets malodorants qu'il venait de découvrir. Et s'il s'était
trompé ? Si toute l'affaire n'était qu'un canular qui allait le couvrir
de ridicule ?

Une porte au fond de la pièce s'entrebâilla, lui permettant
d'apercevoir un bout de nez et le miroitement d'une paire de lunettes,
puis se referma aussitôt. Nicolas déposa la revue sur une table, soupira, puis, se tournant vers son compagnon :

— Êtes-vous toujours aussi rigolo ?

L'autre poussa un nuage de fumée, puis répondit, sans le regarder :

— Dans mon métier, moins on parle, mieux on se porte.

— Alors vous devez avoir une santé de fer.

L'homme se contenta de plisser les lèvres dédaigneusement,
le regard perdu dans le vague.

Un moment s'écoula.

— On va attendre encore longtemps comme ça ? demanda
Nicolas avec une pointe d'agressivité. J'ai autre chose à faire, moi.

La porte s'ouvrit brusquement et un petit homme à lunettes
et aux cheveux blonds lissés par en arrière, qui ressemblait au duc
d'Édimbourg mais en plus rabougri, apparut en souriant, fit signe
au fumeur qu'il pouvait s'en aller, puis, s'adressant à Nicolas :

— Voulez-vous me suivre, monsieur Rivard ? Le ministre
vous attend.

Nicolas fit quelques pas, puis revint chercher sa serviette et, traversant une deuxième antichambre, minuscule celle-là, arriva devant une porte massive et sombre. L'homme la poussa, s'effaça devant lui :

— Refermez derrière vous, s'il vous plaît, chuchota-t-il en s'éloignant.

Le bureau était vaste, bien éclairé et prenait jour par une grande fenêtre donnant sur un petit jardin intérieur quelque peu à l'abandon. Assis derrière son bureau, le torse droit, les coudes posés sur les appuie-bras de son fauteuil, Antoine Robidoux le fixait avec férocité. Son visage jaunâtre, exténué, aux lignes fermes et régulières, ses yeux pochés, sa chevelure luxuriante et soigneusement coiffée, illustraient d'une façon pathétique ce moment de la vie chez certains êtres comblés par la nature, où la jeunesse, succombant aux atteintes de l'âge, brille de ses dernières lueurs mélancoliques. Un léger tic agitait sa mâchoire.

— Asseyez-vous, dit-il avec une componction inattendue et quelque peu théâtrale en désignant un fauteuil à Nicolas.

Ce dernier ne put retenir un petit sourire et obéit, le cœur battant, rempli d'une allégresse inquiète.

— Vous êtes fier de votre coup, hein ? fit le ministre avec une grimace amère.

L'autre le regarda en toussotant, puis détourna les yeux, ne sachant que dire.

— Vous ne répondez rien ?

— Que voulez-vous que je réponde ? Si vous m'avez fait venir, je suppose que c'est pour me parler. Alors je vous écoute.

— Quittez ce ton persifleur, monsieur Rivard, éclata le ministre, tout rouge.

Il se pencha en avant dans son fauteuil :

— Vous ne semblez pas comprendre la gravité de la situation. Vous vous êtes introduit dans ma propriété *illégalement* pour me voler des papiers personnels. Si je vous ai fait venir, c'est pour vous donner la chance de me les rendre. Comptez-vous heureux que je n'aie pas envoyé la police après vous.

— Vous sous-estimez sans doute mes capacités, monsieur le ministre, répondit doucement Nicolas (il avait l'impression de prêter sa voix à des répliques écrites par quelqu'un d'autre). Je sais fort bien qu'il n'y a rien que vous souhaitiez plus ardemment que de régler cette affaire dans l'intimité. Vous espériez peut-être que les documents sur lesquels j'ai mis la main ne m'en disent pas plus qu'à votre chien ; je dois malheureusement vous détromper : après un peu de temps et d'efforts, j'ai fini par comprendre pas mal de choses. Et je brûle d'expliquer au grand public votre subtile façon de combiner vos intérêts personnels avec les intérêts publics.

Le visage du ministre se crispa, mais il réussit à sourire :

— Quelle salade ! Jamais rien vu de pareil. Où voulez-vous en venir ?

Nicolas se rappela tout à coup la copie rabougrie du duc d'Édimbourg qui l'avait introduit dans le bureau. Où était passé le type ? Quel rôle jouait-il dans cette histoire ? Des images d'assassinat traversèrent son esprit. On traînait son corps sur le plancher, on le glissait dans un sac vert, une camionnette attendait la nuit dans le petit jardin intérieur. Polar que tout ça, bien sûr. Mais de temps à autre – oh ! très rarement – le polar prenait vie et faisait la une des journaux.

— J'aimerais ajouter, monsieur le ministre, poursuivit-il en essayant d'affermir sa voix, que j'ai transmis mes petites découvertes à une autre personne, que vous ne pouvez connaître et qui saura agir à ma place si jamais j'étais mis dans l'impossibilité de parler.

Robidoux s'esclaffa, puis toussa longuement ; il glissa la main dans un tiroir, en sortit une gomme à effacer et se mit à la tourner et retourner entre ses doigts.

— J'ai chaud, dit-il brusquement. Pourriez-vous ouvrir la fenêtre derrière vous, monsieur Rivard ? demanda-t-il d'une voix presque aimable.

Nicolas se leva et, après quelques efforts, réussit à tourner la poignée.

— Est-ce que je peux vous offrir quelque chose à boire ?

— Merci. Je n'ai pas soif.

Il revint s'asseoir, le pouce rouge et endolori, trouvant que la conversation prenait une tournure étrange.

— Eh bien, moi, fit Robidoux en ouvrant un autre tiroir, je me verse un scotch. Ça va me remonter un peu. Cette histoire m'a mis les nerfs en compote. Ah! vous pourrez vous vanter de m'avoir donné des sueurs, vous...

Il déposa une bouteille de *Chivas* sur la table, puis un verre, et le remplit aux trois quarts.

— Ne craignez rien, dit-il avec un grand sourire en rebouchant la bouteille, je suis un buveur très civilisé. L'alcool me rend agréable. Vous êtes sûr que vous n'en voulez pas? Allez, allez! Boire seul épaissit le sang, boire à deux rajeunit le cœur. Voilà, fit-il en lui tendant un verre. Êtes-vous amateur? Non? C'est un excellent scotch, vieilli dix années en fût de chêne.

Il prit une gorgée, l'étala dans sa bouche et ferma à demi les yeux en respirant profondément. Nicolas remarqua que le tic de sa mâchoire s'atténuait.

— Donc vous n'avez pas les documents avec vous, remarqua négligemment le ministre de cette voix grave et moelleuse qui faisait merveille dans les entrevues.

— Où je les ai laissés, vous ne pourrez jamais les atteindre... même si vous me coupiez en petits morceaux.

— Quel sens de l'effet dramatique! plaisanta Robidoux. On se croirait dans un dessin animé! Je suis au bord de la cataracte du Niagara ligoté dans une chaloupe retenue par une corde et vous, vous êtes à l'autre bout de la corde, avec un briquet allumé, et vous voulez me vendre votre briquet.

— Je ne veux rien vendre du tout, rétorqua Nicolas en rougissant.

Robidoux prit une autre gorgée. Effectivement, son visage s'adoucissait, une expression de bienveillance s'y répandait, sa voix devenait de plus en plus onctueuse.

— Alors pourquoi avez-vous accepté de venir me voir? demanda-t-il doucement.

— Je ne sais pas. Pour vous voir.

— Pour examiner de près une crapule ? Car j'en suis une, n'est-ce pas ? Votre jugement est fait là-dessus ?

Nicolas eut un vague geste de la main et porta le verre à ses lèvres. Il ne se sentait pas la force de dire à cet homme si affable, tombé sous sa coupe et acceptant la chose avec tant de sang-froid, combien il le méprisait. Il ne le pouvait pas et cela éveilla en lui un peu d'inquiétude.

— On m'a dit que vous étiez marié, poursuivit Robidoux, que vous aviez trois enfants...

Il leva aussitôt la main :

— Ne voyez pas là une menace voilée. Je n'utilise jamais ce genre de moyens. Je suis un être beaucoup plus complexe que cela. Faites-moi la grâce, s'il vous plaît, de ne pas me prendre pour un vulgaire bandit, tout de même. Si vous voulez ma tête, vous l'aurez, rien ne vous en empêchera. Reste à savoir ce que vous voulez.

Il posa les deux mains sur son bureau :

— Alors, que voulez-vous ? Je suis prêt à vous offrir beaucoup pour me sortir de ce gâchis – dont je suis seul responsable. Je suis prêt à payer pour mon erreur. Je reconnais qu'elle est grave. Je reconnais qu'elle mérite une punition exemplaire, qui devrait m'être imposée par la justice. Mais il existe d'autres formes de punitions, tout aussi sévères. Je peux vous donner des garanties d'une réforme de ma conduite qui vous satisferont complètement. Elles sont très faciles à fournir. Mais cela ne vous intéresse peut-être pas. Je peux vous révéler les causes qui m'ont fait agir d'une façon aussi honteuse et insensée. Mais cela ne vous intéresse peut-être pas non plus. Je ne sais pas ce qui vous intéresse. J'ai voulu vous rencontrer pour le savoir. Il est rare qu'on soit le maître absolu d'une situation. Vous l'êtes. Libre à vous d'en profiter. Dans toute ma car...

— Combien avez-vous offert à mon oncle ? coupa Nicolas.

Robidoux sourit et sa mâchoire trembla légèrement :

— Ce qu'il fallait pour l'amadouer. Je vous laisse le plaisir d'aller le lui demander. D'ailleurs, il veut vous parler... Soyez sans crainte, il comprend votre colère de la nuit passée.

— Qu'il comprenne ce qu'il voudra. Et qu'il aille au diable en plus.

— Quelle intransigeance ! Votre cœur est resté jeune... Ce sont les gens comme vous qui causent le plus d'ennuis aux gens comme moi. Mais je vous ressemble peut-être plus que vous ne pensez. Il faudrait que je vous montre les dessous de mon âme, comme on dit. Mais ça risquerait de vous ennuyer. En général, on n'est intéressant que pour soi-même.

Il se remit à tripoter la gomme à effacer.

— Est-ce que je peux vous demander – oh ! par pure curiosité – qui vous a mis au courant de cette affaire ?

Rivard sourit :

— Voilà une drôle de question à poser à un journaliste.

— Oui, bien sûr, bien sûr, veuillez m'excuser... Mettez-la sur le compte de l'énervement, je vous prie. Allons, murmura-t-il comme pour lui-même, il faudra que je m'humilie un peu plus.

Il leva la tête vers Rivard :

— Sachez que je ne vous en veux pas. Je ne vous en veux absolument pas. Tout est de ma faute. J'ai préparé moi-même ma déconfiture. Écoutez, monsieur Rivard, je vais vous faire une proposition. En fait, il s'agit plutôt de *trois* propositions. Je vais démissionner de mon poste dans quelques jours (demain, si vous voulez), pour raisons de santé. Je vais me départir immédiatement de tous mes avoirs dans Kronoxyde. Et, pour vous remercier de votre compréhension, je vous verserai une gratification de cinquante mille dollars. Ainsi, n'est-ce pas, vous aurez gagné sur tous les fronts : la morale publique aura été satisfaite ; la cause environnementale aura fait un gain non négligeable, car on aura évité un relâchement de la réglementation ; et vous aurez gagné un joli magot d'une façon tout à fait honorable. Qu'en dites-vous ?

Nicolas le regardait, médusé, incapable de dire un mot.

— Il faut que vous compreniez, monsieur Rivard, reprit Robidoux, l'œil soudain rempli d'angoisse, qu'en me dénonçant dans les journaux, vous me réduisez au néant. Au néant ! Je devrai quitter immédiatement la politique. Et quoi de plus normal ? Mais les poursuites en justice vont m'arracher jusqu'au dernier sou. Je serai incarcéré. Et ensuite, une fois ma peine purgée, comment pourrai-je gagner ma vie ? Qui voudra de moi ? Qui voudra d'un homme éclaboussé par un pareil scandale ? M'offrirez-vous un emploi, monsieur Rivard ? Je serai condamné au mépris et à la pauvreté.

Il vida d'un trait la moitié de son verre.

— Vous voyez, mon sort se trouve entre vos mains. Vous pensiez arriver devant un adversaire redoutable et peut-être même dangereux. Eh bien ! avouez que la partie a été facile... Ce genre de situation n'arrive presque jamais, je vous assure. Je me sens comme dans un rêve. Vous devez ressentir la même chose. Nous vivons un moment... curieux. Je sais que je ne suis rien pour vous. Mais tout de même, c'est un être humain que vous avez sous les yeux. J'ai moi aussi une femme et des enfants. Bien sûr, c'est un argument banal... Mais puisque je vous offre de réparer, *d'expier* mon erreur, d'une façon tangible, vérifiable, il me semble que... Oubliez mon offre d'argent, si cela vous répugne... Je verserai cette somme en votre nom à qui vous voudrez, à une œuvre de bienfaisance, à un organisme qui vous tient à cœur, je ne sais pas... Que voulez-vous de plus ?

Son visage était devenu hagard et si tendu qu'il en paraissait émacié. Il laissa retomber la gomme à effacer sur le bureau. Elle luisait de sueur. Sa main tremblait. Il se recroquevilla dans son fauteuil, fixant toujours Nicolas et, pour la première fois depuis le début de leur entrevue, ce dernier ressentit de la pitié pour lui.

— Voulez-vous un peu de temps pour réfléchir ? demanda faiblement Robidoux.

— Oui... euh... peut-être... Mais je ne promets rien, se reprit-il aussitôt. Au contraire, je... je regrette à présent d'être venu. Je n'aurais pas dû venir.

Il posa son verre sur le bureau, se leva et se dirigea vers la porte.

— Un instant, permettez... Je vais vous reconduire.

Ils se retrouvèrent dans la petite antichambre. La porte de la salle d'attente était grande ouverte. On n'apercevait nulle part le duc d'Édimbourg. Soudain Robidoux poussa une sorte de soupir étranglé, saisit son compagnon par le bras et l'immobilisa :

— Je voudrais ajouter, monsieur Rivard... bégaya-t-il. Venez avec moi, je vous prie, cela ne prendra qu'un instant, un tout petit instant. Je crois qu'il est important que vous preniez conscience jusqu'à quel point...

Et, lui faisant rebrousser chemin, il le poussa dans son bureau.

— Asseyez-vous, je vous prie, asseyez-vous... Je n'en ai que pour deux secondes.

Rivard, stupéfait, le vit disparaître par une petite porte qu'il n'avait pas remarquée. Le ministre revint presque aussitôt, la main glissée dans une poche de son veston, et prit place derrière son bureau. Il faisait peine à voir.

— Rappelez-vous bien cette image, monsieur Rivard, fit-il en sortant de sa poche un revolver qu'il appuya contre sa tempe. C'est exactement la façon dont je mettrai fin à ma vie, ici même, dans ce bureau, si vous me dénoncez.

Nicolas le fixa un moment, tandis que le sang refluait de sa tête et que la pièce se vidait de lumière ; puis il se retrouva tout à coup dans la rue sans trop se rappeler comment il y était parvenu.

— Il est fou, complètement fou, marmonnait-il, furieux, l'œil égaré, en tournant la tête de tous côtés. Se donner ainsi en spectacle... c'est grotesque... quel bouffon...

Il fit quelques pas, respirant avec bruit, puis se rappela qu'il avait oublié sa serviette dans le bureau du ministre.

— Aucune importance... Je l'enverrai chercher demain. Ou alors... je m'en achèterai une autre.

Les idées tourbillonnaient dans sa tête. Il ne savait que faire ni où aller. Il leva le regard. De longs nuages gris filaient dans le ciel à une vitesse étonnante, tandis que dans la rue aucun souffle n'agitait l'air frisquet, chargé de gaz d'échappement, qu'un soleil éclatant n'arrivait plus à réchauffer. Devant le Théâtre Outremont, un ouvrier pelletait des débris près d'un fondoir à bitume qui ronflait bruyamment ; deux autres, sur la toiture, hissaient un seau fumant au bout d'un câble. Une forte odeur de goudron chaud l'enveloppa et le fit tousser. Il aperçut un petit café de l'autre côté de la rue et décida d'aller prendre une bière en réfléchissant à ce qui lui arrivait.

Il venait à peine de plonger ses lèvres dans le liquide mousseux lorsqu'il vit Robert Lupien passer devant lui, l'air soucieux, plongé dans ses pensées.

— Hep! Robert! lança-t-il du seuil. Où t'en vas-tu comme ça?

Le journaliste se retourna, poussa une exclamation et revint sur ses pas en toute hâte :

— Je ne m'étais donc pas trompé, grommela-t-il. J'étais sûr que tu te trouvais dans le coin.

Il suivit Nicolas dans le restaurant, prit place à ses côtés et posa sur lui un regard accusateur :

— D'où viens-tu? Je t'ai vu monter dans une auto avec deux étrangers en face de *L'Avenir*. J'ai crié, mais tu ne m'as pas entendu. D'où viens-tu? De chez Robidoux, peut-être?

— Tu as bien deviné, répondit Nicolas, et il prit une grande gorgée de bière pour se donner contenance.

— Pas vrai! murmura l'autre, atterré.

Il le fixa un moment tandis que son visage se décomposait lentement, puis laissa tomber, d'une voix éteinte :

— Triste imbécile... L'oncle... et puis maintenant le ministre... On t'a vendu, et maintenant tu te laisses acheter.

— Tu te trompes, mon cher! rétorqua Nicolas, tout rouge, les mains crispées sur le rebord de la table. Personne ne m'a acheté. Les documents se trouvent en sûreté à *L'Avenir* et j'ai toujours l'intention d'écrire mon papier. Si tu ne me cherchais que pour m'insulter, tu ferais mieux d'aller dehors compter les pigeons.

— Alors pourquoi as-tu accepté de le rencontrer?

— Par curiosité... par vanité, si tu veux, oui, je l'avoue, par vanité : j'avais envie de montrer à cette crapule qu'elle venait de trouver son maître, j'avais envie de triompher, pour une fois... Je n'aurais peut-être pas dû accepter... mais quel bonhomme, mon vieux!

Et il lui raconta son entrevue et la façon grotesque dont elle s'était terminée.

— Comédie que tout cela, riposta Lupien avec une moue méprisante. Il a cherché à te secouer en espérant gagner du temps... Pauvre naïf !

— Facile à dire quand on n'a rien vu. Mais si jamais il se fait sauter la boîte à poux, ce n'est pas toi qui vas dormir mes nuits !

Lupien se leva et fit signe au serveur d'apporter l'addition :

— Au lieu de se chamailler comme des collégiens, on devrait aller à *L'Avenir* raconter notre histoire à Brisson. Si j'ai bien compris, tu n'as pas pu le rencontrer ?

— *Mossieur* n'est pas libre avant le milieu de l'après-midi. J'ai insisté, j'ai gueulé, j'ai failli renverser des meubles, rien à faire.

Lupien poussa la porte, s'effaça devant son compagnon et lui montra d'un geste son auto stationnée à quelques mètres :

— À qui as-tu parlé ?

— À Castilloux.

Le critique grimaça :

— Pas de veine... Il a autant de flair qu'un madrier... Voyons, fit-il en se glissant derrière le volant, il est presque midi. Que dirais-tu de venir casser la croûte chez moi ? Il y a moins de risques de te faire repérer là-bas qu'à ton appartement. Et on serait à deux pas de *L'Avenir*, tout fin prêts pour aller quêter une audience à son Éminence.

— Ouais... Bonne idée. J'en profiterai pour faire un somme. J'ai le cul en dessous du bras, moi, avec toutes ces histoires.

Il lui raconta sa conversation avec Gascon au début de la matinée et les approches de ce dernier auprès de la haute direction de *L'Instant*.

— Je sens le piège à ours, fit Lupien. Faut se tenir loin du Vieux et de ses porte-crottes. De toute façon, tu as fait ton choix, non ?

Dix minutes plus tard, l'auto pénétrait dans la cour arrière. Près du madrier gisait un verre de polystyrène, écrasé d'un coup de talon. Lupien se lança dans la préparation d'un riz à l'espagnole façon Roger Pothier, tandis que Nicolas dans le salon feuilletait les journaux en bâillant. Sa dernière bouchée avalée, il retourna au canapé et tomba dans un profond sommeil. Il se réveilla deux heures plus tard avec des crampes aux orteils et se rappela avec inquiétude un article médical où ce type de douleur était présenté comme un symptôme prémonitoire de la sclérose en plaques.

À deux heures trente, ils se rendirent à *L'Avenir*. On leur annonça que M. Brisson, requis par des affaires urgentes, ne pourrait les recevoir que vers la fin de l'après-midi ou, plus sûrement, dans la matinée du lendemain. Il fallait téléphoner à quatre heures pour confirmer le rendez-vous.

— Je m'en vais dormir chez moi, annonça Nicolas.

Lupien, soucieux, se mordillait les lèvres :

— J'aimerais mieux te voir à mon appartement.

— Que veux-tu qu'il m'arrive ? Les documents sont en sûreté et Robidoux le sait. S'il a décidé de me faire éventrer à coups de pic à glace, n'importe où fera son affaire. Et puis, il faut que je change de linge.

En arrivant à son appartement, il aperçut l'automobile de son oncle devant la maison.

— Qu'est-ce qu'il veut, celui-là ? Un autre coup de poing sur la gueule ?

Il stationna son auto à l'arrière.

— Mon garçon, s'écria Pintal en venant à lui, il faut qu'on se parle.

— On s'est tout dit, je crois.

— Mais non ! répondit l'autre en lui mettant la main sur l'épaule. Écoute, ne crains... rien, je ne t'en veux pas. Tu m'as joliment secoué la mâchoire, mon cochon, mais je te comprends : j'avais agi un peu cavalièrement.

— Cavalièrement ! Le mot est joli !

— Est-ce qu'on peut entrer ? Je n'aime pas les... conversations dans la rue.

Ils gravirent l'escalier, Pintal cinq marches derrière son neveu et soufflant comme s'il allait rendre l'âme.

— Vous perdez votre temps avec moi, l'avertit Nicolas en lui ouvrant la porte.

— Donne-moi un verre d'eau, haleta le vieil homme en se laissant tomber sur une chaise. Depuis la nuit dernière, j'ai l'impression que mes entrailles tournent en carton.

— Et alors, que voulez-vous ? demanda Nicolas en se plantant devant lui, les bras croisés, tandis que l'autre buvait avec des glouglous d'évier.

Pintal posa bruyamment le verre sur la table :

— Tu ne m'as pas laissé le temps de tout t'expliquer la nuit dernière, voyou.

— C'est-à-dire ?

— C'est-à-dire bien des choses... Par exemple, qu'on n'arrête pas le vent de souffler avec des grimaces... Tu auras beau passer ta... vie à te décrocher bras et jambes, les gens continueront de faire des saloperies comme si tu... n'existais pas. Dois-je te l'apprendre ? L'argent les attire comme la puanteur attire les mouches. C'est ainsi... que la vie est faite. Il faut *composer* avec elle et non pas la combattre – à moins que tu ne trouves... plaisir à perdre ton temps.

Nicolas se mit à ricaner :

— Combien vous a offert Robidoux ?

— Enfin une question sensée ! Il ne m'a... rien offert du tout. C'est moi qui lui ai posé mes conditions : partage des bénéfices contre notre silence... Et, bien sûr, il a accepté. Qui ne l'aurait pas fait ? Tu trouves ça trop cru ? Penses-tu que si... tu le dénonces son usine va fermer et que le fleuve va se remplir d'eau pure ? Son usine passera à d'autres mains et n'arrêtera pas une seconde. On fera semblant de maintenir la... réglementation – et même de la renforcer – mais, chose curieuse, la même quantité de cochonneries se retrouvera dans le fleuve jour après jour – si ce n'est pas davantage... pour le plus grand profit des constructeurs d'usines de filtration ! Voilà comment... ça marche, grand naïf. Dans notre société, il faut que l'argent roule. On sera enterrés depuis longtemps quand les poissons pourront nager dans le Saint-Laurent sans faire... la grimace. Je parle comme une crapule ? Alors j'en suis une. La différence entre... une crapule et un honnête homme, c'est... l'occasion, voilà tout. Tu avais la chance de te remplir les poches sans douleur et sans problème... et monsieur la laisse passer pour une question de prrrincipes ! La belle affaire ! Le monde ne sera pas meilleur parce que tu négliges tes intérêts. Et puis... et puis rien ne t'empêche de faire servir l'argent que tu auras empoché à une bonne... cause, si c'est ça qui te plaît.

Il s'arrêta, épuisé, saisit son verre vide et le tendit à son neveu :

— Un peu d'autre fleuve, je t'en prie.

Nicolas alla le remplir et revint auprès de lui :

— Est-ce que vous avez autre chose à dire ? J'espère que non, vous êtes sur le point de suffoquer.

— Ma santé se gâte depuis quelque... temps, c'est vrai.

— Je suis allé trouver Robidoux ce matin.

— Ah bon ! fit Pintal, feignant la surprise. Et qu'est-ce que tu lui as dit ?

— Que je venais de remettre les documents à *L'Avenir*. Et que j'avais l'intention d'écrire un petit papier à son sujet qui donnerait une drôle de couleur à sa réputation.

— Bon, soupira Pintal en se levant, je suis arrivé trop... tard. On ne peut pas être chanceux en tout. Juste à ton... air, je vois bien que je me suis époumoné en pure perte... Tu es fait pour les moulins à vent, que veux-tu ! Eh bien ! amuse-toi, mon garçon. Je te ferai envoyer ton dernier chèque.

Dès qu'il fut parti, Nicolas passa sous la douche, puis se jeta au lit. Mais, malgré son épuisement, il n'arrivait pas à fermer l'œil. Une légère torpeur allait s'emparer de lui lorsque le téléphone sonna.

— Papa ? demanda Frédéric d'une voix hésitante. T'avais promis de nous amener souper à la Pizza Royale ce soir. Est-ce que ça marche toujours ?

— Euh... bien sûr, répondit Nicolas. À moins que...

— À moins que quoi, papa ?

— À moins que j'aie un rendez-vous important à Montréal en fin d'après-midi. Mais je vais le savoir à quatre heures.

— Il est quatre heures.

— C'est vrai. Bon. Alors je te rappelle dans deux minutes.

Il téléphona à *L'Avenir*. Comme il s'y attendait, le rendez-vous avait été reporté à onze heures le lendemain matin.

— Parfait, répondit Frédéric en apprenant la bonne nouvelle. Est-ce que tu pourrais venir nous chercher un peu avant cinq heures, papa ? Sophie et moi, on commence à avoir faim.

Nicolas se traîna les pieds jusqu'à la cuisine et fixa le comptoir d'un œil brumeux, les bras pendants, les mains molles. Le poids de toute la maison semblait avoir passé dans ses jambes ; il décida de se préparer un café bien fort.

Il terminait sa deuxième tasse lorsqu'une évidence s'imposa à son esprit : il n'avait plus aucune source de revenus. La publication de ses articles à *L'Avenir* (si cela se faisait jamais) rendrait son retour à *L'Instant* impensable. Il tripota machinalement sa cuillère, puis, se levant avec un profond soupir, téléphona à Dorothée pour lui annoncer sa décision de se lancer immédiatement dans la rédaction de la biographie de François Durivage.

— Il faudrait que tu m'envoies ta documentation le plus tôt possible.

— Dans deux jours tout sera prêt, promit-elle. Tu ne peux pas savoir, Nicolas, combien je suis contente. Ce sera un livre formidable, j'en suis sûre.

— Ce sera mon meilleur, fit-il avec un petit rire sarcastique. Est-ce que... est-ce que je peux te demander une avance, Dorothée ? Je suis sans emploi depuis hier et mon compte en banque ne pourrait pas faire vivre une souris.

Étonnée, elle voulut savoir ce qui s'était passé ; ses réponses évasives la vexèrent, mais elle s'efforça de n'en rien laisser paraître, croyant deviner une histoire de femme qu'il n'avait pas envie d'étaler. Ils s'entendirent pour un versement immédiat de cinq mille dollars et le reste à la remise du manuscrit.

— Bon. Je pourrai voir venir un peu, murmura-t-il en raccrochant. Si les avocats ne m'arrachent pas tout.

Il enfila un troisième café, se passa le visage à l'eau froide et quitta l'appartement. Quelques minutes plus tard, il arrivait chez Géraldine. Ce fut elle qui ouvrit la porte.

— Ramène-les-moi avant sept heures et demie, hein, fit-elle d'un petit ton sec, le regard fuyant. Frédéric n'a pas encore fini ses devoirs.

— Oui! je viens de finir! lança-t-il en faisant irruption derrière elle. Il me reste seulement à repasser mon verbe avoir au présent et à l'imparfait!

Il courut à la cuisine :

— Sophie! viens-t'en! Papa est arrivé!

Nicolas observait sa femme, si froide et si lointaine à présent, toutes leurs années de vie commune réduites à une pincée de poudre saumâtre; désormais, elle lui serait à tout jamais étrangère.

— Je n'ai plus d'emploi, dit-il tout à coup. J'ai quitté mon oncle hier.

— Ah bon. Vous vous êtes chicanés?

— Oui. Une histoire sordide.

Et, de but en blanc, il se mit à lui raconter la suite échevelée des derniers événements : la filature du ministre, la découverte des documents, l'entrevue avec Robidoux (il préféra taire la trahison de Pintal) et sa décision, malgré les pressions du ministre, de faire éclater le scandale. Géraldine l'écoutait, le visage impassible mais l'œil attentif.

— Eh bien, tu ne t'ennuies pas, se contenta-t-elle de remarquer avec un sourire en coin et, lui tournant le dos, elle s'éloigna vers la cuisine.

———

Sa principale tâche au cours du repas à la Pizza Royale fut de feindre l'intérêt. Frédéric et Sophie babillaient sans arrêt, comme font parfois les enfants sous l'effet d'un grand bonheur. Sophie raconta à son père la dernière tromperie de Jérôme, qui lui avait fait croire que le Groenland était constitué d'un énorme gisement de crème glacée à la vanille, d'origine inconnue. Tout le monde s'était moqué d'elle, y compris Géraldine. Frédéric, après avoir tourné autour du pot, craignant sans doute de subir le même sort que sa sœur, questionna son père sur le bien-fondé d'une croyance dont on lui avait parlé la veille pendant la récréation : était-il vrai que, *dans certaines circonstances,* lorsqu'une fille mangeait une pomme avec un garçon à minuit dans une garde-robe, le squelette de son grand-père – s'il était mort – pouvait lui apparaître ?

— À condition qu'il soit né au Groenland, répondit Nicolas.

Sophie pouffa de rire en agitant les jambes.

— Moi, je *vérifiais,* toi, tu *croyais*! se défendit Frédéric.

La paupière alourdie, la tête pleine d'une rumeur fatigante, Nicolas les observait sans rien ressentir d'autre qu'un très vague attendrissement, ayant peine à croire qu'il avait déjà débordé lui aussi d'une pareille vitalité.

Il avala tant bien que mal une pointe de pizza et un peu de tagliatelles aux palourdes, expliquant à son fils inquiet qu'il avait l'estomac un peu barbouillé, puis attendit que les enfants finissent leurs desserts (ils avaient choisi chacun trois pâtisseries) en sirotant un thé et ne pensant qu'à dormir.

Frédéric monta dans l'auto, s'assit près de son père et, levant les yeux vers lui :

— Ç'a été amusant, p'pa, merci beaucoup. Faudrait reprendre ça, hein ? ajouta-t-il avec un sourire qui dissipa d'un coup la fatigue de Nicolas et lui remplit les yeux de picotements.

Ce fut Jérôme qui leur ouvrit la porte ; Géraldine, enfermée dans son bureau, terminait des corrections.

— Et alors, ç'a été bien, hier, Botticelli ? lui demanda Nicolas en essayant de cacher sa gêne sous un air taquin.

L'autre rougit et détourna le regard :

— Pas mal. Est-ce que... est-ce qu'on peut compter sur toi pour la semaine prochaine ?

Nicolas quitta la maison avec le sentiment réconfortant que, malgré les ruines et la désolation de sa vie présente, quelque chose subsistait d'autrefois. Il prit la décision, une fois réglée l'affaire Robidoux, de ne pas laisser passer un jour sans faire signe à un de ses enfants.

— Après tout, ricana-t-il, même un goujat, quand il le veut, peut avoir des principes.

Ce commencement de bonne conscience, ajouté à son accablement, le poussait au sommeil avec tant de force qu'il arriva chez lui en chancelant, l'œil à demi fermé ; il laissa tomber ses vêtements sur le plancher et dormait presque en se glissant dans son lit.

Il se retrouva tout à coup à *L'Instant* en train d'écrire son papier sur Robidoux, Albert Morency penché au-dessus de son épaule, lui chatouillant l'oreille de son souffle bovin.

— Il te reste trois minutes, grommela le chef de section. Après, *c'est trop tard à tout jamais.*

Soudain, la salle se remplit d'une cohue d'admirateurs venus le féliciter. Il serrait des milliers de mains, l'œil vissé sur son écran, anxieux, désespéré, tapant son texte d'un doigt.

— Il te reste deux minutes, le prévint Morency. Une minute ! LA CLOCHE ! hurla-t-il à pleins poumons.

C'était le téléphone qui sonnait. Repoussant ses couvertures, Nicolas regarda sa montre : il était six heures du matin.

— Désolé de vous tirer du lit, s'excusa le ministre Robidoux au bout du fil. Mais il faut absolument que je vous rencontre. Il y a des choses que je dois vous dire qui m'avaient échappé hier. L'énervement. Des choses capitales que vous devez connaître.

— Alors j'écoute, répondit sèchement Nicolas.

— Non, non, je veux vous rencontrer. Le téléphone ne vaut rien pour ce genre de conversation.

Il y eut un silence, puis :

— J'ai vu ce matin qu'il n'y avait rien à mon sujet dans l'édition de *L'Avenir* ?

— Ça ne dépend pas de moi.

— Je peux donc conclure qu'il reste encore une chance pour que...

— Vous ne pouvez rien conclure du tout.

Nicolas entendit une sorte de marmonnement, suivi d'un soupir.

— Je n'ai pas fermé l'œil de la nuit, vous pensez bien, reprit Robidoux à voix basse. Je regardais le fond du gouffre. Ne riez pas, vous savez tout autant que moi qu'il s'agit d'un gouffre. Je me disais que peut-être... enfin... Comme vous êtes sans doute en train d'écrire sur moi à bride abattue, aussi bien me montrer à vos lecteurs tel que je suis – ce que vous ne pouvez faire, car vous ne me connaissez pas. Si je dois être exécuté sur la place publique, qu'au moins les gens aient le loisir de vraiment connaître la victime.

— C'est une ruse, ça.

— Non, non, pas du tout, je vous assure! C'est un besoin de m'expliquer, tout simplement. Est-ce que tout le monde n'y a pas droit? Vous serez d'ailleurs le premier à en bénéficier. Votre... tableau sera plus complet, non?

— Vous cherchez à gagner du temps pour permettre à vos influences d'agir.

— Le premier ministre ne sait rien encore de mon affaire. Il l'apprendra comme tout le monde en lisant le journal.

— Allons, cessez vos histoires, je n'en crois rien.

— Vous devez me croire, monsieur Rivard, répondit l'autre d'une voix remplie d'une telle détresse que Nicolas en eut un serrement de cœur. Pour être franc avec vous, je n'ai pas eu le courage encore de le lui apprendre. J'ai bien des qualités, mais le courage n'est pas celle qui domine. Écoutez, poursuivit-il devant le silence de son interlocuteur, je comprends votre méfiance. Alors, je vais tenter de l'apaiser. Je vous donne rendez-vous au Vieux Port, par exemple, rue de la Commune. Nous nous y promènerons parmi les gens. Est-ce que cela ne vous rassure pas? Ce sera une entrevue publique, en quelque sorte. Vous pourrez prendre des notes. C'est une faveur que je vous demande, rien ne vous oblige, bien sûr, à me l'accorder, je n'ai aucun pouvoir sur votre décision. Une faveur, voilà, une simple faveur – pour le besoin de m'expliquer.

«Il est en train de perdre la carte», se dit Nicolas, ébranlé.

— Où êtes-vous? demanda-t-il.

— À deux pas de la rue de la Commune, justement. J'ai passé la nuit à errer dans le Vieux-Montréal. Le sommeil ne venait pas. Vous

m'avez fait vivre des moments épouvantables, monsieur Rivard. Je
ne vous en veux pas. Cela devait arriver tôt ou tard, je suppose. Je
ne vous demande que la faveur de m'expliquer. On se fait des gens
comme moi une idée si simpliste...

— Bon, j'accepte... J'espère ne pas le regretter.

— Je vous assure que non, répondit l'autre joyeusement.

— J'ai un rendez-vous à onze heures. Il faudra que je vous
quitte au plus tard à dix heures trente.

— Je me mets à votre disposition à partir de tout de suite. La
journée s'annonce très belle. Notre rendez-vous sera extrêmement
agréable. Pouvez-vous me rejoindre d'ici... une demi-heure?

— Je serai là à sept heures, répondit Nicolas.

— Merci, merci du fond du cœur. Je vous attendrai devant
l'entrée principale du marché Bonsecours. Nous pourrons déjeuner
ensemble, si cela vous plaît... bien que je ne me sente pas beaucoup
d'appétit, à vrai dire. Vous voyez, je ne vous cache rien. Vous m'avez
porté un coup terrible. Pourquoi feindre?

« Quel bavard, pensa Nicolas. Ce sont les nerfs, sûrement. »

— Je ne sais pourquoi j'accepte, dit-il à Robidoux.

— Par générosité. Par pure et simple générosité. Je vous en
serai toujours reconnaissant, quoi qu'il advienne.

— J'espère, en tout cas, que vous m'épargnerez les scènes
comme celles d'hier.

— Ce fut un moment d'égarement; il ne reviendra pas. Je vous
prie de m'excuser. Je vous promets de me montrer aussi agréable
que me le permettent les circonstances, répondit Robidoux en essayant de ranimer sa voix épuisée.

« Il est au fin fond du désespoir, se dit Nicolas après avoir raccroché. Il va peut-être me flinguer en pleine rue, puis se tirer une balle
dans la tête, juste par goût du spectacle. C'est imprudent d'aller le trouver. Je devrais rester ici, ne répondre à aucun appel, puis à dix heures
me rendre directement à *L'Avenir* avec Lupien. »

Mais l'idée de suivre les conseils de la peur en une pareille
affaire lui répugna. Comment expliquerait-il son geste, disons, à

Jérôme ? Ce dernier le mépriserait en silence. Que fallait-il préférer ? Être poltron en ce monde ou courageux dans l'autre ? L'idée lui vint de demander l'avis de Lupien. Mais il connaissait déjà sa réponse : ce rendez-vous était une folie. Robidoux lui tendait un piège. On cherchait encore une fois à gagner du temps (car le filou n'agissait pas seul). Le véritable courage était de se rendre à *L'Avenir* et de tout raconter à Brisson. La bombe exploserait le lendemain, pour la plus grande déconfiture des crapules et le plus grand bien des honnêtes gens – et de sa carrière à lui, Rivard !

Il était de cet avis en se glissant sous la douche. Il ne l'était plus, sa douche prise. C'est pendant qu'il boutonnait sa chemise que tout se régla. Deux choses emportèrent sa décision. D'abord sa curiosité de journaliste. Il avait la chance inespérée de recueillir des informations uniques d'une victime complaisante, cette « vision de l'intérieur », si facile à obtenir des vedettes, mais si difficile quand il s'agissait de fricoteurs. Cela farcirait délicieusement son papier – sa série de papiers plutôt, car il voyait maintenant toute une série -, cela en ferait une pièce d'anthologie. Il s'inspirerait de Lise Bissonnette et de sa froide ironie, mais en même temps il aurait du cœur et n'oublierait pas Gérald LeBlanc et sa bonhomie humaniste ; il jouerait sur les deux claviers, et sur bien d'autres !

Et puis, il y avait ce manque de courage physique, cette tare secrète qui l'inquiétait et l'humiliait depuis son enfance et l'avait empêché pendant dix ans de se présenter chez le dentiste (cela lui avait valu un dentier). En se rendant auprès de ce ministre affolé – et peut-être à demi fou – il tordait le cou à sa lâcheté une fois pour toutes. Par la suite, il pourrait raconter aux gens : « La veille, vous savez, il avait sorti un pistolet devant moi et se l'était appliqué sur la tempe, pour faire de l'effet sans doute. Au petit matin, il me téléphone et demande à me voir seul à seul dans un coin du Vieux Port. Évidemment, le fameux pistolet m'est revenu à l'esprit. Mais, que voulez-vous, on est journaliste ou on ne l'est pas : la curiosité l'a emporté sur le bon sens ; j'y suis allé. Bien sûr, j'étais aux aguets. On a beau être curieux, on tient à sa peau. »

Il finit de s'habiller, avala quelques biscottes avec un verre de lait, puis sortit, mais, se ravisant, rentra chez lui et se rendit à sa chambre. Dans un tiroir de sa commode, il avait rangé un couteau de chasse, cadeau de Noël de Jérôme quelques années plus tôt. Il le prit et le glissa dans la poche de son paletot. « Quel scout je fais ! Comme si j'étais capable de... Enfin... disons que c'est un porte-bonheur... » Quelques minutes plus tard, il filait en auto dans la rue Saint-Laurent.

Sous la fragile lumière de l'aube, la structure vert-de-gris du pont Jacques-Cartier lui parut d'une beauté touchante et mystérieuse. Qui sait ? Peut-être la contemplait-il pour la dernière fois ?

Il se gara dans la rue Marquette, près du casse-croûte La Belle Province, et poursuivit son chemin à pied vers la station de métro, passant comme chaque fois sous le viaduc d'une bretelle de la 132. Depuis quelques jours, un immense graffiti s'étalait sur la paroi de béton, jetant un peu de chaleur dans le sinistre endroit.

ESTELLE : À MONIQUE POUR LA VIE
XXX

Il sourit et, comme il était seul, entonna à tue-tête le *Ritorna vincitor* d'*Aïda* pour se repompiner le moral. Le béton amplifia flatteusement sa voix et il regretta de nouveau de n'avoir jamais pris de cours de chant. En arrivant à la station, il acheta *L'Instant* et *L'Avenir*. Ce matin-là, le débat constitutionnel faisait les manchettes :

DEMAIN : DERNIÈRE CHANCE D'UN ACCORD, affirmait *L'Instant*.

CONSTITUTION : QUÉBEC S'APPRÊTE À RECULER, titrait *L'Avenir*.

Vingt minutes plus tard, il sortait de la station Champ-de-Mars. L'autoroute Ville-Marie avait commencé à rugir dans sa tranchée à quelques mètres du Vieux-Montréal et ce dernier avait l'air d'une sorte d'enclave décorative et factice.

Il monta d'un pas rapide la rue Gosford et remarqua qu'il avait l'haleine de plus en plus courte. Le couteau de chasse battait contre sa cuisse et cela déclencha dans sa tête un rythme de marche funèbre. Soudain la *Marche au supplice* éclata brutalement avec ses roulements de timbale et ses cuivres hystériques ; son rendez-vous matinal lui parut grotesque et insensé.

Antoine Robidoux, les mains dans les poches de son paletot, faisait les cent pas devant la façade néoclassique du marché Bonsecours. Il aperçut Nicolas de loin et vint aussitôt vers lui.

— Merci, merci encore une fois, dit-il en lui tendant la main. Je sais que rien ne vous obligeait d'accepter, que tout au contraire vous incitait à refuser. Je vous en suis d'autant plus reconnaissant. Alors? on va se promener au Vieux Port? À cette heure, il n'y a presque personne. Nous serons à l'aise pour causer.

«Tiens, nous ne nous promenons plus "parmi les gens"?» s'étonna Nicolas en fixant le ministre.

Son teint jaunâtre et ses yeux brillants lui inspirèrent une sorte d'effroi; il semblait avoir vieilli de dix ans. Même sa démarche, devenue un peu courbée, témoignait du coup terrible qu'il venait de recevoir. Pourtant, la voix avait retrouvé sa force et vibrait d'un entrain que Nicolas trouva déplacé et quelque peu inquiétant. Sa main alla caresser le manche de son couteau de chasse.

Ils s'éloignèrent dans la rue Saint-Paul et passèrent devant l'ancien hôtel Rasco, dont le nom brillait de nouveau en énormes lettres de cuivre.

— Vous savez que Charles Dickens a logé quelque temps au Rasco, fit Antoine Robidoux. J'ai longé l'édifice à plusieurs reprises cette nuit. Je me disais que si le sort avait permis qu'il me connaisse, je l'aurais peut-être inspiré pour un personnage inoubliable.

— Je n'en doute pas, répondit Nicolas pour dire quelque chose.

— Je ne vous demanderai pas de m'indiquer la catégorie dans laquelle il m'aurait placé.

Ils tournèrent dans la rue du marché en direction du fleuve, traversèrent la rue de la Commune et se dirigèrent vers la promenade bordée de jeunes arbres qui s'étendait le long des installations portuaires.

Robidoux lui prit le bras, sourit et s'avança d'un bon pas sur le trottoir :

— J'ai le désir de vous connaître et que vous me connaissiez un peu aussi. Nous formons une sorte de couple maintenant, que nous le voulions ou non. Je ne sais pas combien de temps il durera, ajouta-t-il en riant. Les couples sont devenus si fragiles de nos jours.

« Peu de temps, j'en ai bien peur », eut envie de répondre Nicolas, mais il se retint, pensant au pistolet.

— Il faut vous sentir en sécurité, monsieur Rivard, dit tout à coup le ministre comme s'il avait deviné sa pensée. Voyez-vous là-bas ces deux promeneurs qui se dirigent vers nous avec une démarche de ratons laveurs ? Ce sont sans doute de vieux Américains. Ils se lèvent tôt en voyage. Dans une demi-heure, on verra des touristes partout. Sans le savoir, ils deviendront vos gardes du corps, si vous sentez le besoin d'en avoir, bien entendu.

— Je ne sens aucun besoin de la sorte, répondit sèchement Nicolas.

— Bien. Très bien. Vous savez, monsieur Rivard, que je n'ai pas encore perdu tout à fait l'espoir de vous convaincre de trouver une autre façon d'exprimer la profonde honnêteté qui vous anime – et que j'admire, cela dit en toute sincérité et sans la moindre trace de cynisme, je vous demande là-dessus de me croire. Je vais vous raconter une histoire. Mais auparavant, si vous permettez, allons nous asseoir un peu sur ce banc. Ma promenade nocturne m'a scié les jambes.

Il s'assit, secoua les pieds, se passa la main sur le front. Le contraste de son visage jaunâtre et tiré et de sa voix pleine d'entrain devenait de plus en plus pénible.

— Quand j'avais douze ans, mes parents, un été, ont décidé de m'envoyer sur la ferme d'un de mes oncles pour renforcer ma santé, que j'avais un peu fragile. Mais comme ils savaient que je détestais la campagne, ils m'avaient permis, en accord avec mon oncle, d'emporter avec moi Bazou, un superbe *golden retriever* que j'avais reçu l'année précédente pour mon anniversaire et que j'aimais plus que tout au monde. C'était comme une petite consolation. Une après-midi que nous revenions de faucher les foins, Bazou, qui m'accompagnait partout et adorait sa nouvelle vie, aperçut un chat près d'une clôture et décida de le prendre en chasse. Or nous nous trouvions près d'un chemin de rang. Vous devinez ce qui arriva. Le chat et le chien filèrent de l'autre côté de la route, mais Bazou fut moins chanceux que sa proie et une auto le frappa. Je le retrouvai immobile dans le fossé, le corps tordu d'une horrible façon. Tout le monde avait de la peine, car c'était une bête charmante. Je pleurais à chaudes larmes. Mon oncle alla chercher une brouette et enterra Bazou derrière la grange. Ensuite, comme il avait à faire en ville, il proposa de m'amener avec un de ses garçons pour me changer les idées. À notre retour, il faisait noir depuis longtemps. Je suis monté à ma chambre et je me suis mis au lit dans l'état d'âme que vous pouvez deviner. Vers le milieu de la nuit, la soif m'a réveillé et je suis descendu à la cuisine. C'est alors que j'ai entendu un faible gémissement, suivi d'un grattement contre la porte.

— C'était votre chien.

— Eh oui! Couvert de terre et une patte de derrière pendante, mais vivant. On l'avait cru mort, il n'était qu'assommé. Mon oncle avait creusé rapidement un trou et s'était contenté de jeter quelques pelletées de terre sur lui. Au bout d'un certain temps, Bazou s'était réveillé, avait réussi à s'extirper de sa fosse et s'était traîné jusqu'à la maison pour demander de l'aide. Je me suis mis à crier. Tout le monde s'est retrouvé dans la cuisine. On s'est rendus chez le vétérinaire en pleine nuit, Bazou est resté en cage pendant deux semaines et n'a plus jamais été capable de courir comme avant, mais il a vécu encore huit ans.

L'émotion l'empêcha de continuer.

— Vous comprenez peut-être à présent, ajouta-t-il enfin, pourquoi je n'ai pas encore perdu complètement espoir.

Nicolas le regardait, consterné. D'accusateur, il se sentait devenu accusé :

— C'est une histoire très touchante, convint-il au bout d'un moment, mais... elle n'a que bien peu de rapports avec notre affaire.

— Oh! je vous la racontais comme ça, sans arrière-pensée. C'est un événement qui m'a beaucoup marqué. Est-ce que vous me feriez le plaisir de déjeuner avec moi? fit-il en se levant. Cette nuit dans le Vieux-Montréal m'a gelé jusqu'aux os. Il y a un restaurant dans l'ancien hôtel Rasco qui est ouvert, je crois. À cette heure, l'endroit sera tout à fait tranquille.

Nicolas ne trouva pas le courage de lui refuser une satisfaction aussi anodine. Que risquait-il ? Et puis c'était une occasion d'en apprendre davantage sur l'homme. Il savait si peu de choses.

Ils retournèrent vers la rue Saint-Paul en silence, observant la ville qui se réveillait. Le restaurant Les Primeurs venait tout juste d'ouvrir. Un homme à demi chauve, l'air surmené, les reçut en étouffant des bâillements ; il ne parut pas reconnaître le ministre et, à la demande de ce dernier, les plaça à l'écart près d'une fenêtre d'où on avait vue sur une petite terrasse. Les murs beige rosé, ornés ici et là de grands panneaux de bois moulurés teints en vert-de-gris, le plancher verni soigneusement astiqué, la profusion des plantes vertes en pot créaient une ambiance chaleureuse, propice aux longues conversations et aux confidences risquées. Quelques tables plus loin, un couple de quinquagénaires déjeunait avec beaucoup d'animation. La femme, énorme et vêtue d'une robe à fleurs mauves et orange aussi discrète qu'un incendie, tartinait ses rôties d'un geste impérial. L'homme se tourna vers eux, aperçut Robidoux, arrondit les yeux et se pencha vers sa compagne :

— Mais puisque je te le dis, Juliette, entendirent Nicolas et Robidoux. Lui-même ! Je ne peux pas me tromper ! Pas plus tard qu'avant-hier, je l'ai vu à la télévision. Il portait un veston bleu.

— Allons, souffla l'autre, scandalisée, cesse de le regarder comme ça, je t'en prie. Tu as vu l'air qu'il a ? Il n'est sûrement pas d'humeur à se faire dévisager à matin.

— J'ai donc si mauvaise mine que ça ? demanda Robidoux à Nicolas avec un sourire inquiet.

— Un peu de sommeil vous ferait du bien.

— Vous auriez pu m'aider à dormir, mais... enfin, tout est dit. Nous ne reviendrons pas là-dessus. Vous savez, fit-il en refermant le menu, que c'est un métier terrible que celui de politicien, une véritable école de perdition.

— Il y a longtemps qu'on le dit.

— Mais l'a-t-on expliqué ? J'ai mon explication, moi. Voulez-vous la connaître ? Elle est très simple, et assez juste, je crois. L'art de la politique, comme chacun sait, repose sur la parole, et celle-ci sert à répéter inlassablement les mêmes choses. Car les gens comprennent si lentement ! Il leur faut des années pour se pénétrer des choses les plus simples. Il faut donc répéter, répéter sans cesse. On en devient blasé, et même un peu cynique. Ces phrases que nous débitons mécaniquement et qui ne nous font plus aucun effet, nous voyons qu'elles continuent d'émouvoir beaucoup de citoyens, qui semblent les entendre pour la première fois. Cela crée une distance entre eux et nous. Une distance terrible. Notre métier nous oblige à développer cette capacité effrayante chez l'homme : la simulation des émotions ; il nous pousse dans les rangs des comédiens, des menteurs, des tricheurs, des obséquieux et des trompeurs de tout acabit. L'art de la politique, mon cher ami, demande une résistance au cynisme que bien peu possèdent. J'en suis, hélas ! totalement dépourvu. Voilà pourquoi, aussi étrange que cela paraisse, j'ai essayé de faire un coup d'argent : je voulais fuir ce milieu corrompu où je sentais que je me perdais.

— L'amour de la vertu mène au crime, quoi, se moqua Nicolas.

La serveuse se présenta, grande fille joufflue aux yeux ensommeillés, et ils commandèrent des œufs au miroir, du jambon et des rôties.

— Je n'avais pas le choix. Est-ce que je pouvais retourner à la pratique du droit ? Après un certain nombre d'années, la plupart des politiciens ne sont plus bons qu'à faire de la politique. Vos yeux me disent : « Voilà un homme déchu. » Peut-être. Peut-être bien. Mais pas de la façon que vous pensez, monsieur Rivard. Vous étonneriez-vous si je vous disais que je suis resté croyant ? Oui, oui, je crois en une Divinité. La pensée de Dieu ne me quitte jamais, même si je mène ma vie tout de travers. Bien des gens de ma génération me ressemblent, dit-on. Vous allez rire, sans doute, mais j'appartiens au Cercle Saint-Thomas-d'Aquin. J'assiste aux réunions le plus souvent possible. Cela me rafraîchit l'âme. Oh ! bien sûr, je me suis fait une conception très personnelle de la religion. Elle ne m'empêche pas, par exemple, de courir les jupons – et bien d'autres choses. Mais ce coup d'argent, qui est un grand péché – je le concède –, ne me permet-il pas, en quittant un monde dissolu, d'en éviter une multitude d'autres ? N'est-il pas, à sa façon, une bonne action ? Est-ce que Dieu n'y trouve pas son compte ?

« Il se moque de moi ou il est fou, pensa Nicolas. Quelle idée m'a pris de le rencontrer ? »

— J'ai bien peur de vous ennuyer, soupira le ministre. Je suis trop plongé en moi-même depuis quelque temps. Allons, voici le déjeuner. Cela va me ramener sur terre.

Il mangea avec appétit, demanda d'autre jambon, puis de la confiture, buvant café sur café, et félicita la serveuse pour les pommes de terre rissolées.

— Le repas du condamné, murmura-t-il à Nicolas avec un sourire en coin.

Ce dernier chipotait dans son assiette, une barre dans le ventre, la gorge rétrécie comme une paille, surpris et déçu d'avoir le triomphe aussi triste. L'addition arriva. Robidoux se leva de table et salua machinalement la grosse femme en robe fleurie, qui lui sourit et l'enveloppa d'un regard apitoyé.

— Votre rendez-vous n'est que dans une heure et demie, remarqua le ministre en sortant dehors. Est-ce que je peux vous proposer une promenade près de la tour de l'Horloge ? Le coin est devenu très joli là-bas. Et puis j'ai encore beaucoup de choses à vous raconter.

« Que me prépare-t-il ? » se demanda Nicolas en glissant de nouveau la main dans la poche de son manteau.

Après une seconde d'hésitation, il accepta l'invitation, se promettant toutefois de bien veiller à ne pas se retrouver, ne fût-ce qu'un moment, seul avec le ministre dans un endroit désert.

Ils franchissaient l'entrée du Vieux Port derrière la chapelle Notre-Dame-du-Bonsecours lorsqu'une voix les héla.

— Monsieur le ministre ! monsieur le ministre ! lançait un petit homme trapu à grosse moustache blanche en accourant vers eux. Excusez-moi de vous déranger. Je voulais juste... vous saluer.

Il s'avança vers Robidoux, tout essoufflé, la main tendue :

— Est-ce que vous vous rappelez de moi ? Roméo Spovnick, de la rue Van Horne. J'ai fait l'élection de 1974 avec vous.

— Mais oui ! je me rappelle très bien. Comment allez-vous, monsieur Spovnick ?

— C'est moi, le soir du scrutin, débita l'autre à toute vitesse, qui m'étais rendu à votre maison sur les chapeaux de roues vous chercher un habit parce qu'une pauvre fille avait renversé une bouteille d'encre à stencil sur votre veston... vingt minutes avant que vous passiez à la télé !

— Ah ! je vous dois une fière chandelle ! répondit Robidoux en riant. Sans vous, ma victoire aurait été... maculée !

— C'est le cas de le dire, répondit l'autre, tout rouge de contentement. Je demeure à Sainte-Agathe maintenant, depuis plusieurs années. Mais je suis toujours votre carrière. Je vous ai vu à la télé pas plus tard qu'avant-hier.

— Vous avez l'air en excellente santé, monsieur Spovnick. Comment va votre femme ?

Le visage de l'homme se rembrunit :

— On l'a opérée le mois dernier pour un cancer du sein, mais ça va mieux maintenant. Elle est suivie par un excellent médecin. Nous partons pour la Floride fin novembre. Mon garçon le cadet vient d'être reçu ingénieur à l'École polytechnique. C'est toute une bolle, je peux vous le dire !

Robidoux lui tendit la main :

— Eh bien, je suis ravi de voir que tout va pour le mieux, monsieur Spovnick. À un de ces jours peut-être ?

L'homme le dévisagea une seconde, puis, après une hésitation :

— Si... si je puis me permettre, monsieur le ministre... vous avez l'air un peu fatigué... Vous devriez prendre des vacances.

— Merci de votre conseil. C'est justement ce que je m'apprête à faire.

Il lui tapota l'épaule, le salua de nouveau et poursuivit son chemin avec Nicolas.

— Je n'ai pas le moindre souvenir de ce pauvre bonhomme, avoua-t-il. J'avais beau me creuser la tête... Il aurait vécu sous Cromwell que ç'aurait été la même chose... La politique est aussi l'art de l'illusion, comme vous savez.

Nicolas eut un petit rire :

— Eh bien, vous le possédez à fond !

Depuis qu'on l'avait repeinte en brun pâle, la tour de l'Horloge ressemblait à une grosse pièce en pain d'épices. Lors de son érection au début du siècle, elle avait dû paraître imposante. Mais la ville avait grandi, des constructions gigantesques s'étaient élevées, écrasant de leurs masses les vieux édifices, et la tour à présent, malgré sa position solitaire face au fleuve, avait l'air d'un joujou un peu désuet.

Deux hommes dans la trentaine, apparemment d'origine latine, causaient à voix basse, assis sur les marches. À l'arrivée de Robidoux et de son compagnon, ils se levèrent et partirent. On ne voyait personne d'autre dans les alentours.

Le ministre se tourna vers Nicolas en souriant :

— Ne craignez rien, je n'ai pas apporté mon revolver.

— Vous me parlez comme si j'étais un pissou, remarqua sèchement Nicolas, soulagé tout de même par la remarque.

— C'est tout le contraire de ma pensée ! s'exclama Robidoux. J'aurais bien aimé que vous le soyez. Cela m'aurait épargné bien des soucis !

Quelques années plus tôt, on avait construit le long de la rive une large promenade qui s'allongeait à perte de vue. Robidoux s'y engagea, l'œil fixé sur les sombres remous qui agitaient le fleuve. Son entrain était brusquement tombé. Il paraissait plus fatigué que jamais et traînait un peu les pieds.

— L'argent est un ver qui me ronge la tête, murmura-t-il. C'est une passion, ou plutôt une obsession. À quatre ans, j'ai poussé un de mes camarades en bas d'une butte parce qu'il m'avait volé dix sous ; il s'est cassé un bras. Quand j'étais adolescent – je viens, comme vous savez sans doute, d'une famille très modeste –, je n'avais presque pas d'amis, car tous mes temps libres passaient à gagner de l'argent. J'étais camelot, tondeur de pelouses, livreur de commandes pour l'épicier du coin ; l'hiver, je déneigeais les entrées de garage ; je m'étais acheté une meule et j'aiguisais les patins, les couteaux, les ciseaux, tout ce qu'on m'apportait. Mon père était très fier de moi et me citait en exemple à mes frères.

— Et que faisiez-vous de tout cet argent ?

— Oh ! je n'en avais pas tant que ça, quand même. Je l'économisais. Parfois je me payais un beau vêtement. Un jour – j'avais quatorze ans –, je me suis acheté une superbe bicyclette. Mais je n'avais personne pour m'accompagner dans mes excursions ! Si je me suis lancé en politique, c'est un peu pour sortir de ma solitude et essayer de neutraliser la passion de l'argent par celle du pouvoir. Comme vous voyez, j'échangeais un mal contre un autre... Je suis devenu dépensier et très amateur de femmes. Mon besoin d'argent s'est accru. Ma vanité aussi. Savez-vous que j'écoute parfois des extraits de mes propres discours juste pour le plaisir d'entendre les applaudissements ? Ma femme me dit que je suis un peu fou. Vous voyez ? Je me livre entièrement à vous.

— Pourquoi faites-vous ça ? demanda Nicolas, troublé. Je n'ai rien d'un psychiatre.

— Pourquoi ? Pour que vous me connaissiez ! Je veux que vous connaissiez à fond l'homme que vous allez détruire. Et ainsi j'alimenterai vos remords. On n'en ressent guère, d'habitude, lorsqu'on terrasse un inconnu. Mais vous me connaissez à présent mieux que mon meilleur ami. Vous ne pourrez m'oublier. Ce sera pour moi une sorte de... vengeance, disons. La seule qui soit à ma portée, à part... un acte de folie. Ne faites pas ces yeux, je vous prie... Je vous répète que je n'ai pas mon revolver.

— Je ne pensais pas du tout à ça, bafouilla Nicolas en détournant le regard.

— Je ne l'ai pas apporté parce que je conviens avec vous que je mérite tout à fait mon sort. Oui, je vous assure. Dans mon jardin à Outremont, j'avais un érable norvégien qui dépérissait. Un jour, j'ai commencé à l'arroser avec les eaux de rinçage de mes poubelles. Et bientôt il a recommencé à s'épanouir. Eh bien, je suis comme cet arbre. Je ne le dirais pas à tout le monde. Mais à vous, je le dis.

Il fit quelques pas et alla s'accouder à la balustrade, fixant le fleuve qui remuait sourdement ses eaux.

« Ça y est, pensa Nicolas, il va se jeter à l'eau ! »

Il le rejoignit, prêt à tout. Robidoux sortit un mouchoir de sa poche et s'essuya les lèvres, puis le front, et Nicolas remarqua que sa mâchoire s'était remise à trembler.

— Malgré ma mine affreuse, dit le ministre, le regard tourné au loin, je me sens parfaitement à l'aise, je vous assure, depuis que ma décision est prise.

— Qu'est-ce à dire ?

— Oh ! bien sûr, il y aura un moment désagréable à passer. On n'applique pas le canon d'un revolver contre sa tempe sans ressentir certains frissons. Mais ça ne dure qu'une seconde. Et je me consolerai en pensant que ma réputation en sera un peu lavée. Le suicide ennoblit, en quelque sorte. Après tout, il demande une certaine forme de courage.

— Que vous possédez.

— Ne riez pas. J'ai probablement ce désir en moi depuis très longtemps. Tiens, un autre souvenir me revient. Vous ne prenez pas de notes ? C'est la journée des souvenirs, profitez-en. Un jour – je devais avoir dix ou onze ans – j'ai assisté à la démolition des deux beaux édifices victoriens qui s'élevaient sur la Place du marché à Joliette, où j'ai passé mon enfance. Au premier étage de l'un d'eux se trouvait une salle de répétition pour les chœurs et la fanfare. Les gens, cette après-midi-là, avaient très hâte de tout démolir (on a un peu honte de cette époque à présent, personne n'aime trop en parler). On a d'abord jeté le piano par la fenêtre. Je l'ai vu tomber sur le pavé à quelques mètres de moi. J'entends encore le bruit lamentable et si beau qu'il a fait en s'ouvrant sous mes yeux. J'aurais aimé que la scène se répète pour entendre de nouveau le bruit. Et dès ce moment, je crois, sans en avoir une pleine conscience, j'ai su que je me suiciderais un jour. Ne trouvez-vous pas qu'il n'y a rien de plus beau, d'une certaine façon, qu'un homme qui met fin volontairement à son existence ? Que c'est une admirable façon de narguer la mort et les humiliations de la vieillesse ?

— Je... je pense que c'est un geste épouvantable, bredouilla Nicolas. Et... et je pense également que vous n'avez nullement l'intention d'en arriver là, mais que vous cherchez à m'apitoyer pour obtenir mon silence.

Le ministre se tourna vers lui avec un sourire étrange :

— La suite montrera bien qui de nous deux a raison. À moins que...

Il porta la main à la poche intérieure de son veston et en sortit une enveloppe de papier kraft toute gonflée :

— J'ai apporté avec moi une certaine somme en billets de banque : quarante-deux mille dollars, pour être exact. C'est tout ce que j'ai pu réunir en liquidités depuis hier. Mais je peux vous en garantir autant d'ici vendredi.

Nicolas contemplait l'enveloppe, à demi cachée par un pan du veston. Jamais, de toute sa vie, il n'avait été en présence d'une pareille somme. Et elle pouvait tripler ou quadrupler s'il s'en donnait un peu la peine. Mais il pensa aussitôt à Lupien. Il devrait le soudoyer à son tour, risquer son mépris, ses sarcasmes et – qui sait ? – peut-être même une dénonciation. La tâche lui parut au-dessus de ses forces. Puis il pensa également à Jérôme et même – chose curieuse – à Géraldine. Une angoisse poignante l'envahit de déchoir à tout jamais à leurs yeux. Il se trouvait au sommet d'une pente glissante, vertigineuse, dont la surface chatoyait de mille délicates couleurs. Quelle formidable impudence animait cet homme qui le regardait, un début de sourire aux lèvres, les yeux remplis de désespoir, son enveloppe à la main.

— Je regrette, dit enfin Nicolas, mais l'affaire est trop avancée.

— Bien sûr, soupira l'autre en glissant l'enveloppe dans sa poche, je m'y attendais. Les chiens ne ressuscitent pas tous les jours.

Nicolas consulta sa montre :

— Je dois partir.

— Oh! vous avez encore un peu de temps. Vous ne rencontrez Brisson qu'à onze heures.

Nicolas resta sans voix un moment.

— Qui vous a dit cela ? demanda-t-il enfin.

— Je serais bien naïf de vous répondre. Allez, je ne vous retiens plus.

Il lui tendit la main :

— Merci encore une fois d'avoir accepté cette rencontre. Je vous assure que j'ai trouvé votre compagnie très agréable.

— Il se paye ma gueule, grommela l'autre en s'éloignant.

Il se dirigea rapidement vers l'appartement de Robert Lupien. Il avait rendez-vous chez lui à dix heures trente. De là, ils devaient se rendre à *L'Avenir* pour démontrer à Brisson que ce dernier tenait entre ses mains une primeur radioactive qui embarrasserait prodigieusement le gouvernement, déjà empêtré dans d'interminables négociations avec Ottawa.

— Martine Painchaud avait raison : c'est un fou, mais un fou très rusé. Que va-t-il se passer, maintenant ?

Il se rappela ce confrère du journal qui avait perdu la raison un jour, saisi par la manie de récurer chaudrons et casseroles jusqu'à ce qu'ils prennent l'apparence du neuf. Un matin il s'était vanté, en arrivant au travail, d'avoir consacré dix-sept heures à frotter un moule à muffins. « Maintenant, c'est un soleil ! Chacun doit atteindre la perfection selon ses moyens, n'est-ce pas ? Moi, je me suis fixé un but modeste : les chaudrons. Peu de chose, direz-vous. Mais la perfection, c'est la perfection. »

Il avait fini par cesser de travailler pour se consacrer au récurage. Il faisait le tour des brocanteurs et des magasins d'occasion, achetant tout ce qui lui tombait sous la main. Sa maison débordait de poêles, poêlons, casseroles, bassines, lèchefrites et sauteuses, accrochés aux murs, rangés sur des tablettes. Il montrait fièrement ses mains rouges et enflées, aux doigts raidis : « Elles travaillent dur », lançait-il en riant. On avait dû l'enfermer.

Lupien, inquiet et maussade, faisait les cent pas devant sa porte.

— Où étais-tu ? s'écria-t-il en l'apercevant. J'ai téléphoné chez toi vers sept heures. Tu n'étais pas là.

Nicolas ne se sentit pas le courage d'avouer la vérité :

— J'étais parti prendre l'air. À cinq heures, je comptais les tic tac de mon réveille-matin. Alors j'ai décidé d'aller voir se lever le soleil.

Lupien posa sur lui un regard soupçonneux, mais ne répondit rien. Ils partirent dans l'ombreuse rue Saint-Paul, encore tout imprégnée de la fraîcheur nocturne. Les hautaines façades victoriennes, qui avaient impitoyablement remplacé les maisons du Régime français, avaient depuis longtemps perdu leur lustre et leur magnificence et s'alignaient, poussiéreuses et fatiguées, dans la rumeur du jour qui commençait. Robert Lupien les balayait du regard, la moue soucieuse. Elles lui rappelaient sa vie terne et confinée de célibataire malgré lui. La veille encore, une secrétaire à qui il faisait timidement la cour depuis quelque temps lui avait gentiment laissé entendre qu'elle préférait limiter leurs relations aux heures de travail.

— Mais on peut continuer à dîner ensemble à la cafétéria, avait-elle aussitôt ajouté avec un sourire analgésique.

Il se voyait, dans quelques années, réduit à ses souvenirs et à des fantasmes lubriques, amateur bihebdomadaire de *peep shows* assis dans sa cabine, à demi déculotté près d'une boîte de papiers-mouchoirs, en train de contempler les plaisirs que la vie ne lui offrait plus.

— Et alors ? s'étonna Nicolas. Pour quelqu'un qui tenait à me parler, je te trouve plutôt silencieux.

— Je réfléchis, répondit l'autre sans le regarder.

Il sortit un sac de sa poche et mordit dans une brioche, puis, entre deux bouchées, déclara qu'à son avis il valait mieux taire à Brisson le nom de leur informateur au ministère de l'Environnement, tout comme la façon dont ils s'étaient procuré les documents.

— Erreur, objecta Nicolas. Je le connais. S'il nous trouve trop méfiants, il va s'offusquer et ne voudra plus nous écouter. Il est susceptible comme une ancienne reine de beauté.

Ils discutèrent ainsi jusqu'à *L'Avenir* sans parvenir à se mettre d'accord. Mais cela eut peu d'importance. En le voyant apparaître dans la salle de rédaction, une secrétaire s'avança vers Nicolas, une enveloppe à la main :

— Un messager vient tout juste de l'apporter.

Nicolas la décacheta, pâlit, puis tendit la lettre à son compagnon, qui pâlit à son tour.

— Qu'est-ce que tu vas faire ? demanda ce dernier d'une voix altérée.

— Est-ce que j'ai le choix ? Attends-moi ici. Et prie pour moi.

Lupien lui saisit le bras :

— Il ne faut pas y aller. Tu vas te faire avoir. Il faut aller trouver Brisson tout de suite et déballer notre histoire.

Nicolas le regardait, hésitant, puis jeta un regard en biais à la secrétaire qui les observait, intriguée, à quelques pas.

— J'y vais, décida-t-il tout à coup. Je ne risque rien : les documents restent ici.

— Tu es fou ! martela l'autre à voix basse en écarquillant les yeux comme si on venait de lui planter une aiguille dans une fesse. C'est trop dangereux. Vois-le après Brisson. Il ne pourra plus rien contre nous, alors.

— Il ne peut rien de toute façon. Je suis intrigué par ce qu'il va me dire, c'est tout. Ça risque d'être bon pour mon papier. *Toi*, va trouver Brisson, fit-il en s'éloignant tandis que Lupien, cramoisi, lui tendait son poing fermé. Explique-lui que j'ai un contretemps et fais reporter le rendez-vous au début de l'après-midi.

Il descendit l'escalier à la course, transi de peur mais rempli d'ivresse à la pensée que le premier ministre lui-même, malgré mille occupations et mille soucis, désirait un entretien particulier avec lui à ses bureaux d'Hydro-Québec. Mais soudain, une pensée terrible l'arrêta : et si les documents ne se trouvaient plus à *L'Avenir* ? Robidoux avait appris son rendez-vous avec Brisson ; il avait menti à Nicolas et s'était ouvert de ses problèmes au premier ministre, qui demandait à le voir sur-le-champ. Pourquoi ? Pour lui ordonner le silence ? Si on avait subtilisé ses documents, il n'aurait plus d'armes et devrait s'incliner. Et subir ce qu'on voudrait bien lui faire subir. Belle fin d'histoire ! D'autres questions se bousculaient dans son esprit et augmentaient sa confusion. Pourquoi ne l'avait-on pas rejoint chez lui plutôt qu'au journal ? Pourquoi Robidoux ne lui avait-il pas transmis lui-même le message de son patron au moment de leur rencontre ? Et s'il s'agissait d'une fausse lettre, stupide canular d'un homme à demi fou qui voulait se moquer de lui ? Il voyait maintenant toutes sortes de menaces dans le curieux sourire du ministre à la fin de leur entretien. Que s'était-il passé au juste ? Il n'y avait qu'une façon d'en avoir le cœur net.

Il remonta à la salle de rédaction. Lupien, affalé sur une chaise, le visage comme fondu de désespoir, bondit en le voyant.

— Va demander à la secrétaire de Brisson, ordonna Nicolas, si mon enveloppe se trouve toujours là.

— Pourquoi ? demanda l'autre, alarmé au plus haut point.

— Va, va, je t'expliquerai.

— Eh bien, elle y est toujours, annonça le journaliste en revenant. Maintenant, est-ce que je peux savoir...

— Salut, coupa Nicolas en le quittant.

Il sortit de l'édifice et s'avança dans la rue à la recherche d'un taxi, mais dut se rendre jusqu'à la place Jacques-Cartier avant d'en trouver un.

— Auriez-vous un compte d'électricité en retard ? plaisanta la femme costaude qui conduisait le véhicule, cigarette au bec, en apprenant sa destination.

— Oui, c'est ça, marmonna-t-il d'un air sombre, et il se recroquevilla frileusement sur la banquette, les lèvres serrées, perdu dans ses pensées.

Le taxi débouchait sur le boulevard René-Lévesque pour se diriger vers l'ouest lorsqu'une exclamation lui échappa ; il saisit l'épaule de la chauffeuse :

— Arrêtez-vous, s'il vous plaît ! C'est ça, merci. Juste une seconde, je reviens.

Il s'élança sur le trottoir, faillit percuter un jeune Chinois qui s'avançait avec un sac de voyage, puis, indécis, fouilla du regard un groupe clairsemé qui se dirigeait vers le complexe Desjardins. Soudain, une seconde exclamation jaillit de sa bouche. Il se remit à courir, mais s'arrêta aussitôt, craignant que la chauffeuse ne pense qu'il voulait lui fausser compagnie ; il revint vers le taxi, de plus en plus troublé, et reprit place sur la banquette :

— Qu'est-ce qui se passe ? s'informa la femme. Un problème ?

— Je... euh... j'avais cru reconnaître quelqu'un. N'auriez-vous pas aperçu une petite fille à cheveux roux, juste ici, sur le trottoir, devant l'entrée principale du complexe ?

— Mon cher monsieur, répondit l'autre en remettant l'auto en marche, s'il fallait que j'examine les piétons tout en conduisant, il y a longtemps que mon auto serait à la ferraille et que je regarderais le ciel à travers six pieds de terre. C'est quelqu'un que vous connaissez ? C'est votre fille ? ne put-elle s'empêcher d'ajouter en apercevant dans le rétroviseur son visage défait.

— Non... euh... à vrai dire, c'est quelqu'un que je connais à peine, mais...

Il s'arrêta, ne sachant plus que dire, saisi par un doute. Et pourtant, il l'avait bel et bien vue sur le trottoir, devant l'immense façade de verre, près d'une jardinière de béton remplie de plantes vertes, venant vers lui accompagnée d'une grosse dame en manteau brun qui la tenait par la main. Elle avait levé la tête et lui avait lancé ce sourire radieux et bouleversant. Et puis, quelques secondes plus tard, lorsque, debout au milieu du trottoir, il la cherchait parmi les touristes, elle était réapparue derrière une rangée de portes vitrées, toujours avec cette grosse femme, et lui avait fait signe de la main, comme pour lui demander de l'attendre ou lui annoncer une prochaine rencontre – ou, qui sait ? tout simplement pour le saluer. Mais peut-être le salut s'adressait-il à quelqu'un d'autre ? Ou peut-être qu'il souffrait d'hallucinations et que Robidoux avait un compagnon de folie ?

Il aperçut dans le rétroviseur le regard apitoyé de la chauffeuse qui le fixait, se glissa de côté sur la banquette en toussotant et sortit son portefeuille, car on arrivait à destination.

En pénétrant dans le hall de l'édifice, il retrouva tous ses esprits, arrangea sa chevelure du bout des doigts, replaça les pointes de son col de chemise et traversa le hall. Son angoisse était un peu tombée. Les bureaux du premier ministre se trouvaient au quatorzième étage. Il prit l'ascenseur avec un gros homme au visage bourru, téléphone cellulaire à la main, lancé dans une orageuse discussion en italien. Ils sortirent en même temps de l'ascenseur dans un long corridor désert baigné d'une lumière fade. À quelques mètres en face d'eux, un agent de la Sûreté du Québec, assis derrière un petit bureau, les observait d'un air placide en se frottant le coude. L'agent vérifia leur rendez-vous au téléphone, leur fit signer un registre, puis ils passèrent dans une salle d'attente. Une jolie jeune femme, soigneusement maquillée, vint les accueillir, puis, se tournant vers Nicolas, lui transmit les excuses du premier ministre, forcé par un contretemps de retarder leur rendez-vous de quelques minutes.

L'Italien bougonna quelque chose à part soi, s'installa dans un coin et se lança dans une autre discussion téléphonique, encore plus impétueuse que la première. Il ne prêtait aucune attention à Nicolas.

Ce dernier, assis dans un fauteuil, les mains ramenées sur le ventre, promena son regard dans la pièce. Une vieille armoire paysanne à pointes de diamant, soigneusement astiquée, jurait d'une façon étrange dans le décor aseptisé. Après une longue tirade ponctuée d'exclamations, son volubile compagnon glissa le téléphone dans la poche de son veston, pencha la tête et parut s'endormir.

Nicolas se mit à feuilleter une revue, puis la referma et essaya de se préparer à son entrevue. Il y renonça bientôt. Sa pensée était devenue comme une vapeur de mots, à laquelle les idées n'arrivaient pas à s'accrocher. Une mince pellicule de sueur lui enveloppait tout le corps et son cœur battait plus vite que d'habitude, mais de savoir que les documents se trouvaient toujours à *L'Avenir* continuait de le rassurer.

Soudain, une phrase ample et mélodieuse, venue de nulle part, se mit à chanter dans sa tête, empruntant la voix d'un jeune disquaire qui le servait parfois chez Archambault : « Que Dieu vous envoie des nuits douces et paisibles, pleines de vents parfumés. »

Il la laissait rouler dans sa tête, envoûté par son rythme et sa douceur, lorsque la porte s'ouvrit. Une femme d'âge mûr parut et s'avança vers lui. Son tailleur vert pâle et sa coiffure frisée, évasée vers le haut, la faisaient vaguement ressembler à un pied de céleri.

— Monsieur le premier ministre est prêt à vous recevoir, annonça-t-elle avec un sourire cordial et réglementaire.

Il se leva et la suivit. Ils enfilèrent un corridor bordé de chaque côté par des bureaux. Un téléphone sonnait. Des hommes discutaient à voix basse dans une pièce. « *Really ? Don't you think so ?* »° entendit-il, puis il y eut un toussotement. La femme s'arrêta, ouvrit une porte et s'effaça devant lui.

Le premier ministre, assis à son bureau sous un large drapeau fleurdelisé, parcourait un dossier. Il leva la tête, et l'air vaguement soucieux et ennuyé qu'on lisait sur son visage un peu fané mais resté curieusement juvénile céda la place à un grand sourire. Nicolas le fixait, sans pouvoir émettre un son. Il avait des cheveux châtains soigneusement lissés, un long nez fin, des yeux à la fois profonds et fuyants, une bouche spirituelle et un peu molle, une gorge longue et maigre à la pomme d'Adam désagréablement proéminente ; une expression de modestie, de perspicacité et de satisfaction doucement retenue inspirait à la fois la sympathie et la méfiance.

— Monsieur Rivard, fit-il en se levant, merci de vous être libéré si vite pour cette rencontre à l'improviste.

Il s'avança et lui serra légèrement la main.

— Voilà un bout de temps que nous ne nous sommes pas vus, poursuivit-il gaiement. Est-ce que ce n'était pas le 24 juin dernier lors du banquet de la Société Saint-Jean-Baptiste au Palais de la civilisation ?

— C'était lors du banquet d'il y a deux ans, monsieur le premier ministre, bafouilla Nicolas.

— Ah bon. Vous m'aviez alors parlé, si ma mémoire est bonne, de cette affreuse autoroute Métropolitaine, dont il faudra bien un jour se débarrasser... mais ne m'aviez-vous pas annoncé également la publication d'un recueil de nouvelles ? Je suppose que c'est fait depuis longtemps ?

— Non, pas encore, répondit Nicolas, stupéfait. « Ma foi, se dit-il, quelqu'un prenait des notes près de nous à mon insu. »

° « Vraiment ? Ne trouvez-vous pas ? »

— Oh ! même si tel avait été le cas, soupira son interlocuteur, je doute fort que j'aurais pu trouver le temps de le lire. La vie que je mène depuis vingt ans me laisse bien peu de loisirs.

— Je comprends, monsieur le premier ministre.

Il l'entraîna vers un groupe de fauteuils près d'une large baie vitrée, d'où on apercevait la masse grise du complexe Desjardins. Sa démarche légèrement hésitante venait d'une faiblesse congénitale à la colonne vertébrale. Certains jours, il devait même utiliser une canne. Sa taille frêle et déjà voûtée et une chevelure abondante, d'un éclat frelaté, formaient un contraste bizarre, presque déplaisant.

— Assoyez-vous, monsieur Rivard, je vous prie.

Il l'imita.

— J'ai beau occuper ce bureau depuis plusieurs années, je ne me lasse pas de contempler ce panorama. J'y vois une partie de notre force collective, ajouta-t-il en tendant la main vers le complexe Desjardins. Chaque fois que je le regarde, cet édifice me réconforte. Vous aussi, sans doute ? Mais il est presque midi, fit-il soudain. En plus de bousculer votre journée, je suis en train de vous affamer ! Voulez-vous partager mon petit dîner sur le pouce ?

— Je vous remercie, répondit Nicolas en rougissant, mais je n'ai pas du tout faim.

— Allons, allons, faites-moi le plaisir de m'accompagner. Vous ne pensez tout de même pas, ajouta-t-il en riant, que je vais tenter de vous corrompre avec un sandwich au jambon ?

Nicolas sourit :

— J'espère valoir un peu plus que cela.

Le premier ministre se leva, retourna à son bureau et appuya sur un bouton. La dame qui avait conduit Nicolas apparut aussitôt.

— Auriez-vous l'obligeance, Estelle, de faire servir le dîner ? M. Rivard m'accompagne.

Quelques instants plus tard, un serveur arrivait et disposait sur une table basse placée au milieu des fauteuils des assiettes de sandwichs, des crudités, une cafetière et un pichet de jus d'orange.

Le premier ministre le remercia d'un sourire, attendit son départ, puis, saisissant le pichet :

— Ma passion pour le jus d'orange est bien connue, paraît-il. Est-ce que vous la partagez ou préférez-vous du café ?

— Je prendrais un café, répondit Nicolas. Je vous en prie, monsieur le premier ministre, je vais me servir moi-même.

Ce dernier emplit son verre, déposa quelques sandwichs dans son assiette et prit une gorgée.

— Et ainsi, mon ministre de l'Environnement aurait commis une gaffe impardonnable ?

— Oui, monsieur le premier ministre. J'en ai toutes les preuves.

— Racontez-moi ça.

Nicolas se lança dans un récit rempli de prudentes ellipses et termina par une minutieuse description des documents qui mettaient en lumière d'une façon si accablante les actes de prévarication dont s'était rendu coupable Antoine Robidoux. Son vis-à-vis l'écoutait en silence, marquant de temps à autre sa contrariété par une grimace ou un léger froncement de sourcils.

— Vous avez ces documents avec vous ?

— Non. Je les garde en lieu sûr.

— Et qu'avez-vous l'intention d'en faire ?

— Un reportage, monsieur le premier ministre.

— Bien sûr, soupira l'autre, vous êtes journaliste, quoi de plus normal.

Il mordit dans un sandwich, puis tourna son regard vers la baie vitrée :

— Vous me jetez à la renverse, je l'avoue. Jamais je n'aurais cru Robidoux capable d'un tel... manquement... Il a ses défauts, bien sûr, mais c'est un homme qui s'est jusqu'ici conduit avec tant de rigueur... Voilà pourquoi je lui avais confié l'Environnement ; ce n'est pas un ministère facile, vous le savez : il faut résister à tant de pressions, bousculer tant d'intérêts... Eh bien ! ça fait dur ! comme dirait mon chauffeur. Vous êtes sûr que ces documents sont authentiques, hein ?

— Tout à fait, monsieur le premier ministre : Robidoux me l'a confirmé lui-même.

— Cette affaire m'embête beaucoup. Je vous expliquerai pourquoi tout à l'heure. Mais en même temps, se reprit-il aussitôt, je ne peux vous reprocher d'exercer votre métier. J'ai toujours dit – après bien d'autres – que les journaux étaient les chiens de garde de la démocratie et je ne changerai pas d'idée aujourd'hui à cause d'un scandale qui éclate au mauvais moment. Écoutez, monsieur Rivard, je veux vous demander une petite faveur.

Nicolas eut un mouvement de recul. Le café dansa dans sa tasse, un peu de liquide déborda dans la soucoupe.

— Non non non ! se mit à rire le premier ministre, ce n'est pas ce que vous pensez. Il ne s'agit pas d'une faveur pour ma modeste personne ni pour ce malheureux qui a oublié de faire la différence entre ses affaires personnelles et les affaires de l'État – ni même pour le gouvernement que je dirige.

Il marqua une pause, puis :

— Je vous demande une faveur pour le Québec. Mais avant que je poursuive, soyons bien clair : vous êtes tout à fait libre, évidemment, de me quitter sur-le-champ et d'aller publier cinq, dix ou vingt reportages sur ce pauvre Robidoux ; je ne lèverai pas le petit doigt pour vous en empêcher. Mais je vous demande de bien vouloir réfléchir au point suivant : nous sommes, comme vous le savez, au terme d'une longue et très délicate négociation avec le gouvernement fédéral sur le partage de pouvoirs très importants. Vous savez combien cette question est vitale pour le Québec. Nous demandons un accroissement considérable de nos pouvoirs. Beaucoup de travail préparatoire a été effectué par nos fonctionnaires, mais c'est lundi prochain que tout va se régler à Ottawa lors de la réunion des premiers ministres. Comme d'habitude, ce sera une partie de bras de fer, le Québec seul contre dix. Mais – je le dis sous toute réserve – les choses se présentent quand même assez bien et nos chances d'arriver à un compromis honorable sont réelles... mais fragiles, comme c'est toujours le cas dans ce genre d'affaire. Vous me suivez ?

Nicolas, les mains jointes sur ses cuisses pour cacher ses tremblements, fit signe que oui.

— Si ce scandale éclate tout de suite, de quoi aurai-je l'air la semaine prochaine à Ottawa ? Du chef d'un gouvernement corrompu. Eh oui... On a beau trouver la chose injuste, mais c'est comme ça. Vous connaissez le puritanisme des Anglo-Saxons. Ils affirmeront bien haut n'établir aucun lien entre les deux affaires, mais, hé hé ! la dynamique sera faussée, vous pensez bien, et j'aurai perdu à leurs yeux beaucoup de ma crédibilité (déjà qu'ils ne m'aiment pas trop !). Si ce scandale éclate tout de suite, monsieur Rivard, je risque de repartir les mains vides – ou avec les traditionnelles miettes. Pensez-y. Qui en souffrira ? Tous les Québécois. C'est l'homme d'État qui vous parle en ce moment, et non le politicien.

Il porta le verre à ses lèvres, le déposa sur la table :

— Mais vous ne mangez pas, monsieur Rivard. Je vous en prie, servez-vous. Aimez-vous le saumon fumé ? Ces sandwichs sont délicieux.

Nicolas prit une bouchée, mais sa gorge la refusa et il dut l'arroser abondamment de café.

Une sonnerie discrète se fit entendre. Le premier ministre se leva de nouveau et décrocha le récepteur :

— Ah bon ! Merci. Oui, je vais lui parler tout de suite. *Hi, how are you, Bob ? I was waiting for your call. Listen, we must absolutely have a meeting Monday in Ottawa before the great show. Can we have breakfeast together at my hotel ? Marvelous... Seven o'clock suits me perfectly... No, no, just yourself. I'll be alone with my orange juice and my muffins... Yes, of course... I anticipate very much seeing you*°.

— Je ne vous demande pas d'étouffer ce scandale, reprit le premier ministre en venant se rasseoir, tandis que Nicolas ramenait sur lui son regard qu'il avait tenu vissé au plancher durant la conversation téléphonique. Je vous demande trois jours. Pas un de plus. Un embargo de trois jours pour me permettre de régler un dossier capital.

° — Bonjour, Bob, comment allez-vous ? J'attendais votre appel. Écoutez, Bob, il faut absolument se rencontrer lundi à Ottawa avant le grand spectacle. Pouvons-nous déjeuner ensemble à mon hôtel ? Parfait... Sept heures ? Ça me va tout à fait... Non, non, je préfère un tête-à-tête... Je vous atttendrai avec mon jus d'orange et mes muffins... Oui, bien sûr... J'ai hâte de vous voir, mon vieux.

Jamais je ne voudrais vous empêcher de faire votre métier ! Aidez-moi un peu à faire le mien. Vous trouvez ma demande étrange ? Vous soupçonnez une ruse ? Que puis-je vous répondre ? soupira-t-il. Je suis aux prises, comme vous savez, avec un adversaire impitoyable : le réel. Je dois sans cesse composer avec les circonstances. Ce sont elles, malgré toute l'expérience et l'habileté des politiciens, qui décident de presque tout. Aujourd'hui, monsieur Rivard, par un simple effet de votre volonté, vous pouvez les aménager d'une façon profitable à tous les Québécois. Des mauvaises langues m'ont dit, poursuivit-il avec un sourire en coin, que nous n'avions pas les mêmes vues sur l'avenir du Québec, vous et moi. Mais, veuillez me croire, je l'aime autant que vous. C'est pour lui que je vous demande ces trois jours. Uniquement pour lui.

— Et qu'est-ce qui m'assure de votre sincérité ? demanda Nicolas en rougissant de son audace.

— Rien. Ma parole.

Nicolas déposa sa tasse sur la table. Il éprouvait une légère nausée en même temps qu'un sentiment très vif de son importance. Le premier ministre attendait sa réponse avec un sourire modeste, désarmant.

— J'ai besoin de réfléchir, articula enfin le journaliste avec effort. J'ai besoin de quelques heures.

— Très bien. Je comprends cela. Quand voulez-vous m'appeler ?

Le journaliste hésita.

— À quatre heures, si cela vous convient.

— Cela me convient parfaitement.

Le premier ministre se leva, le reconduisit à la porte et, lui serrant la main :

— J'attendrai votre appel. Merci d'être venu.

Nicolas, soulagé, s'éloigna à grands pas.

— Monsieur Rivard, fit le premier ministre.

— Oui ? fit l'autre en s'arrêtant.

— Est-ce que je puis me permettre ? Surveillez un peu votre alimentation. Vous n'avez pas très bonne mine. Les journalistes ont la réputation de mal manger. Quand la santé nous quitte, elle se laisse parfois tirer longtemps l'oreille avant de revenir...

— Je vous remercie, monsieur le premier ministre, bafouilla Nicolas, et il poursuivit sa marche, les jambes tremblantes, sa tête devenue un chaos.

———

Vingt minutes plus tard, il arrivait devant l'édifice de *L'Avenir*. Lupien arpentait le trottoir et se précipita vers lui en l'apercevant.

— Et alors ? Qu'est-ce qu'il t'a dit ? T'as décidé de prendre ton trou, je suppose ?

— Pas du tout, riposta Nicolas.

Il lui raconta rapidement l'entrevue, en insistant sur l'amabilité et la compréhension du premier ministre, et lui annonça sa demande d'un embargo de trois jours.

— Et que lui as-tu répondu ?

— Que je voulais réfléchir. Je lui téléphone à quatre heures.

— Ah bon.

Lupien fronça le nez comme un chien qui va mordre :

— Pour lui dire que tu acceptes, évidemment, lança-t-il avec un sourire mauvais.

— Je ne sais pas. Je voulais en discuter avec toi. Et puis change de face, bon sang ! Et change de ton aussi. On dirait que tu parles à Robidoux lui-même.

Il lui fit part de ses réflexions. Accorder trois jours était peu de chose, à bien y penser, car il fallait tout de même prendre le temps de l'écrire, ce reportage. Au bas mot, en travaillant jour et nuit, cela en prendrait deux. Il s'agissait donc, en fait, d'un délai de vingt-quatre heures.

Lupien secouait la tête d'un air buté :

— Non non, il faut que la bombe éclate demain matin. On a déjà trop tardé.

La discussion se poursuivit et tourna doucement à l'engueulade.

— Si on allait demander son avis à Brisson ? proposa tout à coup Nicolas. Et d'abord, lui raconter l'affaire, peut-être ? On a l'air de deux belles Perrette sur le coin du trottoir, à discuter sur des quand et des si.

Lupien se calma aussitôt. Ils montèrent à la salle de rédaction, se firent annoncer et attendirent une petite demi-heure avant d'être enfin reçus par le directeur.

C'était un homme court et chauve, quelque peu vaniteux, aux manières plutôt froides, mais intelligent, cultivé et non dépourvu de courage ; il les écouta d'abord avec un sourire sceptique, mais l'examen des documents, que Nicolas lui présenta avec beaucoup d'éloquence et de clarté, changea soudain son attitude ; réalisant l'importance de l'affaire, il fut aussitôt saisi de cette joyeuse fébrilité qui s'empare d'un collectionneur devant une prise inespérée. Il sourit en apprenant le délai demandé par le premier ministre et regimba un peu devant l'exigence de Nicolas d'écrire lui-même le reportage (Lupien, par prudence, avait choisi l'ombre).

— Nous avons l'habitude de rédiger nous-mêmes nos textes, répondit-il sèchement.

— Moi aussi, rétorqua Nicolas.

Il céda bientôt devant son entêtement et lui demanda de se mettre à l'œuvre sur-le-champ, lui assignant un bureau, un ordinateur et les services de sa secrétaire.

— J'attendais ce moment depuis longtemps, fit le journaliste avec un sourire satisfait en allumant l'appareil.

Lupien, souriant, rasséréné, lui donna une petite tape sur l'épaule :

— Bonne chance, vieux. Si t'as besoin d'aide, je serai au journal.

———

À trois heures, le premier ministre tint une conférence de presse impromptue pour annoncer la suspension immédiate du ministre de l'Environnement Antoine Robidoux, jusqu'à ce qu'une enquête, demandée par lui quelques semaines plus tôt, établisse clairement l'innocence de ce dernier dans une histoire de trafic d'influences et de conflits d'intérêts concernant la Société Kronoxyde.

Brisson, atterré, vint annoncer la nouvelle à Nicolas, qui en demeura pantois.

— Ah! le salaud! finit-il par murmurer. Il m'a eu.

Il voulut s'en aller. Brisson qui, dans les moments critiques, pouvait faire preuve d'une certaine chaleur humaine, l'adjura de rester, lui recommandant plutôt d'intégrer à son récit sa rencontre avec le premier ministre. Le journaliste, la mort dans l'âme, se relança à l'ouvrage et ne remit son texte que tard dans la soirée.

Le lendemain, son reportage faisait un grand éclat. Mais Nicolas et Lupien constatèrent bientôt avec amertume, comme tant d'autres, qu'en journalisme il y avait un monde entre le fait d'arriver le premier et celui d'être le deuxième. Le formidable coup de bélier qu'ils avaient voulu asséner à Robidoux, atteignant un ministre déjà tombé, avait perdu beaucoup d'impact. Cependant, le luxe de détails fournis par Nicolas et la clarté qu'il mit à démonter le stratagème du ministre lui valurent de nombreux éloges et plusieurs entrevues dans les médias.

Radio-Québec l'invita à *Droit de parole*, où il fit un numéro très réussi. Pierre Nadeau lui consacra vingt minutes à *L'Événement* ; armé de sa célèbre et redoutable courtoisie, il força doucement le journaliste dans ses retranchements et se montra mieux informé que lui sur certains dessous de l'affaire ; mais il n'abusa pas de son avantage et laissa partir son interlocuteur la tête haute.

Le lendemain, Denise Bombardier, à *Raison Passion*, s'y prenait tout autrement. Cela donna une entrevue à la fois caractéristique et inusitée.

— Nicolas Rivard, vous avez été journaliste pendant une vingtaine d'années à *L'Instant*, commença-t-elle de but en blanc. Vous êtes bien connu dans le milieu, mais on ne peut tout de même pas vous qualifier de vedette. Vos amis vous décrivent comme un homme paisible et plutôt timide. Qu'est-ce qui vous a poussé à vous lancer dans une pareille aventure ?

— À vrai dire, je ne sais pas, bafouilla Nicolas en rougissant.

— Vous ne savez pas. Étrange, non ? On peut répondre ainsi pour expliquer un geste subit ou impulsif, mais vous avez mis *des mois* de travail dans cette enquête, vous y avez couru certains risques. Et vous me dites que vous ne savez pas ce qui vous y a poussé ?

— Euh, enfin... peut-être le... désir de me faire connaître.

— Ah bon. Votre peu de notoriété vous agaçait.

— Ce n'est pas ce que je veux dire. J'ai toujours adoré mon métier de journaliste, mais...

— Il ne satisfaisait plus un homme de quarante ans – qui avait l'impression d'en avoir fait le tour.

— Si on veut.

— Je suis indiscrète ?

— Non, pas du tout, mais... mais je veux ajouter également que j'étais poussé par des mobiles d'ordre moral. C'était, en fait, ma... ma principale raison.

— Le dégoût de la corruption ? de la malhonnêteté ? Sous réserve, bien sûr, de ce que trancheront les tribunaux.

— Oui, oui, exactement, c'est ça.

— Nicolas Rivard, vous avez rencontré Antoine Robidoux, l'ex-ministre de l'Environnement, dans des circonstances exceptionnelles, inusitées. Parlez-nous des rapports que vous avez eus avec lui.

— Monsieur Robidoux est un homme... courtois... Jamais je n'ai eu à me plaindre de son comportement... Il a cherché en quelque sorte à me faire comprendre... euh... l'intérieur de son âme...

— L'intérieur de son âme.

— Oui. Je sais que l'expression peut vous paraître bizarre, mais je vous assure... que j'ai vécu avec lui une expérience... très humaine.

— Qui s'est soldée par sa démission et peut-être la fin de sa carrière politique.

— Hé oui !

— Vous semblez le regretter.

— Pas du tout. Enfin... l'intérêt public doit prévaloir.

— Bien sûr. Et vous prévoyez d'importantes retombées à l'enquête que le premier ministre vient d'instituer?

— Oui, d'énormes.

— Car plusieurs personnes sont impliqués, n'est-ce pas? Des dirigeants de Kronoxyde, évidemment, des fonctionnaires, des hommes d'affaires, peut-être certains amis du régime.

— Je crois qu'il est trop tôt pour en parler.

— Nicolas Rivard, merci.

Cette semaine-là, on l'arrêta trois fois dans la rue pour lui demander son autographe. « C'est toi, s'écria un jeune commis, qu'étais en première page du *Journal de Montréal* hier avec ce pourri de Robidoune? Eh bien! mets la main là!» Un restaurateur refusa qu'il règle son addition en l'assurant que son courage lui épargnerait beaucoup de taxes. Dorothée, pâmée d'admiration, lui téléphona deux fois de Québec. Il reçut même une carte postale de Moineau : «Félisitations (*sic*), mon cher Nicolas. Tes efforts sont magnifiquement récompensés. Je ne t'oublie pas. Chien Chaud te dis (re*sic*) bravo.» Quant à Aimé Douillette, il se terrait chez lui, horrifié, attendant son congédiement.

Le lendemain du reportage, le premier ministre avait senti le besoin de commenter devant quelques journalistes sa rencontre avec Rivard pour affirmer avec une tranquille assurance que ce dernier ne lui avait rien appris de nouveau, ne faisant tout au plus que préciser certains faits; sa décision de suspendre le ministre avait été prise bien avant leur entretien, mais il n'avait pas senti la nécessité d'en informer son interlocuteur. Nicolas rageait et publia un deuxième texte dans *L'Avenir* pour tenter de démasquer la fourberie du politicien. Mais déjà on commençait à se désintéresser de l'affaire, Robidoux, volatilisé, échappant aux journalistes, et l'attention générale se tourna bientôt ailleurs.

— C'est déjà fini? s'étonna Nicolas une semaine plus tard. Comme j'ai été cave d'aller trouver ce crosseur! Il a vidé ma tourtière et ne m'a laissé que la croûte.

Lupien, par pitié, décida de ne pas l'accabler davantage :

— Tu as quand même fait du bon boulot, Nicolas. Les collègues ne l'oublieront pas. Mais la direction de *L'Instant* non plus, hélas !

Nicolas éclata d'un rire sarcastique :

— Que le diable me fasse avaler cinq cents drapeaux canadiens si jamais je remets les pieds dans cette boîte puante...

23

Jérôme avait suivi avec passion toute l'affaire. Dérogeant à ses principes de ne jamais parler de choses sérieuses avec son frère Frédéric (c'était pour lui un point d'honneur), il lui en expliqua en long et en large toutes les implications, allant jusqu'à discuter avec lui de l'avenir du gouvernement! Au collège, on l'avait surnommé Tintin II, Tintin Iᵉʳ étant, bien sûr, son père, l'as reporter, capable de démêler les mystères les plus ténébreux et les sournoiseries les plus entortillées.

Un soir, il vint trouver Nicolas chez lui en lui annonçant, chose incroyable, «qu'il avait envie de prendre une bière avec lui» et ce fut peut-être dans cette conversation à bâtons rompus avec un adolescent éperdu d'admiration que Nicolas trouva la plus belle récompense de tous ses efforts.

— Je te pensais pas aussi bollé, p'pa, lui dit Jérôme en le quittant. Pour un homme de ton âge, t'es pas si mal. Lâche pas les vitamines!

Un bon matin, cependant, vers la fin du mois d'octobre, Nicolas sirotait un café seul dans sa cuisine lorsqu'une série de constatations s'imposèrent à son esprit et le plongèrent dans une mélancolie d'ours en cage : il n'avait plus d'emploi, ses réserves fondaient à vue d'œil, son exploit journalistique ne lui avait pas ouvert, comme il l'espérait, les portes de la Renommée. De plus, en collaborant à *L'Avenir*, il s'était sans doute fermé à tout jamais les portes de *L'Instant*.

Quelques jours plus tôt, il avait donc offert ses services à *L'Avenir*; mais le journal ne pouvait au mieux que lui offrir des piges, les postes permanents étant tous comblés et la fragilité financière du journal ne lui permettant pas d'en ouvrir d'autres. Les tracasseries de sa séparation avaient achevé de le démoraliser. Géraldine, aiguillonnée par son avocat, réclamait la moitié de son salaire à cause de la charge des enfants. La veille, ils s'étaient engueulés au téléphone. «Dépêche-toi de me tondre, lui avait-il lancé avec un rire moqueur. La moitié de mon salaire, ça sera bientôt la moitié de rien.» Il lui versait une petite pension, payait les fournitures scolaires et quelques vêtements et amenait quelquefois Frédéric et Sophie au restaurant ou au cinéma (Jérôme refusait toujours). Son ex-femme devait pourvoir à tout le reste.

Poussé par le besoin, il dut accepter vers la mi-novembre de faire la révision d'un livre bizarre, écrit par une vague connaissance de Robert Lupien qui se présentait comme «verbologue»; Lupien le lui avait refilé en y voyant pour son ami une occasion lucrative. Un bon matin, le bonhomme s'amena chez Nicolas avec une énorme liasse de feuillets écrits à l'encre violette et couverts de ratures, maintenue par une large ceinture de cuir. Il mesurait près de deux mètres, possédait une immense chevelure grise ébouriffée, un œil vif et sagace, de larges dents jaunies et une peau luisante et rosée. À tout moment au cours de la conversation, il éclatait sans raison apparente d'un rire dément qui lui secouait tout le corps.

— Et ainsi, vous ne connaissez pas la verbologie? demanda-t-il à son interlocuteur en s'installant, très à l'aise, à la table de la cuisine.

— J'avoue que non.

— Dans trois minutes vous la connaîtrez à tout jamais!

Il rit abondamment, puis, détachant la ceinture, fouilla dans la liasse, saisit une feuille et la tendit à Nicolas :

— Lisez ça. Tout y est.

« On connaît depuis belle lirette (*sic*) la puissance des mots. Ils informent tout notre quotidien. Leur pouvoir agit sur nous d'une façon parfois secrète, en bien ou en mal, ou parfois simultanément.

Les mots contiennent toujours des éléments étrangers à leur signi-fication usuelle. Si on veut les dominer plutôt que les subir, il faut impérativement apprendre à les décoder. C'est ici qu'entrevient (re*sic*) la verbologie. »

— Vous voulez un exemple ? demanda l'homme quand Nico-las, perplexe, eut déposé la feuille sur la table.

— Je veux bien.

— Prenez le mot « plaisir ». Il se décompose en deux mots : le mot « plaie » et le mot « ire », qui vient du latin et signifie colère.

— Ah bon.

— Quand le commun des mortels prononce le mot « plaisir », les deux constituants du mot agissent à son insu sur sa *psyché*, voyez-vous, et peuvent déterminer chez lui des orientations psychologiques inconscientes, parfois capitales. Pour ne pas se faire *subjuguer* par le mot, il faut décoder ses éléments constitutifs et les *réorienter* selon de nouvelles lignes de force spatialo-existentielles.

— Spatialo-existentielles. Très intéressant.

— N'est-ce pas ? J'ai longuement étudié ces phénomènes et découvert ainsi des choses étonnantes.

Il éclata d'un rire sonore, puis ajouta gravement :

— Il y a parfois des cas complexes, qui réclament une analyse plus... *intériorisante*. Voulez-vous un exemple ?

— Je veux bien.

— Artériosclérose.

— Artériosclérose ?

— Oui. On y trouve les mots : art (ou arrhes)
terre (ou taire)
riz (ou ris ou rit)
eau (ou haut ou oh ! ou au)
clé
rose

et, dans la combinaison des deux derniers, le mot « éros ». Hé oui ! C'est un mot *très difficile* à utiliser à bon escient. Je vous conseille de ne l'employer qu'avec prudence.

Se penchant vers Nicolas, il murmura à son oreille :

— Depuis deux ans, je maîtrise *totalement* le pouvoir des mots et j'en ai fait bénéficier une foule de gens. Mais la publication d'un livre étendrait mon savoir beaucoup plus vastement. Par malheur, mon *énonciation mentale* est tellement plus riche que mon *énonciation graphique* que cela me pose un petit problème au niveau de l'écriture. J'en ai parlé à mon ami Lupien en lui disant que j'étais prêt à rémunérer convenablement celui qui m'aiderait à le surmonter – et il m'a parlé de vous.

— Combien offrez-vous ?

L'homme prononça un chiffre qui fit sursauter Nicolas.

— La moitié de la somme immédiatement, poursuivit-il, le reste par tranches, à mesure que me parviendront les chapitres.

Nicolas posa la main sur la liasse :

— J'en fais mon affaire. Comptez sur moi. Vous ne serez pas déçu.

— Si je l'étais, répondit l'homme en se levant, vous le seriez aussi !

Il éclata de rire, remit une enveloppe à Nicolas, convint avec lui d'une rencontre dans dix jours, lui serra vigoureusement la main et partit.

Par la fenêtre, Nicolas le vit monter dans une énorme Chrysler mauve et s'éloigner doucement.

— Est-ce qu'il faut être un peu fêlé du chaudron pour réussir ? maugréa-t-il après avoir examiné le contenu de l'enveloppe. Si je travaille très fort, en deux mois j'aurai assuré mes revenus pour un an.

Le lendemain, il modifia son horaire de travail. Le matin, il ferait dans la verbologie, tandis que l'après-midi et une partie de la soirée seraient consacrées à la rédaction de la biographie de François Durivage. Malgré l'espèce de répugnance que lui inspirait cette dernière, l'ouvrage avançait bien. Il s'était fait un point d'honneur d'éliminer son nom du texte, même s'il comptait parmi les rares intimes du célèbre écrivain. Il envoyait le manuscrit à Dorothée chapitre après chapitre et, sauf quelques demandes de clarification, les commentaires de celle-ci étaient invariablement élogieux.

Vers la fin du mois de novembre, elle vint pour affaires à Montréal et lui demanda l'hospitalité. Il passa avec elle des moments agréables, tout en sachant que ces rencontres épisodiques ne mèneraient nulle part, comme son aventure avec Moineau.

De temps à autre, Nicolas, excédé par son travail solitaire, allait souper à Montréal avec Robert Lupien et parfois il acceptait de l'accompagner à la piscine, car ce dernier venait de se lancer dans un ambitieux programme de conditionnement physique. Un soir, après la baignade, ils allèrent prendre un verre au Bistro Saint-Denis ; c'était là que, trois mois plus tôt, ils s'étaient morfondus en attendant l'appel de Moineau, postée au Café du Pigeon vert pour guetter l'arrivée du ministre. Lupien commença à se remémorer à voix haute la soirée qui s'était terminée chez lui d'une façon si décevante. Nicolas l'interrompit d'un geste :

— Je t'en prie, parlons d'autres choses. Pour moi, la page est tournée.

« Hum ! se dit le journaliste, interdit, son moral tourne en compote. Il va falloir le tenir à l'œil. Ça sent la dépression. »

Il avait si mauvaise mine quelques jours plus tard en ramenant Frédéric et Sophie à la maison, après les avoir régalés de poutine et de bière d'épinette, que Géraldine s'informa s'il ne couvait pas une grippe ; il répondit qu'il grelottait depuis une heure ; elle eut une courte hésitation, puis l'invita à prendre un café.

Il la suivit dans la cuisine, ahuri par son offre, et s'assit à sa place habituelle.

— Je n'ai pas eu l'occasion de te dire, fit-elle d'un ton un peu froid et compassé en lui tendant une tasse, combien j'ai apprécié ta conduite dans cette affaire Robidoux. Tu as fait preuve de beaucoup de courage.

— Merci, merci bien, répondit-il, profondément embarrassé.

Elle se mit à rincer des assiettes, comme s'il n'était pas là. Nicolas trouvait son attitude ridicule et gênante. Il voulut l'inviter à s'asseoir, mais les mots lui manquaient ; après s'être raclé la gorge deux ou trois fois, il s'informa des résultats scolaires des enfants. Elle lui répondait par monosyllabes, le dos toujours tourné, comme si sa présence la mettait au supplice. Il vida sa tasse, se leva, la remercia et quitta la cuisine. C'est alors qu'il s'aperçut que Frédéric et Sophie, assis dans l'escalier, avaient suivi leur conversation.

— J'espère que vous êtes gentils avec votre mère, dit-il en puisant dans sa réserve de phrases toutes faites.

Ils sourirent et détournèrent le regard.

Géraldine apparut derrière lui, un torchon à la main, l'accompagna jusqu'à la porte, mais répondit à peine à son bonsoir.

— Le café le plus long de ma vie, grommela-t-il en s'éloignant sur le trottoir. Pourquoi m'inviter si elle n'avait pas envie de me parler?

Cette nuit-là, il dormit plus mal que d'habitude. Les rêves succédaient aux rêves, de plus en plus oppressants. Il volait dans un nuage noir et puant, évitant de justesse d'énormes murs de béton. Puis il se retrouva attaché dans un fauteuil de cuir, entouré d'instruments nickelés; un dentiste apparut devant lui, grimaçant un sourire, posa un masque sur son visage et essaya de l'étouffer. À présent, il tombait dans une cataracte. L'eau, pleine de bulles éblouissantes, l'aveuglait, pénétrait dans sa bouche et ses oreilles, descendait dans sa gorge, tandis qu'il tournoyait en poussant des cris muets. Soudain, il se retrouva debout sur une plage, haletant, les vêtements trempés. François Durivage surgit de derrière un arbre, émacié, cadavéreux, et s'avança vers lui, les bras tendus:

— Tu n'es rien, mon pauvre Nicolas. Et tu auras beau t'agiter, t'agiter, tu ne seras toujours rien.

Il se réveilla et s'assit dans son lit. Des décharges électriques partaient de ses jambes raidies et douloureuses et montaient dans sa colonne vertébrale pour éclater dans son cervelet. Une vague nausée lui remuait l'estomac. Il se leva, alla à la cuisine boire un verre d'eau, puis se rappela qu'il avait oublié la veille de prendre ses dragées de chlorure de magnésium, si importantes pour la régulation du système nerveux. Il en avala trois, alla se recoucher, mais ne s'endormit qu'à l'aube.

Ce jour-là, il voulut donner un coup de collier en verbologie, mais ce fatras bizarre et prétentieux lui levait le cœur. Il décida d'aller faire des courses et revint deux heures plus tard, épuisé. Le téléphone sonnait quand il ouvrit la porte.

— Enfin, te voilà, fit Delphine Pintal. Voilà un bout de temps que je voulais te parler. Ton oncle vient d'entrer à l'hôpital ce matin.

— Ah bon. Qu'est-ce qu'il a ? demanda Nicolas, surpris de pouvoir ressentir encore de l'intérêt pour un homme qui l'avait trahi d'une façon aussi abjecte.

— Vers huit heures, il s'est rendu à son chantier de l'église de la Trinité et il était en train de discuter avec son Chinois d'architecte...

— Vietnamien, ma tante.

— ... enfin, peu importe, ils sont tous de la même couleur –, lorsqu'une crise d'asthme lui est tombée dessus et ils ont cru qu'il allait mourir. On l'a transporté à l'hôpital Notre-Dame où il s'est remis assez vite, mais son médecin n'a pas voulu le laisser partir, car depuis quelques mois, comme tu sais, son état se détériore sans arrêt. Il prétend que c'est la présence de l'église – ou plutôt de ce qui en reste – qui a déclenché sa crise ; le docteur Stern répond que c'est de la foutaise et a décidé de le soumettre à une série d'examens.

— Eh bien, souhaitons qu'il prenne du mieux, fit Nicolas froidement.

— Je ne t'appelais pas pour te chanter mes jérémiades, mais pour un renseignement.

Et elle lui demanda de but en blanc la raison de son départ de chez Donégis. Son mari, que cette histoire semblait avoir beaucoup marqué, y faisait constamment allusion, sans vouloir révéler le fond de l'affaire.

— Que s'est-il passé ? Est-ce qu'il a essayé de te jouer dans les cheveux ? Après trente ans de mariage, je sais qu'il en est capable.

Nicolas, qui préférait garder le silence sur cette affaire, répondit que son départ n'était relié à aucun incident particulier, mais venait de leur incompatibilité d'humeurs. Pintal, comme elle devait le savoir, ne rendait pas la vie facile à son entourage.

— Et comment ! soupira-t-elle.

La santé de son mari l'inquiétait ; le jour approchait où il devrait abandonner son travail. Est-ce que Nicolas s'en était trouvé un ? Projetait-il de retourner à *L'Instant* ?

— Je ne pense pas qu'ils tiennent à moi, ma tante. J'espère pouvoir entrer un de ces jours à *L'Avenir*, mais rien n'est assuré. En attendant, je fais des piges.

— Eh bien, si tu as jamais besoin d'un coup de main, mon neveu, appelle-moi.

Vers le milieu de la soirée, il se sentit de nouveau fiévreux, se coucha et dut garder le lit pendant trois jours. Au deuxième, Lupien vint lui porter du bouillon de poulet, des aspirines et quelques journaux ; il lui trouva la mine affreuse et le moral encore pire. Nicolas se plaignit de manquer de musique. Géraldine refusait de lui remettre sa chaîne haute fidélité tant que le partage de leurs biens n'aurait pas été déterminé par la justice. En attendant, il contemplait sa collection de disques d'un œil avide et impuissant. Lupien le quitta et se rendit chez Géraldine.

Son cours de conditionnement physique et une rencontre prometteuse à la piscine avaient amélioré l'image qu'il se faisait de lui-même ; la veille, il avait presque persuadé une jeune secrétaire au bikini dévastateur de l'accompagner le lendemain au cinéma ; condescendante et flattée, elle avait fait la moue en ondulant des hanches, puis lui avait laissé son numéro de téléphone. Ce soir serait peut-être le grand soir !

Il sonna à la porte de Géraldine, rempli tout à coup d'une assurance inouïe, et trouva l'ex-femme de Nicolas si attirante qu'il se mit immédiatement à lui faire la cour. Elle l'écoutait, souriante, stupéfaite, se demandant quel choc il avait reçu à la tête.

— Et alors ? dit-elle enfin avec un peu d'agacement. Quel bon vent t'amène, Robert ?

Il se troubla, garda le silence, réalisant sa sottise, et perdit le fil de ses idées.

— C'est Nicolas qui t'envoie ?

— Oui, avoua-t-il en rougissant.

— À quel sujet ?

— Sa chaîne haute fidélité.

— Il veut la ravoir ?

Lupien secoua la tête.

— Il n'est pas question que je la lui rende.

— Mais...

— Est-ce qu'il y a autre chose ?

— Euh... non.

— Au revoir, alors.

———•———

Le 6 décembre, le froid se fit plus intense et un peu de neige tomba. Nicolas s'était remis au travail, mais la biographie de François Durivage avançait comme une limace et l'illustre verbologue se plaignait que la révision de son texte « prenait plus de temps que l'élaboration des océans ».

Un soir, après une longue engueulade avec sa propriétaire au sujet de l'endroit idéal où placer sa poubelle dans la cour, il se rendit chez Géraldine porter des fournitures scolaires pour Frédéric et Jérôme. C'est ce dernier qui ouvrit en lui annonçant qu'on venait d'apprendre, une demi-heure plus tôt, que Télesphore Pintal était atteint d'un cancer des bronches ; les médecins ne lui donnaient que peu de temps à vivre. La nouvelle accabla Nicolas. Il restait debout dans le vestibule, hagard et silencieux, tandis que par la porte entrouverte un courant d'air glacé s'allongeait dans la maison et enveloppait Florimond, roulé en boule sur le tapis. L'animal ouvrit les yeux, agita les oreilles et fila vers la cuisine.

— T'as pas l'air bien, p'pa... Tu l'aimais beaucoup, mon oncle, hein ?

— Oui... enfin... je le connaissais depuis si longtemps... Ça donne un coup.

Il fit un pas, ferma la porte.

— Est-ce que ta grippe est passée ? demanda Jérôme en le débarrassant de son colis.

473

Géraldine se trouvant à la maison, il ne savait trop s'il devait l'inviter à boire quelque chose ou lui faire la conversation dans le vestibule.

Frédéric descendit l'escalier en trombe, l'aperçut et se jeta dans ses bras. Puis Géraldine apparut, venant du salon, et lui jeta ce regard froid et désolé qui lui recroquevillait tout l'intérieur.

— On vient de t'apprendre ? dit-elle à voix basse.

Il fit signe que oui. Elle le regarda une seconde et un curieux frémissement passa sur son visage.

— Tu as l'air fatigué.

— Ouais, je me traîne... les suites de ma grippe.

— Est-ce que tu viens prendre un café, p'pa ? demanda Frédéric en lui saisissant la main.

Déconcerté, il regarda son fils, puis son ex-femme, cherchant une réponse diplomatique.

— Bah ! pourquoi pas ? répondit celle-ci avec un sourire contraint. Mais ce sera plutôt une tisane, il ne me reste plus de café.

Il la suivit dans la cuisine et cette fois, après avoir mis l'eau à bouillir, elle s'attabla avec lui. Ne sachant trop que lui dire, il raconta la trahison de Télesphore Pintal, lui demandant de ne jamais révéler cette affaire à Delphine. Elle l'écoutait en silence, atterrée. De temps à autre, Frédéric apparaissait dans la cuisine, l'oreille attentive, observant les traits fripés de son père, puis retournait devant la télé. Aussitôt sa tisane prise, Nicolas se leva, impatient de partir. Il devinait un léger changement d'attitude chez Géraldine à son égard. «C'est peut-être le moment de lui parler de ma chaîne haute fidélité ?» se dit-il. Mais le courage lui manqua et il se dirigea vers le vestibule, le pas traînant, suivi par son ex-femme et son jeune fils.

— Papa, décida tout à coup ce dernier, je veux te faire un cadeau... mais... euh... temporaire.

— Ah bon. Et qu'est-ce que c'est ?

— Attends-moi une seconde.

Nicolas enfila lentement son manteau, tandis que Géraldine, à quelques pas, feignait de ranger des papiers dans un petit secrétaire.

— Voilà, annonça Frédéric en réapparaissant avec Florimond dans les bras, je te le prête une semaine, pour qu'il te tienne compagnie. Tu me promets d'en prendre bien soin ? Défense de le laisser sortir et jamais de poisson, car c'est un mâle et ça peut lui bloquer le pénis. Minute. Ce n'est pas tout. Je reviens tout de suite.

Nicolas, surpris et plutôt ennuyé, consulta Géraldine du regard. Elle observait la scène, impassible. Il comprit qu'un refus peinerait profondément le petit garçon. On entendit un grand remue-ménage dans la cuisine. Frédéric revint bientôt et déposa au pied de son père une boîte de nourriture sèche et un bac rempli de litière d'où montait une forte odeur d'urine.

— Il va probablement venir se coucher dans ton lit cette nuit. Ne bouge pas trop les jambes.

———

Vers deux heures, une tempête de neige commença et Florimond se mit à rôder à travers les pièces en miaulant. Nicolas se leva plusieurs fois pour essayer de le calmer, lui présenta de la nourriture, puis du lait et finalement, de guerre lasse, ferma la porte de sa chambre.

— Il ne manquait plus qu'un chat, maintenant ! fulmina la propriétaire en quittant son lit.

Elle imita Florimond et se mit à errer d'une pièce à l'autre avec force soupirs, puis téléphona à Nicolas et lui demanda de mettre immédiatement l'animal dehors.

— Dans une pareille tempête ? C'est impossible, madame. Il va geler à mort.

— Et moi donc, qu'est-ce que je fais dans tout ça ? larmoyat-elle. Je n'ai pas fermé l'œil de la nuit, mes mains commencent à trembler. Voulez-vous me rendre malade ?

Nicolas s'assit devant la télé réglée au plus bas avec le chat sur ses genoux et se balança doucement dans son fauteuil. Florimond se roula en boule sur ses cuisses, ferma les yeux et s'endormit. Le journaliste fit de même et se réveilla au petit matin avec un torticolis carabiné et la sensation d'avoir passé la nuit à transporter des sacs de ciment. Florimond, assis sur le rebord d'une fenêtre, contemplait, émerveillé, les flocons de neige qui tournoyaient dehors. C'était sa première tempête.

Nicolas se leva, fit du café, puis, la paupière lourde et l'œil huileux, attaqua l'avant-dernier chapitre du manuel de verbologie. Il travailla sans répit jusqu'au milieu de l'après-midi, avala un morceau et se remit à l'ouvrage ; mais la toux était revenue et ses idées s'embrouillaient. À quatre heures, totalement épuisé, il alla rejoindre Florimond qui dormait sur son lit sous l'œil extatique de Jascha Horenstein.

Quand Robert Lupien lui téléphona en début de soirée pour l'inviter à prendre un verre, il le trouva dans un tel état de misère psychologique qu'il en resta bouche bée, balbutia quelques mots d'encouragement, puis raccrocha.

« Qu'est-ce que je pourrais bien faire pour le repompiner, ma foi du bon Dieu ? » se demanda-t-il en contemplant par la fenêtre l'énorme banc de neige qui s'élevait à l'endroit où le robineux, deux mois plus tôt, avait passé la nuit.

Il pensa alors à son petit-cousin, l'abbé Jeunehomme. Ce dernier, atteint depuis dix ans de sclérose en plaques et devenu presque invalide, demeurait à quelques rues de chez lui.

Il lui téléphona et l'abbé, qui menait une vie des plus solitaires au milieu de ses livres, l'invita sur-le-champ. Le lendemain soir, Lupien se présentait chez Nicolas au volant d'une vénérable Rolls-Royce qui, malgré la noirceur, créa une petite commotion dans le voisinage.

— Où as-tu pêché ça, pour l'amour ? demanda Nicolas en lui ouvrant la porte, vêtu d'une vieille robe de chambre couverte de taches de gras.

— Mes relations, répondit l'autre avec un sourire fanfaron.

— Allez, entre, je gèle des pieds.

Lupien referma la porte, sortit de la poche de son manteau une bouteille de vin et demanda à son ami une casserole, des clous de girofle, de l'alcool, de la muscade, de la cannelle et de la cassonade.

— Je vais te préparer un grog, mon cher, qui va casser ta grippe comme un glaçon.

Et c'est en le regardant boire son caribou, tandis que Florimond reniflait ses souliers, qu'il lui raconta l'histoire de la vieille Rolls. Elle appartenait à l'abbé Jeunehomme, qui la gardait depuis des années dans un garage près de chez lui et l'avait reçue en cadeau de sa vieille mère, établie en Floride et dirigeant toujours son casino d'une main de fer malgré ses quatre-vingt-huit ans bien sonnés et la demi-impotence amenée par une impitoyable arthrite. L'abbé, qui ne sortait presque plus, avait comme oublié l'existence de la luxueuse automobile. Mais Lupien s'en souvenait pour y être monté quelques fois et se rappelait particulièrement sa superbe chaîne haute fidélité.

— Mon cousin te la prête pour aussi longtemps que tu voudras, mais à condition : 1) de ne jamais la conduire sans sa permission ; 2) de l'entreposer dans un garage ; 3) de lui remettre un enregistrement sur disque laser d'un opéra de Moussorgsky, *La... La Foire de... Sorotchinsky* , je crois, d'après une nouvelle de Gogol. Voilà la façon que j'ai trouvée, ajouta-t-il, un peu prétentieux, de court-circuiter la vengeance de ta femme.

Nicolas, étonné, le regardait en silence :

— Et pourquoi m'accorde-t-il cette faveur, à moi, un pur inconnu ?

— Parce que je le lui ai demandé, tout simplement. Ma visite lui a fait tellement plaisir ! Il ne voit plus personne. Je lui aurais demandé son édition originale de la *Comédie humaine* qu'il me l'aurait prêtée, je crois.

— Est-ce que la Rolls possède un lecteur laser ? demanda l'autre, bougon.

— L'entends-tu ? s'écria Lupien, penché au-dessus de sa serviette. Ma foi, on dirait que c'est toi qui lui rends service ! Change
d'air, je te prie.

Il déposa une boîte de carton sur la table :

— Je te prête mon lecteur portatif... si tu veux me faire l'honneur de l'accepter, bien entendu...

— Excuse-moi, répondit Nicolas, radouci. Je file un mauvais
coton.

— On s'en doute. J'essaie de t'aider, justement. Viens t'asseoir
dans l'auto. Je vais faire jouer la radio. Tu n'en croiras pas tes oreilles.

— Mais il n'y a pas assez de place dans le garage pour les deux
véhicules, se plaignit Nicolas dans l'escalier.

— Eh bien ! tu garderas ton bazou dehors, c't'affaire ! Il est
équipé d'un chauffe-bloc, non ? Dieu ! que t'es mal à main !

Ils prirent place dans la Rolls, que les propriétaires, ébahis,
contemplaient par la fenêtre. Lupien tourna le bouton de la radio ;
Nicolas écarquilla les yeux.

— Je vais m'installer une petite chaufferette, dit-il au bout d'un
moment. Ça se fera en criant lapin, le garage possède une prise de
courant. Ainsi, je ne serai pas obligé d'allumer le moteur.

Il se tourna vers Lupien et posa la main sur son épaule :

— Merci, Robert. T'es un ami. Excuse mes grognements. Je
vais aller m'acheter une chaufferette. Viens-tu ?

———————

L'hiver s'écoula lentement. La verbologie expédiée, Nicolas
faisait de temps à autre des recensions de romans pour *L'Avenir* qui,
depuis peu, lui laissait entrevoir la mirifique possibilité d'une chronique. Mais la plus grande partie de ses journées passait à la biographie de François Durivage ; son travail l'assommait, et pourtant, chose
curieuse, cela ne transparaissait pas dans le texte, incisif, coloré,
débordant d'anecdotes piquantes et de commentaires perspicaces.
Dorothée ne tarissait pas de louanges, mais, hélas ! ne venait guère

à Montréal, ce qui maintenait Nicolas dans un abominable état de misère sexuelle, car il ne sortait guère de chez lui, sauf pour ses enfants et d'innombrables séances musicales dans la Rolls-Royce. Soir après soir, il connaissait l'infinie tristesse d'un lit vide, se rappelant avec nostalgie ses fantaisies avec Moineau et le temps où Géraldine se pelotonnait tendrement contre lui.

Une ou deux fois par semaine, Frédéric se rendait à son appartement après l'école ; Nicolas lui servait des rôties arrosées de sirop d'érable (sa collation favorite) et l'aidait dans ses devoirs et ses leçons. Il feignait de son mieux la bonne humeur, mais ses efforts ne trompaient guère l'enfant.

— Quand il rit, on dirait que c'est juste sa bouche qui rit, confiat-il un jour à sa mère. Je pense qu'il fait une *répression*.

Nicolas avait maigri, ses tempes commençaient à grisonner et on avait beaucoup de difficulté à l'intéresser à quoi que ce soit. Lupien s'inquiétait à son sujet, venait le voir de temps à autre, mais avait peine à supporter son humeur capricieuse et irascible.

— Il va finir comme Nelligan, annonçait-il parfois à ses collègues de la salle de rédaction.

———

Un samedi de février, vers le milieu de l'après-midi, Nicolas, assis dans la cuisine, contemplait par la fenêtre un fil électrique enveloppé d'un manchon de neige mouillée qui s'épaississait peu à peu, lorsque Lupien l'appela pour l'inviter à souper chez lui.

— Et que dirais-tu qu'on aille ensuite faire un tour dans une discothèque ? Tiens, à L'Oasis bleue, par exemple ? On m'en a dit beaucoup de bien. Paraît que l'endroit est fait pour de vieux croûtons comme nous : c'est chic, intime, moelleux, les décibels ne nous font pas sauter le crâne et il y a un bon système de ventilation pour évacuer la fumée de cigarettes.

À sa grande surprise, Nicolas accepta. Lupien avait préparé un navarin d'agneau, que son ami trouva couci-couça, mais, pour le reste, il se montra plutôt agréable, s'offrant même à passer l'aspirateur dans le salon envahi par les moutons tandis que son hôte prendrait sa douche. En arrivant à L'Oasis, il prit place au bar, le regard perdu dans la pénombre, contemplant les étoiles électriques qui scintillaient dans un ciel de plâtre bleu foncé tout à fait réussi, et avala deux cognacs coup sur coup.

Son attention fut bientôt captée par une femme assez grande et plutôt belle, assise toute seule à une table ; il crut reconnaître Martine Painchaud, l'ex-maîtresse de Robidoux. Il se leva, alla la trouver, s'aperçut de son erreur, l'invita quand même à danser et revint bredouille avec ce sourire idiot typique des dragueurs éconduits. Pendant ce temps, Lupien, installé au bar, discutait du conflit serbo-croate avec deux institutrices de Sherbrooke venues faire frissonner leur quarantaine dans les vapeurs corrompues du Montréal nocturne. Un spleen de béton s'abattit sur Nicolas et ses regards se tournèrent de plus en plus vers la sortie.

Soudain, il remarqua les œillades d'une petite femme grassouillette à l'abondante chevelure noire assise devant un énorme Pink Lady. Il observa discrètement son visage aux traits mous mais plutôt agréables, ses lunettes de corne translucide, sa grande bouche lippue au maquillage appuyé, d'où partit tout à coup un sourire sans équivoque. Il se leva et l'invita à danser. Quelques minutes plus tard, ils étaient soudés dans un spasme buccal, ondulant comme des algues dans une mer tropicale.

— J'ai soif, dit-elle en se libérant de son étreinte.

Ils retournèrent s'asseoir. Nicolas offrit à sa compagne deux autres Pink Lady et enfila lui-même un troisième cognac ; sa main se mit à palper nerveusement son portefeuille, maintenant presque à sec. Il apprit que la jeune femme se nommait Patricia Plourde, qu'elle était née à Québec, vivait à Montréal depuis dix ans, travaillait comme téléphoniste à Bell Canada et adorait les mets italiens, dont elle abusait parfois, d'où le léger embonpoint. Mais des parties de tennis avec une amie le mercredi soir étaient censées remédier à la chose.

— Moi, je suis journaliste, fit Nicolas.

Et, impatient de voir l'effet qu'il allait produire, il ajouta que c'était lui le déclencheur de l'affaire Robidoux.

Elle plissa le front, cherchant à se souvenir :

— Robidoux ? C'est une histoire de réfugiés, ça ? Mais non ! comme j'suis cruche ! C'est le ministre qui a vendu illégalement une usine de peinture !

Nicolas dut rafraîchir sa mémoire. Elle lui posa poliment quelques questions et il comprit que la politique présentait à ses yeux autant d'intérêt que la fabrication du vermicelle.

— Je suis fauché, répondit-il quand Patricia manifesta le désir d'un autre Pink Lady.

— Moi aussi, fit-elle avec un grand sourire. On s'en va ?

Il alla trouver Lupien pour lui annoncer son départ pour cause de bonne fortune.

Durant leur trajet vers son appartement de Côte-des-Neiges, Patricia lui apprit qu'elle se remettait d'une peine d'amour (elle ne les comptait plus) et qu'elle avait un faible pour les hommes mariés, à cause de leur expérience. En ouvrant la porte, elle enfila d'énormes pantoufles en peluche rose, se rendit à la cuisine et revint avec deux verres et une bouteille de rhum.

— Un doigt, pas plus, fit Nicolas, qui craignait l'effet pervers de l'alcool sur sa puissance virile.

— Dommage, c'est du *Barbancourt*, répondit-elle avec un clin d'œil, et elle remplit son propre verre à moitié.

Quand elle fut à peu près soûle, elle l'entraîna vers sa chambre en titubant légèrement, un sourire hagard aux lèvres, et s'abandonna comme une chiffe entre ses bras, presque inconsciente.

————

Un aboiement le réveilla. Il ouvrit les yeux, consulta sa montre. Une huile brouillait sa vue. Devenait-il presbyte ? Se tournant vers la fenêtre à demi masquée par un store, il conclut à la lumière du jour qu'il devait être aux alentours de huit heures. Sa compagne, les cheveux défaits, la mâchoire relâchée, ronflait doucement. Son double menton semblait avoir épaissi au cours de la nuit et une expression de profond épuisement s'étendait sur son visage, mais sa peau lisse et rose, sans la moindre flétrissure, lui donnait encore un air de jeunesse indomptable. Il fut surpris de l'indifférence qu'elle lui inspirait. Une odeur acide flottait dans la chambre. Il eut envie tout à coup de déjeuner seul dans un petit restaurant au milieu du bavardage des habitués. Tiens, pourquoi ne pas aller à La Binerie ? On disait que les fèves au lard y faisaient encore les délices des amateurs.

Il se leva doucement et s'habilla sans bruit tout en examinant la chambre. Une photo d'enfant dans un cadre bon marché trônait sur une commode au milieu d'un fouillis de bas de nylon, de bobettes et de soutiens-gorge.

Il jeta un dernier coup d'œil à la dormeuse. Elle venait de poser une main sur son front et ronflait de plus belle. Il quitta la pièce, ferma la porte derrière lui, traversa la cuisine et sortit dans le corridor.

— Robert, criait une voix de femme dans un appartement, combien de fois je t'ai demandé de ne pas mettre tes pantalons dans le panier à linge sale !

Il descendit rapidement les marches, effleura de la main les fausses plantes vertes du vestibule et sortit dans l'air froid. En posant le pied sur le trottoir glacé, il écrabouilla par mégarde une canette de bière vide. De l'autre côté de la rue, un chien dressa l'oreille et se mit à le fixer. Tandis qu'il pestait en essayant de déverrouiller la portière de son auto (le froid, comme d'habitude, avait figé la serrure), l'animal traversa la rue, alla renifler la canette, puis poussa un long hurlement.

Nicolas eut un sursaut :

— Ta gueule, sale bête, marmonna-t-il avec un geste de menace.

Le chien recula et continua de le fixer, agitant doucement la queue.

La serrure joua enfin. Il se glissa, tout frissonnant, dans l'auto congelée et sourit quand le moteur démarra du premier coup.

Le ciel vibrait d'un bleu intense, qui blessait un peu les yeux. Il filait à bonne vitesse, cherchant dans sa tête le chemin le plus court pour La Binerie, lorsque, promenant un regard distrait sur une rangée de vitrines, *il l'aperçut encore une fois.* Elle marchait seule dans la rue, cette fois, venant vers lui. Soudain, elle s'arrêta, ajusta le col de son manteau, puis, levant légèrement la tête, lui adressa un sourire.

— Ah! cette fois, tu ne m'échapperas pas, la petite! s'écria-t-il en freinant.

Il s'élança de son auto et se mit à courir sur le trottoir.

La petite fille le regardait, interdite. Il se planta devant elle et se mit à l'examiner. Elle portait un manteau de drap bleu à capuchon et le bout de ses tresses rousses luisait doucement de chaque côté de son col. Son visage, frais et mignon, avait une délicatesse de traits peu commune : un petit nez retroussé aux lignes très fines, des joues rondes parsemées de rousselures, une bouche un peu étroite aux lèvres rose vif et de grands yeux bleus qui cillaient lentement avec un air d'innocence apeurée. Nicolas ne lui donnait pas plus de six ans.

— Comment t'appelles-tu ? lui demanda-t-il avec brusquerie.

— Annie.

— Annie qui ?

— Annie Beausoleil.

— Que me veux-tu ? Qui t'a demandé de me suivre partout ?

Elle le regarda, ne sachant que répondre. Ses lèvres se plissèrent. Elle allait pleurer.

— Est-ce que tu me reconnais ? demanda Nicolas plus doucement.

Elle fit signe que oui. Il s'accroupit devant elle.

— Connais-tu mon nom ?

Elle haussa les épaules en signe d'ignorance.

— Tu m'as vu souvent, hein ?

— Oui, monsieur. Je vous rencontre partout.

— Te rappelles-tu où tu m'as vu la première fois ?

— Oui, monsieur. Dans un hôpital à Québec. J'étais avec ma tante.

— Sais-tu que tu es en train de me rendre fou ?

Son visage se remplit d'un étonnement craintif.

Il sourit :

— C'est une façon de parler. Est-ce que tu me permettrais de te toucher ?

Elle ne répondit rien. Il tâta le col de son manteau, puis pressa entre ses doigts le bout d'une de ses tresses.

— Eh oui, tu existes. Je me suis demandé parfois si je ne souffrais pas d'hallucinations. Sais-tu ce que c'est qu'une hallucination ?

— Un mal de tête ? se risqua-t-elle.

— Pas tout à fait. Pourquoi souris-tu toujours quand tu me vois ?

Elle haussa les épaules, ne sachant que répondre.

— Parce que vous avez l'air bon, dit-elle enfin.

Ce mot le surprit dans la bouche d'une enfant.

— Est-ce que je peux m'en aller ? fit-elle. Ma tante va s'inquiéter.

— C'est la grosse dame en manteau brun ?

— Oui, elle a un manteau brun.

— Où demeures-tu ?

— À Montréal.

— Et que font tes parents ?

— Mon papa est mort quand j'étais bébé. Ma maman travaille à la maison. Elle donne des cours de français par correspondance. Est-ce que je peux m'en aller, maintenant ?

Il se redressa et fit un pas de côté, lui laissant la voie libre. Il fallait être prudent de nos jours. Un faux geste, et on pouvait l'accuser de tentative d'enlèvement.

— Et tu es bien sûre que personne ne t'a demandé de me suivre ?

Elle fit signe que non et lui sourit de nouveau – et, comme chaque fois, une déchirure se produisit en lui, accompagnée d'une sensation à la fois atroce et ineffable.

Elle s'éloigna, puis, une fois à bonne distance, lui fit un timide salut de la main. Il lui répondit et la suivit du regard jusqu'à ce qu'elle disparaisse au coin de la rue. Puis il retourna s'asseoir derrière le volant, le regard dans le vide. Est-ce que quelqu'un s'amusait à ses dépens en organisant ces rencontres faussement fortuites ? Mais qui ? Et pourquoi ? La somme d'énergie que cela supposait rendait l'hypothèse invraisemblable.

— C'est peut-être Dieu qui me l'envoie, se dit-il tout à coup.

Il s'esclaffa. Ah ! les lendemains de beuverie... Dans quel état de délabrement psychique fallait-il tomber pour avoir de pareilles idées ! Dieu... En voilà un qui ne fourrait plus guère son nez dans les affaires humaines, réservant sans doute son attention à des choses plus importantes... *Dieu lui aurait envoyé une petite fille,* comme il avait envoyé l'archange Gabriel à Marie ?

Il boucla sa ceinture, remit le moteur en marche, puis jeta un coup d'œil dans le rétroviseur.

Le hasard ne pouvait quand même pas expliquer seul toutes ces rencontres. Il avait tâté le manteau de la petite fille, touché une de ses tresses. Peut-être aurait-il dû demander à un passant de le faire aussi, pour bien confirmer que ses sens ne le trompaient pas. Son cœur se mit à battre sourdement. Une crise d'angoisse se préparait. Il en avait déjà subi quelques-unes dans le passé, sans jamais pouvoir en déceler la cause. Toutes ces rêveries étaient malsaines. Il fallait agir tout de suite, sinon le pire pouvait se produire. Il braqua le volant, pressa l'accélérateur. Où aller ? Cette rencontre lui avait coupé l'appétit. Il n'avait plus envie d'aller à La Binerie. Peut-être serait-il sage de retourner auprès de Patricia ? De cela non plus, il n'avait aucune envie. Il consulta sa montre. À cette heure, Lupien devait se trouver encore chez lui.

Effectivement, il y était, et d'excellente humeur. Il venait de reconduire au terminus Voyageur une des deux institutrices (la plus vieille mais la moins grosse) et, malgré les fatigues d'une nuit brûlante, débordait d'énergie.

— Amène-toi, répondit-il à Nicolas au téléphone, j'allais justement me faire du café. Mais, mon pauvre vieux, s'écria-t-il quand ce dernier lui eut raconté son histoire, il ne faut vraiment pas avoir toute sa tête à soi pour s'attacher à de pareilles niaiseries. Tiens, durant l'été quatre-vingt-sept, j'ai rencontré ma belle-sœur dans la rue à Vienne, puis, dix jours plus tard, près d'un parc à Paris, alors que nos deux voyages n'étaient absolument pas coordonnés et que nous ne fréquentions pas les mêmes hôtels – et je n'ai pas crié au prodige, moi !

— Tu l'as rencontrée deux fois, pas sept.

— Et qui t'a dit que tu as réellement rencontré ta petite fille *sept* fois ?

— Elle-même.

— Elle t'a vraiment précisé le nombre ?

— Euh... non.

— Ah ha ! Tu vois, ton histoire commence à se fissurer. Peut-être l'as-tu rencontrée à deux ou trois reprises, ce qui, à la rigueur, pourrait étonner mais ne constitue quand même pas un miracle. Et comme tu viens de me dire que c'est *tout à l'heure* que tu lui as parlé pour la première fois, qu'est-ce qui prouve que tu n'as pas vu également ment *d'autres* petites filles à cheveux roux ? À cet âge, les traits ne sont pas formés et le petit blond de la rue Amherst ressemble diablement au petit blond de la rue Marquette, la petite rousse du carré Saint-Louis à celle de Côte-des-Neiges, non ?

— Tu crois ? demanda Nicolas, un peu rasséréné.

Lupien se mit à rire :

— Comment croire autre chose ? Aurais-tu vu par hasard la Sainte Vierge impubère ? Écoute, tu ferais mieux de te secouer un peu au lieu de passer les journées à rêvasser tout seul dans ton appartement. Ça ne vaut rien pour le moral, mon vieux. Cette chronique qu'on t'a promise à *L'Avenir,* qu'en advient-il ?

— Je n'en sais rien.

— Alors, agite-toi, trou de beigne, trouve-toi des contrats, appelle à gauche et à droite. Tu étais déjà connu, cette affaire Robidoux t'a rendu *célèbre.* Je suis sûr qu'on serait ravi d'utiliser tes services. Et puis, fuis la continence, bon sang ! Ça aigrit le sang et le sang aigri tourne l'esprit. Il faut être mystique pour pratiquer la chasteté, mon vieux. Toi et moi, on n'a rien d'un Père de l'Église. Tu vois ? une seule petite soirée de drague, et on s'est trouvé chacun une femme. Il y en a de plus belles et de plus fines, je te le concède, mais qui sommes-nous pour demander la perfection ? J'espère que tu vas revoir ta fille d'hier soir, hein ? Dis-lui de moins boire, tu lui rendras service, et elle t'en rendra un en t'offrant son lit.

Nicolas, un peu remis, remercia Lupien pour ses bons conseils et le quitta, non sans lui avoir fait promettre d'accourir illico si jamais la petite fille aux cheveux roux réapparaissait.

Cette histoire l'avait secoué. Il décida de l'interpréter comme un signal envoyé par la Vie pour l'inciter à se reprendre en main. En arrivant chez lui, il téléphona à *L'Avenir*. Lucien Brisson (étonnamment plus accessible depuis l'affaire Robidoux) lui répondit que, faute de fonds, le projet de chronique avait dû être reporté de six mois, mais l'assura qu'il tenait toujours. Nicolas se mit à errer d'une pièce à l'autre en maugréant, travailla une partie de l'après-midi à la biographie de Durivage, puis, incapable de se résoudre à la perspective d'une soirée solitaire, surmonta ses réticences et téléphona à Patricia Plourde pour l'inviter au cinéma.

— Tiens, je ne pensais pas que tu appellerais, dit-elle sans faire autrement allusion à son départ en douce du matin.

Elle parlait d'une voix indolente et curieusement voilée.

— C'est gentil, répondit-elle à son invitation, mais j'ai un mal de tête à me jeter par la fenêtre. Je paye pour ma brosse. Rappelle-moi demain, si tu veux.

Mains dans les poches, il continua sa promenade de pièce en pièce, jetant un coup d'œil par les fenêtres. L'obscurité s'épaississait. Le grésil, qui tombait depuis une heure, faisait frémir les vitres. À la pensée de l'humidité glaciale qui l'attendait dehors, il fut pris d'un frisson et décida de finir la soirée dans un bain chaud avec un roman. Mais, auparavant, il ferait quelques exercices de conditionnement physique. Lupien avait raison. Il devait se secouer. Sinon, qui sait ce qui arriverait ?

Il se déshabillait lorsque le téléphone sonna.

— Est-ce que je te dérange ? demanda Géraldine d'une voix froide et inexpressive, *la voix qu'il lui avait faite.*

— Non, pas du tout. Comment vas-tu ?

— Ton oncle veut te voir. Les médecins ne lui donnent pas une semaine.

Elle lui indiqua l'hôpital et le numéro de la chambre, puis raccrocha. Il restait debout devant l'appareil, les bras ballants. Il aurait eu envie de poursuivre la conversation. Comment allaient les enfants ? Est-ce que la chaudière à mazout était tombée en panne, comme chaque hiver ? Est-ce que sa nouvelle auto fonctionnait bien ? Et elle-même, comment se déroulait sa vie ? Ses collègues au cégep avaient dû apprendre leur séparation. Est-ce qu'on lui tournait autour ?

Mais il se rendait bien compte que toutes ces questions lui étaient désormais interdites. Il s'était volontairement coupé de sa vie. Il en était réduit à se contenter de liaisons passagères, de coucheries d'un soir, tout en luttant contre des chimères qui risquaient de lui détraquer l'esprit. Alors une idée étonnante lui passa par la tête : *et s'il allait la trouver pour lui demander pardon ?*

Il se mit à rire : quel mépris l'accueillerait ! Il n'oserait plus jamais la revoir. Sans compter qu'elle risquait, par méchanceté, de tout raconter à Jérôme. Aller se traîner à ses pieds, c'était vraiment déchoir.

Le lendemain avant-midi, il termina le chapitre final de sa biographie. Il glissa un élastique autour du manuscrit et le plaça dans un tiroir. Dans deux semaines, le texte se serait décanté et il pourrait s'attaquer à la révision. Il avait d'abord pensé finir son livre par une analyse de l'œuvre de Durivage, puis en avait rejeté l'idée. Au fond, cette œuvre lui inspirait peu de sympathie ; les spécialistes sauraient la commenter d'une façon plus pertinente.

Il prit sa douche, puis se rendit à l'hôpital Notre-Dame. Son oncle reposait depuis deux semaines à l'unité des soins palliatifs. En voilà un sans doute qui devait sentir le besoin d'un pardon avant de passer dans l'Autre Monde.

— Si tu es venu pour recevoir des excuses, mon garçon, lui dit ce dernier en le voyant apparaître, tourne les talons et va... -t'en : je ne tiens... pas cette marchandise.

— Je suis venu pour vous voir, mon oncle, tout simplement, répondit Nicolas en s'approchant.

Assis dans un fauteuil, le vieillard lui tendit la main. Sa maigreur extrême, son teint jaunâtre et sa chevelure clairsemée, complètement blanchie, le rendaient presque méconnaissable.

— As-tu beaucoup hésité avant de venir ?

Nicolas s'assit sur le bord du lit, essayant de cacher le malaise que lui inspirait la vue du malade :

— Pas du tout. Je ne garde en tête que les bons souvenirs, moi.

— Voilà une belle... formule de politesse. Je ne l'avais pas entendue depuis quelque temps.

Sa voix n'était plus qu'un murmure à demi étouffé par les glaires, mais chaque mot, fermement articulé, était audible. Nicolas comprit qu'il ne réussissait à parler – et sans doute à vivre – que par la seule force de sa volonté.

— Et alors ? tu as réussi à faire... tout un boucan, finalement, avec ce fameux Robidoux. Où est-il allé... se nicher, celui-là ? On n'en entend plus parler.

— Paraîtrait qu'il vit en France. Il avait dû amasser un petit magot. Bon débarras !

— Hum... s'il fallait éliminer... toutes les crapules en circulation, les rues deviendraient désertes, marmotta Pintal avec une grimace, sans se rendre compte, apparemment, que le mot pouvait s'appliquer à lui.

Une quinte de toux le saisit. Nicolas le regardait, impuissant, tandis que le vieillard, les épaules violemment secouées, le visage écarlate, expectorait des graillons dans un mouchoir. L'accès se calma au bout d'un moment. Alors, après un moment de silence, il leva vers son neveu des yeux dilatés d'angoisse :

— Je vais crever, tu le sais. J'en ai la... chienne jour et nuit. Mais que veux-tu que j'y fasse ? Tout ce que les médecins peuvent m'offrir, c'est de prolonger mes souffrances. Morphine, oxygène, morphine, broncho... -dilatateurs... La belle affaire...

Sa voix baissait. Il fit signe à Nicolas de s'approcher.

— Toi qui as tant lu... et vu tant de gens... peux-tu me dire ce qui vient... *après*?

Nicolas, les yeux pleins de larmes, dut prendre une longue inspiration avant de répondre.

— Je ne sais pas, mon oncle. Probablement rien.

— Rien ? C'était bien... la peine de se donner tant de mal...

Il ferma les yeux. Soudain, saisissant le bras de Nicolas, il planta son regard dans le sien :

— Je... croyais que j'étais bâti pour vivre cent ans. Mon père... y était presque arrivé.

Il reprit son souffle, puis :

— Mais peut-être qu'il y a quelque... chose au fond de moi qui a décidé de mourir sans que je le sache. Est-ce que c'est... possible, Nicolas ?

— Je ne sais pas, mon oncle. Je ne connais rien à ce genre d'affaires.

L'autre eut un geste impatient, puis referma les yeux. Le sifflement de sa respiration augmentait.

— Ouvre le tiroir de la table de chevet, dit-il au bout d'un moment. Il y a une... enveloppe pour toi. Prends-la... et va-t'en. J'ai besoin de dormir.

———

Nicolas ne put y tenir et ouvrit l'enveloppe dans l'ascenseur. Elle contenait un chèque de cinq mille dollars.

— Suce-la-cenne jusqu'au dernier soupir, grommela-t-il. À qui vont aller tous ses millions ?

Il regretta aussitôt sa réaction et se morigéna à voix basse, sous le regard inquiet d'une vieille religieuse qui sentit le besoin de reculer de trois pas.

———

Le 18 février, Nicolas reçut une lettre de Dorothée qui le jeta dans l'étonnement. La lettre s'adressait à tous les amis de François Durivage ; ils étaient au nombre de sept, leurs noms figurant à la fin. Sauf pour deux d'entre eux, Nicolas ne les connaissait que superficiellement, Durivage pratiquant des amitiés plutôt compartimentées. Il y avait un avocat de Sherbrooke et le chef de cabinet d'un ministre, tous deux anciens camarades de collège de l'écrivain (ce dernier, durant son adolescence orageuse, avait fréquenté trois ou quatre établissements), un cardiologue réputé de Québec, le propriétaire d'une petite maison d'édition spécialisée dans les livres d'art (Durivage avait écrit quelques textes pour lui), une amie d'enfance devenue rédactrice publicitaire, et enfin Géraldine et lui-même. De tout ce beau monde, Nicolas connaissait assez bien l'éditeur (un homme très estimable, presque un ami) et le chef de cabinet (petit être falot, tout en sourires et sous-entendus, usé comme un jeu de cartes d'hospice), dont Nicolas s'était toujours demandé ce que l'écrivain pouvait bien lui trouver.

« Dans son testament, écrivait Dorothée, François a manifesté la volonté que ses amis se réunissent pour une fête commémorative le 8 avril, jour anniversaire de sa mort. La fête doit se tenir à sa maison de campagne de Havre-Aubert aux Îles-de-la-Madeleine (un endroit, comme vous le savez tous, qu'il affectionnait particulièrement) et doit durer une journée entière. Le testament stipule que les frais de déplacement des invités comme ceux de l'organisation de la fête seront assumés par la succession, les autres dépenses de voyage restant à la charge de chacun.

«Certains trouveront – et avec raison – que le lieu et la date choisis par François présentent quelques inconvénients. L'éloignement de Havre-Aubert, sa relative difficulté d'accès, l'absence de vacances ou de jours fériés durant le mois d'avril compliqueront pour certains leur participation à cette fête. Mais telles sont ses volontés, on ne peut plus clairement exprimées. Tous y reconnaîtront son caractère original et attachant et la grande importance qu'il accordait à l'amitié.»

— Jos-m'as-tu-vu jusque dans la tombe, grommela Nicolas. Les Îles-de-la-Madeleine en avril ! C'est de la folie pure ! on doit patauger dans la boue jusqu'aux mollets. Comme je le connais, il devait avoir une idée derrière la tête.

Il téléphona à Dorothée pour avoir plus de détails – et en profiter pour tenter de la convaincre de venir passer quelques jours à Montréal.

— Je ne peux rien te dire de plus, mon cher, répondit-elle. Je vous ai écrit tout ce que je savais.

Mais son ton circonspect et quelque peu cassant démentait ses paroles. Il eut beau l'entreprendre sous tous les angles imaginables, elle garda bouche cousue.

— Viendras-tu ? demanda-t-elle.

— Bah... peut-être... Je ne sais pas... J'ai le portefeuille un peu à sec... Et puis la perspective de passer toute une journée avec Géraldine....

— Viens. Cela va te faire du bien, tu verras. Et à elle aussi. Vous n'êtes pas obligés de vous tenir ensemble comme des jumeaux siamois.

— Eh bien, si tu m'invites aux Îles-de-la-Madeleine, moi, je t'invite à Montréal. Demain, si tu veux, ou même ce soir.

Mais Dorothée, prise par toutes sortes d'affaires, ne pouvait quitter Québec avant quelques semaines. Par fierté, il n'insista pas.

— Que le diable t'emporte, grommela-t-il en raccrochant. Je suppose que tu te fais monter chaque soir par un ministre, ou peut-être par tout son cabinet, sait-on jamais ? Grand bien te fasse et alléluia !

Et il se consola en téléphonant à Patricia Plourde, qui accepta aussitôt son invitation d'aller voir *Louis 19*, la comédie de Michel Poulette qui faisait rage dans les cinémas.

En sortant du Berri, ils se rendirent dans un café, rue Saint-Denis ; dès le deuxième verre, l'œil de la jeune femme devint terne et globuleux et se mit à rouler lentement comme une grosse bille ; elle trouva charmante la proposition de Nicolas de passer la nuit chez lui ; elle l'écoutait, un vague sourire accroché aux lèvres, avec l'air de penser à autre chose, et avançait de temps à autre la main pour lui caresser le bout des doigts. En mettant le pied dans l'appartement, elle se déshabilla devant lui avec une tranquille impudeur, exhibant ses chairs un peu flasques, expédia leurs ébats en poussant de grands cris de plaisir, puis demanda de la bière.

— T'es gentil, toi, murmura-t-elle en s'étirant dans le lit quand Nicolas revint avec verres et bouteilles. T'as un peu le genre p'tit chien d'appartement. J'aime ça.

— P'tit chien d'appartement ? s'étonna l'autre, offusqué.

— Ouais, ouais... Allons, ne prends pas cet air-là, je te fais un compliment. C'est le genre d'hommes que je préfère. Sont durs à trouver. Si tu savais par où je suis passée !

Et, tout en buvant sa bière, elle se lança dans les confidences. À l'âge de quinze ans, elle avait été dépucelée dans une garde-robe par un de ses oncles. C'était une sorte de brute au grand cœur, un original plein d'idées bizarres, qui l'avait un peu amochée, bien sûr, mais l'avait aussi beaucoup aidée, lui permettant de quitter un foyer irrespirable pour aller vivre dans un petit studio, subvenant à ses besoins, payant ses études dans une école de secrétariat privée et se récompensant de ses efforts par de fréquentes visites nocturnes. Il l'avait entraînée à boire, mais aussi à travailler dur, et elle avait terminé son cours avec de bons résultats. C'était un homme jovial, facilement colérique, mais sans rancune. Tout dans sa vie était étrange et excessif. Il travaillait comme préposé à l'entretien dans un supermarché de Québec, se faisant toutes sortes de petits profits plus ou moins licites. Par exemple, le soir en balayant, il récupérait les grains de café tombés des distributeurs, les accumulant chez lui dans de grandes boîtes de fer blanc pour les revendre ensuite à un restaurateur du voisinage qui en délectait sa clientèle. Avec un mystérieux sourire, l'oncle parlait de son « mélange plancher ». Il avait la passion de la trompette et, au grand dam de ses voisins, passait les fins de semaine à s'époumoner sur des airs de jazz. À cinquante-deux ans, un soir, après deux heures de musique, il avait fait une crise cardiaque et son médecin l'avait mis au repos, lui défendant de toucher à son instrument. Une après-midi, il avait appelé Patricia chez lui et l'avait montée comme un étalon.

— Maintenant, un peu de musique, avait-il décidé, pour fêter la résurrection de ma queue.

Il avait empoigné sa trompette et s'était lancé dans *I've been waiting for ya on the top of a tree*. Après dix mesures, il s'était écroulé par terre, foudroyé.

— Je n'ai jamais su si c'était moi ou la trompette qui l'avait tué, conclut Patricia en riant.

Ses funérailles avaient été à l'image de sa vie, insolites et spectaculaires. À l'arrivée du cercueil à l'église, des ouvriers travaillaient à la réfection de la toiture. La dépouille mortelle franchissait le parvis lorsqu'un seau rempli de goudron bouillant quitta le clocher et s'écrasa sur le cercueil, l'éventrant et blessant gravement un des porteurs. Elle voyait encore le bras de son oncle, raide et souillé de goudron, qui pendait dehors, les doigts recroquevillés, comme s'il souffrait lui aussi. On avait dû remettre la cérémonie au lendemain.

Elle poursuivit, intarissable. Sa vie n'avait été qu'une suite d'histoires lamentables, une série d'abus qu'elle avait subis ou exercés, sans trop paraître se rendre compte de ce qui lui arrivait. Après la mort de son oncle, la vie à Québec avait perdu tout intérêt pour elle. Un ami lui avait trouvé un petit emploi de bureau à Montréal; la ville lui avait plu, particulièrement ses bars et ses cafés; elle avait dû se faire avorter deux fois, puis avait accouché d'un petit garçon qu'elle avait gardé un an pour le donner ensuite à sa sœur, «car elle n'avait pas la force de l'élever».

Il l'écoutait en réprimant des bâillements, consterné devant ce malheur qui s'ignorait, cette dérive tournée en habitude. Il la comparait à Géraldine et même à Moineau, et un sentiment de honte l'envahissait. Que faisait-il dans un lit avec cette pauvre fille, sinon allonger la liste de ses abuseurs? La stature de son ex-femme ne cessait de grandir à ses yeux, elle acquérait une noblesse presque effrayante. Et pourtant, il l'avait stupidement envoyée promener en prenant soin, au préalable, de la torturer durant de longs mois, et maintenant il se retrouvait devant rien, sa vie tournant peu à peu au gâchis, ses rêves et ses projets devenus un monticule de débris, un fouillis incompréhensible.

Elle causa ainsi jusque tard dans la nuit. Vers sept heures, elle se leva pour aller à son travail, le regarda un moment sur le seuil de la porte en train de dormir, puis s'approcha du lit et lui caressa la joue, mais il ne se réveilla pas.

24

Au début de la soirée, il se mit à pleuvoir à verse. Les bancs de neige gorgés d'eau commencèrent à s'affaisser, tandis que les rares piétons avançaient avec précaution sur les trottoirs inondés et glissants et que les autos filaient dans les rues en soulevant des gerbes grisâtres ; leur jaillissement s'entendait jusque dans les maisons et réjouissait le cœur, même si le printemps qu'il annonçait se trouvait encore loin ; d'autres vagues de froid se chargeraient, en effet, de congeler tout ce ruissellement, transformant les rues et les routes en patinoires et tout le Québec en une sorte de banlieue du pôle Nord.

Nicolas enfila son manteau, descendit au garage et s'enferma dans la Rolls-Royce. Il avait décidé de profiter de ce déluge pour écouter *La mer* de Debussy et la *Symphonie Océan* de Rubinstein. Mais une autre raison le poussait à sortir par ce temps de canard, sans qu'il osât se la représenter clairement. La chaufferette répandit bientôt une agréable tiédeur dans l'auto ; il enleva son manteau, écouta un moment le crépitement de la pluie sur le toit de tôle ondulée, mit en marche le lecteur laser et la *Symphonie Océan* débuta. Au bout d'une vingtaine de minutes, l'ennui l'étouffait ; il changea de disque et plongea dans *La mer*. Mais à présent son attention voltigeait comme une nuée de confettis au grand vent ; il avait l'impression que c'était quelqu'un d'autre qui écoutait la musique. Il arrêta de nouveau l'appareil, étendit les jambes et ferma les yeux, la nuque appuyée sur le moelleux dossier de cuir. Une faible odeur de parfum flottait dans l'auto, un parfum qu'il ne connaissait pas. Qui avait bien pu venir ici ? Il était le seul à posséder la clé, qu'il gardait accrochée près de la porte de la cuisine. Jérôme peut-être, avec sa petite amie, lors de leur dernière visite à l'appartement ? Peut-être avaient-ils eu l'idée, expérience rarissime, de faire l'amour dans une Rolls, plaisir que lui-même ne s'était pas encore permis, à cause de cette achalante de propriétaire qui s'usait le bout du nez à regarder par la fenêtre ; la semaine d'avant, elle s'était plaint que sa cafetière glougloutait trop fort le matin ; le lendemain, elle lui avait demandé un petit supplément pour l'utilisation de la chaufferette dans le garage ; puis, deux heures plus tard, elle lui faisait remarquer qu'une circulaire traînait devant sa porte. Jérôme, lui, tout timide qu'il fût, se fichait éperdument d'elle. D'ailleurs, il prenait beaucoup d'assurance depuis quelque temps. La veille, c'est calmement et comme en ami qu'il lui avait appris que Géraldine sortait avec un certain Rogietto Pottiero, professeur de français au cégep, et qu'ils avaient passé une après-midi seuls à la maison.

— Bien fait pour moi, marmonna Nicolas avec un sourire de dépit. Mari coureur, mari cocu.

Il se demanda comment elle faisait l'amour avec son prof. Avait-elle découvert de nouvelles fantaisies ? Y trouvait-elle davantage de plaisir ? L'avait-elle ridiculisé devant son amant ?

Et, soudain, il décida de se rendre à la maison prendre des nouvelles de Sophie, alitée depuis trois jours par une amygdalite. Il éteignit la chaufferette, sortit de l'auto, enfila son manteau, puis s'éloigna en frissonnant sous la pluie.

Ce fut Géraldine, encore une fois, qui lui ouvrit. Elle portait une robe bleue fort seyante et paraissait plus mince ; des boucles qu'il ne lui connaissait pas brillaient à ses oreilles ; son visage, soigneusement maquillé, paraissait plus jeune, mais tendu et un peu fatigué.

Il se tenait debout devant elle, essayant de sourire malgré son accablement :

— Comment va Sophie ?

— Elle dort. Il vaut mieux ne pas la réveiller.

— Est-ce que la fièvre a baissé ?

— Elle en faisait un peu au souper. Le médecin pense que d'ici deux jours elle sera sur pied et pourra retourner à la garderie.

Elle fixait quelque chose dans la rue et ne lui offrit pas d'entrer.

«C'est normal, se dit-il. N'importe quelle femme sensée agirait ainsi.»

Ses reins se mirent à élancer et sa jambe gauche mollit, comme privée de force. Il se sentit vieux et usé, ridicule et insignifiant ; il redressa les épaules, car la fatigue le voûtait. Géraldine le regardait en silence et son regard semblait dire : «Retourne sous la pluie. Tu perds ton temps ici. Ma vie a changé à présent. Tu n'en fais plus partie.»

— As-tu reçu l'invitation de Dorothée ? demanda-t-il, sachant bien qu'elle l'avait reçue.

— Oui, il y a deux jours.

— Et alors ?

Elle haussa les épaules et ne répondit rien. Ses yeux s'étaient remis à fixer la rue. Elle semblait compter les secondes qui la séparaient de son départ.

— Je regrette ce qui s'est passé entre nous, dit-il tout à coup, consterné de s'humilier ainsi inutilement, mais incapable de se retenir.

Elle sourit :

— J'espère que tu n'es pas en train de tenter une réconciliation ?

— Non, bien sûr. Je sais que tout est fini.

— Oui, bien fini.

— J'ai beaucoup réfléchi ces derniers temps. Je ne comprends pas comment j'ai pu avoir une conduite aussi inqualifiable. Je devais être fou. Maintenant, le calme est revenu et tout m'apparaît différemment. J'ai saboté nos vies, et tout cela en pure perte. J'espère que les enfants n'en ont pas trop souffert.

Géraldine eut une grimace amère :

— Il est trop tard pour regretter, à présent. Comment revenir en arrière ? Je ne veux plus penser à ces moments-là. Ne m'en reparle plus jamais, veux-tu ?

Elle s'avança vers la porte :

— Reviens après-demain. Sophie sera sûrement guérie.

Il eut à peine le temps de lui dire bonsoir. La porte se referma derrière lui. Debout sur la galerie, il regarda un moment la pluie glaciale qui bruissait dans la rue, faisant scintiller les mottes de neige et la surface glacée du trottoir ; il descendit lentement les marches et retourna chez lui.

Télesphore Pintal durait, étonnant les médecins. Ces derniers avaient prédit son décès vers la fin de février. Or, le mois de mars entrait dans sa deuxième moitié qu'il s'obstinait toujours à vivre, consommant de plus en plus d'oxygène, de morphine et de bronchodilatateurs, et accablant le personnel hospitalier d'exigences et de caprices. Le 16 mars, un de ses amis, entrepreneur de bâtiments, qui venait le voir chaque semaine, eut la malheureuse idée de lui apporter un article de la revue *Health & Nature* où l'on vantait les effets miraculeux sur les maladies respiratoires de l'air salin des côtes de Brunswick, en Caroline du Nord. L'île Bald Head, en face de Fort Caswell, semblait particulièrement bénéfique. L'article citait le cas d'un homme atteint d'un cancer des poumons en phase terminale, qui avait retrouvé la santé après un séjour d'un mois sur l'île grâce à des séances quotidiennes de chaise longue accompagnées d'un régime végétarien riche en vitamine C. L'auteur se perdait en conjectures sur les causes de cette guérison inespérée. D'autres cas semblables avaient été relevés. La composition particulière du varech qui s'échouait sur le littoral expliquait peut-être cette énigme. Toujours est-il que depuis un an hôtels, motels, villas et pensions de la région, habituellement désertés durant la saison froide, recevaient une clientèle de plus en plus nombreuse, déterminée à tromper la mort.

— Commandez-moi une ambulance, haleta Télesphore, je veux être à Bald Head dans deux jours.

Sa femme eut beau lui répéter que son état lui interdisait un si long voyage, que ces supposées cures, malgré tout le tapage qui les entourait, avaient autant d'effet que l'huile de Saint-Tintouin, le malade s'obstina :

— Qu'est-ce qu'on m'offre à... la place ? Des soupirs de compassion et un... enterrement. Fais ce que je te... dis. C'est moi qui paye, c'est moi qui décide.

On fit venir une ambulance, on engagea une infirmière, le médecin de Pintal avertit les principaux hôpitaux situés sur son trajet et chacun se prépara à le voir mourir en route.

Il partit le lendemain matin avec Delphine et une infirmière, un masque à oxygène sur le visage, le regard fixe, les extrémités glacées, négociant avec une énergie surhumaine une respiration après l'autre, et arriva à Fort Caswell dans l'après-midi du 19, en fort piteux état. Sa femme avait réservé une chambre à l'hôtel *Serenity*. Pendant qu'il s'y reposait, elle se mit à la recherche d'un bateau qui les transporterait jusqu'à l'île de Bald Head. Un vieux retraité offrit son yacht à deux cents dollars par jour. À sept heures, Télesphore Pintal, étendu sur une chaise longue et enveloppé dans un sac de couchage, commençait sa cure dans le fracas des vagues qui venaient mourir sur la plage déserte. Assise près de lui, sa trousse d'urgence à portée de la main, une bonbonne à ses pieds, l'infirmière observait le large d'un air stoïque, emmitouflée dans deux chandails ; Delphine, elle, était partie sur l'îlet à la recherche d'une pension ou d'un chalet ; elle loua finalement à fort prix une bicoque sommairement meublée, au toit d'une étanchéité douteuse. Télesphore Pintal refusa de quitter la plage et y passa toute la nuit, les deux femmes, exténuées, se relayant auprès de lui aux trois heures. Le lendemain, la respiration du malade semblait s'être un peu libérée.

— Vous voyez ? Je me sens déjà mieux, souffla-t-il avec une naïve expression d'espoir dans les yeux.

Il réussit à dormir quelques heures, demanda un verre de jus d'orange et refusa son injection de morphine habituelle. Son regard était plus clair, sa voix un peu plus ferme. Il sourit à Delphine quand celle-ci ronchonna devant l'inconfort de leur cabane :

— C'est quand même mieux... qu'un cercueil, non ? Si... je guéris, je te construirai ici quelque... chose, ma... belle, qui te fera oublier tes sacrifices. Et vous ne serez pas laissée pour compte, ajouta-t-il à l'intention de l'infirmière.

Dans l'après-midi, il eut un accès d'étouffement qui l'obligea à recourir au masque, puis un autre, encore plus grave, au milieu de la soirée. Son état ne cessait de se détériorer, mais il refusait toujours de quitter la plage. Au petit matin, on dut le ramener à demi inconscient à Fort Caswell. Il reprit conscience à l'hôpital et demanda, tremblant d'effroi, qu'on le ramène à Longueuil.

Au grand étonnement de ses compagnes, il vivait encore à son arrivée chez lui. On le coucha dans son lit sans qu'il ouvre les yeux. Quelques heures plus tard, il s'arc-bouta deux ou trois fois dans un effort désespéré pour faire pénétrer un peu d'air dans ses poumons, poussa une sorte de sanglot et mourut.

Ses funérailles eurent lieu à l'église Notre-Dame-de-Fatima. Une masse d'air chaud s'était posée sur la région de Montréal comme une gigantesque cloche. La neige fondait, de petits ruisseaux bruissaient le long des rues et se jetaient dans les bouches d'égout avec un joyeux vacarme. Les adolescents se promenaient tête nue, en simple chemise. Le ciel était d'un bleu de canicule. On entendait de légers craquements dans les arbres, comme si les bourgeons cherchaient à éclater. Une foule imposante emplissait l'église, car Télesphore Pintal avait une grande renommée et beaucoup de relations. On avait ouvert les portes pour faire entrer un peu de fraîcheur. Au moment de l'homélie le curé s'avança vers la balustrade. Il n'avait pas connu personnellement Télesphore Pintal, mais, esprit méticuleux, s'était renseigné auprès d'un ami du défunt afin de préparer un éloge édifiant et bien senti de l'homme d'affaires. Il rappela ses origines plutôt modestes, décrivit ses débuts étonnants, parla de son mariage et des enfants qu'il aurait souhaités, mais que Dieu, dans ses desseins insondables, ne lui avait pas donnés, puis se lança enfin dans l'énumération de ses qualités. C'est à ce moment précis qu'un défilé de motards passa lentement devant l'église, la remplissant d'un tapage indescriptible qui noya les paroles du prédicateur. Quand ils se furent enfin éloignés, ce dernier avait terminé.

Bientôt l'église se vida. Les gens causaient sur le parvis, heureux de quitter leurs réflexions moroses sur le destin de toute chair et de retrouver le train-train quotidien. Le vent soufflait une bonne odeur de pain chaud, venue d'on ne sait où. Delphine avait fait préparer un buffet au sous-sol de l'église et quelques jeunes circulaient parmi la foule, invitant tout le monde à s'y rendre.

Nicolas avait aperçu son ex-femme de loin. Ses deux garçons l'accompagnaient, graves et endimanchés. Il les rejoignit dans la salle près d'une table chargée de hors-d'œuvre. Géraldine le trouva pâle et amaigri, avec une expression de détresse dans le regard qui ne fut pas sans lui causer un secret plaisir.

Il serra la main de Jérôme, embrassa Frédéric (tous deux profondément mal à l'aise), et prit leur mère à l'écart :

— Je veux te parler, dit-il d'une voix fiévreuse.

— De quoi ?

— De nous.

— De nous ? s'étonna-t-elle. Quel « nous » ? Ce « nous » n'existe plus, tu le sais bien.

— Il existe encore pour moi, en tout cas, répondit-il d'une voix saccadée, l'œil un peu égaré. Je ne le croyais pas, mais chaque jour ça me paraît plus évident.

Elle le fixait avec un sourire moqueur et un peu ennuyé, puis jeta un regard à la ronde pour s'assurer que leur conciliabule n'attirait pas l'attention.

— Je ne veux pas te rencontrer. Parle à mon avocat si tu as des choses importantes à discuter. Tu peux voir les enfants aussi souvent qu'il te plaira. Il faudra que ça te suffise.

Il rougit violemment et lui saisit le bras :

— Je suis prêt à toutes les bassesses pour te retrouver, comprends-tu ? chuchota-t-il. J'ai connu d'autres femmes, mais c'est de la chnoutte à côté de toi. J'étais trop idiot pour me rendre compte de la chance que j'avais eue de te connaître et...

— Laisse-moi, fit-elle en se dégageant, et fiche-moi la paix. On nous regarde. Tu es ridicule.

Il traversa la salle à grandes enjambées, bousculant des gens et s'excusant d'une voix étouffée, faillit buter contre une jeune fille qui s'avançait avec un plateau chargé de verres de vin, en saisit un, le vida d'un trait, en prit un autre, puis un troisième, causa un moment avec un homme au visage mou et bouffi, quelque peu répugnant, dont il chercha en vain à se rappeler le nom et qui lui parlait d'une rencontre qu'il avait totalement oubliée; puis il quitta la salle, monta dans son auto et retourna chez lui dans le plus profond désarroi.

25

Malgré le peu d'enthousiasme qu'elle lui inspirait, Nicolas continuait de voir Patricia. Il le faisait pour des raisons d'abord physiques, mais appréciait sa gentillesse et sa discrétion, qui lui faisaient oublier un peu sa conversation effroyablement vide et son goût démesuré pour l'alcool. Patricia ne posait pas de questions et n'exigeait rien, comme si les rapports humains étaient à ses yeux essentiellement éphémères et sans conséquence. En retour, Nicolas sentait bien qu'il ne pouvait rien exiger d'elle non plus. Un soir, au restaurant, il constata qu'elle s'efforçait visiblement de diminuer ses libations. Il lui en fit la remarque.

— J'ai bien vu que ça t'écœurait que je boive comme un évier, répondit-elle en souriant. Si j'ai envie de me soûler, je le ferai toute seule chez moi.

Il en fut curieusement touché et, cette nuit-là, se montra avec elle d'une tendresse inhabituelle.

— Tu deviens sentimental, mon lapin, s'étonna-t-elle avec un curieux sourire. Est-ce que ça serait à cause de l'âge ?

Il se mit à la voir deux ou trois fois par semaine et l'amena même chez Robert Lupien, qui la classa aussitôt dans la catégorie des « braves filles un peu cinglées ».

Nicolas écrivait de plus en plus régulièrement pour *L'Avenir* et Brisson lui réitérait sa promesse de l'engager bientôt à plein temps.

Seules, disait-il, des contraintes syndicales l'empêchaient de procéder plus vite. Après des mois de turbulence et de désarroi, sa vie se restructurait peu à peu, le calme revenait, de nouvelles habitudes s'instauraient.

Mais une profonde amertume l'habitait toujours. Elle venait de l'incroyable embrouillamini causé par les négociations au sujet de son divorce ; les deux avocats engagés pour régler l'affaire semblaient vouloir lui donner l'ampleur conjuguée du traité de Versailles et de la convention de Genève.

Sur les entrefaites, un événement bizarre et en apparence insignifiant, exacerba sa peine. Il marchait un soir dans la rue Mont-Royal, après avoir acheté quelques disques d'occasion à L'Échange, lorsque son regard fut attiré par un vieil homme pauvrement vêtu appuyé contre un arrêt d'autobus, une bouteille de bière à la main, et qui semblait contempler quelque chose à ses pieds. Il s'approcha, intrigué, et aperçut des empreintes de chien, figées depuis longtemps dans le béton du trottoir. Un tel air de consternation était répandu sur le visage de l'inconnu qu'il s'arrêta devant lui et l'interrogea du regard.

— C'était mon chien, fit l'homme. S'est fait écrabouiller par un camion au milieu de la rue il y a trois ans, pendant qu'on finissait de couler le béton. Un ouvrier venait de lui crier après. C'était une bête nerveuse. Un rien l'effarouchait. Nerveuse, mais fine... et bonne comme un bec sur la bouche. J'ai jamais pu la remplacer.

Il prit une gorgée de bière.

— Vous devriez, répondit Nicolas. Ça vous consolerait un peu.

— J'ai essayé. J'ai essayé deux fois. Mais j'arrive pas à me faire aux autres. Une semaine, deux semaines, et je suis obligé de m'en débarrasser.

Nicolas, ne sachant plus que dire, continua son chemin, étrangement remué sans qu'il puisse s'en expliquer la raison. En quelques mots, l'individu lui avait transmis sa peine inguérissable de vieillard solitaire. Un sentiment de désastre l'oppressait. Sa vie ne lui paraissait plus qu'une suite d'échecs minables qui ne s'aboliraient que dans la mort.

— Allons, qu'est-ce qui se passe ? marmotta-t-il en arrivant à son appartement. Je ne lui ai jamais vu le bout de la queue, à ce maudit chien. Il n'est quand même pas pour me gâcher la soirée !

Il alluma la télévision, puis l'éteignit, descendit écouter de la musique dans la Rolls, mais revint au bout de quelques minutes et tourna dans l'appartement, les mains dans les poches, l'esprit envahi de pensées lugubres. L'idée lui vint de se masturber, mais le cœur lui manqua.

Il se retrouva assis dans la cuisine en train d'écrire à Géraldine. Les feuilles s'empilaient. À minuit, il en avait écrit quatorze.

« Je ne te demande qu'une chose : ne jette pas cette lettre sans l'avoir lue jusqu'au bout. Laisse-moi au moins t'exprimer ma peine et tout le dégoût que je ressens vis-à-vis de moi-même. Je n'arrive pas à comprendre comment j'ai pu être aussi cruel, insensible, égoïste et menteur. Toutes ces laideurs émanaient donc de moi ? J'en ai le frisson. Tu as raison de refaire ta vie (Jérôme m'a tout raconté). Tu as beaucoup perdu dans cette histoire. Mais je perds encore plus que toi. Je perds une femme de qualité, qui m'a rendu heureux pendant dix-huit ans et que j'ai stupidement envoyée promener. Une sorte de frénésie avait emporté ma raison. François Durivage se trouve peut-être à l'origine de cette affaire. J'ai voulu profiter de sa mort pour le dépasser. Je m'aperçois maintenant que je ne l'ai jamais aimé, qu'au contraire je le détestais ou, plutôt, qu'au fond de mon amitié pour lui grouillait une ignoble jalousie. Je ne lui pardonnais pas d'avoir mieux réussi que moi. Et, surtout, je ne lui pardonnais pas de m'avoir choisi comme ami. Moi, le faire-valoir, l'éternel second violon, l'auteur-qui-aurait-pu, le chroniqueur bedonnant qui pondait ses tartines en bâillant – et maintenant le biographe officiel, haha ! je n'en sortirai jamais, il faut se résigner. Il avait constamment besoin de ce genre de personnes autour de lui, tu le sais bien.

« Ce problème ne te concernait pas du tout, mais, Dieu sait pourquoi, je t'ai choisie comme victime. Maintenant tu me repousses. Qui ne le ferait pas ? Ma crise est passée, je me suis prouvé à moi-même que je pouvais quand même accomplir certaines choses (modestes mais satisfaisantes) et mes sentiments pour toi, hélas ! ont repris vie.

Je te revois telle que tu es, une femme remarquable, aimable, désirable. Je sais, je sais : il est trop tard, mille fois trop tard.

« En commençant cette lettre, je me suis rappelé l'été de notre mariage. J'ai revu en esprit le petit chalet où nous avions vécu en solitaires pendant tout un mois, le lac qui venait clapoter au bout du quai, l'écureuil que j'avais apprivoisé, nos promenades en forêt, nos combats contre les maringouins, tout, tout, je te dis. C'est l'été où tu m'as appris à cuisiner et à aimer Tolstoï. Nous faisions l'amour jour et nuit, et jusque sur le quai, tu te rappelles ? J'espère que je n'ai pas souillé ces souvenirs dans ton esprit. Malgré ce qui est arrivé, dans la profonde amertume où je vis, ils réussissent encore à me donner un peu de bonheur. »

Il alla porter la lettre sur-le-champ et revint se coucher, titubant de fatigue, mais ne put fermer l'œil. À cinq heures, excédé, il prit un comprimé de *Valium* avec une bière et fit un rêve étrange.

Il se trouvait dans un salon, chez le ministre Robidoux, mais, curieusement, la pièce était en même temps une scène qui s'ouvrait sur une vaste salle bondée de spectateurs. Vêtu d'une somptueuse robe de chambre ornée de glands qui rougeoyaient comme des braises, le ministre allait et venait devant lui, déversant un flot de paroles triviales et sans intérêt, inconscient de la foule qui les observait en silence.

— Une petite vodka, mon ami ? fit-il en s'approchant d'un bahut.

Il lui tendit un verre minuscule, rempli à ras bord. Mais au moment où Nicolas allait le prendre, une goutte brillante apparut au bout du nez du ministre et tomba dans le liquide.

Nicolas prit le verre, dégoûté :

— Euh... un peu de morve est tombé dans la vodka, observat-il enfin, tandis qu'un murmure amusé parcourait la salle.

— Bah! l'alcool tue les microbes, lança le ministre avec un grand rire. Allez, allez! Ça ne sera que meilleur!

Et, le cœur soulevé par la nausée, mais avec le sentiment d'être soumis à une obligation mystérieuse et incontournable, Nicolas enfila la vodka d'un trait sous un tonnerre de rires et d'applaudissements.

Sans oser se l'avouer, il espérait une réponse de Géraldine. Elle ne vint pas. Trois jours plus tard, il se rendit chez elle dans la soirée, sous le prétexte de voir les enfants. C'est Jérôme qui le reçut. Ils parlèrent quelques moments dans le vestibule, puis passèrent à la cuisine. Géraldine – qui avait sûrement entendu sa voix – travaillait dans son bureau et ne se montra pas.

— Oh! papa! papa! lança Frédéric de la salle à manger. Viens ici. J'ai de la misère avec mon devoir de maths.

Un peu embarrassé, il s'assit auprès de lui. Sophie vint bientôt le rejoindre et prit place sur ses genoux. Jérôme observa la scène un moment avec un curieux sourire, puis haussa les épaules et s'en alla.

Une vingtaine de minutes s'écoulèrent ainsi. Nicolas, de plus en plus perplexe, de plus en plus nerveux, décida de partir. Sa visite tournait en queue de poisson. Peut-être même avait-elle indisposé Géraldine. En s'humiliant ainsi devant elle, il ne faisait sans doute qu'accroître son aversion. Il aida Frédéric à résoudre un dernier problème, puis, déposant sa fille à terre :

— Tu peux te débrouiller tout seul, maintenant? Il faut que je parte. J'ai une course à faire.

Son fils leva sur lui un regard déçu, mais ne chercha pas à le retenir. Nicolas enfilait son manteau lorsque Jérôme vint le trouver :

— C'est pour toi, fit-il en désignant une boîte dans le vestibule.

— Qu'est-ce que c'est?

— Ton ampli et ton lecteur laser. Tu peux venir chercher aussi tes haut-parleurs.

Nicolas le fixait en silence, les sourcils froncés, un sourire étonné aux lèvres :

— C'est une décision de ta mère?

— De qui veux-tu que ce soit?

— Quand?

— Hier soir. Elle m'a demandé de débrancher les appareils, de les mettre dans une boîte, puis de t'appeler. J'avais oublié.

Comment devait-il interpréter ce geste ? Signe amical ? Dernier règlement avant la coupure définitive ? Comment savoir ? Il ne connaîtrait pas la paix tant qu'on n'aurait pas répondu à ses questions.

— Qu'est-ce qu'elle t'a dit ?

— Rien.

— Et encore ?

— Rien, p'pa. Rien du tout. Elle évite de parler de toi.

— Et qu'est-ce que tu en penses ?

Il lut une expression de commisération, presque de pitié, dans le visage de l'adolescent. Mais son envie de savoir l'emportait sur tout. Il serait temps plus tard de regretter.

— Je ne sais pas, p'pa. Je ne sais vraiment pas.

— Est-ce que... est-ce qu'elle voit encore son... professeur ?

— P'pa... je t'en prie... Je ne sais pas... La semaine passée, ils se sont engueulés au téléphone... Mais qui ne s'engueule pas ?

— Bah ! au fond, je m'en fiche, fit-il en se penchant pour saisir la boîte. Quand on a bu sa bouteille, il faut bien la pisser. Je viendrai chercher les haut-parleurs demain.

Au matin, il reçut un appel téléphonique de Fabien Vitayan, l'éditeur ami de François Durivage qui avait publié en tirage limité quelques-unes de ses nouvelles et un petit essai sur le cinéma. Il figurait sur la liste des *happy few* invités par Dorothée à commémorer le décès de l'écrivain aux Îles-de-la-Madeleine.

— Dis-moi, Nicolas, demanda-t-il de sa voix saccadée remplie d'une éternelle angoisse, tu y vas, toi, à cette fête ? Y vas-tu ?

— Peut-être. Je ne suis pas tout à fait sûr.

— Mais c'est qu'il faut te décider, mon vieux. Elle a fait des frais, cette pauvre Dorothée. Elle nous a réservé des places sur ce bateau, le...

— Le *Voyageur*. Oui, mais elle a tout de même eu la bonne idée de prendre une assurance-annulation pour le cas où quelqu'un se désisterait. Ce n'est pas une tête de linotte.

— Oui, je veux bien, je veux bien. Et pourtant, je ne comprends pas son attitude, Nicolas. Hier, je lui ai parlé au téléphone. Ça coûte une petite fortune, cette fameuse fête, une véritable petite fortune ; or elle ne semble pas s'inquiéter le moins du monde si les gens vont y assister ou pas. « J'ai lancé mes invitations, dit-elle, les invités n'ont qu'à venir. Je ne peux faire plus. » C'est comme si elle s'en fichait, vois-tu ? comme si elle s'en fichait éperdument. Je n'arrive pas à m'entrer dans la tête, Nicolas, qu'on puisse gaspiller, comme ça, en sifflotant, autant de bon argent pour... pour...

— ... rien du tout. Pour flatter la vanité... d'un cadavre.

— Moi, ça m'embête beaucoup, cette histoire, tu comprends. J'ai un voyage très important, vraiment très important à faire en France, et les dates sont figées dans le béton, mon vieux, impossible de rien déplacer, pas même d'une journée. Et en même temps, je fais le tour des amis, et presque tous, je t'assure, presque tous sont dans ma situation. C'est terrible, Nicolas ! Il n'y a que Fournier qui a réussi à se libérer – mais il change si facilement d'idée ! Carmichael, lui, m'a répondu qu'il ferait l'impossible pour convaincre le ministre de lui donner congé. Mais il est tellement débordé... Tu imagines ça, toi, une fête commémorative sans invités – ou presque ? Ce sera terrible, absolument terrible, Nicolas. Hier soir, j'essayais de m'endormir et je n'y arrivais pas. Il était passé deux heures et je cherchais encore une solution. Il faut que tu téléphones à Dorothée, Nicolas.

— Moi ?

— Oui, toi. De nous tous, c'est toi qu'elle préfère. Si, si, je ne me trompe jamais dans ce genre de choses.

— Et lui téléphoner pour dire quoi ?

— Mais pour lui demander de reporter la fête, bon sang ! De la reporter en juillet ou en août, de façon qu'on ne déshonore pas la mémoire de François. Tu vois le visage qu'il ferait si nous ne nous rendions pas tous à Havre-Aubert ?

— Son visage, Fabien, je préfère ne pas le voir.

— Cesse tes plaisanteries macabres, Nicolas, tu choisis le mauvais moment. Il s'agit d'un problème très sérieux et nous devons trouver une solution. Nous devons trouver une solution aujourd'hui même. Et alors ? lui téléphones-tu ?

Nicolas promit de le faire sur-le-champ.

— Impossible, répondit sèchement Dorothée. Je dois me conformer aux dispositions du testament. Tu diras à Fabien qu'on peut changer son propre testament mille fois si ça nous chante, mais pas celui d'un autre. Viendras-tu, toi, au moins ?

— Je voudrais bien.

— Viens. Tu ne t'en repentiras pas.

— Ah non ? Et comment ça ?

— Comme ça.

Il avait à peine raccroché que le téléphone sonna. C'était Lupien, chargé par son petit-cousin, l'abbé Jeunehomme, de lui transmettre une invitation à venir prendre le thé chez lui le surlendemain avec son ami. L'abbé, qui avait adoré la *Foire de Sorotchinsky*, avait manifesté le désir de rencontrer un homme qui partageait sa passion pour la musique classique.

— Hum... quel sorte de type est-ce, ton abbé ?

— Un peu bizarre, mais très gentil. Il vit dans un autre monde, et pourtant rien ne lui échappe. C'est une sorte de phénomène.

— Tu me promets qu'on ne s'étouffera pas d'ennui en buvant notre thé ?

— Juré. C'est un érudit passionné de mille sujets, et particulièrement de littérature. Tu connais *Les Âmes mortes*, de Gogol ?

— Bien sûr.

— Il y a environ quinze ans, il s'est décarcassé comme un orignal en rut pour tenter de mettre la main sur la deuxième partie, supposément perdue ou détruite, je ne sais plus trop.

— Et alors ?

— Et alors, il en a été pour sa peine, le pauvre. Viens, mon vieux. Tu lui dois bien ça. Voilà plus de trois mois que tu profites de sa Rolls. Depuis qu'il est atteint de sclérose en plaques, sa vision a tellement baissé qu'il ne lit presque plus. Alors il s'est rabattu sur la musique. Ta visite va lui faire plaisir.

———

L'abbé Jeunehomme habitait dans la ruelle Chagouamigon un appartement de huit pièces qu'il avait acheté dix ans plus tôt lors des premières atteintes de sa maladie, pour se libérer des contraintes de la vie commune au séminaire Saint-Sulpice. Une infirmière le visitait trois fois par semaine et une femme du voisinage venait chaque jour pour l'entretien et la préparation des repas.

Nicolas émergea de la station Place-d'Armes et se dirigea vers la rue Saint-Paul. Un cor à son gros orteil élançait à chaque pas. La veille, il avait mal dormi et une sensation de brûlure partait de sa gorge et descendait jusqu'à son estomac. L'article qu'il devait livrer deux jours plus tard à *L'Avenir* avançait mal, et pourtant il avait promis à Patricia de passer la soirée chez elle. Cette visite à un prêtre invalide, qu'il imaginait doucement timbré malgré les propos de son ami, lui enlevait de précieuses heures de travail. Il avait acheté un enregistrement de *La Foire de Sorotchinsky*, mais ne l'avait écouté qu'une fois. Saurait-il en parler intelligemment ?

Même si l'après-midi touchait à sa fin, le ciel gardait sa douce luminosité. On sortait enfin du trou noir de l'hiver. La neige achevait de fondre. De petites rigoles traversaient les trottoirs maintenant secs et coulaient le long des rues. Des jours meilleurs s'annonçaient. Dans la côte de la Place-d'Armes, un arbrisseau se dressait, funèbre et desséché, entouré d'une épaisse couche de gros sel et de chlorure de calcium. Il ne ferait plus de feuilles, celui-là. Nicolas se projeta au-delà de sa visite chez le vieil abbé et s'imagina au lit avec Patricia, puis en train de manger avec elle Chez Vito, puis encore une fois au lit. Quand il arriva à la ruelle Chagouamigon, il avait oublié l'élancement de son cor et avait amassé une bonne réserve de patience et de bonne humeur.

C'était un minuscule passage au pavage bosselé qui s'allongeait entre les flancs de deux vieilles maisons de pierre, à deux pas de la place Royale ; elle joignait la rue Saint-Paul à la rue de la Capitale et ne comptait qu'une adresse. L'abbé habitait au premier étage de la maison de droite, du côté ouest, au-dessus du Cercle des étudiants de l'Université Laval, dont le nom s'allongeait cérémonieusement sur la porte vitrée à double vantaux. Au coin de l'immeuble, une haute fenêtre transformée en bouche de ventilation faisait vibrer ses lattes métalliques dans un vrombissement assourdissant. Nicolas s'engagea dans un étroit escalier à double angle droit. «Quelle idée d'aller se nicher là quand on vit en chaise roulante!», s'étonna-t-il.

Lupien lui ouvrit. L'abbé Jeunehomme, assis au milieu d'un salon encombré de livres, inclina la tête en le voyant. C'était un petit homme frêle et voûté, vêtu d'un habit de clergyman fripé, parsemé de miettes de pain. Tout était jaunâtre chez lui : la peau, le blanc des yeux et jusqu'à sa courte chevelure grise, qui semblait s'accrocher à son crâne comme une sorte de lichen. Malgré la décrépitude de son corps et sa soixantaine largement entamée, un air de dignité juvénile émanait de toute sa personne. Il plut tout de suite à Nicolas.

— C'est gentil à vous de prendre la peine de venir visiter un vieux débris ecclésiastique, murmura-t-il d'une voix soyeuse en lui tendant la main.

Nicolas sourit, ne sachant que répondre.

— Je voulais vous remercier pour cet opéra de Moussorgsky. Il fait mes délices.

— Et votre auto fait les miens. Mais je peux vous la rendre à présent : j'ai récupéré ma chaîne haute fidélité.

— Son ex-femme se radoucit, ricana Lupien.

Nicolas lui jeta un regard offusqué.

L'abbé eut un sourire bonhomme :

— C'est bien, c'est bien... Chaque fois que la douceur l'emporte, l'humanité fait un pas en avant.

Il se tourna vers Lupien :

— Robert, seriez-vous assez gentil de faire chauffer l'eau pour le thé ? Vous êtes tous deux journalistes. C'est une race pressée. Je ne voudrais pas vous retenir outre mesure. Quoique, corrigea-t-il aussitôt, j'aurais plaisir à causer avec vous jusqu'au petit matin, si cela vous agréait.

L'épaisse moquette qui recouvrait tout l'appartement n'arrivait pas à étouffer complètement un grondement sourd venu du rez-de-chaussée.

À la demande de l'abbé, Nicolas approcha une table basse devant le canapé et y étendit une nappe.

— Et ainsi, vous aimez Moussorgsky ? demanda le prêtre.

Nicolas, soucieux d'étaler ses connaissances, répondit que, comme tout le monde, il connaissait *Boris*, les *Tableaux d'une exposition*, la *Nuit sur le mont Chauve* et les *Chants et Danses de la mort*. Mais il n'avait entendu la *Foire* que tout récemment.

— Moussorgsky est un musicien hors norme, remarqua l'abbé, l'ennemi des conservatoires. Son génie a grandi dans l'indépendance et la sauvagerie. Voilà pourquoi il a si bien saisi toute la truculence de la nouvelle de Gogol. Malheureusement, l'alcool nous l'a tué à quarante-deux ans et la *Foire* est demeurée inachevée. Que pensez-vous du travail de finition de Chebalin ?

Nicolas avoua que c'était la seule version de la *Foire* qu'il connaissait ; il ne pouvait donc faire de comparaisons.

— Ah bon. Je possède, moi, un enregistrement sur microsillon de la version Libmann, d'une assez mauvaise qualité technique, cependant.

Et, tandis qu'il se lançait dans une comparaison détaillée des deux versions, Lupien déposa sur la table la théière, les tasses et un énorme plateau de pâtisseries et se mit à servir le thé. Puis la conversation se porta sur Berlioz. Nicolas fréquentait son œuvre depuis l'adolescence et en parla avec enthousiasme.

L'abbé se tourna vers Lupien, qui engloutissait choux à la crème, religieuses et babas au rhum comme si on venait de le rescaper du radeau de la Méduse :

— Vous connaissez la symphonie *Roméo et Juliette*, n'est-ce pas, Robert ?

— Oui, un peu, répondit ce dernier, la bouche pleine. Il me semble en avoir entendu un bout chez Nicolas.

Il essayait de participer à la conversation. Mais son intérêt pour la musique se limitait à la période baroque, qu'il trouvait « reposante », la musique romantique et contemporaine lui faisant monter «une boule dans la gorge». Il jeta un coup d'œil discret à sa montre.

— Bon sang! lança-t-il tout à coup. Le temps file! J'ai rendez-vous à cinq heures trente avec Réjean Plasson, le spécialiste de Miro. Il faut que je vous quitte.

Après son départ, l'abbé Jeunehomme garda silence quelques instants, dégustant à petites bouchées un succès fourré à la framboise. Nicolas l'observait, amusé, ému. Dans le vieillard tout cassé, le petit garçon rempli d'une fraîcheur insouciante continuait de vivre avec une obstination étonnante.

— Ah! la musique, soupira-t-il en essuyant le bout de ses doigts. C'est mon unique consolation depuis que mes yeux m'ont laissé. S'il n'y avait cette odieuse bouche de ventilation qui rugit en bas, elle me porterait au septième ciel dix fois par jour; mais j'ai souvent de la misère à me concentrer.

Puis, avec une simplicité désarmante, il se mit à lui raconter son enfance solitaire sous la férule d'une mère affectueuse mais dominatrice qui avait parqué son mari dans les terrains de golf, sa jeunesse studieuse mais trop sage, son fourvoiement dans le sacerdoce, sa passion pour la littérature, la science et la musique, ses recherches plus ou moins heureuses sur Gogol, puis sa maladie et, déjà, la mort qui approchait.

Cette mort, sa mère la narguait toujours avec insolence, malgré les défaillances de son corps (elle avait réussi à mater une affection cardiaque, mais l'arthrite avait refusé de lui obéir). Capricieuse, autoritaire, la tête fourmillante de projets, capable de générosités surprenantes et de rancunes implacables, elle veillait à tout, se trompait rarement et venait d'acquérir la chaîne hôtelière Biltmore, ramifiée dans toute l'Amérique. Sa bonté rêche, sa fidélité inébranlable effrayaient presque autant que ses défauts. Elle attribuait la maladie de son fils à son goût excessif pour la rêverie.

— Une opinion parascientifique, conclut l'abbé avec un fin sourire. Mais parlez-moi un peu de vous. Votre vie est sûrement plus intéressante que la mienne. Moi, j'ai toujours vécu en serre chaude. Vous, vous avez connu le grand vent. Ce déculottage de ministre, quel coup de maître! Tout le Québec vous suivait.

Nicolas, un peu intimidé mais étrangement subjugué par la candeur du vieillard, se lança dans un récit d'abord factuel de sa vie. Mais peu à peu les confidences apparurent sur ses lèvres et bientôt, comme malgré lui, il se mit à nu, déroulant dans toute sa crudité l'année tumultueuse qu'il venait de vivre. Il dévoilait avec un plaisir égal bassesses, lâchetés, bons coups et hauts faits. L'émotion montait en lui, l'angoisse qu'il avait laissée dans la rue venait le retrouver. «Ma foi, se dit-il tout à coup, stupéfait, *je suis en train de me confesser!* Ça ne m'est pas arrivé depuis trente ans! Que se passe-t-il?»

L'abbé l'écoutait avec attention, un léger sourire aux lèvres; ce n'est pas l'ironie ou le plaisir d'entendre un récit piquant qu'on pouvait y lire, mais une bonté naïve et pleine de compassion. Quand Nicolas arriva aux tentatives qu'il déployait pour reconquérir Géraldine, les larmes lui vinrent aux yeux et sa voix se mit à trembler.

— Que dois-je faire? fit-il, abandonnant toute retenue. Est-ce que je devrais insister? Ou est-ce que tout est perdu?

— Je... je ne sais pas, bafouilla l'abbé, effrayé. Je ne connais rien aux femmes. À vrai dire, je n'ai jamais pu regarder une femme dans les yeux.

— Que dois-je faire? répéta Nicolas. Dites-le-moi. Vous voyez les choses d'un œil neuf, vous. Le mien est tout usé. Je suis usé de partout. J'ai parfois l'impression d'avoir vécu dix vies. Est-ce que je dois continuer à m'humilier devant elle? J'aurais dû apporter ma lettre et vous la faire lire. Mais je ne vous connaissais pas. Je ne savais pas que notre conversation tournerait ainsi. Vous êtes quelqu'un de très bon, vous savez; mais peut-être ne le savez-vous pas? Je n'ai jamais rencontré personne comme vous.

— Allons, allons, fit l'abbé, l'émotion vous emporte. Je suis, au contraire, un individu tout à fait quelconque, un rêvasseur, une sorte d'esthète velléitaire.

— Vous répétez les paroles de votre mère, mais vous ne les croyez pas.

L'abbé sourit, se gratta longuement un genou, puis, d'un doigt gourd et légèrement tremblant, montra le plateau de pâtisseries. Mais Nicolas fit signe qu'il n'avait plus faim.

L'abbé ferma les yeux un bref instant. Une grande joie l'habitait. Le sort venait de lui donner un ami. Nicolas reviendrait le voir, assurément. Ils causeraient de musique, comme cette après-midi, et de bien d'autres choses. Peut-être même lui ferait-il la lecture ? Sa solitude s'allégerait un peu. Que devait-il répondre à ce malheureux ? Est-ce que Dieu l'avait choisi, lui, vieil invalide et demi-défroqué, ayant toujours vécu plus ou moins en parasite, pour venir en aide à cet homme perturbé, fatigué, torturé d'angoisse, qui venait de se confier à lui comme sans doute il ne l'avait jamais fait à personne de toute sa vie ? Que lui conseillerait le Tout-Puissant, s'Il avait pris la bonne habitude de lui répondre ? Mais Sa Parole, ce n'était peut-être que le simple bon sens ?

— Vous devez insister, dit-il en fixant Nicolas droit dans les yeux. Vous devez accepter de vous humilier encore. Quelle importance, ces petites douleurs de vanité ? Vous venez de prendre conscience de la place essentielle que votre femme occupait dans votre vie. Vous avez vécu ensemble près de vingt ans : c'est irremplaçable. Vous aviez oublié que vous l'aimiez et maintenant, votre amour crie et s'agite au plus profond de vous-même. Elle vous aimait aussi. Voilà pourquoi votre conduite l'a si cruellement blessée. À présent, elle a besoin d'un peu de temps pour se remettre... et peut-être aussi d'une petite revanche afin de retrouver l'estime d'elle-même. Accordez-la-lui. Humiliez-vous joyeusement. Sans excès, tout de même. On peut le faire. Je l'ai déjà fait. Tout est dans la volonté.

Nicolas garda silence un moment, puis :

— C'est ce que je ferai. Je vous remercie.

Il se leva. L'abbé Jeunehomme fit lentement pivoter sa chaise roulante et le reconduisit à la porte.

— Si vous le permettez, je reviendrai, dit Nicolas en lui tendant la main.

— Rien ne pourrait me faire davantage plaisir, répondit l'autre avec un large sourire. J'ai trouvé notre rencontre extrêmement agréable. Nous pourrions échanger des disques, parler de nos trouvailles. Comme je ne peux plus quitter mon appartement, j'ai de petits problèmes d'approvisionnement, mais...

— Je magasinerai pour vous. J'adore ça.

Il ouvrit la porte, puis se retourna :

— Je vais aller trouver ma femme demain... si je ne change pas d'idée.

L'abbé sourit :

— Ce serait dommage. À défaut d'avoir vraiment vécu, j'ai un peu observé la vie. On gaspille beaucoup l'amour et le talent ici-bas ; ils se perdent comme du bon cognac dans du mauvais café. J'en ai fait moi-même un bien mauvais usage.

Nicolas referma la porte. L'abbé Jeunehomme l'entendit descendre d'un pas pesant. Puis il y eut un claquement et le silence se fit.

Il retourna au salon. Soudain son visage pâlit :

— Mon Dieu... j'espère que je l'ai bien conseillé... Il y a si longtemps que je n'ai donné de conseils à personne...

Quand Nicolas se réveilla le lendemain matin, sa conversation avec l'abbé Jeunehomme et la décision qui l'avait suivie semblaient appartenir à un autre monde. Pourtant, il avait toujours envie de revoir l'étrange personnage. Mais à présent, sans qu'il sache pourquoi, sa rencontre avec Géraldine lui paraissait stupide et irréalisable, indigne de lui.

Il se leva et déjeuna, buvant force cafés, et se mit à son article. Les idées lui venaient assez facilement ; la correction alla rondement. À midi, tout était prêt. Plutôt que de le transmettre par télécopieur, il décida d'aller le porter. La sortie lui ferait du bien.

Vers deux heures, il se trouvait au Commensal, coin Sherbrooke et Saint-Denis, dans la salle du rez-de-chaussée, en train d'avaler son troisième bol de potage aux champignons. Dans les moments de dépression, une envie incoercible le prenait de se remplir la panse de soupes, bouillons ou potages. Un de ses collègues à *L'Instant*, qui se piquait de psychologie, affirmait que c'était parce que sa mère ne l'avait pas allaité.

Il remarqua alors, attablé en face de lui, un inconnu plutôt corpulent, à l'air bonhomme, qui le dévisageait depuis quelques minutes en lui adressant de timides sourires. Il se rappelait vaguement l'avoir vu quelque part. L'homme se leva et s'avança vers lui, tout rouge :

— Vous êtes bien Nicolas Rivard, le journaliste ? Ah ! c'est ce que je pensais. Permettez-moi de me présenter : Alexandre Portelance, spécialiste en aspirateurs. Je ne vous dérange pas trop ? Vous êtes sûr ? Est-ce que je pourrais me permettre alors de vous demander votre *orthographe* pour ma femme, qui vous admire énormément, ainsi que moi-même ? Je ne sais pas si vous vous en rappelez, mais nous nous sommes rencontrés au mois d'octobre dans un restaurant du Vieux-Montréal. J'étais avec ma femme (elle s'appelle Juliette) et vous discutiez avec votre fameux ministre. Vous étiez en train de le cuisiner, hein ? Hé hé ! Ces maudites crapules qui ne pensent qu'à sucer notre bon argent mériteraient de se retrouver sur une île déserte à manger de la tarte aux maringouins jusqu'à la fin de leurs jours. Vous lui en avez fait avaler toute une pointe ! Félicitations ! Des gens comme vous devraient recevoir des médailles à pleines brouettes, je le dis comme je le pense !

Le gros homme lui parla ainsi pendant quelques minutes, postillonnant au-dessus de son potage dans une vapeur de désodorisant, puis s'en alla, tout fier de sa signature.

Nicolas souriait derrière son journal. D'avoir été ainsi traité en vedette l'avait tout ravigoté. Il monta à l'étage et se dirigea vers l'étalage des pâtisseries. Gâteaux, profiteroles, tartes et croustades, tous préparés selon les règles de la nouvelle diététique afin d'amener, disait-on, les clients à la limite extrême de la longévité, exhibaient leurs glaçages onctueux, leurs tendres pâtes, leurs mousses indicibles. Il chargea son assiette, passa à la caisse (où on le délesta d'une jolie somme), puis alla s'asseoir dans un coin pour déguster en paix sa folie.

— Il faudra que j'amène mon abbé ici, se dit-il en plongeant sa cuillère dans une mousse aux framboises. Il va perdre la tête.

Une pensée provoqua alors chez lui un certain malaise : s'il voulait revoir l'étrange abbé, il devait auparavant rencontrer Géraldine. Sinon, de quoi aurait-il l'air ?

Il quitta le restaurant et enfila la rue Saint-Denis en direction du métro Berri. Géraldine ne donnant que deux cours le jeudi, elle se trouvait sans doute à la maison en ce moment. Mais peut-être n'était-elle pas seule ? Il serra les poings, poussa un grognement et s'approcha d'une cabine téléphonique.

La sonnerie résonna quatre fois, puis on décrocha. Il reconnut sa voix, légèrement voilée. Un spasme le saisit à la gorge. Il était incapable d'émettre un son.

— Allô ? répéta Géraldine. Qui parle ?

— C'est moi, réussit-il enfin à dire.

— Ah bon.

Et elle garda le silence.

— Géraldine, je veux te rencontrer. C'est très important.

Le silence continuait.

— Est-ce que tu es seule ?

— Oui, bien sûr, répondit-elle au bout de quelques secondes. Tu veux me parler de ta lettre ?

— De ça et d'autres choses. De beaucoup de choses.

— C'est que je suis très occupée ces temps-ci. Et puis mon avocat me déconseille de te rencontrer.

— Envoie-le promener, bon sang ! Qu'est-ce qu'il connaît à nos affaires ? Est-ce que c'est lui qui a vécu avec toi dix-huit ans ? Voilà un autre compliqueur de choses simples.

— Tu trouves que les choses sont simples, Nicolas ? demanda-t-elle d'une voix suave. Je ne trouve pas, moi.

Il chercha une réponse ; elle ne vint pas.

— Il y a une autre raison qui me pousse à éviter une rencontre, poursuivit-elle.

— Laquelle ? demanda-t-il, méfiant.

— C'est que je n'ai pas très envie de te voir. Triste, hein ? Mais c'est comme ça.

Il fut sur le point de raccrocher, mais la voix de l'abbé Jeune-homme lui souffla à l'oreille : « Humiliez-vous joyeusement. On peut le faire. Je l'ai déjà fait. »

— Et si je te suppliais ? Si je me jetais à genoux devant toi ? Et si je te disais que je t'aime plus que jamais et que je ne sais pas comment vivre sans toi ? Bon sang ! que te faut-il de plus ? Ma tête sur un plateau ?

Elle eut un rire sardonique, mais il crut y sentir une espèce de frémissement, comme le relâchement d'une tension extrême.

— Le temps des déclarations d'amour est passé depuis long-temps, pauvre Nicolas.

— Eh bien, pour moi, il ne l'est pas. Et laissse-moi te dire une chose : tu crois peut-être que je reviens à toi faute de mieux. Eh bien, ce n'est pas vrai. Au moment où je te parle, je vois d'autres femmes, oui, je n'ai pas peur de le dire et...

— Tu n'as plus de comptes à me rendre, Nicolas...

— Peu importe. Je dis les choses comme elles sont. Et la conclusion que j'en ai tirée, c'est qu'aucune ne te vaut, Géraldine, aucune d'entre elles, malgré tout ce qu'elles font pour me plaire. « Voilà, se dit-il, est-ce que je me suis assez humilié, à présent ? »

— Notre conversation tourne au grotesque.

— Qu'elle tourne comme elle voudra, je m'en fous ! Acceptes-tu de me rencontrer, Géraldine ? Je ne te demande qu'une demi-heure. Une petite demi-heure et ensuite, plus jamais je ne t'impor-tunerai, c'est promis.

— Je suis débordée aujourd'hui.

— Alors demain ? reprit-il avec une ardeur redoublée. Demain, à l'heure et à l'endroit qui te conviendront.

— Je ne sais pas... Je dois y penser. Je te téléphonerai.

— Bon. Comme tu veux. Que puis-je répondre d'autre ? La dé-cision te revient, à présent.

— Tu parles trop, Nicolas. Détends-toi.

Et elle raccrocha.

26

Lᴀ ʀᴇɴᴄᴏɴᴛʀᴇ ᴇᴜᴛ ʟɪᴇᴜ le lendemain dans un restaurant plutôt minable du chemin de Chambly et ne porta pas les fruits escomptés par Nicolas. Géraldine s'y montra sèche et froide, écouta en silence le plaidoyer passionné de son ex-mari, qui, du reste, reprenait pour l'essentiel les arguments invoqués dans sa lettre et dans leur conversation de la veille. D'autres scènes lui revenaient, et des confidences d'amies, et elle s'étonnait de la facilité qu'ont certains hommes à oublier toute fierté lorsqu'une émotion viscérale s'empare d'eux.

La demi-heure était largement dépassée quand Nicolas s'arrêta.

— C'est tout ? dit-elle.

Il grimaça, s'épongea le front :

— Eh ben oui, c'est tout, soupira-t-il. Je ne peux faire mieux.

Elle se leva :

— Alors tu m'excuseras, j'ai une pile de corrections haute comme ça qui m'attend.

Elle enfila son manteau, prit son addition et se dirigea vers la caisse. Il la regardait, dépité, tripotant machinalement sa serviette.

— C'est là ta réponse ? fit-il en la rejoignant.

— Il n'y a pas de réponse.

Et elle sortit, lui laissant méditer cette phrase énigmatique.

— Tout est foutu, conclut-il, abattu, en quittant à son tour le restaurant.

Mais, le lendemain, elle l'appelait pour lui proposer qu'ils abandonnent d'un commun accord leurs procédures de divorce et s'orientent plutôt vers un règlement à l'amiable. Ils sauveraient ainsi beaucoup d'argent. Il accepta aussitôt, enchanté par le changement de ton.

— Elle est en train de fondre, lui dit Lupien. Ne pousse pas. Laisse aller.

L'abbé Jeunehomme montra le même optimisme :

— « Le temps arrange toutes les choses », comme dit le vieux cliché. Il y a des millénaires de sagesse là-dedans.

Du temps, du temps, voilà ce qu'il lui fallait : du temps passé avec elle. En sa présence, il savait qu'il trouverait les mots et les attitudes qui finiraient par la fléchir. Mais voilà : ils ne se voyaient plus.

S'il avait pu compter au moins sur le voyage aux Îles-de-la-Madeleine. Les deux jours en bateau pourraient faire des miracles. Lorsqu'il l'avait interrogée à ce sujet au restaurant, sa réponse évasive avait fait naître en lui un peu d'espoir. Mais il ne s'agissait peut-être que d'une ruse pour s'éviter une discussion.

Alors l'idée lui vint d'exploiter un de ses points faibles : les enfants. Le surlendemain de leur rencontre au restaurant, il se rendit à la maison et lui proposa en présence de Frédéric et de Sophie de les amener à Havre-Aubert (il laissa volontairement de côté Jérôme, qui rangeait maintenant les « vacances en famille » parmi les activités pour faibles d'esprit). Le voyage leur ferait du bien, poursuivit-il parmi les cris de ravissement et les supplications des enfants, l'air salin décrasserait leurs poumons de citadins ; les bons résultats scolaires de Frédéric lui permettaient ce petit congé, qui serait pour lui une sorte de récompense. Et puis, ajouta-t-il finalement avec un sourire en coin quand ils furent seuls, leur présence la préserverait de ses importunités, si c'était ce qu'elle craignait. Du reste, il se chargeait d'arranger l'affaire avec Dorothée. Le désistement d'au moins trois invités laissait des places disponibles sur le bateau.

Elle l'écoutait, étonnée, puis, avec une légère rougeur, haussa les épaules :

— Je vais y penser.

Il partit, convaincu d'avoir gagné du terrain. Elle le rappela le lendemain pour lui annoncer, d'une voix mal assurée, que la chose ne pouvait se faire : l'absence de ses deux enfants (Sophie fréquentait la maternelle) ferait mauvaise impression à l'école. Puis, deux jours plus tard, elle changea d'avis : le titulaire de Frédéric, qu'elle avait mis au courant, n'y voyait pas d'inconvénient. Nicolas n'était pas sûr que la conversation avait véritablement eu lieu. Ce qu'il devinait dans cette volte-face, c'était beaucoup de tourments, la peur de s'engager de nouveau avec un homme qui l'avait tant fait souffrir, de la rancune et de l'attachement.

Le même jour, en allant porter un papier à *L'Avenir*, il rencontra Moineau dans la rue Notre-Dame. En quelques mois, un secret mûrissement avait porté sa beauté à un degré de plénitude extraordinaire. La chair lisse et opaline, la ravissante finesse des traits, qui venaient d'acquérir leur idéale fermeté, le gracieux élan de la poitrine et jusqu'à la démarche, devenue légère et assurée, amenaient sur toutes les lèvres un sourire incrédule et radieux. Il n'y avait pas trois filles dans tout le Québec capables de produire un tel effet. Tant de perfection semblait déranger l'équilibre normal des choses et ouvrir la porte à l'inconnu.

En apercevant Nicolas, elle rougit de plaisir, se dirigea vivement vers lui et, saisissant ses mains, lui annonça qu'elle était enceinte.

— Évidemment, tu connais le père, ajouta-t-elle aussitôt, quelque peu embarrassée.

Il grimaça un sourire :

— Eh bien, félicitations ! tu sembles heureuse.

Son bonheur l'empêchait, semblait-il, de voir la peine de son ancien amant. Elle l'invita à prendre un café et ils causèrent longuement. À vrai dire, Nicolas se contenta surtout de l'écouter. Elle travaillait toujours dans un café, mais rue Peel cette fois, et son anglais raboteux lui causait parfois des problèmes. Chien Chaud s'était déniché un emploi dans une quincaillerie et suivait des cours du soir au Cégep du

Vieux-Montréal. Il ne touchait plus à la drogue (au prix des plus grands efforts) et trouvait le moyen d'économiser un peu d'argent, car il rêvait de se lancer en apiculture dans les Cantons de l'Est, une région qu'il adorait car, enfant, il y avait passé plusieurs étés. Elle le suivrait partout. C'était un compagnon charmant. Jamais personne n'avait su l'aimer comme lui, s'exclama-t-elle avec une inconsciente cruauté.

— Pourquoi ne viendrais-tu pas nous voir ? La semaine prochaine, tiens.

— Impossible : je pars en voyage.

Elle lui demanda de ses nouvelles. Il fut succinct, se gardant bien de parler de ses grandes manœuvres auprès de Géraldine.

— Je vais bientôt entrer à *L'Avenir*, lui annonça-t-il fièrement. Le rêve de ma vie.

Elle lui donna son adresse et ils se quittèrent en promettant de se revoir. Nicolas n'en avait guère envie. Cette trahison qui voulait tourner en amitié lui laissait un goût de craie dans la bouche.

La veille du départ, il acheta une bouteille de cognac comme remontant durant le voyage. Il apportait également son lecteur laser et plusieurs disques. Si jamais les choses tournaient mal, il pourrait toujours se réfugier dans la musique, comme l'abbé Jeunehomme. Et cela le prémunirait en même temps contre les abus de cognac.

Puis l'idée le prit d'aller à Montréal faire une courte promenade dans le Vieux Port, sur les lieux mêmes de son étrange discussion matinale avec Robidoux. En traversant la place Jacques-Cartier, il aperçut tout à coup sur le trottoir opposé Albert Morency, son ancien chef de division à *L'Instant*. Il avait un peu grossi et ses cheveux noirs soigneusement lissés brillaient d'un éclat peu naturel. Morency lui envoya la main et se dirigea vers lui de sa démarche énergique et saccadée.

— Et alors ? lança-t-il, ironique, tu nous as laissé tomber, mon Nicolas ?

— Est-ce que j'avais le choix ?

Ils se mirent à causer. Nicolas remarqua qu'une sorte de timidité empreinte de respect, et qui cherchait à se dissimuler sous un ton badin, avait remplacé le mépris presque ouvert que son chef lui avait témoigné jusqu'alors. La conversation tomba sur l'ex-ministre Robidoux.

L'enquête ordonnée par le premier ministre tournait en rond. Dans peu de temps, elle ferait bâiller tout le monde. Qui sait ce qu'il en adviendrait ? se demanda Morency. Chacun connaissait le peu d'importance que le premier ministre accordait à ses engagements et même à sa signature.

Entre-temps, Robidoux, parti en France pour un voyage de «ressourcement», venait de rentrer au Québec, mais on ne le voyait nulle part. Le bruit courait qu'il avait acheté un château dans les Vosges. Morency n'était pas en peine pour lui. C'était un fin finaud, doté de relations puissantes. Nicolas le savait-il ? La veille, on avait appris à travers les branches sa nomination à la Commission d'appel des anciens combattants. Ses amis d'Ottawa veillaient à ce qu'il ne manque pas d'argent, héhé... On disait également qu'il siégeait déjà à plusieurs conseils d'administration. Étonnant, n'est-ce pas, pour un homme soupçonné de fraude ? Mais c'était ainsi. La droiture et l'honnêteté pour un homme désireux de grimper dans l'échelle sociale ralentissaient son ascension comme des semelles de plomb.

— Il faudrait dîner ensemble, un de ces jours, fit Morency en quittant Nicolas avec une petite tape affectueuse sur l'épaule. Je te promets au moins deux apéros. Appelle-moi. N'oublie pas !

Nicolas n'en croyait pas ses oreilles : sous des manières bouffonnes, son ex-patron lui faisait la cour. Encore un peu et il lui aurait léché la main !

Il s'éloigna, rempli de la satisfaction que procure une revanche inespérée. Ses efforts, après tout, ne s'étaient pas tous perdus dans le néant.

Encore une fois, il passa une mauvaise nuit. Un chien aboyait au loin, une auto passait en grondant, le compresseur du frigidaire se mettait à ronronner : il ouvrait les yeux et soupirait, essayant de retrouver le sommeil ; sa vessie toujours gonflée se révélait pourtant presque vide ; des élancements le prenaient aux reins, le forçant à changer de position ; un relent de savon dans la taie d'oreiller remplissait son nez de picotements ; une matière visqueuse obstruait ses bronches, qu'il n'arrivait pas à expectorer. Et, pendant ce temps, il ressassait interminablement ses angoisses.

La veille, au milieu de la soirée, Frédéric, bégayant d'excitation, avait téléphoné pour lui demander d'apporter « son sac de couchage bleu avec des monstres, au cas où il ferait trop froid sur le bateau ». Ce n'est qu'à ce moment qu'il avait eu la certitude que Géraldine serait du voyage. Et elle ne s'était même pas donné la peine de le lui annoncer elle-même !

Maintenant que son but était atteint, il en ressentait plus d'appréhension que de joie. Peut-être aurait-il dû laisser passer encore un peu de temps. Les blessures qu'il lui avait infligées n'avaient pas assez perdu de leur feu. Le voyage risquait de les aggraver et de détruire à tout jamais les dernières chances de réconciliation. La présence des enfants ne pouvait leur éviter tout tête-à-tête. Pus et venin rejailliraient. Ils retourneraient à Longueuil plus éloignés l'un de l'autre que jamais.

Le *Voyageur* levait l'ancre à quatre heures de l'après-midi. La veille, Nicolas avait demandé à Frédéric de faire savoir à sa mère qu'il viendrait les cueillir en taxi à deux heures précises. Mais quand il se présenta, tout le monde était déjà parti.

Il arriva au quai Bickerdike d'assez mauvaise humeur. L'endroit était désert.

— On ne se bouscule pas pour aller fêter François, grommela-t-il.

Il paya le chauffeur, jeta un coup d'œil sur le navire, puis sur le hangar délabré aux murs couverts de graffiti qui s'allongeait vers le fleuve, empoigna sa valise et grimpa la passerelle. Un grand homme maigre en costume noir et chemise blanche l'accueillit cérémonieusement, lui demanda son billet, puis fit signe à un marin d'aller le conduire à sa cabine. Ils longèrent des camions à remorques rangés sur le pont et pénétrèrent dans un couloir étroit et sombre qui donnait, trente mètres plus loin, sur une salle de séjour vivement éclairée ; une série de portes se succédaient à leur droite. Soudain, l'une d'elles s'ouvrit et un homme chauve à grosse moustache apparut, l'air préoccupé. En apercevant Nicolas, il s'avança vers lui avec un grand sourire qui ne réussit pas, toutefois, à dissiper son expression inquiète.

— Fabien ? toi ici ? tu n'es pas en Europe ?

— Votre cabine est la suivante, monsieur, fit le marin en s'éclipsant. Vous demanderez votre clé au bar.

— Salut, Nicolas, lança Fabien Vitayan en lui serrant vigoureusement la main, la voix frémissante de plaisir (un rien la faisait frémir). Eh bien non, je ne me sentais pas le cœur de partir sans fêter ce pauvre François, vois-tu. Je me suis arrangé autrement. Il a fallu déplacer pas mal de rendez-vous, mais, que veux-tu ? ça fait partie du métier. Je viens de voir ta femme et tes deux jeunes enfants. Vous n'êtes pas venus ensemble ?

— Géraldine et moi, nous nous sommes séparés il y a quelques mois, répondit Nicolas en rougissant.

Une expression de stupeur consternée s'étendit sur le visage de l'éditeur :

— Ah oui ? Mon Dieu... Excuse-moi, mon vieux, je ne savais pas, je ne savais vraiment pas. Eh bien... c'est comme ça, ajouta-t-il avec un haussement d'épaules, ne sachant que dire.

— Combien sommes-nous à bord ? demanda Nicolas, impatient de changer de sujet.

— De notre groupe ? Trois, si je ne compte pas tes enfants. Mais il y a quelques autres passagers, bien sûr.

— Trois ? Ce n'est pas beaucoup.

— Oh ! Carmichael m'a dit qu'il se rendrait demain par avion... si le ministre ne lui envoie pas une mission entre les jambes à la dernière minute. Fournier s'est décommandé, comme il fallait s'y attendre. Quant aux autres... soyons charitables et n'en parlons pas. Évidemment, Dorothée s'est rendue aux Îles hier pour préparer la fête.

Il secoua la tête et posa la main sur l'épaule de Nicolas :

— Non, ce n'est pas beaucoup…. Nous allons fêter François d'une façon bien misérable, mon vieux… Mais que veux-tu ? soupira-t-il en levant les yeux au plafond. C'est la minute de vérité, comme on dit.

Ils se regardèrent en silence un moment.

— Je vais aller m'installer, fit Nicolas.

— Alors, à tout à l'heure.

Et il s'éloigna à grandes enjambées.

Le journaliste entra dans la cabine. La pièce, exiguë et très modeste, comptait deux lits superposés, un lavabo, un petit placard et une banquette en L. Géraldine rangeait des vêtements dans un tiroir tandis que Frédéric, la tête dans le hublot, imitait le cri d'une mouette et que Sophie, étendue sur un lit, l'observait d'un œil ensommeillé.

Géraldine tourna la tête :

— Ah bon, te voilà. Tu t'installes avec Sophie dans la cabine d'à côté, annonça-t-elle d'un ton sans réplique.

— Salut, p'pa ! lança Frédéric en sautant sur le plancher. Est-ce qu'on part bientôt ? J'espère qu'il va y avoir une tempête, avec des vagues géantes, comme dans les films !

— Pas moi, murmura Sophie, j'aurais bien trop peur.

Nicolas s'approcha de son ex-femme :

— Je suis passé à la maison tout à l'heure pour vous prendre, mais vous étiez partis. On ne t'avait pas fait le message ?

Géraldine lui jeta un regard indéfinissable et se remit à son rangement.

Soudain, un frémissement parcourut le navire. Le voyage commençait.

Vers six heures, ils se rendirent à la salle à manger. C'était une grande pièce rectangulaire au plancher de linoléum, qui prolongeait la salle de séjour, plus petite ; une rangée de hublots l'éclairait à droite. À gauche, une cloison de bois à vitres translucides la séparait de la salle à manger de l'équipage. On servit un potage aux légumes, un pâté aux fruits de mer appelé pot en pot, de la compote de rhubarbe, du pouding chômeur. Géraldine veillait aux enfants, jetant à peine l'œil sur Nicolas, lui répondant par monosyllabes. Vitayan, qui sentait la délicatesse de la situation, se tenait discrètement dans son coin, conversant de temps à autre avec une vieille Française assise à une table voisine, passionnée de voyages et de chiromancie. Nicolas invita l'éditeur à se joindre à eux. Il refusa d'un signe de tête. Ce n'est qu'à l'invitation répétée de Géraldine qu'il vint finalement s'asseoir.

— Est-ce que ce genre de voyage peut donner le mal de mer ? demanda-t-il, inquiet. J'ai apporté des *Gravol,* au cas où.

Après le souper, ils firent une promenade sur le pont, examinant tous les recoins, humant l'air du large, de plus en plus vif. Le grondement sourd des moteurs impressionnait vivement Frédéric. À tout moment, une bouffée de mazout brûlé les enveloppait et Nicolas toussait, tournait la tête, cherchant à protéger ses précieux poumons. La rive s'éloignait peu à peu. Le soleil couchant venait d'allumer un grand étincellement de vagues qui blessait un peu les yeux. De temps à autre passaient de minuscules îlots couverts de foin sec où se dressaient quelques arbustes tordus.

— Voilà où je devrais finir mes jours, méditait sombrement Nicolas. Dans une solitude absolue. Une solitude *publique,* pour montrer à tout le monde que je me fous de l'univers entier.

Il se retira bientôt dans sa cabine avec Sophie, qui grelottait. Elle grimpa dans son lit et avança la tête :

— Est-ce qu'on va faire d'autres voyages comme ça, papa, avec toi et maman ?

— Euh... peut-être, ma choune, je ne sais pas, répondit-il, embarrassé.

Allongé au-dessus d'elle, un livre posé sur le ventre, il se laissa bercer un moment par le roulis. Les vibrations des machines se diffusaient jusque dans son dos, ses bras, ses mollets. Il se sentait comme une poussière, une brindille, le cadavre séché d'une mouche emportée par le vent dans une trajectoire incompréhensible. L'ineptie de sa tentative lui apparut avec une clarté impitoyable. « L'esprit supérieur fuit la sentimentalité. L'imbécile s'y prélasse», avait-il lu quelque part.

— Je lis trop, soupira-t-il.

Son lit balançait doucement. Et tandis que Sophie consolait son ourson, tout désemparé d'avoir quitté la maison, il s'endormit.

Au matin, quand les passagers sortirent sur le pont, ils aperçurent au loin une falaise rousse, très élevée, surmontée de bosselures boisées et ponctuée ici et là par les taches blanches des habitations. Puis, la rive se perdit lentement dans des vapeurs.

La journée se déroula calmement. On lisait, on bavardait, on jouait aux cartes dans la salle de séjour, on visitait et revisitait chaque recoin du navire, on échangeait des observations sur la vie maritime. À part un marin ou deux qu'on voyait parfois sur le pont occupés à des travaux de peinture, l'équipage demeurait invisible, comme si le *Voyageur* était un vaisseau fantôme. À cause de l'âpreté du vent, les passagers restaient rarement plus de quelques minutes dehors. Depuis la veille, un gros quinquagénaire au visage poupin, accompagné de son père tout décrépit, avait pris d'assaut le bar et consommait bière sur bière en assommant de ses confidences le barman et toute personne qui commettait l'imprudence de s'approcher. Malgré la température, il se promena pieds nus sur le pont tout l'avant-midi, puis on le retrouva en maillot de bain étendu sur une chaise longue, exhibant sans vergogne son obésité poilue au soleil printanier, le visage crispé par le froid.

Nicolas avait meilleur moral : Géraldine restait distante, mais semblait plus détendue. Elle se permettait même de sourire parfois aux plaisanteries qu'il échangeait avec les enfants. Quand ces derniers quittèrent la table durant le déjeuner pour visiter la cabine de pilotage à l'invitation du capitaine, elle n'écourta pas son repas et causa un peu avec lui. Mais son soulagement était visible quand il se leva de table pour aller à sa cabine jeter quelques notes en vue du petit discours que Dorothée lui avait demandé de prononcer le lendemain à la mémoire de François. Fabien Vitayan en profita pour prendre congé du monsieur décrépit, lancé dans le récit interminable des frasques de son fils unique, et s'approcha de Géraldine :

— Tu permets ?

— Oui, bien sûr. Tu n'as pas de permission à demander.

— J'ai appris par Nicolas, fit-il en s'assoyant, que toi et lui, vous...

— Tu ne le savais donc pas ? fit-elle en prenant une gorgée de café.

— Non, à vrai dire, je... mais excuse-moi... je vois que je t'ennuie avec cette histoire.

— Pas du tout. C'est devenu tellement banal. Qui ne divorce pas, de nos jours ? C'est comme acheter un sapin de Noël ou passer des vacances en Floride.

— Tu veux aller prendre un peu l'air sur le pont, Géraldine ? Le soleil nous fera du bien.

Ils se promenèrent un moment sans dire un mot. Malgré les efforts énergiques du soleil, le vent glaçait le nez, piquait le lobe des oreilles et semait la chair de poule sous les vêtements. Géraldine n'avait plus envie de parler à personne. Elle regrettait de s'être enfermée dans cette prison flottante, qui ne semblait aller nulle part, en compagnie d'un ex-mari dont la seule vue la remplissait d'angoisse. Ce voyage était un piège – ou, au mieux, une tentative ratée – qui n'avait d'autre effet que de réveiller sa douleur.

— Tu enseignes toujours au cégep ? demanda Fabien pour faire démarrer la conversation.

— Oui, bien sûr.

— Tu aimes ça ?

— À la folie. Quel froid, hein ?

— Préfères-tu qu'on entre ?

— Non, non. J'aime l'air salin. On dit qu'il stimule le métabolisme.

Ils continuèrent à causer de choses et d'autres. Mal à l'aise, sentant la détresse de sa compagne et n'ayant nul remède à lui offrir, Vitayan cherchait à l'égayer, sautant d'un sujet à l'autre, faussement guilleret, et s'enquérait à tout moment si elle ne désirait pas aller se réchauffer à l'intérieur. Géraldine secouait la tête, souriait, écoutait de son mieux en essayant de lui cacher l'ennui profond qu'elle éprouvait à lui parler.

Quand ils rentrèrent finalement dans la salle de séjour, elle aperçut Nicolas attablé avec les enfants en train de jouer aux dominos.

— Je vais aller m'étendre un moment, dit-elle en passant près de lui.

Elle pénétra dans sa cabine. Sa tête bourdonnait. Des élancements lui traversaient les mollets comme si elle avait monté vingt escaliers. Son corps s'était couvert de picotements. Une angoisse incoercible l'étreignit. Elle s'arrêta au milieu de la pièce, le souffle coupé, jetant l'œil de tous côtés comme pour chercher du secours, puis ouvrit le hublot et se laissa tomber sur la banquette. Que lui arrivait-il ? Elle se leva, se rendit au lavabo, but un grand verre d'eau glacée, arrangea un peu ses cheveux. Les battements de son cœur s'apaisèrent, sa poitrine se libéra. Dieu merci ! elle avait apporté des tranquillisants. Elle fouilla dans son sac à main, ouvrit un tube et avala un cachet.

Malgré l'exiguïté des lieux, elle se mit à faire les cent pas. Ce voyage la rendait folle. Comme elle regrettait d'avoir cédé aux supplications de Nicolas ! Sa douleur allait s'endormir. Elle avait même connu une aventure ! La première depuis son mariage. L'affaire s'était rapidement enlisée dans la mesquinerie et la platitude, mais l'avait quand même rassurée sur ses charmes de quadragénaire.

Et voilà qu'elle avait accepté de passer cinq jours avec un homme qui l'avait broyée pendant des mois, l'air détaché, comme s'il s'agissait d'une fourmi. Puis l'heure de la lassitude – ou peut-être celle de la solitude ? – avait sonné, et il était revenu à elle, piteux, la larme à l'œil, lui demandant de tout oublier. Sa crise était terminée, disait-il. On pouvait reprendre là où on s'était laissés. Quelle farce ! quel esprit épais !

Et pourtant elle avait fini par accepter de l'accompagner sur cette île ! Qu'est-ce qui l'avait poussée à commettre une pareille folie ? L'attachement à la mémoire de François ? Non, la compassion plutôt, une stupide compassion mêlée d'un désir qui l'humiliait plus que tout. Les liens créés par dix-huit ans de vie commune avaient fait le reste. La voie où elle venait de s'engager était pourtant bouchée, elle le savait bien. Nicolas sortait d'une crise ? Il en connaîtrait une autre, et une autre encore, jusqu'à ce que leur histoire sombre à tout jamais dans le grotesque.

Assise sur le bord du lit, elle se mit à pleurer. Tout venait de recommencer.

Nicolas était inquiet. Durant le dîner, Géraldine lui avait à peine adressé la parole. La pâleur de son visage, sa nervosité et son manque d'appétit montraient éloquemment combien le voyage l'éprouvait. Aussitôt sortie de table, elle avait lié conversation dans la salle de séjour avec une vétérinaire qui, son poupon dans les bras, retournait aux Îles-de-la-Madeleine après un congé de maternité. C'était une femme courte et robuste, au regard ferme, au visage calme et décidé, qui ne souriait pas inutilement, écoutait avec attention et parlait sans détour. Elle était célibataire et avait pris des vacances à Montréal dix mois plus tôt pour se faire faire un enfant par un mâle complaisant peu soucieux de se prévaloir de ses droits de paternité.

— La vie à deux est trop compliquée, expliqua-t-elle en caressant la tête de sa fille endormie. J'ai trente-neuf ans et je voulais un enfant ; il fallait prendre une décision.

Nicolas émit timidement l'opinion qu'elle avait certes trouvé là une solution ingénieuse à son problème, mais qu'on pouvait difficilement l'appliquer à l'ensemble de la société.

— Je n'ai jamais cherché à régler les problèmes des autres, répondit la femme avec un sourire condescendant. Chacun fait ce qu'il veut.

Il méditait cet aphorisme, cherchant un prétexte pour s'esquiver, lorsque les cris de Sophie se firent entendre sur le pont. Il s'élança vers la porte.

— Frédéric veut me garrocher dans la mer ! braillait-elle, tremblante de peur et de colère.

— Les poissons voudraient même pas de toi, lança l'autre, moqueur.

— Ni de toi non plus, bedaine pourrie.

— Allons, allons, fit Nicolas en les ramenant dans la salle, je vais demander au capitaine de vous faire éplucher les patates.

Géraldine et la vétérinaire avaient quitté les lieux. Frédéric, voyant un jeu de cartes sur une table, proposa une partie de paquet-voleur. Nicolas s'installa en face de lui tandis que Sophie, allongée sur une banquette, feuilletait un album.

— Est-ce que vous êtes encore fâchés ? demanda tout à coup Frédéric.

Immobile, les lèvres légèrement entrouvertes, il vrillait Nicolas de son regard limpide et inquisiteur, où se lisait une sourde inquiétude.

— De qui parles-tu ? répondit bêtement Nicolas.

— De toi et maman, c't'affaire !

— Je ne sais pas.

— Tu ne sais pas ? Je le sais toujours, moi, si je suis fâché ou non avec quelqu'un.

— Pour les adultes, c'est différent.

— Ah oui ?

Nicolas abattit une carte, Frédéric lui répondit et le jeu se poursuivit quelque temps, mais visiblement l'enfant avait l'esprit ailleurs.

— Après le voyage, demanda-t-il au bout d'un moment, est-ce que vous allez continuer à vous voir ? Je veux dire... comme de faire d'autres voyages ou d'aller au restaurant ou des choses comme ça...

— Je... je ne sais pas, Frédéric... Ça dépend aussi de ta mère. Quant à moi...

Un sourire persifleur apparut sur les lèvres de l'enfant et Nicolas crut y voir celui de Géraldine :

— Je le sais pourquoi elle est si fâchée contre toi. Est-ce que tu veux que je te le dise ? demanda-t-il prudemment.

— Frédéric, tu commences à m'embêter. Est-ce qu'on joue aux cartes, oui ou non ?

Toute l'après-midi, Géraldine et sa nouvelle amie causèrent ensemble, assises à l'écart dans un coin de la salle ou se promenant sur le pont. Géraldine semblait maintenant vouloir éviter le plus possible son ex-mari, lui laissant la surveillance des enfants comme on jette un os à un chien. Que s'était-il passé ? Avait-il commis un impair ? Et comment le savoir s'il n'arrivait pas à se trouver seul avec elle ?

— Ça n'a pas l'air d'aller, mon vieux, murmura Vitayan en lui posant la main sur l'épaule.

— Mais non, grommela Nicolas avec un mouvement de recul.

Puis, se ravisant :

— Allez, je t'offre un verre.

Ils s'attablèrent au bar et, après avoir longuement hésité, Nicolas finit par céder au besoin de se confier à quelqu'un et se mit à lui décrire à voix basse sa stratégie de réconciliation et les pitoyables résultats qu'elle avait donnés jusqu'ici.

— Mon vieux, fit gravement Vitayan après l'avoir écouté avec attention, sans vouloir être indiscret, je me suis permis d'observer ta femme aujourd'hui. Si tu lui étais indifférent, elle ne ferait pas cette tête-là, crois-moi. À ta place, je me ficherais de ses airs et je profiterais de la prochaine occasion pour foncer. Voilà ce que je ferais à ta place. Oui, mon vieux.

— Foncer ? Foncer où ?

— Me mettre à nu, quoi. Y aller rondement. En somme, m'abandonner à mes sentiments et lui demander pardon pour mes conneries.

— Mais je ne fais que ça depuis deux semaines, figure-toi donc !

— Alors il faut faire davantage.

— Mais quoi ?

— Je ne sais pas, moi… C'est à toi de trouver. Chacun découvre ses solutions. C'est une question d'instinct.

— S'ils n'étaient pas si vagues, répondit sèchement Nicolas, tes conseils me seraient fort utiles.

Il vida son verre, paya les consommations et sortit.

———

Vers dix heures, Sophie étant profondément endormie et la *Pastorale* de Beethoven lui apportant autant de réconfort que la visite d'un abattoir, il décida d'aller prendre un verre au bar, mais trouva la salle de séjour déserte et le bar fermé. Alors il sortit sur le pont.

Pendant quelques secondes, l'obscurité l'étourdit. Une rumeur faite de sifflements, de claquements de câbles, de battements métalliques et de l'attaque sourde et obstinée des vagues contre les flancs du navire l'enveloppa brusquement. En fraîchissant, le vent avait tiédi. Une odeur de varech l'enveloppa, puis céda la place à une bouffée de friture. Peu à peu, les formes se recomposaient vaguement devant lui. Il s'avança sur le pont, libéré enfin de l'oppression qui l'avait gêné toute la soirée, puis s'arrêta brusquement.

Géraldine se trouvait devant lui à quelques mètres, accoudée au bastingage, lui tournant le dos. Elle était seule.

Il hésita quelques instants, puis, d'un pas déterminé, se dirigea droit vers elle.

— Géraldine, lança-t-il à voix haute, luttant contre la rumeur qui cherchait à couvrir sa voix, ça n'a plus de bon sens, il faut régler cette affaire une fois pour toutes.

Elle se retourna, sans paraître surprise par son apparition.

— Donne-moi une chance de te montrer que je ne suis pas devenu le dernier des minables. Je te fais une proposition : vivons ensemble un mois. Si, au bout du mois, tu préfères toujours me voir ailleurs, je prendrai mes cliques et mes claques et tout sera dit. Mais, au moins, on aura fait le tour de la question. Voilà : c'est ce que je voulais te proposer. Je ne t'importunerai plus avec cette affaire de tout le reste du voyage, promis juré craché. Et je ne te demande pas de me répondre tout de suite, juste d'y réfléchir. Est-ce que tu veux bien y réfléchir ?

Dans la pénombre, il n'arrivait pas à distinguer clairement les traits de son visage. Elle le fixait, immobile, toujours appuyée au bastingage. Secouait-elle la tête ou était-ce l'effet du tangage ? Soudain, elle avança la main, la posa sur son bras, puis la retira précipitamment. Cela s'était fait si vite qu'il crut à un faux mouvement ou même à une illusion.

— Je vais y réfléchir, répondit-elle d'une voix étouffée.

Et elle s'éloigna en toute hâte.

Durant la nuit, le *Voyageur* pénétra dans le golfe du Saint-Laurent. La vague se fit plus dure. Des passagers se réveillèrent. Fabien Vitayan se leva et avala un comprimé de *Gravol,* puis regarda par le hublot : l'obscurité totale se mêlait à une rumeur immense, comme si le bateau avait quitté la terre et flottait dans un chaos infini. Il s'assit sur le bord de son lit et soupira. Sa dernière rencontre avec François Durivage lui revint alors à l'esprit. C'était un mois avant sa mort. L'éditeur était allé le voir chez lui à Québec. L'écrivain devait retourner à l'hôpital le lendemain. Son visage émacié et jaunâtre, ses bras squelettiques faisaient pitié à voir ; il devait s'appuyer sur les murs et les meubles pour marcher ; mais les comprimés de morphine qu'il prenait toutes les quatre heures le maintenaient dans une étrange euphorie. Il parlait de ses projets, puis lançait tout à coup une allusion sarcastique à sa fin prochaine.

— Désolé, mon vieux, de n'avoir pas plus d'œuvres posthumes à t'offrir, avait-il dit en tapotant une boîte remplie de correspondance, j'ai tout dilapidé de mon vivant !

Il lui avait raconté un rêve survenu deux jours plus tôt. Il se trouvait au bout d'un quai en pleine nuit devant une mer démontée. Un vent glacial sifflait dans ses oreilles et brûlait ses yeux. Des hommes armés de diables apportaient des caisses de livres qu'ils jetaient à la mer, tandis qu'une multitude de poissons aux gueules hérissées de dents pointues se jetaient dessus pour les déchiqueter. Soudain, quelqu'un l'avait précipité en bas du quai. Il s'était réveillé.

— Symbolique, hein ? avait-il lancé avec un sourire en coin.

Vers six heures le lendemain matin, quand Nicolas mit le nez dehors, le navire flottait dans une sorte de masse bleuâtre et indéfinie, séparée en deux par la ligne d'horizon. On arrivait en vue des Îles-de-la-Madeleine. Malgré une petite bruine maussade, les passagers s'étaient assemblés sur le pont et causaient avec une joyeuse animation, heureux de quitter un bateau où ils s'étaient embarqués pourtant avec plaisir, mais qui leur donnait à présent une vague impression de confinement.

Frédéric et Sophie couraient à gauche et à droite, se préparant déjà à des épreuves de vitesse sur la plage. Debout contre le pavois, Nicolas leur jetait de temps à autre un coup d'œil, puis, songeur, se remettait à fixer l'horizon, perdu dans le souvenir de ses longues discussions nocturnes avec François Durivage sur la véranda de sa maison. Qu'est-ce que son ami d'outre-tombe avait en tête en les conviant à cette fête bizarre et prétentieuse ? Appuyée contre une prise d'air, la mine soucieuse, Géraldine parlait à voix basse avec la vétérinaire, qui tapotait le dos de son bébé. Fabien Vitayan, lui, faisait stoïquement la conversation avec le quinquagénaire au visage poupin – vêtu cette fois de bermudas mauves et toujours pieds nus – et son vénérable père à la bouche entrouverte, cherchant son air mais gardant une noble contenance. D'abord infimes points noirs à l'horizon, les îles grossissaient peu à peu et laissaient voir maintenant de minuscules taches de couleurs.

Un jeune marin surgit tout à coup sur le pont, tenant un seau de peinture et un pinceau, et Frédéric le percuta à pleine vitesse, la tête dans le ventre. Il y eut un silence. L'enfant, écarlate, se frottait le nez, au bord des larmes. Le marin avait déposé le seau (heureusement muni d'un couvercle) et se massait l'abdomen en marmonnant des jurons. Nicolas s'excusa auprès de lui, saisit son fils par le bras, attrapa Sophie par la main et les amena près du bastingage.

L'île d'Entrée dressait au loin sa forme majestueuse et bizarre, vaguement inquiétante, comme le fruit d'une immense et très ancienne catastrophe, et on apercevait maintenant les maisons de Cap-aux-Meules.

— C'est devenu une sorte de gros village un peu quelconque, tu ne trouves pas ? remarqua Vitayan en s'approchant de Nicolas. Depuis quelques années, le développement l'a bien enlaidi. Tous ces édifices recouverts de tôle ondulée...

— Bah ! il reste encore des jolis coins. Mais François préférait Havre-Aubert.

— Il avait raison.

Piquées un peu partout sur la surface jaunâtre et dénudée de l'île apparaissaient maintenant les petites maisons à toit pointu de couleurs vives ou délicatement pastel à l'origine de sa réputation, mais qui, depuis une vingtaine d'années, reculaient lentement devant l'invasion des bungalows ou des constructions de style « utilitaire ».

Ils aperçurent au loin, parmi un groupe clairsemé, Dorothée, debout en manteau de fourrure sur le quai ; elle leur envoyait la main.

« Pourvu qu'elle ne me trahisse pas, souhaita Nicolas, et il jeta un regard en coin à Géraldine. Mais elle est trop fine mouche pour ça. »

— Va donc t'habiller avant d'attraper ton coup de mort, grommela le vieillard en se tournant vers son fils. Tu vois bien que l'été n'est pas arrivé, malgré ton fameux Gulf Stream.

— J'avais tout prévu, papa, répondit ce dernier en sortant un pantalon et une paire de souliers d'un petit sac de voyage.

Quelques minutes plus tard, le navire accostait, les amarres étaient lancées, la passerelle descendue. Géraldine et son amie vétérinaire griffonnaient leurs numéros de téléphone sur des bouts de papier.

Nicolas agrippa une valise et s'élança vers le quai. Dorothée l'embrassa.

— Un, deux, trois – quatre et cinq avec les enfants, fit-elle avec un petit sourire narquois en pointant son doigt sur chacun des invités. Eh bien ! ce sera une fête intime... Ce sont les plus belles.

Puis, s'adressant à Vitayan :

— Merci d'être venu. Tu as donc réussi à te libérer ?

— Mais oui, mais oui. Ça n'a été rien du tout, je t'assure. Carmichael viendra demain, non ?

Elle secoua la tête :

— Il vient de se décommander, le cher. Réunion d'urgence du caucus. Il doit rester sur place. Pauvre François… il avait raison de ne pas aimer la politique. *Sic transit gloria mundi.* Tant que tu vis, il y a des gens pour faire semblant de s'intéresser à toi. Mais il ne faut pas faire l'erreur de mourir… Comment vas-tu, Géraldine ?

— Bien, je te remercie, répondit-elle avec un sourire poli.

Dorothée caressa la tête de Sophie de cette façon un peu distraite et mécanique des gens qui ne s'intéressent guère aux enfants, puis :

— Mon auto suffira pour tout le monde. Suivez-moi.

Géraldine n'avait jamais éprouvé beaucoup de sympathie pour la femme de François Durivage, qu'elle trouvait froide, superficielle et calculatrice. L'accomplissement des dernières volontés de son mari semblait pour elle une corvée ; cela indisposait encore davantage Géraldine à son égard et l'empêchait de comprendre le dépit et le chagrin que Dorothée ressentait de voir l'homme qu'elle avait tant aimé subir déjà les effets de l'oubli et, après avoir été trahi par son propre corps, l'être une deuxième fois par ses amis.

Nicolas reconnut la Chevrolet familiale que François avait achetée bien des années auparavant.

— Je t'en prie, Géraldine, je t'en prie, s'exclama Fabien en ouvrant la portière avec un sourire obséquieux, assieds-toi en avant. Je serai très bien en arrière malgré mes longues jambes, je t'assure. Du reste, le voyage est court.

L'auto se dirigea vers la rue Principale, puis tourna vers le sud. Ils quittèrent bientôt la ville et roulèrent parmi des champs détrempés. Sophie, qui n'avait jamais mis les pieds sur l'île, et Frédéric, qui l'avait presque oubliée, observaient le paysage, le nez collé sur la vitre. Vitayan essaya un moment d'animer la conversation, mais personne n'avait envie de parler. La fête de François prenait des allures de veillée funèbre.

Ils filaient maintenant sur une étroite dune sablonneuse qui s'avançait frileusement entre la mer et le havre aux Basques. Mince, longiligne et monotone, la route semblait posée là temporairement, à la merci d'un mouvement de colère de l'océan. Le vent sifflait avec force, s'infiltrant par les moindres interstices de l'auto, couvrant parfois le bruit du moteur. Perdue au milieu du ciel, une corneille tournoyait lentement sur elle-même, comme prisonnière de son vol.

Soudain, une impression de solidité et de paisible banalité les enveloppa de nouveau. Ils arrivaient sur l'île de Havre-Aubert. Des constructions récentes apparurent. Ils passèrent devant une quincaillerie enveloppée de tôle ondulée. L'auto tourna bientôt à droite sur le chemin du Bassin, rejoignit la côte, et l'étalement de la mer redonna aussitôt un caractère sauvage et grandiose aux lieux ; tournant de nouveau à droite, le véhicule prit une route de gravier. On ne vit d'abord que des champs parsemés de touffes de sapins rabougris, puis la forêt s'installa, dévorant tout l'espace. À la croisée d'un chemin, une montagne grugée par les excavations laissait couler ses entrailles jusqu'au bord de la route. Cette dernière se mit bientôt à grimper et une seconde montagne apparut à leur droite, herbeuse, de forme arrondie. C'était la butte à Isaac.

— Nous y voilà, fit Dorothée.

Séduit par la vue qu'on avait du havre aux Basques, François Durivage avait réussi en 1982, après de longues tractations, à s'acheter un terrain au sommet de la colline et y avait fait construire sa maison, dans le goût ancien.

L'auto franchit une barrière et attaqua la pente. Le vent semblait avoir augmenté. Peu à peu, le havre se découvrit, étincelant au bout d'une immense étendue de champs et de prairies.

Géraldine se tourna vers Frédéric :

— Te rappelles-tu être déjà venu ici ?

— Est-ce que c'est la place où il y avait un grand chien jaune qui n'arrêtait pas de me lécher le visage ?

— Justement, fit-elle en souriant, et la place également où tu t'étais ouvert le pied sur un tesson de bouteille en courant dans l'herbe.

L'auto s'arrêta. Ils descendirent. Plantée sur le sommet dénudé face à l'immensité, la maison de François Durivage avait fière allure. C'était un imposant bâtiment à pignons d'un étage, solide et confortable, au revêtement de bardeaux peints en mauve, au toit percé de grandes lucarnes, avec un hangar, un garage et un petit atelier de menuiserie. Cinq ans auparavant, il y avait ajouté une longue véranda afin de profiter de l'air du large et des couchers de soleil.

Ils s'avancèrent sur le sol détrempé et pénétrèrent dans une grande cuisine aux murs de lattes blancs. Un gros poêle à carreaux de faïence ronflait dans un coin. Une femme trapue, aux bras lourds, essuyait de la vaisselle. À leur arrivée, elle se retourna et leur fit un timide salut de la tête.

— Madame Arseneault, fit Dorothée. Elle va me donner un coup de main pour la petite réception de ce soir.

La pièce, un peu surchauffée, sentait le café, les quatre-épices, le beurre fondu et le pain frais. Frédéric, qui avait à peine déjeuné, sentit sa bouche se remplir de salive et se mit à fixer une petite pyramide de croissants sur le comptoir. Sophie contemplait avec étonnement les bras de Mme Arseneault : jamais elle n'en avait vu d'aussi massifs. Comment faisait-elle pour les bouger ainsi à longueur de journée ? Nicolas toucha Dorothée à l'épaule et lui montra la table, dressée pour huit personnes.

— Eh oui, fit celle-ci avec un petit rire narquois, je me conforme aux volontés de François : une place pour chaque ami, présent ou pas. Heureusement que tu as amené tes enfants, ça fera moins triste.

Elle se recula de quelques pas :

— Je dois maintenant suivre les dispositions du testament et vous donner le programme de la journée : François, comme vous le savez, était un homme méticuleux qui ne laissait rien au hasard. Vous avez une demi-heure pour vous installer dans vos chambres et vous rafraîchir. Ensuite, déjeuner. Puis promenade sur la propriété (j'ai toutes les bottes qu'il faut) et, après le dîner, nous partons pour une excursion sur l'île d'Entrée...

— L'île d'Entrée en plein mois d'avril ? s'étonna à voix basse Fabien Vitayan.

Et des visions de naufrage emplirent sa tête.

— Si la mer est trop mauvaise, répondit Dorothée, nous nous contenterons d'une promenade sur la dune du Nord ou, alors, de l'ascension de la butte Ronde. Ce sont tous des endroits que chérissait François et qu'il a d'ailleurs décrits, comme vous le savez, dans *L'Île des vents*. À cinq heures, il nous convie pour un dernier verre à sa mémoire au Café de la Grave, où nous avons eu tant de discussions. Pendant ce temps, Mme Arseneault mettra la dernière main au souper. (La bonne femme acquiesça de la tête en souriant.) Nous nous mettrons à table vers sept heures. Nicolas nous a préparé un mot, qu'il prononcera avant le dessert. Et au café, je vous promets une petite surprise.

— Une petite surprise ? répéta Frédéric, soudain intéressé.

— Une surprise de qui ? demanda Géraldine.

— De François, bien sûr, répondit Dorothée. C'est lui qui a pris notre journée en main.

Nicolas, agacé par tant de théâtralisme, haussa les épaules.

L'instant d'après, les invités montaient à l'étage. Les radiateurs chantonnaient dans les chambres encore fraîches. Géraldine prit Sophie par la main et disparut au bout du corridor. Frédéric attendait déjà son père dans la sienne, dite « à la tête d'orignal », ainsi nommée à cause de l'imposante pièce de chasse suspendue au-dessus d'une commode.

Il s'assit sur le lit et contempla la bête :

— On dirait qu'elle a un peu ouvert la gueule depuis la dernière fois, murmura-t-il, songeur.

Planté devant un miroir, Nicolas scrutait son visage, soucieux, en étirant la peau sous un œil pour tenter de faire disparaître une poche :

« Hum, se disait-il, j'ai le teint jaune... Pas de croissants ce matin. »

Malgré la succulence du pain de ménage, de l'omelette au bacon et de la tête fromagée, les voyageurs, à l'exception de Frédéric, mangèrent peu et ne causèrent presque pas. Était-ce la fatigue du voyage ou l'horaire quelque peu contraignant imposé par le disparu ? Cette journée sur l'île, qui rompait si complètement la monotonie de leur vie de citadins, leur paraissait maintenant une sorte de corvée funèbre.

Vitayan avala un troisième café (son anxiété chronique ne l'empêchait pas d'en consommer chaque jour d'innombrables tasses) et promena son regard autour de lui.

Par une porte entrouverte, on apercevait un coin du salon, plongé jusque-là dans une interminable obscurité ; la photo laminée de François Durivage, en chemise sport, les cheveux ruisselants de soleil, était accrochée à un mur. Il semblait fixer l'éditeur avec un sourire abandonné et heureux, avec l'air de dire :

— Tu vois comme c'est facile, la mort ? On n'a qu'à se laisser aller. Tu t'y feras, toi aussi.

— Je me sens la tête un peu lourde, soupira l'éditeur en se levant. Je vais aller marcher un peu dehors. Le vent va me réveiller. Quelqu'un vient avec moi ?

<hr />

Vers deux heures, ils retournèrent à Cap-aux-Meules où Dorothée avait loué une embarcation pour l'excursion à l'île d'Entrée. Depuis une heure ou deux, le vent avait pris de la force et des vagues courtes et sournoises frappaient brutalement les piliers du quai. Le pêcheur qui devait les conduire les assura que la traversée ne présentait aucun danger. Vitayan avait « l'estomac fragile » et ne manifestait guère d'enthousiasme à l'idée de se faire ballotter pendant trois quarts d'heure dans une minuscule embarcation ; il annonça son intention d'aller se promener dans le village en attendant leur retour. Dorothée se moqua de lui et réussit à le convaincre d'embarquer avec les autres. Mais dix minutes après le départ, il était pris de vomissements effroyables. Il se remit peu à peu et réussit même à pousser quelques plaisanteries. Mais, une fois sur l'île, sa mine décomposée et surtout la peur immense qu'il semblait éprouver à l'idée du retour gâchèrent un peu l'excursion. Le froid, le sol détrempé, un ciel nuageux finirent de saboter la promenade. L'endroit, si étrange et séduisant l'été avec ses collines rondes et gazonnées parsemées de vaches alpinistes, ses habitations rustiques un peu délabrées, n'avait guère de charme ce jour-là et, au bout d'une heure, tout le monde aspirait secrètement à retourner à Cap-aux-Meules.

« Quelle idée a eue ce pauvre François de nous rassembler ici par un temps pareil, grommela Nicolas. Évidemment, il ne connaissait pas la date de sa mort au moment de rédiger le testament. C'était à Dorothée de se servir de sa tête... »

Le retour se fit sans encombre. Fabien Vitayan, assis stoïquement sur son siège, prenait de grandes aspirations, disant que « l'air salin lui remettait le cœur en place ». Mais il devait éviter de fixer la mer. Géraldine le taquinait sur son pied marin. Nicolas les écoutait d'un air ennuyé ; de temps à autre, il échangeait avec son ex-femme des regards furtifs et embarrassés. Pelotonnés au fond de l'embarcation, Frédéric et Sophie examinaient des coquillages. Quant à Dorothée, elle s'était perdue dans une mélancolique songerie dont personne n'osait la tirer.

— C'était un chic type, votre mari, lui dit le pêcheur sur le quai en recevant son cachet. Il connaissait le nom de chacun de mes garçons. Il y a deux ans, il les avait amenés tous les trois au bar laitier pour leur acheter des cornets de crème glacée. Des gros, là, à deux boules.

Comme il avait été prévu, ils se rendirent ensuite à Havre-Aubert au Café de la Grave. Il y avait souvent foule l'été dans la vieille maison de bardeaux blancs et sa grande salle aux murs de bois verni résonnait jusque tard dans la nuit de la rumeur des conversations, du tintement des bouteilles de bière et des chuintements de la machine à espresso. Mais, à cette période de l'année, privé des touristes qui formaient une bonne part de sa clientèle, l'établissement somnolait, presque désert ; la réunion qu'avait souhaitée l'écrivain, faute de participants, sombra dans l'insignifiance. Vitayan commanda des chocolats chauds pour les enfants et pour les autres de la *Heineken*, la seule que buvait Durivage.

— Dommage qu'il ne soit plus là pour me taquiner sur ma cuisine, soupira le patron, qu'on avait mis au courant du but de leur réunion. La dernière fois que je l'ai vu, il avait promis d'écrire un éloge de mon filet de sole pour que je l'affiche au-dessus du comptoir.

Il déposa sur la table un plateau chargé de verres aux cols mousseux et de jolies bouteilles vertes à capuchons de faïence.

— Allez, c'est moi qui vous l'offre, décida-t-il tout à coup. Je lui dois bien ça pour toutes les fois qu'il m'a fait rire. Une fois pompé, il était plus drôle qu'un singe habillé en évêque.

— Alors je commande une deuxième tournée, répondit Vitayan.

Mais chacun déclina poliment son offre.

Vitayan se mit à questionner Nicolas sur sa biographie. Géraldine les écouta un moment, puis consulta discrètement sa montre. Sophie allait et venait entre les tables, sautant à cloche-pied. Elle heurta une chaise, qui tomba à la renverse avec un grand fracas, et se fit un bleu au front. Nicolas dut la consoler. Dorothée vida son verre d'un trait, puis poussa un profond soupir et se mit à fixer le plafond. Cette commémoration la tuait.

— Quand est-ce qu'on revient à Longueuil, maman ? demanda innocemment Frédéric après avoir vidé sa tasse.

Dorothée lui jeta un regard courroucé, puis haussa les épaules et rit :

— Allons, je crois qu'il est temps de s'en aller. On va s'endormir.

À leur retour à la maison, Mme Arseneault leur annonça qu'un monsieur Carmichael venait de téléphoner ; la réunion qui le retenait venait d'être annulée, il avait réussi à trouver un vol en fin d'après-midi et serait là vers huit heures.

Dorothée fronça les sourcils :

— J'aurais préféré qu'il ne vienne pas, murmura-t-elle. Ça va compliquer les choses.

Géraldine tourna vers elle un œil interrogateur ; l'autre mit un doigt sur les lèvres :

— Vous verrez tout à l'heure.

François Durivage avait demandé que le repas commence à sept heures et qu'on dresse de nouveau des couverts pour tous les invités, qu'ils fussent présents ou pas ; il avait choisi la musique : Brel, Félix

Leclerc et le Concerto d'Aranjuez (ses goûts n'allaient guère au-delà) ; l'idée du discours de Nicolas appartenait toutefois à Dorothée.

Mme Arseneault, tout intimidée, servit des harengs marinés sur salade, de la crème de navets, des petits pâtés de homard, des pétoncles forestière (un des mets favoris de François) et une salade de concombres et d'épinards. Les invités, conscients de la gravité du moment, s'efforcèrent d'orienter la conversation vers le disparu. Mais la vue des places vides les pénétrait d'une insurmontable lassitude. Frédéric et Sophie bâillaient sans retenue et quittèrent bientôt la table. Les anecdotes se succédaient, certaines défigurées par des trous de mémoire. Une obscure contrainte empêchait les convives d'être tout à fait eux-mêmes et de prendre plaisir à la robuste et savoureuse cuisine qu'on leur servait. Tous s'accordaient à dire que le défunt possédait un esprit supérieur, beaucoup de sensibilité, une générosité hors du commun mais très sélective, un redoutable sens du ridicule, et qu'il travaillait comme un forcené, ce qui avait peut-être abrégé ses jours. Le vin aidant, une sorte d'entrain sembla s'emparer d'eux pendant un instant. Mais plus d'un, en secret, aspirait au lendemain et à la délivrance du départ.

Mme Arseneault déposa sur la table une imposante tarte aux pommes à la hollandaise et un gâteau Reine-Élisabeth recouvert, comme il se devait, d'une grande abondance de noix de coco râpée. Sur un signe de Dorothée, Nicolas se leva et débita un petit discours fort convenable, mais constata avec chagrin qu'il ne ressentait presque aucune émotion et que ses auditeurs semblaient n'en éprouver guère plus.

On l'applaudit, Vitayan demanda une minute de silence en souvenir de leur hôte trépassé, puis on attaqua le dessert.

Nicolas toucha à peine à son assiette. La gorge contractée, en proie à une sourde appréhension, il attendait la « surprise » de Dorothée. Depuis un moment, celle-ci manifestait une nervosité grandissante. Soudain, elle se leva, quitta la pièce et revint avec une enveloppe.

— Je dois vous lire à présent, dit-elle d'une voix légèrement tendue, une clause du testament de François vous concernant. Il était bien stipulé que vous ne pouviez en prendre connaissance avant ce soir.

Vitayan toussota, prit une gorgée de vin et faillit s'étouffer.

Dorothée décacheta l'enveloppe, en sortit une feuille, la déplia et se mit à lire :

Pour mes chers amis, dont la liste figure à la fin de ce testament, j'ai pensé à un petit cadeau en guise de récompense à la fidélité qu'ils m'auront témoignée.

— M'auront ? s'étonna Géraldine.

— *À cet effet, une somme de cent mille dollars, déposée en fidéicommis chez mon notaire, sera partagée entre tous ceux qui, s'arrachant à leurs nombreuses occupations et surmontant les inconvénients de la distance, m'auront fait la faveur de venir une dernière fois à ma maison de Havre-Aubert. Quant aux autres, je les assure de mon amour indéfectible, si j'ai encore le pouvoir d'aimer là où je suis.*

Un silence si profond suivit ces paroles que Frédéric, qui s'était assoupi sur un canapé au salon, se réveilla en sursaut et apparut dans l'embrasure de la porte.

Les convives se regardaient, sidérés. Nicolas avait déjà calculé la somme qui lui revenait et ressentait un vague étourdissement. Un léger tic de la commissure gauche enlaidissait Géraldine. Il disparut. Dorothée, les yeux toujours fixés sur la feuille, poursuivit :

— *Quant à celui ou à ceux, s'il y en a, qui, n'ayant pu passer toute la journée à Havre-Aubert, aura ou auront fait au moins l'effort d'y apparaître pendant quelques heures, je demande qu'on remette une somme de mille dollars.*

— Carmichael ! s'exclama Vitayan. Il ne faut pas lui lire cette clause ! Il va piquer une de ces colères...

Dorothée se mit à rire :

— Vous le calmerez.

— Quelle façon... bizarre de se montrer généreux, murmura Géraldine. Il avait vraiment une tournure d'esprit très particulière, ce François.

Dorothée se tourna vers elle, l'éclaboussant de son mépris :

— La majorité des gens, chère, ne laissent à leurs amis en mourant que des souvenirs, bons et mauvais, et l'obligation d'assister à leurs funérailles. François était d'un autre bois. Il appréciait les choses claires et n'aimait pas faire de cadeaux à n'importe qui.

— Ce soir, c'est le dramaturge qui nous parlait, s'exclama Vitayan. Il aura été homme de théâtre jusqu'à la fin. Mes amis, nous vivons un moment extraordinaire ! extraordinaire !

« Et payant », faillit ajouter Nicolas.

Mais le regard de Dorothée l'intimida et il se contenta de tambouriner sur la table.

Frédéric ne comprenait rien à la scène qui se déroulait sous ses yeux, mais un tel sentiment de tristesse et de confusion l'envahit tout à coup qu'il s'éloigna doucement et alla retrouver Mme Arseneault à la cuisine. Elle se tourna vers lui et sa main, qui allait ranger une assiette dans une armoire, caressa la chevelure de l'enfant :

— Qu'est-ce qui se passe, mon tit-pite ? T'as l'air tout chaviré !

Carmichael arriva vers neuf heures, complètement vanné, mais avec le sourire triomphant de celui qui a vaincu de grandes difficultés. C'était un homme malingre, à demi chauve, avec des joues légèrement pendantes, un nez court et massif et des lèvres fines et mobiles, d'un rose très pâle. Malgré les signes insistants de Vitayan, Dorothée tint à lui lire devant tout le monde la «clause des amis», comme on l'appelait maintenant. Il l'écouta avec attention puis, au grand soulagement de l'éditeur, se contenta de rire silencieusement, comme pour lui-même, puis, prenant les mains de Dorothée :

— Sacré François ! Je le retrouve là tout craché ! Comment ne pas lui donner raison, même si on aurait envie de lui botter le cul ? Je n'avais qu'à grouiller le mien un peu plus vite.

Il promena son regard sur les assistants :

— Est-ce que je pourrais me mettre quelque chose sous la dent ? Je n'ai ni dîné ni soupé. Je croquerais des poteaux.

Malgré ses paroles, il toucha à peine à son assiette, mais avala une remarquable quantité de cognac. Vitayan et Nicolas l'accompagnèrent, d'abord sagement, puis avec un enthousiasme de plus en plus débridé. L'éditeur mit un bras sur les épaules du chef de cabinet :

— Comment as-tu réussi à venir jusqu'aux îles ce soir, Paul ?

— Par mes propres moyens, répondit l'autre avec un sourire évasif.

— Ou plutôt par les nôtres, rétorqua Nicolas, moqueur. Facile d'aller rejoindre les amis à mille kilomètres quand on peut se déplacer dans un avion gouvernemental !

Vers onze heures, il devint manifeste que Carmichael voulait noyer dans une soûlerie monumentale sa déception d'avoir raté un magot. Dorothée essaya de le raisonner, puis de le consoler. Il se contentait de rire et de l'appeler «ma petite île au trésor» en cherchant à l'embrasser. Une demi-heure plus tard, Fabien et Nicolas, eux-mêmes passablement chaudasses, durent l'aider à monter jusqu'à sa chambre et à se coucher.

— François, mon écœurant, je l'oublierai pas celle-là ! beuglait-il d'une voix pâteuse. François ! je te pisse dans le cul ! Tu m'entends ? Finie, l'amitié !

Il voulut se relever, se débattit un peu, puis s'endormit brusquement, les yeux ouverts. Nicolas décida de rester avec lui quelques instants pour s'assurer que le cognac le mènerait jusqu'au matin et fit signe à Fabien de s'en aller.

Quand il sortit de la chambre à son tour, Géraldine s'avançait dans le corridor.

— Tout le monde est couché, dit-elle à voix basse. Quelle soirée...

— Ah oui ? tu m'en diras tant, répondit-il en l'emprisonnant dans ses bras écartés.

Et il se mit à l'embrasser dans le cou et essaya d'atteindre ses lèvres.

Elle chercha à se libérer, mais sans ardeur excessive :

— Nicolas, arrête ! Tu pues le cognac. Je n'ai pas du tout la tête à ça.

Soudain, d'une violente poussée, elle le projeta jusqu'au mur opposé et courut s'enfermer dans sa chambre.

Nicolas se laissa glisser doucement sur le plancher. Il souriait :

— Elle ne m'a pas dit : « Tu m'écœures. » Elle ne m'a pas dit : « Tu perds ton temps, pauvre niaiseux. » Elle m'a dit : « Tu pues le cognac. Je n'ai pas du tout la tête à ça. » Mais demain, je ne puerai plus le cognac. Voilà, voilà…

Il se mit à somnoler, dodelinant de la tête, puis ouvrit brusquement les yeux. Combien de temps avait-il dormi ? Sa jambe gauche, repliée sous lui, élançait violemment. Il dut s'y prendre à plusieurs fois avant de pouvoir l'allonger, puis se releva avec effort, clopina jusqu'à sa chambre et remplit bientôt l'étage de ses ronflements.

Le bateau ne levait l'ancre qu'au milieu de l'après-midi. Tout le monde se leva tard ; les adultes avaient le visage un peu fripé, les enfants s'irritaient pour des riens. Il apparut bientôt clairement que Dorothée désirait se retrouver seule. Elle avait décidé de passer quelques jours à Havre-Aubert pour régler certaines affaires. Aussi vers midi, Fabien, Géraldine et Nicolas, après l'avoir embrassée et longuement remerciée, se retrouvaient-ils à Cap-aux-Meules avec les deux enfants, cherchant à tuer le temps. Carmichael, lui, ronflait toujours dans son lit. Le moment de la confusion et des excuses viendrait bien assez tôt.

Ils se promenèrent un peu dans la rue Principale, puis décidèrent d'aller prendre un café à La Jetée, à deux pas du quai d'embarquement. C'était une ancienne maison de notable transformée en café-auberge, avec des boiseries superbes, des corniches de plâtre élaborées et de petites tables rondes à pied de métal ouvragé ; la beauté un peu surannée de l'édifice protestait silencieusement contre un décor devenu hideux. Heureusement, en embrassant les hauteurs de la ville, l'œil pouvait encore se consoler à la vue des petites maisons à pignons crânement plantées le long des rues en pente balayées par le vent et qui faisaient tinter leurs joyeuses couleurs sous le ciel austère.

— J'ai eu une idée ce matin, annonça Nicolas en sucrant son café. Avec les trente-trois mille dollars que vient de me donner François, je vais acheter un de ces hebdos de quartier à distribution gratuite et devenir mon propre maître. Je demanderai à Lupien de faire des piges sous un pseudonyme. Quant on sait les gérer, ces petits journaux rapportent des sous. Et puis, j'aurai ma page éditoriale, où je pourrai dire ce que je pense.

Fabien et Géraldine l'écoutaient avec un sourire sceptique.

— C'est ainsi que Pierre Péladeau a commencé à bâtir son empire, se défendit Nicolas. Avec mille dollars empruntés à sa mère !

Frédéric balançait les jambes, l'œil fixé sur son père, les sourcils froncés par l'effort de la réflexion. Soudain, la conversation l'ennuya et il demanda la permission de quitter la table et d'aller se promener sur la plage avec sa sœur.

— À condition de ne pas trop vous éloigner, répondit Géraldine. Je veux vous revoir ici dans un quart d'heure. Tu m'entends, Frédéric ?

Nicolas et Fabien se replongèrent dans la discussion. Ils tentaient d'évaluer la part de mesquinerie et d'égocentrisme dans la générosité posthume de François Durivage. Fabien la trouvait minime, voyant surtout dans son étrange clause testamentaire un goût prononcé pour la limpidité des rapports humains. Nicolas, sans nier le bon cœur de son ami défunt, prétendait que Durivage avait trouvé là une façon astucieuse de régler ses comptes avec certaines personnes. Géraldine les écoutait, le poing sous le menton, avec un sourire subtilement moqueur.

— Je pense, dit-elle enfin, que les morts partent avec leurs secrets et qu'on perd son temps à essayer de les percer.

Elle regarda sa montre :

— Je vais aller voir ce que font Frédéric et Sophie.

Elle se dirigea vers la sortie. Nicolas hésita un instant, consulta Fabien du regard, puis se leva :

— J'y vais avec toi.

Ils passaient devant un garage Esso lorsqu'il s'arrêta brusquement, sidéré. Debout près d'une auto, la petite fille aux cheveux roux parlait avec un homme en train de faire le plein. Une allégresse étrange mêlée d'angoisse le remplit encore une fois. L'enfant l'aperçut à son tour, eut une réaction de joyeuse surprise, puis détourna précipitamment le regard.

Arrêtée à quelques pas devant lui, Géraldine l'observait, intriguée :

— Qu'est-ce que tu as ?

— Rien, rien.

Il reprit sa marche.

— Dis-moi, fit-il en s'arrêtant de nouveau, est-ce que tu vois une petite fille, là-bas, près de l'auto bleue, en compagnie d'un homme en paletot ?

— Oui. Pourquoi ?

— Décris-la-moi. Je veux être sûr de ne pas avoir la berlue.

— La berlue ? Qu'est-ce que c'est que cette histoire ? Tu l'as déjà rencontrée ?

— Oui. Plusieurs fois.

— Où ?

— Ici et là. Je veux dire : à Montréal – et une fois à Québec.

— Tu la connais ?

— Non.

— Tu lui as parlé ?

— Une fois. Décris-la-moi, je t'en prie.

— Tu es bizarre. Je ne comprends rien à ton histoire. Enfin... si ça te fait plaisir... Elle... elle a des cheveux roux en tresses ; elle semble avoir environ six ans ; elle a un joli petit nez effilé, un menton un peu en retrait ; elle porte un manteau bleu. Elle est mignonne et nous regarde à la dérobée. Tiens, elle te fait signe... Je crois qu'elle veut te parler.

Nicolas, de plus en plus perturbé, alla rejoindre la petite fille. Tandis qu'il s'approchait, l'homme qui accompagnait l'enfant pénétra dans le garage, de sorte que le journaliste se retrouva seul avec elle devant l'îlot de pompes à essence.

— Je voulais vous donner quelque chose, murmura-t-elle en rougissant.

Nicolas la regarda en silence. Un léger étourdissement le gagnait. Elle plongea la main dans la poche de son manteau :

— Je voulais vous donner ça.

Elle lui tendit un petit cube enveloppé de papier doré.

— C'est pour votre femme. Donnez-le-lui. Ça va lui faire plaisir.

— Et... qu'est-ce que c'est ?

— Donnez-le-lui, répéta l'autre en riant. Elle sera contente.

Et elle courut rejoindre l'homme dans le garage.

Nicolas la regarda, tremblant et bouleversé, luttant contre les larmes, puis alla en hâte rejoindre Géraldine qui l'attendait, de plus en plus intriguée, au milieu du trottoir.

— Et alors ? Qu'est-ce qui se passe ? demanda-t-elle.

— Je... je ne sais pas. À vrai dire, je ne me sens pas très bien. Viens-t'en, je te prie. J'ai l'impression...

Il voulut remettre le cube à Géraldine, mais l'idée le remplit soudain d'un étrange effroi. Au bout de quelques pas, il tourna la tête. La petite fille montait dans l'auto, qui démarra et partit.

De temps à autre, Géraldine le regardait du coin de l'œil, serrait un peu les lèvres, puis poursuivait sa marche. Sans le vouloir, Nicolas la frôla de l'épaule, s'excusa, puis sourit devant tant de politesse pour une femme dont il avait partagé le lit durant dix-huit ans. Son trouble diminuait. Que venait-il de se passer ? Un événement incompréhensible. Mais, à bien y penser, la vie en était pleine. L'essentiel était que ses yeux et son esprit ne l'aient pas trompé. Quant au reste... Des centaines et des centaines de millions d'hommes et de femmes étaient apparus sur cette terre et avaient dû affronter des questions incompréhensibles, ignorant d'où ils venaient, où ils allaient, pourquoi ils étaient là, et pourtant bon nombre d'entre eux avaient réussi à vivre assez sereinement. Il n'avait qu'à les imiter. À côté de ce genre de questions, qu'était cette histoire de petite fille ? Un grain de sable, une poussière, un pet de chien. « C'est un ange qui vous est envoyé par Dieu », diraient certaines bonnes âmes. Un ange ? envoyé par Dieu ? L'idée lui amena un sourire. Mais, bah! va pour l'ange et va pour Dieu, si cela pouvait leur faire plaisir. Qu'en savait-il, au fond? Cette affaire – et tant d'autres – resteraient à jamais sans réponse, et sa vie s'écoulerait comme celle de tout le monde et finirait... Dieu sait comment.

— Tu ne parles pas beaucoup, fit Géraldine.

— Non, c'est vrai. Excuse-moi. Je pensais à toutes sortes de choses.

— Et à quoi, si je puis me permettre cette question? fit-elle un peu sèchement.

— Difficile à raconter.

Ils arrivaient au quai. Les réservoirs Irving, insolemment perchés sur un cap, exhibaient leur laideur, glorifiée par le soleil. Au-delà de la clôture métallique et des hangars grisâtres, on apercevait le *Voyageur* amarré, qui oscillait imperceptiblement. Ils descendirent une butte et foulèrent bientôt la plage. Le sable était dur et compact, rappelant un peu la surface d'un trottoir. Les vagues venaient s'écraser bruyamment sur la grève, avec une sorte de brusquerie maussade, laissant chaque fois une petite frange d'écume qu'emportaient les vagues suivantes. Le vent du large piquait les yeux et emplissait les oreilles d'un sourd mugissement. Ils aperçurent au loin Frédéric et Sophie, agenouillés sur le sol, en train d'examiner quelque chose.

Nicolas s'arrêta et, fouillant dans sa poche, tendit le cube à Géraldine :

— C'est... pour toi. C'est la petite fille... qui m'a demandé de te le donner.

Géraldine posa sur lui un regard étonné.

— Qu'est-ce que c'est?

— Je n'en sais rien.

Elle arracha l'emballage doré. Il s'agissait d'un morceau de chocolat aux arêtes blanchies, vieux sûrement de plusieurs mois. La lettre G était moulée en creux sur l'une des faces. Son étonnement tourna en stupéfaction.

— Elle te l'a remis pour moi?

— C'est ça.

— Et tu ne la connais pas?

— Du tout.

— Je n'en crois rien. Elle connaît mon prénom. Ce G est pour Géraldine, évidemment.

— À moins que ce ne soit pour Guay, le chocolatier.

— Et tu me jures que tu ne la connais pas ? insista-t-elle, de plus en plus perplexe.

Il lui saisit la main :

— Je te parle du fond du cœur, Géraldine.

— Ça ne t'arrive plus souvent, répondit-elle avec une légère rougeur.

Elle reprit sa marche, porta le morceau de chocolat à sa bouche et grimaça :

— Trop sucré.

Elle semblait à présent envahie par le trouble de Nicolas. À deux ou trois reprises, elle lui jeta un regard furtif, puis détourna la tête d'un air embarrassé.

De petits élastiques bleus à motif de fleur de lis, utilisés par les pêcheurs pour bloquer les pinces des homards, traînaient ici et là. Nicolas s'accroupit, en ramassa un, l'étira entre ses doigts et leva la tête vers sa compagne, arrêtée devant lui et qui le regardait :

— Est-ce qu'on fait la paix, Géraldine ? J'en ai par-dessus la tête de vivre sans toi.

Elle fit un pas vers lui, l'air indécis. Et soudain, ses yeux, jusque-là sombres et anxieux, se mirent à pétiller doucement :

— Ma foi, Nicolas ! t'as l'air d'un adolescent devant sa première blonde !

Et elle éclata de rire.

FIN

Prague, décembre 1991
Longueuil, février 1996